DERTONA
PIACENZA
RAVENNA
RIMINI
PESARO
FANO
ROM
CAPRI
KONSTANTINOPEL
HERULER
GETAE
Pannonia
Zarmisgetusa sometimes the Kingly Citie of Decebalus which Afterward is called Ulpia Traiana
DACIA
Danubius flu
Thracia
Macedonia
Sicilia

Valerio M. Manfredi
Die letzte Legion

Valerio M. Manfredi

Die letzte Legion

Roman

Aus dem Italienischen von
Sylvia Höfer, Claudia Schmitt, Christel Galliani
und Krista Thies

Kabel

Die italienische Originalausgabe
erschien 2002 unter dem Titel »L'Ultima Legione«
bei Arnoldo Mondadori Editore S.p.A. in Mailand.

Von Valerio M. Manfredi liegen auf deutsch außerdem vor:

Alexander – Der makedonische Prinz
Alexander – König von Asien
Alexander – Der Herrscher der Welt
Die Jagd nach dem Wüstengrab

Für Dino

ISBN 3-8225-0627-3

Vorsatzkarte mit freundlicher Genehmigung von Cristiano Guerri
Gesetzt aus der Garamond
Satz: EDV-Fotosatz Huber/Verlagsservice G. Pfeifer, Germering
Druck und Bindung: Friedrich Pustet, Regensburg
Printed in Germany

www.kabel-verlag.de

Fecisti patriam diversis gentibus unam.
Eine gemeinsame Heimat erschufst du der Vielfalt der Völker.

Rutilius Namatianus, *De reditu suo*, 63

Prolog

Dies sind die Erinnerungen von Myrdin Emreis, dem Druiden des heiligen Hains von Gleva, den die Römer Meridius Ambrosinus nannten. Sie wurden niedergeschrieben, damit die Ereignisse, deren letzter Zeuge ich bin, bei den Nachgeborenen nicht in Vergessenheit geraten.

Ich habe bereits vor geraumer Zeit die Schwelle zum Greisenalter überschritten und kann mir nicht erklären, warum sich mein Leben über jene Grenzen hinaus erstreckt, welche die Natur dem Menschen normalerweise setzt. Vielleicht hat mich der Engel des Todes vergessen, oder vielleicht will er mir diese letzte Frist gewähren, damit ich für meine Sünden büße, die zahlreich und schwerwiegend gewesen sind. Vor allem die der Anmaßung, denn ich habe mir viel auf die Intelligenz eingebildet, die Gott mir geschenkt hat, und aus Eitelkeit habe ich zugelassen, daß sich unter den Menschen Legenden über meine hellseherischen Fähigkeiten, ja sogar über Kräfte verbreiten konnten, die nur dem Höchsten Schöpfer und der Fürsprache der Heiligen zugeschrieben werden können. O ja, ich habe mich auch verbotenen Künsten gewidmet, jenen, deren Anleitungen die alten heidnischen Priester dieses Landes auf die Rinden der Bäume schrieben, ohne allerdings zu glauben, damit irgend etwas Schlechtes zu tun. Tatsächlich kann es nicht schlecht sein, wenn man auf die Stimme unserer Alten Mutter, der Höchsten Natur, hört und dem Raunen des Win-

des im Laub, dem Gluckern der Quellen im Frühling und dem Rascheln der Blätter im Herbst lauscht, wenn die Hügel und die Ebenen während der stillen Sonnenuntergänge, die den Winter ankündigen, in leuchtenden Farben erstrahlen.

Es schneit. Große weiße Flocken tanzen in der Luft, und ein weißer Mantel bedeckt die Hügel, die dieses stille Tal, diesen einsamen Turm umgeben. Ob so wohl das Land des Ewigen Friedens aussieht? Ist dies das Bild, das wir für immer mit den Augen der Seele schauen werden? Wenn dies zuträfe, wäre der Tod gütig und sanft der Weg zur letzten Ruhestätte.

Wieviel Zeit ist vergangen! Wieviel Zeit seit den stürmischen Tagen von Blut und Haß, seit den Zusammenstößen und den Todeszuckungen einer Welt, die ich zusammenbrechen sah, obwohl ich sie einst für unsterblich und ewig gehalten hatte. Und jetzt, da ich kurz vor der Vollendung meines letzten Schrittes stehe, fühle ich die Verpflichtung, die Geschichte dieser sterbenden Welt weiterzugeben und davon zu berichten, wie der letzte Sproß jenes verdorrten Baumes vom Schicksal in dieses ferne Land getragen wurde, um dort Wurzeln zu schlagen und ein neues Zeitalter zu begründen.

Ich weiß nicht, ob der Engel des Todes mir die Zeit lassen wird, und ich weiß nicht, ob dieses alte Herz es ertragen kann, so starke Gefühle erneut zu durchleben, die es schon damals, als es noch um einiges jünger war, beinahe zermalmt hätten. Aber ich werde mich nicht von der Größe des Unternehmens entmutigen lassen. Ich spüre, daß die Woge der Erinnerungen aufsteigt wie die Flut zwischen den Klippen von Carvetia; ich fühle, wie ferne, verschwunden geglaubte Anblicke wieder Konturen annehmen wie ein altes, von der Zeit ausgeblichenes Wandgemälde.

Ich hatte geglaubt, es würde genügen, zur Feder zu greifen und zu beginnen, dieses große Stück Tierhaut mit Zeichen zu bedecken, um die Geschichte wiederaufleben und wie einen Fluß zwischen den Wiesen dahinströmen zu lassen, so, wie der Schnee im Frühjahr schmilzt – aber ich habe mich geirrt. Zu gewaltig ist die Wucht der herandrängenden Erinnerungen, zu stark der Knoten, der mir die Kehle zuschnürt, und kraftlos sinkt die Hand auf das noch unbeschriebene Blatt. Ich werde zuerst jene Bilder heraufbeschwören und den Farben, dem Leben und jenen Stimmen Kraft verleihen müssen, die die Jahre und die Entfernung geschwächt haben. Und ich muß auch das neu erschaffen, was ich persönlich nicht gesehen habe – so, wie der Dramaturg es macht, der in seinen Tragödien Szenen aufführt, die er selbst nie erlebt hat.

Der Schnee fällt herab auf Carvetias Hügel. Alles ist weiß und still, und langsam erlischt das letzte Licht des Tages.

ERSTER TEIL

I

Dertona, Feldlager der Legio Nova Invicta, *im Jahre des Herrn 476, dem Jahr 1229 seit der Gründung der Stadt Rom*

Langsam bohrte sich das Licht durch die Wolke, die das Tal einhüllte, und auf der Anhöhe der Hügel reckten sich die Zypressen plötzlich genauso empor wie die Wachtposten. Unter einem Bündel dürrer Zweige erschien am Rand eines Stoppelfeldes ein gekrümmter Schatten, der sich sofort auflöste wie ein Traumbild. In diesem Augenblick ertönte aus einem fernen Gehöft der Schrei eines Hahnes, um einen grauen und fahlen Tag anzukündigen, und dann erstarb er, als hätte der Nebel ihn verschluckt. Nur die Stimmen von Männern durchschnitten die grauen Schwaden.

»Kalt ist es.«

»Und diese Feuchtigkeit dringt einem bis ins Mark.«

»Das ist der Nebel. In meinem ganzen Leben habe ich noch keinen so dichten Nebel gesehen.«

»Fürwahr. Und unsere Rationen haben sie immer noch nicht geliefert.«

»Vielleicht ist nichts mehr zum Essen übriggeblieben.«

»Nicht einmal ein bißchen Wein, damit wir uns aufwärmen können.«

»Und seit drei Monaten bekommen wir keinen Sold.«

»Ich kann nicht mehr, ich halte diese Situation nicht mehr aus. Fast jedes Jahr ein neuer Kaiser, auf allen Kommandoposten Barbaren, und jetzt auch noch der allergrößte Schwachsinn: ein Rotzbengel auf dem Thron der Cäsaren – Romulus Augustus! Ein Jüngelchen von dreizehn Jahren, das noch nicht einmal die Kraft hat, das Zepter zu halten, soll jetzt über das Schicksal der Welt bestimmen, zumindest über das des Westens. Nein, wirklich, ich hör auf, ich hau ab. Bei der erstbesten Gelegenheit setze ich mich von der Truppe ab und ziehe mich auf irgendeine Insel zurück, um Ziegen zu hüten oder ein Stück Land zu bebauen. Ich weiß nicht, wie es mit euch ist, aber ich habe mich entschieden.«

Ein Windhauch, eine leichte Brise, öffnete eine Schneise in dem Dunst und gab den Blick frei auf eine Gruppe Soldaten, die sich um ein Kohlenbecken drängten. Sie warteten auf die letzte Wachablösung. Rufius Vatrenus, ein Spanier aus Sagunt, ein Veteran vieler Schlachten und der Kommandant der Wachmannschaft, wandte sich an seinen Kameraden, den einzigen, der noch kein Wort gesagt hatte: »Und was sagst du, Aurelius? Denkst du auch so wie ich?«

Aurelius stocherte mit der Spitze seines Schwertes im Kohlenbecken herum, um die Flamme neu anzufachen, die knisternd einen ganzen Wirbel von Funken in den milchigen Dunst stieß.

»Ich bin immer Soldat gewesen und habe stets in der Legion gedient. Was sollte ich sonst schon machen?«

Lange herrschte Schweigen: Von einem Gefühl der Ohnmacht und einer unaussprechlichen Angst gepackt, blickten die Männer einander ins Gesicht.

»Laß ihn in Ruhe«, sagte Antoninus, ein älterer Unteroffizier, »er wird nie aus dem Heer ausscheiden, er hat immer dazugehört. Er erinnert sich nicht einmal mehr daran, was er gemacht hat, ehe er zu den Soldaten ging, er entsinnt sich nicht, jemals irgendwo anders gewesen zu sein. Ist es nicht so, Aurelius?«

Der Angesprochene antwortete nicht, aber der Widerschein der bereits erloschenen Kohlenglut ließ einen Moment lang einen Anflug von Traurigkeit in seinem Blick aufblitzen.

»Aurelius denkt darüber nach, was uns erwartet«, bemerkte Vatrenus. »Die Situation ist wieder einmal außer Kontrolle geraten. Soweit ich weiß, haben die barbarischen Truppen Odoakers gemeutert und Pavia überfallen, wo sich Orestes, der Vater des Kaisers, verschanzt hatte. Jetzt hat sich Orestes nach Piacenza zurückgezogen und verläßt sich auf uns, darauf, daß wir die Barbaren wieder zur Vernunft bringen und den schwankenden Thron seines kleinen Romulus Augustus stützen. Aber ich weiß nicht, ob das genügt. Nein, eigentlich glaube ich das nicht, wenn ihr meine Meinung wissen wollt. Sie haben dreimal so viele Männer wie wir und ...«

»Habt ihr das auch gehört?« unterbrach ihn einer der Soldaten, der in diesem Augenblick am nächsten zur Palisade stand.

»Es kommt vom Feldlager her«, erwiderte Vatrenus und wandte seinen Blick hinunter zu dem halbverlassenen Lager, zu den mit Rauhreif überzogenen Zelten, um sie genau abzusuchen. »Die letzte Schicht der Nachtwache ist zu Ende: Es muß schon der Wachtposten vom Tagesdienst sein.«

»Nein!« sagte Aurelius. »Es kommt von draußen. Das ist Galopp.«

»Reiterei«, ergänzte Canidius, ein Legionär aus Arles.

»Barbaren«, sagte Antoninus schließlich. »Das gefällt mir nicht.«

In diesem Moment tauchten die Reiter aus dem Nebel auf, auf einer schmalen weißen Straße, die von den Hügeln zum Feldlager führte. Imponierend sahen sie aus, auf ihren gedrungenen, mit metallenem Harnisch bewehrten sarmatischen Streitrössern. Die Reiter trugen kegelförmige Helme, die mit Eisenbeschlägen und üppigem Schmuck versehen waren; lange Schwerter baumelten an ihren Seiten, und ihre langen blonden oder rötlichen Haare flatterten in der nebeligen Luft. Sie trugen schwarze Umhänge und Hosen aus derselben groben, dunklen Wolle. In dem Dunst und aus der Ferne wirkten sie wie Dämonen, die der Unterwelt entsprungen waren.

Aurelius spähte über die Palisade, um den Trupp zu beobachten, der immer näher kam. »Es sind herulische und skirische Hilfstruppen der kaiserlichen Armee«, sagte er, »Odoakers Leute, verflucht noch mal! Das verheißt mir nichts Gutes. Was machen die denn hier und um diese Zeit, ohne daß uns irgend jemand verständigt hat? Ich gehe und erstatte dem Kommandanten Meldung.«

Er stürzte die Treppe hinunter und lief durch das Lager zum Zelt des Befehlshabers. Manilius Claudianus, ein fast sechzigjähriger Veteran, der als junger Mann mit Aëtius gegen Attila gekämpft hatte, war bereits auf den Beinen, und als Aurelius sein Zelt betrat, befestigte er gerade seine Schwertscheide am Gürtel.

»General, ein Trupp herulischer und skirischer Hilfskräfte nähert sich. Niemand hat uns über ihre Ankunft benachrichtigt, und die Sache macht mir Sorgen.«

»Sie macht auch mir Sorgen«, antwortete der Offizier. »Laß die Wache aufstellen und das Tor öffnen. Hören wir uns an, was sie wollen.«

Aurelius lief zur Palisade und bat Vatrenus, eine Abteilung Bogenschützen in Stellung zu bringen, dann lief er zum Wachtposten hinunter, ließ die verfügbaren Leute antreten und die Tür öffnen und ging zusammen mit dem Kommandanten hinaus. Unterdessen ließ Vatrenus die Truppe von Mann zu Mann wecken, also leise und ohne Posaunengeschmetter. Der Kommandant trat in voller Bewaffnung und mit dem Helm auf dem Kopf ins Freie, ein offenkundiger Beweis dafür, daß er glaubte, sich einem Kampf stellen zu müssen. Rechts und links von ihm hatte sich die Wache postiert, die von Cornelius Batiatus überragt wurde, einem äthiopischen Giganten, der schwarz war wie Holzkohle und ihm keinen Augenblick von der Seite wich. Im Arm trug Batiatus einen ovalen Schild, der vom Waffenschmied eigens nach Maß angefertigt worden war, damit er seinen ganzen riesigen Körper bedeckte. Von den Schultern hingen ihm links das römische Schwert und rechts eine zweischneidige Barbarenaxt.

Der Trupp der barbarischen Reiter war unterdessen nur noch wenige Schritte entfernt, und der Mann, der ihn anführte, hob als Signal zum Anhalten den Arm. Er hatte eine dichte Mähne roter Haare, die seitlich zu langen Zöpfen geflochten waren, er trug einen mit Fuchspelz verbrämten Umhang, der seine Schultern bedeckte, und sein Helm war mit einem Kranz kleiner silberner Totenschädel verziert. Es mußte sich um eine Persönlichkeit von gewissem Rang handeln. Ohne abzusteigen, wandte er sich an den Kommandanten Claudianus und sagte in einem ungeschliffenen, gurgelnden Latein: »Der edle Odoaker, der Führer der kaiserlichen Armee, befiehlt dir, das Kommando mir zu übertragen. Von heute an untersteht diese Abteilung mir!« Er warf ihm ein mit einem Lederband zugebundenes Pergament vor die Füße und fügte hinzu: »Hier ist dein Entlassungsbefehl mit dem Namen des Ortes, in dem du deinen Ruhestand verbringen wirst.«

Aurelius machte Anstalten, sich zu bücken, um ihn aufzuheben, aber der Kommandant stoppte ihn mit einer gebieterischen Geste. Claudianus kam aus einer alten aristokratischen Familie, die sich der direkten Abstammung von einem Helden aus republikanischer Zeit rühmen konnte, und die Gebärde des Barbaren kam für ihn einer sehr schwerwiegenden Beleidigung gleich. Ohne die Fassung zu verlieren, erwiderte er: »Ich weiß nicht, wer du bist, und es interessiert mich auch nicht. Befehle nehme ich nur vom edlen Flavius Orestes entgegen, dem obersten Befehlshaber der kaiserlichen Armee.«

Der Barbar wandte sich an seine Leute und rief: »Nehmt ihn fest!« Sie gehorchten, gaben ihren Pferden die Sporen und preschten mit gezückten Schwertern los. Offenkundig lautete der Befehl, alle zu töten. Die Wache reagierte, und gleichzeitig tauchte aus den Erdwällen des Lagers eine Einheit Bogenschützen mit abschußbereiten Pfeilen auf, die auf ein Zeichen des Vatrenus mit tödlicher Genauigkeit zielten. Die Reiter in der ersten Reihe wurden fast alle getroffen, aber das konnte die übrigen nicht aufhalten, die absprangen, um weniger Angriffsfläche zu bieten, und sich in großer Zahl auf die Wache des Claudianus stürzten. Batiatus warf sich seinerseits in das Getümmel, kämpfte wie ein Stier und teilte nach allen Seiten Hiebe von unglaublicher Wucht aus. Viele der Barbaren hatten noch nie einen Schwarzen gesehen und traten bei seinem Anblick erschrocken den Rückzug an. Der äthiopische Riese zerschlug Schwerter, durchbohrte Schilde, ließ Köpfe und Arme durch die Luft sausen, schwang die Streitaxt und brüllte: »Ich bin der Schwarze Mann! Ich hasse diese sommersprossigen Schweine!« Aber in der Hitze des Gefechts hatte er sich zu weit nach vorn geworfen, und so war Claudianus auf der linken Flanke ohne Deckung geblieben. Aurelius, der mit halbem Ohr das Nahen eines feindlichen Kriegers wahrgenommen hatte, befreite sich von einem Gegner, um dem Kommandanten Deckung zu geben, doch sein Schild kam nicht rechtzeitig, um das Ziel zu schützen, und so bohrte sich die Pike des Barbaren in die Schulter des Claudianus. Aurelius rief: »Der Kommandant ist verwundet! Der Kommandant ist verwundet!« Doch inzwischen waren die Tore des Lagers weit geöffnet worden, und die schwere Infanterie griff geschlossen und in voller Kriegsausrüstung an. Die Barbaren wurden zurückgeschlagen, und die wenigen Überlebenden, die auf ihre Pferde gesprungen waren, traten überstürzt die Flucht an. Kurz nachdem sie hinter den Hügeln verschwunden waren, meldeten sie sich bei ihrem Kommandanten, einem Skiren namens Mledo, zurück, der sie mit Geringschätzung und Verachtung musterte. Sie sahen erbärmlich aus: die Waffen verbeult, die Kleider zerrissen und über und über mit Blut und Schlamm bespritzt. Ihr Anführer sagte mit gesenktem Kopf: »Sie haben sich geweigert. Sie haben nein gesagt.«

Mledo fluchte, dann rief er seinen Burschen und erteilte ihm den Befehl, zum Rückzug zu blasen: Kurz darauf ertönte der Schall der Hörner durch die Nebeldecke, die die Landschaft noch immer einhüllte wie ein Leichentuch.

Der Kommandant Claudianus wurde behutsam auf die Pritsche des Feldlazaretts gelegt, und ein Chirurg bereitete sich darauf vor, die in seiner Schulter steckende Pike herauszuziehen. Der Schaft war bereits abgesägt worden, um den Schaden zu begrenzen, aber das Eisen steckte unmittelbar unter dem Schlüsselbein fest, und es bestand die Gefahr, daß die Lunge in Mitleidenschaft gezogen war. Neben ihm brachte ein Helfer auf den Kohlen ein Eisen zum Glühen und machte sich bereit, die Wunde zu kauterisieren.

Unterdessen hallten die Erdwälle vom Alarmgeschrei und -geschmetter wider. Aurelius verließ das Feldlazarett und lief die Stufen hinauf, bis er Vatrenus gegenüberstand, der auf den Horizont starrte. Die ganze sichtbare Anhöhe der vor ihnen liegenden Hügel war schwarz vor Kriegern.

»Oh, ihr Götter!« murmelte Aurelius. »Das sind ja Tausende!«

»Geh zurück zum Kommandanten und berichte ihm, was gerade passiert. Ich glaube zwar nicht, daß uns noch eine große Wahl bleibt, aber sag ihm dennoch, daß wir seine Befehle erwarten.«

Aurelius kehrte in dem Augenblick ins Feldlazarett zurück, als der Chirurg gerade die Spitze der Pike aus der Schulter des verwundeten Kommandanten herauszog, und er sah, wie sich dessen altes Patriziergesicht dabei vor Schmerz verzerrte. Er trat näher an ihn heran. »General, die Barbaren greifen uns an: Es sind Tausende, und sie sind im Begriff, unser Lager zu umzingeln. Wie lauten deine Befehle?«

Aus der Wunde spritzte das Blut auf Gesicht und Hände des Chirurgen und seiner Helfer, die sich bemühten, sie zu tamponieren, während ein anderer, das glühende Eisen in der Hand, herantrat. Der Chirurg tauchte es in die Wunde, und der Kommandant Claudianus biß stöhnend die Zähne zusammen, um nicht zu schreien. Ein scharfer Geruch nach verbranntem Fleisch erfüllte den kleinen Raum, und von dem glühenden Eisen, das immer noch in der Wunde zischte, stieg dichter Rauch auf.

Aurelius sagte noch einmal: »Kommandant ...«

Claudianus streckte ihm die Hand entgegen, die er noch bewegen konnte: »Hör zu ... Odoaker will uns vernichten, weil wir ein Hindernis darstellen, das er um jeden Preis aus dem Weg räumen muß. Unsere Legion ist ein Überbleibsel aus der Vergangenheit, aber sie verbreitet immer noch Angst: Sie besteht ausschließlich aus Römern, aus Italern und Leuten aus den Provinzen des Römischen Reiches, und er weiß, daß sie ihm niemals gehorchen wird. Deshalb möchte er uns alle tot sehen. Geh, reite zu Orestes und sag ihm, daß wir umzingelt sind, daß wir verzweifelt Hilfe brauchen ...«

»Schick einen anderen, ich bitte dich«, antwortete Aurelius. »Ich möchte bleiben: Alle meine Freunde sind hier.«

»Nein, du gehorchst! Nur du kannst es schaffen. Geh und beeile dich, damit wir noch die Kontrolle über die Olubriabrücke behalten: Sie wird bestimmt ihr erstes Ziel sein, um uns von der Straße nach Piacenza abzuschneiden. Geh, bevor der Kreis sich schließt, und laß dich durch nichts und niemanden aufhalten! Orestes befindet sich in seiner Villa vor der Stadt, zusammen mit seinem Sohn, dem Kaiser. Unterdessen werden wir hier versuchen, Widerstand zu leisten.«

»Ich komme zurück«, erwiderte Aurelius. »Haltet durch, so gut ihr könnt.« Er drehte sich um. Hinter ihm starrte Batiatus schweigend seinen verwundeten Kommandanten an, der totenbleich auf der von Blut ganz rot gefärbten Pritsche lag. Aurelius brachte es nicht übers Herz, ihm etwas zu sagen. Er lief hinaus und ging zu Vatrenus auf die Estrade: »Er hat mir befohlen, Verstärkung zu holen. Ich komme zurück, sobald ich kann. Haltet durch, haltet durch, wir können es schaffen.« Vatrenus nickte, ohne ein Wort hervorzubringen. Man konnte sehen, daß in seinem Blick keine Hoffnung lag und daß er sich darauf gefaßt machte, den Soldatentod zu sterben.

Mehr konnte Aurelius nicht sagen. Er steckte zwei Finger in den Mund und stieß einen Pfiff aus. Als Antwort kam ein Wiehern, und schon trottete ein gesattelter Fuchs auf die Erdwälle zu. Aurelius sprang auf und sprengte auf das hintere Tor zu. Vatrenus gab den Befehl, die Riegel der Torflügel aufzuschieben. Diese öffneten sich kurz, um den Reiter, der bereits im Galopp ritt, hindurchzulassen, und wurden hinter ihm sofort wieder geschlossen. Vatrenus blickte ihm von der Estrade aus nach, während er in der Ferne immer kleiner wurde und auf die Brücke über die Olubria zujagte. Der Trupp, der mit der Bewachung der Brücke beauftragt war, begriff sofort, was geschah, zumal eine größere Gruppe barbarischer Reiter sich vom Gros der Streitkräfte abgesetzt hatte und jetzt mit großer Geschwindigkeit auf sie zuritt.

»Ob er es schaffen wird?« fragte Canidius, während er über die Erdwälle spähte.

»Und zurückkommt? Ja, vielleicht«, antwortete Vatrenus. »Aurelius ist der beste, den wir haben.« Aber Ton und Ausdruck seiner Stimme verrieten nicht denselben Optimismus wie seine Worte.

Er wandte erneut den Blick, um Aurelius nachzuschauen, der mit höchster Geschwindigkeit auf dem noch freien Gelände zwischen dem Lager und der Brücke dahinjagte, und er erkannte, daß jetzt eine weitere Abteilung barbarischer Reiter von links kam und sich per Handzeichen mit den anderen abstimmte, die von rechts heranritten, um dem Flüchtigen gemeinsam den Weg abzuschneiden. Aber Aurelius war schnell wie ein Pfeil, und sein Pferd legte die Strecke auf dem ebenen Gelände zwischen dem Lager und dem Fluß in Windeseile zurück. Er lag fast flach nach vorne gestreckt auf der Kruppe, um sich den Wurfgeschossen, die bald auf ihn herabprasseln würden, nicht allzusehr auszusetzen.

»Lauf, lauf«, knurrte Vatrenus zwischen den Zähnen hindurch. »Lauf, mein Schöner, brav, brav ...« Aber in derselben Sekunde wurde ihm klar, daß die Angreifer zu zahlreich waren und gleich den Kopf der Brücke erreichen würden. Er mußte seinem Kameraden einen größeren Vorsprung geben. Deshalb rief er: »An die Katapulte!«, und die Artilleristen, die bereits verstanden hatten, richteten ihre Wurfmaschinen auf die barbarische Reiterei, die von rechts und von links auf die Brücke zuströmte.

»Schießen!« befahl Vatrenus, und sechzehn Katapulte schleuderten ihre Wurfspieße gegen die Spitze der beiden Schwadronen und trafen in den Haufen. Die ersten unter den Verfolgern fielen zu Boden, und diejenigen, die unmittelbar hinter ihnen kamen, wurden bei dem katastrophalen Massensturz mit nach unten gerissen. Andere wurden vom Gewicht ihrer Pferde zermalmt, und wieder andere, die an den Seiten ritten, fielen unter dem Beschuß der Soldaten, die die Brücke besetzt hielten. Zuerst ging auf sie eine ganze Wolke von Pfeilen nieder, die auf Mannshöhe waagrecht abgeschossen worden waren, und dann ein dichter Regen von Wurfspießen. Viele sanken durchbohrt zu Boden, während die Pferde strauchelten, die Reiter weiterstolpernd mitschleppten und unter sich zertrampelten. Aber ihre Gefährten zogen sich zurück, um weniger Angriffsfläche zu bieten, und setzten ihren Rückzug heulend vor Wut über die erlittene Niederlage fort.

Aurelius war nunmehr in Hörweite seiner Kameraden, die auf der Brücke Stellung bezogen hatten. Er erkannte Vibius Quadratus, einen Mitbewohner seines Zeltes, und rief: »Gebt mir Deckung! Ich hole Hilfe, ich komme zurück!«

»Ich weiß!« schrie Quadratus und hob den Arm, um das Signal zu geben, daß für Aurelius ein Durchgang geöffnet würde. Wie ein Blitz jagte der Reiter zwischen seinen Kameraden hindurch, und die Brücke schwankte unter den Hufen des schweren Schlachtrosses, das unaufhaltsam weitergaloppierte. Die Abteilung schloß sofort wieder die Reihen, und dabei stießen ihre Schilde mit einem kurzen metallischen Klang aneinander. Während die ersten Männer knieten und die zweiten dahinter standen, ließen sie nur die Spitzen der Lanzen herausgestreckt, deren Schäfte sie in den Boden stemmten. Die barbarischen Reiter stürzten sich auf das tapfere Häuflein; ihre Wut ergoß sich wie eine Sturmwelle über dieses letzte Bollwerk römischer Disziplin: Da sie gezwungen waren, sich wegen der Enge der Brücke dicht aneinanderzudrängen, prallten einige der Angreifer mit großer Wucht auf die Gegner und rollten zu Boden, andere gelangten bis zur Mitte der Brücke und stürzten sich mit entsetzlicher Gewalt auf die kleine Garnison, die unter dem Ansturm zurückwich, aber dennoch standhielt. Viele Pferde verletzten sich an den Piken, andere scheuten, blieben abrupt stehen und warfen ihre Reiter nach vorn ab, wo sie sich auf den Eisenspitzen aufspießten. Dann artete die Schlacht in ein wildes Gemenge aus, Mann gegen Mann, Schwert gegen Schwert. Die Verteidiger wußten, daß jede Sekunde, die für den sich immer weiter entfernenden Reiter gewonnen wurde, die Rettung der ganzen Truppe bedeuten konnte, und sie wußten auch, was für fürchterliche Qualen sie erwarteten, wenn sie lebendig in Gefangenschaft gerieten. Deshalb kämpften sie mit allen Kräften und machten sich gegenseitig mit lauten Zurufen Mut.

Unterdessen wandte sich Aurelius, der schon am anderen Ende der Ebene angelangt war, um, ehe er in das Dickicht eines Eichenwaldes eintauchte, das sich vor ihm ausbreitete. Das letzte, was er sah, waren seine Kameraden, die nun von dem entsetzlichen Ansturm der Feinde überrannt wurden.

»Er hat es geschafft!« jubelte Antoninus von der Estrade des Feldlagers herunter. »Er ist im Wald, jetzt erwischen sie ihn nicht mehr. Uns bleibt noch eine Hoffnung!«

»Das stimmt«, erwiderte Vatrenus. »Unsere Kameraden auf der Brücke haben sich niedermetzeln lassen, um seinen Rückzug zu decken.«

In diesem Augenblick kam Batiatus aus dem Feldlazarett heraus.

»Wie geht es dem Kommandanten?« fragte Vatrenus.

»Der Chirurg hat seine Wunde kauterisiert, aber er sagt, daß die Pike ihm einen Lungenflügel durchbohrt hat. Er spuckt Blut, und das Fieber steigt.« Er ballte seine Riesenfäuste und preßte die Kiefer zusammen. »Ich schwöre, daß ich den ersten, der mir in die Hände fällt, niederschlage, zerquetsche und seine Leber vertilge ...«

Die Kameraden sahen ihn mit einer Art bewunderndem

Staunen an: Sie wußten sehr wohl, daß dies keine leeren Worte waren.

Vatrenus wechselte das Thema. »Was für einen Tag haben wir heute?«

»Die Nonen des November«, antwortete Canidius. »Ist das so wichtig?«

»Vor drei Monaten um diese Stunde war Orestes gerade im Begriff, seinen Sohn dem Senat vorzustellen, und jetzt muß er ihn schon vor Odoakers Angriff schützen! Wenn Aurelius Glück hat, könnte er noch in finsterer Nacht eintreffen. Die Verstärkungen könnten dann im Morgengrauen aufbrechen und in zwei Tagen hier sein. Wenn Odoaker nicht schon sämtliche Pässe und Brücken hat besetzen lassen und wenn Orestes noch über treuergebene Truppen verfügt, die er sofort in Marsch setzen kann, und wenn ...«

Sein Redefluß wurde von dem Alarmgeschmetter, das von den Wachtürmen herunterdröhnte, und von den Rufen der Wachtposten unterbrochen: »Sie greifen an!«

Vatrenus reagierte wie auf einen Peitschenhieb. Er rief den Standartenträger: »Stellt die Insignien aus! Alle Mann auf die Gefechtsstände! Wurfmaschinen in Schußposition! Bogenschützen auf die Palisade! Legionäre der Nova Invicta, dieses Feld ist ein Zipfel Roms, heiliges Land der Vorfahren. Verteidigen wir es um jeden Preis! Zeigt diesen wilden Tieren, daß die römische Ehre noch lebendig ist!«

Er ergriff einen Wurfspieß und bezog seinen Posten auf den Erdwällen. Im selben Augenblick brach von den Hügeln herunter das Geschrei der heranflutenden Barbaren los, und Tausende und Abertausende von Reitern ließen mit ihrer wütenden Attacke die Erde erbeben. Sie zogen Karren und Lafetten hinter sich her; diese waren beladen mit zugespitzten Pfählen, die gegen die Befestigungsanlagen des römischen Lagers geschleudert werden sollten. Die Verteidiger drängten sich zur Palisade, spannten die Sehnen der Bogen und drückten krampfhaft die Spieße in der Faust. Sie waren blaß vor Anspannung, und ihre Stirn war feucht vom Nebel und von ihrem kalten Schweiß.

II

Orestes nahm die Gäste am Eingang seiner auf dem Hügel gelegenen Villa persönlich in Empfang: Es handelte sich um prominente Persönlichkeiten der Stadt, Senatoren und hohe Offiziere des Heeres mit ihren Familien im Gefolge. Die Lampen brannten, und gleich sollte das Abendessen serviert werden: Alles war bereit zur Feier des dreizehnten Geburtstages seines Sohnes und der Vollendung des dritten Monats seit seiner Thronbesteigung. Man hatte lange überlegt, ob das Bankett verschoben werden sollte, angesichts der dramatischen Situation, die durch den Aufstand Odoakers und seiner herulischen und skirischen Hilfstruppen entstanden war, aber am Ende hatte man beschlossen, das Programm nicht zu ändern, um keine Panik zu verbreiten. Seine am besten ausgebildete Truppe, die Nova Invicta, die nach Art der alten Legionen ausgerüstet war, rückte in Gewaltmärschen heran; sein Bruder Paulus näherte sich an der Spitze weiterer ausgewählter Soldaten von Ravenna her, und so würde die Rebellion bald eingedämmt sein.

Doch seine Gemahlin, Flavia Serena, machte einen besorgten und übellaunigen Eindruck. Orestes hatte bis zu diesem Moment versucht, ihr die Katastrophe des Falls von Pavia zu verheimlichen, aber ihn beschlich die Angst, daß sie womöglich viel mehr wußte, als sie zu erkennen gab.

Finster und niedergeschlagen dreinblickend, hielt sie sich abseits, in der Nähe der Tür des getäfelten großen Saales, und ihr Verhalten wirkte auf Orestes wie ein schwerer Vorwurf: Flavia hatte sich immer dagegen ausgesprochen, daß Romulus den Thron bestieg, und das Fest hatte sie über die Maßen erbost. Orestes trat an sie heran und versuchte dabei, seine innere Beunruhigung und seinen Mißmut zu verhehlen. »Warum hältst du dich so abseits? Du bist die Herrin des Hauses und die Mutter des Kaisers. Du solltest im Zentrum der Aufmerksamkeit und der Feierlichkeiten stehen!«

Flavia Serena sah ihren Mann an, als habe er unsinniges Zeug geredet, und antwortete ihm schroff: »Du wolltest deinen Ehrgeiz dadurch befriedigen, daß du ein unschuldiges Kind einer tödlichen Gefahr aussetzt.«

»Er ist kein Kind mehr. Er ist fast ein Jüngling und bestens darauf vorbereitet, ein großer Herrscher zu werden. Darüber haben wir schon oft diskutiert, und ich habe gehofft, daß du mich wenigstens heute mit deiner üblen Laune verschonen würdest. Schau doch, wie glücklich unser Sohn ist. Auch sein Erzieher, Ambrosinus, ist zufrieden: Er ist ein weiser Mann, dem auch du immer dein Vertrauen geschenkt hast.«

»Du bist ein Träumer, Orestes. Was du aufgebaut hast, ist doch bereits am Zerfallen. Odoakers barbarische Truppen, die deine Macht eigentlich stützen sollten, haben rebelliert und bringen überallhin nur Tod und Zerstörung.«

»Ich werde Odoaker zwingen, zu verhandeln und einen neuen Vertrag zu unterzeichnen. Es ist nicht das erste Mal, daß solche Dinge passieren. Und es steht ihnen auch nicht zu, den Zusammenbruch jenes Reiches auszulösen, dessen Ländereien und Sold sie in Empfang nehmen.«

Flavia Serena seufzte und senkte für ein paar Sekunden den Blick, dann sah sie ihren Mann an: »Trifft es zu, was Odoaker behauptet? Stimmt es, daß du ihm als Lohn ein Drittel Italiens versprochen und dann dein Wort nicht gehalten hast?«

»Das ist falsch. Er … er hat eine meiner Aussagen falsch interpretiert.«

»Das ändert nicht viel an der Lage: Wenn er sich behaupten wird, wie wirst du dann wohl unseren Sohn schützen können?«

Orestes nahm ihre Hände in seine. Der Lärm des Festes schien nachgelassen zu haben, als wäre alles weit weg, gedämpft von der Angst, die zwischen ihnen aufstieg wie ein nächtlicher Alptraum. In der Ferne bellte ein Hund, und Orestes bemerkte, wie ein Zittern durch die Hände seiner Gattin lief. »Sei unbesorgt«, sagte er zu ihr. »Wir haben nichts zu befürchten, und weil du weißt, daß du mir vertrauen kannst, sage ich dir etwas, was ich dir nie zuvor gesagt habe: In diesen Jahren habe ich in großer Heimlichkeit eine Spezialtruppe aufgestellt, eine treuergebene und starke Kampfeinheit, die nur aus Italern und Bewohnern der römischen Provinzen besteht und ausgerüstet ist wie die Legionen in früheren Zeiten. Ich habe sie unter den Befehl von Manilius Claudianus gestellt, einem Offizier aus der alten Aristokratie, einem Mann, der lieber sterben würde als sein Wort zu brechen. Diese Soldaten haben ihre unglaubliche Tapferkeit schon an mehreren Abschnitten unserer Grenze unter Beweis gestellt, und jetzt rücken sie, auf meinen Befehl, in Gewaltmärschen an. Sie könnten innerhalb von zwei oder drei Tagen hier sein. Und auch mein Bruder Paulus führt ein weiteres Kontingent an, das sich von Ravenna aus auf dem Marsch hierher befindet. Und jetzt bitte ich dich, komm und laß uns zu unseren Gästen gehen.«

Flavia Serena schien sich einen Augenblick lang einzureden, daß diese Worte der Wahrheit entsprachen, weil sie im Grunde ihres Herzens nichts anderes wollte, als sie zu glauben. Aber während sie versuchte, ihr Lächeln wiederzufinden, um an dem Empfang teilzunehmen, ertönte das Gebell des Hundes noch lauter, und ihm antwortete fast umgehend ein ganzer Chor von Kläffern. Die Anwesenden blickten sich an, und just in diesem Augenblick der Stille drang ein Alarmschrei vom Hof herauf, und dann rief der länger anhaltende Klang der Hörner die Wache zum Appell. Gleich darauf stürzte ein Offizier in den Saal und lief auf Orestes zu. »Wir werden angegriffen, mein Herr! Es sind Hunderte, angeführt von Wulfila, Odoakers Stellvertreter!«

Orestes zog ein Schwert aus einer Rüstung, die an der Wand hing, und rief: »Schnell, alle Mann zu den Waffen! Wir werden angegriffen! Ambrosinus, nimm den Jungen und seine Mutter und versteckt euch im Holzschuppen. Rührt euch unter gar keinen Umständen von der Stelle, bis ich komme und euch hole. Schnell, schnell!«

Und schon hörte man donnerndes Klopfen am Tor, den Lärm eines Rammbocks, der den ganzen inneren Bereich der Villa erbeben ließ. Die Verteidiger liefen auf die Estrade, um den Angriff zurückzuschlagen, aber in diesem Augenblick wurden schon Dutzende von Leitern gegen die Brüstung gelehnt, und Hunderte von Kriegern schwärmten, wilde Schreie ausstoßend, von allen Seiten herein. Unter dem Gehämmer des Rammbocks gab das Portal plötzlich nach, und ein riesiger Reiter stürmte mit einem akrobatischen Satz seines Pferdes ins Innere des Hauses. Orestes erkannte ihn, warf sich ihm mit gezücktem Schwert entgegen und rief: »Wulfila, du verfluchter Hund!«

Unterdessen hatte Ambrosinus, den entnervten und verängstigten Knaben hinter sich herziehend, das Versteck erreicht, aber in dem ganzen Durcheinander und der Eile gar nicht bemerkt, daß Flavia Serena ihnen nicht gefolgt war. Durch einen Spalt in der Tür wurde Romulus nun Zeuge des Dramas: Er sah die Gäste, der Reihe nach niedergestreckt, im eigenen Blut zu Boden sinken, sah, wie sein Vater sich mit dem Mut des Verzweifelten jenem struppigen Riesen entgegenstellte, sah, wie er verwundet auf die Knie fiel, sich wieder erhob, noch einmal das Schwert schwang, sich bis zum letzten Fünkchen Kraft wacker schlug und dann durchbohrt zusammenbrach. Das krampfhafte Zucken seiner Augenlider zerlegte jede Bewegung dieser Tragödie in winzige Teile, zerbrach sie in tausend spitze Splitter, die sich ihm ins Gedächtnis bohrten. Er hörte seine Mutter rufen: »Ihr Verfluchten! Verflucht sollt ihr sein!« und sah, wie Ambrosinus ins Freie stürzte, um sie in Sicherheit zu bringen, während sie noch, von Angst gepackt, schrie und sich, neben ihrem sterbenden Mann kniend, die Haare raufte und das Gesicht zerkratzte. Da stürzte auch er ins Freie, entschlossen, lieber mit seinen Eltern zu sterben, als in dieser grausamen Welt allein zurückzubleiben. Er sah, wie der hünenhafte Krieger seine Hand in das Blut seines Vaters tauchte, sich einen zinnoberroten Streifen auf die Stirn malte und dann auf die Stelle zueilte, auf die Orestes' Schwert gefallen war, um es tollkühn gegen den Feind zu schwingen, aber Ambrosinus ging ihm im Hagel der Wurfspieße mit leichten, fast unmerklichen Schritten entgegen, zwischen den Kämpfenden hindurch, die sich einen wilden Nahkampf lieferten, und blieb zwischen ihm und dem Schwert eines Barbaren stehen, der in diesem Augenblick angriff. Die Klinge hätte beide getötet, wenn Wulfila den Hieb nicht abgefangen hätte. »Du Idiot!« knurrte er dem Kämpfer zu, »siehst du denn nicht, wer das ist?«

Der andere ließ verwirrt das Schwert sinken. »Nimm alle drei gefangen!« befahl ihm Wulfila. »Wir bringen sie fort. Nach Ravenna.«

Die Schlacht war zu Ende und die Verteidiger besiegt. Man hatte sie bis zum letzten Mann über die Klinge springen lassen. Von den Gästen hatten sich einige durch Flucht aus den Fenstern in die Dunkelheit hinaus gerettet, andere hatten sich in den Unterkünften des Gesindes, unter den Betten oder in den Lagerhäusern inmitten des Hausrats versteckt. Viele waren in der Hitze des ersten Angriffs ohne Erbarmen niedergemäht worden. Auch die Musiker, die die Festteilnehmer mit ihren Melodien erfreut hatten, waren tot und lagen mit weit aufgerissenen Augen da, in den Händen noch ihre Instrumente. Die Frauen wurden wiederholt vergewaltigt und mußten jede erdenkliche Schändlichkeit über sich ergehen lassen; die Männer waren gezwungen worden, die Gewalttätigkeiten mit anzusehen, die an ihren Frauen oder Töchtern begangen wurden, bevor sie ihrerseits zu Boden geschleudert und wie Schafe geschlachtet wurden.

Im Innengarten der Villa wurden die Statuen von ihren Sockeln gerissen, die Hecken und Büsche entwurzelt, in den Brunnen schwamm Blut, und die Mauern und die freskenverzierten Wände waren bald schon mit Blutspritzern übersät. Jetzt führten die Barbaren ihr Werk zu Ende, indem sie alles, was in der prachtvollen Residenz wertvoll war, plünderten: Kandelaber, Möbel, Geschirr. Andere, denen es nicht gelungen war, sich Wertgegenstände unter den Nagel zu reißen, verstümmelten und entstellten die Leichen oder entleerten ihre Blase oder ihren Darm auf die herrlichen Mosaikböden. Allenthalben hörte man neben den unartikulierten Schreien dieser vom Blutbad berauschten Wilden das Prasseln des Feuers, das nun allmählich das unglückselige Haus verzehrte.

Die drei Gefangenen wurden fortgerissen und auf ein Fuhrwerk gesetzt, das von zwei Maultieren gezogen wurde. Wulfila rief: »Los, wir hauen ab! Weg von hier! Los, habe ich gesagt, wir haben noch einen weiten Weg vor uns!«

Seine Leute ließen die bereits in Schutt und Asche liegende Villa nur ungern zurück und reihten sich in eine Kolonne ein, die dem kleinen Konvoi hinterhertrabte. Auf dem Karren weinte Romulus im Arm seiner Mutter lautlos im Dunkeln vor sich hin. In weniger als einer Stunde war er vom Prunk der Kaiserwürde in eine erbärmliche Lage gestürzt. Sein Vater war vor seinen Augen niedergemetzelt worden, und er war ein Gefangener dieser Bestien, war ihnen mit Haut und Haar ausgeliefert. Ambrosinus, der hinter ihnen saß, blieb stumm und vor Schmerz wie betäubt. Er wandte sich nur von Zeit zu Zeit um und betrachtete das große Landhaus, das ein Raub der Flammen geworden war, und die Rauch- und Funkenspiralen, die zum Himmel aufstiegen und über dem Horizont einen düsteren Schein verbreiteten. Er hatte nur den Quersack gerettet, mit dem er viele Jahre zuvor nach Italien gekommen war, und ein einziges unter den Tausenden von Büchern, die die Bibliothek enthalten hatte: die großartig illustrierte *Aeneis*, ein Geschenk der Senatoren an Romulus. Hin und wieder strich er mit der Hand über den Ledereinband des Buches, und es kam ihm fast so vor, als sei das Schicksal überhaupt nicht grausam gewesen, da es ihm doch auf vielleicht prophetische Weise erlaubt hatte, von Vergil und seinen Versen begleitet zu werden.

Aurelius mußte auf seinem nächtlichen Ritt mehrmals feststellen, daß die Straße abgeriegelt war. Odoaker hatte an Brücken und Furten Wachen postiert, und auf den Konsularstraßen patrouillierten ganze Mannschaften von barbarischen Soldaten, so daß der Reiter öfter von seinem Weg abweichen mußte und sich mit Furten konfrontiert sah, die die herbstlichen Regenfälle in reißende Ströme verwandelt hatten. Manchmal war er auch gezwungen, unwegsamen Pfaden durch die Berge zu folgen. Als er wieder in die Ebene hinunterritt, wurde ihm klar, daß sein Pferd es nicht schaffen würde; das edle Tier würde verenden, wenn er es noch weiter derart zum Galopp antrieb. Es war mit Schaum und Schweiß bedeckt und kurzatmig und hatte aufgrund der enormen Anstrengung schon glasige Augen. Da kam ihm das Schicksal zu Hilfe, indem es vor ihm in der Ferne Lichter auftauchen ließ und dann ein Gebäude, das einen vertrauten Anblick bot: eine Pferdewechselstation auf der Via Postumia, die auf wunderbare Weise intakt geblieben und offensichtlich noch in Betrieb war. Im Näherkommen hörte er das Schild knarren, das an einer in die Außenwand eingemauerten Eisenstange hing. Es war zwar halb verrostet, aber man konnte noch die Abbildung einer Sandale und eine in schönen Großbuchstaben geschriebene Aufschrift erkennen: MANSIO AD SANDALUM HERCULIS. Auf einem Meilenstein vor dem Haus stand: *m. p. XXII*. Es waren also zweiundzwanzig Meilen bis zur nächsten Station – vorausgesetzt, daß es diese überhaupt noch gab.

Aurelius sprang vom Pferd und trat keuchend ein: Drinnen döste ein Angestellter des Postdienstes auf einem Stuhl, während einige Gäste, die auf ihren Mänteln auf dem Fußboden lagen, in tiefen Schlummer versunken waren. Aurelius rüttelte ihn wach. »Kaiserlicher Dienst«, sagte er, »höchste Dringlichkeitsstufe und absolute Priorität: Es geht für viele Leute um Leben oder Tod! Draußen steht mein Pferd, es ist erschöpft; ich brauche ein neues, und zwar sofort.«

Der Angestellte schüttelte sich, schlug die Augen auf und begriff, sobald er den Mann, der vor ihm stand, angesehen hatte, schlagartig, daß diese Worte der Wahrheit entsprechen mußten. Aurelius' Gesicht war von der Anstrengung entstellt, seine Züge verzerrt vor Anspannung und Strapazen. »Komm mit!« sagte er zu ihm und nahm im Vorbeigehen ein Stück Brot und eine Flasche Wein von einer Anrichte und reichte ihm beides, damit er einen Schluck trinken und einen Bissen essen konnte, während sie durch den Gang liefen und die Treppen zum Stall hinunterstiegen: Es war klar, daß er keinen Augenblick hier verweilen würde, um sich zu stärken. Die Boxen im Stall waren zum größten Teil leer, aber im Halbdämmer standen, kaum erkennbar, drei oder vier Pferde. Der Leiter der Station hob die Laterne hoch, um sie zu beleuchten. »Nimm diesen hier«, sagte er und zeigte auf einen stämmigen Rappen mit glattem, glänzendem Fell, »das ist ein großartiges Tier. Es heißt Juba. Es hat einem hohen Offizier gehört, der nicht mehr zurückgekommen ist, um es abzuholen.« Aurelius biß ein letztes Mal in den Brotlaib, nahm noch einen Schluck Wein, dann sprang er auf den Rücken des Tieres und trieb es die Rampe hinauf. Dabei rief er: »Ha! Ha! Juba!« Mit einem großen Satz gelangte er ins Freie, wie eine verdammte Seele, die der Unterwelt entflieht, und stob in wildem Galopp davon. Er ritt über die Konsularstraße und bog in einen Pfad ein, der im blassen Schein des Mondes weiß in der Landschaft schimmerte. Auch der Leiter der Station trat ins Freie und rief, in der einen Hand ein Register und einen Griffel, in der anderen die Laterne haltend: »Die Quittung!« Aber Aurelius war bereits weit entfernt, und Jubas Galopp verlor sich in der Landschaft.

Mit leiser Stimme, als würde er mit sich selbst sprechen, wiederholte der Mann: »Du mußt mir noch die Quittung unterschreiben.« Als ihn später ein gedämpftes Wiehern wach rüttelte, bemerkte er Aurelius' Fuchs, der vor Schweiß dampfte. Er nahm ihn am Zügel und führte ihn in den Stall, »Komm, mein Schöner, sonst geschieht noch ein Unheil. Du bist ja ganz schweißgebadet und hast bestimmt auch Hunger, hast bestimmt nichts gefressen, genausowenig wie dein Herr, darauf könnte ich wetten.«

Ein fahler Schein begann sich soeben über den Horizont zu ergießen, als Aurelius in Sichtweite der Villa von Flavius Orestes eintraf. Schlagartig wurde ihm klar, daß er zu spät gekommen war: Eine Säule aus dichtem schwarzem Rauch erhob sich aus dem schon halb eingestürzten Gebäude, und rundum zeigte alles die Spuren einer wilden Zerstörungswut. Er band das Pferd an einen Baum und ging vorsichtig im Schutz einer Umfriedungsmauer weiter, bis er sich in unmittelbarer Nähe des Haupteingangs befand. Die Flügel des großen Portals lagen am Boden; sie waren aus ihren Scharnieren gerissen worden und angesengt, und im Eingangshof häuften sich Dutzende von Leichen, die mit geronnenem Blut bedeckt waren. Viele waren Soldaten der kaiserlichen Garde, aber auch die Anzahl der in den heftigen Nahkämpfen gefallenen Barbaren war beträchtlich. Der Kampf mußte von erschreckender Grausamkeit gewesen sein: Jeder lag dort, wo der Tod ihn ereilt hatte, und trug im Gesicht noch den Ausdruck, den das Grauen und das letzte Zucken im Todeskampf ihm eingeprägt hatten.

Nichts war zu hören bis auf das Prasseln der Flammen und hin und wieder das plötzliche Geräusch eines Balkens, der auf den Boden krachte, oder von Ziegeln, die von dem verbrannten Dachstuhl herunterfielen, auf den Fußboden prallten und zerbrachen. Inmitten dieser ganzen Verwüstung blickte Aurelius verwirrt und ungläubig um sich, und je mehr sich die Tragödie in ihrer ganzen gräßlichen Realität zeigte, desto größere Bedrückung empfand er, und er wurde von einer schier unerträglichen Beklemmung gepackt. Der Gestank nach Tod und Exkrementen verpestete jene Innenräume, die das Feuer noch nicht verzehrt hatte; die Leichen der entblößten und geschändeten Frauen und der noch blutjungen Mädchen lagen mit anstößig gespreizten Beinen neben denen ihrer niedergemetzelten Väter und Ehemänner. Überall war Blut – auf den Fußböden aus eingelegtem Marmor, auf den mit schönen Fresken verzierten Wänden, in den Atrien, in den Bädern, im Triklinium, auf den Tischen und den Speiseresten, selbst die Vorhänge, die Teppiche und die Tischwäsche waren damit getränkt.

Aurelius fiel auf die Knie und stieß einen Schrei ohnmächtiger Wut und Verzweiflung aus. Er verharrte lange in dieser Stellung, wobei er mit der Stirn fast die Knie berührte, bis er plötzlich durch ein Stöhnen aufgerüttelt wurde. War das möglich? Konnte nach diesem grauenhaften Blutbad noch irgend jemand am Leben sein? Er sprang auf, trocknete sich eilends die Tränen, die ihm über das Gesicht liefen, und wandte sich in die Richtung, aus der diese Klagelaute herüberwehten. Sie kamen aus dem Hof, von einem Mann, der mit dem Gesicht nach unten in einer großen Blutlache lag. Aurelius kniete neben ihm nieder und drehte ihn behutsam um, damit er ihm ins Gesicht sehen konnte. Obwohl der Mann schon vom Tod gezeichnet war, erkannte er die Insignien und die Uniform wieder. Er murmelte: »Legionär …«

Aurelius rückte noch etwas näher an ihn heran. »Wer bist du?« fragte er ihn.

Der Mann atmete mühsam, und jeder Atemzug mußte ihm schreckliche Qualen bereiten. Er antwortete: »Ich bin Flavius … Orestes.«

Aurelius zuckte zusammen. »Kommandant«, sagte er. »Oh, ihr Götter … Kommandant, ich gehöre zur Nova Invicta.« Und dieser Name klang in seinen Ohren wie eine Ironie des Schicksals.

Orestes zitterte und klapperte mit den Zähnen, denn die Kälte des Todes hatte sich schon in seinem Körper eingenistet. Aurelius nahm seinen Umhang ab, deckte Flavius Orestes zu, und diese Geste des Mitgefühls schien diesen einen

Moment lang zu ermutigen und ihm einen Hauch von Energie zurückzugeben. »Meine Frau, mein Sohn ...«, sagte er. »Sie haben den Kaiser gefangengenommen. Ich bitte dich, melde das der Legion! Ihr müßt ... sie befreien!«

»Die Legion ist von einer feindlichen Übermacht angegriffen worden«, erwiderte Aurelius. »Ich bin gekommen, um Verstärkung anzufordern.«

Auf Orestes' Antlitz erschien ein Ausdruck tiefster Bestürzung, und dennoch zitterte in seiner Stimme, während er Aurelius mit tränenerfüllten Augen ansah, noch ein Fünkchen Hoffnung. »Rette sie«, sagte er, »ich flehe dich an.«

Aurelius gelang es nicht, der traurigen Eindringlichkeit seines Blickes standzuhalten. Er senkte die Augen und sagte: »Ich ... bin allein übriggeblieben, Kommandant.«

Orestes schien seine Worte vollkommen zu überhören. Mit allerletzter Kraft versuchte er sich aufzurichten und klammerte sich mit beiden Händen an den Saum seines Brustpanzers. »Ich beschwöre dich, Legionär«, röchelte er, »rette meinen Sohn, rette den Kaiser. Wenn er stirbt, stirbt Rom. Wenn Rom stirbt, ist alles verloren.« Erschlafft glitt seine Hand zu Boden, und seine Augen verloren in der Schreckensstarre des Todes jeglichen Ausdruck.

Aurelius strich ihm mit den Fingerkuppen über die Lider, um sie zu schließen. Dann nahm er seinen Umhang und ging davon, während hinter ihm die Sonne, die sich inzwischen über den Horizont erhoben hatte, den Schauplatz des Massakers und sein ganzes Grauen in ein helles Licht tauchte. Er ging zurück zu Juba, der ruhig auf der Wiese weidete, band ihn los, schwang sich in den Sattel und trieb ihn, auf den Spuren des Feindes, nach Norden.

III

Die von Wulfila angeführte Kolonne war seit drei Tagen unterwegs; die beschwerliche Reise führte sie über die schneebedeckten Pässe des Apennin und dann durch die nebelverhangene Ebene. Die Strapazen und die Schlaflosigkeit bedeuteten eine schwere Prüfung für die Gefangenen, die an die Grenze ihrer Widerstandskraft gelangten. Keiner von ihnen hatte sich auch nur eine einzige Nacht lang richtig ausruhen können; sie vermochten nur für ein paar Stunden vor sich hin zu dösen, doch selbst diese Stunden wurden von den Alpträumen des Massakers unterbrochen. Flavia Serena versuchte, nicht zu verzagen, denn sie war einerseits von ihrer Familie streng erzogen worden, und andererseits wollte sie ihrem Sohn Romulus mit ihrem eigenen Verhalten ein Vorbild sein. Hin und wieder ließ der Knabe den Kopf in ihren Schoß sinken und schloß die Augen, aber kaum war er eingeschlummert, da tauchte das Bild von dem Gemetzel aus seiner verstörten Erinnerung auf, und seine Mutter spürte, wie sich seine Glieder vor Schmerz verkrampften, fast, als könne sie selbst das Grauen der Bilder sehen, die unter seinen Lidern vorbeizogen. Dann fuhr der Junge mit einem Ruck und einem Schrei hoch, die Stirn mit kalten Schweißperlen bedeckt und die Augen vor Schreck weit aufgerissen.

Ambrosinus berührte ihn an der Schulter und versuchte, ihm ein wenig Wärme zu spenden. »Nur nicht verzagen«, sagte er zu ihm, »fasse neuen Mut, mein Kind, das Schicksal hat dir die härteste und grausamste Prüfung auferlegt, aber ich weiß, daß du sie bestehen wirst.«

Einmal trat er, als Romulus gerade eingenickt war, nahe an ihn heran und flüsterte ihm etwas ins Ohr, und für kurze Zeit wurden die Atemzüge des Knaben länger und regelmäßiger, und die Züge seines Gesichtes entspannten sich.

»Was hast du ihm gesagt?« fragte ihn Flavia Serena.

»Ich habe mit der Stimme seines Vaters zu ihm gesprochen«, erwiderte Ambrosinus geheimnisvoll. »Das war es, was er hören wollte und was er brauchte.«

Flavia sagte nichts und starrte wieder auf die Straße, die jetzt an den ausgedehnten Lagunen der Küste vorbeiführte, auf deren Wasser, niedergedrückt von einem bleiernen Himmel, fahlblauer Schaum schwamm. Als sie am Abend des fünften Tages die Umgebung von Ravenna erreichten, wurde es schon dunkel. Die Kolonne zog auf einem der vielen Dämme dahin, die an der Lagune entlangführten, bis zu jener Gruppe von Inseln, auf denen sich einst die Stadt erhoben hatte und die jetzt wie angeschweißt am Ende einer langen Küstendüne lagen. Zu dieser Stunde stieg der Nebel auf und waberte über die Oberfläche der Gewässer bis hin zum Ufer, um sich von dort aus über das Festland zu verbreiten und über die kahlen Bäume und die vereinzelt stehenden Hütten der Fischer und Bauern hinwegzustreichen. Ab und zu hörte man die Rufe eines Nachttieres oder aus einem fernen Gehöft das einsame Bellen eines Hundes. Die Kälte und die Feuchtigkeit krochen ihnen bis ins Mark, und dieses starke Unbehagen verstärkte noch die ohnehin schon fast unerträgliche Müdigkeit.

Plötzlich erhoben sich vor ihnen die Türme von Ravenna wie Riesen im Nebel. Wulfila schrie etwas in seiner kehligen Sprache. Das Tor öffnete sich, und die Reiter zogen im Gleichschritt in die menschenleere, nebelverhangene Stadt ein. Die Bewohner schienen wie vom Erdboden verschluckt: Alle Türen waren verriegelt, sämtliche Fenster geschlossen.

Man hörte nur das Glucksen des Wassers in den Kanälen, wenn ein Boot, von Rudern langsam angetrieben, wie ein Gespenst vorüberglitt. Die Kolonne machte vor dem Eingang des Kaiserpalastes halt, der aus roten Ziegeln erbaut und dessen Fassade mit Säulen aus istrischem Stein geschmückt war. Wulfila befahl, die Mutter von ihrem Sohn zu trennen und den Jungen in seine Gemächer zu bringen.

»Erlaube, daß ich mit ihm gehe«, bat Ambrosinus rasch. »Er hat Angst und ist erschöpft und braucht jemanden, der ihm Gesellschaft leistet. Ich bin sein Erzieher und weiß, wie ich ihm helfen kann: Ich bitte dich, mächtiger Herr.«

Wulfila, dem diese für ihn ungewohnte Anrede schmeichelte, stimmte mit einem unartikulierten Laut zu, und Ambrosinus durfte seinem Schüler, der soeben fortgeführt wurde, folgen. Da wandte sich Romulus um und rief: »Mutter! Mutter!« Flavia Serena warf ihm einen traurigen, schmerzerfüllten Blick zu, der dennoch voller Würde war – eine stumme Ermahnung, sich nicht der Verzweiflung hinzugeben. Dann entfernte sie sich, von zwei Wachen flankiert. Mit festem Schritt und geradem Rücken ging sie einen Korridor entlang; die Arme hielt sie über der Brust gekreuzt, um das zu bedecken, was ihre zerfetzten Kleider entblößten.

Odoaker war bereits verständigt worden und wartete auf dem Elfenbeinthron der letzten Cäsaren; ein Zeichen von ihm genügte, um Wulfila und den Wachen zu bedeuten, daß er mit der Frau allein sein wollte. Unterhalb des Thrones stand ein Sessel für sie bereit, und Odoaker forderte sie auf, Platz zu nehmen, aber Flavia Serena blieb hocherhobenen Hauptes stehen, und ihre Augen starrten ins Leere. Trotz der zerrissenen Kleider, der verfilzten Haare, der Blutspritzer, die noch immer ihre Tunika befleckten, trotz der rußverschmierten Stirn und der zerkratzten Wangen gelang es ihr, den Zauber einer ungebändigten und stolzen Weiblichkeit auszustrahlen. Man spürte, daß ihre Schönheit unter der ganzen Gewalt zwar gelitten hatte, doch im wesentlichen unberührt geblieben war, was sich schon daran zeigte, wie selbstbewußt und zugleich zart ihre Gesichtszüge waren, wie weiß ihr Hals und wie formvollendet ihre Schultern und der Busen, den ihre vor der Brust gekreuzten Arme nicht ganz bedecken konnten. Sie spürte den Blick des Barbaren auf sich ruhen, auch wenn sie ihn nicht ansah, und fühlte, wie sie vor Empörung und ohnmächtiger Wut errötete. Nur die Blässe der Müdigkeit, des Fastens und der Schlaflosigkeit hielt ihre wahren Gefühle wie unter einem Leichentuch verborgen.

»Ich weiß, daß du mich verachtest«, sagte Odoaker. »Barbaren nennt ihr uns, als ob ihr besser wäret! Doch ihr seid ein Volk, das infolge jahrhundertelang praktizierter Laster, Machtmißbrauch und Korruption jetzt am Ende ist. Ich habe deinen Mann umbringen lassen, weil er es verdiente, denn er hat mich verraten und sein Wort nicht gehalten. Ich mußte ein Exempel statuieren, damit alle begreifen, daß man Odoaker nicht ungestraft betrügen kann, und das Exempel mußte so fürchterlich ausfallen, damit es auch wirklich jedermann Angst einjagt. Und zähle bloß nicht auf deinen Schwager Paulus! Meine Soldaten haben ihn umzingelt und vernichtend geschlagen. Jetzt aber soll es ein Ende haben mit all dem Blutvergießen: Ich beabsichtige nicht, gegen dieses Land zu wüten. Ich will vielmehr, daß es neugeboren wird, daß die Aktivitäten wieder aufblühen, die Arbeit auf den Feldern und in den Werkstätten. Dieses Land hat etwas Besseres verdient als Flavius Orestes und seinen Kaiser, das Kind. Es hat einen Herrscher verdient, der es so lenkt und beschützt wie ein Mann seine Frau lenkt und beschützt. Dieser Herrscher werde ich sein, und du wirst meine Königin.«

Flavia, die bis zu diesem Augenblick regungslos und stumm geblieben war, antwortete schließlich, und ihre Stimme klang dabei scharf wie eine Klinge: »Du weißt ja gar nicht, was du da sagst. Ich stamme von jenen ab, die jahrhundertelang gegen euch gekämpft und euch zurückgejagt haben in eure Wälder, damit ihr dort leben könnt wie die wilden Tiere, denen ihr in jeder Hinsicht ähnelt. Mich widert euer Gestank an, eure Unwissenheit, eure Derbheit, mich stößt eure Sprache ab und der Klang eurer Stimme, die eher dem Bellen der Hunde gleicht als einem menschlichen Laut; mich ekelt vor eurer Haut, die das Licht der Sonne nicht erträgt, vor eurem strohigen Haar und euren Bärten, die immer schmutzig sind und von Essensresten nur so starren. Sieht so vielleicht das eheliche Band aus, das du dir wünschst? Der Austausch von Gefühlen? Du kannst mich jetzt ohne weiteres auch umbringen. Es ist egal. Dich werde ich jedenfalls niemals heiraten!«

Odoaker preßte die Kiefer aufeinander: Flavias Worte, die ihn wie Peitschenhiebe getroffen hatten, verletzten und demütigten ihn. Er wußte, daß weder Gewalt noch Macht imstande waren, diese Verachtung zu bezwingen, doch im Grunde seines Herzens wußte er, wie stark das Gefühl war, von dem er seit seiner Jugend, seit seinem Eintritt in das kaiserliche Heer besessen war: Es war die Bewunderung für diese uralten Städte, für die Foren und die Basiliken, die Säulen und die Monumente, die Straßen, die Häfen und die Aquädukte, die Feldzeichen und die Triumphbogen, die feierlichen Inschriften aus Bronze, die Bäder und die Thermen, die Häuser und die Villen, die so schön waren, daß sie eher den Wohnstätten der Götter glichen als denen von Menschen. Das Reich war die einzige Welt, in der es sich für ein menschliches Wesen zu leben lohnte. Er betrachtete die Frau und fand sie begehrenswerter denn je – so schön, wie er sie zum erstenmal gesehen hatte, als sie, kaum zwanzigjährig, Flavius Orestes heiratete. Damals war sie ihm so fern erschienen, so strahlend und unerreichbar wie der Stern, den er als Kind vom Nomadenfuhrwerk seiner Eltern aus betrachtet hatte, wenn sie unter dem nächtlichen Himmel durch die unermeßlich weite Ebene zogen. Und jetzt war sie ihm ausgeliefert, und er hätte sie in jedem Augenblick haben können, auch jetzt, auf der Stelle. Doch das war es nicht, was er wollte. Noch nicht. Er sagte: »Wenn du deinen Sohn retten und nicht zusehen willst, daß er vor deinen Augen stirbt, dann wirst du schon das tun, was ich sage! Und jetzt geh!«

Die Wachen traten ein und führten sie fort, in den Westflügel des Palastes. Ambrosinus blickte gerade durch das Schlüsselloch, als er die Wachen, die sie eskortierten, tuscheln hörte, und rief Romulus zu sich. »Schau«, sagte er, »deine Mutter.« Und gleichzeitig bedeutete er ihm, den Zeigefinger an den Lippen, daß er den Atem anhalten solle, während er selbst einen Schritt zur Seite tat, damit nun Romulus seinerseits hinausspähen konnte.

Der kleine Zug verschwand rasch aus diesem begrenzten Blickfeld, aber Ambrosinus legte das Ohr an die Tür und zählte die Schritte, bis er hörte, wie ein Schloß aufschnappte und eine Tür geschlossen wurde. »Vierundzwanzig. Das Zimmer deiner Mutter ist vierundzwanzig Schritte von unserem entfernt und muß auf der anderen Seite des Korridors liegen. Wahrscheinlich befinden wir uns in den kaiserlichen Frauengemächern. Ich bin vor ein paar Jahren einmal hiergewesen, und auch deine Mutter kennt sie recht gut. Das könnte von Vorteil sein.«

Romulus nickte zustimmend, denn er war gewöhnt, den Ausführungen seines Lehrers auch dann zu folgen, wenn er deren Sinn und Zweck nicht ganz verstand; aber er zeigte kein besonderes Interesse an dieser Feststellung. Die Tür ihres Zimmers war jedoch von außen verriegelt und wurde von einem mit einer Axt und einem Schwert bewaffneten Soldaten bewacht. Wie sollte es da möglich sein, einen Kontakt mit seiner Mutter herzustellen? Von dem Übermaß an Aufregungen und Anstrengungen erschöpft, streckte er sich auf dem Bett aus, und sogleich gewann die Natur die Oberhand, und er fiel in einen tiefen Schlaf. Ambrosinus deckte ihn mit einem Tuch zu, strich ihm sanft über den Kopf und legte sich dann selbst auf das andere Bett und versuchte, sich ein wenig auszuruhen. Er wollte die Laterne nicht löschen, weil er das Gefühl hatte, die Finsternis würde in ihm Bilder wecken, gegen die er sich schwerlich wehren könnte. Außerdem zog er es vor, sich in dieser Nacht vor den blutigen Schatten so gut wie möglich zu schützen.

Er hätte nicht sagen können, wieviel Zeit vergangen war, als plötzlich ein Geräusch an sein Ohr drang, auf das ein dumpfer Schlag folgte. Romulus schlief noch tief und hatte nichts bemerkt. Ja, so fest war der Schlaf des Jungen, daß er immer noch in genau derselben Stellung verharrte, in der ihn der Schlaf übermannt hatte. Ambrosinus stand auf und hörte ein weiteres Geräusch, dieses Mal ein kurzes, metallisches Schnappen direkt an seiner Tür. Da trat er an den Knaben heran und schüttelte ihn kräftig: »Wach auf, schnell, es kommt jemand.«

Romulus schlug die Augen auf, ohne zunächst zu begreifen, wo er sich überhaupt befand, doch sobald sein Blick auf die Wände seines Gefängnisses gefallen war, wurde er sich seiner Lage wieder schmerzlich bewußt. Unterdessen war knarrend die Tür aufgegangen, und eine in einen Umhang gehüllte Gestalt war erschienen, deren Gesicht von einer großen Kapuze verdeckt war. Ambrosinus' Blick fiel sofort auf die Spitze des Schwertes, das der Mann in der Hand hielt, und warf sich instinktiv zwischen ihn und den Jungen. Aber da entblößte der Mann sein Gesicht und sagte: »Schnell, ich bin ein römischer Soldat der Nova Invicta. Ich bin gekommen, um den Knaben zu retten. Rasch, wir haben keine Zeit.«

»Aber ich, was tue ich ...«, hob Ambrosinus an.

»Das ist mir egal. Ich habe versprochen, ihn zu retten, nicht dich.«

»Ich kenne dich nicht, ich weiß nicht, wer du bist, und ...«

»Ich heiße Aurelius und habe soeben diesem Wachtposten da den Garaus gemacht«, sagte er und deutete auf die hinter ihm liegende Leiche. Dann packte er sie an den Füßen und zog sie ins Zimmer hinein.

»Ich gehe nicht ohne meine Mutter«, sagte Romulus sofort.

»Dann nichts wie los, um aller Götter willen«, erwiderte Aurelius. »Wo ist sie?«

»Da hinten«, antwortete ihm Ambrosinus und fügte, um den Beweis zu liefern, daß auch er bei diesem Unternehmen unentbehrlich war, hinzu: »Ich weiß, wie wir flüchten können. Es gibt eine Tür, die zur Empore der kaiserlichen Basilika führt.«

Sie wandten sich in die Richtung des Raumes, in dem Flavia Serena eingesperrt sein mußte. Aurelius steckte die Spitze seines Schwertes zwischen die Tür und den Pfosten und zog den Riegel auf. Doch in diesem Augenblick erschien die Wache der neuen Schicht, stieß einen Schrei aus und rannte mit gezücktem Schwert auf sie zu. Aurelius trat dem Barbaren entgegen, verwirrte ihn mit einer Finte, traf ihn in die Seite und durchbohrte ihn. Der Mann sackte zusammen, während der Legionär in Flavias Zimmer trat und sagte: »Schnell, Herrin, ich bin gekommen, um euch zu befreien, schnell, wir dürfen keine Sekunde verlieren.«

Flavia sah ihren Jungen und Ambrosinus, und das Herz schlug ihr bis zum Hals – das Schicksal kam ihr unverhofft zu Hilfe.

»Dort«, sagte Ambrosinus. »Wir können durch den Korridor der Empore gehen. Ich glaube nicht, daß die Barbaren ihn kennen.« Und er machte sich eilends auf den Weg. Doch die Schreie der Wache hatten die Männer am anderen Ende des Gangs alarmiert. Da erblickte Aurelius ein Eisengitter und konnte es gerade noch rechtzeitig schließen; dann lief er wieder nach vorn zu seinen Fluchtgefährten. Schon erhob sich hinter ihnen von allen Seiten Geschrei, und sie sahen, daß sich im Dunkel des Hofes und hinter den Fenstern Fackeln bewegten, und hörten das Geklirr von Waffen. Von überallher ertönte aufgeregtes Rufen. Als Ambrosinus bereits im Begriff war, das versteckte Türchen zu öffnen, das zur Empore führte, tauchte urplötzlich von einer Seitentreppe her, eingerahmt von zwei seiner Kameraden, ein hünenhafter Krieger auf: Wulfila. Ambrosinus wußte, daß er nun von seinen Fluchtgefährten abgeschnitten war. Von Angst gepackt, versteckte er sich hinter dem Bogen, der das Türchen zur Empore verbarg, und wurde, selbst zur Ohnmacht verurteilt, Augenzeuge des Angriffs: Die drei Männer warfen sich auf Aurelius, der sich schützend vor Flavia und Romulus stellte. Ambrosinus schloß die Augen, hielt mit der linken Hand das Schmuckstück fest, das er am Halse trug – einen Mistelzweig aus Silber – und konzentrierte die ganze Kraft seines Geistes auf Aurelius' Arm, der einem der Gegner mit einem blitzartigen Hieb den Kopf abschlug. Dieser fiel dem Mann zwischen die Beine, und einen Moment hüpfte der Körper während der letzten Zukkungen seines Herzens umher, und noch bevor er nach hinten fiel, spritzte ein dicker Blutstrahl aus seinem Halsstumpf. Aurelius wehrte mit dem in der Linken gehaltenen Messer Wulfilas Schwerthieb ab und warf sich zur Seite, wobei er den Fuß zwischen die Beine des dritten Mannes schob, der bereits zum Angriff übergegangen war, dann drehte er sich mit einem erneuten wilden Schwung um die eigene Achse, und sogleich bohrte sich die Klinge seines Messers zwischen die Schulterblätter des gestürzten Angreifers und nagelte den röchelnden Mann am Fußboden fest. Dann stellte sich Aurelius dem fürchterlichsten Feind entgegen: Ihre Schwerter kreuzten sich mit ohrenbetäubendem Lärm in einem Hagel grauenhafter Hiebe, so daß die Funken nur noch so stoben. Ihre beiden Schwerter hatten scharf geschliffene Schneiden, doch die Bärenkräfte des Barbaren zerschellten an der Geschicklichkeit und Beweglichkeit des Römers.

Schon hörte man die Schreie der immer näher kommenden Wachen, und Aurelius war klar, daß er sich auf die eine oder andere Weise von seinem Gegner befreien mußte, weil er sonst in deren Hände fallen und einen grauenvollen Tod erleiden würde. Die Schwerter verhakten sich zwischen den Oberkörpern der beiden Kämpfer ineinander, und jeder versuchte, dem anderen die Kehle zu durchschneiden, und jeder drückte dem anderen mit der freien Hand den Puls ab. Und just in diesem Moment, aus dieser geringen Entfernung, starrten sie sich in die Augen, und Wulfila riß die seinen vor plötzlichem Erstaunen weit auf. »Wer bist du?« rief er. »Ich habe dich schon einmal gesehen, Römer!«

Dem Barbaren hätte es genügt, Aurelius noch für ein paar Sekunden festzuhalten, dann wären seine Kameraden gekommen, hätten den Kampf beendet und so die Frage beantwortet. Doch Aurelius befreite sich, indem er ihm mit dem Kopf einen gewaltigen Stoß ins Gesicht versetzte. Er trat zurück, um einen Ausfall zu machen, rutschte aber auf dem Blut der niedergemetzelten Feinde aus und glitt zu Boden. Wulfila beugte sich über ihn, um ihm den Todesstoß zu versetzen, aber Romulus, der sich, wie gelähmt vor Schreck, bis zu diesem Augenblick krampfhaft an seine Mutter geklammert hatte, hatte in ihm den Mörder seines Vaters wiedererkannt. Nun gab er sich plötzlich einen Ruck, riß sich los und griff nach dem Schwert eines der gefallenen Soldaten, um sich damit auf Wulfila zu stürzen. Dieser wurde der Bedrohung aus dem Augenwinkel heraus gewahr und schleuderte seinen Dolch auf ihn, aber schon hatte sich Flavia nach vorn geworfen, um ihren Sohn zu schützen, und so traf er sie mitten in die Brust. Romulus fing, von Entsetzen gepackt, an zu schreien, und Aurelius machte sich die momentane Unaufmerksamkeit des Gegners zunutze, um ihm einen Stoß zu versetzen. Wulfila drehte den Kopf nach hinten und entging so dem Tod, nicht aber einem gewaltigen Hieb, der ihm das Gesicht vom linken Ohr bis zur rechten Wange aufschlitzte. Er brüllte vor Wut und Schmerz, schwang aber weiter das Schwert, während Aurelius den Jungen von der Leiche seiner Mutter fortriß und ihn dieselbe Treppe hinunterzog, die zuvor seine Angreifer benutzt hatten.

Ambrosinus schickte sich an, ihnen zu folgen, aber als er einen größeren Trupp Wachsoldaten auftauchen sah, zog er sich schleunigst wieder in den Schatten des Bogens zurück und verschwand durch die Tür. Nun befand er sich auf der langen, aus Marmor errichteten Empore, die auf das Mittelschiff der Basilika schaute; dieses wurde beherrscht von einem großen Mosaik in der Apsis mit dem Bild eines Pantokrators, das im schwachen Widerschein des Goldes kaum erkennbar war. Mit raschen Schritten stieg er bis zu den Brüstungen hinab, durchquerte den Chorraum und die Sakristeien und bog dann in den schmalen Korridor ein, den man in den Hohlraum der

Außenmauer der Kirche gebaut hatte. Er überlegte, wo wohl Aurelius hinausgeschlüpft war, und stellte sich vor, wie er versucht hatte zu fliehen, und bei dem Gedanken bangte er um das Schicksal des Jungen, der einer tödlichen Gefahr ausgesetzt war.

Aurelius war in der Tat nur noch eine einzige Fluchtmöglichkeit geblieben: der Weg, der durch die Bäder des Palastes führte. Er betrat einen großen Saal mit einem Tonnengewölbe, der von ein paar Öllampen nur spärlich erleuchtet wurde. In den Fußboden war ein großes Becken eingelassen; es war mit Wasser gefüllt, das infolge der Nachlässigkeit der neuen Herren schon ganz trüb und mit einem Algenteppich bedeckt war. Aurelius versuchte, die Tür zu öffnen, die auf die Straße führte, aber sie war von außen verschlossen. Dann wandte er sich an den Jungen: »Kannst du schwimmen?« Romulus nickte, während er mit Widerwillen auf die übelriechende Kloake starrte.

»Dann folge mir, wir müssen den Abflußkanal, der mit dem Kanal draußen verbunden ist, hinaufschwimmen. Nicht weit davon steht mein Pferd. Das Wasser wird gleich ganz schwarz und kalt werden, aber du kannst es schaffen, ich helfe dir. Nur zu, halt den Atem an, es geht los.«

Er stieg in das Becken und half Romulus, ihm zu folgen, dann tauchten beide ins Wasser, und Aurelius begann, den Abflußkanal hinaufzuschwimmen. Schon bald berührte er mit den Händen das Schott, das das Bassin vom Zuflußkanal trennte. Es war geschlossen. Er glaubte sich schon verloren und dachte, daß er es allein versuchen müsse. Nur wenige Sekunden noch, und der Knabe würde ertrinken: Er spürte durch das schwarze Wasser bereits das Zittern seiner verzweifelten Panik. Es gelang ihm, die Hände unter das Schott zu schieben, und er begann, es unter Aufbietung all seiner Kräfte nach oben zu stoßen, bis er merkte, daß es sich langsam bewegte. Da packte er den Knaben auf gut Glück und drückte ihn nach unten und hinüber auf die andere Seite; dann kroch er selbst durch die Öffnung hindurch und ließ das Schott hinter sich wieder nach unten fallen. Kurz darauf tauchte er mit beinahe schon platzender Lunge neben Romulus wieder über der Wasserfläche auf. Der Junge klapperte vor Kälte mit den Zähnen und schien einer Ohnmacht nahe; aber er konnte ihn nicht allein im Wasser warten lassen, bis er mit dem Pferd zurückkam. Deshalb schob er ihn naß und zitternd ans Ufer, dann zog er sich selbst nach oben und brachte den Jungen rasch hinter der Südecke des Palastes in Sicherheit.

»Der Nebel steigt auf«, sagte er zu ihm. »Wir haben Glück. Nur Mut, wir können es schaffen! Jetzt rühr dich bloß nicht von der Stelle!«

Zunächst antwortete der Knabe nicht. Er schien keinen Bezug zur Realität mehr zu haben. Dann sagte er mit kaum hörbarer Stimme: »Wir müssen auf Ambrosinus warten.«

»Der ist erwachsen«, erwiderte Aurelius, »und wird schon wissen, wie er seine Haut rettet. Es ist schon allerhand, wenn es uns gelingt, hier herauszukommen. Draußen sind die Barbaren bereits auf der Suche nach uns.« Tatsächlich hörte man, wie die Verfolger aus den Stallungen im Nordflügel des Palastes herausritten, um die Straßen zu durchkämmen. Aurelius lief durch eine Gasse, bis er seinen Juba fand, der im Inneren eines alten, halbverfallenen Fischgeschäfts angebunden war.

Er nahm ihn am Zügel, und während er auf dem gleichen Weg zurückkehrte, versuchte er, nicht das leiseste Geräusch zu machen, doch als er schon ganz nahe war, hörte er plötzlich einen Ruf in der Sprache der Heruler: »Da ist er! Stehenbleiben! Stehenbleiben!« Und gleich darauf sah er, wie Romulus aus seinem Versteck herausrannte und an der Ostseite des Palastes entlanglief. Sie hatten ihn entdeckt!

Aurelius sprang auf das Pferd und sprengte über den weiten offenen Platz vor dem Kaiserpalast, der von vielen brennenden Fackeln beleuchtet war, und sah Romulus außer Atem rennen, gefolgt von einer Gruppe herulischer Krieger. Er trieb sein Pferd noch mehr an, ritt mitten durch die Verfolger hindurch und mähte dabei zwei von ihnen mit dem Schwert nieder – der eine fiel nach rechts, der andere nach links –, und ehe die anderen überhaupt bemerkten, was vor sich ging, war er an ihnen vorbeigesaust. Er holte Romulus ein, faßte ihm mit einer Hand unter die Achsel, hob ihn vom Boden hoch und feuerte zugleich sein Pferd an: »Los, Juba! Los, los!« Doch noch während er im Begriff war, den Jungen vor sich auf den Sattel zu ziehen, nahm ihn einer der Verfolger mit dem Bogen aufs Korn, schoß und traf ihn mit seinem Pfeil in die Schulter.

Aurelius biß die Zähne zusammen und versuchte durchzuhalten, doch die Kontraktion der Muskeln verursachte ihm einen stechenden Schmerz, und er mußte den Knaben loslassen. Romulus fiel zu Boden, aber Aurelius gab nicht auf: Er preßte die Beine gegen die Flanken seines Pferdes, zwang es zu einer Rückwärtsdrehung und machte kehrt, um den Jungen mit dem anderen, dem unverletzten Arm aufzuheben. Doch genau in diesem Augenblick stürzte Ambrosinus aus einer Seitentür ins Freie, warf sich auf Romulus und drückte ihn zu Boden, um ihn mit dem eigenen Körper zu schützen. Aurelius begriff, daß er keine Wahl mehr hatte, bog mit einem letzten Sprung zur Seite in eine schmale Nebengasse ein, überquerte mit einem akrobatischen Satz einen Kanal, der ihm im Weg lag, und ritt in wildem Tempo zu einer Stelle des Mauergürtels, wo eine alte, niemals ganz wieder geflickte Bresche es ihm ermöglichte, die Anhöhe so zu erreichen, als würde er eine Rampe hinaufklettern, und er gelangte unter großen Mühen auf die andere Seite.

Eine Gruppe barbarischer Krieger ritt, brennende Fackeln schwingend, aus einem der Tore heraus, um ihm den Fluchtweg abzuschneiden. Aurelius gelang es, als erster auf den Damm, der über die Lagune führte, einzubiegen, wobei er versuchte, den größtmöglichen Abstand zwischen sich und seine nächsten Verfolger zu legen; den Rest würde der Nebel bewerkstelligen. Aber der stechende Schmerz in seiner Schulter erlaubte ihm nicht mehr, sein Pferd zu lenken, das zu lahmen begann. In der Dunkelheit erkannte er verschwommen ein Dickicht aus Bäumen und Büschen, zog die Zügel an, glitt zu Boden und versuchte, sich dort zu verstecken, indem er vom Damm aus ins Wasser stieg. Er hoffte, daß seine Verfolger weiter- und an ihm vorbeireiten würden, aber sie sahen seine Bewegung voraus und hielten nun ihrerseits inne. Es waren mindestens ein halbes Dutzend: Schon bald würden sie ihn aufspüren, und dann würde es kein Entrinnen mehr geben.

Er riß sein Schwert aus der Scheide und bereitete sich darauf vor, den Soldatentod zu sterben, doch im selben Augenblick schwirrte etwas durch die Luft, und einer der Barbaren purzelte, von einem Pfeil durchbohrt, zu Boden. Ein zweiter wurde in den Hals getroffen, und er fiel blutspuckend nach hinten. Da begriffen die anderen, daß sie, mit den brennenden Fackeln in der Hand, in dieser Dunkelheit die einzigen gut sichtbaren Zielscheiben waren, und beeilten sich, diese wegzuwerfen, doch schon bohrte sich ein drittes Geschoß in den Bauch eines weiteren Reiters und entlockte ihm einen Schmerzensschrei. Aus Angst vor diesem unsichtbaren, von Nebel und Sumpf verschluckten Feind nahmen die übrigen Barbaren Reißaus.

Aurelius versuchte, auf den Damm zu klettern und sich zu seinem Pferd zu schleppen, aber er rutschte, bereits seiner Kräfte beraubt, ab. Der Schmerz wurde unerträglich; es wurde ihm schwarz vor den Augen, und er hatte das Gefühl, endlos zu fallen und im Nebel zu versinken. In einem kurzen lichten Moment glaubte er zu sehen, daß sich eine Gestalt mit einer Kapuze über ihn beugte, und dann vermeinte er, Wasser gluckern zu hören, das langsam von einem Ruder geschlagen wurde. Dann nichts mehr.

IV

Ambrosinus erhob sich vom Boden und half dann dem Jungen auf die Beine, der völlig durchnäßt, mit algen- und schlammverschmierten Kleidern, die Haare an die Stirn geklebt, vor Kälte zitterte und ganz blaue Lippen hatte. Er nahm seinen Umhang ab, legte ihn dem Kind um die Schultern und sagte: »Komm, wir gehen wieder hinein.« Er schritt, den Knaben stützend, erhobenen Hauptes mitten durch Wulfilas Wachen hindurch, die sie mit ihren gezückten Schwertern bedrohten. Während sie die Korridore durchquerten und die Treppen zu dem Raum hinaufgingen, in dem man sie gefangengehalten hatte, flüsterte er ihm ein paar ermutigende Worte zu. Romulus sagte nichts. Er bewegte sich mit unsicherem Schritt und verhedderte sich mehrmals in den Fetzen seiner zerrissenen Kleider und in dem Umhang, der für seine Statur zu lang war. Seine Glieder waren noch ganz steif, und vor seinem geistigen Auge sah er immer wieder das peinigende Bild seiner Mutter, die der Dolch desselben Mörders durchbohrt hatte, der auch seinen Vater getötet hatte. Er haßte diesen Mann zutiefst, der ihn in der Hoffnung, ihn zu befreien, getäuscht hatte und statt dessen nur Ursache weiterer, schrecklicherer Unglücke gewesen war und ihn einer noch angstvolleren Zukunft ausgeliefert hatte. Plötzlich hob er mit bestürzter Miene den Blick zu seinem Lehrer empor und fragte: »Meine Mutter … Sie ist tot … nicht wahr?«

Ambrosinus zögerte mit seiner Antwort.

»Sie ist tot?« wiederholte der Junge.

»Ich … ich fürchte ja«, erwiderte er, legte ihm einen Arm um die Schulter und zog ihn an sich. Aber Romulus entwand sich ihm und rief: »Laß mich los! Laß mich in Ruhe! Ich will zu meiner Mutter! Ich will sie sehen! Wo habt ihr sie hingebracht? Ich will sie sehen!« Und er stürzte sich auf die barbarischen Krieger und trommelte wie wild gegen ihre Schilde. Diese stießen ihn höhnisch grinsend von einem zum anderen. Ambrosinus versuchte, ihn festzuhalten und zu beruhigen, aber der Junge schien außer sich zu sein. In seinem Leben gab es keinen Hoffnungsschimmer mehr, keinen einzigen Ausweg aus all den Schrecken, in die er gestürzt war. Seine Verzweiflung war so groß, daß zu befürchten stand, er könnte sich etwas antun.

»Zeigt ihm seine Mutter«, flehte Ambrosinus, »vielleicht wird er seinem Herzen Luft machen und danach ruhiger sein. Bitte, wenn ihr wißt, wo man sie hingebracht hat, erlaubt, daß er sie sieht. Er ist doch nur ein verängstigtes Kind, habt Mitleid.«

Die Barbaren hörten auf zu lachen, und Ambrosinus blickte ihnen, einem nach dem anderen, direkt ins Gesicht: Von seinen blauen Augen strahlte eine solche Kraft aus, daß einige den Kopf senkten, als seien sie von einer geheimnisvollen Energie bezwungen worden. Dann erwiderte derjenige, der den Trupp zu befehligen schien: »Jetzt ist das nicht möglich. Ihr müßt in eure Gemächer zurückkehren, so lauten die Befehle. Aber ich werde dein Ansuchen meinem Kommandanten vortragen und dir dann Bescheid geben.«

Romulus schien sich, von Erschöpfung übermannt, endlich zu beruhigen, und die beiden wurden wieder in ihr Zimmer geführt. Ambrosinus sagte nichts, weil alles, was er hätte sagen können, die Situation nur noch verschlimmert hätte. Romulus hatte sich auf den Fußboden gesetzt, den Kopf gegen die Wand gelehnt, und starrte vor sich hin. Gelegentlich entfuhr ihm ein langer, schmerzerfüllter Seufzer, dann erhob sich sein Erzieher und trat näher an ihn heran, um seinen Gesichtsausdruck zu betrachten und zu begreifen, welcher Teil seines Geistes wachsam war und welcher Teil sich in einem Dämmerzustand befand. So verbrachte Ambrosinus den Rest der Nacht in der Mattigkeit eines unruhigen und immer wieder unterbrochenen Schlafes. Als sich durch ein paar Risse im obersten Teil der Mauer ein schwacher milchfarbener Schimmer im Zimmer verbreitete, vernahm er ein Geräusch, und dann öffnete sich ein Flügel, und zwei Mägde traten herein. Sie brachten einen Eimer mit Wasser, saubere Kleider, ein Gefäß mit Salbe und ein Tablett mit etwas Eßbarem. Sie gingen auf Romulus zu, stellten alles auf einen Tisch, dann verneigten sie sich tief und küßten ihm mit großer Ehrerbietung die Hand. Romulus ließ sich waschen und ankleiden, weigerte sich aber trotz Ambrosinus' wiederholter Bitten, etwas zu essen. Eine der Mägde, ein Mädchen von etwa achtzehn Jahren, das von großer Zartheit und Anmut war, goß ihm warme Milch mit Honig in einen Becher und sagte: »Ich bitte dich, mein Herr, trink wenigstens dieses hier, es wird dir ein wenig Kraft geben.«

»Ich bitte dich«, bedrängte ihn auch die andere, ein wenig ältere, und der Diensteifer in ihrem Blick war eindringlich und aufrichtig. Da ergriff Romulus den Becher und trank in langen Zügen. Dann stellte er ihn auf das Tablett und sagte: »Ich danke euch.«

Ambrosinus dachte, daß Romulus sich unter normalen Umständen niemals bei einer Dienerin bedankt hätte. Vielleicht bewirkten der große Schmerz und die Einsamkeit, daß er menschliche Wärme schätzte, von wem auch immer sie kam. Als die Mädchen sich anschickten, den Raum zu verlassen, begleitete er sie und fragte sie, ob sie nach ihrer beider Rückkehr im Palast irgendwelche besonderen Bewegungen oder ein verdächtiges Kommen und Gehen bemerkt hätten. Die Mädchen gaben durch ein Zeichen zu verstehen, daß das nicht der Fall war.

»Wir brauchen eure Hilfe«, sagte Ambrosinus. »Jedwede Auskunft, die ihr mir geben könnt, kann wertvoll, vielleicht sogar entscheidend sein. Es steht das Leben des Kaisers auf dem Spiel.«

»Wir tun, was wir können«, erwiderte das Mädchen, »aber wir können ihre Sprache nicht und verstehen nicht, was sie sagen.«

»Könntet ihr Botschaften überbringen?«

»Sie durchsuchen uns«, antwortete das Mädchen, leicht errötend, »aber wir können Bericht erstatten, wenn ihr das wollt. Vorausgesetzt, sie kommen uns nicht nach. Im Palast herrscht gegenüber jedem, der lateinischer Herkunft ist, großer Argwohn und echte Feindseligkeit.«

»Ich verstehe. Was ich wissen möchte ist, ob heute nacht ein römischer Soldat gefaßt wurde, ein Mann um die Fünfundvierzig, rüstig, dunkle Haare, an den Schläfen etwas graumeliert, pechschwarze Augen. Er ist an der linken Schulter verwundet.«

Die Mädchen tauschten fragende Blicke aus und sagten, nein, sie hätten niemanden gesehen, der dieser Beschreibung entspreche.

»Wenn ihr ihn sehen solltet, tot oder lebendig, so sagt es mir, ich bitte euch, so schnell wie möglich. Ein letztes: Wer hat euch geschickt?«

»Der Lehrer des Palastes«, entgegnete das ältere Mädchen. »Der edle Antemius.«

Ambrosinus nickte. Antemius war ein betagter Beamter und dem Kaiser, unabhängig von der jeweiligen Person, immer treu und bedingungslos ergeben gewesen. Offensichtlich erschien es ihm richtig, auch Romulus zu dienen, solange er keinen Nachfolger hatte.

Die Mädchen gingen hinaus, und ihr leichter Schritt wurde bald übertönt von dem schwereren der Wachen, die sie eskortierten. Romulus verkroch sich wieder in eine Ecke des Zimmers, verschloß sich in ein hartnäckiges Schweigen und weigerte sich, auf die wiederholten Aufforderungen seines Lehrers zu einem Gespräch einzugehen. Es gelang ihm nicht, die Kraft zu finden, sich wieder aus dem Abgrund herauszukämpfen, in den er gestürzt war. Ja, nach seinem starren und entsetzten Blick zu urteilen, vergrub er sich sogar immer tiefer in diesen Abgrund. Hin und wieder glänzte in seinen regungslosen Augen eine innere Erschütterung auf, und dann kullerten ihm die Tränen über die Wangen und auf sein Gewand.

So verging die Zeit. Es mußte schon bald Mittag sein, als die Tür sich erneut öffnete und der Mann, an den sich Ambrosinus in der Nacht zuvor gewandt hatte, auf der Schwelle erschien und zu Romulus sagte: »Jetzt kannst du sie sehen, wenn du willst.« Der Junge rappelte sich sofort aus seiner Benommenheit auf und folgte ihm, ohne auf seinen Lehrer zu warten, der sich schweigend der kleinen Prozession anschloß. Er hatte bis zu diesem Augenblick nichts gesagt, weil er wußte, daß es keine Worte gab, die in diesen Abgrund der Finsternis einen Lichtstrahl werfen konnten, und weil er überzeugt war, daß die jungen Menschen letzten Endes von der Natur geschützt wurden, der einzigen Macht, die imstande war, derart schmerzende Wunden zu heilen.

Sie gingen durch den Palast in Richtung Südflügel bis zu den nunmehr verlassenen Unterkünften der Palastwachen. Hier stiegen sie die Treppen hinunter, und Ambrosinus begriff, daß sie sich auf dem Weg zur kaiserlichen Basilika befanden, an der er kurz zuvor über die Emporen gehend vorbeigekommen war. Sie durchquerten das Schiff und stiegen in eine Krypta hinunter, die zum Teil vom sumpfigen Wasser der Lagune überschwemmt war. Der Hauptaltar und der kleine Chorraum ragten aus dem Wasser wie eine kleine Insel, die über einen aus Ziegeln erbauten Laufsteg mit dem Pflaster draußen verbunden war. Wer ihn benutzte, überquerte die Oberfläche des Wassers, unter der ein altes Mosaik glänzte, welches den Tanz der Jahreszeiten darstellte. Auf dem Marmor des Altars lag Flavia Serenas Leichnam. Er war weiß wie Wachs, gehüllt in eine Decke aus weißer Wolle, die auf beiden Seiten herabfiel. Ihre Haare waren wohlgeordnet und ihr Gesicht sauber gewaschen und leicht geschminkt. Irgendeine Magd aus dem Palast mußte sich der Leiche angenommen und sie so gut hergerichtet haben, wie dies möglich war.

Romulus trat vorsichtig an sie heran und betrachtete sie eingehend – so, als könnte sich diese kalte sterbliche Hülle wie durch ein Wunder unter der Wärme seines Blicks wiederbeleben. Dann füllten sich seine Augen mit Tränen; er legte die Stirn auf den eiskalten Marmor und begann heftig zu schluchzen. Ambrosinus, der sich ihm genähert hatte, aber nicht wagte, ihn zu berühren, ließ ihm Zeit, seinen Gefühlen freien Lauf zu lassen. Endlich sah er, wie er sich das Gesicht trocknete, und hörte, daß er leise etwas vor sich hin murmelte, was er aber nicht verstehen konnte. Da hob Romulus den Kopf und wandte sich zu den Umstehenden, den barbarischen Soldaten in Wulfilas Diensten, und sein Erzieher war beeindruckt von der Festigkeit seines Blickes, als er sagte: »Dafür werdet ihr bezahlen. Ihr werdet alle bezahlen. Gott verfluche euch, ihr Rudel tollwütiger Hunde.«

Keiner von ihnen verstand diese letzten Worte des Knaben, die er in einem ebenso feierlichen und altertümlichen Latein hervorgebracht hatte wie zuvor seine Verwünschung, und sein Erzieher war erleichtert. Doch oben, von einem kleinen Vorsprung der Apsis aus, die mit den Emporen verbunden war, hatte Odoaker, von seinen Wachen und einem seiner Diener flankiert, die Szene beobachtet. »Was hat er gesagt?« fragte er den letzteren.

»Er hat euch alle verflucht«, antwortete der Diener kurz und bündig. Odoaker verzog das Gesicht zu einer Grimasse verächtlichen Mitleids, aber Wulfila, der halb versteckt im Schatten hinter ihm stand, schien der lebendige Beweis für diesen Fluch zu sein. Der breite Schmiß, den ihm Aurelius' Schwert beigebracht hatte, entstellte sein Antlitz, und die Stiche der Naht, die dem Chirurg des Palastes zu verdanken war, ließen das aufgedunsene Gesicht mit den geschwollenen, zu einer grotesken Fratze verzerrten Lippen noch abstoßender wirken.

Odoaker wandte sich an die neben ihm stehenden Wachen: »Führt den Jungen zurück in sein Zimmer und bringt mir den Alten! Er muß über den Überfall heute nacht Bescheid wissen.« Er warf einen letzten Blick auf Flavia Serenas Leichnam, und niemand konnte in dieser Dunkelheit den Ausdruck tiefen Schmerzes sehen, der einen Moment lang in seinem Blick lag. Dann drehte er sich um und ging, gefolgt von Wulfila, in Richtung der kaiserlichen Gemächer davon. Einer der Wächter stieg in die Krypta hinunter und murmelte dem Kommandanten etwas zu; gleich darauf wurde Romulus von seinem Lehrer getrennt, der von dem Hinzugekommenen abgeführt wurde. Der Knabe rief ihm nach: »*Magister*!« Und dann, als Ambrosinus sich umwandte: »Laß mich nicht allein!«

»Keine Angst. Wir werden uns bald wiedersehen. Verzage nicht, niemand darf dich mehr weinen sehen, niemand, unter gar keinen Umständen. Du warst Zeuge, wie deine beiden Eltern umgebracht wurden, im ganzen Leben kann es keinen größeren Schmerz geben als diesen. Jetzt kannst du nur noch aus dem tiefen Abgrund herausklettern, in den du gestürzt bist, und ich werde ich dir dabei helfen.« Und damit ging er hinter seinen Wächtern her.

Odoaker erwartete ihn im Gemach des Kaisers, in dem Raum, der das Arbeitszimmer des vorhergehenden Kaisers, Julius Nepos, und von Flavius Orestes gewesen war.

»Wer war der Mann, der heute nacht versucht hat, die Gefangenen zu befreien?« fragte er ihn ohne Umschweife. Ambrosinus ließ seinen Blick an den langen Regalen voller Rollen und Büchern entlangwandern, die ihn daran erinnerten, daß er selbst in den wenigen Monaten, die er als Mitglied der kaiserlichen Familie in dieser prachtvollen Residenz verbracht hatte, in so manchen von ihnen gelesen hatte, und dies irritierte seinen Gesprächspartner so sehr, daß er losbrüllte: »Schau mich an, wenn ich mit dir rede! Und antworte auf die Fragen, die ich dir stelle!«

»Ich weiß nicht, wer es war«, lautete die ruhige Antwort. »Ich habe ihn nie zuvor gesehen.«

»Mach dich ja nicht über mich lustig! Niemand würde sich auf ein solches Unternehmen einlassen ohne eine vorherige Übereinkunft. Du hast gewußt, daß er handeln würde, und vielleicht weißt du auch, wo er sich jetzt befindet. Du wirst es mir sagen! Ich habe die Mittel, dich zum Sprechen zu bringen, wenn ich will.«

»Das bezweifele ich nicht«, antwortete Ambrosinus, »aber nicht einmal du kannst mich dazu bringen, etwas zu sagen, was ich nicht weiß. Du brauchst doch nur die Männer der Eskorte zu fragen: Von dem Augenblick an, da wir die Villa verließen, ist niemand mit uns in Kontakt gekommen außer deinen Barbaren. In dem ganzen Haufen, den du mit dem Massaker beauftragt hast, befand sich kein einziger Römer, und keiner von Orestes' Leuten ist dem Gemetzel entkommen, das weißt du ganz genau. Außerdem habe ich selbst verhindert, daß dieser Mann den letzten Versuch, den Jungen fortzubringen, zu Ende führt.«

»Weil du ihn keinen weiteren Gefahren aussetzen wolltest.«

»Sehr richtig! Und weil ich bei einem derartigen Manöver niemals mitgemacht hätte! Ein verzweifeltes Unterfangen, eine von vornherein verlorene Schlacht. Und der Preis war in der Tat fürchterlich. Gewiß, es war nicht seine Absicht, aber leider ist dies der Preis gewesen: Meine Herrin, die Mutter des Kaisers, wäre ohne diese unbesonnene Tat noch am Leben. Ich hätte einen solchen Wahnsinn niemals gebilligt, und zwar aus einem ganz einfachen Grund ...«

»Und dieser Grund wäre ... ?«

»Ich verabscheue Mißerfolge. Sicher, er ist ein sehr mutiger Mann, und dein Wachhund hier wird sich noch eine Zeitlang an ihn erinnern: Er hat ihm ja das Gesicht von einer Seite zu anderen aufgeschlitzt. Ich verstehe, daß er sich rächen will, aber ich kann euch nicht helfen, und wenn du mich auch in Stücke schneidest – aus mir bekommst du nicht mehr heraus als das, was ich schon gesagt habe.«

Er sprach mit einer solchen Ruhe und Sicherheit, daß Odoaker beeindruckt war. Ein Mann von diesem Kaliber könnte ihm nützlich sein, ein Mann mit Verstand und großer Weisheit, der ihn in den Wirrungen der Politik und der Hofintrigen, in die er schon bald hineingezogen werden würde, beraten könnte. Aber der Ton, in dem er die Worte »meine Herrin, die Mutter des Kaisers« ausgesprochen hatte, ließ keinen Zweifel an seinen Überzeugungen und daran, wem seine Treue galt.

»Was hast du mit dem Knaben vor?« fragte ihn jetzt Ambrosinus.

»Das geht dich nichts an«, entgegnete Odoaker.

»Verschone ihn! Er kann dir in keiner Weise schaden. Ich weiß nicht, warum dieser Mann versucht hat, ihn zu befreien, aber für dich kann das kein Grund zur Beunruhigung sein. Er war allein. Wenn es sich um ein Komplott gehandelt hätte, wären ein anderer Zeitpunkt und ein anderer Ort gewählt worden, glaubst du nicht auch? Wenn es mehrere Leute gewesen wären, hätten sie am Weg entlang Helfer postiert und den Fluchtweg abgesichert. Ich dagegen mußte ihm noch erklären, von wo aus wir hätten fliehen können.«

Odoaker überraschte dieses freiwillige Geständnis und zugleich auch die zwingende Logik seiner Worte. »Aber wie hat er es dann geschafft, bis zu euren Gemächern vorzudringen?«

»Das weiß ich nicht, aber ich kann es mir vorstellen.«

»Sprich!«

»Dieser Mann kennt eure Sprache.«

»Wie kannst du da so sicher sein?«

»Weil ich gehört habe, wie er mit deinen Kriegern sprach«, erwiderte Ambrosinus.

»Und von wo aus sind sie hinausgegangen?« beharrte Odoaker. Tatsächlich hatte sich keiner seiner Leute erklären können, wie es möglich war, Romulus und Aurelius außerhalb des Palastes anzutreffen, da doch sämtliche Fluchtwege abgeriegelt waren.

»Das weiß ich nicht, weil wir durch den Angriff deiner Wachen getrennt worden sind. Aber der Junge war ganz naß und verströmte einen entsetzlichen Geruch. Ein Abwasserkanal, würde ich sagen. Aber was hat es für einen Zweck nachzuforschen? Du wirst dich doch nicht vor einem Knaben fürchten, der kaum dreizehn Jahre alt ist! Zudem war dieser Mann allein, allein, sage ich dir, und er ist schwer verwundet worden. In dieser Stunde könnte er schon tot sein. Verschone den Jungen, ich beschwöre dich. Er ist fast noch ein Kind: Was könnte er dir schon Böses antun?«

Odoaker blickte ihm starr in die Augen und verspürte eine plötzliche Unruhe – so, als habe ihn ein unerklärliches Gefühl der Unsicherheit erfüllt. Er senkte den Blick, als würde er nachdenken, dann sagte er: »Geh jetzt. Meine Entscheidung wird nicht lange auf sich warten lassen. Hofft bloß nicht, daß der Vorfall von heute nacht sich wiederholen könnte.«

»Wie sollte er das?« antwortete Ambrosinus. »Ein alter Mann und ein Junge, von Dutzenden Kriegern bewacht … Aber wenn ich dir einen Rat geben darf …«

Odoaker wollte sich nicht so weit demütigen, ihn darum zu bitten, aber im Grunde seines Herzens war er neugierig zu hören, was dieser Mann sagen würde, der imstande war, ihn allein mit einem Blick aus der Fassung zu bringen. Ambrosinus verstand und fuhr fort: »Wenn du den Jungen umbringst, begehst du einen schwerwiegenden Akt der Willkür, und deine Macht wird niemals vom Kaiser des Ostens anerkannt werden, der auch in Italien viele Anhänger, viele Spitzel und auch viele Soldaten hat. Wohl kann ein Römer einem anderen Römer die Macht entziehen, aber nicht …«, und er zögerte einen Augenblick, ehe er das Wort aussprach, »… nicht ein Barbar. Selbst der große Rikimer, dein Vorgänger, hat sich, um zu regieren, immer hinter blassen Kaisergestalten versteckt. Also verschone den Knaben, und du wirst als hochherzig und großzügig gelten. Es wird dir die Sympathien des christlichen Klerus sichern, der sehr mächtig ist, und der Kaiser des Ostens wird so tun, als sei nichts geschehen. Für ihn spielt es keine Rolle, wer im Westen das Sagen hat, weil er ohnehin nichts am Stand der Dinge ändern kann, aber von grundlegender Bedeutung ist es für ihn, daß die Form, daß der Schein gewahrt wird. Erinnere dich an das, was ich gesagt habe: Wahre den Schein, und du wirst die Macht in diesem Land behalten, solange du lebst.«

»Den Schein?« wiederholte Odoaker.

»Hör zu. Vor fünfundzwanzig Jahren verlangte Attila von Kaiser Valentinianus III. einen Tribut, und diesem blieb keine andere Wahl als zu zahlen. Aber weißt du, wie? Er ernannte Attila zum General des Reiches und zahlte ihm den Tribut in Form eines Gehalts. Im Grunde war der Kaiser der Römer einem Barbarenführer tributpflichtig, aber der Schein wurde aufrechterhalten und damit die Ehre gerettet. Romulus zu töten wäre eine überflüssige Grausamkeit und politisch ein ungeheurer Fehler. Du bist jetzt ein Mann der Macht. Es ist an der Zeit, daß du auch lernst, wie man damit umgeht.« Mit einer leichten Kopfbewegung wandte er sich um, und Odoaker dachte nicht daran, ihn zurückzuhalten.

Ambrosinus ging hinaus, und fast im selben Augenblick öffnete sich eine Seitentür des Arbeitszimmers, und Wulfila erschien. »Du mußt ihn aus dem Weg räumen, und zwar sofort«, zischte er durch die Zähne, »sonst werden sich Vorfälle wie der von heute nacht ständig wiederholen.«

Odoaker betrachtete ihn, und plötzlich kam ihm dieser Mann, der in der Vergangenheit auf seinen Befehl hin jede Art von Schändlichkeiten begangen hatte, fern und beinahe wie ein völlig Fremder vor – wie ein Barbar, mit dem er, wie er fühlte, nichts mehr gemein hatte.

»Du kennst nur Blut und Gemetzel«, antwortete er ihm. »Ich aber will regieren, verstehst du? Ich will, daß meine Untertanen sich ihren Geschäften und Beschäftigungen widmen und keinen Komplotten und Verschwörungen. Ich werde also die Entscheidung treffen, die mir am richtigsten erscheint.«

»Du hast dich vom Gejammer dieses Schoßkindes erweichen und dir vom Geschwätz dieses Scharlatans den Kopf verdrehen lassen. Wenn du dich außerstande fühlst, dann kümmere ich mich um sie.«

Odoaker hob die Hand so, als wolle er ihm einen Schlag versetzen, hielt aber vor Wulfilas gepeinigtem Gesicht inne. »Wage nicht, mir zu mißtrauen«, herrschte er ihn an. »Gehorche, ohne zu diskutieren. Und jetzt geh, ich muß nachdenken. Wenn ich entschieden habe, werde ich dich holen lassen.«

Wulfila ging und schlug die Tür hinter sich zu. Odoaker blieb allein im Arbeitszimmer zurück; er wanderte auf und ab und grübelte dabei über Ambrosinus' Worte nach. Dann rief er plötzlich einen Diener und befahl ihm, Antemius, den Palastlehrer, zu ihm zu führen. Der Alte trat raschen Schrittes ein, und Odoaker hieß ihn Platz nehmen.

»Was das Schicksal des jungen Mannes, der Romulus Augustus genannt wird, anbelangt, so habe ich meine Entscheidung getroffen«, hob er an.

Antemius hob die wäßrigen und scheinbar ausdruckslosen Augen. Auf den Knien hielt er ein Notizbuch und in der rechten Hand eine Feder und machte sich bereit, das aufzuschreiben, was ihm gesagt wurde. Odoaker fuhr fort: »Ich habe Mitleid mit diesem armen Jungen, der nicht schuld ist am Verrat seines Vaters, und daher beschlossen, sein Leben zu schonen.«

Antemius konnte einen Seufzer der Erleichterung nicht unterdrücken, doch Odoaker redete sofort weiter: »Dennoch, der Vorfall von heute nacht ist der klare Beweis dafür, daß sein Leben in Gefahr ist und daß jemand ihn benutzen könnte, um Krieg und Zwietracht in diesem Land zu säen, das nichts anderes braucht als Frieden und Ruhe. Aus diesem Grund werde ich ihn an einen sicheren Ort schicken, wo er von vertrauenswürdigen Leuten bewacht wird, und ich werde ihm eine seinem Rang entsprechende Pension aussetzen. Die kaiserlichen Insignien werden zu Kaiser Basiliskos nach Konstantinopel geschickt, und ich werde im Gegenzug zum *magister militum* des Westens ernannt. Für diese Welt ist ein Kaiser mehr als genug.«

»Eine weise Entscheidung«, bemerkte Antemius. »Das Wichtigste ist in der Tat …«

»... den Schein zu wahren«, ergänzte Odoaker. Antemius blickte ihn erstaunt an: Dieser ungehobelte Soldat lernte aber schnell die Regeln der Politik!

»Sein Erzieher darf mit ihm gehen?« fragte der Alte.

»Ich habe nichts dagegen. Der Junge kann sich so seinen Studien widmen, und das kann ihm nur guttun.«

»Wann müssen sie abreisen?« fragte Antemius.

»Je früher, desto besser: Ich will keine weiteren Scherereien haben.«

»Und darf ich erfahren, wohin es gehen soll?«

»Nein. Nur der Kommandant der Eskorte wird entsprechende Weisungen erhalten.«

»Aber muß ich Vorbereitungen für eine lange oder für eine kurze Reise treffen?«

Odoaker zögerte einen Augenblick und sagte dann: »Für eine ziemlich lange Reise.«

Antemius nickte, zog sich mit einer ehrfurchtsvollen Verneigung zurück und ging in Richtung seines Gemachs davon. Bei Odoaker traf kurz danach eine Gruppe Offiziere ein, die sein besonderes Vertrauen genossen und seinen engsten Beraterstab bildeten. Unter ihnen war auch Wulfila, der noch Anzeichen der Verwirrung nach seinem letzten Gespräch unter vier Augen mit seinem Herrn zeigte. Odoaker ließ ihnen das Mittagessen servieren, und als alle saßen und jeder sich seine Portion Fleisch genommen hatte, fragte er sie, wohin er ihrer Meinung nach den Knaben ins Exil schicken sollte. Jemand schlug Istrien vor, ein anderer Sardinien. Plötzlich sagte einer der Anwesenden: »Meiner Ansicht nach sind dies zu weit entfernte Orte, die schwer zu kontrollieren sind. Es gibt eine Insel im Tyrrhenischen Meer, die rauh und unwirtlich und in jeder Hinsicht arm ist, aber ziemlich in der Nähe und doch einigermaßen weit von der Küste entfernt liegt. Auf einem überhängenden, völlig unzugänglichen Felsen steht eine alte Villa, die teilweise verfallen, aber noch bewohnbar ist.« Er stand auf und ging zur Wand, auf die eine Karte des Reiches aufgemalt war, und deutete auf einen Punkt im Golf von Neapel: »Capri.«

Odoaker antwortete nicht sofort. Offensichtlich dachte er über die verschiedenen Vorschläge nach. Dann sagte er: »Dies scheint mir der beste Ort zu sein, ziemlich isoliert, aber auf jeden Fall nicht allzu schwer zu erreichen. Der Junge wird von einer Hundertschaft unserer besten Krieger eskortiert werden. Ich will weder Überraschungen noch unvorhergesehene Umstände: Trefft also die nötigen Vorbereitungen! Ich werde euch Bescheid sagen, wenn der Moment der Abreise gekommen ist.«

Die Sache war entschieden, und man wechselte das Thema. Alle waren bester Laune: Das Bewußtsein, sich in der Residenz der höchsten Macht zu befinden, und die Aussicht auf ein angenehmes Leben auf der Grundlage von ausgedehnten Besitzungen, von Sklaven, Frauen, Herden, Villen und Palästen stimmten sie so euphorisch, daß sie geneigt waren, über den Durst zu trinken. Als Odoaker sie verabschiedete, waren die meisten so betrunken, daß die Diener ihnen helfen mußten, zu ihren Unterkünften zu gelangen, damit sie dort eine nachmittägliche Ruhepause einlegen konnten – eine für diese Gegenden typische Gepflogenheit, an die auch sie sich mit Leichtigkeit gewöhnt hatten.

Wulfila, der im Gegensatz zu ihnen noch einigermaßen nüchtern war, weil er viel Alkohol vertrug, wurde zurückgehalten.

»Hör zu«, sagte Odoaker zu ihm. »Ich habe beschlossen, dir die Bewachung des Knaben anzuvertrauen, weil du der einzige bist, auf den ich mich bei dieser Mission verlassen kann. Du hast mir schon gesagt, was du in dieser Angelegenheit denkst, und jetzt sage ich dir, was ich denke: Wenn ihm etwas passieren sollte, was auch immer, würdest du dafür verantwortlich gemacht, und dann wäre dein Kopf weniger wert als die Essensreste, die ich den Hunden zum Fraß vorgeworfen habe. Hast du mich richtig verstanden?«

»Ich habe dich sehr gut verstanden«, erwiderte Wulfila, »und ich glaube, daß du deine Entscheidung, den Jungen zu schonen, noch bereuen wirst, aber du bist es, der die Befehlsgewalt hat.« Diese letzten Worte brachte er hervor wie jemand, der den Satz gern mit einem »... bis auf weiteres« beendet hätte. Odoaker begriff, wollte aber nichts mehr hinzufügen.

Als der Tag der Abreise kam, traten kurz vor dem Morgengrauen zwei Mägde in Romulus' Zimmer, um ihn zu wecken und reisefertig zu machen.

»Wohin wird man uns bringen?« fragte der Knabe.

Die Mägde verständigten sich über ein Zeichen und sagten dann, an Ambrosinus gewandt, der sich sofort erhoben hatte: »Wir wissen es noch nicht, aber Antemius ist sicher, daß ihr nach Süden reisen werdet, und aufgrund der Menge an Lebensmittelvorräten meint er, es würde sich um eine mindestens einwöchige Reise handeln, vielleicht dauert sie auch länger. Es könnte nach Gaeta oder nach Neapel gehen oder vielleicht auch nach Brindisi, aber dieses Ziel hält er für weniger wahrscheinlich.«

»Und danach?« fragte Ambrosinus.

»Es wird kein Danach geben«, erwiderte die Magd. »An eurem Bestimmungsort werdet ihr, egal, wie er heißt, für immer bleiben.«

Ambrosinus wandte den Blick ab und versuchte, seine Erregung zu verbergen. Die Mädchen küßten Romulus die Hände und flüsterten: »Leb wohl, Cäsar! Gott möge dich beschützen!«

Kurz darauf wurden Romulus und Ambrosinus, von Wulfilas Männern eskortiert, an der Basilika vorbei nach draußen geführt. Die Tür stand offen, und am anderen Ende des Schiffes sah man eine von brennenden Lampen umgebene Bahre: Man war im Begriff, die feierliche Beisetzung Flavia Serenas vorzubereiten. Antemius trat näher, von einem von Odoakers Leuten wachsam verfolgt, begrüßte Romulus mit großer Ehrerbietung und sagte: »Leider ist es dir nicht gestattet, an der Beisetzungsfeier für deine Mutter teilzunehmen, die ich selbst mit der größten Sorgfalt geplant habe, aber vielleicht ist es besser so. Gute Reise, mein Herr. Gott möge dir helfen!«

»Danke«, sagte Ambrosinus zu Antemius und grüßte ihn seinerseits mit einem Kopfnicken. Er stieg in die Kutsche und hielt die Tür auf, um Romulus einsteigen zu lassen, aber der Junge ging noch einige Schritte weiter, bis zur Schwelle der Basilika. Dort warf er einen langen Blick auf Flavia Serenas Leichnam und murmelte: »Leb wohl, Mama.«

V

Das Bild kristallisierte sich nur langsam heraus. Zunächst war es bloß ein vages Schimmern, ein grünlicher Widerschein, dann nahm es im schwachen Licht der Morgensonne immer deutlichere und klarere Konturen an: ein großes Becken voller Wasser, eine Steinmaske in Form eines Satyrgesichts mit geöffnetem Mund, aus dem gluckernd ein Bächlein in das große Bassin rann. Oben krümmte sich ein mit Tropfen bedecktes Gewölbe, von dem ganze Büschel von Venushaar herabhingen; dort oben drang durch breite Risse das Tageslicht ein und malte seltsame Effekte an die Wände und auf die Oberfläche des Wassers. Rund um das Becken standen Sockel mit den Überresten verstümmelter Statuen. Ein altes verlassenes Nymphäum.

Aurelius machte Anstalten, sich aufzusetzen, aber diese plötzliche Bewegung entlockte ihm nur einen Schmerzensschrei. Erschrocken hüpften einige Frösche in das stehende Wasser.

»Immer mit der Ruhe«, ertönte eine Stimme hinter ihm, »du hast ein ganz schönes Loch in der Schulter, das könnte wieder aufgehen.«

Aurelius wandte sich um, und schlagartig kehrten die Szenen seiner Flucht in die Lagune in sein Gedächtnis zurück – das Bild von dem verängstigten Knaben, das Gesicht dieser stolzen Frau, das im Tod erbleichte – und der Stich, den er in seinem Herzen fühlte, war heftiger und qualvoller als seine körperlichen Schmerzen. Vor ihm stand ein Mann von etwa sechzig Jahren mit runzeliger, vom Salz verdorrter Haut; er trug eine Tunika aus grober Wolle, die ihm bis zu den Knien reichte, und seinen kahlen Kopf hielt er mit einer Mütze, die ebenfalls aus Wolle war, bedeckt.

»Wer bist du?« fragte er ihn.

»Ich bin der, der dich wieder in Ordnung gebracht hat. Ich heiße Justinus und war einmal ein angesehener Arzt. Ich habe dich mit einem Faden, wie er für die Fischernetze verwendet wird, zusammengeflickt, so gut es eben ging, und dich mit Essig gewaschen. Aber du warst wirklich sehr übel zugerichtet und überall mit Blut beschmiert. Du mußt in der Lagune eine ganze Menge davon verloren haben, während man dich mit dem Boot hierher schaffte.«

»Ich danke dir ...«, hob Aurelius an, doch in diesem Augenblick hörte er Schritte aus dem hinteren Teil des großen Gebäudes herannahen. Er drehte sich um und sah ein Mädchen, das wie ein Mann gekleidet war, mit einer Hose und einem Kittel aus Hirschleder, und kurzgeschnittene Haare hatte. Über der Schulter trug sie einen Bogen und am Gürtel einen Köcher.

»Bei ihr mußt du dich bedanken«, sagte der Mann und zeigte auf sie. »Sie ist es, die dir das Leben gerettet hat.« Dann hob er seinen Quersack auf und die Zinnschüssel, in der er ihm die Wunde ausgewaschen hatte, verabschiedete sich mit einem leichten Kopfnicken und ging.

Aurelius betrachtete seine gerötete Schulter, deren Schwellung sich bis zur Brust und zum Ellenbogen hinunter ausgebreitet hatte. Sein Kopf schmerzte, und in seinen Schläfen hämmerte es. Er ließ sich auf die Strohmatte zurücksinken, auf die er gebettet war, während das Mädchen näher trat und sich neben ihn auf den Boden setzte.

»Wer bist du?« fragte Aurelius. »Wieviel Zeit ist vergangen?«

»Zwei Tage.«

»Ich habe also zwei Tage und zwei Nächte durchgeschlafen?«

»Sagen wir lieber, daß du zwei Tage und zwei Nächte bewußtlos warst. Justinus hat mir erzählt, daß du sehr hohes Fieber hattest und phantasiert hast. Du hast seltsames Zeug zusammengeredet ...«

»Und du hast mir das Leben gerettet. Ich danke dir.«

»Ihr wart fünf gegen einen. Ich habe es für richtig gehalten, die Kräfteverhältnisse wieder auszugleichen.«

»Eine unglaubliche Zielgenauigkeit, nachts, bei diesem Nebel ...«

»Der Bogen ist die ideale Waffe in dieser so unbeständigen und flüchtigen Umgebung.«

»Und mein Pferd?«

»Sie haben es wohl mitgenommen. Oder verspeist. Es sind schwere Zeiten.«

Aurelius suchte ihren Blick, aber sie wich ihm aus.

»Hast du Wasser? Ich vergehe vor Durst.«

Das Mädchen schenkte ihm aus einem Tonkrug ein.

»Wohnst du in dieser Gegend?«

»Dies ist einer meiner Zufluchtsorte: Eine schöne Anlage – findest du nicht? Groß, weitläufig, gut geschützt. Aber ich habe noch andere ...«

»Ich wollte sagen: Lebst du in der Lagune?«

»Seit meiner Kindheit.«

»Wie heißt du?«

»Livia. Livia Prisca. Und du, wer bist du?«

»Aurelianus Ambrosius Ventidius, aber meine Freunde nennen mich Aurelius, und so kannst auch du mich nennen.«

»Hast du eine Familie?«

»Ich habe niemanden. Und ich kann mich auch nicht erinnern, jemals irgend jemanden gehabt zu haben.«

»Das ist unmöglich! Du hast einen Namen, und dieser Ring, den du da trägst, ist das vielleicht nicht der Ring einer Familie?«

»Das weiß ich nicht. Jemand könnte ihn mir geschenkt haben, oder ich könnte ihn auch gestohlen haben. Wer kann das schon sagen? Meine einzige Familie ist immer das Militär gewesen, die Kameraden meiner Abteilung. Was davor war – daran erinnere ich mich nicht.«

Das Mädchen schien diesen Worten kein Gewicht beizumessen. Vielleicht hatten das Fieber und die Schmerzen diesem Mann den Kopf verwirrt. Oder vielleicht wollte er sich einfach nicht erinnern. Sie fragte ihn: »Und deine Kameraden, wo sind die jetzt?«

Aurelius seufzte. »Ich weiß es nicht. Aber wahrscheinlich sind sie alle tot. Es waren außergewöhnliche Kämpfer, die besten – die Legionäre der Nova Invicta.«

»Hast du Nova Invicta gesagt? Ich habe nicht geglaubt, daß es die tatsächlich gibt! Die Legionen gehören der Vergangenheit an, jener Zeit, als die Männer noch auf offenem Feld und in geschlossener Formation aufeinandertrafen: Fußsoldat gegen Fußsoldat, Reiter gegen Reiter … Du bist jedenfalls davongekommen. Es ist seltsam … In der Stadt geht das Gerücht um, daß irgendein entlaufener Verbrecher versucht hat, den Kaiser zu entführen. Derjenige, der hilft, ihn einzufangen, wird ein hübsches Sümmchen bekommen.«

»Und das möchtest du dir verdienen, oder?«

»Wenn ich das gewollt hätte, hätte ich es schon gemacht, glaubst du nicht? Du wärst in einem Gefängnis aufgewacht oder unter einem Galgen, oder du wärst während des Transports hierher gestorben. Dann hätten wir uns nicht einmal kennengelernt.«

Ihre Worte klangen leicht ironisch. Sie hatte angefangen, mit einem Fischernetz herumzuhantieren, und schien dem Blick ihres Gastes ausweichen zu wollen. Es war nicht klar, ob dies Ausdruck des ungehobelten Benehmens eines wild aufgewachsenen Mädchens war oder einfach nur aus Scheu geschah. Aurelius schwieg eine Weile und tat, als lausche er den Rufen der Sumpfvögel, die sich auf ihre Wanderschaft vorbereiteten, und dem monotonen Gluckern des Wassers in dem grünen Becken. Er erinnerte sich an seine Kameraden, die so tief in einer Flut von Feinden versunken waren, daß er sie nicht hatte retten und ihnen nicht hatte helfen können. Er stellte sich ihre unbeerdigten, mit Wunden übersäten Leichen vor – Beute streunender Hunde und wilder Tiere. Vatrenus, Batiatus, Antoninus, der Kommandant Claudianus ... Es zog ihm das Herz zusammen, und die Tränen stiegen ihm in die Augen.

»Denk nicht daran«, sagte das Mädchen, als würde sie sein Gesicht betrachten. »Die Überlebenden eines Massakers haben immer das Gefühl, schuldig zu sein. Manchmal für den Rest ihrer Tage. Schuldig, weil sie leben.«

Aurelius antwortete nicht, und als er wieder zu sprechen anhob, versuchte er, das Thema zu wechseln. »Aber wie kannst du nur an einem solchen Ort leben? Ein Mädchen allein in einem solchen Sumpfgebiet?«

»Wir sind gezwungen, wie Barbaren zu leben, um als Römer weiterleben zu können«, erwiderte Livia mit leiser Stimme, als führe sie ein Selbstgespräch.

»Du kennst ja die Schriften des Salvianus!«

»Du auch, wie ich sehe.«

»Richtig ... Kleine Wissensfetzen, die aus meiner Vergangenheit stammen. Worte ... bisweilen Bilder ...«

Livia stand auf und trat näher an ihn heran. Aurelius hob den Blick, um sie zu betrachten: Ein Lichtstrahl, der den morgendlichen Nebel durchbohrt hatte, drang durch einen Spalt in der Mauer und beleuchtete ihren Kopf und ihre schlanke Gestalt wie eine durchscheinende Aura, wie ein glasartiger Widerschein. Sie war zweifellos faszinierend, vielleicht sogar schön. Seine Augen blieben an ihrer Brust, an einem Medaillon mit einem silbernen Adler mit ausgebreiteten Schwingen hängen, das sie um den Hals trug. Als sie seinen Blick bemerkte, änderte sich ihre Miene schlagartig. Sie starrte ihn fragend, fast forschend an. Aurelius sah wie in einem Blitz das gedehnte, verzerrte Bild einer brennenden Stadt. Über dem Flammenmeer schien es ihm, als sähe er diese Kette mit dem Adler langsam wie ein Blatt, das in der Luft kreiselte, herabfallen. Livia riß ihn aus seinen Gedanken: »Erinnert es dich an etwas?«

Aurelius wandte den Blick ab: »Was?«

»Das hier«, antwortete das Mädchen und nahm das Medaillon in die Hand, beugte sich vor und hielt es ihm vor die Augen: ein kleiner Bronzering, einst eine Medaille, kaum größer als eine Solidusmünze, auf dem ein kleiner Adler aus Silber angebracht war.

»Nein«, erwiderte Aurelius kurz angebunden.

»Bist du sicher?«

»Warum sollte es?«

»Weil es mir so vorkam, als hättest du es wiedererkannt.«

Aurelius drehte sich auf seinem Lager um und legte sich auf die Seite. »Ich bin müde«, sagte er, »erschöpft.«

Livia fügte dem nichts mehr hinzu. Sie wandte sich um und verschwand hinter einem Torbogen in einem Seitenraum. Kurz darauf hörte man ein Meckern, und dann erschien das Mädchen wieder mit einem Eimer Milch und schenkte ihm eine Tasse davon ein. »Trink«, sagte sie, »sie ist frisch gemolken, und du hast seit Tagen nichts gegessen.«

Aurelius trank, und die Wärme der Milch drang ihm mit einem unerträglichen Gefühl von Mattigkeit durch Körper und Geist: Er machte es sich auf seiner Strohmatte bequem und schlummerte ein. Livia setzte sich neben ihn und verweilte eine Zeitlang, um ihn zu betrachten. Sie suchte etwas in seinen Gesichtszügen, hätte aber nicht sagen können, was es war, und diese Unsicherheit verursachte ihr tiefes Unbehagen: das Unbehagen, das man empfindet, wenn man von einer plötzlichen Hoffnung durchdrungen wird und gleichzeitig von dem Bewußtsein, daß diese Hoffnung unsinnig ist, daß sie sich nicht erfüllen kann. Sie schüttelte den Kopf, wie um einen lästigen Gedanken zu vertreiben, ging zu ihrem Boot, schob es ins Wasser und ruderte durch die Lagune bis zu einem Röhricht, wo sie es sich bequem machte, um zu warten. Sie legte sich auf ihr Fischernetz, streckte sich aus und betrachtete den

Himmel, der langsam dunkel wurde. Schwärme von Wildenten und -gänsen zogen hoch oben in langen Reihen vor den großen, bauschigen Wolken dahin, die von den letzten Strahlen der untergehenden Sonne rot gefärbt wurden. Bisweilen konnte man sogar deren Rufe hören. Von den Feldern, den kleinen Bächen und den Kanälen ringsum drang das eintönige Gequake der Frösche herüber, und langsam und feierlich schwebte ein Graureiher über die Wasseroberfläche.

Die herbstliche Natur und der Anblick der Vögel, die sich auf ihren Zug nach Süden vorbereiteten, stimmten sie melancholisch, obwohl sie diesem Schauspiel schon so oft beigewohnt hatte. In Augenblicken wie diesem wäre auch sie gern in die Ferne geflogen, in eine andere Welt, jenseits des Meeres, um diese sumpfige Gegend zu vergessen, die vertraute und doch stets beunruhigende Silhouette der Mauern von Ravenna, die dann für so viele Monate des Jahres im Nebel versank, die Feuchtigkeit, den lästigen Regen und den kalten Ostwind, der einem die Glieder erstarren ließ und in die Knochen kroch. Doch jedesmal, wenn der Frühling wiederkehrte und die Schwalben zwischen den Ruinen in ihr Nest zurückkamen, wenn die Sonne unter dem Wasserspiegel unzählige kleine, silberglänzende Fische aufschimmern ließ, dann fühlte sie, wie auch in ihr die Hoffnung neu aufkeimte, daß die Welt noch einmal von vorn anfangen, daß alles irgendwie wiedergeboren werden könnte.

Sie hatte immer wie ein Mann gelebt, hatte sich daran gewöhnt, in einer rauhen, beschwerlichen und oft feindseligen Umwelt zu überleben, sich zu verteidigen und ohne Rücksicht auf Verluste anzugreifen und Körper und Geist abzuhärten, doch sie hatte niemals ihre Wurzeln vergessen, die wenigen unbeschwerten Jahre, die sie im Schoße ihrer Familie, in der Stadt ihrer Geburt, verbracht hatte. Sie erinnerte sich an das lebhafte Treiben dort, an die Märkte, die Schiffe im Hafen, die Tage des Jahrmarkts, die Zeremonien der vielen verschiedenen Religionen. Sie erinnerte sich an die Richter, die auf dem Forum Recht sprachen, auf ihren Stühlen sitzend, in weiße Gewänder gehüllt, feierlich wie Statuen; an die christlichen Priester, die in der von Mosaiken glitzernden Kirche die Messe feierten, und sie erinnerte sich an die Schauspiele im Theater und den Unterricht der Lehrer in den Schulen. Sie erinnerte sich, was Kultur gewesen war. Bis eines Tages aus dem Osten eine Horde Barbaren gekommen war, kleine und wilde Leute mit schmalen Augen, die Haare zu Schwänzen zusammengebunden, die denen ihrer struppigen Pferde ähnelten. Es kam ihr vor, als hörte sie noch immer den langgezogenen Klagelaut der Hörner, der von den Mauern widerhallte und Alarm auslöste; und noch einmal sah sie vor ihrem geistigen Auge, wie die Soldaten zu den Schießscharten liefen, Stellung bezogen und sich auf einen langen, äußerst harten Widerstand gefaßt machten. Der Kommandant der Garnison weilte in der Ferne, um einen Auftrag zu erfüllen. Das Kommando wurde von einem blutjungen Offizier übernommen. Wenig mehr als ein Junge. Viel mehr als ein Held.

Das Geräusch eines Ruders riß sie aus ihren Gedanken, sie setzte sich auf und spitzte die Ohren. Ein Boot näherte sich, fuhr am Ufer entlang, landete zwei Männer an: Der eine war schon im vorgerückten Alter, gut gekleidet und mit würdevoller Körperhaltung; der andere – Livia hatte ihn schon öfter gesehen – war ungefähr fünfzig Jahre alt, nicht sehr groß, schlank, hatte feine Gesichtszüge und stellte eine Art Leibwächter für den Alten dar. Sie glitt mit dem Boot aus dem Röhricht heraus, näherte sich ihm und sprang an Land. »Antemius«, begrüßte sie den Alten, »ich habe schon geglaubt, du würdest nicht mehr kommen.«

»Es ist nicht leicht gewesen, die Stadt zu verlassen. Sie haben ein wachsames Auge auf mich, und ich will keinen Verdacht wecken. Ich mußte also warten, bis sich mir ein glaubhafter Vorwand bot. Ich habe wichtige Neuigkeiten, aber auch du hast mir etwas zu berichten, wenn ich mich nicht irre.«

Livia hängte sich bei ihm ein und begleitete ihn auf dem Weg zu einer verlassenen Hütte, die fast bis zur Höhe der unteren Fenster im stehenden Wasser versunken war. Sie wollte sicher sein, daß niemand sie hörte.

»Der Mann, den ich neulich in der Nacht gerettet habe, ist derselbe, der versucht hat, den Kaiser aus dem Kaiserpalast zu entführen.«

»Bist du sicher?«

»So sicher, wie ich hier stehe. Er wurde von einer Gruppe Barbaren aus Odoakers Truppen verfolgt. Außerdem: Als ich ihm erzählt habe, daß man in der Stadt nach einem Deserteur fahndet, der versucht hat, den Kaiser zu entführen, hat er noch nicht einmal versucht zu leugnen, daß er es war.«

»Wer ist es?« fragte Antemius.

»Er behauptet, ein Legionär der Nova Invicta zu sein. Vielleicht ein Offizier, ich weiß es nicht.«

»Das ist die Truppe, die Orestes heimlich ausbilden ließ, um aus ihr den Eckpfeiler des neuen Reiches zu machen. Sie ist vernichtend geschlagen worden.«

Livia sah noch einmal im Geiste, wie Aurelius' Blick sich mit Schrecken erfüllte, als er sich an das Opfer seiner Kameraden erinnerte, und schwieg. »Stimmt es, daß keiner entkommen ist?« fragte sie dann.

»Ich weiß es nicht. Vielleicht der eine oder andere, wenn sie Sklaven brauchten. Morgen müßte das Heer unter dem Befehl von Mledo zurückkehren, das Odoaker entsandt hatte, um sie zu vernichten. Ob es Überlebende gegeben hat, wird man dann ja sehen. Der Überfall dieses Soldaten war eine Katastrophe. Er hat zwar ein Dutzend Barbaren umgebracht, was mich natürlich schon mit Genugtuung erfüllt, aber er hat, wenn auch unbeabsichtigt, den Tod der Mutter des Kaisers, Flavia Serena, bewirkt und im Palast große Unruhe ausgelöst. Die Barbaren verdächtigen alles und jeden. Vorübergehend habe ich sogar befürchtet, daß der Kaiser in Lebensgefahr ist, aber glücklicherweise hat Odoaker beschlossen, ihn nicht zu opfern.«

»Sehr großzügig von ihm! Aber die Sache läßt mir keine Ruhe. Soweit ich weiß, tut Odoaker nichts umsonst, und dieser kleine Junge kann für ihn doch nur Probleme schaffen.«

»Da irrst du dich aber«, sagte Antemius zu ihr. »Odoaker hat begriffen, wie Politik funktioniert. Würde er den Kaiser töten, dann würde er den Haß und die Verachtung der römischen Bevölkerung auf sich ziehen und großen Anstoß beim christlichen Klerus erregen, der ihn mit Herodes vergleichen würde, und im Osten würde deutlich werden, daß er den Purpur für sich reklamiert. Wenn er den Knaben aber verschont, gilt er als hochherziger und milder Mensch und weckt in Konstantinopel keinen gefährlichen Argwohn.«

»Aber glaubst du, daß in Konstantinopel sich jemand um Romulus Augustus schert? Zenon hat den früheren Kaiser des Westens, Julius Nepos, unterstützt und ihn während seines Exils, also nach seiner Absetzung durch Flavius Orestes, in seinen dalmatinischen Besitzungen beherbergt. Soweit ich informiert bin, machen sie sich da unten über den Knaben eher lustig. Sie nennen ihn *Momylos* statt Romulus und äffen so die Aussprache eines kleinen Kindes nach.«

»Aber Zenon ist abgesetzt worden, und inzwischen regiert Basiliskos, der sich zur Zeit in Spalato aufhält, nur eine eintägige Schiffsreise von hier entfernt. Ich habe eine kleine Delegation entsandt. Als Fischer getarnt, werden ihn meine Gesandten in spätestens zwei Tagen treffen, und wir werden bald die Antwort wissen.«

»Worum hast du ihn gebeten?«

»Dem Kaiser Zuflucht zu gewähren.«

»Und du glaubst, daß er zustimmen wird?«

»Ich habe ihm ein interessantes Angebot gemacht. Ich glaube schon.«

Über der weiten Fläche der stillen Lagune ging die Sonne unter, und vor der großen, rötlich glühenden Scheibe, die in das flache, in der Dunkelheit liegende Land versank, zeichnete sich eine lange Reihe berittener Krieger ab.

»Mledos Vorhut«, sagte Antemius. »Morgen werde ich mit Sicherheit wissen, ob sich einige Kameraden deines Kriegers retten konnten.«

»Warum machst du das?« wollte Livia wissen.

»Was?«

»Warum versuchst du, den Jungen zu retten? Nicht einmal du kannst irgendeinen Vorteil davon haben, denke ich.«

»Nicht ich persönlich. Aber ich bin der Familie Flavia Serenas immer treu ergeben gewesen. Die Treue ist eine Tugend, die typisch ist für die Alten: Man ist zu müde, um seine Einstellung und seine Ideale zu ändern ...« Er seufzte. »Ich habe ihrem Vater über Jahre gedient, und ich hätte alles Menschenmögliche getan, um ihr zu helfen, wenn ich die Zeit dazu gehabt hätte, wenn dieser Soldat sich nicht eingemischt hätte.«

»Vielleicht hatte auch er seine guten Gründe.«

»Ich will es hoffen, und es würde mich freuen, ihn kennenzulernen, wenn es dir gelingt, ihn zum Sprechen zu bringen.«

»Und wenn Basiliskos sich geneigt zeigt, dem Knaben Asyl zu gewähren, was wirst du dann tun?«

»Ich werde ihn befreien.«

Livia, die in diesem Augenblick einen Schritt vor ihm herging, drehte sich mit einem Ruck zu ihm um: »Wie bitte, was wirst du tun?«

»Ich habe es dir gesagt: Ich werde ihn befreien.«

Livia schüttelte den Kopf und sah ihn mit spöttischer Miene an. »Bist du nicht zu alt für derartige Abenteuer? Und wo wirst du die Leute für ein solches Unterfangen finden? Du hast gesagt, daß Odoaker sein Leben schonen wird. Das ist doch schon viel, glaubst du nicht? Es ist besser, die Dinge so zu lassen, wie sie sind.«

»Ich weiß, daß du mir helfen wirst«, fuhr Antemius fort, als habe sie nichts gesagt.

»Ich? Ich denke nicht daran! Ich habe bereits Kopf und Kragen riskiert, um diesen Unglücklichen zu retten. Es geht mir gegen den Strich, in einem hoffnungslosen Spiel das Schicksal herauszufordern.«

Antemius ergriff ihren Arm. »Auch du hast einen Traum, Livia Prisca, und ich kann dir helfen, daß er Wirklichkeit wird. Ich werde dir eine riesige Summe geben: Du wirst genug haben, um jeden zu bezahlen, den du brauchst, um das

Unternehmen zu einem guten Ende zu bringen, und es wird dir davon noch so viel bleiben, daß du die Verwirklichung deiner Pläne in die Wege leiten kannst. Sicher, im Moment ist alles noch zu früh: Zuerst müssen wir Basiliskos' Antwort abwarten. Jetzt komm, wir kehren um. Man könnte meine Abwesenheit bemerken.«

Sie näherten sich Antemius' Boot. Sein Begleiter saß am Ufer und wartete auf ihn.

»Stephanus ist mein Sekretär und mein Leibwächter, mein Schatten, könnte ich sagen. Er ist in alles eingeweiht. Künftig könnte er derjenige sein, der die Verbindung aufrechterhält.«

»Wie du willst«, antwortete Livia, »aber ich glaube, daß du zu zuversichtlich bist: Basiliskos wird für Romulus' Leben keinen Pfifferling geben.«

Antemius erwiderte nur: »Das werden wir ja sehen.« Er stieg in das Boot, und Stephanus nahm die Ruder in die Hand. Livia blieb regungslos am Ufer stehen und sah ihnen nach, bis sie in der Dunkelheit der Abenddämmerung verschwanden.

VI

Die Kolonne bewegte sich über einen Damm, der die Lagune von Norden nach Süden durchzog; er führte auf dem Rücken einer ganzen Kette von Küstendünen entlang zum Festland. Hier nahm eine Straße aus gestampfter Erde ihren Anfang, die nach einigen Meilen in die gepflasterte Straße mündete, die Via Romea genannt wurde. Sie stellte seit vielen Jahren die bevorzugte Route jener Pilger dar, die aus ganz Europa nach Rom strömten, um dort an den Gräbern der Apostel Petrus und Paulus zu beten. An der Spitze ritt Wulfila, im Sattel seines Schlachtrosses sitzend, mit Axt und Schwert bewaffnet, den Oberkörper bedeckt mit einem Panzerhemd, das an den Schultern und auf der Brust mit Metallplatten verstärkt war. Er ritt schweigend, scheinbar in seine Gedanken versunken, in Wirklichkeit aber entging seinem grimmigen Blick nichts von dem, was sich in den Feldern und am Straßenrand entlang regte. Rechts und links gaben ihm zwei Wachen Flankenschutz und suchten mit den Augen jeden Quadratmeter des weiten Geländes ab, das sich vor ihnen ausbreitete.

Zwei Trupps, die je aus einem Dutzend Krieger bestanden, durchstreiften zu beiden Seiten der Straße in einem Abstand von vielleicht einer halben Meile von der Hauptkolonne die Gegend, um jeden möglichen Überfall zu unterbinden. Hinten folgten etwa dreißig Reiter, dann der Wagen mit den Gefangenen. Den Abschluß der Kolonne bildete in einiger Entfernung die Nachhut, die aus ungefähr zwanzig Mann bestand.

In der Kutsche saß Ambrosinus Romulus gegenüber und machte ihn hin und wieder auf Besonderheiten in der Landschaft aufmerksam – auf Dörfer oder Hütten oder alte, verfallene Monumente. Er versuchte, die Unterhaltung zu beleben, aber mit wenig Erfolg: Der Junge antwortete einsilbig oder verschloß sich ganz. Also zog der Erzieher aus dem Quersack den Band der *Aeneis* hervor und begann zu lesen, wobei er sich bisweilen unterbrach, um einen Blick nach draußen zu werfen. Schließlich er nahm ein Notizbuch heraus, öffnete das Reisetintenfaß, tauchte die Feder hinein und fing an zu schreiben; manchmal schrieb er stundenlang und sagte kein einziges Wort. Als der Wagen durch eine bewohnte Ortschaft kam, befahl eine der Wachen, den Vorhang zuzuziehen: Niemand sollte sehen, wer drinnen saß.

Die Reise war mit großer Sorgfalt geplant worden, und als der Konvoi am ersten Abend an der fünfundzwanzigsten Meile der Straße anhielt, sah die alte, halbverfallene Poststation so aus, als sei sie teilweise instand gesetzt worden: Innen brannte ein Licht, und jemand bereitete ein Abendessen für die Gäste zu. Die Wachen kampierten abseits und kochten sich ihr Essen selbst: einen Hirsebrei, gewürzt mit Speck, dessen Geschmack mit Pökelfleisch aufgebessert war. Ambrosinus nahm Romulus gegenüber Platz, während der Wirt etwas Schweinefleisch mit geschmorten Linsen, altbackenes Brot und einen Krug mit Brunnenwasser brachte. »Das ist kein großartiges Abendessen«, bemerkte er, »aber du mußt essen. Bitte! Die Reise ist lang, und du bist sehr schwach. Du mußt unbedingt wieder zu Kräften kommen.«

»Wozu?« fragte der Junge und blickte lustlos auf die Speise, die auf dem Teller dampfte.

»Weil das Leben ein Geschenk Gottes ist und wir es nicht wegwerfen dürfen.«

»Es ist ein Geschenk, um das ich nicht gebeten habe«, antwortete Romulus. »Und was mich erwartet, ist eine Gefangenschaft ohne Ende, oder etwa nicht?«

»Niemand kann in dieser unserer Welt Pläne ohne Ende schmieden. Es gibt ständig Veränderungen und Erschütterungen und Umwälzungen. Wer heute auf einem Thron sitzt, könnte morgen schon im Staub liegen, und derjenige, der weint, könnte bald schon eine neue Hoffnung aufkeimen sehen ... Wir müssen hoffen, Cäsar, wir dürfen nicht vor dem Unglück kapitulieren. Iß etwas, ich bitte dich, tu es für mich, der ich dir wohl will.«

Der Junge trank nur einen Schluck Wasser und sagte dann mit tonloser Stimme: »Nenn mich nicht Cäsar. Ich bin nichts mehr und bin vielleicht nie etwas gewesen.«

»Du irrst dich: Du bist der letzte aus einem großen Geschlecht von Männern, die die Welt beherrschten. Du bist vom Senat von Rom durch Zuruf gewählt worden, und ich war dabei. Hast du das vielleicht vergessen?«

»Wie lange ist das her?« unterbrach ihn der Junge. »Eine Woche? Ein Jahr? Ich erinnere mich nicht mehr daran. Es ist, als wäre es nie geschehen.«

Ambrosinus wollte nicht bei diesem Thema verweilen. »Da ist etwas, was ich dir noch nie gesagt habe ... etwas sehr Wichtiges.«

»Was denn?« fragte Romulus zerstreut.

»Wie ich dir zum ersten Mal begegnet bin. Du warst erst fünf Jahre alt und in Lebensgefahr, in einem Zelt, mitten in einem Wald im Apennin, in einer finsteren Winternacht, wenn ich mich richtig erinnere.«

Der Junge hob das Gesicht und zeigte widerwillig Interesse an dieser Begebenheit. Sein Erzieher besaß die Gabe eines großen Erzählers. Wenige Worte genügten ihm, um eine bestimmte Atmosphäre heraufzubeschwören, um den Schatten Gestalt zu verleihen und den Gespenstern der Vergangenheit Leben einzuhauchen. Romulus nahm ein Stück Brot und tunkte es unter Ambrosinus' wohlgefälligen Blicken in die geschmorten Linsen, und dieser begann nun ebenfalls zu essen.

»Und dann, was ist dann passiert?« fragte Romulus.

»Du hattest eine Vergiftung. Du hattest giftige Pilze zu dir genommen. Jemand hatte sie, irrtümlich oder vielleicht absichtlich, unter die guten gemischt ... Iß auch etwas Fleisch.«

»Und könnte dieses Essen nicht ebenfalls vergiftet sein?«

»Das glaube ich nicht. Wenn sie dich umbringen wollten, hätten sie es schon getan! Deshalb brauchst du nichts zu befürchten. Also, ich kam zufällig dort vorbei: Ich war müde, hungrig, von der langen Reise erschöpft und starr vor Kälte, als ich mitten im Wald das Licht in diesem Zelt sah und etwas in mir spürte. Ein seltsames Gefühl, wie eine plötzliche Offenbarung. Ich betrat das Zelt, ohne daß irgend jemand mich aufgehalten hätte, fast, als wäre ich ein unsichtbarer Geist. Vielleicht hat Gott selbst mir geholfen und mich vor den Augen der Wachen in Dunst gehüllt. Jedenfalls fand ich mich im Inneren des Zeltes wieder. Du lagst in deinem Bettchen. Du warst so klein ... und so blaß, und deine Lippen waren ganz blau. Deine Eltern waren verzweifelt. Es gelang mir, dich zu retten, indem ich dir ein Brechmittel verabreichte, und von da an gehörte ich zur Familie, bis zu diesem Augenblick.«

Romulus' Augen füllten sich bei der Erwähnung seiner Eltern mit Tränen; er bemühte sich aber, nicht zu weinen, und sagte: »Du hättest mich besser sterben lassen.« Ambrosinus versuchte, ihm etwas Fleisch in den Mund zu schieben, und Romulus schluckte es hinunter. »Warum hast du dich überhaupt in jener Gegend befunden?« fragte er.

»Warum? Das ist eine lange Geschichte, und wenn du willst, werde ich sie dir unterwegs erzählen. Aber jetzt beende dein Mahl, und dann gehen wir schlafen: Morgen müssen wir im Morgengrauen aufstehen und den ganzen Tag reisen.«

»Ambrosinus ...«

»Ja, mein Kind?«

»Warum wollen sie mich mein ganzes Leben lang gefangenhalten? Weil mein Vater mich zum Kaiser ernennen ließ? Ist das der Grund?«

»Ich glaube ja.«

»Hör zu«, sagte darauf Romulus, und sein Gesicht hellte sich plötzlich auf. »Vielleicht könnten wir eine Lösung finden: Ich bin bereit, auf alles zu verzichten, auf jeden Titel und auf alle Besitztümer, auf jedes Zeichen und jede Würde. Ich möchte nur ein Junge sein wie alle anderen auch. Gehen wir fort, ich und du, irgendwohin! Wir werden arbeiten, wir werden auf den Plätzen Geschichten erzählen, das kannst du so fabelhaft, Ambrosinus, wir werden uns irgendwie unseren Lebensunterhalt verdienen und niemandem zur Last fallen. Wir werden viele neue Gegenden sehen, wir werden übers Meer fahren bis ins Land der Pygmäen, bis hin zu den Bergen des Mondes. Was meinst du? Wie findest du das? Geh und sag es ihnen, bitte. Sag ihnen, daß ... daß ich auf alles verzichte, auch darauf ...« Er ließ den Kopf sinken, um nicht den Ausdruck der Scham auf seinem Gesicht zu verraten. »... auch darauf, meinen Vater zu rächen. Sag ihnen, daß ich alles vergessen will, alles. Und daß sie nie wieder etwas von mir hören werden. Sie sollen uns nur laufenlassen. Los, geh und sag ihnen das.«

Ambrosinus sah ihn liebevoll an. »Das ist nicht so einfach, Cäsar.«

»Du bist ein Heuchler: Du nennst mich Cäsar, aber meinen Befehlen gehorchst du nicht.«

»Ich würde es tun, wenn es möglich wäre, aber es ist nicht möglich. Diese Leute haben nicht die Befugnis, dir etwas zu gewähren. Nur Odoaker könnte das, aber Odoaker ist in Ravenna und hat bereits Befehle erteilt, die niemand auch nur im Traum umstoßen würde. Und wage nie wieder, mich einen Heuchler zu nennen! Ich bin dein Lehrer, und du schuldest mir Respekt. Und jetzt beende, bitte sehr, dein Abendessen und geh sofort zu Bett, ohne weitere Diskussionen.«

Romulus gehorchte, und Ambrosinus sah zu, wie er unwillig ein letztes Stückchen Brot kaute, ehe er im Nachbarzimmer verschwand, um sich niederzulegen. Er zog aus dem Quersack sein Notizbuch hervor und machte sich beim bereits schwachen Schein der Laterne wieder ans Schreiben. Von draußen drangen die Rufe und der Lärm der Barbaren herein, die anfingen, sich von der Müdigkeit der Reise zu erholen, und denen das Bier, das sie in großen Mengen zu sich nahmen, allmählich zu Kopf stieg. Ambrosinus spitzte die Ohren. Es war ein Glück, daß der Junge schlief oder zumindest ihre Sprache nicht verstand: Viele waren an dem Massaker in Orestes' Villa beteiligt gewesen und brüsteten sich jetzt mit den Plünderungen, den Vergewaltigungen, den Gewalttaten und den Beleidigungen jeglicher Art, die sie ihren Opfern zugefügt hatten. Andere gehörten zu Mledos Armee, derselben, die die Nova Invicta, Aurelius' Legion, vernichtet hatte. Diese letzteren erzählten Geschichten von Greueltaten, von Folterungen, von Verstümmelungen, die sie an noch lebenden Gefangenen vorgenommen hatten, eine ganze Serie von Schreckenstaten, von Grausamkeiten, die jede Vorstellung überstiegen: Mit Beklemmung dachte Ambrosinus daran, daß diese Leute nun für unbestimmte Zeit die Welt beherrschen würden. Während er in diese düsteren Gedanken versunken war, tauchte plötzlich Wulfila auf, dessen hünenhafte Gestalt das nächtliche Lager überragte. Der mächtige, herabwallende Bart, die struppige Mähne und die Zöpfe, die ihm auf die Brust fielen, machten ihn einer der nordischen Gottheiten ähnlich, die die Sueben oder die Chatten oder andere Germanen verehrten, und Ambrosinus blies schnell die Kerze in der Laterne aus, damit es so aussah, als würden im Inneren der Poststation alle schlafen. Dann ging er zur Wand und spitzte die Ohren, ohne dabei das halbgeöffnete Fenster aus den Augen zu lassen.

Wulfila schrie etwas – wahrscheinlich war es ein Fluch, und alle verstummten. Dann fuhr er fort: »Ich habe euch befohlen, keinen Lärm zu machen und keine Aufmerksamkeit zu erregen. Je weniger wir uns sehen lassen, um so besser ist es.«

»Aber, aber, Wulfila!« sagte einer von seinen Leuten. »Vor wem hast du denn Angst? Selbst wenn uns einer hört, was kann da schon passieren?« Und zu seinen Kameraden: »Ich fürchte mich vor niemandem, und ihr?«

»Schweig!« befahl Wulfila barsch. »Und ihr anderen auch, hört auf damit. Stellt alle hundert Schritte in einer Reihe Wachen auf! Wer aus irgendeinem Grund seinen Posten verläßt, wird auf der Stelle hingerichtet. Und die anderen gehen sofort schlafen. Morgen werden wir bis tief in die Nacht hinein marschieren und dann am Fuße des Apennin unser Lager aufschlagen.« Die Männer gehorchten: Einige liefen zu ihren Posten, während die anderen ihre Decken auf den Boden breiteten und es sich für die Nacht bequem machten. Ambrosinus ging zur Tür, setzte sich auf einen Schemel und geriet sofort ins Blickfeld eines der Wachtposten. Er würdigte ihn aber keines Blickes, sondern hob die Augen zum Himmel, um die Sternbilder zu betrachten. Er suchte den Polarstern, den Stern des Kleinen Bären, und er dachte an seine Kindheit, als sein Lehrer, ein weiser Mann in einem ehrwürdigen Alter, ihn lehrte, sich zu orientieren, in der Dunkelheit, auf offenem Feld wie auf den Wogen des Meeres den richtigen Weg zu erkennen, die Mondfinsternisse vorherzuberechnen und aus den ewigen Bahnen der Gestirne den Wechsel der Jahreszeiten auf der Erde abzulesen. Er dachte an den Jungen, und das Herz wurde ihm schwer vor Rührung. Er hatte ihn dazu bewegen können, etwas zu essen, hatte in seinem Wasser ein Pulver aufgelöst, das ihm zu einem ruhigen Schlaf verhelfen sollte: Würde das genügen, um ihn wieder ins Leben zurückzuholen? Und wenn ihm das je gelingen sollte, welche Zukunft würde er ihm bieten können? Wie viele Tage, Monate und Jahre würden sie in dem Gefängnis verbringen, das ihnen zugewiesen worden war? Eine Gefangenschaft ohne Ende? Wie viele Male würden sie mit langsamen Schritten den engen Raum abmessen? Und wie lange würden sie die verhaßte Gegenwart ihrer Verfolger aushalten können? Plötzlich hallten in seinem Kopf wie ein Echo aus einer fernen Zeit die Verse eines Gedichtes wider:

Veniet adulescens a mari infero cum spatha
Pax et prosperitas cum illo,
Aquila et draco iterum volabunt
Britanniae in terra lata.

Er dachte an irgendein Zeichen, das ihn in diesem Augenblick unendlicher Traurigkeit und vollkommener Verlassenheit aus der Vergangenheit erreichte. Aber was für ein Zeichen konnte das sein? Und wer schickte es ihm?

Er rezitierte noch die Verse, langsam und leise, fast summend, und eine Weile fühlte sich sein Herz so leicht an wie ein Vogel, der sich gerade in die Lüfte schwingt. Dann kehrte er wieder in die baufällige Behausung zurück, die einst eine Station des *cursus publicus* gewesen war, in der es hoch herging und von Gästen nur so wimmelte, die jetzt aber kalt und verlassen war. Er entzündete die Laterne am Kohlenbecken und betrat die Kammer, um sich neben Romulus niederzulegen. Er hob die Lampe hoch, um sein Gesicht zu beleuchten. Der Knabe schlief, und sein Atem ging langsam und regelmäßig, sein Leben, das eines Heranwachsenden, floß ruhig unter der gebräunten Haut dahin. Er war sehr schön, und in den stolzen, feingemeißelten Gesichtszügen erkannte er das Antlitz seiner Mutter wieder, das majestätische ovale Gesicht Flavia Serenas. Ambrosinus erinnerte sich an ihren Leichnam, der auf dem kalten Marmor unter dem Gewölbe der kaiserlichen Basilika aufgebahrt war, und schwor sich insgeheim, daß er für den Jungen eine große Zukunft erschaffen werde, um welchen Preis auch immer – und sollte es ihn das Leben kosten. Er hätte es gern geopfert aus Liebe zu jener Frau, die er zum ersten Mal am Kopfende des Bettes ihres kranken Kindes gesehen hatte, in jener kalten, fernen Herbstnacht in einem Wald des Apenningebirges. Er wagte nicht einmal, ihn zu streicheln. Ambrosinus löschte das Licht und streckte sich mit einem langen Seufzer auf seinem Lager aus. In einer sonderbaren und gänzlich unbewußten Heiterkeit beruhigte sich sein Herz wie die Oberfläche eines Sees in einer windstillen Nacht.

Aurelius drehte sich, immer noch im Halbschlaf versunken, auf seinem Lager um: Er war sich im Grunde seines Herzens nicht sicher, ob das Geräusch, das er gehört hatte, noch Teil seines Traums war oder ob es aus der Wirklichkeit stammte. Gewiß, er träumte noch, und er hatte die Augen noch nicht richtig geöffnet, als er schon vor sich hin flüsterte: »Juba!« Das Wiehern wurde lauter und klarer erkennbar und war begleitet von einem Klatschen der Hufe im Wasser. Da rief er laut: »Juba!« Und das Wiehern, das ihm antwortete, war echt, und in ihm lag die ganze Freude eines Wesens, das einen verloren geglaubten Freund wiedergefunden hat.

»Juba, mein Schöner, du Schöner, komm, komm«, fuhr er fort zu rufen, während er sein Pferd, schlammbedeckt, grau und gespensterhaft im Morgennebel durch das Wasser auf sich zuwaten sah. Er ging ihm entgegen und umarmte es gerührt. »Wie hast du es geschafft, mich zu finden? Wie hast du das bloß geschafft? Laß dich ansehen. Schau nur, schau, wie du dich zugerichtet hast, wie schmutzig du bist, voller Krusten ... Du wirst Hunger haben, du Ärmster, du wirst ausgehungert sein ... Warte, warte.« Er ging zu der kleinen Schlucht, die Livia als Vorratskammer benutzte, und kehrte mit einem Eimerchen voller Dinkel zurück, in das das Tier gierig sein Maul steckte. Aurelius nahm einen Fetzen, tauchte ihn in das saubere Wasser und rieb sein Fell so lange ab, bis es glänzte. »Ich habe keinen Striegel, mein Freund, ich hab ihn nicht, und du mußt dich damit zufriedengeben. Aber das ist immerhin besser als nichts – oder?«

Als er seine Arbeit beendet hatte, trat er ein wenig zurück, um das Pferd zu betrachten: Es war prachtvoll mit seinen langen, schlanken Beinen, den zarten Sprunggelenken, der muskulösen Brust, dem stolzen Kopf, den bebenden Nüstern und seinem gebogenen Hals, den eine herrliche Mähne zierte. Er säuberte den Sattel und legte die Steigbügel zurecht, und als er das Pferd ansah, das seinen Hunger und seinen Durst gestillt hatte und nun vollständig aufgezäumt war, dachte er, daß es ein Zeichen sei, das ihm seine unbekannten Vorfahren aus dem Jenseits sandten. Er nahm den Gurt mit dem Schwert und hängte ihn sich über die Schulter, dann zog er sich die genagelten Schuhe an, nahm Juba am Zügel und wandte sich zu der Stelle, an der das Wasser am seichtesten war.

»Hast du auch nichts vergessen?« fragte eine Stimme hinter ihm. Und das Echo, das vom hohen Gewölbe widerhallte, antwortete: »Nichts vergessen?«

Zuerst überrascht und dann verlegen drehte Aurelius sich um: Livia stand aufrecht vor ihm, in der Hand eine Harpune; sie trug eine Art Lendenschurz aus gegerbtem Leder und zwei gekreuzte Stoffstreifen über der Brust und war soeben aus dem Wasser gestiegen, das noch von ihrem muskulösen Körper tropfte. Sie warf das Netz, das sie in der anderen Hand hielt, vor sich auf den Boden; es war gefüllt mit großen, zuckenden Meeräschen, und ein langer Aal wand sich wie eine Schlange um den Griff der Harpune.

Aurelius sagte: »Mein Pferd ist zurückgekommen.«

»Das sehe ich«, erwiderte Livia. »Und ich sehe auch, daß du hier nicht weiter stören willst. Du hättest wenigstens warten können, bis ich zurückkomme, und vielleicht danke schön sagen können.«

»Ich hatte dir meine Rüstung dagelassen«, sagte er und zeigte auf den Harnisch, den Schild und den Helm, die in einer Ecke des Nymphäums lagen. »Damit kannst du einiges anfangen ...«

Livia spuckte auf den Boden. »Von diesem Schrott finde ich so viel, wie ich will und wo ich will.«

»Ich wäre früher oder später zurückgekehrt, um dir zu danken, und ich hätte dir eine Nachricht hinterlassen, wenn ich etwas zu schreiben gehabt hätte. Ich kann Abschiede nicht ausstehen, die Trennungen ... Ich hätte nicht gewußt, was ich sagen sollte, und ...«

»Es gibt nichts zu sagen. Du gehst weg und Schluß. Du machst dich mit deinen Sachen aus dem Staub und läßt dich nie wieder blicken. Nichts ist leichter als das.«

»Es ist nicht so, wie du glaubst. In diesen Tagen habe ich ...« Er richtete den Blick langsam vom Boden nach oben, ihren Körper entlang, als fürchte er, direkt ihrem Blick zu begegnen. »Ich habe niemals jemanden gehabt, der sich so um mich gekümmert hat, ein Mädchen wie du, so jung und mutig und ... du bist wie keine andere von denen, die ich in meinem Leben kennengelernt habe ... Ich habe befürchtet, daß es mir, hätte ich noch länger gewartet, jeden Tag noch ... schwerer gefallen wäre. Ich hatte Angst, daß es mir zu schwer fallen würde.« Livia antwortete nicht.

Jetzt wanderte Aurelius' Blick hinauf zu ihrem Gesicht, aber er verweilte noch einmal einen Augenblick lang auf dem Anhänger, den das Mädchen um den Hals trug, auf dem kleinen silbernen Adler. Livia bemerkte es, und als er ihr endlich in die Augen sah, reagierte sie weniger barsch, als er erwartet hätte. Sie betrachtete ihn mit einer Mischung aus Neugierde und schlichter Zuneigung und sagte dann: »Du brauchst mir dieses dumme Zeug nicht zu sagen. Wenn du gehen willst, dann geh. Du schuldest mir nichts.«

Aurelius brachte kein Wort heraus.

»Wohin gedenkst du zu gehen?« nahm Livia den Gesprächsfaden wieder auf.

»Ich weiß es nicht«, antwortete Aurelius. »Fort. Weit weg von dieser Gegend, weg von diesem Gestank nach ihrer Barbarei und unserer Verderbnis, nur weg von diesem unaufhaltsamen Niedergang, weg von meinen Erinnerungen, weg von allem. Und du? Wirst du für immer in diesem Sumpf bleiben?«

Livia trat näher an ihn heran. »Es ist nicht so, wie du glaubst«, sagte sie. »Aus diesem Sumpf erwächst eine Hoffnung. Und es ist auch kein Sumpf, sondern eine Lagune. Hier gibt es das Leben und den Atem des Meeres.«

Juba schnaubte leise und scharrte mit den Hufen, als würde er diese ganze Verzögerung nicht verstehen. Livia griff nach dem Medaillon, das sie am Halse trug, und drückte es zwischen den Fingern. Aurelius schüttelte den Kopf. »Es gibt keine Hoffnung, von keiner Seite. Nur Zerstörung, Plünderung, Gewalttätigkeit.«

»Warum hast du dann versucht, dieses Kind zu entführen?«

»Ich wollte es nicht entführen. Ich wollte es befreien.«

»Schwer zu glauben.«

»Ob du mir glaubst oder nicht – sein Vater hat mich im Angesicht seines Todes gebeten, es zu tun. Ich traf nach dem Gemetzel in der Villa von Piacenza ein. Ich kam aus dem Lager meiner bereits von einer feindlichen Übermacht umzingelten Legion, um Verstärkung anzufordern ... Er atmete noch, als ich ihn fand. Mit dem letzten Hauch seines Lebens flehte er mich an, seinen Sohn zu retten. Was hätte ich tun können?«

»Du Wahnsinniger! Was für ein Glück, daß es dir nicht gelungen ist. Was hättest du sonst gemacht?«

»Das weiß ich nicht. Ich hätte ihn irgendwohin mitgenommen. Ich hätte ihm beigebracht zu arbeiten, Bienen zu züchten, Oliven anzubauen, Ziegen zu melken. Wie ein echter Römer in den alten Zeiten.«

»Und hättest du keine Lust, es noch einmal zu versuchen?« ließ sich eine Stimme hinter ihm vernehmen.

»Stephanus! Was machst denn du hier?« fragte Livia. »Wir hatten doch vereinbart: niemals bei Tag und niemals hier!«

»Richtig! Aber es gibt einen dringenden Anlaß: Sie sind abgereist.«

»Wohin?«

»Das weiß man nicht. Sie haben die Via Romea in Richtung Fano eingeschlagen. Meiner Meinung nach werden sie auf der Via Flaminia irgendwohin nach Süden ziehen. Wir werden versuchen, so bald wie möglich mehr in Erfahrung zu bringen.«

»Wovon redet ihr?« fragte Aurelius.

»Von der Befreiung eines Jungen«, erwiderte Stephanus. »Und wir brauchen deine Hilfe.«

Aurelius sah ihn verblüfft an und schüttelte ungläubig den Kopf, während er sagte: »Ein Junge ... Meinst du etwa ihn?«

Stephanus nickte: »Genau, ihn! Romulus Augustus Cäsar, den Kaiser der Römer!«

VII

Aurelius blickte seinen Gesprächspartner erstaunt an, dann wandte er sich seinem Pferd zu und begann, ihm die Sattelriemen so festzuzurren, als wolle er gleich losreiten. »Ich denke nicht daran«, erwiderte er.

»Warum nicht?« fragte Stephanus. »Du hast es doch selber getan und eine verzweifelte Aktion gestartet, und jetzt, da wir dir für dasselbe Unternehmen mit viel größeren Erfolgsaussichten unsere Hilfe und Unterstützung anbieten, da weigerst du dich?«

»Das war etwas anderes. Ich habe es getan, weil es mir richtig erschien und weil ich glaubte, wegen meines vollkommen überraschenden Vorgehens auf Erfolg hoffen zu können, und ich hätte es ja auch beinahe geschafft. Eure Ziele kenne ich nicht, und ich kenne auch euch nicht. Jedenfalls wird man nach meinem Überfall die Bewachung verstärkt haben. Es wird niemandem mehr gelingen, in die Nähe dieses Jungen zu gelangen, da bin ich mir sicher. Odoaker wird um ihn herum ein ganzes Heer aufgestellt haben.«

Stephanus trat näher an ihn heran: »Ich vertrete eine Gruppe von Senatoren, die direkte und wichtige Kontakte mit dem Ostreich unterhalten. Wir sind überzeugt, daß das die einzige Möglichkeit ist zu verhindern, daß Italien und der Westen endgültig in der Barbarei versinken. Einige unserer Gesandten haben Basiliskos in Spalato, in Dalmatien, getroffen, und sind mit einer wichtigen Nachricht zurückgekehrt: Der Kaiser ist bereit, Romulus in Konstantinopel Gastfreundschaft und Schutz zu gewähren und ihm eine seinem Rang entsprechende Pension auszusetzen.«

»Und das macht euch nicht mißtrauisch?« fragte Aurelius. »Basiliskos ist, soweit ich weiß, nichts anderes als ein Usurpator. Wie könnt ihr euch auf sein Wort verlassen? Wer sagt uns, daß er den Jungen nicht noch schlechter behandeln wird als dieser Barbar?«

»Dieser Barbar hat seine Eltern niedermetzeln lassen«, erwiderte Stephanus barsch. Aurelius wandte sich ihm zu und sah sich mit seinem festen und, wie es schien, undurchdringlichen Blick konfrontiert. Er sprach mit einem östlichen Akzent, der ihn an die Aussprache einiger seiner Mitkämpfer erinnerte, die aus Epirus stammten.

»Außerdem«, fuhr der andere fort, »ist Romulus zu ewiger Gefangenschaft in einem isolierten und unzugänglichen Ort verurteilt, dazu verdammt, für den Rest seiner Tage den Alptraum und die Greuel aufs neue zu durchleben und auf den Augenblick zu warten, in dem irgendein Stimmungsumschwung seiner Bewacher sein Ende herbeiführt. Hast du eine Vorstellung von den Beleidigungen, den Grausamkeiten und den Abscheulichkeiten, denen ein Kind ausgesetzt sein kann, das sich in der Gewalt dieser Bestien befindet?«

Vor Aurelius' geistigem Auge erschien noch einmal Romulus und der Blick, den er ihm zuwarf, als er ihn, die Schulter von einem Pfeil durchbohrt, allein zurücklassen mußte – ein Blick der Verzweiflung, der ohnmächtigen Wut, der unendlichen Bitterkeit. Stephanus mußte spüren, daß etwas in Aurelius vorging, denn er fuhr fort: »Auch in Konstantinopel haben wir Freunde, von denen einige sehr einflußreich sind, und wir haben deshalb auch die Möglichkeit, ihn wirksam zu schützen.«

»Und Julius Nepos?« beharrte Aurelius. »Er ist immer der Kandidat des Ostreiches für den Thron des Westens gewesen. Warum sollten sie jetzt ihre Meinung ändern und ihn fallenlassen?«

Livia versuchte einzugreifen, aber Stephanus gebot ihr mit einem Blick Einhalt. »Nepos interessiert niemanden mehr, und deshalb läßt man ihn in seiner Villa in Dalmatien versauern, wo er von der Welt abgeschnitten ist. Wir haben einen viel ehrgeizigeren Plan mit diesem Jungen, doch um ihn durchführen zu können, muß er vor den Gefahren geschützt werden, muß er eine angemessene Erziehung und Ausbildung erhalten, im Kaiserhaus in eine ruhige und sichere Position hineinwachsen, und er darf nicht den geringsten Verdacht erregen, bis der Augenblick gekommen ist, da er sein Erbe für sich einfordern wird.«

Livia beschloß, an dieser Stelle auf ihre Weise zu intervenieren. »Laß es gut sein«, sagte sie, an Stephanus gewandt, »Angst ist Angst. Er hat es einmal versucht und dabei sein Leben aufs Spiel gesetzt, und er beabsichtigt nicht, es ein zweites Mal zu tun. Das ist doch nur normal.«

»So ist es«, bestätigte Aurelius, ohne mit der Wimper zu zucken.

»Genau«, erwiderte Livia. »Wir können sehr gut allein zurechtkommen. Schließlich bin ich es, die ihn gerettet hat – nicht umgekehrt! In welche Richtung ist der Konvoi denn gezogen?«

»Nach Süden«, antwortete Stephanus. »Sie befinden sich auf dem Weg nach Fano.«

»Dann wollen sie also den Apennin überqueren.«

»Wahrscheinlich, aber das ist nicht sicher. Jedenfalls werden wir das bald wissen.«

Aurelius fing wieder an, die Sattelriemen des Pferdes festzuzurren, als würde ihn diese Unterhaltung nichts mehr angehen. Livia tat, als bemerke sie es nicht, und wandte sich wieder an Stephanus: »Stimmt es, daß Mledo zurück ist?«

»Ja.«

»Hast du Gefangene bemerkt?«

Aurelius drehte sich mit einem Ruck um, und in seinem Blick lagen Hoffen, Bangen und Angst. Ein Satz hatte genügt, um ihn aus seinem vorgespiegelten Gleichgewicht zu bringen.

»Ungefähr fünfzig, würde ich sagen. Höchstens. Aber kann sein, daß ich mich irre – es war ja fast dunkel.«

Aurelius trat näher: » Hast du ... jemanden erkannt ?«

»Wie sollte ich das?« antwortete Stephanus. »Der einzige, der mir aufgefallen ist, war ein schwarzer Riese, ein äthiopischer Herkules, ein fast sechs Fuß hoher Koloß, in starken Ketten, der ...«

»Batiatus!« rief Aurelius, und seine Miene hellte sich auf. »Das muß er gewesen sein!« Er trat näher an Stephanus heran und packte ihn am Gewand. »Er ist seit vielen Jahren mein Freund und Waffenbruder. Ich beschwöre dich: Sag mir, wo sie ihn hingebracht haben. Vielleicht sind ja auch andere meiner Gefährten bei ihm.«

Stephanus sah ihn mit einem mitleidigen Lächeln an. »Möchtest du schon wieder eine Verzweiflungstat begehen?«

»Willst du mir nun helfen oder nicht?«

»Eine merkwürdige Frage für jemanden, der soeben eine Bitte um Hilfe abgelehnt hat.«

Aurelius nickte. »Ich bin zu allem bereit, aber sag mir, wo sie sie hingebracht haben, wenn du es weißt.«

»Nach Classe. Aber das will nicht viel heißen. Da ist der Hafen, in Classe, und von dort aus kann man in jeden Teil der Welt gelangen.«

Aurelius reagierte betroffen. Die Freude darüber, daß er den Kameraden, mit dem zusammen er so viele brenzlige Situationen überstanden hatte, am Leben wußte, war sofort von der Erkenntnis getrübt worden, daß er nichts für ihn tun konnte. Livia bemerkte die Verzweiflung und Niedergeschlagenheit in seinem Blick und bekam Mitleid mit ihm. »Es ist nicht unwahrscheinlich, daß sie die Gefangenen nach Miseno bringen: Da unten gibt es einen anderen Stützpunkt der kaiserlichen Flotte; sie ist schon fast ganz abgerüstet, aber manchmal brauchen sie doch noch Ruderer. Und dort gibt es auch den wichtigsten Sklavenmarkt der Halbinsel. Du kannst versuchen, zum Stützpunkt zu gelangen, und dort Auskünfte einholen. Mit etwas Zeit und Geduld könntest du mehr darüber in Erfahrung bringen. Und außerdem ist dein Freund so riesengroß, daß er wohl kaum unbemerkt bleiben wird. Hör zu«, sagte sie dann in einem ruhigeren und versöhnlicheren Ton, »ich gehe nach Süden, um dem Konvoi mit dem Kaiser zu folgen. Du kannst eine Zeitlang mit mir reisen, wenn du willst. Und dann trennen sich unsere Wege; du gehst in deine Richtung weiter und ich in meine.«

»Und du wirst versuchen, den Jungen … allein zu befreien?«

»Ich glaube, daß dich das nichts mehr angeht.«

»Das ist nicht gesagt.«

»Was könnte dich denn umstimmen?«

»Wenn ich meine Kameraden finde – würdet ihr mir dann helfen, sie zu befreien?«

Da mischte sich Stephanus ein. »Es gibt eine üppige Belohnung, zehntausend Goldsolidi, wenn ihr den Jungen zum alten Hafen von Fano an der Adria bringt, wo euch ein Schiff erwartet, das ihn in den Osten transportieren wird – an jedem ersten Tag des neuen Mondes, im Morgengrauen, zwei Monate lang, vom Dezembermond an gerechnet. Mit diesem Geld kannst du sie auslösen, deine Freunde, wenn es dir denn gelingt herauszufinden, wo sie sich aufhalten. Das Schiff ist leicht zu erkennen: Am Heck ist eine Standarte mit Konstantinus' Monogramm gehißt.«

»Wenn ich sie aber früher fände, könnten sie uns bei dem Unternehmen helfen«, sagte Aurelius. »Sie sind die besten Kämpfer, die man sich vorstellen kann, aber vor allem sind sie römische Soldaten und dem Kaiser treu ergeben.«

Stephanus nickte zufrieden und wandte sich an Livia: »Was soll ich also Antemius melden?«

»Sag ihm, daß wir noch heute aufbrechen und ihn, so gut es geht, auf dem laufenden halten werden.«

»Das werde ich ihm ausrichten«, erwiderte Stephanus. »Viel Glück also!«

»Das brauchen wir«, antwortete Livia. »Ich begleite dich noch, denn ich möchte sichergehen, daß niemand dich sieht.«

Sie kamen zu Stephanus' Boot, einem kleinen lagunentauglichen Kahn mit flachem Boden. Ihn erwartete ein Diener, der schon an den Rudern saß. Livia kletterte mit beeindruckender Behendigkeit auf eine mächtige Weide, die ihre Äste über das Wasser hinausreckte, und nahm alles ringsum in Augenschein: Keine Menschenseele war in der ganzen Gegend zu sehen, und sie kam wieder herunter und bedeutete Stephanus, daß alles ruhig sei. Der Mann stieg in das Boot, aber Livia hielt ihn noch einen Augenblick zurück: »Was hat Antemius denn Basiliskos angeboten, damit er seinem Vorschlag zustimmte?«

»Das weiß ich nicht. Antemius sagt mir nicht alles, aber in Konstantinopel ist bekannt, daß im Westen nichts geschieht, ohne daß er darüber Bescheid weiß: Nur das verleiht ihm ein so gewaltiges Ansehen und Gewicht.«

Livia nickte, und nun richtete der andere eine Frage an sie: »Dieser Soldat ... Glaubst du wirklich, daß man ihm vertrauen kann?«

»Er ist allein schon so viel wert wie eine kleine Armee! Ich erkenne einen Kämpfer auf Anhieb, ich kenne den Blick eines Löwen, auch wenn er verwundet ist. Und außerdem erinnern mich seine Augen an etwas ...«

»Woran?«

Livia verzog die Lippen zu einem bitteren Lächeln. »Wenn ich das wüßte, hätte ich einen Namen und ein Gesicht für den einzigen Menschen, der in meinem Leben und in meiner Seele eine Spur hinterlassen hat – außer meinem Vater und meiner Mutter, die ich schon vor langer Zeit verloren habe.«

Stephanus machte Anstalten, etwas zu sagen, aber Livia hatte ihm schon den Rücken gekehrt und entfernte sich mit dem leichten, geräuschlosen Schritt einer Jägerin. Der Diener tauchte die Ruder ins Wasser, krümmte den Rücken, und langsam entfernte sich das Boot vom Ufer.

Die Kolonne, die Romulus' Kutsche eskortierte, zog auf einem schmalen und anstrengenden Pfad dahin, der weiträumig an Fano und der großen Anzahl Neugieriger vorbeiführte, die bei ihrer Durchreise durch den Ort sicherlich Spalier gestanden und den Marsch behindert hätten. Der Befehl, sich lautlos und heimlich zu bewegen, mußte sehr strikt gewesen sein, aber Ambrosinus bemerkte das Ausweichmanöver sofort. »Ich glaube«, sagte er zu Romulus, »daß wir auf unserer Route den Apennin überqueren werden. Bald werden wir wieder auf die Via Flaminia und durch den obersten Abschnitt eines Tunnels kommen, der durch einen Berg getrieben wurde. Dieses Meisterwerk der Ingenieurskunst, *forulus* genannt, wurde zu Zeiten von Kaiser Augustus erdacht und dann von Kaiser Vespasianus fertig gebaut. Dieses ganze unwegsame, gebirgige Gebiet ist immer schon von Banditen heimgesucht worden, und es ist gefährlich, sich ohne Begleitung über den Paß zu wagen. Die Behörden haben im Laufe der Zeit oft versucht, dieser Plage Herr zu werden, und auch spezielle Polizeieinheiten eingesetzt – aber alles ohne großen Erfolg. Es ist die Armut, die diese Wegelagerer hervorbringt – zumeist Bauern, die durch die übertrieben hohen Steuern und die Hungersnöte ins Elend geraten sind und denen keine andere Wahl bleibt, als sich solchen Banden anzuschließen.«

Romulus schien in die Betrachtung der dichten Eichen- und Eschenwälder versunken, die den Pfad säumten, oder in die der Hirten, die hier und da ein paar dürre Kühe auf der Weide hüteten. Doch er hatte zugehört, und seine Antwort fiel geharnischt aus: »Steuern zu erheben, die die Leute in den Ruin treiben, ist nicht nur ungerecht – es ist auch dumm. Ein ruinierter Mann zahlt überhaupt keine Steuern mehr, und wenn er zu den Briganten geht, zwingt er den Staat, noch mehr Geld auszugeben, um die Straßen sicherer zu machen.«

»Deine Beobachtung ist goldrichtig«, freute sich Ambrosinus, »aber vielleicht doch zu einfach, als daß man sie in die Praxis umsetzen könnte. Die Herrschenden sind gierig und die Bürokraten oft dumm, und diese beiden Übel zeitigen entsetzliche Folgen.«

»Aber trotzdem muß es für all das eine Erklärung geben. Warum muß ein Herrscher unbedingt gierig und ein Bürokrat unbedingt dumm sein? Du hast mir so oft gesagt, daß Augustus, Tiberius, Hadrianus und Marcus Aurelius weise und ehrliche Fürsten waren, die korrupte Gouverneure bestraften. Doch vielleicht ist auch das nicht wahr: Vielleicht ist der Mensch immer schon dumm, gierig und schlecht gewesen.«

Just in diesem Moment ritt Wulfila vorbei und erreichte im Galopp bald einen in beherrschender Position gelegenen Hügel, um von dort aus die Umgebung zu erkunden und das Voranrücken seiner Soldaten zu überwachen. Die häßliche Wunde, die ihn entstellte, begann zu verheilen, aber sein Gesicht war immer noch geschwollen und gerötet, und aus den Stichen der Naht quoll eine eitrige Flüssigkeit. Vielleicht war er deswegen immer so schlecht gelaunt. Wegen jeder Kleinigkeit brauste er auf, und Ambrosinus hatte vermieden, seinen Argwohn zu erregen oder auf irgendeine Weise sein Mißtrauen zu wecken. Vielmehr klügelte er einen Plan aus, um sein Vertrauen, ja vielleicht sogar seine Dankbarkeit zu gewinnen.

»Es ist verständlich, daß du zur Zeit eine so negative Meinung von der Welt hast«, antwortete er Romulus. »Es wäre ein Wunder, wenn es anders wäre. Tatsächlich ist das Schicksal der Menschen und damit das der Völker und der Reiche von Ursachen und Ereignissen bestimmt, die sich der Kontrolle des Menschen entziehen. Das Reich hat sich jahrhundertelang gegen die Angriffe der Barbaren zur Wehr gesetzt: An der Front sind viele Kaiser von ihren Soldaten auf den Purpurthron gehoben worden, und an der Front sind sie, das Schwert in der Hand, gefallen, ohne Rom je gesehen oder über irgend etwas mit dem Senat gestritten zu haben. Die Attacken waren manchmal vielfältiger Art und kamen in Wellen, aus verschiedenen Richtungen und von verschiedenen Völkern gleichzeitig. Deshalb wurde zu einem sehr hohen Preis ein mächtiger Grenzwall errichtet, der sich über dreitausend Meilen, von den Hügeln Britanniens bis zu den Wüsten Syriens, erstreckte. Hunderttausende Soldaten ließen sich anwerben: Bis zu fünfunddreißig Legionen standen unter Waffen, fast eine halbe Million Männer! Keine Ausgabe, kein Opfer schien den Cäsaren zu groß, um das Reich und mit ihm die Zivilisation zu retten. Aber dabei bemerkten sie nicht, daß die gewaltigen Belastungen unerträglich wurden und ihre Steuern die Bauern, Viehzüchter und Handwerker in die Armut trieben, Handel und Verkehr zerstörten und sogar die Geburtenrate schrumpfen ließen. Warum Kinder auf die Welt setzen, fragten sich die Leute, und ihnen nur Elend und Entbehrungen zumuten? Dann war es zu einem gewissen Zeitpunkt nicht mehr möglich, die Invasoren zurückzudrängen, und deshalb kam man auf die Idee, die Barbaren innerhalb unserer Grenzen anzusiedeln und sie in die Armee aufzunehmen, um sie gegen andere Barbaren kämpfen zu lassen ... Das war ein verhängnisvoller Fehler, aber vielleicht gab es keine Alternative: Not und Bedrückung hatten in den Bürgern die Vaterlandsliebe erstickt, und so mußte man sich an die Söldner wenden, die jetzt unsere Herren sind.«

Ambrosinus schwieg und wurde sich bewußt, daß er seinem Schüler nicht nur eine Geschichtsstunde erteilte, sondern an Ereignisse erinnerte, die noch ziemlich frisch und real waren, Begebenheiten, die ihn direkt und auf recht schmerzliche Weise betroffen hatten. Dieses traurige Kind, das ihm gegenübersaß, war immerhin der letzte Kaiser des Westens. Nicht aus freien Stücken ein Protagonist dieser ungeheuren Tragödie und kein Zuschauer.

»Und das ist es, was du – wie ich sehe – bisweilen aufschreibst? Das ist Geschichte?« fragte ihn Romulus.

»Ich habe keinen Ehrgeiz, die Geschichte aufzuschreiben: Das können andere besser als ich, und zwar in einer schöneren und eleganteren Sprache. Ich will nur eine Erinnerung an meine persönlichen Erlebnisse und an jene Ereignisse hinterlassen, deren unmittelbarer Zeuge ich gewesen bin.«

»Du wirst noch genug Zeit haben, um das aufzuschreiben! Jahre um Jahre der Gefangenschaft. Warum wolltest du mit mir kommen? Du hättest in Ravenna bleiben oder in deine Heimat, nach Britannien, zurückkehren können. Stimmt es, daß dort die Nächte niemals enden?«

»Die Antwort auf die erste Frage kennst du bereits. Du weißt, daß ich dich sehr gern habe und deiner Familie treu ergeben bin. Was die zweite Frage anbelangt, so ist das nicht ganz richtig ...«, leitete Ambrosinus seine Antwort ein, aber Romulus fiel ihm ins Wort:

»Das ist es, was ich für mich haben möchte: eine Nacht, die nicht endet, einen Schlaf ohne Träume.«

Der Junge sprach diese Worte mit so ausdrucksloser Miene, daß Ambrosinus nicht wußte, was er darauf sagen sollte.

So reisten sie den ganzen Tag weiter. Der Lehrer bemühte sich, jeden Stimmungswechsel seines Schülers vorherzuahnen, und versuchte zugleich, nicht den Überblick über das zu verlieren, was rundum geschah. Sie hielten erst bei Sonnenuntergang an. Die Tage waren inzwischen schon sehr kurz und die Zahl der Stunden, in denen sie vorankamen, begrenzt. Die barbarischen Soldaten entzündeten ein Feuer, und ein paar ritten über die Felder und kehrten nach einiger Zeit mit etlichen abgestochenen Schafen zurück, die von ihren Sätteln herabhingen, oder mit Hühnern, die bündelweise an den Beinen zusammengebunden waren. Sie hatten wohl das eine oder andere vereinzelt in der Landschaft stehende Gehöft geplündert. Rasch wurde diese leichte Beute gerupft, ausgenommen und auf die Kohlenbecken gelegt, um sie zu braten. Wulfila setzte sich von den anderen getrennt auf einen Felsblock und wartete auf seine Ration. Seine Miene war finster, während seine entstellten Züge vom Widerschein der Flammen auf dramatische Art und Weise erhellt wurden. Ambrosinus, der ihn keinen Moment aus den Augen ließ, trat langsam und, um keinen Argwohn zu erregen, im vollen Schein des Feuers an ihn heran, und als er so nahe bei Wulfila war, daß dieser ihn hören konnte, sagte er: »Ich bin Arzt und kenne mich mit Arzneien aus. Ich kann etwas für diese Wunde tun. Sie muß dir große Schmerzen bereiten.«

Wulfila machte eine Geste wie jemand, der ein lästiges Insekt vertreiben möchte, aber Ambrosinus rührte sich nicht von der Stelle und fuhr unbeirrt fort: »Ich weiß, was du denkst: Du bist schon viele Male verwundet worden, und die Wunde ist früher oder später vernarbt und der Schmerz vergangen. Aber in diesem Fall ist es anders: Das Gesicht ist derjenige Teil des Körpers, der am schwierigsten zu heilen ist, weil auf dem Gesicht die Seele mehr als auf jedem anderen Körperteil zutage tritt. Es ist viel empfindlicher und verletzlicher als der übrige Körper. Deine Wunde ist entzündet, und wenn die Infektion sich weiter ausbreitet, wird sie dir das Gesicht zerfressen und es in eine unkenntliche Maske verwandeln.«

Er wandte sich zur Kutsche um, aber Wulfilas Stimme rief ihn zurück: »Warte!« Da holte Ambrosinus seinen Sack, ließ sich von den Soldaten Wein geben, wusch die Wunde mehrmals damit aus, drückte den Eiter heraus, bis er sauberes Blut kommen sah; dann entfernte er die Fäden der Naht, und nachdem er einen Aufguß aus Malve und Weizenkleie auf die Wunde aufgetragen hatte, verband er sie.

»Bilde dir bloß nicht ein, daß ich dir dafür dankbar bin!« sagte Wulfila, als Ambrosinus fertig war.

»Ich habe es bestimmt nicht deswegen getan.«

»Warum sonst?«

»Du bist ein wildes Tier, und der Schmerz kann dich noch wilder machen. Ich habe es in meinem eigenen Interesse getan, Wulfila, und im Interesse des Jungen.«

Er ging wieder zum Wagen, um den Sack zurückzubringen. Kurz darauf kam ein Soldat mit am Spieß gebratenem Fleisch, und der Alte und der Knabe aßen davon. Die Luft war kalt, nicht nur, weil es Herbst war, sondern auch wegen der Höhe. Dennoch zog Ambrosinus es vor, um eine zweite Decke zu bitten, statt, wie die anderen, sein Nachtlager in der Nähe des Feuers herzurichten. Tatsächlich machte die Wärme ihren Gestank unerträglich. Nachdem sein Lehrer darauf bestanden hatte, trank Romulus auch ein wenig Wein, der seinen Körper mit etwas Kraft und Lebenslust erfüllte. Unter dem sternenklaren Himmel streckten sie sich nebeneinander aus.

»Hast du verstanden, warum ich das getan habe?« fragte Ambrosinus.

»Diesem Schlächter das Gesicht zu säubern? Doch, ich kann es mir vorstellen: Wilde Hunde streichelt man mit dem Strich.«

»Ja, so ähnlich.«

Beide schwiegen lange, um dem Knistern des Feuers zu lauschen, auf das die Soldaten immer wieder trockene Zweige warfen, und um den Funken zuzusehen, die wirbelnd zum Himmel stiegen.

»Betest du, bevor du einschläfst?« fragte Ambrosinus plötzlich.

»Ja«, antwortete Romulus. »Ich bete zum Geist meiner Eltern.«

VIII

Livia gab ihrem Pferd die Sporen und bog auf einen Saumpfad ein, der sich bis zum Kamm des Berges hinaufschlängelte, dann blieb sie stehen und wartete auf Aurelius, der über eine andere Route, die durch den Wald führte, aufstieg. Von der Höhe konnte man bequem den Ausgang des Tunnels der Via Flaminia beobachten, der den Berg von der einen Seite zur anderen durchbohrte. Die beiden sprangen ab und stellten sich hinter ein Buchengestrüpp. Es dauerte nicht lange, bis aus dem Tunnel eine Gruppe herulischer Reiter auftauchte, dann erschien ihr Kommandant, an der Spitze von etwa dreißig Bewaffneten, und schließlich der Wagen, gefolgt von der Nachhut.

Aurelius zuckte zusammen, als er Wulfila erkannte, und sah instinktiv auf den Bogen, den Livia über der Schulter trug.

»Schlag dir das aus dem Kopf«, sagte das Mädchen, das seine Gedanken erraten hatte. »Selbst wenn ich ihn niederstrekken könnte, würden die anderen uns keine Chance lassen, und vielleicht würden sie dann ihre ganze Wut an dem Jungen auslassen.« Aurelius biß sich auf die Lippen.

»Der Augenblick wird schon noch kommen«, sagte Livia mit Nachdruck. »Jetzt müssen wir Geduld haben.«

Aurelius blickte eine Zeitlang auf die schwankenden Umrisse des Wagens, bis er sie hinter einer Biegung der Straße verschwinden sah. Livia legte ihm die Hand auf die Schulter. »Ich habe den Eindruck, daß es zwischen euch beiden um Leben oder Tod geht, ja, eigentlich nur um Tod, habe ich recht?«

»Ich habe einige seiner treuesten Leute umgebracht, ich habe versucht, den Gefangenen, den man in seine Obhut gegeben hatte, zu entführen, und als er seinerseits versucht hat, mich daran zu hindern, habe ich ihm das Gesicht aufgeschlitzt und ihn bis zum Ende seiner Tage zum Monstrum gemacht: Glaubst du nicht, daß das reicht?«

»Soweit deine Seite. Und wie sieht es auf seiner Seite aus?«

Aurelius antwortete nicht. Er kaute auf einem trockenen Grashalm herum und blickte hinunter ins Tal.

»Erzähl mir bloß nicht, daß ihr euch nie zuvor begegnet seid!«

»Es ist schon möglich, aber ich erinnere mich nicht daran. Barbaren sind mir in den vielen Jahren des Krieges haufenweise über den Weg gelaufen.« Und in diesem Augenblick sah er sich noch einmal Wulfila von Angesicht zu Angesicht gegenüberstehen, damals, im Korridor des Kaiserpalastes, als sie Schwert gegen Schwert kämpften, und er hörte, wie die rauhe Stimme des Gegners sagte: »Ich kenne dich, Römer, ich habe dich schon einmal gesehen!«

Livia baute sich vor ihm auf und sah ihm mit mitleidloser Eindringlichkeit in die Augen. Aurelius wandte den Blick ab.

»Du hast Angst, in dein Inneres hineinzuschauen, und möchtest auch nicht, daß andere das tun. Warum?«

Aurelius drehte sich plötzlich um. »Würdest du dich nackt ausziehen – vor mir?« fragte er sie, und seine Augen sprühten Funken. Livia hielt seinem Blick stand, ohne mit der Wimper zu zucken. »Ja«, antwortete sie, »wenn ich dich lieben würde.«

»Aber du liebst mich nicht. Und ich liebe dich auch nicht. Stimmt's?«

»Stimmt«, erwiderte Livia mit ebenso fester Stimme.

Aurelius nahm Juba am Zaumzeug und wartete, bis das Mädchen seinen Fuchs losband. Dann sagte er zu ihr: »Wir haben ein gemeinsames Ziel und eine Aufgabe zu erfüllen, die uns eine Zeitlang beieinander halten wird. Wir müssen unbedingt zusammenstehen und uns mit absoluter Sicherheit aufeinander verlassen können. Deshalb müssen wir beide vermeiden, im anderen Unbehagen und Unzufriedenheit zu wecken. Verstehst du, was ich meine?«

»Und ob«, antwortete Livia.

Aurelius begann, den Hang zu Fuß hinabzusteigen, und hielt dabei Juba am Zügel fest. »Wenn wir einen Versuch unternehmen wollen«, sagte er, das Thema wechselnd, »dann auf jeden Fall noch während der Reise, denn sobald der Konvoi sein Ziel erreicht hat, wird die Sache unmöglich.«

»Zu zweit gegen siebzig? Das scheint mir keine gute Idee zu sein. Und deine Wunde ist noch nicht einmal verheilt! Nein. Wir können nicht riskieren, ein zweites Mal zu scheitern.«

»Und was schlägst du dann vor? Du wirst doch auch einen Plan haben. Oder lassen wir es einfach darauf ankommen?«

»Erstens müssen wir wissen, wohin sie wollen; dann werden wir herausfinden, wie wir bei ihnen eindringen und den Jungen entführen können. Es gibt keine andere Möglichkeit: In Ravenna gab es keine Männer, die sich hätten anheuern lassen, und selbst wenn es sie gegeben hätte, so war doch die Zahl von Odoakers Spitzeln so groß, daß das Komplott sofort aufgedeckt worden wäre. Auch wenn es dir komisch vorkommt: Unser Vorteil besteht genau in der Tatsache, daß niemand von unserer Existenz weiß und niemand argwöhnt, daß zwei Reisende ein solches Unternehmen wagen könnten. Es wäre dir beinahe gelungen, deinen Versuch erfolgreich zu Ende zu führen, eben weil niemand mit einer solchen Möglichkeit gerechnet hatte. Wenn wir Männer anwerben, dann sehr weit von Ravenna entfernt, wo niemand etwas von uns weiß.«

»Und mit welchem Geld wirst du sie anwerben?«

»Das Geld wird in verschiedenen Orten Italiens für uns verfügbar sein. Antemius hat in vielen Banken Depots, und ich habe seinen Kreditbrief bei mir. Du weißt doch, was das ist, oder?«

»Nein. Aber das Wichtigste ist, daß du über Geld verfügen kannst. Ich habe die Hoffnung, meine Kameraden wiederzufinden, noch nicht aufgegeben.«

»Ich auch nicht. Ich weiß, wie wichtig das für dich ist.« Sie sagte es in einem Ton, der verriet, daß ihre Gefühle stärker waren als die Kameradschaft unter Kämpfern, die sie seit einigen Tagen miteinander verband.

So ritten sie über mehrere Etappen weiter, legten ungefähr zwanzig Meilen am Tag zurück und hielten dabei immer einen beträchtlichen Abstand von dem Konvoi. Selbst die Wachsamkeit der Barbaren rund um die Kutsche schien teilweise nachgelassen zu haben: Die Sicherheit dieser starken Eskorte, die mächtige Präsenz Wulfilas und das absolute Fehlen jeglicher Bedrohung, soweit der Blick reichte, trugen dazu bei, daß sich die Spannung und manchmal sogar die Disziplin lockerten.

Sie überquerten den Apennin und stiegen hinab ins Tibertal.

»Wenn wir meine Gefährten finden sollten«, sagte Aurelius plötzlich, »würdest du mir helfen, sie zu befreien?«

»Stell dir vor: Ja! Es kommt darauf an, wie viele wir finden, falls wir sie überhaupt finden. Mach dir nicht zu viele Illusionen, ich muß dir das noch einmal sagen: Miseno ist eine Möglichkeit, aber eben nur eine Möglichkeit unter mehreren.«

»Es ist schon seltsam: Einerseits möchte ich sie wiederfinden, andererseits habe ich auch Angst davor ... Angst, von ihnen zu erfahren, welches Ende die übrigen genommen haben.«

»Du hast getan, was du konntest«, sagte Livia, »quäle dich nicht. Was gewesen ist, ist gewesen, und wir können es nicht mehr ändern.«

»Für dich ist es leicht. Aber die Legion war mein Leben. Alles, was ich hatte.«

»Hast du nie eine Familie gehabt?«

Aurelius schüttelte den Kopf.

»Eine Frau ... eine Geliebte?«

Aurelius wandte den Blick ab. »Gelegentliche Begegnungen. Keine Bindung. Es ist schwer, sich an jemanden zu binden, wenn man keine Wurzeln hat.«

Eine Zeitlang ritten sie im Gleichschritt weiter, ohne etwas zu sagen. Dann unterbrach Livia erneut das Schweigen. »Eine Legion …«, nahm sie den Gesprächsfaden wieder auf. »Das kommt einem unwahrscheinlich vor, denn seit Kaiser Gallienus' Reform ist von den alten Legionen kaum der Name übriggeblieben, und in den letzten vierzig Jahren ist auch der allmählich verschwunden. Was für einen Sinn soll es gehabt haben, eine neue Legion auf die Beine zu stellen?«

»Und trotz alledem war es ein außergewöhnliches Unternehmen! Zunächst einmal eignet sich das italienische Terrain fast nie zum Aufmarsch großer Reiterkontingente. Zudem wäre der Zusammenprall entsetzlich gewesen: Orestes wollte, daß die Leute einen silbernen Adler in der Sonne glitzern sahen; er wollte, daß die Römer ihren Stolz zurückgewannen, wieder ihre Fußsoldaten marschieren sahen mit den alten Rüstungen und den großen Schilden, die Truppen, die den Erdboden unter ihrem gleichmäßigen Schritt erbeben ließen. Er wollte die Disziplin der Barbarei, die Ordnung dem Chaos entgegensetzen. Wir alle waren stolz dazuzugehören. Unser Kommandant war ein Mann, der die alten Tugenden und einen unglaublichen Mut besaß: Er war streng und gerecht und eifersüchtig auf seine eigene Ehre und die seiner Leute bedacht.«

Livia sah ihn an: Seine Augen funkelten, und seine Stimme bebte vor tiefer Rührung, während er diese Worte aussprach. Sie hätte mehr über seine Gefühle erfahren wollen, sah aber, daß die Kolonne in der Ferne offenbar langsamer geworden war, und bedeutete ihrem Begleiter anzuhalten. »Es ist nichts«, sagte sie nach einer Weile. »Eine Schafherde überquert die Straße.«

Sie ritten im Gleichschritt weiter und hielten sich am Rand eines mit Büschen bewachsenen Streifens, der sich im Abstand von drei- oder vierhundert Fuß an der Straße entlangzog.

»Fahr bitte fort!« sagte sie.

»Die Männer wurden sorgfältig aus anderen Truppen ausgewählt: Offiziere und Soldaten, Hilfskräfte und Techniker, zum größten Teil Italer und Bewohner der Provinzen des Römischen Reiches. Es wurden auch Barbaren aufgenommen, aber in sehr begrenzter Zahl, und nur Leute von bewährter Treue, deren Familien seit mehreren Generationen im Dienst des Staates standen. Sie wurden an einem geheimen Ort in Noricum zusammengeführt und dann fast ein Jahr lang täglich viele Stunden lang trainiert. Als die Legion zum erstenmal in eine Schlacht, auf das offene Feld, zog, erwies sich ihre Effizienz als tödlich: Mit der Wucht einer Kriegsmaschine drang sie in die feindliche Schlachtordnung ein und brachte den Gegnern schwere Verluste bei. Wir hatten das Beste der alten Technik beibehalten und zugleich auch von der modernen das Beste übernommen.«

»Und du? Wo hattest du dich gemeldet?«

Aurelius ritt eine Zeitlang wie in Gedanken versunken und blickte starr vor sich hin. Sie hielten sich auf halber Höhe zwischen den Wäldern, um nicht von Wulfilas Kundschaftern ertappt zu werden, die jetzt unaufhörlich die Flanken des Tales absuchten, um möglichen Überfällen zuvorzukommen. In diesen so unwirtlichen und wilden Gegenden sorgten sie sich mehr um die Briganten als um den unwahrscheinlichen Fall, daß irgend jemand dem Knaben zu Hilfe kommen wollte.

»Ich hab's dir doch gesagt«, erwiderte Aurelius plötzlich, »ich bin immer Teil der Legion gewesen. Ich erinnere mich an nichts anderes.« Und der Ton in seiner Stimme verriet unmißverständlich, daß dieses Thema für ihn beendet war.

So ritten sie schweigend weiter, und Livia machte ab und zu einen Abstecher und folgte einer Route, die entweder weiter oben am Berg oder weiter unten, zum Tal hin, verlief, weil sie das beharrliche Schweigen ihres Begleiters nicht ertragen konnte. Wenn sie wieder zusammentrafen, wechselte sie mit ihm nur wenige Worte über den Weg oder über die Schwierigkeiten des Geländes und entfernte sich dann erneut. Aurelius war eindeutig außerstande, sich von dem Alptraum des Massakers an seinen Kameraden, der Vernichtung seiner Truppe und der Unmöglichkeit, sie zu retten, zu befreien. An seiner Seite ritten Gespenster, bluttriefende Schatten junger Männer, die in der Blüte ihrer Jahre niedergemetzelt, von Männern, die bis zu ihrem letzten Atemzug grausam gefoltert worden waren. Er konnte ihre herzzerreißenden Schreie hören, ihre Rufe aus der Tiefe der Unterwelt. So ritten sie mehrere Stunden im Schritt, bis es zu dämmern begann und der Konvoi sich auf die Nacht vorbereitete. Livia bemerkte auf dem Gipfel eines Hügels, etwa eine Meile von Wulfilas Lager entfernt, eine Hütte und zeigte sie ihrem Begleiter. »Vielleicht könnten wir da oben übernachten und auch die Pferde unterstellen.« Aurelius pflichtete ihr mit einem Kopfnicken bei und trieb Juba auf den Wald zu, in die Richtung des Hügels.

Er trat als erster ein und vergewisserte sich, daß niemand drinnen war. Die Hütte schien für die Viehhüter zu sein, die die Kühe zur Weide trieben: In einer Ecke lag etwas Stroh, und hinter dem Gebäude, unter einer Art primitivem Vordach, fand er einige Ballen Heu und Stroh. Nicht weit davon ergoß sich ein Rinnsal in eine Tränke, einen ausgehöhlten Sandsteinblock, und das überfließende Wasser rann zwischen großen, moosbedeckten Steinen nach unten, wo es sich in einem natürlichen Becken sammelte. So war ein kleiner, kristallklarer Tümpel entstanden, in dem sich der Himmel und die umstehenden Bäume spiegelten. Während die Sonne unterging, erstrahlte der Wald in seinen herbstlichen Farben. An den Stämmen der Eichen rankten die Reben des wilden Weins empor; zwischen seinen großen, hochrot gefärbten Blättern sah man die kleinen Trauben mit ihren dunkelvioletten Beeren.

Aurelius kümmerte sich um die Pferde, band sie unter dem Vordach fest und breitete ein wenig Heu vor ihnen aus. Livia ging unterdessen zum Tümpel, zog sich aus und tauchte hinein. Bei der Berührung mit dem eiskalten Wasser erschauerte sie, aber der Wunsch, sich zu waschen, war stärker als die Kälte. Als Aurelius sich anschickte, den Hang hinterzusteigen, sah er ihren nackten Körper durch das glasklare Wasser gleiten, und er blieb, verzaubert von dieser markanten Schönheit, stehen, um sie ein paar Sekunden lang zu betrachten. Dann wandte er, verwirrt und beunruhigt, den Blick ab. Er wäre gern näher getreten, um ihr zu sagen, wie sehr er sie begehrte, aber der Gedanke, daß sie ihn zurückweisen könnte, war ihm unerträglich. So ging er zur Tränke und wusch sich seinerseits, zuerst den Oberkörper und die Arme und dann den Unterleib. Als Livia zurückkam, war sie in ihre Reisedekke gehüllt und hielt in der Rechten eine Harpune, auf der zwei große Forellen steckten.

»Es gab nur diese beiden«, sagte sie, »und sie waren wahrscheinlich darauf gefaßt zu sterben. Geh hinunter und hol meine Kleider, sie hängen an einem Ast beim Tümpel. Ich mache derweil Feuer.«

»Du bist ja wahnsinnig! Sie werden uns bemerken und uns jemanden auf den Hals jagen!«

»Sie können nicht hinter jeder Rauchsäule hersein, die in der Landschaft aufsteigt«, antwortete sie. »Und außerdem befinden wir uns in einer beherrschenden Position: Sollte irgend jemand versuchen, sich uns zu nähern, dann spieße ich ihn auf wie diese Forellen hier und schleppe ihn in den Wald: Es dauert es nur ein paar Stunden, und von ihm existieren nicht einmal mehr die Knochen! In dieser Zeit leiden auch die wilden Tiere Hunger.«

Livia briet die Forellen, so gut sie konnte, und legte immer wieder Kiefernzweige nach, die mit einer schönen, knisternden Flamme verbrannten, aber kaum Rauch erzeugten. Als die Mahlzeit fertig war, nahm sich Aurelius den kleineren Fisch, aber Livia hielt ihm den größeren hin. »Du mußt essen«, sagte sie, »du bist noch schwach, und wenn es einmal soweit ist, daß wir handgreiflich werden müssen, dann will ich einen Löwen und kein Schaf neben mir wissen. Und jetzt geh schlafen. Die erste Nachtwache übernehme ich.«

Aurelius antwortete nicht, ging zum Rand der Lichtung und lehnte sich gegen den Stamm einer uralten Eiche. Livia sah, wie er so, regungslos und mit starren, weit aufgerissenen Augen, der Nacht entgegensah, die mit ihren Schatten und ihren Gespenstern vom Berg herunterstieg, und wäre gern zu ihm gegangen, wenn er sie nur darum gebeten hätte.

Wulfila befahl, das Nachtlager in der Nähe einer Brücke aufzuschlagen, die über einen Nebenfluß des Tibers führte. Seine Leute begannen, die Schafe und Hammel zu braten, die sie bei einem Hirten beschlagnahmt hatten, der ihnen ein paar Stunden zuvor leichtsinnigerweise in die Quere gekommen war. Ambrosinus trat mit besorgter Miene an ihn heran. »Der Kaiser verabscheut Schaffleisch«, sagte er.

Der Barbar brach in Gelächter aus. »Der Kaiser verabscheut Schaffleisch? Ach, wie schade, wie entsetzlich! Unglücklicherweise hat sich der Chef der kaiserlichen Küche nicht aus Ravenna fortbequemen wollen, und die Auswahl an Speisen ist jetzt begrenzt. Entweder er ißt Schaffleisch, oder er geht eben hungrig ins Bett!«

Ambrosinus trat noch näher. »Im Wald habe ich Kastanien gesehen: Wenn du mir erlaubst, ein paar einzusammeln, kann ich ihm eine sehr wohlschmeckende und nahrhafte Süßspeise zubereiten.«

Wulfila schüttelte den Kopf. »Du rührst dich nicht von der Stelle!«

»Wohin soll ich schon gehen? Du weißt ganz genau, daß ich den Jungen unter gar keinen Umständen allein lassen werde. Laß mich gehen: Ich komme gleich zurück und gebe dir auch davon. Ich versichere dir, daß du noch nie etwas so Gutes gegessen hast.«

Wulfila ließ ihn gehen, und Ambrosinus zündete sich eine Laterne an und ging in den Wald. Der Boden unter den großen knorrigen Baumstämmen war mit stachelbewehrten Schalen bedeckt, von denen viele bereits aufgesprungen und halb geöffnet waren und den Blick auf die Früchte mit ihrer schönen rotbraunen, an gegerbtes Leder erinnernden Farbe freigaben. Er las ein paar davon auf und dachte, daß diese Gegend völlig unbewohnt sein müsse, wenn so kostbare Früchte den Bären und Wildschweinen überlassen wurden. Er kehrte mit der erloschenen Laterne ins Lager zurück und schlich zu der Stelle, wo sich Wulfila offensichtlich gerade mit seinen Stellvertretern beriet.

»Wann soll ich aufbrechen?« fragte in diesem Augenblick einer von ihnen.

»Schon morgen, sobald wir die Ebene erreicht haben. Du nimmst ein halbes Dutzend Männer mit, und ihr reitet uns bis Neapel voraus. Dort nehmt ihr Kontakt auf mit einem Mann namens Andreas von Nola, der euch in der Unterkunft der kaiserlichen Garde erwartet, und sagt ihm, daß er die Überfahrt nach Capri vorbereiten soll. Er muß die gesamte Eskorte ins Kalkül ziehen und darüber hinaus an den Jungen, seinen Erzieher und das Dienstpersonal für uns und für sie denken. Du wirst ihm sagen, daß ich am endgültigen Zielort alles fertig vorfinden will: Unterkünfte für die Männer, Essen, Wein, Kleider, Decken. Alles. Sie könnten uns mit Sklaven dienen, aber sorge dafür, daß sie keine aus Miseno nehmen. Dort sind nämlich einige von denen, die Mledo in Dertona gefangengenommen hat: Daß die mir bloß nicht unter die Augen kommen! Hast du verstanden? Wenn etwas schiefgeht, wird er persönlich zur Verantwortung gezogen. Und mach ihm klar, daß ich mit unfähigen Leuten nicht gerade zimperlich umgehe.«

Ambrosinus entfernte sich mit leichten Schritten, denn er glaubte, schon genug gehört zu haben, und erschien wieder am gegenüberliegenden Ende des Lagers, wo die Männer der Eskorte über dem Feuer die Spieße mit den Hammelvierteln drehten. Er setzte sich in eine Ecke und röstete seine Kastanien, dann zerstampfte er sie in einem Mörser, fügte von den Vorräten des Konvois etwas aufgekochten Most hinzu und bereitete einen Fladen zu, den er über dem Feuer hin und her schwenkte, damit er knusprig wurde. Als er ihn mit berechtigtem Stolz seinem Herrn servierte, sah Romulus ihn erstaunt an. »Meine Lieblingsspeise. Wie hast du das nur geschafft?«

»Wulfila beginnt, mir ein Minimum an Freiheit zuzugestehen: Er weiß genau, daß er mich nicht allzu schlecht behandeln darf, wenn ihm sein Gesicht lieb ist. Ich bin in den Wald gegangen und habe Kastanien gesammelt. Das war alles.«

»Danke«, erwiderte Romulus. »Es erinnert mich an die Festtage zu Hause, wenn unsere Köche sie auf der Schieferplatte im Garten zubereiteten. Es kommt mir so vor, als würde ich den Most noch riechen, wie er auf dem Feuer kocht. Es gibt keinen köstlicheren und stärkeren Duft als den von kochendem Most.«

»Iß«, sagte Ambrosinus zu ihm, »laß es nicht kalt werden.«

Romulus biß in den Fladen, und sein Erzieher fuhr fort: »Ich habe Neuigkeiten. Ich weiß, wohin sie dich bringen. Ich habe gehört, wie Wulfila sich mit seinen führenden Leuten beriet, während ich aus dem Wald kam. Unser Ziel ist Capri.«

»Capri? Aber das ist doch eine Insel.«

»Ja. Es ist eine Insel, aber nicht besonders weit von der Küste entfernt. Und manche finden sie ganz angenehm, vor allem im Sommer, wenn das Wetter gut ist. Kaiser Tiberius hat dort prächtige Villen gebaut und in den letzten Jahren seiner Herrschaft in der schönsten von ihnen gewohnt, in der Villa Jovis. Nach seinem Tod ...«

»Es wird trotzdem ein Gefängnis sein«, fiel Romulus ihm ins Wort, »wo ich den Rest meiner Tage verbringen werde ohne irgendeine andere Gesellschaft als die der widerwärtigsten Feinde. Ich werde nicht reisen können, keine anderen Menschen kennenlernen, keine Familie haben ...«

»Akzeptieren wir das, was das Leben uns Tag für Tag bringt, mein Sohn. Die Zukunft ist in Gottes Geist und Hand. Gib nicht auf, verzage nicht, resigniere nicht. Erinnere dich an das Beispiel der Großen der Vergangenheit, erinnere dich an die Lehren und die Empfehlungen der großen Weisen – von Sokrates, Cato und Seneca. Wissen ist nichts, wenn es uns nicht ermöglicht, das Leben zu meistern. Hör zu, neulich habe ich eine Art Vorwarnung erhalten: Wie durch ein Wunder ist mir eine alte Prophezeiung aus meiner Heimat in den

Sinn gekommen, und seither haben sich meine Gefühle gewandelt. Ich spüre, daß wir nicht allein sind und daß es bald weitere Zeichen geben wird. Glaube mir, ich fühle es.«

Romulus lächelte, eher mitleidig als erleichtert. »Du träumst«, sagte er zu ihm, »aber du kannst gute Fladen zubereiten, zumindest dieser hier ist von unbestreitbarer Qualität.« Er aß weiter, und Ambrosinus sah ihm mit großer Freude zu und vergaß darüber, daß er selbst bis zu diesem Augenblick kaum etwas angerührt hatte. Aber er zog es vor, das, was übriggeblieben war, zu Wulfila zu tragen, um sein Wort zu halten und, soweit dies möglich war, sein Wohlwollen zu gewinnen.

Am folgenden Tag wachten sie beim Morgengrauen auf und sahen zu, wie der kleine Voraustrupp nach Süden aufbrach. Dann setzte sich der Konvoi wieder in Marsch und machte erst gegen Mittag für eine kurze Rast halt. Das Klima wurde allmählich immer milder, je weiter sie nach Süden kamen. Die Wolken waren groß und weiß: Sie zogen, vom Westwind getrieben, über den Himmel, und türmten sich manchmal zu großen schwarzen Gebirgen auf, die plötzliche und heftige Regengüsse auf die Erde schickten. Dann kam die Sonne wieder heraus und strahlte über die naßglänzenden Felder. Die Eichen und Eschen hatten inzwischen das Terrain den Kiefern und Myrten überlassen, und die Apfelbäume waren den Oliven und Weinstöcken gewichen.

»Rom liegt bereits hinter uns«, sagte Ambrosinus. »Wir nähern uns dem Ziel.«

»Rom ...«, murmelte Romulus und dachte daran, wie er, in die kaiserlichen Gewänder gehüllt und von seinen Eltern begleitet, in die Kurie des Senats eingezogen war. Es kam ihm vor, als seien seitdem hundert Jahre vergangen und nicht erst wenige Monate, und jetzt schickte er sich an, seine Jugend und sein Jünglingsalter zu erleben, die schönste Zeit im Leben eines Menschen – mit einem Herzen voller Trauer und düsterer Vorahnungen.

IX

Wulfila bemerkte die Wasserverkäuferin, als sie noch ein Stück weit entfernt war. Sie stand am rechten Rand der Straße, auf dem Erdaushub: Über der Schulter hielt sie einen Schlauch und in der Hand eine Holzschüssel und sah aus wie so viele andere Unglückliche und Bettler, denen man unterwegs begegnete. Aber seit einiger Zeit brannte die Sonne immer heißer herunter, und die mittägliche Stunde sowie die Tatsache, daß es beiderseits der Straße schon lange keine Quellen gegeben hatte, hatten sowohl die Menschen als auch die Pferde durstig gemacht.

»He, du da, komm her!« sagte er zu ihr in seiner Sprache, als sie etwas näher gekommen waren. »Ich habe Durst!«

Das Mädchen verstand aus seinen Gesten und aus seiner Miene, daß er trinken wollte, und reichte ihm die gefüllte Schüssel. Obwohl sie in einen abgetragenen, armseligen Umhang gehüllt war, trat ihre Schönheit doch zutage und riß die barbarischen Krieger zu schlüpfrigen Bemerkungen hin.

»He, laß dich ein bißchen genauer anschauen!« rief ihr einer zu und versuchte, ihr den Umhang von den Schultern zu reißen, aber sie wich ihm mit einer schnellen, geschickten Bewegung des Oberkörpers aus. Dennoch versuchte sie zu lächeln und streckte die Hand aus, um ein Almosen zu erhalten als Entschädigung für das frische Wasser, das sie in die Schüssel goß.

»Seit wann muß man denn hier für das Wasser bezahlen?« schrie ein anderer Soldat. »Wenn ich eine Frau bezahle, muß ich schon etwas mehr bekommen!« Und er ging auf sie zu, packte sie und zog sie an sich. Er fühlte die schlanke Taille und die Krümmung der Schenkel, die unter der Haut gespannten Muskeln, und während er sie mit überraschtem Ausdruck ansah, sagte er: »So ein pralles Fleisch! Du bist keine, die wenig und schlecht ißt.« Doch in diesem Augenblick hörte man eine Stimme sagen: »Ich habe Durst.«

Das Mädchen begriff, daß sie aus der nur wenige Schritte entfernten Kutsche kam, trat näher und schob den Vorhang, der das Fenster bedeckte, etwas zur Seite. Sie sah sich einem Jungen von ungefähr zwölf, dreizehn Jahren gegenüber, mit hellbraunen Haaren, großen, dunklen Augen, in einer weißen Tunika mit langen Ärmeln, die am Saum mit Silber bestickt waren. Ihm gegenüber saß ein Mann von etwa sechzig Jahren mit grauem Bart und kahlem Oberkopf, der ein schlichtes Gewand aus grauer Wolle trug und ein kleines silbernes Schmuckstück um den Hals hängen hatte.

Sofort zog Wulfila den Vorhang wieder zu, stieß das Mädchen grob zur Seite und rief: »Weg von hier!« Doch der Mann, der im Wagen saß, schob erneut den Vorhang beiseite und sagte mit fester Stimme: »Der Junge hat Durst.« In diesem Moment begegneten seine Augen denen des Mädchens, und er begriff sofort, daß sie nicht das war, was sie zu sein schien: Er versuchte, ihr etwas begreiflich zu machen oder sie auf etwas vorzubereiten, und drückte Romulus' Arm, als wolle er ihm mitteilen, daß etwas Unerwartetes bevorstehe. Die Wasserverkäuferin trat näher heran, und als sie gerade Wulfilas Blicken verborgen war, reichte sie dem Jüngling die mit Wasser gefüllte Holzschüssel und dem Mann einen Metallbecher, und während ersterer trank, flüsterte sie ihm auf griechisch zu: »*Chaire, Kaisar*« – Sei gegrüßt, Kaiser. Dem Jungen gelang es, sich sein Erstaunen nicht anmerken zu lassen, während sein Begleiter in derselben Sprache antwortete: »*Tis eis*?« – Wer bist du?

»Eine Freundin«, erwiderte das Mädchen. »Ich heiße Livia. Wo bringt man euch hin?«

Doch im selben Augenblick trat Wulfila erneut dazwischen, zog sie weg und beendete so das Gespräch.

In der Kutsche wandte sich Romulus an seinen Erzieher, weil er nicht wußte, was er von dieser seltsamen Begegnung halten sollte: »Wer kann das gewesen sein, Ambrosinus? Woher wußte sie, wer ich bin?«

Doch die Aufmerksamkeit des Mannes wurde jetzt auf den Becher gelenkt, den er in der Hand hielt. Er drehte ihn um und entdeckte unten ein Siegel in der Gestalt eines Adlers und die Aufschrift

LEG NOVA INV.

»Legio Nova Invicta«, las er leise. »Weißt du, was das bedeutet, Cäsar? Daß dieser Soldat es noch einmal versucht und dieses Mal nicht allein ist. Ich weiß nicht, ob ich mich darüber freuen oder mir Sorgen machen soll, doch mein Herz sagt mir, daß es sich um ein günstiges Zeichen handelt, um eine glückliche Begebenheit. Wir sind nicht unserem Schicksal überlassen worden, und ich habe das Gefühl, daß die Vorwarnung, die ich vor einigen Tagen erhielt, sich bestätigt hat ...«

Unterdessen schob Wulfila Livia an den Rand der Straße, aber diese wandte sich mit flehendem Blick an ihn: »Aber, mein Herr, meine Schüssel! Ich brauche sie doch!«

»In Ordnung«, sagte Wulfila, »komm schon mit!« Er begleitete sie zurück zum Wagen, und nachdem sie ihre Schüssel zurückerhalten hatte, führte er sie wieder zum Straßenrand, ohne sie eine Sekunde allein zu lassen. Livia blieb nur ein Moment, um noch einen Blick mit den beiden Gefangenen auszutauschen, konnte aber kein Wort sagen. Sie sah der Kutsche so lange nach, bis sie hinter einer kleinen Anhöhe verschwand, und rührte sich erst von der Stelle, als das Hufgetrappel und das Geräusch der Räder endgültig verklungen waren. Dann drehte sie sich um und erblickte einen Reiter, der regungslos auf dem Gipfel eines Hügels verharrte und sie beobachtete: Aurelius. Sie machte sich auf den Weg und ging durch das Unterholz auf einem gewundenen Pfad, der sie nach einiger Zeit an den Fuß des Hügels führte. Aurelius kam ihr entgegen, ein zweites Pferd an den Zügeln haltend. Livia sprang auf.

»Und?« fragte er. »Ich habe wie auf glühendheißen Kohlen gesessen.«

»Ich habe es nicht geschafft. Er war gerade im Begriff, es mir zu sagen, als Wulfila mich weggezogen hat. Wenn ich versucht hätte, noch etwas zu fragen, hätte er Verdacht geschöpft und mich mit Sicherheit festgehalten. Doch wissen sie jetzt wenigstens, daß wir ihnen folgen. Jedenfalls glaube ich das. Der Mann, der mit dem Kaiser reist, hat einen scharfen, durchdringenden Blick; er ist bestimmt ein Mann von großer Intelligenz.«

»Er ist ein verdammter Quertreiber«, antwortete Aurelius, »aber er ist der Erzieher des Jungen, und wir müssen ihn auf alle Fälle mit einbeziehen, egal, welchen Plan wir umsetzen. Und er? Sag mir, ist es dir gelungen, ihn zu sehen?«

»Den Kaiser? Ja, natürlich.«

»Wie geht es ihm?« fragte Aurelius, ohne die Beunruhigung in seiner Stimme zu verhehlen.

»Gut. Ich würde sagen, daß es ihm gutgeht. Aber in seinen Augen liegt eine unendliche Traurigkeit. Der Verlust seiner Eltern muß ihn schrecklich bedrücken.«

Aurelius überlegte ein paar Sekunden lang schweigend und sagte dann: »Jetzt warten wir ab, ob wir den Kontakt mit ihm aufrechterhalten können. Die Eskorte scheint mir nicht besonders wachsam zu sein, vielleicht sind sie davon überzeugt, daß mittlerweile kein Mensch mehr an die Gefangenen denkt.«

»Die anderen vielleicht. Wulfila nicht: Er ist mißtrauisch, argwöhnisch, schleicht dauernd herum und blickt mit Luchsaugen um sich. Er hat die Lage immer unter Kontrolle, ihm entgeht gar nichts, das versichere ich dir.«

»Hast du ihm ins Gesicht geschaut?«

»So, wie ich dich jetzt sehe! Du hast ihm zweifellos eine schöne Visitenkarte hinterlassen, und wenn er sich auch nur ein einziges Mal im Spiegel betrachtet hat, dann möchte ich jedenfalls nicht in deiner Haut stecken, wenn du ihm einmal in die Hände fällst.«

»Dieses Problem stellt sich nicht«, erwiderte Aurelius. »Ich werde ihm niemals in die Hände fallen ... nicht lebend.«

Sie ritten den ganzen Nachmittag weiter bis zum Sonnenuntergang, als sie sahen, daß Wulfilas Kolonne in der Nähe von Minturno abbog. Die alte Via Appia war nicht mehr benutzbar. Die Sümpfe, die durch die Entwässerungskanäle, die Kaiser Claudius hatte graben lassen, zumindest teilweise trockengelegt waren, hatten aufgrund der mangelhaften Wartung große Teile des Territoriums zurückerobert, und so war die Straße über längere Strecken in den Schlamm abgesackt. Die Oberfläche der stehenden Gewässer erglühte, während die Scheibe der Sonne nach und nach darin versank; dann nahm sie ganz allmählich bleierne Farbtöne an und spiegelte den immer dunkler werdenden Himmel wider. Über dem Meer ballten sich große schwarze Wolken zusammen, die langsam zur Mitte des Himmels aufstiegen, und in der Ferne grollte ein Donner. Vielleicht würde vom Westen her ein Gewitter aufziehen.

Die von den Ausdünstungen der Sümpfe und der Feuchtigkeit beschwerte Atmosphäre wurde zu dieser Zeit des Tages immer drückender: Sowohl Aurelius als auch Livia waren schweißgebadet, aber sie zogen weiter, um den Kontakt mit der kaiserlichen Karawane nicht zu verlieren, die rasch voranrückte, um vor Einbruch der Nacht noch eine möglichst weite Strecke zurückzulegen. Einmal hielt Aurelius an, um sich aus der Flasche etwas zu trinken einzuschenken, und auch Livia streckte ihm ihre Schüssel hin, weil sie ihre gesamten Trinkwasserreserven unter Wulfilas Männern verteilt hatte. Dann führte sie sie an die Lippen und trank in langen Zügen. Plötzlich, als nach und nach der Boden der Schüssel zum Vorschein kam, bemerkte Livia etwas, und ihre Miene hellte sich auf.

»Capri«, sagte sie. »Sie reisen nach Capri.«

»Wie bitte?« fragte Aurelius verdutzt.

»Sie gehen nach Capri. Da bitte, schau selbst. Ich hatte dir doch gesagt, daß dieser Mann intelligent ist.« Sie drehte die Schüssel zu Aurelius und zeigte ihm die Buchstaben, die mit der Spitze eines Griffels in den Boden eingeritzt waren: CAPREAE.

»Capri«, wiederholte Aurelius. »Das ist eine Insel im Golf von Neapel, rauh und felsig, unwirtlich und wild, bewohnt nur von Ziegen, deshalb heißt sie ja auch Ziegeninsel.«

»Bist du schon einmal dort gewesen?«

»Nein, aber ich habe ein paar meiner Freunde davon erzählen hören, die aus dieser Gegend stammen.«

»Ich glaube nicht, daß es so ist, wie du sagst«, erwiderte Livia. »Wenn Kaiser Tiberius sie zu seiner Residenz erkoren hat, dann wird sie wohl nicht so übel sein. Das Klima ist bestimmt gut und mild, und ich kann mir vorstellen, daß sich der Duft des Meeres mit dem der Kiefern und Ginsterbüsche vermischt.«

»Es wird wohl so sein, wie du sagst«, antwortete Aurelius, »aber trotzdem ist es ein Gefängnis. Komm, wir suchen weiter oben, in Richtung der Hügel, einen geschützten Platz für die Nacht, sonst fressen uns noch die Mücken bei lebendigem Leib auf.«

Sie fanden Unterschlupf in einer ärmlichen Hütte aus Schilfrohr und Stroh, die die Bauern errichtet hatten, um ihre Ernten zu bewachen, und die jetzt seit langem verlassen war. Livia röstete auf dem Feuer ein bißchen Spelz in einer Metallschüssel und verknetete ihn mit etwas Wasser und geriebenem Käse, und das war ihr Abendessen. Sie saßen an einem kleinen Reisigfeuer und aßen fast schweigend, während von unten, abgeschwächt durch die Entfernung, unaufhörlich das Gequake der Frösche heraufdrang.

»Ich übernehme die erste Schicht«, sagte Livia und legte sich den Bogen über die Schulter.

»Wirklich?«

»Ja. Ich bin jetzt noch nicht müde und möchte lieber schlafen, wenn die Nacht schon vorgerückt ist. Versuche du, dich etwas auszuruhen.«

Aurelius nickte, band Juba an den Stamm eines Vogelbeerbaums, trat in die Hütte und streckte sich auf seinem Umhang aus. Eine Zeitlang beobachtete er, wie das Pferd von den schönen, schon reifen roten Früchten fraß, dann machte er es sich auf einer Seite bequem und versuchte einzuschlafen, aber der Gedanke an die Frau, die ihn auf seinen Abenteuern begleitete, versetzte ihn zunehmend in Unruhe und Erregung. Er hätte sich gern ganz diesem Gedanken hingegeben, der ihn immer mehr beherrschte und ihm das Herz erwärmte, aber er hatte Angst vor der Trennung, die unvermeidlich war, sobald ihre Mission beendet sein würde.

Livia blickte in der Dunkelheit hinunter auf die Lichter des feindlichen Lagers in der Ebene. Die Zeit verstrich, und sie hätte nicht sagen können, wieviel vergangen war, als sie plötzlich eine gewisse Unruhe wahrnahm. Sie sah, wie sich die Schatten barbarischer Reiter mit brennenden Fackeln durch den Sumpf bewegten. Wahrscheinlich ging es um eine einfache Erkundung des Geländes, aber dieser Anblick erinnerte sie an eine andere Szene, die sich ihrem Gedächtnis eingebrannt hatte: eine Schar barbarischer Reiter, die im Galopp auf das Ufer der Lagune zuritten, hinter ihnen ein Flammenmeer und vor diesem Hintergrund ein einziger Mann, der regungslos auf sie wartete. Sie erschauerte, als sei sie von einem eisigen Hauch gestreift worden, und wandte den Blick zur Hütte. Aurelius war inzwischen eingeschlafen, erschöpft von dem langen Reisetag und der Schwäche aufgrund ihrer kümmerlichen Nahrung. Livia nahm, wie von einer plötzlichen Eingebung getrieben, ein brennendes Holzscheit aus dem Feuer und trat vorsichtig an ihn heran, kauerte sich neben ihm nieder und streckte die Hand aus, um seine Brust aufzudecken. Aurelius schnellte in die Höhe, das Schwert in der Hand, und hielt ihr die Spitze an die Kehle.

»Laß das, ich bin's nur«, sagte Livia und wich zurück.

»Aber was hast du gemacht? Ist dir klar, daß ich dich hätte umbringen können?«

»Ich habe nicht geglaubt, daß du aufwachen könntest, ich wollte nur ...«

»Was denn?«

»Du hast dich aufgedeckt, ich wollte dich zudecken.«

»Du weißt genau, daß das nicht stimmt. Und jetzt sag mir die Wahrheit, oder ich verschwinde auf der Stelle.«

Livia stand auf und setzte sich neben das Feuer. »Ich ... glaube, ich weiß, wer du bist.«

Aurelius kam näher und schien ein paar Sekunden lang das Züngeln der bläulichen Flammen zu beobachten, die an der Glut leckten, dann sah er Livia direkt in die Augen. In seinem Blick lag ein kalter Schatten, als sei seine Seele von einer trüben Flut von Erinnerungen überschwemmt worden, als hätte eine alte Wunde wieder angefangen zu bluten. Mit einem Ruck drehte er sich um. »Ich möchte nichts hören«, sagte er mit tonloser Stimme.

»Die Nacht ist soeben angebrochen«, antwortete Livia. »Es bleibt die ganze Zeit für eine lange Geschichte. Du hast gerade gesagt, daß du die Wahrheit wissen willst. Hast du das schon wieder vergessen?«

Aurelius wandte sich langsam um, senkte schweigend den Kopf, und Livia fuhr fort: »Eines Nachts, vor vielen Jahren, wurde die Stadt, in der ich geboren und aufgewachsen bin, wo ich mein Zuhause und meine Eltern hatte, nach einer langen Belagerung plötzlich im Sturm erobert. Die Barbaren gaben sich der Plünderung hin und richteten ein Blutbad an. Die Männer wurden ermordet, die Frauen vergewaltigt und in die Sklaverei geführt, die Häuser geplündert und gebrandschatzt. Mein Vater starb, als er versuchte, sich zu verteidigen: Er wurde vor unseren Augen auf der Schwelle unseres Hauses in Stücke gehackt. Meine Mutter flüchtete und hielt mich an der Hand. Wir rannten durch die Dunkelheit, auf einem alten Wehrgang hinter dem Aquädukt, von Panik und Verzweiflung getrieben. Der Weg wurde da und dort vom Schein der brennenden Stadt beleuchtet, Rufe, Klagelaute und Wahnsinnsschreie hallten in jedem Winkel wider, von jeder Mauer, und prasselten vom Himmel herab wie Feuerhagel. Die Stadt war voller lebloser Körper, überall floß Blut. Ich war erschöpft, aber meine Mutter zog mich am Arm weiter. So gelangten wir an das Ufer der Lagune, wo ein mit Flüchtlingen überladener Kahn gerade dabei war, das Weite zu suchen. Es war der letzte – alle anderen Boote waren schon weit weg und verschwanden, vom Dunkel verschluckt, hinter dem letzten Schein des Feuers.« Sie hielt einen Moment inne und blickte ihrem Gesprächspartner bis in die Seele hinein, und dabei glänzten ihre Augen im Widerschein des Lagerfeuers vor Tränen; aber sie fand nichts als Erschütterung.

»Erzähl weiter«, sagte Aurelius.

Livia schlug die Hände vor das Gesicht, als wollte sie ihre Augen vor diesen Bildern schützen, die in ihrem Herzen brannten, vor jenen Erinnerungen, die lange in den Tiefen ihres Gedächtnisses verbannt gewesen waren. Dann faßte sie sich wieder und fuhr fort: »Der Kahn hatte schon vom Ufer abgelegt, und meine Mutter fing an zu schreien und watete, das Wasser bereits bis zu den Knien, auf das Boot zu und beschwor die Leute, auf uns zu warten ...«

Ein Blitz angstvollen Staunens durchzuckte Aurelius' Augen, und Livia rückte noch näher an ihn heran, bis er den salzigen Geruch wahrnahm, den ihr Sirenenkörper verströmte. Eine heiße Woge stieg ihm ins Gesicht; es erglühte, und er fühlte sich, als sei er in einen Flammenwirbel eingetaucht, und erneut verspürte er ein Gefühl der Panik, das ihm wie ein Fels auf dem Herz lastete. Erbarmungslos nahm Livia den Faden wieder auf: »Im Heck saß ein Mann, ein junger römischer Offizier mit blutverschmierter Rüstung. Als er uns sah, stieg er ins Wasser, half meiner Mutter hinein, und nahm mich in den Arm, während sie sich auf den einzigen noch freien Platz setzte, dann packte er mich um die Taille und schob mich hinauf, in ihre ausgestreckten Hände. Als ich das dunkle Wasser unter mir sah, bekam ich Angst und hielt mich an seinem Hals fest, und in diesem Moment habe ich ihm das hier abgerissen.« Während sie dies sagte, zeigte sie ihm die Medaille mit dem silbernen Adler, die sie am Hals trug, und fuhr dann fort: »Meine Mutter nahm mich in die Arme und drückte mich an ihre Brust, während der Kahn sich langsam immer weiter vom Ufer entfernte. Das letzte Bild, das sich mir einprägte, waren seine Gestalt, die regungslos am Ufer verharrte, ihre dunklen Umrisse vor dem Flammeninferno, das meine Stadt zerstörte, und ein Trupp barbarischer Reiter, die wie Dämonen herangaloppierten und brennende Fackeln schwangen. Dieser junge Offizier warst du. Da bin ich mir sicher.«

Sie drückte noch einmal den kleinen silbernen Adler zwischen ihren Fingern. »Seit jener Nacht trage ich ihn am Hals und habe nie die Hoffnung aufgegeben, dem Helden wiederzubegegnen, der uns das Leben gerettet und sich für uns geopfert hat.«

Sie schwieg und blieb regungslos vor ihrem Gefährten sitzen: Sie wartete auf eine Antwort, auf ein Zeichen, das ihr bestätigte, daß die Bilder jener fernen Nacht in ihm die Erinnerung an die Vergangenheit geweckt hätten. Aber Aurelius sagte nichts: Er preßte die Lider zusammen, um die Tränen zurückzudrängen, um den Schrecken zu bezwingen, die Angst vor der Leere, den Schraubstock der Kälte und der Finsternis.

»Deshalb fällt dein Blick instinktiv auf diese Medaille, weil du weißt, daß sie dir gehört, daß sie dir gehört hat. Es ist die Erkennungsmarke deiner Truppe – der achten Vexillatio Pannonica, der heroischen Verteidiger von Aquileia!«

Bei diesen Worten zuckte Aurelius vor Schmerz zusammen, aber er beherrschte sich. Er öffnete die Augen und blickte das Mädchen zärtlich an, legte ihr die Hände auf die Schultern und sagte: »Dieser junge Mann ist tot, Livia, er ist tot, verstehst du?«

Livia schüttelte den Kopf, während ihr die Tränen über das Gesicht rannen, aber er fuhr fort: »Er ist tot. Wie alle anderen. In dieser Garnison gab es keine Überlebenden. Das ist doch allgemein bekannt. Was du erzählst, ist der Traum eines kleinen Mädchens. Überlege doch einmal: Wie groß ist die Wahrscheinlichkeit, daß dieser junge Mann mit dem Leben davongekommen ist, wenn er tatsächlich in der Situation war, die du geschildert hast? Und wie groß ist die Wahrscheinlichkeit, daß du ihn nach so vielen Jahren wiedertriffst?«

Während er sprach, sah er im Geiste Wulfilas wutverzerrtes Gesicht wieder, und er hörte ihn schreien: »Ich kenne dich, Römer, ich habe dich schon einmal gesehen!« Dennoch setzte er hinzu: »Solche Dinge kommen nur in Märchen vor. Du mußt dich damit abfinden.«

»Wirklich? Dann sage mir, wo du in der Nacht warst, in der Aquileia fiel?«

»Das weiß ich nicht, glaube mir. Diese Zeit liegt zu weit zurück. Weiter als meine Erinnerung reicht.«

»Aber vielleicht kann ich dir einen Beweis liefern. Hör zu, als ich zu dir getreten bin, während du schliefst, wollte ich sehen, ob ...«

»Ob was?«

»Ob du eine Narbe auf der Brust hast, genau am Halsansatz. Ich ... ich glaube, mich zu erinnern, daß dieser Soldat eine Wunde auf der Brust hatte, die blutete.«

»Viele Soldaten haben Narben auf der Brust. Die tapferen jedenfalls.«

»Und warum fällt dein Blick dann immer auf diese Medaille?«

»Ich schaue nicht auf die Medaille. Ich schaue ... auf deinen Busen.«

»Hör auf!« rief Livia, vor Wut und Enttäuschung bebend. »Hau ab! Laß mich allein!«

»Livia, ich ...«

»Laß mich allein«, wiederholte sie mit leiser Stimme.

Aurelius entfernte sich, und sie sank neben der letzten Glut auf die Knie. Das Gesicht mit den Händen bedeckt, weinte sie leise vor sich hin.

So blieb sie lange, bis sie fühlte, wie die Kälte ihr in die Knochen kroch. Dann hob sie den Kopf und sah Aurelius reglos gegen den Stamm einer Eiche gelehnt sitzen – ein Schatten zwischen den Gespenstern der Nacht.

X

Aurelius ging zum Bach, legte seinen Brustpanzer und das Hemd ab und begann, seinen Oberkörper zu waschen; dabei verweilte er mit den Fingern auf der Narbe, dort, wo sich seine Haut direkt unterhalb der Schlüsselbeine kräuselte. Die Berührung mit dem eiskalten Wasser ließ ihn zunächst zusammenzucken, doch dann gab sie ihm nach einer unruhigen, teilweise schlaflosen Nacht ein Gefühl von neuer Kraft und Energie. Plötzlich spürte er einen Schmerz, der ihn veranlaßte, die Augen zu schließen und die Zähne zusammenzubeißen. Aber der Schmerz kam nicht von dieser Narbe, sondern von einem Knochenkallus, der im Bereich seines Hinterkopfes aus dem Schädel ragte, vielleicht als Folge eines Sturzes oder eines Schlages, den er, wer weiß, wann und wo, erlitten hatte. Im Laufe der Zeit trat dieser heftige, anhaltende und pulsierende Schmerz immer häufiger und immer stärker auf.

»Sie brechen auf!« rief Livia. »Wir müssen los!«

Aurelius trocknete sich ab, bevor er sich umdrehte, dann schlüpfte er in das Hemd und legte den Brustpanzer an, hängte das Schwert an den Schulterriemen und stieg den kurzen Weg hinauf zu Juba, der ruhig das taufeuchte Gras abweidete. Er sprang auf und sprengte im Galopp los, gefolgt von Livia. Als sie wieder in Gleichschritt fielen, sagte Aurelius: »Das Wetter wird schlechter, meine Schmerzen täuschen sich nie.«

Livia lächelte. »Auch mein Großvater hat das immer behauptet. Ich erinnere mich an ihn, wie wenn er vor mir stünde: hager, wortkarg und fast zahnlos, aber er war ein Veteran und hatte mit Eugenius in der Schlacht am Frigidus gekämpft und war nur durch ein Wunder mit dem Leben davongekommen. Er hatte wie du Schmerzen, wenn das Wetter umschlug, auch wenn er nicht wußte, woher sie kamen, so viele Narben und Knochenbrüche schleppte er mit sich herum. Aber er irrte sich nie: Sechs oder sieben Stunden später regnete es, oder es passierte noch Schlimmeres.«

Unten schlängelte sich die lange Reihe der herulischen und skirischen Krieger, die den Wagen des jungen Kaisers und seines Mentors eskortierten, durch die letzten Ausläufer der Sümpfe. Bei ihrem Vorbeimarsch tauchten ganze Gruppen von naßglänzenden Büffeln aus dem Morast auf, um ein paar Schritte zurückzuweichen. Andere, die auf der Straße lagen, um sich in der Morgensonne zu trocknen, erhoben sich, sobald sich die Pferde näherten, und dann trotteten diese trägen, schlammbedeckten Kolosse hinüber zu der Wiese, die mit violett blühenden Disteln und goldgelben Löwenzahnblüten übersät war.

Vor Aurelius und Livia breitete sich die fruchtbarste Ebene Italiens aus mit Feldern, die gelb waren von Stoppeln oder braun von den erst kurz zuvor umgepflügten Schollen. Ein kleines verfallenes Heiligtum bezeichnete die Stelle, an der das Gebiet irgendeines alten Oskerstammes anfing, und an einer Weggabelung befand sich eine kleine Ädikula mit dem christlichen Bild, das vor einiger Zeit das der Hekate Trivia abgelöst hatte – eine Darstellung der Maria, die das göttliche Kind in den Armen hält.

Livia und Aurelius zogen weiter bis zum Abend, als der Konvoi nicht weit vom Ufer eines Wildbaches anhielt und die Männer begannen, die Zelte für die Führer aufzustellen und auch für sich selbst das Nachtlager vorzubereiten. Die Bauern, die zu jener Stunde mit ihren Arbeitsgeräten über der Schulter von den Feldern nach Hause zurückkehrten, und die Kinder, die im letzten Licht des Tages Fangen spielten, blieben neugierig stehen, um ihnen zuzuschauen, dann gingen sie weiter, zurück in ihre Dörfer, über denen feine Rauchkringel aufzusteigen begannen. Als die Dunkelheit anbrach, zeigte Livia auf die entfernten Lichter in der Ebene. »Das ist Minturno«, sagte sie, »früher einmal berühmt für seinen Wein …«

Aurelius nickte und zitierte beinahe automatisch einen Hexameter:

Vina bibes iterum Tauro diffusa palustris
Inter Minturnas …

Livia sah ihn überrascht an: Es war das erste Mal, daß sie einen Soldaten Horaz rezitieren hörte, im richtigen Versmaß und mit der klassischen Aussprache, aber auch das war Teil einer Vergangenheit, die sich ihr nach wie vor entzog.

»Wir müssen irgendeine Verbindung herstellen«, sagte Aurelius. »Morgen werden sie entweder nach Süden, nach Neapel, oder nach Südosten, in Richtung Capua, weiterziehen, aber in dem einen wie dem anderen Fall werden wir keine Gelegenheit mehr haben, ihnen im Schutz der Berge zu folgen. Wir müssen in die Ebene hinunter und dann ohne Deckung an den immer zahlreicher werdenden Dörfern und Hütten vorbeireiten, und da werden wir auffallen. Fremde bleiben nicht unbemerkt.«

»Und was ist das?« unterbrach ihn Livia und deutete auf ein Licht, das sich in der Nähe eines Weidenwäldchens, dicht am Ufer des Wildbachs, bewegte. Aurelius beobachtete es aufmerksam, und allmählich weckte dieses Blinken in ihm alte, in der Tiefe schlummernde Kenntnisse: Das war ja der Kode des Kommunikationssystems, das der ausschließlich dem Kaiser vorbehaltene Postdienst verwendete!

Er sah noch aufmerksamer hin, und bald fügten sich diese Signale zu einem verwirrendem Satz: *Huc descende, miles gloriose* – Komm herunter, du prahlerischer Soldat. Er schüttelte den Kopf, als würde er seinen Augen nicht trauen, dann wandte er sich zu Livia und sagte: »Gib mir Deckung und halte die Pferde bereit für den Fall, daß wir uns schnell aus dem Staub machen müssen. Ich gehe hinunter.«

»Warte ...«, sagte Livia, konnte aber ihren Satz nicht mehr rechtzeitig beenden, denn Aurelius war schon im dichten Unterholz verschwunden. Eine Zeitlang hörte sie, wie unter seinem Schritt die Blätter raschelten. Dann nichts mehr.

Aurelius versuchte unterdessen, das Licht, das diese merkwürdigen Signale ausgesandt hatte, nicht aus den Augen zu verlieren, und schon bald wurde ihm klar, daß es sich um eine Laterne handelte, die ein alter Mann in der Hand hielt. Das Licht, das hochgehalten wurde, um den Pfad zu beleuchten, ließ nämlich seine Glatze aufschimmern: Es war also der Erzieher! Und in kurzem Abstand folgte dem Alten ein barbarischer Krieger. Noch ein paar Schritte, und er konnte ihre Stimmen hören: »Bleib zurück, verflixt noch mal! Ich bin gewohnt, gewisse Dinge nicht vor anderen zu erledigen. Wo soll ich denn schon hin, du Idiot? Es ist dunkel, und außerdem würde ich den Kaiser doch niemals im Stich lassen!«

Der Barbar brummelte etwas und blieb, gegen einen Baumstamm gelehnt, stehen. Der Lehrer tat ein paar Schritte, hängte die Laterne an einen Ast und breitete dann seinen Umhang so über einen Busch, daß man darunter einen Menschen in kauernder Position vermutet hätte. Von dort ging er noch einige Schritte weiter und verschwand plötzlich, als hätte ihn das Unterholz verschluckt. Aurelius, der sich inzwischen ganz in seiner Nähe befand, blieb verdutzt stehen und wußte nicht, was er tun sollte. Er konnte nicht rufen, sonst hätte der Barbar ihn gehört, und er durfte auch keine falsche Bewegung machen. So schlich er in der Richtung weiter, in die er den Mann hatte verschwinden sehen, und dann weiter zum Ufer des Baches, wo das Pflanzengestrüpp noch dichter und dunkler war. Plötzlich ertönte, kaum einen Schritt entfernt, eine leise Stimme: »Ein ganz schönes Gedränge hier!«

Aurelius schnellte vor, und der Erzieher fühlte sein Schwert an der Kehle, verlor aber nicht die Fassung.

»Immer mit der Ruhe«, sagte er. »Es ist alles in Ordnung.«

»Aber wie ...?«

»Ruhe! Wir haben bloß so viel Zeit, wie ein Mann braucht, um seinen Darm zu entleeren.«

»Aber, beim Herkules ...«

»Ich bin Ambrosinus, der Erzieher des Kaisers.«

»Das ist mir schon klar.«

»Unterbrich mich nicht und hör mir zu. Wir werden verstärkt bewacht, weil wir uns dem Ziel nähern. Jetzt begleiten sie mich überallhin, auch, wenn ich einmal muß. Du hast, wie ich mir vorstelle, bestimmt schon begriffen, daß sie uns nach Capri bringen. Wie viele seid ihr?«

»Wir sind zu zweit. Ich und eine ... Frau, aber ...«

»Ach ja! Die Wasserverkäuferin ... Nun gut, aber unternimm bloß keinen Versuch! Das wäre der reinste Selbstmord. Wenn die dich erwischen, ziehen sie dir bei lebendigem Leib die Haut ab. Du brauchst jemanden, der dir hilft.«

»Wir haben Geld und beabsichtigen, andere Männer anzuwerben.«

»Paßt bloß gut auf! Söldner sind immer bereit, ihre Herren zu wechseln. Ihr müßt euch zuverlässige Leute suchen. Neulich in der Nacht habe ich zwei von Wulfilas Offizieren belauscht, die sich gerade über einige römische Gefangene unterhielten. Sie sollen nach Miseno gebracht werden, um auf den Galeeren zu dienen. Vielleicht lohnt es sich, dieser Sache einmal nachzugehen.«

»Ja, natürlich«, antwortete Aurelius. »Aber kannst du nicht mehr darüber in Erfahrung bringen?«

»Ich tue, was ich kann. Versuch jedenfalls, mir dicht auf den Fersen zu bleiben. Ich werde nach Möglichkeit andere Zeichen hinterlassen. Ich sehe, daß du die Lichtsignale lesen kannst ... Kannst du sie auch selbst anwenden?«

»Selbstverständlich. Aber wie bist du darauf gekommen, daß ich dort oben war?«

»Ganz einfach. Ich habe diesen Becher gesehen: Er war eindeutig ein Signal, und ich habe geantwortet, indem ich etwas auf den Boden der Schüssel schrieb. Dann habe ich überlegt, daß du uns, wenn du nicht dumm bist, auf der Höhe der Hügel folgen und von dort die Laterne bemerken würdest, so wie auch ich einmal euer Lagerfeuer gesehen habe. Und jetzt leb wohl, ich muß gehen: Auch für jemanden, der unter Verstopfung leidet, ist schon zuviel Zeit vergangen.«

Mit einer Kopfbewegung entfernte sich Ambrosinus. Er holte seinen Umhang und die Laterne und ging zu seinem Wächter, der ihn erwartete, um ihn zum Lager zurückzubringen.

Romulus blickte, an einen Baumstamm gelehnt, mit abwesendem Blick auf das Meer.

»Du mußt dich zusammenreißen, mein Junge«, sagte Ambrosinus zu ihm. »So kann das nicht weitergehen mit dir. Du stehst erst am Anfang deines Daseins und mußt wieder anfangen zu leben!«

Romulus drehte sich nicht einmal zu ihm um. »Zu leben? Wozu?« Und er verschloß sich wieder in sein Schweigen.

Ambrosinus seufzte. »Uns bleibt trotz allem eine Hoffnung ...«

»Eine Hoffnung auf dem Boden eines Bechers, nicht wahr? Einmal war es auf dem Boden einer Büchse, wenn ich mich recht erinnere – der Büchse der Pandora.«

»Dein Sarkasmus ist nicht angebracht. Der Mann, der schon einmal versucht hat, dich zu retten, ist hier und mehr denn je entschlossen, dich zu befreien.«

Romulus nickte nicht gerade begeistert, und der andere fuhr fort: »Dieser Mann sieht in dir seinen Kaiser, und er muß ein sehr starkes und bedeutsames Motiv haben, wenn er an einem so verzweifelten und so gefährlichen Unternehmen festhält. Von deiner Seite würde er viel mehr verdienen als eine derartige Herablassung.«

Auf diese Worte erwiderte Romulus nichts, aber aus seinem Blick schloß Ambrosinus, daß sie Eindruck gemacht hatten.

»Ich will nicht, daß er noch einmal unnötige Risiken eingeht. Das ist alles. Wie heißt er?«

»Aurelius. Wenn ich mich richtig erinnere.«

»Das ist ein ziemlich gewöhnlicher Name.«

»Ja. Aber er selbst ist ganz und gar nicht gewöhnlich. Er verhält sich, als würde er ein ganzes Heer, das unter deinem Befehl steht, führen, und doch ist er mutterseelenallein. Für ihn sind dein Leben und deine Freiheit das Wertvollste auf der Welt. So blind ist seine Treue, daß er bereit ist, ein tödliches Risiko einzugehen, und dabei ist die Wunde, die er bei seinem letzten Versuch, dich zu retten, davongetragen hat, noch nicht einmal verheilt! Denk daran, wenn dir der Mut fehlt, dein Leben in die Hand zu nehmen, wenn du dich benimmst, als würde es sich nicht lohnen, dein Leben zu leben. Denk darüber nach, mein kleiner Cäsar.«

Er wandte sich um und ging zum Zelt zurück, um etwas für das Abendessen seines Schülers zuzubereiten, aber bevor er eintrat, blickte er hinauf zu den mit dunklen Wäldern bedeckten Hügeln und murmelte durch die Zähne: »Halte durch, mein *miles gloriosus*, bei allen Teufeln und bei allen Göttern: Halte bitte durch!«

»Er hat mich *miles gloriosus* genannt, verstehst du das?« sagte Aurelius, während er die Steigung hinaufkeuchte. »Als ob ich eine Figur aus einem Lustspiel wäre. Manchmal könnte ich ihm die Kehle durchschneiden!«

»Dem Alten, vermute ich. Ist er es gewesen?«

»Ja, natürlich.«

»Er liest Plautus, das ist alles. Und auch du, wie ich sehe. Du bist ein gebildeter Mann, was unter Soldaten selten vorkommt, besonders in diesen Zeiten. Hast du dich jemals gefragt, warum?«

»Ich muß an anderes denken«, erwiderte Aurelius barsch.

»Aber du könntest mich wenigstens ins Bild setzen, oder ist das zuviel verlangt?«

»Er hat mir bestätigt, daß sie nach Capri gehen. Und er hat mir auch etwas anderes gesagt: Er hat gehört, daß einige römische Gefangene nach Miseno geschickt werden, um auf den Galeeren der Flotte zu dienen. Wenn ich sie nur ausfindig machen könnte …«

»Das ist doch nicht schwer! Mit etwas Geld kommt man an viele Informationen heran. Und was gedenkst du jetzt zu tun?«

»Ich habe auf dem Weg hierher nachgedacht. Wir kennen bereits ihr Ziel und sollten nicht riskieren, uns in der Ebene, ohne jede Deckung, zu bewegen. Wir müssen ihnen vorausziehen und uns so gut wie möglich vorbereiten.«

»Du bist hauptsächlich daran interessiert, deine Kameraden wiederzufinden.«

»Das liegt doch im Interesse aller! Ich brauche Männer, denen ich blind vertrauen kann, und in meiner Truppe gab es keinen einzigen Mann, der nicht mein volles Vertrauen verdient hätte. Sobald wir die Sturmtruppe aufgestellt haben, tüfteln wir den genauen Plan für den Überraschungsangriff aus.«

»Und wenn sie sich, während wir weiterreiten, für einen anderen Zielort entscheiden?«

»Das glaube ich nicht. Jedenfalls müssen wir dieses Risiko eingehen. Je länger wir in Kontakt bleiben, desto wahrscheinlicher werden unliebsame Begegnungen, vor allem in der Ebene, wo wir ohne Deckung sind. Ich schlage vor, daß wir schon morgen unserer eigenen Wege ziehen. Wir können aufbrechen, sobald wir festgestellt haben, welche Richtung sie einschlagen, und ihnen dann ein gutes Stück vorausreiten. Wir sind viel schneller als sie.«

»Wie du willst. Vielleicht hast du recht. Es ist nur, daß … ich weiß nicht, wie ich es sagen soll, aber solange wir in der Nähe waren, hatte ich das Gefühl, daß er in Sicherheit war.«

»Unter unserem Schutz. Das stimmt. Auch ich habe dasselbe empfunden, und es tut mir leid, jetzt fortzugehen, aber ich glaube, daß er dennoch in guten Händen ist. Dieser verrückte Alte hat ihn bestimmt schrecklich gern, und er ist ja viel schlauer als alle diese Barbaren zusammen! Und jetzt versuchen wir, uns etwas auszuruhen. Wir sind den ganzen Tag geritten und haben bloß etwas zweifach geröstetes Brot und ein bißchen Käse gegessen.«

»Ab jetzt wird die Kost besser. Aber ich warne dich: Hier wird hauptsächlich Fisch gegessen.«

»Mir ist ein Stück vom Ochsen lieber.«

»Du bist ein Fleischesser. Du stammst aus der Ebene, von irgendeinem Hof auf dem Lande.«

Aurelius antwortete nicht. Livias ständiges Bohren in seiner Vergangenheit war ihm zuwider. Er nahm seinem Pferd den Sattel und die Trense ab, damit es ungehindert grasen konnte, und ließ ihm nur das Zaumzeug. Dann breitete er seine Decke auf dem Boden aus.

»Ich dagegen esse nichts anderes als Fisch«, sagte Livia.

»Ich habe ganz vergessen, daß du ein Wasserwesen bist«, antwortete Aurelius, während er sich ausstreckte. Livia legte sich in seiner Nähe nieder, und eine Zeitlang betrachteten sie schweigend die Sterne, die am unermeßlichen Gewölbe des nächtlichen Himmels glänzten.

»Träumst du nie in der Nacht?« fragte Livia plötzlich.

»Die beste Nacht ist die, die ohne Träume vergeht.«

»Du antwortest immer mit den Worten eines anderen. Das war gerade Plato.«

»Wer auch immer es gesagt hat – ich gebe ihm recht.«

»Ich kann nicht glauben, daß du niemals Träume hast.«

»Ich habe keine Träume. Nur Alpträume.«

»Und was siehst du dann?«

»Greuel ... Blut ... schreiende Menschen ... vor allem Feuer, Feuer überall, ein flammendes Inferno und doch ein eisiges Gefühl, wie wenn das Herz zu einem Eisblock erstarren würde. Und du? Du allerdings hast einen Traum ... Das hast du mir gesagt: eine Stadt mitten im Meer.«

»Genau.«

»Dann existiert es also wirklich, dein kleines Atlantis.«

»Ach, es ist nur ein Dorf mit Hütten: Wir leben vom Fischfang und vom Salzhandel, aber vorläufig genügt uns das. Wir sind frei, und niemand wagt sich in unsere Gewässer: seichte

Stellen und Sümpfe, Untiefen, die die Gezeiten tückisch machen. Küstenprofile, die sich von einem Tag zum anderen verändern, ja von einer Stunde zur anderen ...«

»Sprich weiter. Ich höre dir gern zu, wenn du erzählst.«

»Dieses Dorf wurde von meinen Leidensgenossen, den Flüchtlingen aus Aquileia, gegründet, und später kamen noch andere dazu: aus Grado, Altino und Concordia. Wir trafen in der Nacht ein, entkräftet, verzweifelt, erschöpft. Die Fischer kannten eine Gruppe von Inselchen inmitten der Lagune, die durch einen breiten Kanal vom Festland getrennt waren, wie der Abschnitt eines Flusses, der sich im Meer verloren hat. Auf der größten der Inseln stand die Ruine einer alten, verfallenen Villa, und dort suchten wir Zuflucht. Die Männer häuften trockenes Gras und Reisig auf und richteten primitive Nachtlager her. Die jüngeren Frauen legten sich hin, um ihre Kinder zu stillen, und irgend jemandem gelang es, zwischen diesen mit Schlingpflanzen überwucherten Trümmern ein Feuer zu entfachen. Am nächsten Tag begannen die Zimmerleute, Bäume zu fällen und Hütten zu bauen, und die Fischer fuhren hinaus, um Fische zu fangen. Das war die Geburtsstunde unserer neuen Heimat. Weil wir bis auf einen Sizilianer und zwei Umbrer von der kaiserlichen Verwaltung allesamt Veneter waren, nannten wir sie Venetia.«

»Das ist ein schöner Name, sehr lieblich«, sagte Aurelius. »Er erinnert an einen Frauennamen. Und wie viele seid ihr?

»Fast fünfhundert Personen. Schon wächst die erste Generation heran, die in der Stadt geboren wurde, die ersten Venezianer. Es ist so viel Zeit vergangen, daß man schon beginnt, bei ihnen einen neuen Akzent herauszuhören, der sich von dem jener Leute unterscheidet, die auf dem Festland verblieben sind. Ist das nicht wunderbar?«

»Und niemand hat euch belästigt?«

»Mehrere Male, aber wir haben uns verteidigt. Unser Reich ist die Lagune, von Altino bis Ravenna; unsere Männer kennen dort jeden Winkel, jede Untiefe, jeden Strand, jedes noch so kleine Inselchen. Es ist eine unfaßbare, ambivalente Welt –

weder Land noch Wasser und, wenn die Wolken bis zu den Schaumkronen der Wellen herunterhängen, auch kein Himmel, sondern alle drei Dinge zusammen, die im winterlichen Nebel oder im herbstlichen Dunst, der dicht über dem Wasserspiegel dahintreibt, oft auch ganz unsichtbar bleiben. Jede dieser Inseln ist von einer dichten Walddecke überzogen. Unsere Kinder werden vom Gesang der Nachtigallen und den Rufen der Möwen in den Schlaf gewiegt.«

»Hast du ein Kind?« fragte Aurelius plötzlich.

»Nein. Aber die Kinder des einen sind die Kinder aller. Wir teilen uns das, was wir haben, und helfen einander. Wir wählen unsere Führer mit der Stimme aller und haben die alte republikanische Verfassung unserer Vorfahren wieder eingeführt, die von Brutus und Scaevola, von Cato und Claudius.«

»Du sprichst von deiner Lagune wie von einem wirklichen Vaterland.«

»Das ist sie auch!« erwiderte Livia. »Und wie das Rom der frühen Zeit lockt es Flüchtlinge und Verbannte, Verfolgte und Entrechtete an. Wir haben Boote mit flachem Boden gebaut, die überallhin kommen, wie das, das dich in der Nacht deiner Flucht aus Ravenna aufgelesen hat. Aber wir bauen auch Schiffe, die aufs offene Meer hinausfahren können. Fast jeden Tag entstehen neue Häuser, und die Zeit wird kommen, da wird Venetia der Stolz dieses Landes und eine große Stadt am Meer sein. Das also ist mein Traum. Vielleicht habe ich deswegen niemals einen Mann oder ein Kind gehabt und bin, nachdem ich meine Mutter verloren habe, die eine Krankheit dahinraffte, allein geblieben.«

»Ich kann nicht glauben, daß ein Mädchen, das so ... so schön ist, niemals einen ...«

»... Mann gehabt hat? So etwas kommt vor. Vielleicht, weil ich nie dem Mann begegnet bin, der mir vorschwebte. Vielleicht, weil alle sich verpflichtet oder imstande fühlen, sich um ein Mädchen zu kümmern, das allein geblieben ist. Ich habe beweisen müssen, daß ich mir selbst genüge, und das wirkt auf Männer nicht gerade verlockend, ja, es schreckt sie ab.

Andererseits müssen in meiner Stadt alle kampfbereit sein, und ich habe gelernt, mit Pfeil und Bogen und mit dem Schwert umzugehen, ehe ich kochen und nähen konnte. Bei uns kämpfen auch die Frauen, wenn es sein muß. Sie haben gelernt, zwischen dem Geräusch einer Welle, die vom Wind getrieben wird, und dem einer Welle, die von einem Ruder bewegt wird, zu unterscheiden, und sie haben gelernt, dann, wenn sie Wache schieben müssen, im Stehen zu pinkeln, wie die Männer ...«

Aurelius mußte bei diesen so derben Worten insgeheim schmunzeln, aber Livia fuhr fort: »Trotzdem brauchen wir Männer wie dich, um unsere Zukunft aufzubauen. Wenn wir beide diese Mission erfüllt haben, würde es dir dann nicht gefallen, dich bei uns niederzulassen?«

Aurelius schwieg, weil er nicht wußte, was er auf diese gänzlich unerwartete Frage antworten sollte, doch nach einigen Augenblicken des Schweigens erwiderte er schließlich: »Ich würde dir gern sagen, was ich in diesem Moment empfinde, aber ich bin wie jemand, der sich im Dunkeln auf unbekanntem Gelände bewegt, und kann nur einen Schritt nach dem anderen tun. Versuchen wir erst einmal, diesen Jungen zu befreien. Das ist ja auch kein Pappenstiel.«

Dann streifte er ihre Lippen mit einem Kuß. »Und jetzt versuche, dich auszuruhen«, sagte er. »Heute übernehme ich die erste Schicht.«

XI

Zwei Tage später trafen sie gegen Abend in der Umgebung von Pozzuoli ein. Die Tage waren nun schon deutlich kürzer, und die Sonne ging, von einem Kranz rötlichen Dunstes umgeben, recht früh unter. Der schönste Landstrich Italiens wirkte immer noch im großen und ganzen wie eine Insel der Seligen: Hier sah man keine Spuren der grauenhaften Verwüstungen wie im Norden und auch nicht die Traurigkeit und das Elend der Regionen Mittelitaliens. Die außerordentliche Fruchtbarkeit der Felder, die zwei Ernten im Jahr erlaubte, sorgte dafür, daß alle ausreichend zu essen hatten und sogar noch genug übrigblieb, das man zu hohen Preisen in solche Gebiete verkaufen konnte, in denen Mangel herrschte. Es gab noch Gemüse in den Gärten und sogar Blumen in den Beeten, und die Präsenz der Barbaren machte sich hier weniger bemerkbar als im Norden. Die Menschen waren freundlich und zuvorkommend, die Kinder lärmend und ein wenig lästig, und überall hörte man noch den starken griechischen Akzent der Neapolitaner. In Pozzuoli kauften Livia und Aurelius sich etwas zu essen auf dem Markt, der an den Wochentagen mit geraden Zahlen im Amphitheater abgehalten wurde. In der Arena, die früher einmal vom Blut der Gladiatoren getränkt war, drängten sich jetzt Verkaufsstände, an denen Rüben und Kichererbsen, Kürbisse und Lauch, Zwiebeln und Bohnen, Wirsingkohl, Radicchio und außerdem jede Art von

Früchten feilgeboten wurden, die frisch geerntet waren und unter denen vor allem Feigen, rote, grüne und gelbe Äpfel und Granatäpfel von einem schönen, flammenden Rot auffielen. Einige von ihnen lagen kunstvoll aufgeschnitten da, so daß man ihre rubinfarbenen Samen sehen konnte. Eine wahre Augenweide.

»Man fühlt sich wie neugeboren«, sagte Aurelius. »Hier ist alles so anders.«

»Bist du noch nie hiergewesen?« fragte Livia. »Ich schon. Vor ein paar Jahren, zusammen mit Leuten von Antemius, um den Bischof von Nicäa bis nach Rom zu begleiten.«

»Nein«, antwortete Aurelius. »Ich bin nie weiter südlich als Palestrina gekommen. Unsere Truppe ist immer im Norden stationiert gewesen: in Noricum oder in Raetien oder in Pannonien. Hier ist das Klima so mild, alles duftet so gut, und die Menschen sind so umgänglich. Es scheint eine andere Welt zu sein.«

»Verstehst du jetzt, warum die Leute, die hierherkommen, nicht mehr von hier wegwollen?«

»Und ob!« erwiderte Aurelius. »Und wenn ich ehrlich sein soll, würde ich mich, wenn ich die Wahl hätte, auch viel lieber hier niederlassen als in deinem Sumpf.«

»Lagune«, verbesserte ihn Livia.

»Lagune oder Sumpf – was macht das schon für einen Unterschied? Von wo aus werden sie deiner Meinung nach in See stechen?« wechselte er plötzlich das Thema.

»Von Neapel aus. Zweifellos. Das ist der kürzeste Weg nach Capri. Und dort sind auch genug Lager, in denen man sich mit allem eindecken kann, was man für einen langen Aufenthalt braucht.«

»Dann also los! Wir haben nicht viel Zeit, und diese Gegend ist verführerisch. Auch Hannibal und sein Heer haben sich vom Müßiggang und den Lebensgenüssen in dieser Gegend verweichlichen lassen.«

»Die Muße von Capua ...«, stimmte ihm Livia zu. »Du kennst Titus Livius und Cornelius Nepos. Du hast wie ich eine Erziehung genossen, wie sie für eine gute Familie der Mittel-, wenn nicht gar der Oberschicht typisch ist. Andererseits: Wenn der Name, den du trägst, wirklich der deine ist ...«

»Er ist der meine!« schnitt ihr Aurelius das Wort ab.

Am späten Vormittag des folgenden Tages erreichten sie den Hafen von Neapel und mischten sich unter die Menschenmenge, die sich auf dem Markt um die Stände drängte, um sich umzuhören und womöglich die eine oder andere Information aufzuschnappen. Am Stand eines Straßenhändlers aßen sie Brot und gebratenen Fisch und bewunderten die Schönheit des Golfes und das beeindruckende Massiv des Vesuvs, aus dem eine Rauchfahne aufstieg, die der Wind nach Osten drückte. Gegen Abend sahen sie den kaiserlichen Zug herannahen: Die Rüstungen, die Schilde und die Helme der Barbarenkrieger wirkten in der friedlichen, fröhlichen und farbenfrohen Atmosphäre des Hafens wie ein monströser Mummenschanz. Die Kinder schlichen sich fast bis zwischen die Beine der Pferde, andere traten nahe an die Krieger heran und versuchten, ihnen Süßigkeiten, geröstete Kerne und Rosinen zu verkaufen. Als Romulus aus seinem Wagen stieg, drängten sie sich um ihn, fasziniert von seinem Äußeren, von seinen bestickten Gewändern, seinen aristokratischen Zügen und seinem melancholischen Ausdruck. Weder Aurelius noch Livia konnten sich diesem Anblick entziehen: Er hatte sein Gesicht unter einem breitkrempigen Strohhut versteckt und sie das ihre hinter einem Schal, und so gingen sie die Mole hinunter, hielten sich aber im schützenden Schatten des Portikus, der sie bis zum Ende säumte. Auf diese Weise gelang es ihnen, den kindlichen Kaiser, umgeben von seinen jungen Untertanen, aus sehr kurzer Distanz zu beobachten.

»Kommst du mit uns spielen?« fragte einer.

»Ja, komm doch, wir haben einen Ball!« rief ein anderer.

Einer reichte ihm eine Frucht. »Möchtest du einen Apfel? Der schmeckt wirklich gut, ehrlich!«

Romulus lächelte etwas verlegen, weil er nicht wußte, was er antworten sollte, aber Wulfila stieg vom Pferd und trieb alle mit seiner unschönen Stimme und seinem gräßlichen Gesicht in die Flucht. Eine Gruppe Lastenträger hatte gerade die Waren ausgeladen, die für die Residenz in Capri, das letzte Gefängnis des Kaisers des Westens, bestimmt waren. Dann näherten sich zwei große Schiffe und nahmen nach und nach Menschen und Waren an Bord. Als letzter bestieg der Knabe, begleitet von seinem Erzieher, das Schiff.

Ambrosinus hob, während er an Bord ging, den Saum seines Gewandes hoch und entblößte seine knochigen Knie; gleichzeitig blickte er um sich, als suche er etwas oder jemanden. Einen ganz kurzen Moment lang kreuzte sein Blick den von Aurelius unter der Hutkrempe, und der Ausdruck seines Gesichts und das flüchtige Kopfnicken machten deutlich, daß er ihn erkannt hatte.

Die Matrosen machten die Leinen los und riefen sich während der Manöver knappe Befehle zu: Während einige den Anker einholten und die Taue lösten, setzten andere die Segel. Livia und Aurelius traten aus dem Schatten heraus und gingen bis zum Ende der Mole, um noch lange der Gestalt des Romulus nachzusehen, der aufrecht im Heck stand und mit zunehmender Entfernung immer kleiner wurde. Der Wind zerzauste ihm die Haare und blähte sein Gewand auf, und vielleicht trocknete er an diesem traurigen, milchfarbenen Abend die Tränen auf seinem Gesicht.

»Der arme Junge«, sagte Livia.

Aurelius ließ das bereits weit entfernte Schiff nicht aus den Augen, und es kam ihm so vor, als habe der Knabe zum Abschied sogar die Hand gehoben.

»Vielleicht hat er uns gesehen«, sagte er.

»Schon möglich«, stimmte Livia ihm zu. »Aber jetzt komm, gehen wir zurück. Es ist besser, wenn man nicht auf uns aufmerksam wird.«

Aurelius blieb vor einer Herberge namens Parthenope stehen; so stand es auf dem Schild, auf dem eine kaum identifizierbare Gestalt ins Auge fiel, mit der der Künstler wohl eine Sirene hatte darstellen wollen. »Sie hatten nur noch ein Zimmer frei«, sagte er, während sie die Treppe hinaufstiegen, »und das wirst du mit mir teilen müssen.«

»Wir haben schon unter übleren Bedingungen übernachtet, und ich glaube nicht, daß ich mich jemals beklagt habe«, erwiderte Livia. Sie sah ihn mit einem vieldeutigen Blick an und fügte hinzu: »Und außerdem gibt es zwischen uns beiden nicht mehr als ein Kampfbündnis, deshalb besteht überhaupt keine Gefahr, wenn wir im selben Zimmer schlafen. Habe ich nicht recht?«

Livia nahm eine Laterne und trat ein. Das Zimmer war ziemlich klein und schmucklos, aber beinahe ordentlich. Das Mobiliar bestand aus zwei kleinen Feldbetten und einer Truhe. In einer Ecke standen ein mit Wasser gefüllter Krug und eine Waschschüssel und in einer Wandnische der Nachttopf mit seinem Metalldeckel. Auf der Truhe fanden sie ein Tablett mit einem Laib Brot, einem kleinen Stück Käse und zwei Äpfeln. Sie wuschen sich die Hände und aßen schweigend.

Als sie sich schon zum Schlafengehen fertigmachten, hörten sie ein Klopfen an der Tür.

»Wer ist da?« fragte Aurelius und drückte sich, das Schwert in der Hand, gegen die Wand neben dem Türpfosten.

Niemand antwortete. Aurelius machte Livia ein Zeichen, die Tür zu öffnen, und hielt einsatzbereit die Waffe fest in der Faust. Livia schwang ihren Dolch in der Linken, schob mit der Rechten vorsichtig den Riegel hoch und riß dann blitzschnell den Türflügel auf. Der Flur war leer und von einer Laterne, die an der Wand befestigt war, nur spärlich beleuchtet.

»Schau«, sagte Aurelius und deutete auf etwas am Boden. »Jemand hat uns eine Nachricht hinterlassen.«

Auf dem Fußboden lag ein kleines, zusammengefaltetes Stück Pergament. Livia hob es auf und öffnete es. Es waren wenige Zeilen, in Schreibschrift abgefaßt, versehen mit einem winzigen *sphragis*, einem Siegel östlicher Herkunft mit drei ineinander verflochtenen griechischen Buchstaben.

»Das ist Antemius' Unterschrift«, sagte Livia strahlend. »Ich war mir sicher, daß er uns nicht im Stich lassen würde.«

»Was steht drin?« fragte Aurelius.

»Stephanus hat Geld hinterlegt, das bei einem Bankier in Pozzuoli für uns bereitliegt. Wir können Männer anwerben und über die Kuriere, die die Kreditbriefe befördern, auch Nachrichten an Antemius schicken. Das ist unser geheimes Kommunikationssystem, und es hat bisher immer sehr gut funktioniert.«

»Ich muß meine Kameraden finden, obwohl es nur eine vage Hoffnung gibt. Aber selbst wenn nur ein einziger seine Haut gerettet hat, will ich ihn unbedingt aufspüren.«

»Beruhige dich. Wir werden alles Menschenmögliche tun, aber die Wahrscheinlichkeit ist gering.«

»Ambrosinus hat mir gesagt, daß römische Gefangene nach Miseno gebracht würden.«

»Und genau dorthin werden wir reisen, aber du darfst dir weder etwas Sicheres noch etwas Erfreuliches erwarten. Auch wenn deine Leute sich dort aufhalten, sind sie immer noch Sklaven, verstehst du? Sklaven. Wahrscheinlich angekettet. Bestimmt auf Sichtweite bewacht. Sie zu befreien würde uns sehr hohen Risiken aussetzen und die Durchführung der wichtigeren Aufgabe gefährden.«

»Es gibt keine wichtigere Aufgabe. Oder hast du mich nicht richtig verstanden?«

»Du hast mir dein Wort gegeben.«

»Du mir auch.«

Livia senkte den Kopf und biß sich auf die Lippen: Es gab keinen anderen Weg. Aurelius war offensichtlich nicht umzustimmen.

Am nächsten Morgen brachen sie noch vor der Morgendämmerung auf. Ein kalter Nordwind hatte den Dunst vertrieben, und am klaren Himmel glänzte tief, kaum über dem Meeresspiegel, eine Mondsichel. Capri zeichnete sich deutlich, steil und felsig, am Horizont ab; in der Höhe war die Insel mit einer dichten Vegetationsdecke überzogen. Im Süden wurde die Rauchfahne, die aus dem Schlund des Vesuvs emporstieg, immer größer und dunkler und malte auf den azurblauen Himmel einen langen Streifen, schwarz wie der Schleier eines Klageweibes.

Bei Sonnenaufgang trafen sie Antemius' Bankier, einen gewissen Eustasius, vor den Stadtmauern in einem abgelegenen Kirchlein, einer kleinen, dem Märtyrer Sebastian geweihten Kapelle, und das Bildnis des Heiligen, der an einen Pfahl gebunden und von Pfeilen durchbohrt war, traf Aurelius wie ein Peitschenhieb. Durch sein lückenhaftes Gedächtnis ging ein Ruck, und er suchte so fieberhaft nach irgendeinem Zusammenhang, daß ihn die Angst packte. Aber er riß sich zusammen und versuchte, seine Aufgewühltheit zu verbergen.

»Informationen könnten uns dienlich sein«, sagte Livia, die tat, als habe sie nichts bemerkt.

»Verlaßt euch auf mich«, erwiderte Eustasius, »bei allem, was in meiner Macht steht.«

»Es ist uns bekannt, daß einige in Gefangenschaft geratene römische Soldaten nach Miseno gebracht wurden, um auf den Schiffen Frondienst zu leisten.«

»Der Militärhafen ist schon größtenteils abgerüstet worden«, antwortete Eustasius, »und die wenigen Schiffe liegen in dieser Jahreszeit im Trockendock, um überholt zu werden. Die Ruderer werden für andere Zwecke eingesetzt.«

»Wofür denn?« fragte Aurelius ungeduldig.

»Einige in den Schwefelminen oder in den Salinen, andere läßt man bei geheimen Veranstaltungen als Gladiatoren kämpfen. Die Einsätze bei den Wettgeschäften sind schwindelerregend. Darüber weiß ich ziemlich gut Bescheid.«

»Ob es sich dabei um Soldaten handelt?« beharrte Aurelius.

»Wenn du Soldaten meinst, dann ist es schon möglich, daß du sie dort findest.«

»Wo?«

»In der Piscina Mirabilis.«

»Und was soll das sein?«

»Die alte Zisterne, die die Schiffe der kaiserlichen Flotte früher einmal mit Trinkwasser versorgte. Stell dir eine riesige unterirdische Basilika mit fünf Schiffen vor, ein eindrucksvolles Bauwerk. Jetzt ist die Wasserleitung verlegt worden, und diese ungeheuer große unterirdische Anlage ist das ideale Versteck für diese schändlichen Orgien. Und ich kann euch versichern, daß es unter den Zuschauern nicht wenige Christen gibt, die auf die renommiertesten Kämpfer enorme Summen setzen. Eine Art Passierschein wird euch von Nutzen sein«, fügte er hinzu und gab ihnen einen kleinen Ausweis: einen glattpolierten Knochen mit einem eingeritzten Dreizack, dem Siegel der Admiralität.

Livia nahm das Geld und den Ausweis, setzte ihre Unterschrift unter eine Quittung und schrieb einige verschlüsselte Zeilen für Antemius; dann verabschiedete sie sich und schickte sich an, sich wieder reisefertig zu machen.

»Und noch etwas«, sagte der Bankier. »Wenn ihr dort Platz findet, kehrt im Gallus Aesculapi ein; das ist eine Spelunke am alten Hafenbecken und der Treffpunkt der Buchmacher und Wetter ... Wenn einer von ihnen dich fragen sollte: ›Wie wär's mit einem Bad im Bassin?‹, antworte: ›Nichts wäre mir lieber.‹ Das ist das Losungswort der Stammgäste. Was sonst noch ...? Ja, richtig: Wer Gladiatorenkämpfe veranstaltet oder ihnen auch nur beiwohnt, muß, wie ihr wißt, mit der Todesstrafe rechnen. Das ist euch doch bekannt, oder?«

»Das wissen wir«, antwortete Aurelius. »Es ist ein altes Gesetz aus Kaiser Konstantinus' Zeiten, das befolgt, wer will.«

»Stimmt, aber seid trotzdem auf der Hut! Wenn es von Vorteil ist, kann man nämlich durchaus dafür sorgen, daß die Gesetze eingehalten werden, und dann hat derjenige, dem es an den Kragen geht, eben Pech gehabt. Viel Glück also!« sagte Eustasius zum Schluß.

Sie setzten ihren Weg den ganzen Tag über fort und kamen am See von Lucrino vorbei, dann an dem von Averno und erreichten nach Sonnenuntergang schließlich Miseno. Es war nicht schwer, den Gallus Aesculapi ausfindig zu machen, der am alten Hafenbecken des Portus Iulius gelegen war. Das große sechseckige Becken war teilweise aufgeschüttet, und die Hafenausfahrt war nur noch so groß, daß höchstens jeweils ein Schiff hinausfahren konnte. Es gab insgesamt fünf Kriegsschiffe, von denen zwei ziemlich ramponiert aussahen so, als seien sie schon seit langem vernachlässigt worden. Sie unterstanden einem *magister classis*, dessen zerschlissene Standarte schlaff an einer Fahnenstange baumelte. Das, was früher einmal der Stützpunkt des kaiserlichen Flottengeschwaders gewesen war, ein Hafenbecken, in dem zweihundert Schlachtschiffe Platz hatten, war jetzt so etwas wie ein öder Pfuhl voller stinkender Abfälle.

Livia und Aurelius betraten nach Sonnenuntergang die Schenke und bestellten eine Hühnersuppe mit Gemüse. Die Luft hallte wider von dem Geschrei der Möwen und den Stimmen der Frauen, die ihre Kinder, die in den verschiedenen Gassen spielten, nach Hause zum Abendessen riefen. Das Lokal war ziemlich voll: Ein glatzköpfiger und rüstiger Wirt brachte Weißwein für die Stammgäste, die an den Tischen saßen und von denen einige würfelten, andere Astragalus und wieder andere ein Fingerspiel namens Mora spielten. Dieser Ort war offensichtlich ein Paradies für Spieler und Wetter. Aber wo waren die Buchmacher? Livia sah sich um und bemerkte in der Nähe des einzigen Fensters etliche zusammengeschobene Tische, an denen ein paar finstere Kerle saßen, Gauner mit Gesichtern, die von Narben gezeichnet waren, und mit Armen, die wie die der Barbaren über und über mit Tätowierungen bedeckt waren. Sie versetzte Aurelius einen Rippenstoß.

»Ich habe sie schon gesehen«, konterte er. Er rief den Wirt und fragte ihn: »Ich bin neu in dieser Gegend, aber der Ort gefällt mir, und ich möchte gern mit diesen wackeren Herrschaften dort Freundschaft schließen. Ich möchte, daß du diesen Herren da hinten eine Karaffe mit dem besten Wein bringst.«

Der Wirt nickte und stellte ihnen die Karaffe auf den Tisch, die mit großem Hallo in Empfang genommen wurde. »He, du Fremder! Komm her und trink mit uns und bring auch dieses Häschen da mit. Unter Freunden muß man alles teilen, oder?«

»Gib mir Geld«, sagte Aurelius leise zu Livia. Dann trat er mit einem schiefen Lächeln an den Tisch und sagte: »Nichts wäre mir lieber. Aber das hier ist kein Häschen. Vielmehr eine kleine Wölfin, die beißt.«

»Ach, woher denn«, sagte ein zweiter und erhob sich, ein Halunke mit einem gräßlichen Mund voller fauler Zähne. »Komm nur her und feiere mit uns, du schönes Kind!« Er ging auf Livia zu, die noch an ihrem Tisch saß, legte ihr eine Hand auf die Schulter und streckte dabei die Finger nach ihrem Busen aus. Da aber fuhr ihre linke Hand ihm blitzschnell an die Hoden und quetschte sie mit der ganzen Kraft ihrer stahlharten Finger, während sie mit der rechten den Dolch aus dem Gürtel zog, den sie, plötzlich aufspringend, dem Mann an die Kehle hielt. Der Unglückliche jaulte auf, konnte sich aber nicht bewegen, da ihm die Waffe schon fast im Hals steckte, und er konnte sich auch nicht losreißen. Livia drückte noch fester zu, bis der Mann vor Schmerz ohnmächtig wurde und zu Boden sackte. Dann schob sie den Dolch in den Gürtel und setzte sich, als wäre nichts geschehen, wieder hin, um ihre Suppe aufzuessen.

»Ich habe euch ja gesagt, daß sie beißt«, sagte Aurelius, ohne eine Miene zu verziehen. »Darf ich mich setzen?«

Verdattert machten ihm die anderen Platz. Er schenkte sich etwas zu trinken ein und legte ostentativ ein paar Silbermünzen auf den Tisch. »Es heißt, daß man hier mit Wetten schöne Gewinne machen kann, wenn man den richtigen Riecher hat.«

»Du ziehst ein hartes Spiel vor, wie ich sehe«, meinte derjenige, der offensichtlich das Sagen hatte.

»Wenn es sich lohnt.«

»Was das anbelangt, so bist du an die richtige Stelle geraten, aber um Eintritt zu erhalten, brauchst du einen Schutzheiligen. Weißt du, was ich meine?«

Aurelius zog den Ausweis mit dem Dreizack hervor, hielt ihn einen Augenblick dem anderen hin und ließ ihn sofort wieder verschwinden. »So einen wie diesen hier?«

»Ich sehe, daß man dich ordentlich eingewiesen hat. Möchtest du heute abend früh zu Bett gehen?«

»Ich? Ich bin ein notorischer Nachtschwärmer!«

»Wäre dir ein Bad im Bassin, so gegen Mitternacht, recht?«

»Nichts wäre mir lieber.«

»Wie hoch willst du denn setzen?«

»Das kommt darauf an. Gibt es jemanden, für den man einen hohen Einsatz wagen kann?«

Der Mann stand auf, nahm ihn am Arm und zog ihn beiseite, als wolle er ihm ein großes Geheimnis anvertrauen. »Hör zu, hier gibt es einen äthiopischen Riesen, ein Kerl wie ein Turm, ein wahrer Herkules, der bislang noch alle Konkurrenten zur Strecke gebracht hat.« Aurelius blieb beinahe das Herz stehen. Er hätte schreien mögen: »Batiatus!« Aber er unterdrückte diesen Schrei und die unendliche Freude, die ihn erfüllte.

»Alle setzen sehr hohe Beträge auf ihn. Ich sehe, daß du keine Probleme mit den Finanzen hast, und schlage dir eine Wettgemeinschaft vor. Wir setzen alles, was du hast, darauf, daß der Schwarze verliert. Ich garantiere dir, daß er besiegt wird, und dann teilen wir uns den Gewinn. Aber ich bräuchte mindestens fünf Goldsolidi, sonst lohnt sich die Sache nicht.«

Aurelius zog die Börse heraus und wog sie in der Hand. »Ich habe auch noch mehr, aber ich bin nicht dumm. Warum sollte er verlieren, dieser Bär?«

»Aus zwei Gründen: Der erste ist, daß er heute nacht gegen drei Gegner, und nicht nur gegen einen kämpfen muß. Der zweite ist eine Überraschung, und du wirst es selbst vor Ort sehen. Ich kenne dich nicht, mein Lieber, und ich kann nicht riskieren, dir mehr zu sagen. Ja, ich habe dir schon zuviel verraten. Gilt der Einsatz?«

»Ich habe dir doch gerade erklärt, daß ich nicht blöd bin. Ich gebe dir das Geld an Ort und Stelle, vor Beginn der Veranstaltung.«

»In Ordnung«, sagte der Mann. »Um Mitternacht, wenn du die Glocke der Admiralität hörst.«

»Ich werde dasein. Ach ja, und noch etwas: Siehst du die da?« Und er zeigte auf Livia. »Im Vergleich zu mir ist die bloß ein kleiner Spucht. Also, keine Dummheiten! Ist das klar? Sonst reiß ich sie dir wirklich ab, deine Eier, und serviere sie dir zum Frühstück! Jetzt nimm dieses Schwein, das gerade wieder zu sich kommt, bevor sie es sich anders überlegt und ihm dem Schädel spaltet, als wäre er ein Kürbis.«

Der Mann brummte zustimmend und nahm sich seines arg mitgenommenen Kumpans an. Aurelius und Livia verschwanden unterdessen im Gewirr der Gassen.

»Batiatus lebt!« sagte Aurelius außer sich vor Freude. »Hast du das mitbekommen? Batiatus lebt!«

»Immer mit der Ruhe. Das habe ich schon kapiert. Aber wer ist dieser Batiatus?«

»Ein Kamerad aus meiner Truppe. Er war der Leibwächter meines Kommandanten, ein fast sechs Fuß großer äthiopischer Hüne, stark wie ein Stier. So einer wie er wiegt zehn Männer auf, das schwöre ich dir. Wenn es uns gelingt, ihn zu befreien ... Ich bin mir fast sicher, daß wir es schaffen werden. Und wenn er hier ist, dann vielleicht auch noch andere. Oh, ihr Götter, ich wage nicht, das zu hoffen ...«

»Mach dir nicht zu viele Illusionen. Und ganz nebenbei: Wie gedenkst du ihn zu befreien?«

Aurelius legte die Hand an den Griff seines Schwertes. »Mit dem da – wie sonst?«

»Aha. Und Hilfe brauchst du vielleicht auch, könnte ich mir denken.«

»Das wäre nicht schlecht.«

»Du hast eine seltsame Art, um etwas zu bitten.«

»Ich bitte um gar nichts. Ich versuche, dir zu helfen, deine Mission zu erfüllen.«

»Richtig. Dann los! Wir müssen uns vorbereiten und alles besorgen, was wir brauchen. Was hat dir denn dieser Schurke sonst noch gesagt?«

»Daß alle auf den Sieg des Schwarzen wetten, aufgrund der gemachten Erfahrungen, und er hat einen großen Batzen Geld verlangt, damit ich auf die Niederlage des Schwarzen setze: Er würde schon dafür sorgen, daß er verliert.«

»Wollen sie ihn vielleicht vergiften?«

»Das bezweifle ich. Er ist zuviel wert.«

»Unter Drogen setzen?«

»Schon möglich.«

»Jedenfalls gefällt mir die Sache nicht. Wir müssen auf der Hut sein.«

Sie gingen zurück in die Taverne und bereiteten sich sorgfältig auf das Unternehmen vor. »Zuallererst brauchen wir Pferde«, sagte Aurelius, »wenn möglich, gleich drei oder vier – man kann ja nie wissen. Ich versuche, sie zu beschaffen: Bei der Einfahrt zur Stadt gibt es noch eine Poststation, und mein Abzeichen vom Militär sollte mir dabei von Nutzen sein, aber ein bißchen Geld könnte auch nicht schaden.«

Livia holte etwas aus der Tasche, und Aurelius machte sich auf den Weg. Spät in der Nacht kehrte er zurück. »Alles erledigt«, sagte er, als er eintrat. »Der Stationsvorsteher ist ein tüchtiger Kerl, noch ein Beamter der alten Schule, einer von denen, die verstehen, ohne viele Fragen zu stellen. Er wird in einer Ölmühle in der Nähe der Küste Pferde für uns bereithalten, auf der Höhe des dritten Meilensteins. Ich habe gesagt, daß wir hier Freunde erwarten und morgen vor Tagesanbruch abreisen müssen.«

»Und die Waffen?« fragte Livia.

»Es ist vorherzusehen, daß sie Leibesvisitationen vornehmen, und deshalb ist es besser, wenn du sie trägst. Aber du mußt schon wie eine Frau aussehen. Hast du mich verstanden?«

»Ich habe dich genau verstanden«, antwortete Livia, keineswegs geschmeichelt. »Und deshalb vertritt dir jetzt draußen ein wenig die Beine, und klopfe an, wenn du zurückkommst.«

Aurelius kehrte nach einer Zeit zurück, die er für angemessen hielt, und war verblüfft über die Verwandlung seiner Begleiterin. Er sah ihr in die Augen und war fasziniert vom Glanz ihres Blickes, den sie mit einem feinen Strich Rußschminke noch besser zur Geltung gebracht hatte, und er hätte ihr gern gesagt, wie großartig sie aussah. Aber just in diesem Augenblick ließ ein Glockenschlag, der vom Meer heraufdröhnte, die Luft erzittern.

»Die Glocke der Admiralität«, sagte Livia. »Gehen wir!«

XII

Allmählich trudelten die Leute ein, schweigend und in kleinen Gruppen strebten sie zu dem völlig dunklen Saal, überwiegend Männer, aber auch einige Frauen und sogar kleinere Jungen. Am Eingang angekommen, wurden sie durchsucht, und wenn man sie im Besitz einer Waffe antraf, zwang man sie, diese den Bewachern auszuhändigen. Die einzige Lichtquelle war eine kleine Laterne. Sie wurde zur Kontrolle der Ausweise benötigt, die von derselben Art waren wie der, den Aurelius in Pozzuoli von dem Bankier Eustasius erhalten hatte.

Aurelius und Livia stellten sich in die Schlange und warteten darauf, daß sie an die Reihe kamen. Livia hatte sich einen Schleier über die gekämmten Haare gelegt, der ihr eine sehr feminine Grazie verlieh. Plötzlich hörte man ein Raunen durch die Menge gehen, dann das Geräusch von schweren Schritten und das Rasseln von Ketten, und alle traten zur Seite, um die Gruppe von Kämpfern durchzulassen, die in dieser Nacht aufeinandertreffen würden. Unter ihnen ragte ein Hüne hervor: Batiatus! Aurelius ging näher an ihn heran, obwohl Livia versuchte, ihn zurückzuhalten, und als er nahe bei der Laterne war, nahm er seine Kopfbedeckung ab und sagte: »He, du Kohlensack, ich habe eine ganz schöne Stange Geld auf dich gesetzt. Schau zu, daß du mich nicht enttäuschst!«

Beim Klang dieser Stimme drehte Batiatus sich um und sah sich seinem alten Waffenkameraden gegenüber. Im Halbdämmer glänzten seine Augen vor Verwunderung, und beinahe hätte ihre Gefühlsaufwallung sie verraten. Doch Aurelius machte Batiatus rasch ein Zeichen und bedeckte sofort wieder seinen Kopf. Der Gladiatorenmeister zerrte schon heftig an der Kette, und Batiatus ging die Stufen hinunter, die ins Innere der riesigen Zisterne führten. Bald darauf erblickte Aurelius auch Vatrenus und konnte seine Tränen nicht mehr zurückhalten: Plötzlich tauchte an diesem finsteren, schaurigen Ort ein Stück seines früheren Lebens wieder auf; Gefährten, die er verloren geglaubt hatte, erschienen lebendig und in greifbarer Nähe vor ihm und lösten in ihm zugleich ungeheuere Freude und entsetzliche Angst aus. Angst davor, daß alles wieder ins Nichts zurücksinken könnte, daß er dieser Aufgabe nicht gewachsen sein könnte, daß sein Versuch ebenso scheitern könnte wie schon der, Romulus in Ravenna zu befreien. Livia ahnte, was ihm durch den Kopf ging, drückte fest seinen Arm und flüsterte ihm ins Ohr: »Wir werden es schaffen, ich bin sicher, daß wir es schaffen. Nur Mut jetzt! Und hinein mit uns!«

Der Kontrolleur war schon im Begriff, Livia abzutasten, als Aurelius dazwischentrat: »He, laß sie in Ruhe! Sie ist meine Verlobte und nicht so eine Hure wie deine Mutter!«

Verärgert brummte der Mann etwas und sagte dann: »Du aber läßt dich durchsuchen und zeigst mir deinen Ausweis, wenn dir nicht die Lust vergehen soll, hier den Geistreichen zu spielen!« Und er legte die Hand an einen Knüppel, den er am Gürtel hängen hatte.

Aurelius zeigte seinen Ausweis her und hob schnaubend die Arme hoch, während der andere ihn abtastete.

»Du kannst gehen«, sagte er, nachdem er festgestellt hatte, daß alles in Ordnung war. Dann wandte er sich um und kontrollierte ein paar Stammkunden, die in diesem Moment zum Eingang hochstiegen.

Unterdessen gingen Aurelius und Livia die lange Treppe hinunter, die in die Zisterne hinabführte, und sahen sich mit einem unglaublichen Anblick konfrontiert: In das Licht von Dutzenden von Fackeln getaucht, erschien die grandiose Piscina Mirabilis, ein Reservoir, das Wasser für eine ganze Stadt fassen konnte. Es war in fünf Schiffe geteilt, die von sehr hohen Bögen getragen wurden. Die Wände und der Boden waren blankpoliert, und der Fußboden hatte eine doppelte Neigung zur Mitte hin, zur Schlammgrube, einer kleinen Rinne, die mit einem Schott abgeschlossen war, welches in früherer Zeit hin und wieder geöffnet wurde, um die Schlammschicht, die sich im Laufe der Zeit immer wieder am Boden abgelagert hatte, hinauszuschwemmen. An der Ostseite sah man oben, nahe bei der Decke, die Zufuhrleitung des Aquädukts, die früher einmal dazu gedient hatte, die Zisterne wieder aufzufüllen, jetzt aber durch ein Schott verschlossen war. Eine lange rostige Spur und ein schwaches Tröpfeln deuteten darauf hin, daß in der Leitung noch Wasser war, das aber wahrscheinlich in irgendeinen seitlichen Sammelkanal umgelenkt wurde. An der gegenüberliegenden Wand, auf der Westseite, sah man die Öffnung der alten Abflußleitung, die die Reservoirs für die Flotte mit dem Wasser von der Oberfläche, dem saubersten und reinsten, speiste. Jetzt war diese ganze gewaltige Anlage, die einst den Durst der Seeleute und Soldaten der mächtigsten Flotte der Welt gestillt hatte, nur eine leere Grube, der Tummelplatz einer blinden und blutigen Gewalt, in dem sich die niedrigsten Instinkte austobten.

Neben einem der Pfeiler bemerkte Aurelius ein paar Wassereimer mit Schlachthausschrubbern, mit denen wohl das Blut weggeputzt werden sollte. Hinten an der Südwand befand sich eine Art überdachter Bretterverschlag, der den Gladiatoren offensichtlich als Umkleideraum diente.

Livia übergab ihrem Begleiter Schwert und Dolch und behielt die übrigen Waffen bei sich. »Wo soll ich mich postieren?« fragte sie ihn.

Aurelius sah sich um. »Am besten ist, wenn du in die Nähe des Eingangs zurückgehst. Von dort aus kannst du die ganze Situation überblicken und hältst mir den Fluchtweg offen.

Ich bitte dich eindringlich: Laß mich keine Sekunde aus den Augen. Sobald du siehst, daß ich angreife, streckst du jeden nieder, der sich mir in den Weg stellt. Ich verlasse mich auf dich.«

»Ich werde dein Schutzengel sein.«

»Was ist das denn?«

»Bei uns Christen so etwas wie ein guter Geist mit Flügeln. Anscheinend hat jeder von uns so einen, der ihn beschützt.«

»Wer oder was auch immer – Hauptsache, er hält mir den Rücken frei! Ah, da unten ist ja mein Buchmacher. Los, geh schon los!«

Livia stieg mit leichten Schritten die lange Treppe hinauf und drückte sich in den Schatten neben der angelehnten Eingangstür. Sie zog den Bogen unter ihrem Umhang hervor und stellte den Köcher, der mit spitzen Pfeilen gefüllt war, neben sich auf dem Boden ab. Aurelius ging zum Buchmacher, und dieser begrüßte ihn: »Oho! Unser geheimnisvoller Freund mit dem vielen Geld. Also, wettest du darauf, daß der Schwarze verliert?«

»Ich habe ihn gerade gesehen: Er jagt einem ja wirklich Angst ein. Ein richtiger Herkules! Und was sollte den kleinkriegen?«

»Das ist ein Geheimnis, das kann ich dir nicht sagen.«

»Du verrätst mir das Geheimnis, und ich lege das Geld auf den Tisch.« Und er ließ in der Börse, die er in der Hand hielt, die Münzen klimpern. Der Mann warf einen gierigen Blick darauf. »Aber ich sage dir doch: Sicher ist sicher. Schau, das ist mein Einsatz.« Und er zeigte auf einen Haufen Goldsolidi. Andere Buchmacher in seiner Nähe riefen: »Los, Leute, schließt eure Wetten ab, denn das Schauspiel fängt gleich an: Wer wettet auf den schwarzen Herkules?« Und während das Raunen und die Aufregung immer weiter wuchsen, begann eine Gruppe Bediensteter eine Art Schranke aus Eisen aufzubauen, die den Kampfplatz absperrte. Gleichzeitig sah man, daß hinten im Saal eine Schar Bewaffneter Stellung bezog. Aurelius bemerkte sie und versuchte, mit beredten Handzeichen Livias Aufmerksamkeit auf sie zu lenken. Livia nickte; sie hatte sie bereits erspäht.

Das erste Paar, das gegeneinander kämpfte, betrat den abgesperrten Ringplatz und begann unter den immer lauter werdenden Anfeuerungsrufen der drängelnden Menge sein Duell. Die Atmosphäre heizte sich auf, und tatsächlich sollten diese Aufwärmkämpfe auch dazu dienen, die Leute auf das Hauptereignis des Abends einzustimmen: das Gottesurteil über den schwarzen Herkules! Jetzt dauerte es nicht mehr lange. Worauf hatte der Buchmacher mit seinem sibyllinischen Satz anspielen wollen? Aurelius überlegte, wie er ihn zum Sprechen bringen könnte – um jeden Preis, selbst wenn er ihm die Spitze des Dolches an die Rippen halten müßte: In diesem Gedränge würde das ohnehin niemand bemerken. Er sah, daß sich auf seinem Tisch eine große Menge Geld anhäufte, und wurde von Panik gepackt: Der Buchmacher mußte sich wirklich hundertprozentig sicher sein, daß der Schwarze verlieren würde. Ihre Blicke kreuzten sich kurz, und der Mann machte ihm ein Zeichen, als wolle er ihn fragen: »Na, hast du dich schon entschieden?«

Er sah, daß die Wachen abgelenkt waren von dem Kampf, der immer wilder wurde, doch das Duell schien sich einem raschen Ende zuzuneigen. An einer Schulter getroffen, wankte der eine der Kämpfer, und sein Gegner versetzte ihm den Gnadenstoß. Die Wahnsinnsschreie der Menge hallten, tausendfach gebrochen, zwischen den Bogen und Pfeilern wider.

Doch genau in diesem Augenblick registrierte Aurelius' Gehör, das darauf trainiert war, selbst inmitten einer Schlacht ein Geräusch ganz genau von einem anderen zu unterscheiden, zu seiner Linken, von der Seite des Umkleideraums her, ein kleines Getümmel. Aurelius schob sich dicht an der Wand entlang näher heran, um nachzusehen. Vier Männer hatten Vatrenus gefesselt und waren gerade dabei, ihn zu knebeln, während seine Rüstung und sein Helm einem anderen Gladiator von derselben Statur und derselben Größe angelegt wurden.

Das also war der Trick! Sie hatten bemerkt, daß Batiatus dem Mann, der diese Uniform trug, niemals tödliche Stöße versetzte und umgekehrt, und jetzt wollten sie ihn für diese Täuschung bestrafen: Batiatus sollte von dem tödlichen Hieb überrumpelt werden, den ihm ein als Freund verkleideter Feind beibringen würde, und so würden die Wettenden eine gewaltige Summe gewinnen. Aurelius dankte in seinem Herzen den Göttern, die ihm dieses großartige Geschenk machten, und zog sich in eine Ecke zurück, um geduldig abzuwarten. Er sah, wie sie Batiatus herausführten. Er trug lediglich einen Lendenschurz, seine Muskeln glänzten vor Schweiß, und in den Händen hielt er nur einen kleinen runden Schild und einen gekrümmten Degen. Bei seinem Erscheinen tobte die Menge, während die Bediensteten den getöteten Gladiator wegtrugen. Hinter ihm zog der falsche Vatrenus in die Arena ein. Das war der Augenblick! Wie ein Blitz rannte Aurelius in den Umkleideraum und überrumpelte die beiden Wachen: Dem ersten Mann schlug er mit einem einzigen Hieb den Kopf ab, und dem zweiten bohrte er seinen Dolch bis zum Griff in die Brust. Beide sackten in sich zusammen, ohne einen Mucks von sich zu geben.

»He, Vatrenus, ich bin's!« rief er, band seinen Freund los und entfernte den Knebel.

»Beim Herkules! Wo kommst du denn her? Los, Batiatus ist in Gefahr!«

»Ich weiß. Also ab mit uns!«

Sie stürzten nach draußen, und Livia, die seit geraumer Zeit große Angst ausgestanden hatte, weil sie Aurelius aus den Augen verloren hatte, hatte ihn wieder erspäht. Nun legte sie den Pfeil an, spannte die Sehne ihres Bogens und wartete schußbereit ab.

Vatrenus und Aurelius bahnten sich ihren Weg durch die kreischende Menge und versuchten, in die vorderste Reihe zu gelangen. Batiatus kämpfte gegen drei Gegner, aber es war klar, daß seine Hiebe mit größerer Wucht auf die beiden niedersausten, die er zu seinen Seiten hatte, als auf den, der vor ihm stand und der in jeder Hinsicht seinem Freund zu gleichen schien.

Aurelius und Vatrenus hatten sich gerade bis zum Kampfplatz vorgedrängt, als der falsche Vatrenus nach einer Reihe spektakulärer, aber nicht sonderlich treffgenauer Hiebe, wie sie typisch sind für ein vorgetäuschtes Duell, plötzlich direkt auf Batiatus' Halsansatz zielte. In derselben Sekunde schrie der echte Vatrenus aus voller Kehle: »Batiatus, aufgepaßt!« Blitzartig schaltete der Riese, wich aus und entging so dem Tod, nicht aber einer Verwundung, die ihm die Haut auf der linken Schulter zerschnitt. Aurelius hatte unterdessen bereits das Absperrgitter niedergerissen und einen der beiden Gegner durchbohrt; Vatrenus schlug den anderen nieder. Batiatus, der seinen Freund erkannte, der jetzt mit unverhülltem Gesicht an seiner Seite stand, stürzte sich, sobald er die Fassung wiedergefunden hatte, auf Vatrenus' Doppelgänger und machte ihm mit einem einzigen Schwertstreich den Garaus. Dann eilten alle drei mit gezückten Waffen nach vorn, mitten durch die Menge, die noch gar nicht begriffen hatte, was da vor sich ging, und rannten zur Treppe.

»Hierher!« rief Aurelius. »Auf diese Seite! Schnell, schnell!« Ein entsetzlicher Tumult brach los. Die Leute rannten, von Angst gepackt, in alle Richtungen. Die Wachen setzten den dreien nach, aber da trat Livia auf den Plan: Die beiden ersten wurden mit tödlicher Präzision durchbohrt – der eine in die Brust, der zweite mitten in die Stirn getroffen; ein dritter wurde wenige Schritte von der Rampe entfernt an den Boden genagelt. Den übrigen Wachen, etwa zwanzig an der Zahl, gelang es, den Fuß der Treppe zu erreichen und die Verfolgung aufzunehmen; dabei brüllten sie und lösten Alarm aus. Oben erschien der Pförtner auf der Estrade, aber Livia, die sich flach gegen die Wand drückte, gab ihm von hinten einen solchen Stoß, daß er über die Brüstung flog. Sein Geheul endete erst hundert Fuß weiter unten, mit dem brutalen Aufprall auf dem Boden. Sie waren schon dem Ausgang nahe, als sich plötzlich die Tür von außen schloß und man das schnappende Geräusch von Riegeln hörte. Da sich die Wachen bereits fast am oberen Ende der Treppe befanden, waren sie gezwungen, sich umzudrehen und sich mit ihnen einen Kampf zu liefern. Batiatus packte den ersten, der ihm in die Quere kam, schleuderte ihn wie einen Hampelmann auf die anderen und ließ sie so allesamt die Treppe hinunterpurzeln. Dann drehte er sich zur Tür und rief: »Zurück!« Die Freunde sprangen zur Seite, und er stürzte sich wie ein Rammbock dagegen. Aus den Angeln gerissen, krachte die Tür zu Boden, und die drei Männer und Livia gelangten ins Freie. Eine der Wachen draußen war unter der Tür zermalmt worden, ein anderer ergriff allein beim Anblick dieses schwarzen Dämons, der aus einer Wolke von Schutt auftauchte, die Flucht.

»Hierher, mir nach, los!« rief Livia. Aber Aurelius wandte sich zum Schott der Wasserzufuhr und schrie: »Sie wollten ein Bad im Bassin, und jetzt werden sie es bekommen! Beim Herkules!«

»Dazu bleibt keine Zeit!« brüllte Livia. »Los! Tempo!«

Aber Aurelius war bereits bei der Winde, Batiatus an seiner Seite. Das eingerostete Räderwerk klemmte, aber die Kraft des Giganten setzte es, nachdem es einen kurzen Ruck getan hatte, in Bewegung. Das Schott öffnete sich, und das Wasser stürzte tosend wie ein Wasserfall in das Becken. Die verzweifelten Schreie der Menschenmenge drangen durch die schmale Öffnung der oberen Tür wie ein Chor verdammter Seelen aus den Tiefen der Hölle, aber schon eilten die beiden Freunde hinter Livia und Vatrenus her, die bereits den Hang hinunter zu den Pferden rannten.

Plötzlich hörten sie hinter sich einen Schrei: »Wartet auf uns! Wir kommen mit euch!«

»Wer sind die denn?« fragte Aurelius und drehte sich um.

»Zwei Leidensgefährten«, erwiderte Batiatus keuchend. »Weiter! Wir dürfen keine Zeit verlieren!«

Aurelius und Livia erreichten ihre Pferde und führten die anderen zu der Ölmühle am Rand eines Olivenhains, wo noch drei weitere Tiere auf sie warteten.

»Ich hatte nicht mit einer so zahlreichen Begleitung gerechnet. Die beiden leichtesten zusammen auf eines!« befahl Aurelius. »Batiatus, das ist deines!« Und er zeigte auf ein stämmiges pannonisches Roß mit dunklem Deckhaar.

»Das will ich meinen!« rief Batiatus und sprang auf. Just in diesem Augenblick hörte man eine Trompete, die gellend Alarm schlug.

»Los!« schrie Livia. »Nichts wie weg von hier! In wenigen Minuten sind sie uns auf den Fersen!«

Sie galoppierten durch den Olivenhain, bis sie zu einer in den Tuffstein gehauenen Grotte gelangten: ein Unterschlupf für die Schafe, die nachts zwischen den Stoppeln weideten. Von dieser nicht einsehbaren Stelle aus beobachteten sie, wie sich die Gegend mit den Schatten von Reitern mit brennenden Fackeln füllte, die wie verrückt gewordene Sternschnuppen kreuz und quer durch die Dunkelheit jagten. Schon bald hallte jede Schlucht von ihren Schreien, wütenden Befehlen und Zurufen wider. Doch die alten Waffenbrüder sahen und hörten nichts. Außer sich vor Freude, hielten sie sich in diesem Augenblick fest und voller Rührung in den Armen; sie erkannten sich im Dunklen wieder, auch ohne sich zu sehen – am Geruch, am Klang der vor Aufregung rauhen Stimmen, an der Festigkeit ihrer Muskeln, wie alte Bluthunde, die von einer nächtlichen Treibjagd zurückkehren. Aurelianus Ambrosius Ventidius, Rufius Elius Vatrenus und Cornelius Batiatus, römische Soldaten, Römer, weil sie Rom die Treue geschworen hatten.

ZWEITER TEIL

XIII

Sie machten sich wieder auf den Weg und ritten im Galopp in Richtung Cumae, der alten, ruhmreichen griechischen Kolonie, die mittlerweile zu einem bescheidenen Fischerdorf herabgesunken war. Livia schien sich in dieser Gegend ziemlich gut auszukennen und bewegte sich im Halbdunkel der Nacht mit großer Geschwindigkeit und Sicherheit. Die Flucht von vier Sklaven, die Ermordung von einem halben Dutzend Wachen und der gewaltige Tumult in der Piscina Mirabilis hatten wohl einen unglaublichen Aufruhr zur Folge gehabt, so daß es ratsam war, so schnell wie möglich an einen sicheren Ort zu gelangen, auf den die Verfolger keinen Zugriff hatten. Zudem war Batiatus so hünenhaft, daß er überall aufgefallen wäre, und so waren sie gezwungen, eine Möglichkeit zu finden, die es ihm erlaubte, unbemerkt zu bleiben. Unterwegs war es am klügsten, um Herbergen, Wirtshäuser und öffentliche Plätze einen großen Bogen zu machen. Ihr Ziel war die Totenstadt, wo Livia sie zu einer ihr bekannten Stelle brachte, nämlich zur alten Höhle der Sibylle von Cumae – ein finsterer Ort, von dem es hieß, er werde von Dämonen heimgesucht. Ein zusätzlicher schwarzer Dämon würde also das Gerede unter dem Volk nur bestätigen.

Sie machten im Inneren des baufälligen Mauergürtels halt, und Livia führte ihre Begleiter in die Höhle. Der Raum war eine Art künstlicher Tunnel, in den Felsen gehauen und am oberen Ende wie ein Trapez geformt. Nachdem es Livia gelungen war, ein mickeriges Feuerchen zu entfachen, machte sie sich daran, Batiatus' Wunde zu nähen und so gut es ging zu verbinden. Dann gab sie ihm ein Tuch, das er sich umlegen konnte. Unterdessen versuchten die anderen, es sich in diesem ungemütlichen Unterschlupf so bequem wie möglich zu machen: Aurelius sammelte eine Menge trockener Blätter, von denen er einige auf das Feuer warf, das daraufhin nur noch mehr qualmte als brannte, andere streute er auf den Boden, um für sie alle so etwas wie ein Nachtlager zu bereiten. Livia dagegen zog aus ihrem Quersack alles hervor, was sie an Eßbarem bei sich trug, und das war in der Tat herzlich wenig – ein Laib Käse, eine Handvoll Oliven und ein Brot –, um es den erschöpften Männern zum Abendessen anzubieten.

»Es ist nichts Besonderes, gerade genug, um den Magen in Illusionen zu wiegen. Morgen werden wir sehen, wie wir Abhilfe schaffen können. Jetzt legt ihr euch am besten hin und ruht euch aus. Bald bricht schon der neue Tag an.«

»Wir? Uns ausruhen?« rief Batiatus. »Du machst wohl Scherze, Mädchen. Wir haben uns viel zuviel zu erzählen. Ja, hast du überhaupt eine Vorstellung, wer wir sind? Was wir nicht alles miteinander erlebt haben? Ihr Götter des Himmels, ich kann es nicht fassen! Da kommt doch der daher und sagt zu mir: ›He, du Kohlensack, ich habe einen ganz schönen Batzen auf dich gesetzt. Schau zu, daß du mich nicht enttäuschst.‹ Ich dreh mich schon um und will diesem Hurensohn ins Gesicht spucken, und wen sehe ich da? Den leibhaftigen Aurelianus Ambrosius Ventidius, direkt vor mir. Beim Herkules, ich schwöre euch, ich habe gedacht: Gleich trifft mich der Schlag. Ich sage mir: Was macht denn der hier, dieser Halunke, dieses Schlitzohr? Was hat er vor? Wetten, daß er gekommen ist, um seinen guten, alten Freund zu befreien?« Seine Stimme zitterte, während er sprach, und seine Augen blitzten wie die eines Kindes. »Wetten, habe ich mir gesagt, daß er sich an mich erinnert und mich in diesem ekelhaften

Loch aufgestöbert hat, und dann frage ich mich, wie hat er es bloß geschafft, mich da unten in dieser Kloake aufzuspüren? Wer hat ihm gesagt, daß ich dort bin? ... Ihr Götter des Himmels, ich kann es immer noch nicht fassen! Versetzt mir mal einen Fausthieb! Ich möchte aufwachen, für den Fall, daß ich träume!«

Vatrenus verabreichte ihm tatsächlich eine gehörige Kopfnuß. »Hast du jetzt gemerkt, daß du wach bist? Alles in Ordnung, schwarzer Mann! Wir haben es geschafft, wir haben es geschafft! Wir haben ihnen allesamt ein Schnippchen geschlagen. Stellt euch bloß mal vor, wie viele achtbare Persönlichkeiten er wohl angetroffen hat, der Herr Richter, wie viele fromme Matronen, die da alle im Wasser zappelten, in flagranti ertappt bei einem verbotenen Gladiatorenspiel? Ich wäre gern ein Frosch gewesen, um diese Szene auszukosten! Und stellt euch mal vor, wie viele Leute in der Stadt und in der Umgebung morgen einen Schnupfen haben?«

Aurelius prustete los, und die anderen Männer fielen in ein lautes, glucksendes Gelächter ein, in das sich mitunter ein Schluchzen mischte: ein befreiendes Lachen wie das Weinen eines Kindes, das lange unter großer Angst gelitten hatte.

Livia betrachtete sie schweigend. Die Kameradschaftlichkeit unter Männern war etwas, das sie faszinierte. Sie sah darin all die besten Eigenschaften des Mannes vereint: Freundschaft, Solidarität, Opferbereitschaft und Begeisterungsfähigkeit. In dieser Situation ging ihr nicht einmal das unflätige Gerede kasernierter Männer, an das sie nicht gewöhnt war, gegen den Strich.

Dann verfielen sie plötzlich in Schweigen, in das Schweigen der schönen und der schlimmen Erinnerungen, das Schweigen von Männern, die Jahre lang gemeinsam denselben Gefahren getrotzt, dieselben Qualen ausgestanden und unter denselben Entbehrungen gelitten hatten mit dem einzigen Trost der Freundschaft, der Wertschätzung und jetzt der unglaublichen Freude darüber, sich wider jede vernünftige Erwartung und trotz der schlimmsten Schicksalsschläge wiedergefunden zu haben. Man konnte ihre Gedanken förmlich sehen, in ihren Blicken, in ihren feuchten Augen, in den eingefallenen Gesichtern; man konnte ihre Geschichte ablesen an den schwieligen Händen, an den Armen voller Narben, auf den Schultern, die gezeichnet waren von der Last der Waffen. Sie dachten an ihre Kameraden, die nicht mehr am Leben waren, die sie für immer verloren hatten, und an ihren Kommandanten Claudianus, der zunächst verwundet und dann inmitten feindlicher Raserei niedergemetzelt worden war – für immer der Ehre des Patriziers beraubt, im Mausoleum seiner Ahnen zu ruhen.

Aurelius war es, der dieses emotionsbefrachtete Schweigen brach, als ihm bewußt wurde, daß seine Gefährten sich angezogen fühlten vom Aussehen und Verhalten Livias, die sie noch nie zuvor gesehen hatten. Gewiß fragten sie sich, wer diese Frau sein könnte und warum sie sich mit ihnen an diesem Ort befand.

»Dieses Mädchen hier heißt Livia Prisca«, sagte Aurelius, »und kommt aus einem Dorf mit nur wenigen Hütten an der Lagune zwischen Ravenna und Altino. Sie ist unser Oberhaupt, auch wenn mir klar ist, daß euch diese Tatsache wahrscheinlich überhaupt nicht gefällt.«

»Du beliebst wohl zu scherzen«, erwiderte Vatrenus und tat, als würde er sich schütteln. »Der Anführer bist du, auch wenn ich, zumindest theoretisch, einen höheren Dienstrang habe als du.«

»Nein. Sie hat mir das Leben gerettet und eine Aufgabe verschafft, etwas, wofür ich kämpfen kann. Sie ist eine Frau, aber sie ist wie ein Mann … in mancher Hinsicht sogar noch besser. Sie ist … sie ist … Jedenfalls bezahlt sie uns dafür, daß wir eine Mission erfüllen. Aber damit das gleich klar ist: Bei dieser Mission habe ich das Sagen!«

Batiatus schüttelte verblüfft seinen großen Kopf. Nun meldete sich Livia zu Wort und deutete auf die beiden Männer, die sich ihnen auf der Flucht angeschlossen hatten. »Und diese beiden da, wer sind sie? Können wir ihnen vertrauen?«

»Wir sind euch dankbar dafür, daß ihr uns erlaubt habt, mit euch zu kommen«, sagte einer der beiden. »Ihr habt uns das Leben gerettet. Mein Name ist Demetrios, ich bin ein Grieche aus Herakleia, ein Kriegsgefangener. Ich wurde von den Goten bei Sirmium gefangengenommen, als ich mit meinem Boot auf der Donau patrouillierte, und bin dann an Odoakers Heruler verkauft worden, die mich hierherschickten, um in der Flotte zu dienen, weil ich ja Seemann bin. Ich bin ein sehr guter Fechter, das versichere ich euch, und auch sehr geschickt im Messerwerfen. Das hier ist mein Freund und Waffenbruder Orosius. Er hat in der halben Welt an Feldzügen teilgenommen und hat ein so dickes Fell wie ein Elefant.«

»Es sind tapfere Leute«, bestätigte Vatrenus, »und in der ganzen Zeit, in der wir zusammengewesen sind, haben sie sich stets loyal verhalten. Sie verabscheuen die Barbaren wie wir und haben immer nur davon geträumt, ihre Freiheit wiederzuerlangen.«

»Habt ihr eine Familie?« fragte Aurelius.

»Ich hatte eine«, antwortete Demetrios, »eine Frau und zwei Töchter von vierzehn beziehungsweise sechzehn Jahren, aber ich weiß seit über fünf Jahren nichts mehr von ihnen. Sie haben in einem Dorf in der Nähe unseres Winterlagers gelebt. Während ich mit einer Erkundung auf dem Fluß beschäftigt war, errichteten die Alanen in der Nacht eine Bootsbrücke, überrumpelten unsere Angehörigen und metzelten sie nieder. Als ich zurückkehrte, fand ich im strömenden Regen nur Asche und Kohlereste vor, versunken in einem schwarzen Matsch. Und Leichen, Leichen, wohin man auch sah. Niemals werde ich diesen Anblick vergessen, und sollte ich hundert Jahre alt werden! Ich habe jede einzelne umgedreht, mit beklommenem Herzen, und erwartet, jeden Augenblick ein geliebtes Gesicht wiederzuerkennen ...« Er konnte nicht weitersprechen.

»Ich hatte eine Frau und eine Tochter«, begann Orosius. »Meine Gemahlin hieß Asteria und war ein Bild von einer Frau. Eines Tages, als ich nach einem langen Feldzug in Moesia auf Urlaub nach Hause kam, fand ich meine Stadt von den Rugiern geplündert vor. Sie hatten sie verschleppt, alle beide. Ich habe Himmel und Hölle in Bewegung gesetzt, diesen Stamm ausfindig zu machen, mein Kommandant entsandte einheimische Führer zu ihnen mit dem Angebot, sie freizukaufen, aber diese Unmenschen haben einen exorbitanten Preis verlangt, den ich niemals hätte bezahlen können. Sie sind genauso in der Weite ihrer Steppen verschwunden, wie sie gekommen waren ... Seither träume ich von nichts anderem, als mich wieder auf ihre Fährte zu setzen. Nachts, vor dem Einschlafen, überlege ich, wo sie sein könnten, unter welchem Himmel ... Ich frage mich, wie meine Schöne jetzt wohl aussieht ...« Er ließ den Kopf sinken und verstummte.

Es waren Geschichten, wie es sie in diesen Zeiten viele gab, aber Aurelius war trotzdem erschüttert. Er hatte niemals resigniert und niemals den Traum des Augustinus von Hippo von der *Civitas Dei*, der Stadt Gottes, geteilt, noch hatte er je zwischen den Wolken Himmelsstädte gesehen: Für ihn war die einzige Stadt Rom, die Stadt auf den sieben Hügeln, umgeben von der Aurelianischen Mauer, am göttlichen Tiber gelegen, die geschändete, aber trotzdem unsterbliche Urbs, die Mutter aller Länder und aller Länder Tochter, der Schrein heiligster Erinnerungen. Er fragte sie: »Und wo wollt ihr jetzt hin?«

»Wir können nirgends mehr hin«, antwortete Orosius.

»Wir haben nichts mehr. Und niemanden«, pflichtete ihm Demetrios bei. »Wenn ihr eine Aufgabe oder ein Ziel habt, dann nehmt uns bitte mit!«

Aurelius blickte Livia fragend an, und sie nickte. »Sie scheinen mir gute Soldaten zu sein«, sagte sie. »Und wir brauchen Männer.«

»Aber es ist nicht gesagt, daß sie bleiben wollen, wenn wir ihnen erst erzählen, was wir vorhaben.«

Bei diesen Worten sahen die Männer einander an. »Wenn ihr uns das nicht verratet, werdet ihr es auch nie erfahren«, sagte schließlich Batiatus.

»Was soll diese ganze Geheimnistuerei? Los, raus mit der Sprache!« drängte Vatrenus.

»Auf uns könnt ihr euch verlassen. Unsere Freunde wissen das. Im Kampf haben wir immer versucht, uns gegenseitig zu schützen«, beharrten Demetrios und Orosius.

Aurelius wechselte einen raschen Blick mit Livia, und sie nickte erneut. Dann sagte er: »Wir wollen den Kaiser Romulus Augustus auf Capri befreien, wo er gefangengehalten wird.«

»Was hast du da gesagt?« fragte Vatrenus ungläubig.

»Das, was du gehört hast.«

»Beim Herkules!« fluchte Batiatus. »Das ist ja ein starkes Stück!«

»Ein starkes Stück? Ein Wahnsinn ist das! Er wird doch bestimmt von unzähligen Männern bewacht, die ihn keine Sekunde aus den Augen lassen«, rief Vatrenus aus.

»Diese verdammten Kerle mit ihren Sommersprossen«, knurrte Batiatus. »Wie ich die hasse!«

»Siebzig sind es insgesamt. Wir haben sie gezählt«, präzisierte Livia.

»Und wir sind fünf«, sagte Vatrenus und blickte seinen Kameraden der Reihe nach in die Augen.

»Sechs«, korrigierte Livia trotzig.

Vatrenus zuckte die Achseln.

»Unterschätze sie bloß nicht!« warnte ihn Aurelius. »Sie hat einem Kerl unten im Hafen fast die Hoden abgerissen, und der war stärker als du, und wenn ich nicht eingegriffen hätte, hätte sie ihm das Fell abgezogen wie einem Ziegenbock.«

»Na, na!« sagte Orosius und musterte das Mädchen.

»Und jetzt?« fragte Aurelius. »Ihr seid freie Leute. Ihr könnt gehen, und wir bleiben trotzdem Freunde. Und wenn wir uns eines Tages in irgendeiner Lasterhöhle wiedertreffen, dann ladet ihr mich auf einen Becher ein.«

»Und wie willst du das allein bewerkstelligen?« fragte Batiatus.

Vatrenus seufzte. »Ich habe verstanden. Wir sind vom Regen in die Traufe geraten, aber immerhin scheint man sich hier wenigstens amüsieren zu können. Kann man dabei auch zufällig ein bißchen was verdienen? Ich habe nämlich keinen roten Heller mehr, und ...«

»Tausend Goldsolidi pro Kopf«, antwortete Livia, »nach Beendigung des Unternehmens.«

»Bei allen Göttern!« rief Vatrenus. »Für tausend Solidi hole ich euch Zerberus höchstpersönlich aus der Unterwelt herauf!«

»Also, worauf warten wir noch?« fragte Batiatus. »Ich habe den Eindruck, daß alle einverstanden sind, oder täusche ich mich?«

Aurelius hob gebieterisch die Hand, und wieder trat Schweigen ein. »Es ist ein schwieriges Unterfangen«, sagte er, »bestimmt das schwierigste, das jeder einzelne von uns jemals durchgeführt hat. Es geht darum, auf die Insel zu gelangen, den Kaiser zu befreien und ihn dann quer durch Italien bis zu jenem Ort an der Adriaküste zu eskortieren, wo ein Schiff wartet, das ihn in Sicherheit bringen wird. Dort werden wir dann alle von Livia und den Leuten ausbezahlt, die sie mit diesem Auftrag betraut haben.«

»Und dann?« wollte Vatrenus wissen.

»Du fragst zuviel«, antwortete Aurelius. »Mir kommt es so vor, als sei es nicht gerade wenig gewesen, euch allein aus dieser Hölle herauszuholen! Vielleicht wird jeder seiner eigenen Wege gehen, oder vielleicht nimmt der Kaiser uns mit, oder vielleicht ... Ach, hören wir auf damit! Ich bin todmüde und möchte schlafen. Mit dem Licht des neuen Tages kommt uns allen sicher eine Erleuchtung. Jedenfalls müssen wir uns als erstes ein Boot besorgen, um näher an die Insel heranzukommen und die Lage zu erkunden. Dann sehen wir weiter. Wer übernimmt die erste Schicht der Nachtwache?«

»Die erste und die einzige, angesichts der vorgerückten Stunde. Ich mache das«, erbot sich Batiatus. »Ich bin nicht schläfrig, und außerdem bin ich in der Dunkelheit ja so gut wie unsichtbar.«

Völlig ausgepumpt und erschöpft, wie sie waren, wurden sie überall verfolgt, und ihnen drohten, sollte man sie tatsächlich schnappen, grauenhafte Strafen. Aber sie hatten die Herrschaft über ihr eigenes Schicksal zurückgewonnen und würden unter gar keinen Umständen zulassen, daß es ihnen noch einmal aus den Händen glitt. Lieber würden sie den Tod auf sich nehmen.

Die ersten Tage in seiner neuen Residenz auf Capri hatte Romulus als beinahe angenehm empfunden: Die Farben der Insel unter dem türkisblauen Himmel – das satte Grün der Pinienwälder und der Myrten- und Pistaziendickichte, das leuchtende Gelb der Ginsterbüsche und das Silbergrau der Oleastersträuche – vermittelten ihm in diesem magischen, blendenden Licht das Gefühl, sich in einem verzauberten Elysium zu befinden. Nachts glitzerte zitternd der Widerschein des Mondes auf den Meereswellen und ließ die Schaumkronen zwischen den Kieselsteinen am Ufer weiß aufblitzen, dort, wo sich die Brandung brach, oder rund um die großen Felsenspitzen, die wie zyklopische Türme aus dem Meer ragten. Der Wind trug den Salzgeruch herauf zu den Stufen der großen Villa, zusammen mit den tausend Düften dieses zauberhaften Eilandes: So hatte sich Romulus in seinen Kindheitsphantasien die Insel der Kalypso vorgestellt, auf der Odysseus sieben lange Jahre sein rauhes, steiniges Ithaka vergessen hatte.

Die Abendbrise wehte das Aroma der Feigen heran, den Duft nach Rosmarin und Minze, zusammen mit den durch die Entfernung gedämpften Lauten: Geblöke und die Rufe von Hirten und die Schreie der Vögel, die bei Sonnenuntergang in weiten Kreisen am karmesinroten Himmel schwebten. Die Segelschiffe kehrten in den Hafen zurück wie Schafe in ihren Stall, und in gemächlichen Kringeln stieg der Rauch aus den Häusern auf, die sich unten um die kleine stille Bucht drängten.

Ambrosinus hatte sofort begonnen, Kräuter und Mineralien zu sammeln, immer auf Sicht bewacht von den Posten;

manchmal wurde er dabei von Romulus begleitet, dem er die Eigenschaften von Beeren, Wurzeln und Kräutern zu erklären versuchte. Nachts dagegen verbrachte er lange Stunden mit der Beobachtung des Himmels und der Bewegungen der Sternbilder, und er zeigte seinem Schüler den Großen und den Kleinen Bären mit dem Polarstern. »Das ist der Stern meiner Heimat«, sagte er, »Britannien, eine Insel, so groß wie ganz Italien, überzogen von grünen Wäldern und Wiesen, auf denen riesige Herden weiden, auch ganze Herden roter Ochsen mit großen schwarzen Hörnern. In den entlegensten Zipfeln des Landes geht im Sommer die Sonne niemals unter, ihr Licht leuchtet bis Mitternacht vom Himmel, und im Winter dauert die Nacht sechs Monate.«

»Eine Insel, so groß wie Italien«, wiederholte Romulus. »Ist denn so etwas überhaupt möglich?«

»Und ob«, erwiderte Ambrosinus und erinnerte ihn an die Umschiffung durch den Admiral Agricola, der zu Zeiten Kaiser Trajanus' die ganze Insel umsegelt hatte.

»Und außer ... außer diesen unendlichen Nächten, was gibt es dort sonst noch, Ambrosinus?«

»Außerdem gibt es das letzte der aufgetauchten Länder, das Thule genannt wird. Es ist von einer zweihundert Ellen hohen Eismauer umgeben, wird Tag und Nacht gepeitscht von eisigen Winden und bewacht von Meeresschlangen und Ungeheuern mit Zähnen, die spitz sind wie Dolche. Niemand, der sich einmal dorthin gewagt hat, ist je wieder zurückgekehrt, mit Ausnahme eines griechischen Seefahrers aus Marseille namens Pytheas. Er hat einen ungeheuer großen Strudel beschrieben, der viele Stunden lang das Wasser des Ozeans schluckt und es dann mit einem entsetzlichen Tosen wieder ausspeit, zusammen mit den Gerippen von Schiffen und Seeleuten; er stößt das Wasser so weit, daß die Küsten und Strände meilenweit überflutet werden.« Romulus blickte Ambrosinus voller Verwunderung an und vergaß darüber sogar seinen Kummer.

Tagsüber gingen sie durch die großen Höfe oder auf den Terrassen spazieren, deren Stützmauern senkrecht über dem

Meer errichtet waren. Wenn Ambrosinus im Schatten eines Baumes einen Stuhl fand, setzte er sich nieder, um seinem aufmerksam lauschenden Schüler Unterricht zu erteilen. Aber während die Tage vergingen, kam ihnen der Raum, den man ihnen zugewiesen hatte, immer enger vor, und selbst der Himmel rückte in immer weitere Entfernung und wurde immer gleichgültiger. Alles wirkte so beängstigend gleichförmig und unabänderlich: die Möwen und ihre Flugbahnen, die bewaffneten Wachen, die, gepanzerten Automaten gleich, auf den Stufen ihre Runden drehten; die Eidechsen, die sich an der letzten Herbstsonne wärmten und beim Geräusch nahender Schritte davonhuschten, um sich in den Ritzen der Mauern zu verstecken.

Bisweilen wurde der Junge von einer plötzlichen Angst befallen, von einer quälenden Melancholie, und dann starrte er stundenlang auf das Meer hinaus; manchmal wurde er von Zorn und Verzweiflung gepackt, und er warf unter den spöttischen Blicken der barbarischen Soldaten Dutzende, ja Hunderte von Steinen gegen die Mauer, bis er ermattet, keuchend und schweißgebadet zu Boden fiel. Sein Lehrer sah ihm erschüttert zu, gab aber seiner Rührung nicht nach, sondern ging zu ihm, um ihn wieder aufzurichten und ihn auszuschelten. Er ermahnte ihn, die Würde seiner Vorväter zu wahren, und erinnerte ihn an die Strenge eines Cato, die Weisheit eines Seneca, den Heroismus eines Marius und an die unvergleichliche Größe Cäsars.

Eines Tages, als er wieder einmal feststellte, daß Romulus durch dieses irre und sinnlose Spiel völlig atemlos und erschöpft und obendrein noch gedemütigt war vom Gelächter und den Possen seiner Gefängniswärter, trat er an ihn heran, legte ihm eine Hand auf die Schulter und sagte: »Nein, Cäsar, so geht es nicht weiter! Schone deine Kräfte für die Zeit, wenn du das Schwert der Gerechtigkeit ergreifen wirst.«

Romulus schüttelte den Kopf. »Wozu sollte ich mir Illusionen machen? Dieser Tag wird niemals kommen. Siehst du diese Männer da unten, im Laufgraben? Auch sie sind Gefangene dieses Ortes, sie werden in Langeweile und Überdruß alt werden, bis man andere Männer schickt, die sie ablösen, und dann wieder andere, aber ich werde immer noch dasein. Sie werden ausgewechselt, aber ich werde immer derselbe bleiben, wie die Bäume und die Mauern. Ich werde alt, ohne jemals jung gewesen zu sein.«

Langsam taumelte die Feder eines Vogels herab. Romulus griff nach ihr, drückte sie in der Hand; dann öffnete er die Faust wieder und blickte dabei seinem Erzieher fest in die Augen. »Oder glaubst du vielleicht, du könntest mir zwei Flügel aus Vogelfedern und Wachs bauen, wie es Dädalus für Ikarus gemacht hat, damit ich mich von hier oben in die Lüfte schwingen kann?«

Ambrosinus ließ den Kopf sinken. »Wenn ich nur könnte, mein Kind, wenn ich nur könnte …! Aber vielleicht kann ich doch etwas für dich tun. Ich kann dich etwas lehren, nämlich nicht zuzulassen, daß sie außer deinem Körper auch noch deine Seele einsperren.« Er hob den Blick zum Himmel. »Schau dir diese Möwe an! Siehst du sie? Also, dann laß deine Seele mit ihr fliegen, da hinauf, atme tief ein … so, noch einmal … noch einmal.« Er legte ihm die Hände auf die Schläfen und schloß die Augen. »Und jetzt flieg, mein Kind, schließ die Augen und flieg … hinweg über dieses Elend, hinaus über die Mauern dieses verfallenden Gebäudes, über die Klippen und die Wälder, flieg zur Scheibe der Sonne und bade dich in ihrem unendlichen Licht!« Er senkte die Stimme, während ihm langsam die Tränen unter den geschlossenen Lidern hervorquollen. »Flieg«, wiederholte er mit leiser Stimme. »Niemand kann die Seele eines Menschen einsperren …« Romulus' Atem ging zuerst schneller, wie der eines kleinen verängstigten Tieres, dann beruhigte er sich und fiel allmählich in einen gleichmäßigen Rhythmus wie jemand, der ruhig schläft.

Andere Male, wenn alles vergebens war, wenn es keine Worte gab, die den Knaben beschwichtigen konnten, setzte sich Ambrosinus in eine Ecke des Hofes und widmete sich der Abfassung seiner Erinnerungen. Romulus blieb abseits sitzen und zeichnete mit einem Stock in den Sand, aber dann kam er ganz langsam näher, betrachtete Ambrosinus verstohlen und versuchte sich vorzustellen, was er wohl mit dieser dichten, regelmäßigen Schrift in dieses Buch eintrug.

Eines Tages baute er sich plötzlich vor ihm auf und fragte: »Was schreibst du da?«

»Meine Erinnerungen. Und auch du solltest etwas schreiben oder wenigstens etwas lesen. Es hilft dir, den Kummer zu vergessen, es befreit deine Seele von der Angst und vom Überdruß des Alltags und schlägt eine Brücke zu einer anderen Welt. Ich habe um Bücher für deine Bibliothek gebeten und sie erhalten. Das heißt, sie werden heute aus Neapel kommen – nicht nur Werke über Philosophie und Geometrie und Handbücher zu Themen wie Ackerbau und Viehzucht, sondern auch wunderschöne Geschichten: die *Aithiopika* von Heliodor, Longos' *Hirtengeschichten von Daphnis und Chloe*, die Abenteuer von Herkules und Theseus, die Reisen des Odysseus. Du wirst sehen. Aber jetzt kümmere ich mich erst einmal darum, daß alles richtig geordnet wird. Dann bereite ich dir dein Abendessen zu. Entferne dich nicht zu weit von hier, denn ich möchte mich nicht heiser schreien, wenn es Zeit ist, dich zu holen.«

Ambrosinus legte sein Buch auf die Bank, auf der er gesessen hatte, verschloß sorgfältig das Tintenfaß und legte den Stylos hin, dann wandte er sich dem Bereich der alten kaiserlichen Bibliothek zu, die einst gefüllt war mit Tausenden und Abertausenden von Büchern aus allen Teilen des Reiches, in lateinischer und griechischer, in hebräischer und syrischer, in ägyptischer und phönizischer Sprache. Jetzt waren die großen Nischen, in denen die Regale gestanden hatten, wie leere, blinde Augenhöhlen, die ins Nichts starrten. Geblieben war nur eine Büste von Homer, auch dieser blind, weiß wie ein Gespenst in diesem großen düsteren Saal.

Romulus spazierte eine Zeitlang am äußeren Rand des großen Hofes entlang, und jedesmal, wenn er sich Ambrosinus' Buch näherte, warf er einen zerstreuten Blick darauf. Irgendwann einmal blieb er stehen und fixierte es. Vielleicht war es nicht angebracht, das zu lesen, was darin geschrieben stand, aber wenn sein Erzieher es dort liegengelassen hatte, unbewacht und ohne irgendeine Ermahnung, dann würde er doch wohl einen Blick hineinwerfen dürfen. Er setzte sich hin und schlug es auf: Auf der Vorderseite war ein Kreuz gezeichnet, an den Enden der Balken die Buchstaben Alpha und Omega und, darunter, ein kleiner Mistelzweig wie derjenige aus Silber, den Ambrosinus um den Hals trug.

Der Abend war lau, und die letzten Schwalben versammelten sich mitten am Himmel und riefen einander etwas zu, was so klang, als würden sie nur widerwillig die bereits leeren Nester verlassen, um in wärmere Gefilde zu ziehen. Romulus lächelte und sagte leise: »Fliegt davon, fliegt nur, ihr Schwalben, ihr könnt es ja, fliegt nur fort! Mich werdet ihr im nächsten Jahr am selben Ort wieder antreffen. Ich bleibe hier und bewache eure Nester.«

Dann blätterte er um und begann zu lesen.

XIV

Ich war noch nicht geboren, als die letzten Adler der römischen Legionen Britannien verließen, um niemals wiederzukehren. Da der Kaiser alle seine Soldaten brauchte, wurde meine Heimat ihrem Schicksal überlassen. Eine Zeitlang passierte gar nichts. Die Honoratioren regierten die Städte nach Art der Väter, auf der Grundlage der Gesetze und der Gerichtsbarkeit des Reiches, weiter und unterhielten nach wie vor Kontakte zum fernen Hof von Ravenna in der Hoffnung, daß die Adler Roms früher oder später wieder zurückkehren würden. Doch eines Tages fielen die Barbaren des Nordens, die jenseits des großen, nach Kaiser Hadrian benannten Walls lebten, in unsere Gegenden ein und brachten ihnen mit ihren ständigen Überfällen und Plünderungen nichts als Tod, Zerstörung und Hungersnöte. Noch einmal baten wir den Kaiser um Hilfe und hofften, daß er uns nicht vergessen hätte, aber es war klar, daß er uns nicht erhören konnte: Eine ganze Flut von Barbaren bedrohte die östlichen Grenzen des Reiches; wilde und unermüdliche Reiter mit dunkler Haut und schrägstehenden Augen waren aus den unermeßlich weiten sarmatischen Steppen aufgetaucht wie Gespenster aus der Tiefe der Nacht, und während sie weiter vorrückten, hinterließen sie überall, wo sie durchzogen, eine einzige Spur der Verwüstung. Sie ruhten sich niemals aus und schliefen auch nicht richtig: Ihnen genügte es, den Kopf kurz gegen den Hals ihrer strup-

pigen Pferde zu lehnen. Ihre Nahrung bestand aus Fleisch, das sie zwischen dem Sattel und dem Schweiß auf dem Rücken ihrer Pferde mürbe werden ließen.

Der Oberbefehlshaber der kaiserlichen Armee, ein Held namens Aëtius, drängte diese Barbaren mit den schrägstehenden Augen mit Hilfe anderer Barbaren in einer entsetzlichen Schlacht zurück, die vom Morgengrauen bis zum Sonnenuntergang dauerte. Unsere Gesandten flehten und erinnerten ihn an die Bande des Blutes, der Gesetze und der Religion, die uns über Jahrhunderte miteinander verbunden hatten, und schließlich entschied er, tief berührt, etwas für uns zu tun. Er schickte uns einen Mann namens Germanus, von dem es hieß, er sei mit Wunderkräften ausgestattet, und übergab ihm das Feldzeichen der Legionen Britanniens: Es war ein silberner Drache mit einem purpurfarbenen Schwanz, der sich mit dem Hauch des Windes zu beleben schien. Mehr konnte Aëtius nicht tun, doch allein der Anblick dieses Zeichens genügte, um die niedergeschlagenen Gemüter aufzurichten und den alten, eingeschlummerten Stolz wiederzuerwecken. Germanus war ein tapferer und charismatischer Feldherr, und sein glühender, eindringlicher Blick, seine Rufe, spitz wie die eines Falkens, seine Hände, die den Griff des Feldzeichens umklammerten, und sein unerschütterlicher Glaube an das Recht und die Zivilisation vollbrachten, nachdem er seine Männer mit dem Ruf »Halleluja« in die Schlacht geführt hatte, das Wunder. Die Barbaren wurden zurückgeschlagen, und viele waffentragende Bürger wurden eingesetzt, damit sie den Großen Wall bewachten, die in Ruinen liegenden Abschnitte wiederaufbauten und die verlassenen Kastelle schützten. Der Tag des siegreichen Kampfes ging als der Tag der Halleluja-Schlacht in die Geschichte ein.

Doch im Laufe der Jahre nahmen die Menschen wieder ihre alten Beschäftigungen auf, und zurückgelassen wurden nur spärliche Truppen schlechttrainierter Bürger, die von den Türmen des Walls aus die Nordregionen überwachen sollten. Und wieder kamen die Barbaren und metzelten nach einem

Überraschungsangriff die Verteidiger nieder. Sie rissen sie mit ihren hakenbewehrten Piken von den Wachtürmen herunter und spießten sie auf wie die Fische. Dann strömten sie nach Süden, nahmen die wehrlosen Städte im Sturm und zogen plündernd, brandschatzend und alles verwüstend weiter. Mit ihren schwarz und blau bemalten Gesichtern waren sie gräßlich anzusehen, und sie verschonten weder Frauen noch Greise, noch kleine Kinder.

Nun schickte man eine zweite Gesandtschaft zu Aëtius, den Oberbefehlshaber der kaiserlichen Armee, mit der Bitte um Hilfe, aber auch dieses Mal konnte er nichts anderes tun, als Germanus zu entsenden, der es bereits einmal verstanden hatte, den Herzen der Bewohner Britanniens Kraft, Mut und Entschlossenheit einzuflößen. Germanus hatte vor geraumer Zeit das Kriegshandwerk aufgegeben, war Bischof einer Stadt in Gallien geworden und stand bereits im Geruch der Heiligkeit. Dennoch wollte er sich, als er wieder gebeten wurde, dieser Aufgabe nicht entziehen, und schiffte sich ein zweites Mal ein, um auf unsere Insel zu gelangen. Er stellte weitere Truppen auf, überzeugte die Bewohner der Städte, Schwerter und Lanzen zu schmieden, die militärische Ausbildung wiederaufzunehmen und schließlich gegen den Feind zu marschieren. Dieses Mal war der Ausgang des Zusammenstoßes ungewiß, denn Germanus wurde in der Schlacht selbst schwer verwundet.

Er wurde in den Wald von Gleva gebracht und unter einer uralten Eiche ins Gras gelegt, aber bevor er starb, ließ er die Führer des Heeres schwören, sich niemals zu ergeben, sondern sich weiter zu wehren und zum Schutz des Großen Walls eine dauerhaft stationierte Truppe aufzustellen, die so diszipliniert sein würde wie einst die Legionen Roms. Ihr Feldzeichen sollte der Drache sein, der sie schon einmal zum Sieg geführt hatte.

Ich war selbst Augenzeuge dieser Ereignisse: Obwohl ich noch jung war, hatte man mich bereits in den druidischen Künsten – von der Medizin über die Zeichendeutung bis hin zum Studium der Sterne – unterwiesen. Ich hatte verschiedene Länder bereist und viele wichtige Kenntnisse erworben. Des-

halb hatte man mich gerufen, um dem sterbenden Helden beizustehen. Ich konnte nicht mehr für ihn tun, als den Schmerz seiner Wunde ein wenig zu lindern, doch ich erinnere mich noch an seine edlen Worte und den Glanz seiner Augen, den zu löschen nicht einmal der nahe Tod imstande zu sein schien. Nach Germanus' Tod wurden seine sterblichen Überreste nach Gallien überführt und in Lutetia Parisiorum beigesetzt, wo sie noch immer ruhen. Sein Grab wird wie das eines Heiligen verehrt und ist Ziel von Pilgern sowohl aus Gallien als auch aus Britannien.

Die Truppe ausgewählter Soldaten, die er sich gewünscht hatte, wurde tatsächlich unter dem Kommando der besten Männer aufgestellt, Nachfahren des ältesten römischen und keltischen Adels der Städte Britanniens, und in einer Festung des Großen Walles, in der Nähe des Mons Badonicus, stationiert.

Es vergingen noch ein paar Jahre, und es hatte tatsächlich den Anschein, als hätte das Opfer des Germanus unseren Gegenden den Frieden gebracht. Aber das war die reinste Illusion: Eine Abfolge sehr strenger Winter und recht trockener Sommer dezimierte die Herden der Barbaren des Nordens und stürzte diese in Hunger und Verzweiflung. Angelockt vom Blendwerk der reichen Städte in der Ebene unternahmen sie an mehreren Stellen des Großen Walls eine Reihe von Angriffen, mit denen sie die Widerstandskraft der Verteidiger auf eine äußerst harte Probe stellten. Ich befand mich damals in meiner Eigenschaft als Arzt und Veterinär in der Festung des Mons Badonicus und wurde vom Kommandanten gerufen, einem Mann von großer Würde und Tapferkeit namens Cornelius Paullinus. Neben ihm stand sein Stellvertreter Konstantinus, in der Sprache Carvetias Kustennin genannt, ein Mann, der einmal die Konsularwürde bekleidet hatte. Paullinus teilte mir mit dem Ausdruck höchster Besorgnis und Traurigkeit folgendes mit: »Wenn uns niemand zu Hilfe kommt, werden unsere Kräfte nicht mehr lange ausreichen, um die Überfälle des Feindes abzuwehren. Mach dich deshalb sofort mit den Wür-

denträgern, die ich zu diesem Zweck ausgewählt habe, auf die Reise und begib dich zum Kaiser nach Ravenna. Flehe ihn an, uns Verstärkungstruppen zu schicken, und erinnere ihn an die Treue unserer Städte und unserer Leute zum alten römischen Namen. Sag ihm, daß unsere Häuser verbrannt, unsere Frauen geschändet, unsere Kinder in die Sklaverei verschleppt werden, wenn er uns kein Heer schickt. Setzt euch notfalls vor die Tore des Kaiserpalastes, Tag und Nacht, und verweigert so lange Speise und Trank, bis er euch empfängt. Du bist der erfahrenste von allen, die ich kenne, der einzige, der über das Meer gereist ist, nach Gallien und Iberien. Du sprichst außer Latein noch mehrere Sprachen und kennst die Geheimnisse der Medizin und Alchimie, mit denen du dir Wertschätzung und Ansehen erwerben könntest.«

Ich hörte ihn an, ohne ihn auch nur ein einziges Mal zu unterbrechen, weil ich mir des Ernstes der Lage bewußt war und des großen Vertrauens, das er in mich setzte. Aber im Grunde meines Herzens hielt ich eine solche Expedition für außerordentlich riskant und wenig aussichtsreich. Die Unsicherheit der Straßen, die Tatsache, daß die Provinzen des Reiches zum größten Teil in den Händen unruhiger Völkerschaften lagen, und die Schwierigkeiten, für mich und meine Begleiter unterwegs Nahrung zu beschaffen, schienen mir fast unüberwindliche Hindernisse zu sein. Ganz zu schweigen von dem letzten Problem, nämlich vom Kaiser empfangen zu werden und die erbetene Hilfe zu erhalten.

Ich antwortete: »Edler Paullinus, ich bin bereit, das zu tun, worum du mich bittest, und für die Rettung des Vaterlandes notfalls mein Leben aufs Spiel zu setzen. Aber bist du sicher, daß dies die beste Lösung ist? Wäre es nicht besser, sich mit dem edlen Wortigern zu einigen? Er ist ein mutiger Kämpfer von großer Stärke und Tapferkeit und verfügt über zahlreiche gutausgebildete Soldaten, die, wenn ich mich recht erinnere, schon so manches Mal an unserer Seite gegen die Barbaren des Nordens gekämpft haben. Außerdem hat er einen keltischen Vater und eine römische Mutter und ist mit vielen Bewohnern dieses Landes verwandt. Hinzu kommt, daß dein Stellvertreter, Konstantinus, ihn sehr gut kennt.«

Paullinus seufzte, als hätte er diesen Einwand erwartet. »Das haben wir bereits versucht, aber Wortigern hat einen allzu hohen Preis verlangt, nämlich die Macht über ganz Britannien, die Auflösung der städtischen Versammlungen, die Abschaffung der alten Gerichtsbarkeit, die Schließung der Aulen des Senats, wo immer sie noch bestehen. Hier wäre, so fürchte ich, das Heilmittel schlimmer als die Krankheit, zumal die Städte, die sich bereits seiner Gewalt unterwerfen mußten, unter schrecklicher Tyrannei und schwerer Unterdrückung zu leiden haben. Wenn ich gezwungen bin, werde ich einen entsprechenden Beschluß fassen, aber erst, wenn ich wirklich keine andere Wahl mehr habe, wenn alle anderen Möglichkeiten ausgeschöpft sind. Außerdem ...«

Er ließ den Satz unvollendet, als wage er nicht, noch mehr zu sagen, oder als wolle er es nicht. Doch ich glaubte, seinen unausgesprochenen Gedanken erraten zu können. »Außerdem«, fuhr ich an seiner Stelle fort, »bist du ein Römer vom Scheitel bis zur Sohle, der Sohn und Enkel von Römern, vielleicht der letzte deines Geschlechts, und ich kann dich verstehen, obwohl ich glaube, daß es unmöglich ist, die Zeit anzuhalten und das Rad der Geschichte zurückzudrehen.«

»Du irrst dich«, erwiderte Paullinus. »Daran habe ich nicht gedacht, obschon ich im Grunde meines Herzens immer noch davon träume, daß die römischen Adler eines Tages zurückkehren. Ich habe vielmehr an den Augenblick gedacht, als wir den tödlich verwundeten Germanus vom Schlachtfeld in den Wald von Gleva trugen, damit du seine Wunde behandeln konntest ...«

»Ich erinnere mich gut an diesen Tag«, antwortete ich. »Aber ich konnte nicht viel tun.«

»Du hast genug getan«, sagte Paullinus. »Du hast ihm so viel Zeit gegeben, daß er von einem Priester die Letzte Ölung und die christliche Absolution empfangen und seine letzten Worte sprechen konnte.«

»Die nur du gehört hast. Er hat sie dir ins Ohr geflüstert, ehe er seinen letzten Atemzug tat.«

»Und die ich dir jetzt verraten möchte«, fuhr Paullinus fort. Er griff sich mit einer Hand an die Stirn, als wolle er die Stärke seines Erinnerungsvermögens und die Kräfte seines Geistes dort konzentrieren. Dann sagte er:

Veniet adulescens a mari infero cum spatha
Pax et prosperitas cum illo,
Aquila et draco iterum volabunt
Britanniae in terra lata.

»Das scheint mir der Text eines alten Volkslieds zu sein«, sagte ich nach einiger Überlegung. »Ein junger Krieger, der vom Meer her kommt und Frieden und Wohlstand bringt: Das ist ein sehr abgedroschenes Thema. In Zeiten des Hungers, des Krieges und der Entbehrung werden Lieder dieser Art oft populär.«

Aber es war offenkundig, daß sie für Cornelius Paullinus eine andere Bedeutung hatten. Er sagte: »Dies ist nur die scheinbare Bedeutung: Diese Worte, die als letzte aus dem Mund eines sterbenden Helden kamen, müssen einen anderen Sinn haben, einen tieferen und schwerwiegenderen, der für die Rettung dieses Landes und unser aller Heil von großer Bedeutung ist. Der Adler steht für Rom, und der Drache ist unser Symbol, das Feldzeichen der Legion Britanniens. Ich habe das Gefühl, daß sich alles klären wird, wenn du erst einmal in Italien und beim Kaiser angekommen bist. Geh, ich bitte dich, und führe deine Mission zu Ende.«

So eindringlich und beseelt waren seine Worte, daß ich akzeptierte, was er von mir verlangte, auch wenn dieser merkwürdige Vers in mir keine besondere Vision hervorgerufen hatte. Vor dem Senat von Carvetia, der unter der Leitung von Kustennin zu einer Vollversammlung zusammengetreten war, schwor ich, daß ich mit einem Heer zurückkehren würde, um unser Land ein für allemal von der barbarischen Gefahr zu *befreien. Am nächsten Morgen brach ich auf, und bevor ich mit meinen Reisegefährten zum Hafen hinunterging, warf ich einen letzten Blick auf die Festung des Großen Walles, auf den roten Drachen, der vom höchsten Turm flatterte, auf die aufrechte Gestalt auf der Estrade, die in einen Umhang derselben Farbe gehüllt war. Dann verschwanden Cornelius Paullinus und seine Hoffnungen langsam hinter mir im Dunstschleier des Herbstmorgens.*

Wir stachen bei günstigem Wind in See und gingen schon Ende Oktober in Gallien an Land, aber von da an gestaltete sich unsere Reise so lang und mühselig, wie ich es vorhergesehen hatte. Einer meiner Reisegefährten erkrankte, nachdem er in das eiskalte Wasser eines Flusses gefallen war, und starb; ein zweiter verirrte sich, als wir während der Überquerung der Alpen in einen Schneesturm gerieten. Die beiden letzten fielen einem Hinterhalt zum Opfer, den uns eine Räuberbande in einem Wald gestellt hatte. Ich kam als einziger mit dem Leben davon, doch als ich in Ravenna eintraf, bemühte ich mich vergebens, vom Kaiser empfangen zu werden: Er war ein verweichlichter Einfaltspinsel in der Hand anderer Barbaren. Weder die Bitten noch das Fasten, zu denen mich Paullinus aufgefordert hatte, fruchteten. Am Ende jagten mich die Diener, meiner Anwesenheit überdrüssig, mit Stockhieben aus dem Atrium des Palastes.

Zermürbt vom langen Warten und Hungern ließ ich, von Verzweiflung gepackt, diese Stadt und ihre anmaßenden Menschen weit hinter mir. Ich zog von Dorf zu Dorf, bat die Bauern um Gastfreundschaft und bezahlte ein Stück trockenes Brot oder einen Becher Milch abwechselnd mit meiner Arbeit als Arzt oder Tierarzt, je nachdem, welcher meiner Berufe gerade gefragt war. Aber ohne Zweifel war ich in manchen Fällen eher motiviert, unschuldigen Lasttieren zum Überleben zu verhelfen, als stumpfsinnigen, brutalen Menschen.

Was war doch bloß aus dem edlen römischen Volk geworden! Das Land war von Straßenräuberbanden verseucht, und die Gehöfte bewohnt von armseligen Bauern, die durch uner-

trägliche Abgaben niedergedrückt wurden. Die Städte an den alten, ruhmreichen Konsularstraßen, die einstmals mächtige, turmbewehrte Festungsgürtel besessen hatten, waren jetzt nur noch Phantome mit verfallenden und halbzerstörten Mauern, aus deren Trümmern die dunklen Ranken des Efeus sprossen. Ausgemergelte Bettler auf den Schwellen der Häuser der Reichen rauften mit den Hunden um die Abfälle und übelriechenden Innereien geschlachteter Tiere. Auf den Hügeln wuchsen weder Wein noch die silberblättrigen Olivenbäume, von denen ich geträumt hatte, seit ich in meiner Kindheit in den Schulen Carvetias die Gedichte von Horaz und Vergil gelesen hatte, und es gab auch keine weißen Rinder mit halbmondförmigen Hörnern, die die Pflüge zogen, um die Schollen umzudrehen; ebensowenig vervollständigte die feierliche, ausladende Geste des Sämanns dieses Bild. Nur struppige, verwilderte Hirten trieben Schaf- und Ziegenherden auf verdorrte Weiden oder Herden von Schweinen unter die Eichen und balgten sich oft mit den Tieren um die Eicheln, weil sie selbst so hungrig waren.

Worauf hatten wir bloß unsere Hoffnungen gestützt? Die Ordnung wurde – wenn dieser Ausdruck überhaupt angemessen ist – von Barbarentrupps aufrechterhalten, die bereits den größten Teil des kaiserlichen Heeres ausmachten und ihren eigenen Führern ergebener waren als den wenigen römischen Offizieren. Sie schikanierten das Volk viel mehr, als daß sie es beschützten. Das Reich war inzwischen nicht mehr als eine Larve, eine leere Hülle wie sein Kaiser, und diejenigen, die einst die Herren der Welt gewesen waren, ächzten nun unter der Knute ungehobelter und anmaßender Unterdrücker. Wie oft musterte ich diese verrohten Gesichter, diese schmutzigen Stirnen, triefend vom Schweiß der Unterwürfigkeit, während ich in ihnen die edlen Züge eines Cäsars und eines Marius oder den erhabenen Ausdruck von Cato oder Seneca zu entdecken suchte! Dennoch blitzte so plötzlich, wie mitten im Sturm ein Sonnenstrahl durch dichtes Gewölk dringt, und ohne irgendeinen ersichtlichen Grund, aus diesen Blicken gelegent-

lich die stolze Kühnheit der Vorfahren auf, und dies veranlaßte mich zu glauben, daß vielleicht doch nicht alles verloren war.

In sämtlichen Städten und Dörfern hatte die Religion Christi triumphiert, und der gekreuzigte Gott blickte von Altären, aus Stein und Marmor gehauen, auf seine Gläubigen herab. Doch auf dem weiten Lande, verborgen und vom dichten Gehölz geradezu geschützt, erhoben sich noch immer die Tempel der alten Gottheiten der Vorväter. Unbekannte Hände legten vor den zerbrochenen und verstümmelten Bildnissen Opfergaben nieder, und manchmal erklangen im Dickicht der Wälder und von den Gipfeln der Berge Flötentöne und Trommelwirbel, um unbekannte Gläubige herbeizurufen, damit sie die Dryaden aus den Wäldern und die Nymphen aus den Bächen und Seen beschworen. In den abgelegensten Gegenden, in der Tiefe von Höhlen konnte mitten im duftenden Moos unerwartet das raubtierähnliche Bild eines Pan mit dem gespaltenen Huf und dem riesigen erigierten Phallus auftauchen – ein Zeugnis von Orgien, die weder vergessen noch abgeschafft waren.

Die Priester Christi predigten von seiner bevorstehenden Wiederkehr und seinem Jüngsten Gericht und ermahnten die Leute, vom Gedanken an die weltliche Stadt abzulassen, um den Blick und die Hoffnung einzig auf die Stadt Gottes zu richten. So starb Tag für Tag in den Herzen der römischen Menschen die Liebe zum Vaterland, verschwand der Kult der Ahnen und der heiligsten Erinnerungen, die nur noch den theoretischen Studien der Redner dienten.

Jahrelang war ich einzig und allein damit beschäftigt, von einem Tag zum anderen zu überleben, und vergaß den Grund, der mich ursprünglich so weit aus meinem eigenen Land getrieben hatte. Ich war mir vielmehr sicher, daß inzwischen auch dort oben, am Fuße des Großen Walls, alles in Ruinen lag, alles verloren war, die Freunde und Gefährten tot, erloschen die Hoffnung auf Freiheit und Würde und ein normales Leben. Mit welchem Geld und mit welchen Vorräten hätte ich tatsächlich eine Rückkehr versuchen können, wenn alles, was ich verdiente, kaum ausreichte, um meinen nagenden Hunger zu stillen? Ich hatte nur noch einen Wunsch – oder vielleicht war es bloß ein Traum –, nämlich Rom zu sehen! Trotz der grausamen Plünderung, die die Stadt mehr als ein halbes Jahrhundert zuvor durch die Barbaren Alarichs erlitten hatte, war sie noch immer eine der schönsten Städte der Erde. Sie wurde jetzt zwar eher durch die Ägide des Pontifex geschützt als durch die halbzerstörte Aurelianische Mauer, aber immerhin trat dort noch in der alten Kurie der Senat zusammen, wenn es auch mehr darum ging, eine altehrwürdige Tradition aufrechtzuerhalten, als um wirkliche Entscheidungen, die ohnehin kaum noch in seinen Zuständigkeitsbereich fielen. So brach ich eines Tages in der Aufmachung eines christlichen Priesters auf, der einzigen vielleicht, die den Banditen und Dieben einen gewissen ehrfürchtigen Schrecken einjagte. Und auf dieser Reise über den Apennin geschah es, daß sich mein Los plötzlich so änderte, als habe sich das Schicksal unversehens an mich erinnert, als habe es bemerkt, daß ich noch am Leben war und in diesem trostlosen Landstrich, in diesem Land ohne Hoffnung, noch zu etwas von Nutzen sein könnte.

Es war an einem Abend im Oktober, die Dunkelheit brach gerade an, und ich bereitete einen Unterschlupf für die Nacht vor, indem ich unter einem Felsvorsprung trockene Blätter zu einem Nachtlager aufhäufte. Da kam es mir auf einmal so vor, als hätte ich aus der Tiefe des Waldes einen Klagelaut gehört. Ich dachte an den Schrei eines Nachttieres oder den Ruf der Eule, der so sehr an das Stöhnen eines Menschen erinnert, doch dann wurde mir schnell klar, daß es sich um das Wehklagen einer Frau handelte. Ich stand auf und folgte diesem Laut, indem ich so leicht und unsichtbar zwischen den Schatten des Waldes hindurchschlich, wie ich in meiner Jugend gelernt hatte, mich im heiligen Wald von Gleva zu bewegen. Plötzlich tauchte vor mir, inmitten einer Lichtung, ein Lager auf, das teils von römischen Soldaten, teils von Barbaren bewacht wurde, die aber alle auf römische Art und Weise ausgerüstet und postiert waren. In der Mitte des Lagers brannte ein Feuer, und eines der Zelte war von innen erhellt. Das Jammern kam von dort. Ich trat näher, und niemand hielt mich zurück, weil es mir in diesem Augenblick dank meiner alten Druidenkunst gelang, meinen Körper ganz dünn zu machen, ihn fast in einen der vielen Schatten der Nacht zu verwandeln, und als ich den Mund öffnete, stand ich bereits im Zelt, wo sich alle so verblüfft zu mir wandten, als wäre ich aus dem Nichts aufgetaucht. Mir gegenüber sah ich einen Mann von imposanter Erscheinung, dessen Gesicht von einem dunklen Bart eingerahmt war, welcher ihm das Aussehen eines alten Patriziers verlieh. Seine zusammengepreßten Kiefer und der Ausdruck seiner dunklen und tiefen Augen verrieten, welch große Angst sein Herz bedrückte. Neben ihm saß eine wunderschöne Frau heftig weinend an einem Bett, in dem ein anscheinend lebloses Kind von vielleicht vier oder fünf Jahren lag.

»Wer hat den Befehl gegeben, einen Priester zu rufen?« fragte der Mann und sah mich unverwandt an. An meinem schlichten Erscheinungsbild, an meinen schmutzigen und zerknitterten Kleidern war offensichtlich etwas Armseliges, vielleicht sogar etwas Verachtenswertes, das eher an einen Bettler als an einen Diener Gottes erinnerte.

»Ich bin kein Priester … noch nicht«, antwortete ich. »Aber ich bin trotzdem ein Heilkundiger und kann vielleicht etwas für dieses Kind tun.«

Der Mann starrte mich mit einem Blick aus Feuer und Tränen an, und erwiderte: »Dieses Kind ist tot. Es war unser einziger Sohn.«

»Das glaube ich nicht«, antwortete ich. »Ich spüre noch einen Hauch Leben in diesem Zelt. Erlaubt, daß ich ihn untersuche.« Der Mann stimmte mit der Schicksalsergebenheit des Verzweifelten zu, während die Frau einen Blick voller Staunen und Hoffnung auf mich richtete.

»Laßt mich mit ihm allein, und ich werde ihn euch, wenn auch nur die geringste Chance besteht, vor dem Morgengrau-

en zurückgeben«, sagte ich und wunderte mich selbst über meine Worte. Ich begriff tatsächlich selbst nicht, warum ich ausgerechnet an diesem einsamen Ort im Grunde meiner Seele spürte, wie sich die alte Wissenschaft und die römische Gelehrsamkeit mit dem Erbe der druidischen Kräfte zu einem einzigen Bündel wunderbarer Energie und ruhigen Bewußtseins vereinigten und sich neu belebten. Es war, als hätte ich über all diese Jahre gelebt und dabei mich selbst und meine Würde vergessen, und als wäre mir nun plötzlich bewußt geworden, daß ich den blutleeren Wangen dieses Geschöpfes wieder Farbe verleihen und in die Augen, die unter den geschlossenen Lidern schon erloschen schienen, wieder Licht bringen konnte. Ich erkannte die eindeutigen Anzeichen einer Vergiftung, konnte aber nicht feststellen, wie weit der Prozeß bereits fortgeschritten war. Der Mann zögerte, aber die Frau überzeugte ihn. Sie zog ihn am Arm hinaus und flüsterte ihm dabei etwas ins Ohr. Sie meinte wohl, daß ich dem Kind nichts Schlimmeres zufügen könnte als das, was die Krankheit, von der sie es befallen wähnte, ohnehin schon angerichtet hatte.

Ich öffnete meinen Quersack und überprüfte den Inhalt. In all diesen Jahren hatte ich meine Medikamentenvorräte niemals ausgehen lassen und während der entsprechenden Jahreszeiten immer Kräuter und Wurzeln gesammelt und sie nach den Vorschriften behandelt, so daß ich sie jetzt in einer Pfanne mit Wasser aufwärmen und einen wirksamen Aufguß zubereiten konnte, der imstande war, den bereits fast völlig erschlafften Organismus des Kindes reagieren zu lassen. Ich erwärmte ein paar Steine, wickelte sie in saubere Tücher und legte sie um seinen kalten Körper. Dann füllte ich heißes, fast kochendes Wasser in einen Schlauch, den ich dem Knaben auf die Brust legte; denn bevor ich das Brechmittel verabreichte, mußte ich in diesem Körper ein Minimum an Leben wecken. Als ich auf seiner bläulichen Haut kleine Schweißperlchen austreten sah, flößte ich ihm langsam den Aufguß in Mund und Nase und bemerkte sofort eine Reaktion, ein fast unmerkliches Zusammenziehen der kleinen Nasenlöcher.

Draußen war die Welt in tiefem Schweigen versunken, nicht einmal das Weinen der Mutter war zu hören: Hatte sich diese stolze, schöne Frau vielleicht mit diesem so herben Verlust abgefunden? Ich träufelte dem Kind noch ein paar weitere Tropfen ein, sah, daß es immer stärker reagierte, und stellte sogleich eine sichtbare Kontraktion seines Bauches fest. Dann preßte ich die Hände kräftig auf seinen Magen, und der Kleine erbrach sich – eine grünliche, übelriechende Flüssigkeit, die keinen Zweifel mehr zuließ. Ich flößte ihm noch etwas von dem Brechmittel ein, und es folgten weitere Kontraktionen und dann eine größere Anstrengung, und er erbrach sich noch einmal; darauf folgten weitere Konvulsionen. Schließlich streckte sich der Kleine erschöpft aus, und ich entkleidete ihn, wusch ihn und bedeckte ihn mit einem frischen, sauberen Tuch. Er war schweißgebadet, aber jetzt atmete er, und sein Puls wurde mit jedem mühsamen Schlag, der in meinen Ohren lauter und triumphaler klang als ein Trommelwirbel, gleichmäßiger. Ich untersuchte den Inhalt seines Magens und sah mich in meinen Vermutungen voll bestätigt. Dann trat ich aus dem Zelt und fand mich den Eltern gegenüber. Sie saßen auf zwei Schemeln am Lagerfeuer, und von ihren Augen war eine große Erregung abzulesen. Sie hatten die Würgegeräusche gehört und wußten, daß es untrügliche Lebenszeichen waren, hatten aber ihr Wort gehalten und mich weiterhin mit ihrem Kind allein gelassen.

»Er wird überleben«, sagte ich mit absichtlich sanftem Nachdruck. Und fügte sofort hinzu: »Er ist vergiftet worden.«

Die beiden stürzten in das Zelt, und man hörte das glückliche Schluchzen der Mutter, die ihr Kind in die Arme schloß. Ich machte mich auf den Weg zum Ende des Lagers, zum Biwak der Wachen, um in einem Augenblick so starker und intimer Gefühle nicht zu stören, doch eine energische Stimme hielt mich zurück. Es war er, der Vater.

»Wer bist du?« fragte er. Ich drehte mich um und sah, wie er mich anstarrte. »Wie bist du in mein Zelt gelangt, das von bewaffneten Männern bewacht wird? Und wie hast du meinen Sohn ins Leben zurückgeholt? Bist du etwa ... ein Heili-

ger oder ein Engel des Himmels? Oder bist du vielleicht ein Geist des Waldes? Sag es mir, ich bitte dich!«

»Ich bin nur ein Mensch, der über einige Kenntnisse in der Heilkunde und in den Naturwissenschaften verfügt.«

»Wir verdanken dir das Leben unseres einzigen Sohnes, und dafür gibt es auf dieser Erde keinen angemessenen Lohn. Aber äußere eine Bitte, und du wirst, sofern es in meiner Macht steht, eine Belohnung erhalten.«

»Eine warme Mahlzeit und ein Brot für meine Reise morgen sind genug«, antwortete ich. »Der größte Lohn für mich ist ohnehin zu erleben, daß dieses Kind wieder atmet.«

»Wohin gehst du?« fragte er mich.

»Nach Rom. Die Urbs und ihre Wunderwerke zu sehen, ist immer schon der Traum meines Lebens gewesen.«

»Auch wir sind auf dem Weg nach Rom. Also bitte ich dich, bleibe bei uns! So wird deine Reise gefahrlos verlaufen, und sowohl ich als auch meine Frau hoffen innig, daß du für immer bei uns bleiben und dich unseres Sohnes annehmen wirst. Er wird einen Lehrer brauchen, und wer könnte ihm besser helfen als du, ein Mann von so großer Gelehrsamkeit und mit einer solchen Wunderkraft?«

Das war es, was ich zu hören gehofft hatte, aber ich erwiderte, daß ich erst darüber nachdenken und ihnen nach unserer Ankunft in Rom eine Antwort geben würde. In der Zwischenzeit würde ich mich bemühen, dem Kind zu vollständiger Genesung zu verhelfen, aber er, der Vater, müsse den Mörder ausfindig machen, jenen Mann, der ihn so sehr haßte, daß er bereit war, ein unschuldiges Kind zu vergiften.

Ihm schien eine plötzliche Erkenntnis gekommen zu sein, und er erwiderte: »Das ist meine Angelegenheit. Der Verantwortliche wird nicht ungestraft davonkommen. Doch was dich anbelangt, so nimm unterdessen meine Gastfreundschaft und meine Speisen an und ruhe dich für den Rest der Nacht aus. Das hast du dir verdient.«

Er sagte, er heiße Orestes und sei Offizier der kaiserlichen Armee, und während wir noch sprachen, trat seine Gemahlin hinzu, Flavia Serena, die, von Gefühlen überwältigt, sogar nach meiner Hand griff, um sie zu küssen. Eilends zog ich sie zurück und beugte mich meinerseits zu ihr, um ihr meine Ehrerbietung zu bezeigen. Sie war die schönste und vornehmste Dame, die ich in meinem ganzen Leben gesehen hatte. Nicht einmal die Angst vor dem Verlust ihres Kindes hatte die Harmonie ihrer aristokratischen Gesichtszüge beeinträchtigt, noch den Glanz ihrer bernsteinfarbenen Augen getrübt, sondern ihm nur die Tiefe des Schmerzes und der Sorge hinzugefügt. Ihre Haltung war stolz, aber ihr Blick sanft wie ein Sonnenuntergang im Frühling; ihre reine Stirn war mit einem Zopf dunkler, violett schimmernder Haare bekränzt, ihre Finger lang und schmal, die Haut alabasterweiß. Unter ihrem Gewand aus leichter Wolle betonte ein samtener Gürtel ihre Figur, und ihren Hals schmückte eine silberne Kette, an der nur eine einzige schwarze Perle hing. In meinem ganzen Leben hatte ich noch kein Geschöpf von so betörender Schönheit gesehen, und von dem Augenblick an, da ich sie zum ersten Mal erblickt hatte, wußte ich, daß ich ihr für den Rest meiner Tage treu ergeben sein würde, was für ein Schicksal auch immer die Zukunft für uns bereithalten würde.

Ich verabschiedete mich mit einer tiefen Verneigung von ihr und bat um die Erlaubnis, mich zurückziehen zu dürfen: Ich war müde und fühlte mich mitgenommen und hatte bei dem siegreichen Zweikampf mit dem Tod meine ganzen Energien verbraucht. Ich wurde zu einem Zelt geleitet und machte es mir dort auf einem Feldbett bequem, aber die Stunden, die uns noch vom Morgengrauen trennten, verbrachte ich in einem Zustand dumpfer Lethargie, die nur von den herzzerreißenden Schreien eines gefolterten Mannes unterbrochen wurde. Es mußte der Mann gewesen sein, den Orestes als Giftmörder verdächtigte. Am nächsten Morgen fragte ich nicht nach und wollte auch nichts weiter wissen, weil ich schon genug wußte: Der Vater dieses Kindes war gewiß ein sehr mächtiger Mann, wenn er sich so erbitterte Feinde geschaffen hatte, daß sie sogar seinem kleinen Sohn nach dem Leben trachteten.

Als wir aufbrachen, ließen wir den zerfleischten Leichnam eines an einen Baumstamm gebundenen Mannes zurück. Noch vor dem Abend würden die Tiere des Waldes von ihm nur das Skelett übriglassen.

So wurde ich der Erzieher dieses Kindes und ein Mitglied der Familie und verbrachte mehrere Jahre in beneidenswerten Verhältnissen: Ich wohnte in prachtvollen Palästen, begegnete wichtigen Persönlichkeiten, widmete mich meinen bevorzugten Studien und meinen Experimenten auf dem Gebiet der Naturwissenschaften und vergaß darüber fast vollständig die Mission, deretwegen ich vor so langer Zeit nach Italien gekommen war. Orestes war oft abwesend und mit risikoreichen Feldzügen befaßt, und wenn er zurückkam, dann in Begleitung der Barbarenführer, die die Einheiten des Heeres befehligten. Die Zahl der römischen Offiziere nahm von Jahr zu Jahr ab. Die besten Vertreter der Aristokratie zogen es mittlerweile vor, Mitglieder des christlichen Klerus zu werden, und betätigten sich lieber als Seelenhirten denn als Heerführer. Das hatte für Ambrosius gegolten, der zu Kaiser Theodosius' Zeiten eine glänzende Laufbahn beim Militär aufgegeben hatte, um Bischof von Mailand zu werden, und so war es im Fall von Germanus gewesen, unserem Feldherrn in Britannien, der am Ende das Schwert gegen den Bischofsstab getauscht hatte.

Orestes aber war aus anderem Holz geschnitzt: Im Laufe der Zeit erfuhr ich, daß er in seinen jungen Jahren im Dienste von Attila, dem Hunnen, gestanden und sich durch seine Klugheit und seine Intelligenz ausgezeichnet hatte. Es gab keinen Zweifel, daß er die höchste Macht anstrebte.

Er schätzte mich sehr und bat mich nicht selten auch um meinen Rat, aber meine Hauptaufgabe blieb die Erziehung seines Sohnes Romulus. Er übertrug mir fast die väterlichen Vollmachten, da er so sehr mit dem Aufstieg zu den obersten Sprossen der militärischen Karriereleiter beschäftigt war. Bis er eines Tages den Titel eines Patriziers des römischen Volkes und das Oberkommando über die kaiserliche Armee erhielt.

Da traf er eine Entscheidung, die sich tiefgreifend auf unser aller Leben auswirken und in gewisser Weise eine neue Ära einleiten sollte.

In jenem Jahr regierte Kaiser Julius Nepos, ein schwacher und unfähiger Mann, der aber gute Beziehungen zum Kaiser des Ostreiches, Zenon, unterhielt. Orestes beschloß, Julius Nepos abzusetzen und sich selbst des kaiserlichen Purpurs zu bemächtigen. Er unterrichtete mich von seinem Entschluß und fragte mich, was ich davon hielte. Ich antwortete, daß es ein Wahnsinn sei, und inwiefern sich, seiner Meinung nach, sein Schicksal von dem der letzten Kaiser unterscheiden werde, die sich einer nach dem anderen auf dem Cäsarenthron abgelöst hatten? Und welch entsetzlichen Gefahren er seine Familie aussetzen werde?

»Dieses Mal wird es anders sein«, erwiderte er, und mehr wollte er mir nicht sagen.

»Und wie kannst du dir der Treue dieser Barbaren sicher sein? Alles, was die wollen, sind doch nur Geld und Ländereien: Solange du imstande sein wirst, sie ihnen zu geben, werden sie dir folgen. Wenn du sie aber nicht länger bereichern kannst, werden sie einen anderen wählen, der mehr Geld hat und ihre Forderungen und ihre unstillbare Gier besser befriedigen kann.«

»Hast du je über die Legio Nova Invicta *reden hören?« fragte er mich.*

»Nein. Die Legionen sind vor geraumer Zeit abgeschafft worden. Du weißt sehr wohl, mein Herr, daß sich die Militärtechnik in den letzten hundert Jahren in bedeutendem Maße fortentwickelt hat.« Aber ich dachte an die Aufstellung der Legion, die Germanus vor seinem Tod am Hadrianswall geplant hatte, um die Festung des Mons Badonicus zu verteidigen und die inzwischen vielleicht überhaupt nicht mehr existierte.

»Du irrst dich«, entgegnete mir Orestes. »Die Nova Invicta *ist eine Elitetruppe, die nur aus Italern und Leuten aus den Provinzen des Römischen Reiches besteht. Ich habe sie in aller Heimlichkeit neu formiert und halte sie seit Jahren bereit, und*

zwar unter dem Kommando eines untadeligen Mannes mit großen bürgerlichen und militärischen Tugenden. In diesem Augenblick rückt sie in Gewaltmärschen heran, und schon bald werden die Soldaten unweit von unserer Residenz in der Emilia ihr Lager aufschlagen. Doch das ist nicht die einzige Neuigkeit, denn nicht ich werde der neue Kaiser sein.«

Ich sah ihn verblüfft an, während mir etwas Furchtbares dämmerte. »Nein?« fragte ich. »Wer dann?«

»Mein Sohn«, erwiderte er, »mein Sohn Romulus, der auch den Titel Augustus annehmen wird. Er wird die Namen des ersten Königs und des ersten Kaisers von Rom tragen. Und ich werde ihm den Rücken freihalten, indem ich Oberkommandant der kaiserlichen Armee bleibe. Nichts und niemand wird ihm Schaden zufügen können.«

Ich sagte nichts, weil alles sinnlos gewesen wäre, was ich auch eingewandt hätte. Er hatte sich bereits entschieden, und durch nichts hätte er sich von seinem Vorhaben abbringen lassen. Er schien sich nicht einmal klarzumachen, daß er seinen Sohn, meinen Schützling, meinen Jungen, einer tödlichen Gefahr aussetzte.

In jener Nacht ging ich spät zu Bett und lag lange mit offenen Augen da, ohne Schlaf zu finden. Zu viele Gedanken stürmten auf mich ein, und ich sah auch diese Männer, die in Gewaltmärschen anrückten, um einen kindlichen Kaiser zu beschützen. Legionäre der letzten Legion, die aufgerufen waren, für das Schicksal des letzten Kaisers ein letztes Opfer zu bringen …

Die Geschichte endete hier, und Romulus hob den Kopf und klappte das Buch wieder zu. Vor ihm stand Ambrosinus. »Eine interessante Lektüre, nehme ich an. Ich rufe dich schon seit einer ganzen Weile, und du geruhst nicht einmal, mir zu antworten. Das Abendessen ist fertig.«

»Verzeih mir, Ambrosinus, ich habe dich nicht gehört. Ich habe gesehen, daß du dein Buch hier liegengelassen hast, und gedacht …«

»Darin steht nichts, was du nicht lesen dürftest. Komm, wir gehen.«

Romulus klemmte sich das Buch unter den Arm und folgte seinem Lehrer in den Speisesaal. »Ambrosinus ...«, sagte er plötzlich.

»Ja?«

»Was bedeutet diese Prophezeiung?«

»Na, dieser Text ist bestimmt nicht schwer zu verstehen.«

»Nein, wirklich nicht, aber ...«

»Sie bedeutet:

›Ein junger Mann wird über das südliche Meer kommen,
mit einem Schwert und Frieden und Wohlstand bringen.
Dann werden der Adler und der Drache wieder
Über dem großen Land Britannien wehen.‹

Das ist eine Weissagung, Cäsar, und wie alle Weissagungen schwer zu interpretieren, aber sie kann die Herzen jener Menschen anrühren, die Gott auserwählt hat, damit sie seine unergründlichen Ratschlüsse in die Tat umsetzen.«

»Ambrosinus ...«, setzte Romulus noch einmal an.

»Ja?«

»Du ... hast du meine Mutter geliebt?«

Der betagte Lehrer senkte den kahlen Kopf und nickte ernst. »Ja, ich habe sie geliebt. Mit einer demütigen und ergebenen Liebe, die ich nicht einmal mir selbst eingestanden hätte, aber für die ich in jedem Augenblick bereit gewesen wäre, mein Leben hinzugeben.«

Er sah den Jungen wieder an, und seine Augen glühten wie Kohlen, als er sagte: »Wer sie umgebracht hat, wird dafür mit einem grauenhaften Tod bezahlen. Das schwöre ich.«

XV

Ambrosinus war verschwunden. Vor einiger Zeit hatte er damit begonnen, die weniger bekannten Teile der Villa zu erkunden, insbesondere alte, nicht mehr bewohnte Räume, in denen seine schier unersättliche Neugier mit einer Unmenge verschiedenster Objekte befriedigt wurde, die für ihn alle von außergewöhnlichem Interesse waren: Wandmalereien, Statuen, Archivalien, Labormaterial, Werkzeuge von Schreinern und Zimmerleuten. Außerdem verbrachte er seine Zeit damit, alte, seit undenklichen Zeiten nicht mehr benutzte Gebrauchsgegenstände zu reparieren, wie etwa die Mühle oder die Esse, den Backofen und die Latrine mit der Wasserspülung.

Die Barbaren betrachteten ihn inzwischen als eine Art exzentrischen Spinner, und wenn er vorbeikam, lachten oder spotteten sie über ihn. Alle, bis auf einen: Wulfila. Er war sich der Intelligenz des Alten zu sehr bewußt, um ihn zu unterschätzen. Er ließ ihn zwar im Inneren der Villa frei herumlaufen, aber er gestattete ihm nicht, den äußeren Mauergürtel zu verlassen, es sei denn, unter strengster Bewachung.

Romulus glaubte, Ambrosinus habe an jenem Tag vergessen, ihm seinen Griechischunterricht zu erteilen, weil er mit irgendeiner besonders anspruchsvollen Tätigkeit beschäftigt war; deshalb ging er zum unteren, in den Abhang gebauten Teil der Villa hinunter. Dort gab es nur sehr wenige Wachen, weil die Mauer hoch und von unten her ohne Zugang war und außen direkt auf einen steilen Absturz blickte. Es war ein Tag Ende November, frisch, aber so klar, daß man in der Ferne die Ruinen des Athenaions von Surrentum und am Ende des Golfs den Vesuv sah, der sich rostrot vom tiefen Blau des Himmels abhob. Das einzige Geräusch war das seiner Schritte auf den Fliesen des Fußbodens und das Rauschen des Windes in den Pinien und den uralten Steineichen. Ein Rotkehlchen ließ auf seinem Flug ganz leicht die Flügel schwirren, und eine leuchtend grüne Smaragdeidechse flitzte davon, um sich in einer Mauerritze zu verkriechen: Diese kleine Welt begrüßte ihn, wenn er vorbeikam, mit einem kaum wahrnehmbaren Raunen.

Seit dem Morgen hallten die Unterkünfte der Soldaten vom Lärm wider, den die Ankunft einer Ladung Prostituierten ausgelöst und ihn am Schlafen gehindert hatte, doch trotz der Schlaflosigkeit fühlte sich der Junge nicht müde: Es konnte keine Müdigkeit geben, wenn es keine Aktivität, keine Pläne, keine Perspektiven und keine Zukunft gab. Im Augenblick litt er nicht besonders, aber er freute sich auch über nichts, da es weder für das eine noch für das andere Anlaß gab. Doch bei der Begegnung mit der Welt um ihn herum bebte sein Herz unsinniger- und überflüssigerweise wie ein Spinnennetz im Wind. Diese reine Luft, dieser ruhige Atem der Natur waren so angenehm, daß Romulus leise ein Kinderliedchen vor sich hin trällerte, an das er sich, wer weiß warum, just in diesem Augenblick erinnerte.

Er glaubte, sich am Ende an seinen Käfig zu gewöhnen, so, wie man sich an alles gewöhnt, und daß sein Schicksal im Grunde nicht schlimmer war als das so vieler anderer Menschen. Gab es da unten, auf dem Festland, etwa keine Metzeleien, keine Kriege, keine Not, keine Invasionen und keinen Hunger? Er versuchte, es sich zur Gewohnheit zu machen, Wulfilas Anwesenheit zu ignorieren, sein Bild auszulöschen, das einzige Element, das imstande war, die Trägheit und Lethargie seines Herzens zu erschüttern und in seinem Geist schmerzliche Verwirrungen auszulösen, einen Zorn, den er nicht am Leben erhalten durfte, eine ungerechtfertigte Angst, ein beklemmendes Gefühl der Schmach, ebenso lästig wie unausweichlich.

Plötzlich verspürte er auf seinem Gesicht etwas Merkwürdiges: einen starken, konzentrierten Luftstrahl, der nach Moos und im Verborgenen tröpfelndem Wasser roch. Romulus blickte sich um, sah aber nichts. Er war schon im Begriff weiterzugehen, als er erneut dieses klare, tiefdringende Gefühl verspürte, begleitet von einem kaum merklichen Säuseln. Und plötzlich wurde ihm bewußt, daß es von unten, aus den Öffnungen eines tönernen Gitters über dem Regenwasserabfluß kam. Vorsichtig blickte er sich um: Niemand war zu sehen. Dann nahm er aus seiner Schultasche, die er über der Schulter trug, einen Griffel, kniete sich nieder und begann, damit rund um das Gitter, aus dem nach wie vor dieser langgezogene Seufzlaut aufstieg, zu schaben. Als er mit dem Säubern fertig war, nahm er ein Stöckchen als Hebel, hob das Gitter hoch und stellte es auf den Fliesenboden. Er schaute sich noch einmal um, steckte dann den Kopf in die Öffnung und sah sich mit einem frappierenden Anblick konfrontiert, der noch schwindelerregender war, weil er sich ihm kopfüber darbot: Unter ihm öffnete sich ein großer Geheimgang, ausgeschmückt mit Fresken und Grotesken, der in das Innere des Berges führte.

Eine der Seitenwände war eingestürzt, so daß eine Art Rutsche entstanden war, die es gestattete, leicht auf den Grund des Ganges zu gelangen. Romulus stieg hinein, schob das Gitter über seinem Kopf wieder an Ort und Stelle, und kletterte ohne allzu große Schwierigkeiten bis zum Boden hinunter, wo sich seinen Augen ein neues, traumhaftes Spektakel darbot: Von oben fiel ein ganzes Bündel leuchtender Strahlen durch das Abflußgitter herein und beleuchtete einen langen gepflasterten Wandelgang, der beiderseits mit einer langen Reihe von Statuen gesäumt war. Verblüfft und verwundert bewegte sich der Junge zwischen jenen Männern mit den bebilderten Brustpanzern, deren Gesichter vom veränderlichen Licht, das von oben einfiel, betont wurden, und auf jedem Marmorsockel fand er die dazugehörigen Unternehmungen, die Ehrentitel und die Siege über die Feinde eingemeißelt: Es waren die Statuen der römischen Kaiser!

Bei jedem Schritt fühlte sich Romulus von diesem enormen Gewicht der Geschichte überwältigt, von dem grandiosen Erbe, das er auf seinen zarten Schultern lasten fühlte. Langsam ging er weiter und las die Inschriften und wiederholte dabei die folgenden Titel und Namen: »Flavius Claudius Julianus, Wiederhersteller der Welt, Verteidiger des Reiches ...; Lucius Septimius Severus, Particus Maximus, Germanicus, Particus Adiabenicus, Pontifex Maximus ...; Marcus Aurelius Antoninus, Pius Felix, semper Augustus, Pontifex Maximus, sechsmal Tribun des Volkes ...; Titus Flavius Vespasianus, Augustus; Claudius Tiberius Drusus Cäsar, Britannicus; Tiberius Nero Cäsar, Germanicus, Vater des Vaterlandes, Pontifex Maximus; Augustus Cäsar, Sohn des göttlichen Julius, Pontifex Maximus, siebenmaliger Konsul ...«

Eine dünne Staubschicht hatte sich auf diese imponierenden Bildnisse gelegt, auf die Augenbrauen, auf die tiefen Falten, die ihre Stirnen durchfurchten, auf die Waffen und Verzierungen, doch keine dieser Statuen wies irgendwelche Schrammen oder Verstümmelungen auf. Dieser Ort mußte eine Art Gedenkstätte sein, heimlich geschaffen, wer weiß von wem, vielleicht von Julianus, dem die Christen den Schmähnamen Apostata, der Abtrünnige, angehängt hatten und der mit seinem eigenen verdrießlich und melancholisch dreinblickenden Bildnis diese lange Reihe der Beherrscher der Welt eröffnete.

Jetzt befand sich Romulus, vor Aufregung und Staunen bebend, vor der Nordwand des Geheimgangs und hatte eine Platte aus grünem Marmor vor sich, die in der Mitte mit einem Lorbeerkranz in Goldbronzerelief verziert war. In dessen Inneren prangte in Großbuchstaben folgende Inschrift:

CAIVS IVLIVS CAESAR

Und darunter, in Kursivschrift, eine sibyllinische Wendung: *quindecim caesus*, die Romulus leise wiederholte: »Fünfzehnmal getroffen.« Was sollte das bedeuten? Cäsar war, wie er oft genug in den Geschichtsbüchern gelesen hatte, von dreiundzwanzig Dolchstichen getroffen worden, nicht von fünfzehn … Und warum sollte ausgerechnet in einer verherrlichenden Inschrift, in einem eindrucksvollen Epigraph aus kostbarem Marmor, aus Gold und Bronze, die traurige Erinnerung an die Iden des März und an die Ermordung des größten aller Römer heraufbeschworen werden?

Doch was konnte die Zahl sonst noch bedeuten? In diesem Augenblick entsann er sich plötzlich der vielen Gedankenspiele mit Akrostichen und Rätseln, die ihm sein Lehrer tausendmal zur Schärfung seines Verstandes sowie zum Zeitvertreib empfohlen hatte. Romulus' Blick nahm die Buchstaben der Reihe nach ins Visier, las sie von vorne nach hinten und umgekehrt; es mußte einen Schlüssel geben, sonst hätte die Zahl keinen Sinn.

Von außen drang kein Geräusch herein außer dem Gezwitscher der Sperlinge, und in dieser leeren und schwebenden Atmosphäre ging der Junge im Geiste fieberhaft sämtliche möglichen Kombinationen durch, um eine Lösung zu finden. Doch ihm wurde recht bald klar, daß jemand seine Abwesenheit bemerken und Ambrosinus in Gefahr geraten könnte, wenn in der Villa ein Tumult ausbräche. Die aufsteigende Angst stachelte seinen Verstand zu Höchstleistungen an, aber plötzlich hielt sein Denken inne, setzte sich wie ein Schmetterling auf diese Inschrift und zerlegte sie in eine Abfolge von Zahlen, die die Summe fünfzehn ergaben. Das heißt die Summe aus V, V, V: die drei V aus Goldbronze, die in den Worten CAIVS IVLIVS vorkamen, während der folgende Ausdruck nicht zufällig kursiv geschrieben war, wo das u nicht wie in der Großbuchstabenschrift mit einem V gleichgesetzt werden konnte. Ja, das mußte die Lösung sein! Er drückte mit zitternder Hand und in ständiger Folge die drei V, die leicht nachgaben, aber es passierte nichts. Er seufzte resigniert und wandte sich um, um dorthin zurückzukehren, von wo er gekommen war, als ihm eine neue Idee durch den Kopf schoß: Die drei geschriebenen V ergaben, miteinander addiert – und nicht hintereinander gelesen –, die Summe fünfzehn, *quindecim*. Er kehrte um und drückte gleichzeitig auf die drei V in den Worten CAIVS IVLIVS. Die Buchstaben gaben nach, und sofort hörte man ein metallisch klingendes Schnappen, das Geräusch eines Gegengewichts, das Knirschen einer Winde, und unmittelbar darauf entwich an den Rändern der Platte ein Lufthauch: Der große Stein drehte sich, und eine Öffnung tat sich auf!

Romulus hielt den Rand fest, schob die Platte mit Mühe noch ein wenig weiter auf und legte in die Mitte des Spaltes einen Stein, damit die Platte nicht hinter ihm zufallen konnte. Dann stieß er einen Seufzer der Erleichterung aus und trat ein.

Sobald seine Augen sich an das Halbdunkel gewöhnt hatten, bot sich ihm ein noch atemberaubenderer Anblick dar: Vor ihm stand eine herrliche Statue, gemeißelt aus verschiedenen mehrfarbigen Marmorarten, die die Farben der Natur nachahmten, ausgestattet mit echten, feingetriebenen Waffen.

Romulus hob langsam den Blick, um jede Einzelheit zu erforschen, von dem über den muskulösen Waden gebundenen Schuhwerk über den Brustpanzer, der mit Bildern von Medusen und Seeungeheuern mit schuppigen Schwänzen verziert war, bis hinauf zu dem strengen Gesicht mit der Adlernase und dem grimmigen Blick des *dictator perpetuus*: Es war Julius Cäsar! Über die Oberfläche des Bildnisses flirrte ein seltsames Leuchten, ähnlich dem Reflex einer unsichtbaren Wellenbewegung, und Romulus bemerkte, daß ihn ein magisches blaßblaues Licht von unten, von einer marmornen Brunnenumrandung aus beleuchtete, die er auf den ersten Blick mit einem Weihaltar verwechselt hatte. Romulus beugte sich über den Rand und sah unten auf dem Grund ein bläuliches Schimmern, ein sich ständig änderndes Licht. Er ließ einen Stein hineinfallen und spitzte die Ohren, um lange ein Abprallen und Rollen zu vernehmen, ehe er hörte, wie der Stein auf das Wasser aufschlug und von ihm verschluckt wurde. Der Weg mußte lang, die Fallhöhe gewaltig sein.

Er wich zurück, ging um die Statue herum und betrachtete sie mit noch größerer Aufmerksamkeit. Er sah einen breiten Gürtel, an dem die Schwertscheide hing, und sie schien ihm von einer Wirklichkeitstreue, wie sie sonst an keiner Statue, ob aus Marmor oder Bronze, anzutreffen war. Er stieg auf ein Kapitell und streckte die zitternde Hand aus, um den Griff des Schwertes zu berühren und dann zu drücken, und dabei versuchte er gleichzeitig, dem grimmigen Blick des Diktators auszuweichen, der wirkte, als wolle er ihn wie ein Blitz treffen. Er zog ein wenig an dem Schwert. Es folgte gehorsam seiner Hand und glitt aus der Scheide, in der es steckte: Eine Klinge, wie er sie nie zuvor gesehen hatte, scharf wie ein Rasiermesser, glänzend wie Glas, dunkel wie die Nacht. Darauf eingeritzt waren Buchstaben, die er im Augenblick nicht entziffern konnte. Jetzt hielt er es mit beiden Händen fest, eine Handbreit vom Gesicht entfernt, und zitterte bei diesem Anblick wie Espenlaub: Vor sich hatte er das Schwert, das die Gallier und die Germanen, die Ägypter und die Syrer, die Numider und die Iberer bezwungen hatte. Das Schwert Julius Cäsars!

Das Herz schlug ihm zum Zerspringen, und wieder fiel ihm ein, daß Ambrosinus sich ängstigen mußte, weil er ihn nirgendwo sah, und er dachte an Wulfilas Wut. Er überlegte, ob er das Schwert an seinen Platz zurückstecken sollte, aber eine Macht, die stärker war als sein Wille, hinderte ihn daran. Er wollte und er konnte sich nicht davon trennen.

Er nahm den Umhang ab, wickelte es darin ein und kehrte auf dem gleichen Weg, den er gekommen war, zurück und schob die Platte wieder vor. Dann warf er noch einen letzten Blick auf den säuerlich dreinblickenden Diktator, ehe er aus seinem Gesichtskreis verschwand, und murmelte: »Ich behalte es nur eine Zeitlang … nur ein bißchen, und dann bringe ich es dir zurück …«

Mühsam tauchte er wieder aus dem unterirdischen Raum auf und spähte, unter der Traufe angelangt, in alle Richtungen, wartete auf den Moment, da ihn keiner sehen konnte, und kroch hinter eine Reihe von Büschen. Dann erreichte er, verborgen hinter einer Leine, auf der Wäschestücke trockneten, keuchend sein Zimmer und versteckte das Bündel unter dem Bett. Draußen hallte die ganze Villa von Rufen und Schreien und von einem diffusen Getrampel wider, das ein fieberhaftes Kommen und Gehen der Wachen verriet, die ihn nicht ausfindig machen konnten. Er stieg ins Erdgeschoß hinunter, ging durch die Ställe, wo er sich mit Spreu beschmutzte, und trat endlich ins Freie. Einer der Barbaren erblickte ihn sofort und brüllte: »Das ist er! Ich habe ihn gefunden!« Und er hielt ihn brutal an einem Arm fest und zerrte ihn zur Wachstube. Aus dem Inneren drangen Klagelaute, die Romulus einen Stich ins Herz gaben: Ambrosinus mußte für die zeitweilige Abwesenheit seines Schülers bitter bezahlen.

»Laßt ihn los!« rief er, entwand sich seinem Wächter und stürzte hinein. »Laßt ihn sofort los, ihr Schurken!« Ambrosinus, der regungslos auf einem Schemel saß, hatte die Hände hinter dem Rücken gefesselt. Er blutete stark aus Nase und Mund, und seine linke Wange war geschwollen. Romulus lief zu ihm und umarmte ihn fest. »Verzeih mir, verzeih mir, Ambrosinus«, sagte er. »Das habe ich nicht gewollt, wirklich nicht gewollt ...«

»Es ist schon gut, mein Junge, ist schon gut«, erwiderte der Alte. »Das Wichtigste ist, daß du wieder da bist. Ich hatte mir deinetwegen schon Gedanken gemacht.«

Wulfila packte Romulus an den Schultern und zog ihn so nach hinten, daß er auf den Boden fiel. »Wo hast du gesteckt?« brüllte er.

»Ich bin im Stall gewesen und auf dem Stroh eingeschlafen«, antwortete Romulus, während er mit einem Ruck wieder aufstand und ihm mutig entgegentrat.

»Du lügst!« schrie der andere und traf ihn mit einem Hieb, der ihn mit aller Macht gegen die Wand schleuderte. »Wir haben alles abgesucht!«

Romulus wischte sich das Blut ab, das ihm aus der Nase rann, und trat noch einmal auf ihn zu, mit einem Mut, der

Ambrosinus verblüffte. »Dann habt ihr nicht richtig gesucht«, erwiderte er. »Siehst du nicht, daß ich noch Spreu auf den Kleidern habe?«

Wulfila holte erneut aus, um ihn zu schlagen, aber Romulus blickte ihn unerschrocken an und sagte: »Wenn du noch einmal wagst, meinen Lehrer anzurühren, ziehe ich dir die Haut ab wie einem Schwein. Das schwöre ich dir.«

Der Barbar brach in dröhnendes Gelächter aus. »Womit denn? Jetzt verschwinde und danke deinem Gott, daß ich heute gut aufgelegt bin. Weg mit euch, habe ich gesagt, weg mit dir und deiner alten Küchenschabe!«

Romulus band Ambrosinus die Fesseln los und half ihm aufzustehen. Der Lehrer sah in den Augen seines Schülers einen mutigen und stolzen Glanz, den er zuvor noch nie gesehen hatte, und war davon so beeindruckt wie von einem Wunder, einer unerwarteten Erscheinung. Romulus stützte ihn liebevoll und führte ihn, unter dem Gelächter und Gespött der Barbaren, in seine Kammer. Doch diese euphorische, fast schon frenetische Freude zeigte, daß die Leute bis vor kurzem noch von Angst gepackt waren. Ein Junge von dreizehn Jahren war der Kontrolle und Aufsicht von siebzig der besten Soldaten der kaiserlichen Armee entwischt, für länger als eine Stunde, und hatte alle in Angst und Schrecken versetzt.

»Wo hast du gesteckt?« fragte Ambrosinus, sobald sie allein in ihrem Zimmer waren.

Romulus nahm ein feuchtes Tuch und begann, ihm das Gesicht zu säubern. »An einem geheimen Ort«, erwiderte er.

»Wie bitte? In dieser Villa gibt es keine geheimen Orte.«

»Es gibt unter dem Boden des Innenhofs einen Geheimgang, und ich ... und ich bin hineingefallen«, log er.

»Im Lügen bist du schlecht. Sag mir die Wahrheit.«

»Ich bin hineingegangen, von einem Abflußgitter aus. Ich habe gespürt, daß dort Luft entweicht, habe es geöffnet und bin hinuntergestiegen.«

»Und was hast du da unten gefunden? Ich hoffe, etwas, wofür sich all diese Prügel, die ich deinetwegen einstecken mußte, gelohnt haben.«

»Bevor ich dir antworte, muß ich dir eine Frage stellen.«

»Und die wäre?«

»Was ist über das Schwert Julius Cäsars bekannt?«

»Wirklich eine komische Frage. Laß mich nachdenken ... Also, nach Cäsars Tod gab es eine lange Zeit der Bürgerkriege: auf der einen Seite Octavianus und Marcus Antonius, auf der anderen Brutus und Cassius, die beiden, die die Verschwörung an den Iden des März angezettelt hatten, bei der Cäsar ermordet wurde. Wie du sehr wohl wissen solltest, gab es eine entscheidende Schlacht bei Philippi, in Griechenland, in der Brutus und Cassius besiegt und getötet wurden. So blieben Octavianus und Marcus Antonius übrig, die sich einige Jahre lang die Macht über das Römische Reich teilten: Octavianus über den Westen, Marcus Antonius über den Osten. Doch schon bald verschlechterten sich die Beziehungen zwischen den beiden, weil Marcus Antonius sich geweigert hatte, Octavianus' Schwester zu heiraten, und Cleopatra, der faszinierenden Königin von Ägypten, den Vorzug gegeben hatte. Antonius und Cleopatra wurden in einer großen Seeschlacht bei Actium besiegt und flüchteten nach Ägypten, wo sie sich das Leben nahmen, zuerst er, dann sie. Octavianus war nun der alleinige Beherrscher der Welt und bekam vom Senat den Titel Augustus verliehen. Zu dieser Zeit ließ er auf dem Forum Romanum den Tempel des Mars Ultor, des Rächers, errichten und legte dort das Schwert Julius Cäsars nieder. Im Laufe der Jahrhunderte, als die Barbaren kamen und Rom aus nächster Nähe bedrohten, wurde das Schwert aus dem Tempel entfernt und versteckt. Ich glaube, es war Valerianus oder Gallienus oder vielleicht irgendein anderer Kaiser. Ich habe auch gehört, Konstantinus habe es genommen, um es nach Konstantinopel, in seine neue Hauptstadt, zu bringen. Es heißt auch, daß das Schwert zu irgendeinem Zeitpunkt durch eine Kopie ersetzt worden sei, aber wo das Original geblieben ist, weiß niemand.«

Romulus sah ihn mit einem rätselhaften, zugleich aber auch triumphierenden Blick an. »Jetzt zeige ich dir etwas«, sagte er. Er ging zum Fenster und zur Tür, um sich zu versichern, daß niemand in der Nähe war, dann beugte er sich unter das Bett und zog das Bündel hervor, das er dort versteckt hatte, während sein Lehrer ihm, neugierig geworden, zusah.

»Schau!« rief er. Und er wickelte das wunderbare Schwert aus. Ambrosinus betrachtete es verwundert, ohne ein Wort sagen zu können. Romulus hielt es auf seinen beiden ausgestreckten Händen, und man konnte den großartig gestalteten goldenen Griff in Form eines Adlerkopfes mit zwei Augen aus Topasen sehen. Der polierte Stahl der Klinge glänzte im Halbschatten.

»Das ist das Schwert von Julius Cäsar«, sagte Romulus. »Schau dir diese Inschrift an: *Cai Iulii Caesaris ensis ca* …«, begann er zu buchstabieren.

»Du großer Gott!« unterbrach ihn Ambrosinus und streckte seine zitternden Finger in Richtung Klinge aus. »Du großer Gott! Das chalybische Schwert Julius Cäsars! Ich habe immer geglaubt, es sei seit Jahrhunderten verschollen. Aber wie hast es bloß gefunden?«

»Es war an seiner Statue, in der Schwertscheide, an einem geheimen Ort. Eines Tages, wenn sie wieder etwas nachlässiger sind mit unserer Bewachung, führe ich dich dorthin und zeige dir alles. Du wirst deinen Augen nicht trauen! Aber was hast du da vorhin für ein Wort gebraucht? Was ist ein chalybisches Schwert?«

»Es bedeutet einfach, geschmiedet von den Chalybern, einem Volk südöstlich des Schwarzen Meeres, das berühmt ist für seine Fähigkeit, einen einzigartigen Stahl zu produzieren. Es heißt, daß Cäsar, als er den Krieg gegen Pharnakes, den König von Pontus, gewann …«

»… als er sagte: ›*Veni, vidi, vici*‹?«

»Genau. Jedenfalls wird behauptet, daß ein Meisterschmied, dessen Leben er geschont hatte, es für ihn angefertigt habe aus einem Block Siderit, aus vom Himmel gefallenem Eisen. Der

Meteor, den man auf einem Gletscher des Berges Ararat gefunden hatte, soll durch das Feuer gezogen, drei Tage und drei Nächte lang unablässig gehämmert und dann im Blut eines Löwen gehärtet worden sein.«

»Ist das möglich?«

»Durchaus«, antwortete Ambrosinus. »Ja, sogar sicher. Wir werden gleich wissen, ob das, was du gefunden hast, das stärkste Schwert der Welt ist. Los, nimm es in die Hand!«

Romulus gehorchte.

»Und jetzt schlag mit voller Kraft auf diesen Kandelaber.«

Romulus hieb zu, und die Klinge zischte durch die Luft, verfehlte aber um ein Haar das Ziel. Der Junge richtete sich auf und bereitete sich auf einen zweiten Versuch vor, doch Ambrosinus hielt ihn mit einer Handbewegung zurück.

»Diesmal mache ich es besser«, sagte Romulus, »paß auf ...«, doch er hielt, verblüfft über den verzückten und gerührten Blick seines Lehrers, inne.

»Was ist los, Ambrosinus? Warum siehst du mich so an?«

Der Hieb, der an dem Kandelaber vorbeigesaust war, hatte ein Spinnennetz, das in einer Ecke des Zimmers gespannt war, entzweigeschnitten, und der Spinne, die es gewoben hatte, nur die obere Hälfte gelassen, mit einem Schnitt von bestürzender Sauberkeit und Perfektion.

Ambrosinus trat näher, ungläubig angesichts dieses Wunders, und murmelte: »Schau, mein Kind, schau ... kein Schwert auf der Welt hätte so etwas je vollbringen können.«

Er blieb wie verzaubert stehen, um die Spinne zu beobachten, die ihre halbierte Wohnstätte verließ, einen Moment lang im goldenen Staub eines Sonnenstrahls schwebte, der durch eine Ritze im Fensterladen drang, und schließlich in der Dunkelheit verschwand. Dann wandte er sich um und suchte Romulus' Blick: In den Augen des Knaben glänzte jetzt dasselbe Licht stolzer Kühnheit wie in dem Augenblick, als er sich dem wilden Wulfila, ohne mit der Wimper zu zucken, zu seiner Verteidigung entgegengestellt hatte. Ein Licht, das er bei ihm niemals zuvor gesehen hatte ... derselbe metallische und schneidende Reflex, der auf der Schärfe dieser Klinge, in den herrlichen Augen des Adlers glitzerte. Und wie ein Gebet kamen ihm die alten Verse über die Lippen:

Veniet adulescens a mari infero cum spatha …

»Was hast du gesagt, Ambrosinus?« fragte Romulus, während er das Schwert wieder in den Umhang wickelte.

»Nichts … nichts …«, erwiderte sein Erzieher. »Ich bin nur glücklich … glücklich, mein Junge.«

»Warum? Weil ich dieses Schwert gefunden habe?«

»Weil der Augenblick gekommen ist, diesen Ort zu verlassen. Und niemand wird uns daran hindern können.«

Romulus sagte nichts: Er legte das Schwert zurück, ging hinaus und zog die Tür hinter sich zu. Ambrosinus kniete sich auf den Boden, drückte zwischen beiden Händen den Mistelzweig, den er am Hals hängen hatte, und betete, aus der Tiefe seines Herzens, daß sich die Worte, die er soeben ausgesprochen hatte, bewahrheiten mochten.

XVI

Romulus saß auf einer Holzbank und stocherte mit einem Stock in einem Ameisenhaufen herum. Das kleine Volk, das sich bereits auf den Winter eingerichtet hatte, war in Panik geraten, und die Ameisen flitzten in alle Richtungen und versuchten, die Eier ihrer Königin in Sicherheit zu bringen. Ambrosinus, der gerade vorbeikam, trat an Romulus heran und fragte: »Wie geht es heute meinem kleinen Cäsar?«

»Schlecht. Und nenne mich nicht so. Ich bin nichts.«

»Aber du läßt deine Frustration an diesen armen unschuldigen Tierchen aus! Vergleichsweise hast du unter ihnen keine geringere Tragödie ausgelöst als es der Fall von Troja oder zu Neros Zeiten der Brand von Rom gewesen waren. Ist dir das klar?«

Verärgert warf Romulus das Stöckchen weg. »Ich will meinen Vater wiederhaben und auch meine Mutter. Ich will nicht allein sein, und ich will kein Gefangener sein. Warum ist mein Schicksal nur so grausam?«

»Glaubst du an Gott?«

»Ich weiß es nicht.«

»Das solltest du aber tun. Niemand ist Gott näher als der Kaiser. Er ist sein Stellvertreter auf Erden.«

»Ich erinnere mich an niemanden, der nach der Besteigung des Thrones länger als ein Jahr Kaiser gewesen wäre. Vielleicht sollte Gott sich weniger kurzlebige Stellvertreter auf Erden aussuchen. Meinst du nicht auch?«

»Er wird es tun, und seine Macht wird dem Auserwählten ein unmißverständliches Zeichen geben. Aber jetzt hör auf, deine Zeit mit den Ameisen zu verschwenden! Geh lieber zurück in die Bibliothek und lerne etwas! Heute wirst du die ersten beiden Bücher der *Aeneis* kommentieren.«

Romulus zuckte die Achseln. »Alte, nutzlose Geschichten.«

»Keineswegs! Vergil berichtet von den Geschicken des Helden Aeneas und seines Sohnes Iulus, der ein Junge war wie du und zum Stammvater der größten Nation aller Zeiten wurde. Sie waren Flüchtlinge, Verzweifelte, und dennoch gelang es ihnen, sich wieder aufzurichten und den Mut und die Willenskraft aufzubringen, für sich und ihre Leute eine neue Existenz aufzubauen.«

»In den Mythen ist alles möglich. Aber die Vergangenheit ist vergangen und kommt nicht wieder.«

»Wirklich? Warum bewahrst du dann eigentlich dieses Schwert unter deinem Bett auf? Ist es etwa kein Relikt einer alten, nutzlosen Geschichte?« Ambrosinus warf einen Blick auf die Sonnenuhr in der Mitte des Hofes und schien sich plötzlich an irgend etwas zu erinnern. Abrupt drehte er sich um, überquerte, ohne ein weiteres Wort zu verlieren, den Hof und verschwand im Schatten des Portikus. Wenige Augenblicke später sah Romulus, wie er eine Treppe hinaufstieg, die zur Brüstung der zum Meer hinunterblickenden Terrasse führte, und dort aufrecht und reglos stehenblieb, während der Wind ihm die grauen Haare unterhalb der Glatze zerzauste.

Der Junge stand auf und ging in Richtung Bibliothek, doch ehe er eintrat, warf er noch einen letzten Blick auf Ambrosinus, der sich jetzt ganz auf eine seiner üblichen Beobachtungen zu konzentrieren schien. Er schaute nach vorn und schrieb gleichzeitig mit dem Griffel etwas in sein obligates Notizbuch. Vielleicht studierte er die Bewegung der Wellen oder den Wanderzug der Vögel oder den Rauch, der seit einigen Tagen, immer dichter werdend und von bedrohlichem Raunen begleitet, aus dem Krater des Vesuvs aufstieg.

Romulus schüttelte den Kopf und trat zur Tür der Bibliothek, um hineinzugehen, doch just in diesem Augenblick winkte ihn Ambrosinus zu sich. Er gehorchte und lief zu seinem Lehrer, der ihn wortlos empfing und ihm einfach nur einen Punkt mitten im Meer zeigte. Vor ihnen wiegte sich, durch die Entfernung verkleinert, ein Fischerboot, eine Nußschale auf der blauen Fläche.

»Jetzt erkläre ich dir ein interessantes Spiel«, sagte Ambrosinus. Aus den Falten seines Gewandes zog er einen stark glänzenden Bronzespiegel hervor, drehte ihn zur Sonne und warf einen kleinen leuchtenden Flatterpunkt auf die Wellen in der Nähe des Bootes und dann mit beeindruckender Präzision auf den Bug und auf das Segel. Gleich darauf begann er, mit dem Handgelenk schnelle und geübte Bewegungen auszuführen und ließ den kleinen Leuchtpunkt auf dem Deck des Bootes bald auftauchen, bald wieder verschwinden.

»Was machst du denn da?« fragte Romulus verdutzt. »Darf ich das auch einmal probieren?«

»Lieber nicht! Ich unterhalte mich mit den Leuten auf diesem Schiff mit Hilfe von Lichtsignalen – ein System, das *notae tironianae* genannt wird. Einer von Ciceros Sklaven hat es vor fünfhundert Jahren erfunden. Anfangs diente es nur dazu, schnell Diktate aufzunehmen; später wurde es dann in einen Kommunikationskode für das Militär umfunktioniert.«

Er hatte kaum zu Ende gesprochen, als vom Boot her mit einem entsprechend blinkenden Signal geantwortet wurde.

»Was sagen sie?«

»Sie sagen: ›Wir kommen euch holen. An den Nonen des Dezembers.‹ Das heißt … in genau drei Tagen. Ich habe dir doch gleich gesagt, daß sie uns nicht im Stich lassen werden und daß man die Hoffnung nie aufgeben darf.«

»Du machst dich doch nicht etwa über mich lustig …?« fragte Romulus verunsichert. Ambrosinus nahm ihn in die

Arme. »Es ist wahr«, antwortete er mit zitternder Stimme. »Es ist wahr, endlich!«

Romulus gelang es nur mühsam, seine Gefühle zu beherrschen. Er wollte sich nicht auf diese neue Hoffnung einlassen aus Angst, noch einmal enttäuscht zu werden. So fragte er lediglich: »Wie lange geht das schon so?«

»Ein paar Wochen. Wir hatten einiges zu besprechen.«

»Und wer hat damit angefangen?«

»Sie. Sie haben mir über einen der Diener, die zum Hafen hinuntergehen, um dort einzukaufen, eine Botschaft zukommen lassen, und so habe ich mich mit meinem sorgfältig polierten Spiegel zu einem Rendezvous eingefunden. Es war schön, endlich wieder einmal mit jemandem von außerhalb zu plaudern.«

»Und du hast mir nichts davon gesagt ...«

Romulus blickte seinen Erzieher bestürzt an. Dieser lächelte und blinzelte zuerst ihn an und dann das kleine Schiff in der Ferne. Vor Romulus' Augen wurde der Dialog mittels der Leuchtsignale wieder aufgenommen und nur unterbrochen, wenn das Geräusch von Schritten die Ankunft der Wachen ankündigte, die ihre Runde drehten. Ambrosinus nahm ihn bei der Hand, und sie stiegen zusammen die Treppe hinunter und gingen in die Bibliothek.

»Ich wollte dich nicht noch einmal ohne Grund enttäuschen. Aber jetzt bin ich davon überzeugt, daß dieses Unternehmen gelingen könnte. Sie sind nur eine Handvoll Verzweifelter, aber sie verfügen über eine mächtige Waffe ...«

»Und die wäre?«

»Der Glaube, mein Junge. Der Glaube, der Berge versetzt. Nicht der Glaube an einen Gott, denn sie sind nicht gewöhnt, sich auf ihn zu verlassen. Sie glauben vielmehr an den Menschen, selbst in dieser finsteren Zeit, selbst jetzt, da alle Ideale und sämtliche Gewißheiten erschüttert worden sind. Doch jetzt gehen wir etwas lernen! Ich könnte dir vielleicht die *notae tironianae* beibringen. Was hältst du davon?«

Romulus sah ihn voller Bewunderung an. »Gibt es etwas, was dir nicht bekannt ist, Ambrosinus?«

Die Miene des Lehrers wurde plötzlich nachdenklich. »Viele Dinge«, sagte er, »und zwar ganz wichtige: ein Sohn, zum Beispiel; ein Haus, eine Familie ... die Liebe einer Frau ...« Er tätschelte Romulus, und über seine blauen Augen legte sich ein wehmütiger Schleier.

Das Boot fuhr weiter und umrundete die Nordspitze der Insel.

»Bist du sicher, daß wir das richtig verstanden haben?« fragte Batiatus.

»Und ob ich mir sicher bin! Es ist nicht das erste Mal, daß wir Botschaften austauschen«, erwiderte Aurelius.

»Das hier also ist das östliche Vorgebirge, und dies ist die Nordwand«, sagte Vatrenus. »Beim Herkules, sie ist senkrecht wie eine Mauer! Und dir zufolge sollten wir also bis dort oben hinaufklettern, den Jungen gegen die erklärten Absichten von etwa siebzig fuchsteufelswilden Wachen entführen, uns dann zum Meer herunterlassen, wieder ins Boot steigen und *insalutato hospite* das Weite suchen?«

»Ja, so ungefähr«, antwortete Aurelius.

Livia hantierte mit der Leine und stellte das Boot in den Wind, so daß es, sanft auf den Wellen schaukelnd, zum Stehen kam. Die Felswand ragte jetzt fast senkrecht über ihnen empor, nackt und kahl, und über ihr dann noch die Mauer der Villa.

»Dies ist für uns die einzige zugängliche Stelle«, fuhr Aurelius fort, »eben weil man es für unmöglich hält, daß irgend jemand hier hochklettern könnte. Wir haben gesehen, daß die Wachen hier nur zweimal vorbeikommen – einmal während der ersten Schicht und dann noch einmal, im Zuge der dritten, vor dem Morgengrauen. Wir haben fast drei Stunden Zeit, um unseren Auftrag auszuführen.« Er stellte das mit Wasser gefüllte Stundenglas auf den Kopf und deutete mit dem Finger auf die verschiedenen Markierungen. »Eine Stunde, um da hinaufzuklettern, eine halbe Stunde, um den Jungen zu holen, eine halbe Stunde, um wieder herunterzukommen und zu verschwinden, und eine halbe Stunde, um zur Küste zu gelangen, wo die Pferde auf uns warten. Batiatus bleibt derweil unten, um das Schiff zu bewachen und die Seile zu handhaben, die anderen klettern hinauf. Livia wird sich zu diesem Zeitpunkt schon an Ort und Stelle befinden, im oberen Laufgraben der Nordmauer der Villa.«

»Und wie das?« fragte Vatrenus.

Aurelius wechselte einen Blick mit Livia, um sich ihrer Zustimmung zu versichern. »Mit einem Trick, der so alt ist wie die Welt – dem des Trojanischen Pferdes.«

Mit einem langen Blick suchte Batiatus die Wand bis zur oberen Mauer der Villa Elle für Elle ab und seufzte: »Zum Glück bleibe ich unten. Ich möchte nicht in eurer Haut stekken.«

»Nichts ist daran so schrecklich«, sagte Livia. »Es hat schon einmal einen einzelnen Mann gegeben, der mit bloßen Händen dort hinaufgekraxelt ist.«

»Das kann ich nicht glauben«, erwiderte Batiatus.

»Und doch ist es so. Zu Tiberius' Zeiten wollte ein Fischer dem Kaiser eine riesengroße Languste schenken, die er soeben gefangen hatte, und da man ihn nicht zum Hauptportal hereinließ, kletterte er vom Meer aus die Felswand hoch.«

»Beim Herkules!« rief Vatrenus aus. »Und wie ist die Sache ausgegangen?«

Livia verzog ein wenig den Mund. »Das verrate ich euch erst, wenn die Mission beendet ist. Und jetzt würde ich sagen, daß wir umkehren sollten, bevor der Wind sich dreht.« Sie holte die Leine ein, während Demetrios mit dem Ruder so manövrierte, daß er das Segel an den Wind stellte, und das Boot wendete in einem weiten Bogen, so daß der Bug landeinwärts schaute. Aurelius warf einen letzten Blick auf die Stufen der Villa und sah dort deutlich eine gespenstische Gestalt auftauchen: einen hünenhaften Krieger, der in einen von der Brise geblähten Umhang gehüllt war.

Wulfila.

Drei Tage später fuhr gegen Abend ein Lastschiff in den kleinen Hafen ein. Der Kapitän rief den Ladearbeitern etwas zu und warf ihnen das Ankertau entgegen. Vom Heck schleuderte der Steuermann ein zweites Tau herab, und das Schiff legte an. Die Auslader gingen zum Landesteg, und die Träger begannen, die kleineren Frachtstücke zu entladen: Säcke mit Getreidekörnern und Mehl, Bohnen und Kichererbsen sowie Amphoren, gefüllt mit Wein, Essig und eingekochtem Most. Dann rollten sie ein Hebegerät für die schwereren Lasten heran: sechs große Tonkrüge mit einem Fassungsvermögen von je fünfhundert Litern, drei davon gefüllt mit Olivenöl und drei voller Trinkwasser für die Bewohner der Villa.

Livia, die im Heck zwischen den Säcken kauerte, vergewisserte sich, daß niemand zu ihr herübersah, und kroch dann auf einen der Krüge zu. Sie hob den Deckel des ersten hoch und fand ihn mit Wasser gefüllt. Sie warf eine Rolle Seil hinein, dann stieg sie selbst in den Krug und schloß den Deckel über ihrem Kopf. Etwas Wasser schwappte über den Rand, aber alle waren so sehr mit dem Entladen beschäftigt, daß es niemandem auffiel. Nun wurden die riesigen Gefäße nacheinander mit dem Kran hochgehoben und auf ein Fuhrwerk gehievt, das von zwei Paar Ochsen gezogen wurde. Als sie mit dem Beladen fertig waren, ließ der Fuhrmann die Peitsche knallen und rief: »Hü! Hü!«, und der Wagen zockelte auf der steilen, schmalen Straße los, die zur Villa hinaufführte. Als er dort eintraf, lag der untere Teil der Insel bereits im Schatten, während der letzte Widerschein der untergegangenen Sonne noch die Federwolken am Himmel und die Dächer der höchstgelegenen Teile der weitläufigen Residenz rot färbte. Das große Portal wurde geöffnet, und der Karren, dessen Räder auf dem Steinpflaster schrecklich laut rasselten, fuhr in den unteren Hof ein. Gänse und Hühner stoben, wie wild mit den Flügeln schlagend, in alle Richtungen davon; die Hunde bellten, und sofort begannen Diener und Träger geschäftig mit dem Entladen der Waren.

Der Aufseher des Gesindes, ein alter Neapolitaner mit runzeliger Haut, rief seinen Leuten, die auf der oberen Terrasse schon den Lastenaufzug bereitgestellt hatten, etwas zu, und sie ließen die Hebebühne mit Hilfe einer Winde so weit herunter, daß sie bis zur Ladepritsche des Fuhrwerks reichte. Der erste der Krüge wurde gekippt, bis zu der Plattform gerollt, und dort dann mit Seilen und Keilen gesichert. Der Aufseher legte die Hände wie einen Trichter um den Mund und brüllte: »Hau ruck!« Die Diener drehten die Griffe der Winde, und die Plattform schwebte, stöhnend und knirschend und zuerst hin und her schwankend, in der Luft, bis sie ganz langsam anfing, sich auf die obere Terrasse zuzubewegen.

Auf der anderen Seite der Villa, am Fuße der Steilwand, sprang Batiatus an Land und zog das Boot achtern bis dicht an die kleine Bucht heran, die von großen Kieselsteinen und spitzen Felsen umrahmt war. Gerade war ein Wetterumschwung im Gange: Kalte Windböen kräuselten die Wellen des Meeres und wühlten ganze Stöße von Schaum auf, während vom Westen eine Front schwarzer Wolken heranzog, durch die immer wieder grelle Blitze zuckten. Das Grummeln des Donners vermischte sich mit dem dumpfen Grollen des fernen Vesuvs.

»Ein Sturm hat uns gerade noch gefehlt!« knurrte Vatrenus, während er zwei Seilrollen aus dem Boot holte.

»Besser so!« sagte Aurelius. »Die Wachen werden sich ins Trockene verkriechen, und wir haben mehr Handlungsfreiheit. Los, vorwärts, die Zeit fliegt uns davon!«

Batiatus sicherte das Achtertau, indem er es um einen Felsblock wickelte, und machte Demetrios ein Zeichen, damit er den Buganker abließ. Dann sprangen alle an Land. Jeder trug über seiner Tunika ein mit Leder oder Kettenpanzerung verstärktes Korsett, eine enganliegende Hose, einen breiten Gürtel mit Schwert und Dolch sowie einen Helm aus Eisen. Aurelius begab sich an den Fuß des Felsens und atmete tief durch, wie er es immer tat, wenn er im Begriff war, sich einem Feind entgegenzustellen. Von unten gesehen, hatte der erste Teil der Wand eine leichte Neigung, die einen nicht allzu beschwerlichen Aufstieg ermöglichte.

»Wir müssen zu zweit bis zu dem Grat aufsteigen, dorthin, wo man diese hellere Gesteinsader sieht«, sagte Aurelius. »Ich bringe das Seil mit den dazwischengeknüpften Stäben mit, das uns als Sprossenleiter dienen wird. Du, Vatrenus, nimmst den Sack mit den Haken und dem Hammer. Livia sollte uns dann von oben das andere Seil herunterwerfen, damit wir den zweiten Abschnitt, den steileren, überwinden können. Notfalls werden wir im freien Anstieg hinaufgehen: Wenn das dieser Fischer geschafft hat, können wir es auch.« Dann wandte er sich an Batiatus: »Bei unserer Rückkehr mußt du das untere Ende des Seils ganz strammziehen, damit es nicht im Wind schwankt: Der Junge könnte sonst Angst bekommen oder das Gleichgewicht verlieren und abstürzen, vor allem, wenn es zu regnen anfängt und alles viel rutschiger wird. Los, gehen wir, solange es noch etwas hell ist.«

Vatrenus hielt ihn am Arm fest: »Bist du sicher, daß deine Schulter das aushält? Vielleicht wäre es besser, wenn Demetrios hinaufgeht. Der ist ja auch leichter.«

»Nein, ich gehe. Meine Schulter ist schon in Ordnung. Mach dir keine Sorgen.«

»Du bist ein Dickschädel, und wenn wir im Feldlager wären, würde ich dir schon zeigen, wer das Kommando hat, aber hier entscheidest du, und das ist auch gut so. Los, gehen wir!«

Aurelius hängte sich die Seilrolle über die Schulter und fing an hinaufzuklettern. Unweit von ihm begann Vatrenus den Aufstieg mit einer schweren Ledertasche: Sie enthielt den Hammer und die Zeltpflöcke, die er benutzen würde, um Aurelius' Seil am Fels zu befestigen, sobald er einen Punkt erreichte, an dem er Halt finden würde.

Im unteren Hof der Villa hievte man gerade den fünften der großen Krüge in die Höhe, als eine plötzliche Sturmbö die Hebebühne ins Wanken brachte. Eine zweite Bö verursachte eine noch größere Schwankung, so daß das Gewicht des riesigen Gefäßes, das bereits auf halber Höhe zwischen dem Pflaster des Hofes und der oberen Terrasse schwebte, das schwache Hebeseil, das sie trug, zerriß. Der Krug fiel hinunter und zerbarst beim Aufschlag auf den Boden mit donnerndem Getöse; die Tonscherben flogen nur so durch die Gegend, während sich am Boden ein gewaltiger Ölfleck ausbreitete. Einige der Männer trugen Verletzungen davon, andere wurden von Kopf bis Fuß mit Öl bespritzt und in groteske Gestalten verwandelt, die triefend und auf wackeligen Füßen dastanden. Der Aufseher fluchte, trat nach ihnen und schrie, außer sich vor Wut: »Ausgerechnet das Öl müßt ihr verschütten, ihr verdammten Blödiane! Aber dafür müßt ihr mir büßen, und wie ihr mir dafür büßen müßt!«

Livia spähte unter dem Rand des Deckels hervor und zog sich sofort wieder zurück. Nach einem kurzen Moment der Verwirrung wurde die Plattform erneut heruntergelassen, und sie begriff, daß die Leute nun den Deckel mit einem Seil befestigen und das Gefäß kippen würden. Sie hielt den Atem an, bis das Wasser im Inneren nicht mehr hin und her schwappte, dann steckte sie sich ein Röhrchen in den Mund und atmete weiter. Während die Hebebühne langsam nach oben stieg, knirschte und schwankte der ganze Apparat mehr und mehr, und das zunehmende Sausen des Windes klang im Inneren des Kruges wie ein dumpfes Muhen. Livia hörte, wie ihr Herz immer schneller pochte, je ungemütlicher es in diesem engen, flüssigen Gefängnis wurde, in dieser Art von Uterus aus Stein, in dem sie bei jeder Schwankung durchgerüttelt wurde und schon jegliche Orientierung und Balance verloren hatte.

Am Ende ihrer Kräfte angelangt, war sie kurz davor, die Wand des Gefäßes mit ihrem Schwert zu zertrümmern – egal, was dann geschehen würde. Plötzlich spürte sie, daß die Lastenbühne endlich auf einer festen Unterlage aufgesetzt hatte. Sie faßte neuen Mut und hielt den Atem an, während der Krug auf dem Pflaster von den Dienern angeschoben und gerollt wurde und die Luft innen vollends ausging. Bald merkte sie, daß die Arbeiter den Krug wieder in eine aufrechte Position brachten und ihn vermutlich neben den anderen Gefäßen aufstellten. Sie hob den Kopf über die Wasseroberfläche, atmete tief ein und blies dann die Flüssigkeit durch die Nase aus. Als die Schritte der Arbeiter, die sich nun entfernten, vollkommen verklungen waren, zog sie ihren Dolch heraus, steckte ihn in die Ritze zwischen dem Hals des Gefäßes und dem Deckel, bis sie das Seil fand, das ihn dort festhielt, und begann es durchzuschneiden. Sie war erschöpft, und ihre Glieder waren ganz starr, vor Kälte wie gelähmt.

Nicht weit von ihr entfernt, in einem Zimmer der kaiserlichen Gemächer, bereiteten sich Ambrosinus und Romulus unterdessen auf die Flucht vor: Sie zogen bequeme Gewänder an und Beinkleider aus Filz, die rasche und absolut geräuschlose Bewegungen gestatteten. Der Alte steckte alles, was er von seinen Habseligkeiten zusammenraffen konnte, in seinen Reisesack: etwas zu essen und außerdem seine Pülverchen, seine Kräuter und seine Amulette. Und dazu noch die *Aeneis.*

»Aber das ist doch ein überflüssiges Gewicht«, sagte Romulus.

»Glaubst du? Und dabei ist es die kostbarste Last, mein Kind!« antwortete Ambrosinus. »Wenn man flieht und alles zurückläßt, ist der einzige Schatz, den wir mitnehmen können, die Erinnerung. Die Erinnerung an unsere Ursprünge, an unsere Wurzeln, an die Geschichte unserer Vorväter. Nur die Erinnerung kann uns eine Wiedergeburt aus dem Nichts ermöglichen. Gleichgültig, wo, gleichgültig, wann – wenn wir die Erinnerung an unsere vergangene Größe und an die Gründe bewahren, weshalb wir sie verloren haben, werden wir uns wieder aufraffen.«

»Aber du kommst aus Britannien, Ambrosinus, du bist ein Kelte.«

»Das stimmt, doch in diesem so schrecklichen Augenblick, in dem alles zusammenbricht und alles in Auflösung begriffen ist, in dem die einzige Zivilisation dieser Welt mitten ins Herz getroffen ist, müssen wir uns einfach als Römer bezeichnen, auch wir, die wir vom äußersten Rand des Reiches stammen, auch wir, die wir vor so vielen Jahren unserem Schicksal überlassen wurden ... Und du, Cäsar? Du nimmst gar nichts mit?«

Romulus zog das Schwert unter seinem Bett hervor. Er hatte es schon sorgfältig eingewickelt, verschnürt und einen Gurt daran befestigt, damit er es sich auf den Rücken binden konnte.

»Ich, ich nehme dieses hier mit«, sagte er.

Aurelius war noch etwa dreißig Fuß von der Querrille entfernt, die die Wand über die ganze Breite durchschnitt, als plötzlich ein Blitz den Felsen taghell erleuchtete, darauf folgte das Dröhnen eines Donners, und augenblicklich begann es, wie aus Eimern zu schütten. Jetzt gestaltete sich alles schwieriger: Die Haken wurden glitschiger und die Sicht verschwommener, weil das Wasser die Haare anklatschte und in die Augen drang, und mit jeder Sekunde wurde das aufgerollte Seil, das Aurelius über der Schulter trug, schwerer, da es sich immer mehr mit Wasser vollsog. Vatrenus ahnte die Probleme seines Freundes und versuchte, möglichst nah an ihn heranzukommen. Er fand Halt und schlug einen Haken in den Felsen, so hoch er gerade noch reichen konnte. Aurelius sah ihn, bewegte sich auf ihn zu, stellte den Fuß auf den Haken und zog sich nach oben, bis er eine Felsnase zu fassen bekam, die rechts von ihm aus der Wand ragte. Von dieser Stelle an hatte der Felsen eine flachere Neigung, was es ihm erlaubte, mit größerer Trittsicherheit bis zu dem Absatz zu gelangen, der unterhalb der Mauer lag. Es handelte sich um einen Grabenrand aus Kalkgestein, der bedeckt war mit Geröll, welches im Laufe der Jahrtausende von dem darüber gelegenen Felsen heruntergefallen war. Aurelius warf das Seil auf den Boden und beugte sich nach hinten, um nun seinerseits seinem Kameraden beim Heraufklettern zu helfen.

Sobald Vatrenus den Rand erreicht hatte, zog er den schweren Hammer aus der Tasche, schlug zwei Haken in den Felsen, sicherte daran das Seil, wickelte es ab und ließ es bis zum Anlegeplatz hinabfallen. Unten packte Batiatus das Ende und zog mit aller Kraft daran, um es zu testen.

»Es hält«, bemerkte Vatrenus voller Genugtuung.

Auf diese Weise, strammgezogen und mit den ungefähr dreißig im Abstand von je drei Fuß daran befestigten Stäben, sah das Seil fast wie eine Leiter aus.

»Der Junge schafft das bestimmt«, sagte Aurelius.

»Und der Alte?« fragte Vatrenus.

»Der auch. Der ist flinker, als du glaubst.« Er blickte hinauf und versuchte dabei, seine Augen gegen den herabströmenden Regen abzuschirmen. »Livia ist noch nicht zu sehen, verdammt noch mal. Was machen wir jetzt? Ich warte noch ein bißchen, und dann gehe ich allein da hinauf.«

»Das ist doch Wahnsinn! Das schaffst du nie. Nicht unter diesen Umständen.«

»Du irrst dich. Ich steige mit den Haken hinauf. Gib mir die Tasche.«

Vatrenus sah ihn bestürzt an, doch just in diesem Augenblick wurden sie beide von einer Handvoll Steinchen getroffen. Aurelius blickte nach oben und erkannte die Umrisse einer Gestalt, die ausholende Gesten machte.

»Livia!« rief er aus. »Endlich!«

Das Mädchen warf ihr Seil herunter, das etwas oberhalb von Aurelius' Kopf endete, der nun weiter hinaufkletterte, wobei er sich Hände, Arme und Knie aufschürfte und an den scharfen Kanten ganze Hautfetzen zurückließ, bis er schließlich das untere Ende des Seils zu fassen bekam. Dann setzte er unter gewaltigen Anstrengungen den Aufstieg fort. Der Wind, der immer heftiger wehte, ließ das Seil nach rechts und nach links schwingen und schleuderte ihn hin und wieder gegen die schroffen Felsen, was ihm Schmerzensschreie entlockte, die sich mit dem Tosen des Sturms vermischten. In der Ferne konnte er sehen, daß aus dem Schlund des Vesuvs gelegentlich ein dunkler, blutroter Feuerschein aufleuchtete. Das mit Wasser vollgesogene Seil wurde immer rutschiger, und das Gewicht seines Körpers zog ihn manchmal nach unten, so daß er in einem einzigen Augenblick das an Höhe verlor, was er gerade so mühsam erobert hatte, und dadurch verlängerten sich seine Torturen. Doch jedesmal kletterte er beharrlich wieder hinauf, biß die Zähne zusammen, überwand die Müdigkeit und die Pein, die er in jedem Muskel, in jedem Gelenk spürte, und auch die Schmerzen in seiner alten Wunde, die ihm wie Dolchstiche in den Schädel drangen.

Mit qualvoller Spannung verfolgte Livia jede seiner Bewegungen, und als Aurelius endlich nahe genug war, beugte sie sich mit dem ganzen Oberkörper weit über die Brüstung, packte ihn am Arm und zog, so gut sie konnte. Mit einer letzten Anstrengung kletterte Aurelius über die Brüstung und drückte seine Kameradin in einer befreienden Umarmung inmitten des prasselnden Regens an sich. Sie war es, die sich als erste aus ihr löste. »Schnell, helfen wir Vatrenus und den anderen.«

Unten waren Demetrios und Orosius an dem Seil mit den Stäben bis zu der Felsrille aufgestiegen und hatten dort das untere Ende des von Livia heruntergeworfenen Seils gegriffen. Sie sicherten sich gegenseitig und kletterten rasch hinauf, unterstützt von ihren Gefährten, die sie von oben hochzogen. Als letzter traf Vatrenus ein.

»Ich hatte euch doch gesagt, daß wir das schaffen«, jubelte Livia. »Und jetzt suchen wir den Jungen, bevor die Wachen kommen.«

XVII

Die obere Terrasse lag verlassen da, und das Pflaster mit den großen Schieferplatten glänzte im zuckenden Licht der Blitze wie ein Spiegel. In einer Gruppe standen an der Mauer noch die Krüge, die am Nachmittag entladen worden waren, und Livia schaute sie in Erinnerung an ihr jüngstes Abenteuer im Bauch eines dieser Gefäße eindringlich an.

»Hinter diesen Krügen gibt es eine Plattform, über die man mit einem Lastenaufzug hineinkommt«, sagte sie. »Wir könnten uns von Orosius und Demetrios mit Hilfe der Winde bis zum Hof herunterlassen und so zur Bibliothek gelangen. Dort erwarten sie uns doch, oder?«

»Ja«, erwiderte Aurelius, »aber wenn man uns sieht, während wir so in der Luft baumeln, werden wir eine leichte Zielscheibe sein. Besser wäre ein Weg im Inneren. Es dürfte nicht allzu schwer sein, den Hof zu erreichen, und in der Bibliothek brennt bestimmt ein Licht, das uns den Weg weist.« Er wandte sich an Orosius. »Du bleibst hier, stehst Wache und hältst uns den Fluchtweg frei. Von dem Augenblick an, da du uns verschwinden siehst, zähle bis tausend: Wenn wir bis dahin noch nicht wieder aufgetaucht sind, laß dich zu Batiatus hinunter, und sucht beide das Weite. Wir schließen uns euch dann spätestens in zwei Tagen irgendwie an Land an. Wenn nicht, bedeutet das, daß unsere Mission gescheitert ist und daß es euch frei steht hinzugehen, wo ihr wollt.«

»Ich bin mir sicher, daß ihr wohlbehalten zurückkehren werdet«, antwortete Orosius. »Viel Glück!«

Aurelius erwiderte seinen Wunsch mit einem unsicheren Lächeln, dann gab er seinen Kameraden ein Zeichen und wandte sich zu der Steintreppe, die zu den unteren Stockwerken führte. Er ging als erster mit dem Schwert in der Hand, dann folgten Livia, Vatrenus und zuletzt Demetrios.

Der Treppenschacht war stockdunkel, und nur die Blitze erhellten ihn hin und wieder, wenn ihr Licht durch die schmalen Öffnungen drang, die auf den Innenhof schauten. Irgendwann sah man einen schwach leuchtenden Lichtschein, der sich auf den Wänden und den Stufen aus Tuffstein ausbreitete.

Aurelius bedeutete seinen Gefährten näher zu kommen und wisperte: »Vor uns liegt ein Korridor, und diese Türen hier müssen zu Schlafräumen führen. Auf mein Zeichen hin überquert ihr ihn, so schnell ihr könnt, und wir erreichen dann die zweite Stiegenrampe, die uns nach unten führen sollte, ins Erdgeschoß. Nur Mut! Im Augenblick scheint alles ruhig zu sein.«

»Geh nur los«, sagte Vatrenus. »Wir kommen hinter dir her.« Doch sobald sich Aurelius in Bewegung gesetzt hatte, öffnete sich links von ihm eine Tür, und heraus trat ein Barbarenkrieger mit einem halbnackten Mädchen. Aurelius fiel, das Schwert in der Faust, über ihn her, und bevor dieser die Zeit hatte, irgend etwas zu begreifen, hatte er ihn bereits durchbohrt. Das Mädchen kreischte los, aber Livia warf sich sofort auf sie und hielt ihr mit beiden Händen den Mund zu. »Ruhe! Wir wollen dir nichts Böses antun, aber wenn du noch einmal schreist, schneide ich dir die Kehle durch. Verstanden?« Das Mädchen nickte krampfhaft mit dem Kopf. In wenigen Augenblicken fesselten Demetrios und Vatrenus sie an Handgelenken und Knöcheln, knebelten sie und zerrten sie in eine dunkle Nische.

Unten, im alten Speisesaal, fuhr Wulfila, der gerade sein Abendessen beendet hatte, hoch und spitzte die Ohren.

»Hast du das auch gehört?« fragte er seinen Stellvertreter, einen jener Skiren, die unter Mledos Kommando gekämpft hatten.

»Was denn?«

»Einen Schrei.«

»Die Männer vergnügen sich dort oben mit den neuen Huren, die gestern aus Neapel angeliefert worden sind. Da kannst du ganz ruhig sein.«

»Das war kein Lustschrei. Das war ein Angstschrei«, beharrte Wulfila, stand auf und griff zu seinem Schwert.

»Na und? Du weißt doch, daß manche härtere Spielchen bevorzugen. Das sind sie gewöhnt; das ist Teil ihres Gewerbes. Das einzige, was mich beunruhigt, ist, daß diese Nutten nicht aufhören, unsere Kämpfer zu demoralisieren. Ich habe schon seit längerem den Eindruck, daß sie an nichts anderes mehr denken als ans Ficken ...«

Er hatte seinen Satz noch nicht beendet, als ein weiterer Schrei zu hören war, der dieses Mal nach Wut und Schmerz klang und auf den sofort ein Todesröcheln folgte.

»Verdammt noch mal!« fluchte Wulfila und stürzte zu dem Fenster, das auf den Hof blickte. Dort war nur eine Laterne zu sehen, die in der Bibliothek brannte, aber er konnte ein Getümmel von Umrissen erkennen und das Aufblitzen von Klingen, die durch das Dunkel sausten, und daraufhin waren erneut Geschrei und Todesröcheln zu vernehmen.

»Sie greifen uns an! Laß Alarm schlagen, aber schnell! Los!«

Der Mann gehorchte: Er rief eine Wache, die mehrmals in das Signalhorn stieß, bis ein anderes Horn antwortete und noch eines, bis schließlich die ganze Villa von diesem grauenhaften Lärm widerhallte. Ein Blitz tauchte den großen Hof in taghelles Licht, und Wulfila erkannte von oben Aurelius just in dem Augenblick, als dieser einen seiner Männer niederstreckte, der herbeigelaufen war, um ihm den Weg zu versperren. Ihm zur Seite waren andere Gestalten, zwei oder drei, und hinter ihnen der Alte mit dem Knaben.

»Verdammt!« rief er, »schon wieder der!«

Er stürzte auf den Korridor hinaus, das Schwert in der Hand, und brüllte wie ein Besessener: »Den will ich lebend, bringt ihn mir lebend!«

Aurelius war klar, daß ihm dort unten nur wenige Sekunden blieben, und er führte seine Leute zur Stiegenrampe, während schon aus allen Richtungen weitere Soldaten, brennende Fackeln schwingend, herbeiströmten. Die Gruppe erreichte den oberen Korridor, fand ihn aber bereits von einem größeren Haufen Bewaffneter versperrt. Da griff Livia von links an, während Vatrenus und Demetrios versuchten, die Männer mit tödlichen Hieben von der Treppe wegzulocken, damit sich Aurelius den Weg zur oberen Terrasse bahnen konnte. Ambrosinus hatte sich gegen die Wand gepreßt und hielt Romulus fest an sich gedrückt. Der Erzieher war düsterster Stimmung, denn das Unternehmen war bereits zu Beginn in Gefahr. Aurelius führte einen weiteren Hieb aus, aber sein Gegner wich diesem aus, und das Schwert des Römers zerbrach am Stützpfeiler der Treppe. Als Aurelius begann, sich, so gut er konnte, mit dem Dolch zu verteidigen, zögerte Romulus keinen Moment, sondern warf ihm, nachdem er sich aus Ambrosinus' Umklammerung gerissen hatte, sein Schwert zu und rief: »Versuch es mit diesem hier!«

Die sagenhafte Waffe flog, leuchtend wie ein Blitz in der Nacht, auf Aurelius' Hand zu, die sich streckte, um sie aufzufangen. Jetzt lag sie fest in seiner Faust und begann sofort, alles um ihn herum unerbittlich niederzumähen.

Nichts konnte ihr Widerstand entgegensetzen: Ganze Kaskaden von Funken sprühten beim Zusammenstoß mit Schilden und Streitäxten. Das Schwert schnitt Helme entzwei und drang in Schädel ein, als handele es sich um dieselbe Materie, und als es auf den Pfeiler niedersauste, regnete mit scharfem, ohrenbetäubendem Lärm eine Ladung glühender Splitter herab. Der erstaunte und entsetzte Rest der Barbaren wurde überwältigt, und sofort zog Livia Romulus und Ambrosinus die Treppe hinauf, die nun durch kein Hindernis mehr verstellt war. Aurelius blieb bis zuletzt, um seinen Kameraden Deckung zu geben, und in dieser Position, inmitten eines Haufens lebloser Leiber, mit der glänzenden und bluttriefenden Waffe in der Hand, sah ihn Wulfila. Zwischen den beiden Kriegern kam es zu nicht mehr als einem blitzartigen Austausch von Blicken, und schon war Aurelius verschwunden und schloß sich seinen Gefährten auf der oberen Terrasse an. Ehe die Verfolger sie einholen konnten, versperrten und verrammelten sie die massive, mit Eisen verstärkte Tür hinter sich. Wulfila, der eine Sekunde zu spät kam, warf sich dagegen und trommelte, ohnmächtig und vor Wut schäumend, mit den Fäusten auf sie ein. Er rief: »Schnell! Zur östlichen Rampe! Sie kommen nicht davon!« Die Flüchtenden stürzten die Treppe hinunter und stießen dabei auf eine weitere Gruppe von Soldaten, die in diesem Augenblick herbeieilte und die von Wulfilas Stellvertreter angeführt wurde.

»He, ihr da, zur Außentreppe der Lagerräume! Los, wir fangen sie ab!« befahl er. Die Männer gehorchten, rannten in die entgegengesetzte Richtung und verschwanden am Ende des Korridors.

Auf der oberen Terrasse liefen Aurelius und seine Kameraden zur Brüstung, wo Orosius sie schon sehnsüchtig erwartete und ihnen den einzigen Fluchtweg sicherte.

»Zuerst der Junge!« befahl Aurelius. Orosius beugte sich über die Brüstung und schrie aus voller Kehle, um das Getöse des Sturms und der Flutwellen zu übertönen. Batiatus hörte ihn unten und machte sich bereit, die Flüchtenden in Empfang zu nehmen. Unterdessen bildeten Demetrios, Vatrenus und die anderen einen Halbkreis um Romulus, der sich auf den Abstieg vorbereitete. Der Junge blickte in die Tiefe und spürte, wie sich ihm das Herz zusammenkrampfte: Aus dieser Entfernung glänzte die Felswand wie Stahl, und unten, zwischen den scharfkantigen Klippen, wirbelte und schäumte es wild, und das von den Wogen geschüttelte Boot sah aus wie eine zerbrechliche Nußschale. Romulus atmete tief ein, während Orosius versuchte, ihn mit einem behelfsmäßigen Halteseil am Abstiegsseil festzubinden, doch in diesem Augenblick sah Livia, die auf eine Auskragung der Brüstung geklettert war, in der Ferne von rechts und von links Wulfilas Männer näher kommen, und schlug Alarm.

»Die Krüge!« rief sie, sobald sie wieder auf den Boden gesprungen war. »Werfen wir uns gegen die Krüge! Der erste und der dritte sind voller Öl!« Die Kameraden eilten herbei, und auch Orosius ließ das Seil fallen, um mitzuhelfen. Sie kippten die beiden großen Gefäße nacheinander um und ließen sie in entgegengesetzte Richtungen rollen. Auf diese Weise sich selbst überlassen, kullerten die beiden Behälter nach rechts und nach links, prallten zuerst gegen die Brüstung und dann gegen die Innenmauer, bis sie nach einem heftigeren Stoß zerbrachen, und sofort ergoß sich ein Schwall glänzenden Öls, der sich in Richtung der beiden in vollem Lauf begriffenen Gruppen ausbreitete. Die ersten rutschten aus und fielen zu Boden, dabei setzten die Fackeln, die sie in der Hand hielten, die Flüssigkeit in Brand und ließen an beiden Enden der Terrasse ganze Flammenwirbel auflodern. Einige der in menschliche Fackeln verwandelten Soldaten sprangen ins Meer und versanken in den Fluten, andere stürzten sich auf die Klippen, und ihre Körper hüpften von einem Felszacken zum anderen und zerschellten schließlich zwischen den Felsen wie aus dem Leim gegangene Marionetten. Doch schon liefen andere zur Verstärkung herbei, und Aurelius begriff, daß nichts anderes übrigblieb, als bis zuletzt zu kämpfen. Er biß die Zähne zusammen und umklammerte das Schwert, das ihm sein Kaiser anvertraut hatte. Er würde es, bevor er starb, mit dem letzten Funken Kraft ins Meer schleudern, damit es nicht in die Hand der Feinde fallen konnte. Doch während sich die fünf in einer Reihe aufstellten, rüttelte sich Romulus, einer plötzlichen Eingebung folgend, auf. »Kommt mir nach!« rief er. »Ich kenne einen Fluchtweg!« Und er lief zu der kleinen eisenbeschlagenen Tür und schob den Riegel auf.

Aurelius war klar, was er vorhatte, beugte sich über die Brüstung, schrie Batiatus etwas zu und erklärte ihm mit weit ausholenden Gesten, daß er die Leinen losmachen und das Weite suchen sollte, dann warf er das Seil hinunter, weil er keinen Zweifel hatte, daß sie von hier aus nicht mehr nach unten klettern würden. Anschließend rannte er zur Tür und stürzte seinen Gefährten hinterher, dieselbe Treppe hinunter, über die sie kurz zuvor hinaufgegangen waren. Der Sturm ließ unterdessen nach, aber in der Ferne hörte man immer stärker das Grollen des Vulkans, der seinen Zorn noch in seinem Inneren verbarg.

Sie gelangten in den Hof und hielten sich dabei stets dicht an der nördlichen Mauer, die im Dunkeln lag, und dann fand Romulus die Allee, die den Flüchtenden Schutz bot bis zu der Stelle, an der das Abflußgitter den Zugang zu dem unterirdischen Geheimgang ermöglichte. Romulus öffnete es und winkte den anderen, ihm zu folgen, während er sich schon nach unten ließ.

»Wie gut, daß Batiatus nicht dabei ist«, sagte Vatrenus. »Hier wäre er niemals durchgekommen.«

Sie begannen, der Reihe nach hinabzusteigen, doch einer der Diener, den dieses ganze Tohuwabohu aufgeweckt hatte, fing zu brüllen an. Ihm antwortete das wütende Gebell der Hunde, und schon lief eine Gruppe Wachen mit Fackeln und Laternen herbei, um die ganze Umgebung abzusuchen.

»Wo sind diese Eindringlinge?« fragte der Mann, der sie anführte.

Der Diener wußte nicht, was er sagen sollte. »Aber ich schwöre euch, daß sie gerade erst hier waren! Ich habe sie gesehen, ganz bestimmt!«

Unter dem Abflußgitter verharrten alle regungslos, weil die Verfolger genau über ihnen standen und man deutlich ihre von den Laternen erleuchteten Gesichter erkennen konnte.

»Und jetzt?« beharrte der Anführer der Wachen. Der Mann zuckte die Achseln, während die Hunde immer noch jaulend hin und her liefen. Da versetzte ihm der Barbar laut fluchend einen so heftigen Stoß, daß er nach hinten fiel, und führte seine Männer anderswohin, wo weitere Gruppen die

Suche fortsetzten. Romulus hob das Gitter ein wenig an und lugte nach draußen, um sich zu vergewissern, daß sie wirklich abgezogen waren, und begann dann, sich auf den Boden des Geheimgangs herunterzulassen, alle anderen folgten ihm. Der unterirdische Gang war in vollkommenes Dunkel getaucht, doch Ambrosinus zog seinen Zündstein hervor, und nach einigen Versuchen gelang es ihm, einen Docht anzuzünden, den er aufgerollt in einem Gefäß hielt, das mit einer schwärzlichen, talgähnlichen Substanz gefüllt war. Das blakende Flämmchen entwickelte sich schon bald zu einer kleinen grellweißen Lichtkugel, die sie durch die imposante Reihe kaiserlicher Standbilder bis zu der großen Platte aus grünem Marmor führte. Aurelius und die anderen waren überwältigt vor Staunen sowohl über Ambrosinus' wundersame Flamme als auch über diesen unglaublichen Aufmarsch von Cäsaren, die im Prunk ihrer *paludamenta*, der prächtigen Überwurfmäntel, und ihrer Rüstungen dargestellt waren.

»Ihr Götter ...!« murmelte Vatrenus, »in meinem ganzen Leben habe ich so etwas noch nicht gesehen.«

»Herrgott ...«, pflichtete ihm Orosius bei, der diese Wunderwerke mit weit aufgerissenen Augen anstarrte.

»Er ist es gewesen, der das entdeckt hat!« sagte Ambrosinus stolz und deutete auf seinen Schüler, der sich gerade der großen grünen Marmorplatte näherte. Romulus drehte sich zu Aurelius um und sagte: »Und dabei habt ihr noch gar nichts gesehen. Von hier nun kommt das Schwert, das du in Händen hältst. Schau her!«

Er legte die Finger auf die drei V und drückte mit ganzer Kraft dagegen. Man hörte das Geräusch der Gegengewichte und des Mechanismus, der sich in Bewegung setzte, und unter den immer verwunderteren Blicken seiner Begleiter begann sich die große Platte um sich selbst zu drehen, bis, aufrecht auf ihrem Sockel stehend, die Statue Julius Cäsars erschien, prachtvoll in der silbernen Rüstung und den verschiedenfarbigen Marmorarten, die den Purpur der Tunika und des Mantels nachahmten, und dem bleichen und griesgrämigen Gesicht, das ein großer Künstler aus dem kostbarsten Marmor der Apuanischen Alpen gemeißelt hatte. Doch das wortlose Staunen der kleinen Gruppe wurde von Demetrios unterbrochen, der plötzlich Alarm schlug. »Sie haben uns entdeckt!« schrie er. »Sie haben das Licht gesehen!«

Am Ende des langen Geheimgangs sah man tatsächlich den Schein von Fackeln, und sogleich hörte man Schreie und Rufen: Wulfila höchstpersönlich führte seine Wachen durch den Schutt nach unten und dann an der Reihe der kaiserlichen Statuen entlang.

»Schnell, schnell!« sagte Romulus. »Es gibt einen Fluchtweg in dieser Zelle!« Die Gruppe verschwand im Inneren, und die große Platte schob sich hinter ihnen wieder zu. Sofort hallte der Hohlraum des kleinen Hypogäums vom Geklirr der Waffen, die gegen den Marmor stießen, und dem Wutgeheul Wulfilas wider, und obwohl der große Monolith so stark war, daß er einen unüberwindlichen Schutz darstellte, erfüllte das Dröhnen der Hiebe dieser unbändigen Wut den engen Raum mit einem Gefühl der Bangigkeit, verdichtete sich in dieser unbewegten Luft eine ohnmächtige, aber dennoch schreckliche, unmittelbare Bedrohung. Einen Moment lang blickten sie einander bestürzt an, doch schon zeigte Romulus ihnen den Brunnenrand, von dem ein so geheimnisvolles bläuliches Leuchten ausging, als halte diese Öffnung Kontakt mit dem Jenseits.

»Dieser Brunnen ist mit dem Meer verbunden«, sagte Romulus dann, »und bietet den einzigen Ausweg. Gehen wir! Hier gibt es nichts, was wir noch tun könnten.« Und vor den Augen aller seiner Begleiter stieg er, bevor irgend jemand Zeit hatte, auch nur ein einziges Wort zu sagen, in den Brunnen. Aurelius zögerte keinen Augenblick und stürzte hinter ihm her. Gleich darauf warf sich Livia hinein, und nach ihr Demetrios, Orosius und Vatrenus. Ambrosinus war der letzte, und er hatte zunächst den Eindruck, daß das lange Rutschen auf einer Art schiefer Ebene und dann der senkrechte Fall durch eine enge Röhre niemals enden würden. Die Berührung mit dem Wasser löste in ihm Panik und Platzangst aus, aber dann, gleich danach, durchströmte ihn ein Gefühl des Friedens. Er spürte, daß er sanft in einer blubbernden Flüssigkeit, umgeben von einem himmlischen und pulsierenden Licht, dahintrieb. Die Lampe, die er fest in der Hand hielt, entglitt ihm und ging langsam unter, bis sie auf dem Grund liegenblieb, und dann ließ diese leuchtende Kugel das ganze Wasser in einem intensiven und strahlenden Saphirblau erscheinen. Ambrosinus tauchte zwischen seinen Gefährten auf, die gerade versuchten, zum Ufer zu gelangen. Sie befanden sich inmitten einer Grotte, die über eine kleine Öffnung, die so knapp über der Wasseroberfläche lag, daß man sie kaum sah, mit dem Meer verbunden war. Aurelius und die anderen betrachteten verblüfft die unter Wasser brennende Flamme, während der alte Lehrer, nicht minder staunend, um sich blickte. Vatrenus wandte sich an ihn und deutete auf das Licht, das vom Meeresboden selbst auszustrahlen schien. »Aber … was ist denn das für ein Wunderwerk? Bist du vielleicht ein Zauberer?« fragte er.

»Das ist griechisches Feuer, ein Rezept von Hermogenes aus Lampsakos«, erwiderte Ambrosinus mit betonter Gleichgültigkeit. »Es brennt auch unter Wasser.« Aber er ließ seinen Blick rundum schweifen, um die großartigen Skulpturen der olympischen Götter zu betrachten, die ganz oder teilweise aus dem Wasser der Meeresgrotte ragten: Neptun auf einem von Pferden mit Fischschwänzen gezogenen Wagen, seine Gemahlin Amphitrite mit einem Gefolge von Meeresnymphen und Tritonen, die in Muscheln bliesen und dabei ihre mit Schuppen bedeckte Brust aufblähten. Das unwirkliche Licht, das sich durch die Wellenbewegung auf den Figuren widerspiegelte, schien diesen Leben einzuhauchen, ihre Gesichter und starren Augen aus Marmor zu beleben. Ein altes Nymphäum, geheim und verlassen.

Auch Romulus betrachtete entzückt diese Bilder. »Wer sind sie?« fragte er.

»In Vergessenheit geratene Götter«, erwiderte Ambrosinus.

»Aber … haben sie je existiert?«

»Natürlich nicht!« protestierte Orosius entrüstet. »Es gibt nur einen Gott!«

Ambrosinus warf ihm dagegen einen rätselhaften Blick zu. »Vielleicht«, antwortete er Romulus. »Solange jemand an sie geglaubt hat.«

Darauf folgte ein langes Schweigen: Alle schienen von der Magie des Ortes überwältigt zu sein. Dieses blaue Licht, das das hohe Felsengewölbe zurückwarf, diese Bilder, das ferne Rollen des Donners, der mächtige Atem des Meeres, das nach dem Sturm langsam wieder seine Wellen glattstrich – dies alles erfüllte sie mit einem Gefühl einer fast überirdischen Ruhe. Sie zitterten vor Kälte und waren erschöpft von den Strapazen, von den übermenschlichen Anstrengungen, die sie hatten auf sich nehmen müssen, und dennoch spürten sie in ihren Herzen ein unsägliches Glücksgefühl.

Romulus unterbrach als erster das Schweigen. »Sind wir jetzt frei?« fragte er.

»Im Augenblick, ja«, antwortete Ambrosinus. »Wir befinden uns noch auf der Insel. Aber ohne dich wären wir schon alle tot. Du hast dich wie ein wirklicher Führer verhalten.«

»Und was machen wir jetzt?« fragte Vatrenus.

»Batiatus hat mitbekommen, daß wir nicht herunterklettern konnten, und wird losgesegelt sein. Wahrscheinlich kreuzt er hier irgendwo herum. Wir müssen versuchen, ihn zu erreichen, oder dafür sorgen, daß er uns erreicht.«

»Ich gehe und schau einmal nach«, sagte Livia. »Du bleibst hier mit dem Jungen.« Und ehe Aurelius antworten konnte, tauchte sie ins Wasser, durchquerte mit ein paar kräftigen Zügen die Grotte und schwamm ins offene Meer hinaus. Dort hielt sie sich eine Weile parallel zur Küste, bis sie eine Stelle fand, wo es möglich war, auf den Felsen zu klettern. Sie stieg so hoch hinauf wie möglich, so daß sie eine große Fläche überblicken konnte, und wartete dort, vor Kälte zitternd. Die Wolken begannen aufzureißen, und der Mond warf sein Licht auf die Wellen; auf dem Festland schleuderte der Vesuv rote

Blitze gegen die Wolken, die, vom Westwind getrieben, über den Himmel jagten.

Plötzlich fuhr sie hoch: Hinter einem Vorgebirge tauchte ein Boot mit einer kleinen Laterne am Bug auf. Im Heck bediente eine unverwechselbare Silhouette das Steuer. Sie schrie: »Batiatus! Batiatus!«

Das Schiff wendete und fuhr dicht an der Küste entlang.

»Wo bist du?« rief der schwarze Riese.

»Hier, hier!«

»Endlich!« sagte Batiatus, sobald er näher gekommen war. »Ich hatte schon beinahe die Hoffnung aufgegeben. Seid ihr alle beisammen?«

»Ja, Gott sei Dank. Die anderen halten sich hier drinnen versteckt, in einer Grotte. Gleich hole ich sie heraus.«

Batiatus stellte das Segel in den Wind, während Livia wieder ins Wasser tauchte und zur Grotte hinüberschwamm, um ihren Gefährten Bescheid zu geben.

Die Flüchtlinge sprangen, einer nach dem anderen, ins Wasser und schwammen ins offene Meer hinaus und auf das Boot zu, während Batiatus sie anspornte: »Schnell, schnell! Ich habe vorhin schon ein Schiff aus dem Hafen ausfahren sehen. Schnell, bevor sie uns entdecken!«

Livia war als erste an Romulus' Seite, und zusammen kletterten sie mit Batiatus' Hilfe an Bord. Dann war Ambrosinus an der Reihe. Ihm folgten Vatrenus, Orosius und Demetrios. Aurelius hatte einen der Felsen erklommen, um sich einen besseren Überblick über die Lage zu verschaffen, als er sah, daß sich links von ihm ein rötlicher Schein auf den Wellen ausbreitete und dann ein mit Ruderkraft angetriebenes Kriegsschiff erschien. Wulfila stand im Bug und steuerte auf Batiatus' Boot zu. Aurelius zögerte nicht und schrie aus voller Kehle: »Wulfila, ich erwarte dich! Komm her und hol mich, du Barbar, wenn du den Mut dazu hast! Du verdammter Kerl mit deiner Narbe, komm nur her und hol mich!«

Wulfila drehte sich zur Küste um und sah im Schein der Buglaterne und der Fackeln seinen Feind aufrecht auf einem

Felsen stehen, in der Hand das unbezwingbare Schwert. Wulfila brüllte: »Wenden! Wenden! Ich will diesen Mann, und ich will dieses Schwert, und zwar um jeden Preis!«

Batiatus begriff, segelte mit dem Wind und fuhr weiter in Richtung Festland, während Romulus ausrief: »Nein! Nein! Wir müssen ihm helfen! Wir dürfen ihn nicht im Stich lassen! Kehr um, kehr um, ich befehle es dir!«

Livia trat an ihn heran. »Willst du, daß er sich vergeblich opfert? Er hat es für dich getan. Er hat ihre Aufmerksamkeit auf sich gelenkt, damit wir uns entfernen können.« Sie drehte sich zur Insel um, und das Bild des aufrecht im Licht der Fakkeln am Ufer stehenden Aurelius vermischte sich mit einem anderen aus weiter Vergangenheit, nämlich dem eines römischen Soldaten, der, von einem Barbarenhaufen bedroht, regungslos am Ufer steht, hinter sich eine brennende Stadt. Sie sah sich selbst wieder, als kleines Mädchen, auf einem Schiff, beladen mit Flüchtlingen, das auf den schwarzen Wellen der Lagune ebenso davonglitt wie jetzt dieses Boot.

Sie weinte.

XVIII

Wulfila befahl, die Buglaterne höher zu heben, und die Mannschaft gehorchte und leuchtete das vor dem Schiff liegende felsige Ufer ab, wo Aurelius regungslos und mit dem Schwert in der Hand wartete.

Einige von Wulfilas Männern machten ihre Bogen schußbereit und nahmen Aurelius aufs Korn, weil sie glaubten, ihr Kommandant hätte diese bereits leichte Zielscheibe nur noch etwas besser beleuchten wollen, aber Wulfila gebot ihnen Einhalt. »Runter mit den Bogen! Ich habe euch doch gesagt, daß ich dieses Schwert haben will! Wenn das ins Meer fällt, finden wir es niemals wieder. Anlegen!« schrie er dann dem Steuermann zu. »Anlegen, hab ich gesagt! Wir müssen ihn lebend kriegen!«

Aus der Ferne beobachtete Vatrenus die Szene, aber er ahnte eher, was gerade vor sich ging, als daß er es tatsächlich sah.

»In den Wind!« befahl er Batiatus. Livia zuckte bei seinen Worten zusammen und trocknete sich die Augen, weil sie aus diesem unerwarteten Befehl eine Hoffnung heraushörte.

Batiatus gehorchte, ohne zu begreifen, und das Boot verlangsamte seine Fahrt, bis es zum Stehen kam.

»Warum machen wir halt?« fragte sie.

»Weil Aurelius sie auf die Klippen lockt«, erwiderte Vatrenus. »Hast du das denn nicht verstanden?«

»Steuerbord!« erscholl Demetrios' Stimme vom Bug.

Da sahen sie, daß sich ihnen ein zweites, kleineres, mit Soldaten beladenes Schiff näherte, an dessen Bordwänden und Rudern Fackeln und Laternen brannten. Es war zwar nur ein paar Meilen entfernt, kam aber ziemlich langsam voran.

»Was machen wir jetzt?« fragte Demetrios. »Gleich werden sie uns entdecken und auf uns zusteuern.«

»Warten wir!« rief Romulus aus. »Warten wir, so lange wir können, ich bitte euch!«

In diesem Augenblick dröhnte das Krachen von splitterndem Holz, das gegen die Felsen geprallt war, über die Meeresfläche, wurde aber sofort übertönt von dem viel lauteren Getöse des Vulkans, der soeben anfing, eine Wolke aus Feuer und Funken zum Himmel zu schleudern. In seiner Ungeduld, zu seinem Feind zu gelangen, hatte Wulfila nicht gezögert, den Bug seines Schiffes auf die Felsen zu setzen, und nun hoben die Wellen das Heck hoch und ließen alle Mann quer über das Schiffsdeck rollen. Während sie fluchend versuchten, sich an der Reling festzuhalten, war auch Wulfila bemüht, sein Gleichgewicht wiederzufinden, um sich dann erneut auf seinen Gegner zu werfen. Aber Aurelius sprang ins Wasser und verschwand.

Es wurde immer finsterer, und auf das Deck des Bootes, in dem sich Livia und ihre Leute befanden, regnete Asche herab, und schon bald prasselten glühende Lavabröckchen vom Himmel.

»Jetzt müssen wir aber fort von hier«, sagte Ambrosinus, »sonst ist es zu spät: Der Vulkan erreicht jetzt die explosivste Phase seiner Eruption. Wenn uns die Barbaren nicht einholen, werden diese glühenden Lapilli unser Schiff in Brand setzen, und das heißt, daß wir dann alle untergehen.«

»Nein!« rief Romulus. »Warten wir noch!« Und mit sehnsüchtigem Blick suchte er die dunkle Oberfläche des Meeres ab, während das feindliche Schiff sich immer mehr zwischen ihr Boot und Wulfilas Wrack schob, das bereits völlig den Sturzwellen ausgeliefert war. Der Lavaregen nahm noch an Stärke zu, und einige kleine Feuerherde begannen, sich nahe von Livia und ihren Seilrollen auszubreiten. Das feindliche Schiff war noch nicht in einer Position, von der aus es Wulfilas von den Wogen zermalmtes Schiff sehen konnte, hätte aber in jedem Moment ihr Boot sichten können.

»Wie viele mögen das sein?« fragte Orosius und blickte besorgt hinüber, und just in diesem Augenblick drängte sich der feindliche Pöbel im Bug seines Schiffs zusammen und begann brüllend mit den Waffen herumzufuchteln.

»Ziemlich viele«, erwiderte Vatrenus düster. Er wandte sich an Livia: »Wenn du den Knaben retten willst, müssen wir jetzt verschwinden!« Livia nickte schweren Herzens.

»Hart am Wind!« befahl daraufhin Vatrenus. »Schnell, nichts wie weg von hier!«

Batiatus bediente die Leine mit Hilfe von Demetrios, der sich zum Ruder begeben hatte, und sie nahmen langsam Fahrt auf. Da tauchte plötzlich aus den Wellen, aus einem tosenden Schaumwirbel, ein Schwert auf, dann ein muskulöser Arm, der im Schein der Fackeln glänzte, daraufhin ein Kopf und schließlich eine starke Männerbrust – Aurelius!

»Aurelius!« rief Romulus, außer sich vor Aufregung.

»Er ist es!« schrien seine Kameraden und stürzten zur Reling. Vatrenus warf ihm ein Tau zu und zog ihn an Bord. Aurelius war so erschöpft, daß nur die Umarmung seiner Gefährten ihn daran hinderte, entkräftet an Deck zusammenzusinken. Livia lief ihm entgegen und drückte ihn, einer Ohnmacht nahe, an sich, und auch Romulus ging zu ihm und starrte ihn immer noch an, als könne er nicht glauben, daß er unversehrt war – so, als wäre diese unwirkliche Atmosphäre ein trügerischer Traum, der sich mit der Rückkehr des Tageslichts in nichts auflösen müßte.

Der dichte Nebel, den der Vulkan ausgespuckt hatte, verbreitete sich jetzt über das Meer und trieb über den Wellen dahin, bis er die Ufer der Insel streifte. Livias Boot tauchte in diesen Nebel ein und verschwand aus dem Blickfeld. Da hörten die Verfolger die Schreie ihrer Kameraden, die vor der Küste zwischen den Trümmern ihres Schiffes im Wasser zappelten. Wulfila war es inzwischen gelungen, auf die Klippen zu steigen, und er forderte sie brüllend auf, ihm zu Hilfe zu kommen. Das Schiff näherte sich, hielt aber vorsichtig einen gewissen Abstand, um nicht selbst zu havarieren. Dann sprangen die Schiffbrüchigen ins Wasser und kraxelten schließlich der Reihe nach an Bord. Nachdem auch Wulfila in das Schiff geklettert war, gab er sofort Befehl, den Flüchtigen nachzusetzen, aber der Steuermann, ein alter Seebär aus Capri, der sich in diesen Gewässern auskannte, redete ihm das aus: »Wenn wir den Bug in Richtung See stellen, wird keiner von uns hier lebend herauskommen. Man sieht die Hand vor Augen nicht, und außerdem regnet es Feuer. Schau doch nur!«

Wulfila blickte in Richtung Festland, auf den schwarzen Himmel, über den eine Unmenge rotglühender Geschosse flogen, und er spürte, daß seine Männer langsam Angst bekamen; es waren Leute aus dem Norden, die noch nie etwas Derartiges gesehen hatten. Er biß sich auf die Lippen bei dem Gedanken, daß er ein Kind von dreizehn Jahren und einen alten Mann aus einer Festung hatte entkommen lassen, die von siebzig vorzüglichen Soldaten bewacht wurde. Was ihn aber am meisten schmerzte, war der Verlust dieses phantastischen Schwertes, das er mit aller Macht begehrte, seit er es zum ersten Mal mit seinem unmerklichen Leuchten in der Hand seines Feindes hatte funkeln sehen.

»Zurück in den Hafen!« befahl er, und das Schiff wendete und änderte den Kurs. Die Seeleute, allesamt Einheimische, ruderten kräftig, weil sie die Gefahr, die ihnen drohte, gut kannten, doch sie folgten ruhig und diszipliniert den Anweisungen ihres Steuermanns. Die Barbaren dagegen waren bereits in Panik und betrachteten bleich und zitternd vor Angst den höllischen Regen, der vom Himmel fiel, und zuckten bei jedem Getöse zusammen. Wo immer sich der Nebel ausbreitete, erfüllte ein strenger Schwefelgeruch die Luft, und in Richtung Festland bebte der Horizont von blutroten Blitzen.

Unterdessen kam Livias Boot in der Dunkelheit allmählich voran. Demetrios war auf die Spitze des Vordermasts geklettert, an dem die Laterne hing, wo er forschend nach vorn blickte und versuchte, Gefahren oder plötzlich auftauchenden Hindernissen auszuweichen, doch unter diesen grauenhaften Umständen blieb ihr gemeinsames Schicksal in erster Linie dem Zufall überlassen. Die Spannung an Bord war mit Händen zu greifen. Niemand sagte ein Wort, um die Kameraden nicht abzulenken, die sich auf die Manöver dieser Fahrt konzentrierten, welche sie fast auf gut Glück durchführten. Demetrios, der auf dem Bugspriet saß und die Beine über Bord baumeln ließ, versuchte so gut wie möglich Kurs zu halten und verließ sich dabei mehr auf seinen Instinkt als auf irgendeinen seiner Sinne. Ambrosinus wandte sich an Vatrenus und fragte: »Wohin fahren wir eigentlich?«

»Wer soll das wissen? Nach Norden, nehme ich an. Das ist die einzige Möglichkeit, die uns bleibt.«

»Vielleicht könnte ich euch helfen ... Wenn bloß ...«

Vatrenus schüttelte skeptisch den Kopf. »Laß es gut sein. Wir sind selber schon genug verwirrt. So etwas habe ich noch nie gesehen.«

»Und dennoch ist es schon einmal passiert. Vor vierhundert Jahren. Der Vulkan verschüttete drei Städte samt ihren Bewohnern. Von ihnen ist keine Spur geblieben, aber Plinius hat die eruptiven Phasen des Vulkans ganz genau geschildert. Deswegen habe ich euch diese Nacht vorgeschlagen ... Ich hatte geglaubt, daß sich unsere Flucht in dem allgemeinen Durcheinander einfacher gestalten würde. Leider habe ich mich geirrt: Die explosive Phase hat einige Stunden später eingesetzt, als ich vorherberechnet hatte.«

Vatrenus starrte ihn verdattert an.

Aurelius, der sich inzwischen wieder erholt hatte, gesellte sich zu ihnen. »Inwiefern wolltest du uns helfen?« fragte er Ambrosinus. Dieser holte gerade zu einer Antwort aus, da ertönte vom Bug her Demetrios' Stimme: »Schaut euch das einmal an!«

Die Wolke begann sich zu lichten, und vor ihnen kündigte ein fast unmerkliches Schimmern auf den Wellen das erste Licht des neuen Morgens an. Sie umrundeten das Kap von Miseno, das jetzt die Spitze über die Wolke aus Rauch und Asche reckte, die über dem Meer lag, und das Licht der aufgehenden Sonne fiel auf seinen Gipfel. Alle starrten wie gebannt auf diese plötzliche Erscheinung, während der Nebel immer weiter aufriß, bis das Boot und seine Besatzung schließlich voll von der Sonne bestrahlt wurden, die jetzt von den Gipfeln der Lattariberge herunterschien.

Die Nacht lag hinter ihnen mit all ihren Schrecken, der Beklemmung, den Mühen ihrer beschwerlichen Flucht, mit der ständigen und unerbittlichen Verfolgung und der Angst, daß sich die Hoffnung beim ersten Licht des Tages verflüchtigen würde wie ein trügerischer Traum. Die Sonne strahlte über ihnen wie eine wohlwollende Gottheit, das Rumoren des Vulkans verlor sich in der Ferne wie das letzte Grummeln eines Gewitters, und das Blau des Meeres und des Himmels vermischte sich zu einem einzigen Triumph des Lichts, der Luft und der intensiven Düfte, die der Wind vom Festland herüberwehte.

Romulus wandte sich an seinen Lehrer. »Sind wir jetzt frei?«

Ambrosinus hätte ihm gern erklärt, daß die Gefahren noch nicht ganz gebannt waren, daß ihnen noch eine Reise bevorstand, die wahrscheinlich voller Wechselfälle und Hindernisse sein würde, aber er brachte es nicht über das Herz, die Freude zu trüben, die er zum ersten Mal nach so langer Zeit in den Augen des Jungen glänzen sah. So antwortete er, nur mühsam die Erregung beherrschend, die in seiner Stimme zitterte: »Ja, mein Kind, wir sind frei.«

Romulus nickte mehrmals, als wolle er sich vergewissern, daß diese Worte der Wahrheit entsprachen, dann trat er zu Aurelius und Livia, die ihn aus einiger Entfernung betrachtet hatten, und sagte mit leiser Stimme: »Danke.«

Das Boot landete an einem verlassenen Abschnitt der Küste in der Nähe einer Meeresvilla, etwa dreißig Meilen nördlich von Cumae. Livia sprang ins Wasser und eilte allen voran auf das Festland, um zu zeigen, daß das Kommando des Unternehmens immer noch fest in ihren Händen lag.

»Versenkt das Boot!« rief sie Aurelius zu. »Und dann kommt mir nach! Dorthin, aber schnell!« Und sie zeigte auf ein verfallenes Haus, das hinter einem Baumdickicht kaum zu erkennen war, obwohl es nicht einmal eine Meile entfernt lag. Aurelius half Romulus, ins Wasser zu steigen, während Batiatus und Demetrios unter Ambrosinus' besorgtem Blick zu den Äxten griffen.

»Aber warum denn?« fragte er. »Warum versenkt ihr das Schiff? Es ist in diesen Zeiten das sicherste Transportmittel. Laßt das sein, ich bitte euch! Hört auf mich!«

Livia bemerkte die Verzögerung und kehrte um. »Ich habe euch gesagt, daß ihr mir folgen sollt! Wir haben keine Minute zu verlieren! Sie können uns jeden Moment auf den Leib rükken. Dieser Junge hier ist die meistgesuchte Person im ganzen Reich. Ist dir das denn noch immer nicht klar?«

»Doch, natürlich«, erwiderte Ambrosinus. »Aber das Schiff ist das sicherste Transportmittel und ...«

»Keine Diskussionen! Ihr kommt mir nach und basta, und zwar schnell!« befahl Livia mit barscher und gebieterischer Stimme. Ambrosinus folgte ihr schweren Herzens, drehte sich aber mehrmals um und betrachtete das Boot, das zu sinken begann. Orosius war schon von Bord gegangen, Demetrios folgte ihm, und gleich danach sprangen auch Aurelius, Vatrenus und Batiatus an Land und rannten der Reihe nach hinter der kleinen Gruppe her, die Livia, im Dickicht des Küstenbuschwalds, von dem die ganze Gegend bedeckt war, in Sicherheit brachte.

»Ich kann es immer noch nicht glauben«, keuchte Vatrenus. »Zu sechst haben wir siebzig Wachen übertölpelt, die sich in einer solchen Festung verschanzt hatten!«

»Wie in den alten Zeiten!« jubelte Batiatus. »Aber mit einem angenehmen Unterschied«, fügte er hinzu und zwinkerte Livia zu, die ihm als Erwiderung zulächelte.

»Ich kann es kaum abwarten, alle diese schönen Goldmünzen zu zählen«, setzte Vatrenus noch hinzu. »Tausend Solidi, hast du gesagt. Das war doch richtig, oder?«

»Und ob!« bestätigte Aurelius. »Aber denk daran, daß wir sie uns noch nicht verdient haben. Zuvor müssen wir ganz Italien, von der einen zur anderen Seite, durchqueren, bis zu dem Ort, an dem dann vereinbarungsgemäß die Übergabe stattfinden wird.«

»Und wo ist dieser Ort?« fragte Vatrenus.

»Es ist ein Hafen an der adriatischen Küste, wo ein Schiff auf uns wartet. Dort wird der Junge in Sicherheit sein, und wir bekommen einen Haufen Geld.«

Livia blieb vor dem Haus stehen und kundschaftete dann die Ruine vorsichtig aus, wobei sie den Bogen mit dem abschußbereiten Pfeil vor der Brust hielt. Plötzlich hörte sie ein gedämpftes Schnauben und sah sechs Pferde und einen Maulesel, die über ihre Zügel an einem durch zwei Eisengitter geführten Seil aneinandergebunden waren. Unter ihnen erkannte sie sofort Juba, der zu stampfen begann, sobald er den Geruch seines Herrn witterte.

»Juba!« rief Aurelius und lief auf ihn zu, um ihn loszubinden. Er umarmte ihn wie einen alten Freund.

»Na, bist du zufrieden?« fragte Livia. »Eustasius hat gute Arbeit geleistet: Stephanus hat in dieser Gegend wirklich erstklassige Kontaktleute! Alles läuft wie geschmiert.«

»Ich bin sehr froh«, antwortete Aurelius. »Auf der ganzen Welt gibt es kein besseres Pferd als Juba.«

Da kam Ambrosinus nach vorn und trat neben Livia, die gerade ihr Pferd losband und sich in den Sattel schwingen wollte. »Ich bin für die Unversehrtheit des Kaisers verantwortlich«, sagte er und blickte sie fest an, »und glaube, erfahren zu dürfen, wohin ihr ihn bringt.«

»Ich bin es, die für die Unversehrtheit des Knaben verantwortlich ist – angesichts der Tatsache, daß ich euch beide aus der Gefangenschaft befreit habe. Aber ich verstehe deine Besorgnis. Daß ich nicht aus eigenem Antrieb gehandelt habe, das ist dir klar, nicht wahr? Ich führe nur die Anweisungen aus, die ich erhalten habe. Wir werden den Knaben an die Adria bringen, und von dort wird er weiterreisen, und zwar an einen Ort, an dem die Barbaren niemals an ihn herankommen werden und wo er eine seiner kaiserlichen Würde entsprechende Heimstatt finden wird ...«

Ambrosinus' Miene verfinsterte sich. »Konstantinopel ... habe ich recht? Ihr wollt ihn nach Konstantinopel bringen ... Das ist eine Schlangengrube, wo beim Kampf um die Macht niemand verschont bleibt, weder Brüder noch Schwestern, noch Eltern, ja nicht einmal die eigenen Kinder ...« Er hatte nicht bemerkt, daß Romulus hinzugetreten und ihm wahrscheinlich kein einziges Wort seiner flammenden Rede entgangen war. Doch es war schon zu spät, und der Junge war sich ohnehin seiner Situation bewußt. Ambrosinus legte ihm eine Hand auf die Schulter und zog ihn an sich, als wolle er ihn vor einer neuen Gefahr beschützen, die nicht geringer war als die, der er bislang ausgesetzt gewesen war. »Dort unten hätte er niemanden, der ihn beschützen könnte«, fuhr er fort. »Er wäre jeder Laune, jeder Willkür ausgeliefert. Laß ihn bei mir, ich bitte dich.«

Livia gelang es nicht, seinem Blick standzuhalten. Sie erwiderte, nicht ohne Unbehagen: »Er ist nicht irgendein Knabe, und das weißt du sehr wohl. Du kannst nicht im Ernst glauben, daß du ihn führen kannst, wohin es dir gefällt, aber ohne uns würdet ihr sowieso nicht weit kommen. Jedenfalls darfst du, wenn du willst, mit ihm gehen. Aber jetzt steigt lieber auf. Reiten wir los! Es ist gefährlich, hierzubleiben, wir sind zu nahe an der Küste.« Sie gab ihrem Pferd die Sporen und ritt den Pfad hinauf, der tiefer ins Dickicht hineinführte.

»Es ist eine Frage des Geldes, nicht wahr? Es geht um die Solidi, oder?« rief Ambrosinus hinter ihr her.

Aurelius legte ihm die Zügel des Maulesels in die Hand. »Rede keine Dummheiten, Lehrer! Hast du eine Vorstellung, was sie ihr angetan hätten, wenn sie sie bei dem Versuch, euch zu befreien, erwischt hätten? Niemand riskiert sein Leben nur des Geldes wegen. Und wir alle haben es riskiert, und zwar gleich mehrmals. Und jetzt los! Hast du verstanden?«

»Kann ich zu dir aufs Pferd steigen?« fragte Romulus Aurelius, aber dieser lehnte ab. »Es ist besser, wenn du mit deinem Lehrer reitest«, sagte er. »Im Fall eines Angriffs müssen wir uns ungehindert bewegen können.« Und er gab seinem Pferd die Sporen. Enttäuscht setzte sich Romulus hinter Ambrosinus, der sein Reittier anspornte und schweigend den Pfad entlangritt; ihnen folgten Vatrenus, Orosius, Demetrios und Batiatus paarweise und in verhaltenem Schritt. Als sie den höchsten Punkt einer Anhöhe erreicht hatten, wandten sie sich zur Küste um: Unter den Strahlen der bereits ziemlich hoch über dem Bergkamm stehenden Sonne glitzerte das Meer, und man konnte deutlich die Umrisse des Bootes erkennen, das in einem leicht wirbelnden Schaum versank. Auf der anderen Seite erhoben die Berge des Apennin ihre schneebedeckten weißen Spitzen über den Wald, über das dunkle Grün der Tannen. Der Weg nach oben wurde steiler, und die Reiter verlangsamten ihr Tempo. Nur Vatrenus gab seinem Pferd die Sporen und schloß sich Livia und Aurelius an, um die Spitzengruppe zu verstärken, die am meisten gefährdet war.

»Eines möchte ich noch gern wissen«, sagte Vatrenus auf einmal, an Livia gewandt.

»Und das wäre?«

»Was ist mit dem Fischer passiert, der die Nordwand hochgeklettert ist, um Kaiser Tiberius eine Languste zu bringen?«

»Der Kaiser hat das nicht besonders gut aufgenommen. Er hat sich geärgert, weil es einem Eindringling gelungen war, seine Villa von einer Seite her zu betreten, die man für unzugänglich gehalten hatte, und er hat seinen Wachen befohlen, dem Fischer mit der Languste wiederholt über das Gesicht zu streichen, bevor sie ihn endgültig vor die Tür setzten.«

Vatrenus kratzte sich den Nacken. »Verflixt. Da ist es uns ja viel besser ergangen.«

»Bis jetzt«, sagte Aurelius.

»Richtig, bis jetzt«, räumte Vatrenus ein.

In einem Abstand von etwa hundert Fuß folgten ihnen Ambrosinus und der Knabe auf dem Rücken ihres Maulesels.

»Glaubst du wirklich, daß sie mich nach Konstantinopel bringen?« fragte Romulus.

»Ich fürchte ja«, antwortete Ambrosinus. »Oder besser: Ich bin mir sicher. Livia hat es nicht abgestritten, als ich das behauptet habe – vielmehr hat sie es in gewisser Hinsicht sogar bestätigt.«

»Und ist das wirklich so fürchterlich?«

Ambrosinus wußte nicht, was er erwidern sollte.

»Sag es mir«, beharrte Romulus. »Ich habe das Recht zu erfahren, was mich erwartet.«

»Tatsache ist, daß ich das auch nicht weiß. Ich kann nur Vermutungen anstellen. Eines aber ist klar: Livia hat von jemandem den Auftrag bekommen, dich aus Capri wegzubringen. Sie ist es, die alles organisiert hat. Die Anwesenheit von Aurelius hat mich anfangs auf die falsche Fährte gelockt, weil ich wußte, daß er schon einmal, in Ravenna, einen Versuch unternommen hatte, dich zu befreien. Es erschien mir deshalb plausibel, daß er es noch ein zweites Mal versuchen könnte. Die Tatsache, daß er das Mädchen bei sich hatte, hat mich nicht so sehr erstaunt. Sie hätte ja seine Braut sein können. Viele Soldaten haben so ein Mädchen, das sie nach Beendigung ihres Militärdienstes normalerweise auch heiraten. Aber ich habe meine Meinung revidieren müssen: Offensichtlich ist sie es, die das Heft in der Hand hat, und folglich ist sie es auch, die über das Geld verfügt, mit dem sie am Ende ausgezahlt werden.«

»Dann stimmt es also, was du gesagt hast ... Sie haben es wegen des Geldes getan.«

»Auch in diesem Fall müßten wir ihnen unbedingt dankbar sein. Aurelius hat recht: Niemand riskiert sein Leben nur um des Geldes willen, aber sicher hilft das Geld etwas nach. Es ist legitim, daß ein Mann versucht, seine eigenen Lebensverhältnisse zu verbessern, vor allem in diesen Zeiten, und sie sind ja Versprengte, Soldaten, die kein Heer und keine Heimat mehr haben.«

»Warum hast du vorhin diese Sachen gesagt? Was könnte mir passieren, wenn ich nach Konstantinopel gehe?«

»Wahrscheinlich nichts. Du würdest im Luxus leben, vielleicht sogar in allzu großem Luxus. Aber du bist immer noch der Kaiser des Westens, und dies birgt in diesen Gegenden auf jeden Fall Gefahren. Jemand könnte dich einfach gegen einen anderen ausspielen, wie man es mit einer Figur in einem Brettspiel tut, verstehst du? Derlei Figuren opfert man manchmal, ohne auch nur einen Augenblick daran zu denken, daß ein späterer Zug einen dem Sieg vielleicht näher gebracht hätte. In einem solchen Fall ginge das leider immer auf deine Kosten. Konstantinopel ist eine korrupte Hauptstadt.«

»Sie sind also auch nicht besser als die Barbaren.«

»Auf dieser Welt hat alles seinen Preis, mein Kind: Wenn ein Volk eine hohe Stufe der Zivilisation erreicht, entwickelt es zugleich auch einen gewissen Grad an Korruption. Die Barbaren sind eben deswegen nicht korrupt, weil sie Barbaren sind. Aber auch sie werden bald die prächtigen Kleider, das Geld, die raffinierten Speisen, die Parfüms, die schönen Frauen, die komfortablen Häuser schätzen lernen. Alle diese Dinge sind nicht gratis zu haben, ja, um sie zu bekommen, braucht man viel Geld, so viel, wie es einem nur die Korruption verschaffen kann. Auf jeden Fall gibt es keine Zivilisation ohne ein gewisses Maß an Barbarei und keine Barbarei, die nicht auch ein paar Keime der Zivilisation in sich trägt. Verstehst du, was ich meine?«

»Ja, ich glaube schon. Aber was für eine Welt ist dann die, in der wir leben, Ambrosinus?«

»Die bestmögliche oder die schlechtestmögliche – je nachdem, von welcher Seite man sie betrachtet. Meiner Meinung nach ist aber die Zivilisation in jedem Fall der Barbarei bei weitem vorzuziehen.«

»Und was ist, deiner Meinung nach, die Zivilisation?«

»Zivilisation bedeutet Gesetze, politische Einrichtungen, Rechtssicherheit. Sie bedeutet Berufe und Gewerbe, Straßen und Kommunikationsmöglichkeiten, Riten und Feste. Wissenschaft, aber auch Kunst, vor allem Kunst; Literatur, Poesie wie die von Vergil, die wir so oft zusammen gelesen haben – geistige Tätigkeiten, die uns Gott sehr ähnlich machen. Ein Barbar ähnelt dagegen viel eher einem Tier. Ich weiß nicht, ob ich mich klar genug ausgedrückt habe. Einer Zivilisation anzugehören verleiht einem einen besonderen Stolz, den Stolz, an einem großen gemeinsamen Unternehmen mitzuwirken, dem größten, das der Mensch überhaupt durchführen kann.«

»Aber die unsrige, also unsere Zivilisation, meine ich, die ist doch gerade im Begriff unterzugehen, oder?«

»Ja«, antwortete Ambrosinus. Und er schwieg lange.

XIX

»Schön, nicht wahr?«

Bei diesen Worten fuhr Aurelius zusammen. Als Romulus hinter seinem Rücken aus dem Dunkel herausgetreten war, hatte er ihn dabei überrascht, wie er das Schwert vor dem Feuer drehte und wendete, geradezu hypnotisiert von den bläulichen Reflexen der Klinge, die wie die Augen in den Schwanzfedern eines Pfaus schillerten.

»Verzeih mir«, antwortete er und reichte es ihm hinüber. »Ich habe vergessen, es dir zurückzugeben. Es gehört dir.«

»Es ist besser, wenn du es vorläufig behältst. Bestimmt machst du besseren Gebrauch davon als ich.«

Aurelius war noch immer in seine Betrachtung versunken. »Diese Waffe ist unglaublich: Bei den vielen Hieben, die dieses Schwert versetzt und empfangen hat, ist kein einziger Zacken herausgebrochen, und es hat weder einen Fleck noch einen Kratzer abbekommen. Es scheint die Waffe eines Gottes zu sein.«

»In einem gewissen Sinne ist sie das auch, denn sie hat Julius Cäsar gehört. Hast du die Inschrift gesehen?«

Aurelius nickte und fuhr mit dem Finger an der Reihe von Buchstaben entlang, die in der Mitte der Klinge, in einer kaum erkennbaren Rille, eingeritzt waren. »Ich habe sie gesehen und wollte meinen Augen nicht trauen. Von ihm geht eine geheimnisvolle Kraft aus, die einem unter die Haut, in die Finger, in den Arm, ja bis ins Herz hineindringt …«

»Ambrosinus sagt, daß es von den Chalybern geschmiedet wurde, und zwar aus einem einzigen Meteorit aus reinem Eisen, und daß es dann im Blut eines Löwen gehärtet wurde.«

»Und der Griff … Kein Kampfschwert hat einen so reichverzierten und kostbaren Griff. Höchstens Prunkschwerter. Und doch liegt mir der Hals des Adlers in der Hand wie kein zweiter Griff in meinem Leben. Er wirkt wie ein verlängerter Arm …«

»Es ist bloß ein außergewöhnliches Werkzeug des Todes«, sagte Romulus, »angefertigt für einen großen Eroberer. Du bist ein Kämpfer: Es ist nur natürlich, daß es dich fasziniert.« Er warf einen Blick auf seinen Lehrer, der gerade damit beschäftigt war, seine Habseligkeiten in der Nähe des Feuers aufzureihen. »Siehst du Ambrosinus? Er ist ein Mann des Wissens, und er versucht seinerseits, seine Werkzeuge zu retten, die sich nach dem Eintauchen in die Grotte mit Wasser vollgesogen haben: Seine Pülverchen … seine Kräuter … Und mein Exemplar der *Aeneis*: eines seiner Geschenke zum Tag meiner Akklamation.«

»Und dieses Notizbuch da?«

»Das ist sein persönliches Tagebuch. Darin ist seine Geschichte aufgeschrieben … und auch unsere.«

»Willst du damit sagen, daß er auch … von mir berichtet hat?«

»Da kannst du dir sicher sein! Aber warum sagst du ›berichtet hat‹?«

»Es ist doch ins Wasser gefallen! Ich könnte mir vorstellen, daß recht wenig davon übriggeblieben ist.«

»Tatsächlich ist aber alles erhalten geblieben! Unlösliche Tinte. Wieder so eines seiner Rezepte. Und er kennt auch das der unsichtbaren Tinte.«

»Du willst mich wohl auf den Arm nehmen?«

»Nein, warum sollte ich? Während er schreibt, sieht man

nichts. Es ist, als würde er die Feder in Brunnenwasser tauchen, und dann, plötzlich, wenn er …«

Aurelius unterbrach ihn. »Du hast ihn sehr gern, stimmt's?«

»Ich habe niemanden sonst auf der Welt«, erwiderte Romulus. Und er sagte es mit einem besonderen Tonfall, als wolle er seinem Gesprächspartner einen Widerspruch entlocken. Doch Aurelius sagte nichts, und Romulus sah ihm zu, während er das Schwert mit einer gleichmäßigen und harmonischen Bewegung, die an die Geste eines Priesters erinnerte, wieder in die Scheide steckte. Eine Zeitlang blickten sie in die Flammen des Lagerfeuers, dann unterbrach Romulus erneut das Schweigen. »Warum hast du mich nicht bei dir, auf deinem Pferd, haben wollen?«

»Ich habe es dir doch gesagt: Wenn ich dich beschützen muß, brauche ich Bewegungsfreiheit.«

»Es ist nicht deswegen. Du mußt frei sein, einfach so, habe ich recht?« Und bevor Aurelius Zeit hatte, Romulus zu antworten, ging dieser weg, hinüber zu Ambrosinus, der gerade auf einer Schicht trockener Blätter die Decke für ihn ausbreitete. Demetrios bezog seinen Wachtposten am vorderen Ende des Lagers, und Orosius hatte sich in einiger Entfernung auf einem kleinen Hügel postiert, um rechtzeitig vor möglichen, von Westen her anrückenden Verfolgern warnen zu können. Die anderen – Batiatus, Livia, Aurelius und Vatrenus – bereiteten sich auf ihre Nachtruhe vor.

»Es ist schon merkwürdig«, sagte Vatrenus. »Ich müßte eigentlich todmüde sein, und dabei habe ich überhaupt keine Lust, schlafen zu gehen.«

»Wir haben uns im Laufe des letzten Tages einfach verausgabt«, bemerkte Aurelius, »und unserem Körper gelingt es noch immer nicht zu glauben, daß er sich jetzt ausruhen darf.«

»Das ist aber eine aparte Erklärung«, erwiderte Batiatus. »Ich, der ich fast gar nichts gemacht habe, falle nämlich vor Müdigkeit fast um!«

»Ich weiß nicht … ich hätte Lust, etwas zu singen«, sagte Vatrenus, »wie wir es früher manchmal abends im Lager gemacht haben, rund um das Feuer. Erinnert ihr euch noch? Ach, ihr Götter! ... Erinnert ihr euch noch, was für eine Stimme Antoninus hatte?«

»Natürlich!« antwortete Aurelius. »Und wie! Und Canidius? Und Paulinus?«

»Und auch unser Kommandant Claudianus hatte keine üble Stimme«, sagte Batiatus. »Wißt ihr noch? Manchmal kam er einfach daher, auf seinem Inspektionsrundgang, und setzte sich zu uns ans Feuer. Und wenn wir gerade etwas sangen, fing auch er an, leise mitzuträllern. Und dann ließ er etwas Wein kommen und trank einen Becher mit uns. Er sagte: ›Trinkt, Kinder, wärmt euch ein bißchen auf!‹ Unser armer Kommandant, ich erinnere mich noch an seinen letzten Blick, als er mitten in einem Haufen von Feinden tödlich getroffen zu Boden sank ...« Und während er diese grausame Szene heraufbeschwor, leuchteten die Augen des schwarzen Giganten in der Dunkelheit.

Bei seinen Worten hob Aurelius den Kopf, und die beiden sahen sich lange schweigend an; einen Moment lang lag ein fragender Ausdruck und beinahe ein Verdacht in Aurelius' Blick, was Batiatus nicht entging. »Ich weiß, was du jetzt denkst«, sagte er. »Du fragst dich, wie wir in Dertona mit dem Leben davongekommen sind, ist es nicht so? Du möchtest wissen, warum wir noch leben ...«

»Du irrst dich, ich will nicht ...«

»Lüg nicht! Ich kenne dich zu gut. Aber haben wir dich vielleicht gefragt, warum du nicht zurückgekommen bist? Warum du nicht zurückgekehrt bist, um mit unseren anderen Kameraden zu sterben?«

»Ich bin zurückgekehrt, um euch zu retten. Genügt dir das nicht?«

»Hört auf damit!« befahl Vatrenus mit ruhiger und fester Stimme. »Ich erzähle dir, wie es damals gelaufen ist, Aurelius, und dann ziehen wir ein für allemal einen Schlußstrich und sprechen nie mehr darüber, einverstanden? Ich wollte das ja eigentlich nicht, aber ich sehe ein, daß es notwendig ist. Also, nachdem du losgeritten warst, haben wir uns, von allen Seiten angegriffen, in die Schlacht gestürzt und stundenlang gekämpft. Stunden über Stunden. Zuerst von den Palisaden aus, dann vom Schanzwerk, dann von draußen, im Karree, alle unberitten, wie zu Hannibals Zeiten. Und während wir immer weniger und immer müder wurden, schickten sie unablässig neue Soldaten in die Schlacht, in ganzen Wellen: eine und dann wieder eine und noch eine ... Sie haben uns mit Speeren überschüttet, die wie Wolkenbrüche auf uns herabprasselten. Dann, als sie sahen, daß wir erschöpft, blutverschmiert und am Ende waren – die Sonne ging schon unter –, da kamen sie mit ihren gepanzerten Pferden angeritten und warfen ihre Streitäxte, um uns endgültig zur Strecke zu bringen und uns zu erschlagen, einen nach dem anderen. Wir sahen unsere Kameraden zu Dutzenden, zu Hunderten fallen, denn sie waren schon nicht mehr imstande, das Gewicht ihrer Waffen zu tragen. Einige stürzten sich ins eigene Schwert und bereiteten so ihren Qualen ein Ende, andere wurden bei noch lebendigem Leib in Stücke gehauen ... Sie ließen sie auf dem Boden liegen, ohne Beine oder Arme, armselige Rümpfe, unfähig zu schreien, die dort, im Schlamm, verbluten mußten ...«

»Ich will das nicht hören!« rief Aurelius aus, aber Vatrenus ignorierte seinen Einwurf. »In diesem Moment trat ihr Anführer dazwischen, dieser Mledo, einer der Stellvertreter von Odoaker. Wir waren insgesamt vielleicht noch hundert Mann, glaube ich, zerschlagen vor Müdigkeit, besudelt mit Blut und Dreck und völlig entkräftet. Du hättest uns sehen sollen, Aurelius ... du hättest uns ... sehen sollen!« Jetzt zitterte seine Stimme: Rufius Elius Vatrenus, der alte Haudegen, der Veteran von hundert Schlachten, hatte das Gesicht in den Händen vergraben und weinte und schluchzte wie ein Kind, während Batiatus ihm die Hand auf die Schulter legte und sie tätschelte, als wolle er ihn so beruhigen. Dann ergriff Batiatus das Wort und fuhr fort: »Mledo brüllte etwas in seiner Sprache, und das Gemetzel wurde eingestellt. Ein Herold befahl uns, die Waffen fallen zu lassen, dann würde unser Leben geschont. Und wir haben sie fortgeworfen. Ja, was hätten wir denn sonst tun können? Sie haben uns in Ketten gelegt und uns mit Fußtritten traktiert und angespuckt und bis in ihr Lager geschleppt, wo viele von ihnen uns unter den gräßlichsten Foltern am liebsten den Garaus gemacht hätten, weil wir mindestens viertausend ihrer Kameraden umgebracht und viele weitere verwundet hatten. Aber Mledo hatte wohl den Befehl erhalten, eine bestimmte Anzahl von Männern, die noch als Sklaven zu verwenden waren, am Leben zu lassen. So wurden wir nach Classe gebracht und von dort in unterschiedliche Richtungen verfrachtet. Einige wurden, glaube ich, nach Istrien geschickt, in die Steinbrüche, andere nach Noricum zum Bäumefällen. Wir nach Miseno, wo du uns dann ja aufgestöbert hast. Das, Aurelius, das ist alles, mehr habe ich dir nicht zu berichten. Und jetzt gehe ich schlafen, falls ihr mich nicht mehr braucht.«

Aurelius nickte ernst. »Geh«, sagte er. »Geh nur schlafen, schwarzer Mann. Schlaft, wenn ihr könnt, und auch du, Vatrenus, alter Freund. Ich ... habe nie einen Zweifel gehabt. Ich ... das einzige, was ich gehofft habe, war, euch lebend wiederzufinden, nichts sonst, das schwöre ich euch ... Es gibt nichts, was ich nicht hergegeben hätte, um euch lebend aufzufinden. Das Leben ist das einzige, was uns geblieben ist.« Er ging davon, setzte sich neben Juba auf den Boden und lehnte den Rücken gegen den Stamm einer Eiche. Livia war nicht weit entfernt und hatte wohl alles mit angehört, aber sie sagte nichts, und auch er schwieg. Allerdings hätte Aurelius gern geweint, wenn er gekonnt hätte, aber er konnte nicht, denn sein Herz war aus Stein, bis in seinen innersten Kern hinein, und die Gedanken in seinem Kopf entwirrten sich nun wie Schlangen, die ineinander verwickelt in ihrem Nest gelegen hatten.

Etwas weiter entfernt hatte sich Romulus bereits auf seinem Nachtlager ausgestreckt, konnte aber nicht einschlafen. Er hatte mitbekommen, daß etwas Gravierendes eine ernsthafte Konfrontation zwischen seinen Reisegefährten ausgelöst hatte, aber nicht, worum es dabei gegangen war. Er befürchtete, auf irgendeine Weise Gegenstand dieser Diskussion gewesen zu sein. Deshalb wälzte er sich ständig von der einen zur anderen Seite, ohne Ruhe zu finden.

»Schläfst du nicht?« fragte ihn Ambrosinus.

»Ich kann nicht.«

»Das tut mir leid. Es ist meine Schuld. Ich hätte diese Sachen im Zusammenhang mit Konstantinopel und all das übrige nicht sagen dürfen. Das war leichtsinnig von mir. Verzeih mir.«

»Mach dir keine Sorgen! Das hätte man sich ja denken können. Warum hätten sie denn sonst eine derart schwierige und riskante Operation organisieren sollen, wenn nicht aus irgendwelchen politischen Gründen? Oder eben um des Geldes willen, wie du gesagt hast. Ich habe dir nämlich zugehört, als du Livia angeschrien hast.«

»Ich war außer mir. Diesen Worten darfst du nicht allzu großes Gewicht beimessen.«

»Und dennoch hast du recht. Sie sind Söldner, sowohl Livia als auch Aurelius und auch die anderen, die sich ihnen angeschlossen haben – was denn sonst?«

»Du bist ungerecht. Aurelius hat ohne Aussicht auf irgendeine Belohnung versucht, dich in Ravenna zu befreien, nur weil dein Vater ihn kurz vor seinem Tod darum gebeten hatte. Vergiß nicht: Aurelius ist der Mann, der die letzten Worte deines Vaters gehört hat. In ihm gibt es also etwas von deinem Vater, und zwar etwas sehr Wichtiges.«

»Das ist nicht wahr.«

»Glaube, was du willst, aber es ist so.«

Romulus versuchte, sich zu beruhigen und seine angespannten Glieder auszustrecken. Der Ruf einer Eule ertönte in der Ferne wie ein trauriges Lied und ließ ihn unter seiner Decke erschauern.

»Ambrosinus …«

»Ja?«

»Du willst nicht, daß sie mich nach Konstantinopel bringen. Habe ich recht?«

»Ja.«
»Und was können wir tun, um dem zu entgehen?«
»Recht wenig. Eigentlich nichts.«
»Aber du kommst mit mir, wohin auch immer?«
»Kannst du daran zweifeln?«
»Nein. Ich habe keinen Zweifel. Aber wenn es von dir abhängen würde, was würdest du dann tun?«
»Ich würde dich mit mir nehmen.«
»Wohin?«
»Nach Britannien. In meine Heimat. Sie ist schön, weißt du. Eine Insel, ganz grün, mit schönen Städten und fruchtbaren Feldern, mit eindrucksvollen Wäldern aus riesigen Eichen, Buchen und Ahornbäumen, die in dieser Zeit des Jahres ihre kahlen Äste in den Himmel recken wie Riesen, die versuchen, nach den Sternen zu greifen. Und Wiesen, weit ausgedehnte Flächen, Weiden für die Schaf- und Rinderherden. Und da und dort erheben sich großartige Monumente, gewaltige kreisförmige Steinmonumente, deren Bedeutung nur den Priestern der alten Religion bekannt ist – den Druiden.«
»Ich weiß, wer sie sind. Das habe ich bei Julius Cäsar in *De Bello Gallico* gelesen … Und aus diesem Grund trägst du dieses Mistelzweiglein um den Hals, Ambrosinus? Bist auch du ein Druide?«
»Ja, das stimmt. Ich bin in diese alte Wissenschaft eingeweiht worden.«
»Und du glaubst auch an unseren Gott?«
»Es gibt nur einen Gott, Cäsar. Es gibt allerdings verschiedene Wege, die die Menschen einschlagen, um nach ihm zu suchen.«
»Und trotzdem habe ich in deinen Erinnerungen die Beschreibung eines unruhigen Landes gelesen. Auch bei euch gibt es wilde Barbaren …«
»Das ist richtig. Der Große Wall reicht seit längerem nicht mehr aus, um sie aufzuhalten.«
»Gibt es also auf dieser Welt keinen Frieden? Gibt es keinen Ort, wo man in Frieden leben kann?«

»Der Frieden muß erkämpft werden, mein Kind, denn er ist das kostbarste Gut. Aber jetzt schlaf ein. Gott wird uns, wenn der Augenblick gekommen ist, eine Erleuchtung gewähren. Da bin ich mir sicher.«

Romulus sagte nichts weiter, kuschelte sich in seine Decke und lauschte dem monotonen Geschluchze der Eule, das von den Bergen widerhallte, bis er von einem Gefühl großer Ermattung überwältigt wurde und die Augen schloß.

Langsam zogen die Sterne über den Himmel, und der kalte Nordwind machte die Luft durchsichtig wie Glas. Die Flammen des Lagerfeuers belebten sich wieder und verbreiteten ein hellglänzendes Licht; dann erloschen sie rasch, und auf dem großen dunklen Berg war nur noch der schwache Schein des glimmenden Holzes zu sehen.

Mitten in der Nacht löste Aurelius Demetrios und Vatrenus Orosius ab. Sie hatten sich im Laufe ihres in Feldlagern verbrachten Lebens an diese Rhythmen gewöhnt, und etwas in ihrem Inneren weckte sie im richtigen Augenblick. Es war fast so, als könnte ihr Geist, während sie sich ausruhten, den Bahnen der Gestirne folgen und sie messen. Im Morgengrauen wollten sie ihre Reise fortsetzen, und zwar nach einem üppigen Frühstück, denn Eustasius hatte dafür gesorgt, daß sie in den Futtersäcken der Pferde auch frischen Proviant vorfanden: Brot, Oliven, Käse und ein paar mit Wein gefüllte Schläuche. Ambrosinus nahm die Sachen, die er in der Nähe der Glut hatte trocknen lassen, und steckte sie wieder in seinen Sack. Mit den geübten Griffen eines Soldaten rollte Romulus seine Decke zusammen und verschnürte das Bündel.

In diesem Augenblick trat Livia an seine Seite, in der Hand das Geschirr ihres Pferdes. »Du bist sehr tüchtig«, sagte sie. »Wo hast du das denn gelernt?«

»In den beiden letzten Jahren hatte ich Unterricht bei einem Herrn vom Militär, einem Offizier aus der Leibwache meines Vaters. Auch er ist in der Nacht des Überfalls auf die

Villa in Piacenza umgekommen. Sie haben ihm den Kopf abgeschlagen.«

»Wäre es dir recht, wenn du heute mit mir reiten würdest?« fragte Livia, während sie ihrem Pferd Trense und Zaumzeug anlegte.

»Das ist nicht so wichtig«, sagte Romulus. »Ich will niemandem zur Last fallen.«

»Mich würde es aber freuen«, beharrte Livia.

Romulus zögerte einen Augenblick, bevor er erwiderte: »In Ordnung, unter der Bedingung, daß wir nicht von Konstantinopel und all diesen anderen Sachen reden.«

»Einverstanden«, stimmte Livia zu. »Kein Wort von Konstantinopel.«

»Aber zuerst muß ich mit Ambrosinus reden. Ich will nicht, daß er sich gekränkt fühlt.«

»Ich warte auf dich.«

Romulus kehrte wenige Augenblicke später zurück. »Ambrosinus hat gesagt, daß das in Ordnung geht, aber daß du nicht zu schnell reiten darfst.«

Livia nickte und lächelte. »Steig auf, los.« Und sie ließ ihn vor sich sitzen.

Die Kolonne setzte sich in Bewegung und hielt auf den Paß zu, der zwischen zwei schneebedeckten Gipfeln aus der Ferne wie ein Sattel aussah.

»Da oben wird es kalt sein«, sagte Romulus. »Und ausgerechnet heute müssen wir dort übernachten.«

»Ja, aber dann beginnen wir mit dem Abstieg zur Adria hin, zu meinem Meer. Wir werden noch die letzten Herden der Hirten antreffen, die auf den tiefer gelegenen Weiden überwintern werden. Vielleicht wirst du dann auch ein paar neugeborene Lämmchen sehen. Würde dir das nicht gefallen?«

»Ich weiß auch über Ackerbau und Viehzucht Bescheid: Ich habe Columella, Varro, Cato und Plinius gelesen, mich bereits als Imker betätigt und kenne die Techniken des Baumschnitts und der Veredelung, die richtigen Zeiten für das Beschälen, für die Gärung des Mostes ...«

»Wie ein echter Römer in den alten Zeiten.«
»Und all das habe ich wohl umsonst gelernt. Ich glaube nicht, daß ich jemals Gelegenheit haben werde, diese Kenntnisse praktisch anzuwenden. Meine Zukunft liegt nicht in meiner Hand.«
Livia antwortete nicht auf diese Worte, die fast wie ein Vorwurf klangen. Romulus war es, der dann als erster wieder das Wort ergriff. »Bist du eigentlich die Braut von Aurelius?«
»Nein. Das bin ich nicht.«
»Aber wärest du das gern?«
»Ich glaube nicht, daß dich das etwas angeht. Trotzdem, wenn du es schon wissen willst: Ich war es, die ihn in jener Nacht rettete, in der er versuchte, dich aus Ravenna herauszuholen. Er hatte eine schlimme Wunde an der Schulter davongetragen.«
»Ich weiß. Ich war ja dabei, als er getroffen wurde. Trotzdem bist du deswegen noch lange nicht seine Braut.«
»Genau. Wir sind wegen dieser Mission zusammen.«
»Und danach?«
»Danach wird jeder seiner Wege gehen, nehme ich an.«
»Ach so.«
»Enttäuscht?«
»Warum sollte ich? Es geht mich doch nichts an, oder?«
»Nein, wirklich nicht.«
Sie ritten wortlos ein paar Meilen weiter. Romulus schien seinen Blick schweifen zu lassen und die Landschaft zu betrachten, die fast öde, aber dennoch zauberhaft schön war. Bald kamen sie dicht an einem See vorbei, in dem sich ein Himmel spiegelte, der genauso klar und sauber war wie das Wasser. Ein Rudel Wildschweine, das am Waldrand in der Erde wühlte, rannte davon, um sich im Unterholz zu verkriechen. Ein großer Hirsch hob seinen herrlichen Kopf, der sich einen Moment lang unbeweglich und majestätisch vor der aufgehenden Sonne abzeichnete, und verschwand dann mit einem einzigen Satz.

»Stimmt es, daß ihr es des Geldes wegen gemacht habt?« fragte Romulus wieder.

»Wir werden eine Belohnung bekommen, wie sie jeder Soldat erhält, der seinem Vaterland dient. Aber das heißt nicht, daß wir es deswegen getan haben.«

»Warum denn sonst?«

»Weil wir Römer sind und du unser Kaiser bist.«

Darauf erwiderte Romulus nichts. Der Wind frischte auf, ein kalter Wind, der, aus Nordost kommend, über die schneebedeckten Gipfel des Apennin strich. Als Livia spürte, daß der Junge erschauerte, deckte sie ihn mit ihrem Umhang zu, legte die Arme um ihn und zog ihn sanft näher an sich heran. Romulus versuchte zunächst, sich dagegen zu wehren, doch dann gab er der Wärme ihres Körpers nach. Er schloß die Augen, und es schien ihm, als könne er doch noch glücklich sein.

XX

Die Reise zog sich noch drei Tage dahin; auf steilen, abgelegenen Wegen, die Schutz vor unliebsamen Begegnungen boten, ging es durch größtenteils verlassene Landstriche und Wälder. Wenn gerastet und das Lager aufgeschlagen wurde, machte Aurelius mit einem seiner Männer oder mit Livia einen ausführlichen Erkundungsritt, um sicherzugehen, daß keine Gefahr drohte. Aber sie fanden nie etwas, das sie irgendwie alarmiert hätte. Wahrscheinlich war den Feinden bis heute nicht klar, welchen Weg sie eingeschlagen hatten. Wie hätten sie ihnen auch auf die Spur kommen sollen? Schließlich hatten die nächtliche Finsternis und der Aschenregen nach dem Vulkanausbruch ihren Kurs unkenntlich gemacht. Später hatten sie ihr Boot versenkt und waren erst eine Weile zu Fuß gegangen, bevor sie ein gutes Stück landeinwärts auf ihre Pferde stiegen; auf diese Weise hatten sie an der Stelle, an der sie an Land gegangen waren, keinerlei Spuren hinterlassen.

Es lief alles wie geschmiert; wenn es so weiterging, würden sie pünktlich zu ihrer Verabredung mit dem byzantinischen Schiff zur Küste vorgestoßen sein. Die anfängliche Aufregung hatte sich gelegt, die Atmosphäre war entspannter. Es wurde wieder gescherzt, manchmal herrschte sogar eine richtig ausgelassene Stimmung. Romulus ritt nach wie vor auf Livias Pferd mit, und Aurelius trabte oft neben ihnen her und lächelte ihm zu. Während des Nachtlagers hielt er sich gern in der Nähe des

Jungen auf, größere Vertrautheit schien er jedoch vermeiden zu wollen, was Romulus sich nur mit dem Umstand ihrer unmittelbar bevorstehenden Trennung erklären konnte.

»Du kannst ruhig mit mir sprechen«, sagte er eines Abends zu ihm, als Aurelius etwas abseits sitzend sein Abendbrot verzehrte. »Oder hat du Angst, daß ich beiße?«

Aurelius überhörte die Provokation.

»Nein, Cäsar«, erwiderte er lächelnd. »Es ist ein Vergnügen, sich mit dir zu unterhalten, und obendrein eine große Ehre. Wenn es nach mir ginge, würde ich es viel öfter tun, aber in Kürze trennen sich unsere Wege, und wenn wir jetzt noch Freundschaft schließen, fällt uns der Abschied um so schwerer ...«

»Wer hat von Freundschaft gesprochen?« fiel Romulus ihm gereizt ins Wort. »Ein wenig plaudern, das habe ich gemeint.«

»Wenn es so ist ...« erwiderte Aurelius. »Worüber wollen wir plaudern?«

»Über euch, zum Beispiel. Was stellt ihr an, nachdem ihr mich meinen neuen Bewachern ausgeliefert habt?«

»Ausgeliefert scheint mir nicht das richtige Wort.«

»Aber genau darum geht es.«

»Wärst du denn lieber auf Capri geblieben?«

»Jetzt gefragt – nein. Aber ich weiß ja gar nicht, was auf mich zukommt. Hätte ich die Wahl gehabt, so bestenfalls zwischen zwei Arten von Gefangenschaft. Da ich aber die, welche mich erwartet, noch gar nicht kenne, wie könnte ich da einer den Vorzug geben? Ein freier Mensch hat die Möglichkeit zu wählen, ich dagegen wechsle lediglich von einem Gefängnis ins andere, und keiner garantiert mir, daß mich das zweite nicht dem ersten nachtrauern läßt.«

Aurelius bewunderte Romulus' rhetorisches Geschick, seine schlagenden Argumente, denen er nichts entgegenzuhalten hatte. »Ich hoffe nicht«, entgegnete er deshalb nur. »Und ich hoffe es von ganzem Herzen.«

»Das nehme ich dir sogar ab. Also, sag schon, was unternehmt ihr danach?«

»Keine Ahnung. Meine Gefährten und ich haben unterwegs ein paarmal darüber gesprochen – ein wenig, um die Zeit totzuschlagen, ein wenig auch aus Angst vor der Zukunft, aber keiner von uns hat genaue Vorstellungen. An dem Tag, an dem wir angegriffen wurden, sagte Vatrenus, er habe genug von diesem Leben, er wolle sich auf eine Insel zurückziehen, Schafe hüten und Ackerbau treiben ... Bei den Göttern, das ist gerade ein paar Wochen her, und mir scheint es, als seien Jahrzehnte vergangen! Damals kam es mir wie ein Witz vor, aber in der jetzigen Lage, so unsicher, so düster, denke ich mir: Warum eigentlich nicht?«

»Schafe hüten auf einer Insel? Das würde mir auch gefallen ... wenn ich über meine Zukunft entscheiden könnte. Aber das kann ich ja nicht.«

»Dafür trägt niemand die Schuld.«

»Und ob! Jeder, der ein Unrecht nicht verhindert, ist mit schuld.«

»Seneca.«

»Weich mir nicht aus, Soldat.«

»Wir können es zu sechst oder siebt nicht mit der ganzen Welt aufnehmen. Abgesehen davon, daß ich es nicht fertigbringen würde, meinen Gefährten noch mehr Opfer abzuverlangen. Sie haben getan, was sie konnten. Jetzt steht ihnen die versprochene Belohnung zu und die Freiheit zu entscheiden, was sie mit ihrem Leben anfangen wollen. Vielleicht trennen wir uns und gehen jeder seinen eigenen Weg, vielleicht ziehen wir auch alle zusammen nach Sizilien, wo Vatrenus ein Landhaus besitzt. Und wer weiß, vielleicht verschlägt es uns eines Tages sogar in den Orient, dann kommen wir dich in deinem prächtigen Palast besuchen, was meinst du? Ich hoffe, du lädst uns wenigstens zum Essen ein.«

»Oh, natürlich, das wäre wundervoll! Darüber wäre ich sehr glücklich und stolz und ...« Romulus hielt inne, denn er begriff, daß für Gefühle kein Platz war. »Ich glaube, ich gehe besser schlafen«, sagte er und stand auf. »Danke für die Gesellschaft.«

»Ich danke dir, Cäsar«, erwiderte Aurelius mit einem Kopfnicken und blickte ihm nach.

Der ganze nächste Tag führte sie durch höchst unwegsames Gelände, weite Wegstrecken mußten sie sogar zu Fuß zurücklegen, um zu verhindern, daß die Pferde sich die Beine brachen. Sie folgten dem Lauf eines kleinen Baches in Richtung Meer, was denkbar unbequem, jedoch die einzige Möglichkeit war, Ortschaften zu umgehen, in denen sie zwangsläufig Aufsehen erregt hätten. Hier und da verbreiterte sich das schmale Tal zu einer Niederung, in der einzelne Hirten ihre Herden weideten. Auch Bauern, die im Wald dürre Äste als Brennholz für den Winter sammelten, waren bisweilen zu sehen. Sie alle machten einen ruppigen, halbverwilderten Eindruck, hatten lange Bärte und ungepflegtes Haar und trugen Schuhwerk aus Ziegenleder sowie lumpige Kleider voller Flicken, die sie nur dürftig vor dem kalten Nordwind schützten. Beim Vorbeiziehen der kleinen Karawane hielten sie inne, egal, was sie gerade taten, und starrten Aurelius und seinen Trupp stumm an. Bewaffnete Männer zu Pferde waren für sie in jedem Fall bedeutende Leute, in der Lage, sich zu verteidigen oder anzugreifen, und schon allein deshalb furchtgebietend. Einmal sah Romulus eine Schar Jungen in seinem Alter und Mädchen, die noch etwas jünger waren; sie trugen große Körbe auf dem Rücken, deren Last sie fast zu Boden drückte; keuchend und tief gebeugt stolperten sie dahin, ihre halbnackten Beine waren blau vor Kälte, ihre Nasen trieften, und ihre Lippen waren rissig von den eisigen Temperaturen und der schlechten Ernährung. Einer von den Jungen faßte sich ein Herz, stellte seinen Korb, der im Vergleich zu seiner schmächtigen Gestalt riesig wirkte, auf die Erde und kam mit ausgestreckter Hand auf Romulus zu.

»Können wir ihm etwas geben?« fragte Romulus, der mit Livia ritt.

»Nein«, erwiderte Livia. »Wenn wir das täten, hätten wir es talabwärts bald mit einem ganzen Schwarm zu tun, den wir nicht wieder los würden. Auf die ein oder andere Weise würden wir Aufmerksamkeit erregen, und das dürfen wir auf keinen Fall.«

Romulus betrachtete den Jungen, seine bittend ausgestreckte Hand, den traurigen und enttäuschten Ausdruck, den seine Augen annahmen, je weiter er sich entfernte. Später blickte er zurück und sah ihn an, wie um ihm begreiflich zu machen, daß er ihm gerne geholfen hätte, aber nicht konnte, aus Gründen, die nicht von ihm abhingen. Als er merkte, daß sie wieder in den Wald kamen, hob er die Hand und winkte. Der abgezehrte Junge erwiderte seinen Gruß mit einem wehmütigen Lächeln und winkte ihm seinerseits zu, dann nahm er seinen schweren Korb wieder auf und verschwand wankend im Gestrüpp.

Livia schien in Romulus' Gedanken zu lesen. »Im Leben muß man oft Entscheidungen treffen, die einem im Grunde zuwider sind – das ist traurig, aber unvermeidlich. Wir leben in einer erbarmungslosen Welt, in der Willkür und Zufall regieren.«

Romulus antwortete nicht, und doch brachte ihm der Anblick dieses Elends zu Bewußtsein, daß das Leben, das er bis vor wenigen Tagen auf Capri geführt hatte, für diese armen Kinder ein Segen des Himmels, der pure Luxus gewesen wäre. Es gab also keine Not, die nicht noch hätte übertroffen werden können.

Der kleine Bach, an dem sie entlanggezogen waren, hatte sich im Laufe der Tage in einen richtigen Fluß mit Wasserfällen und Stromschnellen verwandelt, der zwischen glattgeschliffenen Felsbrocken dahinsprudelte und am Ende in einen noch größeren Fluß mündete – den Metaurus, wie Ambrosinus ihnen erklärte. Die Temperaturen waren milder geworden, ein Zeichen dafür, daß das Meer immer näher rückte und damit auch das Ziel ihrer Reise. Wie ihr Abenteuer letztendlich ausgehen würde, konnte freilich auch jetzt noch niemand absehen. Der Wald lichtete sich immer mehr und wich zur Küste hin zusehends Acker- und Weideland. Hin und wieder kamen sie an Dörfern vorbei, die zu meiden immer schwieriger wurde, manchmal kreuzten sie auch die Via Flaminia, und am Ende des letzten Marschtages kamen sie zu einer alten, verlassenen *mansio*, vor der ein ziemlich verrostetes Wirtshausschild baumelte; auch ein militärischer Markstein und der Brunnen, der die Viehtränken speiste, waren noch da. Bei den Tränken selbst handelte es sich um schöne Tröge aus Apenninsandstein, die ursprünglich den Pferden der Poststation gedient hatten und heute von durchziehenden Schafherden benutzt wurden, wie die vielen Abdrücke kleiner Spalthufe und die ringsum zerstreuten Kotklümpchen verrieten.

Livia näherte sich der Herberge als erste und zu Fuß, die Zügel ihres Pferdes Romulus überlassend. Sie wollte sicherstellen, daß keine Gefahr lauerte; dazu ging sie an den Brunnen und tat, als schöpfe sie Wasser. Erst als daraufhin nichts geschah, pfiff sie und ließ die andern nachkommen. Romulus band sein Pferd fest, betrat als einer der ersten das alte Gemäuer und sah sich um: Auf den verputzten Wänden hatten sich Tausende von Gästen aus mehreren Jahrhunderten verewigt, viele mit obszönen Sprüchen. Eine der Seitenwände wurde von einem Fresko geschmückt – eine Landkarte, auf der Romulus Italien mit Sizilien, Sardinien, unten die afrikanische Küste und oben die Küste Illyriens erkannte; Meere, Flüsse, Gebirge und Seen waren in den entsprechenden Farben abgebildet. Eine dicke, rote Linie stellte den *cursus publicus* dar, das Straßennetz, das dem Imperium als Kommunikations- und Transportsystem einst zu Ehre und Ruhm gereicht hatte; neben sämtlichen Raststationen waren auch die Entfernungen in Meilen eingezeichnet. Hoch oben prangte die verwitterte Überschrift TABVLA IMPERII ROMANI; Wasserinfiltrationen hatten die Karte fast unleserlich gemacht. Romulus' Blick fiel auf den Schriftzug CIVITAS RAVENNA; in einer Miniatur war die Stadt mit ihrer Mauer und ihren Türmen dargestellt, und den Knaben wurde einen Moment lang ganz kalt ums Herz. Schnell wandte er den Blick wieder ab und begegnete dem Aurelius', worauf jeder in den Augen des anderen die schrecklichen Erinnerungen las, die das kleine Bild bei ihnen wachrief: die fehlgeschlagene Flucht aus der Stadt, die Gefangenschaft, der Tod Flavia Serenas. Ambrosinus begann nach irgendwelchen nützlichen Dingen herumzustöbern, und als er in einem wackeligen alten Schrank zwei halbbeschriebene Pergamentrollen fand, machte er sich daran, eine der auf der Wandkarte eingezeichneten Wegstrecken abzuzeichnen.

Nacheinander kamen auch die anderen herein und begannen, ihre Decken auf dem Fußboden auszubreiten. Demetrios, der etwas unterhalb des Hauses ein Stoppelfeld mit großen Strohhaufen gewahr wurde, ging etwas Stroh für die Nacht holen. An der Oberfläche der Haufen war es grau und faulig, darunter aber trotz der späten Jahreszeit noch trocken und von einem schönen Gelb, das einem beim bloßen Hinsehen schon ein Gefühl von Wärme vermittelte. Eine Hecke aus Ahorn und Brombeersträuchern begrenzte das Feld; durch einzelne Lücken konnte man die niedrige Gestrüppvegetation erkennen, die sich dahinter bis an die flache Sandküste erstreckte. Zu ihrer Linken war die Mündung des Metaurus zu sehen, dessen Lauf sie während der letzten Marschtage durchs Landesinnere gefolgt waren. Nach Westen und Norden hin war alles dicht bewaldet. Vatrenus erkundete den Wald zu Pferde, um sicherzugehen, daß er keine Gefahren barg, und entdeckte unweit der Stelle, wo der Wald im Norden an das Getreidefeld angrenzte, mehrere Stapel Eichen- und Fichtenstämme, die mit Seilen aus geflochtenem Flachs an Pfählen befestigt waren. Es mußte in dieser Gegend also Holzfäller geben, die vom Brennholzhandel mit den Küstenbewohnern lebten.

In der Ferne konnte man das Meer erkennen, es war leicht vom Nordwind gekräuselt, aber nicht bewegt, und die Wetterverhältnisse ließen hoffen, daß das Schiff ohne größere Probleme durchkommen würde. Ambrosinus wollte den Männern, die sie unter Einsatz ihres Lebens befreit und hierhergeführt hatten, unbedingt noch einmal seine Dankbarkeit beweisen, und so bereitete er zur gegebenen Zeit liebevoll ein Abendessen für alle zu. Wurzeln und Kräuter, die er in der Nähe gesammelt hatte, verfeinerten es, ja, es gelang ihm sogar, ein wenig Obst aufzutreiben – wilde Äpfel, die an einem fast schon kahlen Baum im ehemaligen Obstgarten der Poststation hingen. Er entfachte im alten Kamin ein Feuer, und obwohl die kaputte Decke an mehreren Stellen Ausblick auf die Sterne bot, schufen der Feuerschein und das Knistern der Flammen eine Atmosphäre der Heiterkeit und Vertrautheit, von der die Trauer über die bevorstehende Trennung wenigstens vorübergehend zurückgedrängt wurde.

Keiner erwähnte, daß Romulus am nächsten Morgen abreisen und sie möglicherweise für immer verlassen würde, daß der kleine Kaiser einem dunklen Schicksal auf der anderen Seite der Welt entgegenging, in einer riesigen, unbekannten Großstadt mit den Ränken und Gefahren eines korrupten, blutrünstigen Hofes. Aber es war klar, daß alle daran dachten; man merkte es an den flüchtigen Seitenblicken, die sie ab und zu auf den Jungen warfen, an den mehrdeutigen Worten und Sätzen, die ihnen immer wieder herausrutschten, an ihren rauhen, aber liebevollen Berührungen, wenn sie wie zufällig an ihm vorbeigingen.

Aurelius wählte für sich die erste Nachtwache, setzte sich neben den Tränken auf den Boden und spähte auf das mittlerweile bleifarbene Meer hinaus. Livia trat von hinten an ihn heran.

»Armer Junge«, sagte sie. »Er hat all diese Tage versucht, sich uns anzunähern, vor allem dir und mir, aber wir haben es nicht zugelassen.«

»Das hätte die Sache nur noch schlimmer gemacht«, erwiderte Aurelius, ohne sich umzudrehen.

Ein Schwarm Reiher flog in der Dunkelheit vorüber, und ihre Schreie regneten wie die Klagelieder Vertriebener aus dem nachtschwarzen Himmel.

»Sie werden noch vor ihm am Bosporus sein«, sagte Livia.

»Mit Sicherheit.«

»Das Schiff müßte kurz vor Sonnenaufgang eintreffen. Sie werden den Jungen an Bord nehmen und uns die vereinbarte Belohnung auszahlen. Viel Geld … Damit könnt ihr ein neues

Leben beginnen, euch Ländereien kaufen, Diener leisten. Ihr habt es auch verdient.«

Aurelius erwiderte nichts.

»Woran denkst du?« fragte Livia.

»Wer sagt, daß das Schiff pünktlich kommt? Es könnte Verspätung haben, sogar mehrere Tage.«

»Ist das eine Befürchtung oder ein Wunsch?«

Aurelius lauschte eine Weile stumm dem Gesang der Reiher, die in der Ferne entschwanden. Dann seufzte er. »Es ist das erste Mal in meinem Leben, daß ich so etwas wie eine Familie hatte. Und morgen ist alles wieder vorbei. Romulus zieht seiner Wege, und du …«

»Und ich auch«, sagte Livia plötzlich mit resoluter Stimme. »Wir leben in harten Zeiten, wir müssen machtlos mit ansehen, wie unsere Welt in die Brüche geht. Jeder von uns muß nach einem Sinn für sein Leben suchen, nach irgend etwas, das ihm die Kraft gibt, all dies zu überstehen.«

»Willst du deshalb in deine Lagune zurück? Möchtest du nicht lieber …«

»Was?«

»Mit uns kommen … mit mir.«

»Wohin? Ich hab es dir bereits gesagt: In dieser Lagune blüht eine neue Hoffnung auf. Venetia ist meine Heimat, so seltsam es dir erscheinen mag – ein paar ärmliche Hütten, errichtet von einer Handvoll Verzweifelter, die aus ihren zerstörten Städten geflohen sind.« Aurelius zuckte bei diesen Worten kaum merklich zusammen. »Ich bin sicher, daß es sich bald zu einer richtigen Stadt entwickeln wird«, fuhr Livia fort. »Aber wir brauchen Verteidigungsanlagen, wir müssen erste Schiffe bewaffnen, weitere Häuser für Neuankömmlinge bauen. Dafür will ich meinen Teil des Geldes einsetzen, das wir morgen bekommen. Schließ dich uns mit deinen Gefährten doch an! Doch, warum nicht? Wir brauchen Männer wie euch. In Venetia wird die Seele unserer niedergebrannten und dem Erdboden gleichgemachten Städte wiederauferstehen: Altinum, Concordia … Aquileia!«

»Warum fährst du fort, mich mit diesem Namen zu quälen?« erwiderte Aurelius. »Warum läßt du mich nicht in Frieden?«

Livia kniete sich vor ihn nieder und sah ihn mit fiebrigen Augen an. »Weil ich dir vielleicht die Vergangenheit zurückgeben kann, die aus deinem Gedächtnis gelöscht wurde oder die du selbst, willentlich, daraus gelöscht hast. Ja, das war mir klar, seit ich dich das erste Mal sah. Ich merkte es daran, wie du das hier angestarrt hast, auch wenn du es weiterhin ableugnest.« Sie griff nach dem Medaillon, das sie um den Hals trug, und hielt es ihm hin, als handle es sich um eine heilige Reliquie, die ihn von einer mysteriösen Krankheit heilen könne. Ihre Augen glänzten dabei vor Leidenschaft und Tränen. Aurelius spürte, wie ihm das Blut in den Kopf schoß; ein übermächtiges Gefühl, ein brennender Wunsch, den er die ganze Zeit über vergeblich zu unterdrücken versucht hatte, ergriff Besitz von ihm. Er spürte, wie sich ihre Lippen auf die seinen legten und ihr Atem mit seinem verschmolz in einem heißen, unerwarteten Kuß, den er so lange ersehnt und kaum noch zu erhoffen gewagt hatte. Er umschlang und küßte sie, wie er noch keine Frau in seinem Leben geküßt hatte, inbrünstig und zärtlich zugleich, und auch Livia umfing seinen Hals mit den Armen und drückte sich, ohne die Lippen von seinen Lippen zu lösen, mit jeder Faser ihres Körpers an ihn, mit ihren festen Brüsten, dem straffen Bauch, den sehnigen Beinen. Er legte sie auf seinen am Boden ausgebreiteten Umhang und nahm sie, einfach so, auf dem trockenen Gras mit dem Geruch der Erde, der sich mit dem Duft ihrer Haare verwob. Danach blieb er lange in ihr, um die Intimität, die ihm das Herz erfüllte und von der er gewollt hätte, daß sie ewig dauerte, so lange wie möglich hinauszuziehen. Später hüllte er sie in seinen Mantel, legte sich neben sie, drückte sie an sich und genoß die Wärme ihres Körpers und den Geruch ihrer Haut.

Irgendwann verabschiedete Livia sich mit einem Kuß von ihm. »Es war schön«, sagte sie, »und es wäre noch schöner, wenn es eine Zukunft gäbe, aber bald trifft das Schiff ein. Mit dem neuen Tag wird alles wieder anders aussehen, noch schwieriger und noch anstrengender als bisher. Du wirst deinen Gefährten folgen, weiter vor deinem verlorenen Gedächtnis fliehen, und ich werde in meine Lagune zurückkehren. Was uns bleibt, ist das Andenken an diese Tage, an diesen Moment der Liebe, den wir der letzten Nacht abgerungen haben; die Erinnerung an dieses phantastische Abenteuer, an diesen lieben, unglücklichen Jungen, den wir ins Herz geschlossen haben, ohne den Mut zu besitzen, es ihm zu gestehen. Vielleicht ringst du dich eines Tages dazu durch, mir nachzukommen, und dann werde ich dich mit großer Freude empfangen, wenn es nicht zu spät ist; vielleicht sehen wir uns auch niemals wieder, weil die Wirren des Lebens dich irgendwohin, weit weg verschlagen. Leb wohl, Aurelius, mögen deine Götter dich beschützen.«

Mit diesen Worten stand sie auf und ging wieder in das alte, halbzerfallene Gebäude. Aurelius blieb allein in der dunklen Nacht zurück und lauschte der Stimme des Windes und dem Gesang der Reiher, der die Finsternis durchdrang.

XXI

Aus einem Weidengebüsch nahe dem Fluß hallte mehrmals der Ruf eines Käuzchens herauf, dann begann ein Stück weiter unten, bei der Brücke, ein kleines Licht hin und her zu tanzen. Livia, die sich jetzt wieder in der *mansio* befand, döste, neben einer breiten Mauerbresche an die Wand gelehnt, vor sich hin. Von den Käuzchenrufen geweckt, erhob sie sich lautlos und glitt durch die Wandöffnung nach draußen. Aurelius, der seinen Nachtwachenturnus inzwischen beendet hatte, schlief in seine Decke gewickelt auf der gegenüberliegenden Seite des Raumes. Draußen wachte jetzt Demetrios. An seinen Schild gelehnt hockte er auf der Erde und suchte vermutlich die Küstenlinie mit den Augen ab, in der Hoffnung, das Schiff zu sichten, auf das alle warteten. Livia bog um die Südecke des Gebäudes, huschte zum rückwärtigen Gatter und band ihr Pferd los, wobei sie ihm eine Hand auf die Nüstern legte, damit es sie nicht verriet. Juba, der in der Nähe angebunden war, schien sie gar nicht zu bemerken, vielleicht ließ er sich auch durch ihren vertrauten Geruch nicht in seiner Nachtruhe stören.

Livia wandte sich nach Westen und durchquerte zu Fuß die Senkung hinter dem Haus, dann bog sie nach rechts zum Flußtal ab. Dort stieg sie auf. Im Schutz der dichten Uferbewachsung konnte sie ungesehen bis zur Brücke oder auch bis zum Meer reiten.

Unterdessen gab es jedoch jemanden im »Schlafsaal« der *mansio*, dem ihr Verschwinden nicht entgangen war: Ambrosinus hatte die ganze Nacht kein Auge zugetan; sein Entschluß stand fest. Er beugte sich über Romulus und rüttelte ihn behutsam wach.

»Pscht!« zischte er ihm leise ins Ohr.

»Was gibt's?« fragte Romulus noch leiser.

»Wir verschwinden. Jetzt, sofort. Livia ist rausgegangen, vielleicht ist das Schiff angekommen.«

Romulus umarmte ihn fest, und der weise Lehrer spürte in seiner Umarmung die Dankbarkeit des Jungen für diese unverhoffte Fluchtmöglichkeit, spürte seinen ganzen Freiheitsdrang, den Wunsch, diese üble Welt hinter sich zu lassen, die ihm nur Trauer und Leid bereitet hatte. Flüsternd ermahnte er ihn: »Paß auf, daß das Stroh nicht raschelt, wenn du aufstehst; wir müssen uns wie Schatten bewegen.« Dann schlich er ihm voraus zu der kleinen Tür, die auf den Gemüsegarten hinter dem Haus hinausging. Romulus sah sich um, wartete, daß Batiatus' lautes Schnarchen seinen Höhepunkt erreichte, dann machte auch er sich auf und folgte seinem Lehrer auf Zehenspitzen. Bald waren sie beide draußen. Zu ihrer Linken scharrten die Pferde nervös mit den Hufen. Juba schwenkte mehrmals den stolzen Kopf und blies Dampfwolken aus den Nüstern. Ambrosinus hielt erschrocken inne und bedeutete Romulus, sich flach an die Hauswand zu drücken.

»Geben wir ihm Zeit, sich zu beruhigen«, sagte er, »dann tauchen wir in den Wald ein, verstecken uns an einem sicheren Ort und warten, bis sich die erste Aufregung gelegt hat. Danach nehmen wir unsere Reise wieder auf, aber alleine, nur du und ich.«

»Aber wenn ich fliehe, bekommen Aurelius und seine Freunde ihre Belohnung nicht – dann haben sie sich umsonst abgemüht und ihr Leben riskiert.«

»Pscht!« flüsterte Ambrosinus. »Das ist wahrhaftig nicht der richtige Moment für Skrupel. Sie werden sich schon irgendwie zu helfen wissen.«

Aber die Pferde wurden, anstatt sich zu beruhigen, nur immer nervöser, bis Juba sich gar aufbäumte und unter lautem Wiehern mit den Vorderhufen gegen die Hauswand schlug.

»Nichts wie weg, los, komm! Dieses Vieh weckt noch alle auf«, zischte Ambrosinus und packte den Jungen am Arm. Aber in diesem Moment gruben sich ihm die Finger einer Hand in die Schulter und hielten ihn fest. »Stehenbleiben!«

»Aurelius«, sagte Ambrosinus, der die Stimme erkannt hatte. »Laß uns gehen, ich flehe dich an. Wenn du diesen Jungen nur ein bißchen gern hast, schenk ihm die Freiheit. Er hat schon genug gelitten ... Laß ihn frei.« Aber Aurelius starrte, ohne seinen eisernen Griff zu lockern, in eine andere Richtung.

»Du weißt nicht, was du sagst«, erwiderte er. »Schau mal dort rüber, zu den Bäumen.«

Ambrosinus blickte angestrengt in die Richtung, in die Aurelius mit dem Finger wies, und gewahrte ein konfuses Gewimmel bedrohlich wirkender Schatten. Sein Herz stockte.

»Oh, gütiger Gott ...«, murmelte er.

Livia war unterdessen fast bei der Brücke angelangt und konnte im schwachen Licht der Morgendämmerung eine Gestalt erkennen, die aufrecht hinter einem Tamariskenstrauch stand und eine Laterne in der Hand hielt. Wenige Schritte entfernt, hinter einem Weidenbusch, war ein Pferd angebunden. Livia trieb ihr Pferd an und näherte sich der Gestalt, bis sie sie erkannte. »Stephanus.«

»Livia«, erwiderte der Mann, als er ihre Stimme hörte.

»Wir haben den schwierigen Weg durch die Wälder genommen«, erklärte sie ihm, »aber wir waren pünktlich, wie du siehst. Auch sonst ist alles in Ordnung. Der Junge und sein Lehrer sind wohlauf, die Männer haben sich fabelhaft verhalten. Doch wo ist das Schiff? Es hätte doch schon gestern abend hiersein sollen, und jetzt ist es bald hell. Bei Tageslicht an Bord zu gehen, scheint mir ziemlich riskant, und auch dein Zeichen mit der Laterne – jeder hätte es sehen können ...«

Stephanus unterbrach sie mit einer Geste. »Das Schiff kommt nicht mehr.«

»Wie bitte?«

»Du hast leider richtig gehört: Das Schiff kommt nicht mehr.«

»Warum? Ist es angegriffen oder gar versenkt worden?«

»Nichts dergleichen. Es haben sich nur schlicht und einfach die Dinge geändert.«

»He, hör mal, was soll das? Meine Männer und ich haben unser Leben riskiert ...«

»Beruhige dich, Livia, bitte, es ist nicht meine Schuld: Zenon hat den von Basiliskos usurpierten Thron zurückerobert, doch er braucht Frieden, um seine Macht zu festigen. Er kann sich Odoaker nicht zum Feind machen, abgesehen davon, daß sein Anwärter für den Thron des Westreichs schon immer Julius Nepos war, das weißt du.«

Livia kam schlagartig die tödliche Gefahr zu Bewußtsein, die diese absurde Situation für sie alle darstellte. »Weiß Antemius von dieser Geschichte?« fragte sie immer betroffener.

»Gewiß, aber seine Hände sind gebunden.«

»Verflucht noch mal! Soll das heißen, er verurteilt den Jungen zum Tode?«

»Nein. Und das ist der Grund, weshalb ich hier bin. Ich habe ein kleines Stück nördlich von hier, an der Flußmündung, ein Schiff liegen. Damit können wir zu meiner Villa in Rimini gelangen, wo ihr alle sicher seid. Aber ihr müßt euch beeilen; hier ist es viel zu gefährlich.«

Livia stieg auf ihr Pferd. »Ich rufe die anderen«, erwiderte sie und wollte lospreschen.

»Nein, warte!« schrie Stephanus plötzlich. »Sieh nur, dort oben!«

Livia spähte zu dem Hügel hinauf und gewahrte eine Schar Barbarenkrieger, die von Süden kommend das kleine Gebäude umstellten, während hinter ihnen weitere Krieger aus dem Unterholz brachen. Stephanus versuchte noch einmal, sie zurückzuhalten. »Warte, sie bringen dich um!« Aber er stolperte, stürzte, und seine Laterne zerschellte am Boden. Livia betrachtete den brennenden Ölfleck, dann das Stoppelfeld mit den Strohhaufen und zögerte keinen Augenblick. Sie zog ihren Bogen aus dem Sattelhalfter, entzündete einen Pfeil und schoß ihn in hohem Bogen in einen der Strohhaufen, dann noch einen und noch einen, bis von allen Haufen dichte Rauchwolken aufstiegen.

»Du bist verrückt«, sagte Stephanus, der inzwischen wieder aufgestanden war. »Das schaffst du nie.«

»Wart's ab«, erwiderte Livia.

»Ich kann nicht länger bleiben, ich muß zurück«, sagte Stephanus, sichtlich beunruhigt. »Versuche deine Haut zu retten und komm zu mir nach Rimini. Ich warte auf dich!«

Livia nickte flüchtig mit dem Kopf und galoppierte auch schon durch das Flußtal zurück in Richtung Hügel.

Die Barbaren merkten zunächst nichts, da sie sich völlig auf die Umzingelung der alten *mansio* konzentrierten. Sie waren von ihren Pferden abgestiegen und schlichen mit gezogenen Schwertern durchs Gras, auf ein Zeichen ihres Anführers wartend: Wulfila.

Ringsum herrschte eine geradezu unwirkliche Stille, die Stille, die sich über die Natur senkt, wenn die Stimmen der Nachttiere verstummen und die Vögel es noch nicht wagen, mit ihrem Lied die Sonne zu begrüßen, die Stille an der Grenze zwischen der Finsternis der Nacht und dem ersten Morgenrot. Nur das verrostete Wirtshausschild quietschte kläglich in der frühen Meeresbrise. Wulfila gab das Zeichen, indem er die erhobene Linke nach unten riß. Mit gezückten Waffen drangen seine Krieger in das halbzerfallene Gebäude ein und stachen im Dämmerlicht auf die Schlafenden ein. Doch bald schon erhob sich ein Chor enttäuschter Flüche: Unter den Decken war nichts als Stroh – die Gäste waren fort.

»Sucht sie!« schrie Wulfila. »Sie müssen noch in der Nähe sein. Sucht ihre Spuren, sie haben Pferde!« Seine Männer stürzten lärmend nach draußen, doch beim Anblick des lichterloh brennenden Stoppelfelds verstummten sie jäh. Livia, die unten im Flußtal ritt, war noch nicht zu sehen, und so kam es ihnen vor, als gehe es hier nicht mit rechten Dingen zu.

»Was zum Teufel ist hier los?« polterte Wulfila fassungslos. »Das müssen sie gewesen sein, verdammt noch mal! Sucht sie, sucht sie! Sie sind hier in der Nähe!«

Seine Krieger gehorchten und zerstreuten sich, um das umliegende Gelände nach Spuren abzusuchen, bis einer von ihnen das Gesuchte fand: Menschen- und Tierspuren, die zum Wald führten. »Hier entlang!« schrie er. »Sie sind hier in den Wald eingedrungen.«

Alle rannten zu ihren Pferden, um in den Wald zu preschen, aber Livia, die ahnte, was sie vorhatten, gab ihrem Pferd die Sporen, erklomm die Uferböschung und trat aus der Deckung, um die Aufmerksamkeit der Barbaren auf sich zu lenken. Ein weiterer ihrer Brandpfeile traf sein Ziel und entzündete es, ein anderer schwirrte pfeifend durch die Luft und tötete einen der Feinde. Im gleichen Moment schrie sie: »Hierher, Bastarde! Los, versucht mich zu kriegen!« Und mit diesen Worten begann sie auf halber Höhe inmitten der dichten Rauchschwaden hin und her zu reiten, um immer wieder unerwartet aufzutauchen und einen ihrer tödlichen Pfeile abzuschießen.

Auf ein Zeichen Wulfilas trennten sich drei Krieger von der Gruppe und jagten auf Livia zu, während sich das Feuer, vom Wind genährt, immer weiter ausbreitete und das Stoppelfeld in ein einziges Flammenmeer verwandelte. Livia schoß einen ihrer Verfolger mit dem Bogen ab, wich dem zweiten aus und stürzte sich mit dem Schwert auf den dritten, der unter mörderischem Gebrüll auf sie zustürmte. Es gelang ihr, ihn mit einer Finte aus dem Gleichgewicht zu bringen und dann mit der Flanke ihres Pferdes so heftig zu rammen, daß er abstürzte, direkt in die Flammen rollte und sich im Nu in eine menschliche Fackel verwandelte. Seine Schmerzensschreie gingen bald im Brausen des alles verschlingenden Feuers unter. Livia durchquerte das Inferno in rasendem Galopp und ritt auf den Waldrand zu. Mit dem gezückten Schwert und den fliegenden Haaren erschien sie ihren Gefährten wie eine antike Kriegsgöttin.

»Weg von hier!« schrie sie. »Man hat uns verraten! Mir nach, schnell! Sie sind jeden Augenblick hier!«

»Vorher wollen wir ihnen aber noch einen Denkzettel verpassen«, entgegnete Aurelius und gab seinen Männern, die hinter den von Vatrenus am Vorabend entdeckten Baumstämmen standen, ein Zeichen, worauf diese mit Äxten und Schwertern die Seile aus Flachs durchtrennten, mit denen die Stapel befestigt waren. Dann schob Batiatus die Stämme an, bis sie den Hang hinunterzurollen begannen. Die dicken Hölzer gewannen rasch an Geschwindigkeit; mit fürchterlichem Getöse polterten sie über das unebene Gelände und säten Panik und Tod unter den Kriegern Wulfilas, die zum Wald emporzuklimmen versuchten; andere rollten mitten in die brennenden Strohhaufen, so daß diese wie riesige Feuerbälle explodierten und die Funken nur so stoben.

»Und jetzt los!« schrie Aurelius, saß auf und zog Romulus zu sich hoch. Dann sprengten sie Livia hinterher, die offenbar eine Idee hatte, wohin sie sie führen konnte. In gestrecktem Galopp schlugen sie einen völlig überwucherten Weg ein und gelangten wenig später erneut auf eine alte Abzweigung der Via Popilia, jetzt wenig mehr als ein Trampelpfad, der sich zwischen Brombeersträuchern und Eichenbüschen verlor. Livia schwang sich aus dem Sattel und deutete auf eine schmale Öffnung im Unterholz, die sich ein kleines Stück hangaufwärts befand. »Absteigen, die Pferde an den Zügeln führen und mir nach«, befahl sie. »Der letzte verwischt die Spuren.«

Orosius erbot sich, diese Aufgabe zu übernehmen; er schnitt ein paar Zweige ab, bündelte sie und verwischte damit, rückwärtsgehend, die Spuren von Mensch und Tier. Livia hatte unterdessen das Dickicht, das ihnen den Weg versperrte, umgangen und war vor einem kleinen Hügel stehengeblieben, der über und über mit Efeu und Schlingpflanzen bedeckt war.

Sie tastete die Hügelwand mit der Spitze ihres Bogens ab, bis dieser ganz in den grünen Vorhang eintauchte. »Hier entlang«, sagte sie, schob die Kletterpflanzen beiseite und legte den Zugang zu einer Art Stollen frei, der in den Sandstein des Hügels gehauen war. Die Gefährten folgten ihr einer nach dem andern, bis Orosius die Schlingpflanzen hinter ihnen wieder so anordnete, daß der Eingang vollkommen getarnt war. Als er sich nach den andern umdrehte, sah er, daß alle sich mit großen Augen umsahen. Das Sonnenlicht, das gedämpft durch das dichte Blattwerk drang, erhellte eine Art Höhle.

»Wir befinden uns hier in einem alten Mithräum, das seit Jahrhunderten nicht mehr benutzt wird. Früher diente es den orientalischen Seeleuten, die in Fano an Land gingen«, erklärte Livia ihnen. »Ich habe es nur ein einziges Mal als Unterschlupf benutzt – ein Wunder, daß ich es wiedergefunden habe. Gott muß wirklich mit uns sein, er weist uns den Weg der Rettung.«

»Wenn dein Gott mit uns ist, hat er eine seltsame Art es zu zeigen«, brummte Vatrenus. »Mir wäre es ehrlich gesagt lieber, er kümmerte sich in Zukunft um andere.«

Livia überhörte seine Bemerkung. »Führt alle Pferde nach hinten und versucht sie ruhig zu halten. Unsere Verfolger können jeden Augenblick hiersein, und diesmal ist es wirklich aus, wenn sie uns entdecken.«

Sie hatte kaum ausgesprochen, als von der Straße her Hufgetrappel zu vernehmen war. Livia ging zum Eingang und spähte nach draußen. Da erschein auch schon, an der Spitze seiner Männer, Wulfila – doch er jagte an der Höhle vorbei! Sie atmete erleichtert auf und wollte ihren Gefährten bereits ein Zeichen geben, daß die Gefahr vorüber sei, doch sie hatte sich zu früh gefreut. Der laute Galopp verstummte plötzlich, und statt dessen hörte man jetzt den Hufschlag langsam trottender Pferde, die zurückkamen. Livia gebot ihren Leuten absolute Stille und blickte weiter hinaus, während Aurelius Batiatus die Zügel seines Pferdes übergab und neben sie trat.

Wulfila befand sich jetzt höchstens zwanzig Schritte vom Höhleneingang entfernt, Kopf, Schultern und Rumpf überragten das dichte Gestrüpp, unter dem sich die alte Straße verbarg. Er war wahrhaft furchterregend anzusehen: die scheußliche Narbe im rußgeschwärzten Gesicht, die geröteten Augen, mit denen er umherspähte wie ein Beute witternder Wolf. Hinter ihm kamen seine Männer; in fächerförmiger Formation durchkämmten sie den Wald ringsum und suchten den Boden nach Spuren ab. Im Inneren der Höhle hielten alle den Atem an; jeder spürte die drohende Gefahr und umklammerte sein Schwert, wie immer bereit, sich in ein Gefecht auf Leben und Tod zu stürzen, ohne lange nach dem Grund zu fragen.

Der Barbarentrupp zerstreute sich in der Umgebung auf der Suche nach weiteren, möglichen Fluchtwegen, doch als Wulfila merkte, daß dies nichts brachte, scharte er seine Leute wieder um sich und zog ab.

Livia atmete hörbar auf und drehte sich nach den anderen um. »Ich habe vor Sonnenaufgang Stephanus getroffen«, berichtete sie. »Er sagte mir, daß Antemius uns verkauft hat. Ich werde deshalb das Geld, das ich euch versprochen hatte, nicht bekommen – wenigstens für den Moment.«

Ambrosinus machte einen Schritt auf sie zu. »Aber ... ich verstehe nicht.«

»Ganz einfach«, erwiderte Livia. »Kaiser Zenon hat Basiliskos entmachtet und das Zepter des Ostreichs wieder an sich gerissen; jetzt liegt ihm an guten Beziehungen zu Odoaker. Vielleicht hat er von unserem Abkommen mit Antemius erfahren, der – solchermaßen entlarvt – keine andere Wahl hatte, als Romulus den neuen Machtverhältnissen zu opfern.«

»Und was machen wir jetzt mit dem Jungen?« fragte Vatrenus.

»Wir könnten ihn mitnehmen«, erwiderte Aurelius.

»Einen Moment ...«, hob Livia an, doch Demetrios unterbrach sie.

»Mitnehmen wohin? Odoaker wird uns gnadenlos jagen, und müßte er seinen letzten Mann dafür aufbieten. Machen wir uns nichts vor: Daß die Barbaren abgezogen sind, heißt gar nichts. Sie werden wiederkehren, wenn wir am wenigsten mit ihnen rechnen – und blutige Rache üben, das sollte jedem von uns klar sein.«

»So, und was schlägst du vor zu tun?« fragte Aurelius. »Mit den Barbaren einen Preis aushandeln und den Jungen selbst ausliefern?«

»He, Moment mal!« warf Batiatus dazwischen. »Könnte mir freundlicherweise jemand erklären ...«

»Wenn ihr mich endlich ausreden ließet ...«, versuchte Livia es noch einmal.

Romulus sah sich bekümmert um, wieder einmal stand er im Mittelpunkt von Diskussion und Streit, ohne daß man ihn als Menschen im geringsten berücksichtigte; wieder einmal lag sein Schicksal in den Händen anderer. Jetzt, wo es keine Belohnung mehr einzustreichen gab, war er für diese Leute nur noch eine unbequeme Last. Aurelius ahnte, wie ihm zumute war, er las die Betroffenheit und Demütigung in seinen Augen und versuchte einzulenken: »Hör zu, wir möchten nicht ...« Doch Ambrosinus unterbrach ihn mit einer Stimme, die noch nie so zornig und entrüstet geklungen hatte wie jetzt: »Schluß!« rief er aus. »Jetzt hörst du mir mal zu, und ihr alle! Ich kam vor vielen Jahren aus Britannien in dieses Land, um mit einer Abordnung weiterer Gesandter beim Kaiser vorzusprechen. Wir wollten ihn um Hilfe für unserer Inselvolk bitten, das von einem grausamen Tyrannen unterdrückt und geschunden wurde; Plünderungen und Übergriffe von barbarischer Brutalität waren unser tägliches Brot. Unterwegs habe ich alle Gefährten verloren; wer nicht erfror, starb an einer Krankheit oder durch die Hand eines Briganten. Ich kam ganz alleine an und wurde noch nicht einmal empfangen, weil der Kaiser eine willenlose Marionette in den Händen anderer Barbaren war – er wollte mich nicht einmal anhören. Binnen Kürze war ich völlig mittellos. Daß ich überlebt habe, verdanke ich einzig meinen Kenntnissen der Medizin und Alchimie. Bis ich schließlich Erzieher dieses Jungen wurde. In guten und in schlechten Zeiten war ich an seiner Seite, in Momenten der Freude und in Momenten der Verzweiflung, der Erniedrigung, der Gefangenschaft. Und glaubt mir: Ich kenne keinen anderen Menschen, der so mutig, edel und mitfühlend ist wie er.« Alle lauschten beeindruckt dem leidenschaftlichen Vortrag des Ambrosinus, der Romulus an diesem Punkt eine Hand auf die Schulter legte und ihn in den Mittelpunkt des Kreises schob, bevor er die Stimme senkte und feierlich fortfuhr: »Romulus, der Augenblick ist gekommen. Ich bitte dich, das Flehen deiner Untertanen in Britannien, die seit Jahren wehrlos ihrem Schicksal ausgeliefert sind, zu erhören; ich bitte dich, weitere Gefahren und Entbehrungen auf dich zu nehmen und ihnen zu Hilfe zu eilen – mit oder ohne Unterstützung dieser Männer.«

Die Umstehenden starrten Ambrosinus mit offenem Mund an, dann blickten sie sich gegenseitig an, als trauten sie ihren Ohren nicht.

»Ich weiß, was ihr denkt, ich lese es in euren Gesichtern«, fuhr Ambrosinus an sie gewandt fort. »Ihr denkt, ich hätte den Verstand verloren, aber ihr irrt euch. Jetzt, wo ihr daran gehindert seid, eure Mission erfolgreich abzuschließen und das versprochene Lösegeld einzustreichen, habt ihr nur zwei Alternativen: Ihr könnt Romulus Augustus seinen Feinden ausliefern und möglicherweise ein noch höheres Lösegeld herausschlagen als das ursprünglich vereinbarte; ihr könnt euren Kaiser verraten und euch damit eines infamen Verbrechens schuldig machen, aber ich weiß, daß ihr das nicht tun werdet. In der kurzen Zeit unseres Zusammenseins hatte ich Gelegenheit, euch kennenzulernen, und dabei habe ich entdeckt, daß Mut, Tapferkeit und Treue, die totgeglaubten Werte eines echten römischen Soldaten, für euch nach wie vor Gültigkeit besitzen.« Ambrosinus räusperte sich kurz, bevor er fortfuhr. »Die andere Möglichkeit wäre, uns die Freiheit zu geben und gehen zu lassen.« Sein Blick richtete sich auf den Knauf des Schwerts, das Aurelius umgehängt hatte. »Dieses Schwert wird unser Talisman sein und unser Führer die alte Prophezeiung, die nur er und ich kennen.«

In der großen Höhle war Stille eingetreten. Alle waren zutiefst beeindruckt von den Worten des weisen Mannes, von der Würde und dem Mut des kleinen Herrschers ohne Reich und ohne Heer.

»Ich komme mit dir, Ambrosinus«, sagte Romulus, »wo immer du mich auch hinführen willst – mit diesem Schwert oder ohne es. Gott wird uns zur Seite stehen.« Mit diesen Worten nahm er seinen Lehrer bei der Hand und schickte sich an, die Höhle zu verlassen.

Aurelius versperrte ihnen den Weg. »Und wie wollt ihr so weit in den Norden hinaufkommen, wenn ich fragen darf?«

»Zu Fuß«, erwiderte Ambrosinus lakonisch.

»Zu Fuß«, wiederholte Aurelius, wie um sicherzugehen, daß er richtig gehört hatte.

»Jawohl.«

»Und wenn ihr mal da seid«, meinte Vatrenus sarkastisch, »vorausgesetzt, ihr kommt je an, wie wollt ihr dann bitte schön diesen grausamen Tyrannen bekämpfen, von dem du vorher gesprochen hast, ihr beide ganz allein, ein alter Mann und ein …«

»Kind«, vervollständigte Romulus seinen Satz. »Das ist es doch, was du sagen wolltest, nicht? Nun, auch Iulus, der Sohn des Aeneas, war noch ein Kind, als er das brennende Troja verließ und nach Italien kam. Und doch gründete er die größte Nation aller Zeiten. Ich besitze nichts, was ich euch geben könnte – weder Güter noch Geld, noch Land, das ich euch zur Belohnung schenken könnte. Ich kann euch nur danken für alles, was ihr für mich getan habt. Ich kann euch nur sagen, daß ich euch nie vergessen und immer im Herzen tragen werde, und sollte ich hundert Jahre alt werden …« Seine Stimme zitterte vor Ergriffenheit. »Du, Aurelius, und du, Vatrenus, und Demetrios, Batiatus, Orosius, und auch du, Livia, vergeßt auch ihr mich nicht … Lebt wohl.« Er sah seinen Lehrer an: »Komm, Ambrosinus, wir wollen uns auf den Weg machen.«

Sie gingen zum Ausgang des Mithräums, schoben den Vorhang aus Schlingpflanzen auseinander und traten auf den schmalen Pfad hinaus. Aurelius griff nach dem Zügel seines Pferdes, sah seine Gefährten an und sagte: »Ich gehe mit ihnen«, als handle es sich um die natürlichste Sache der Welt.

Vatrenus schüttelte den Kopf, als erwache er aus einem Traum. »Ist das dein Ernst?« fragte er. »Warte, verflucht noch mal, warte, wo willst du hin?« rief er und ging ihm nach. Livia lächelte, als hätte sie es nicht anders erwartet, und verließ ihrerseits die Höhle, das Pferd am Zügel mit sich führend. Batiatus kratzte sich am Kopf. »Ist dieses Britannien sehr weit weg?« fragte er die beiden anderen.

»Ich glaube ja«, erwiderte Orosius. »Ich fürchte, es ist das Land, das am weitesten entfernt ist von allen – zumindest von denen, die ich vom Hörensagen kenne.«

»Dann sollten wir uns sputen«, sagte Batiatus, pfiff seinem Pferd und drang durch den grünen Vorhang hinaus ins Sonnenlicht.

Ambrosinus und Romulus, die sich bereits auf dem Pfad befanden, hörten hinter sich Blätterrascheln und Hufgetrappel, aber sie wandten sich nicht um. Erst als Romulus klar wurde, daß sie alle denselben Weg einschlugen, blieb er stehen und drückte Ambrosinus' Arm. Langsam drehte er sich um und fand sich allen sechs gegenüber. »Wo wollt ihr hin?« fragte er.

Aurelius näherte sich ihm. »Glaubst du wirklich, wir könnten dich im Stich lassen?« sagte er. »Von jetzt an hast du ein kleines Heer, wenn du möchtest – klein, aber tapfer. Und treu. *Ave*, Cäsar!« Mit diesen Worten zog er das Schwert aus der Scheide und reichte es Romulus. Im selben Moment brach ein Sonnenstrahl aus den Wolken, durchdrang das dichte Laubwerk von Fichten und Steineichen und tauchte das Gesicht des Jungen und sein Schwert in ein magisches, unwirkliches Licht.

Romulus gab Aurelius die Waffe mit einem Lächeln zurück. »Hüte du es für mich«, sagte er.

Aurelius reichte ihm die Hand und zog ihn zu sich aufs Pferd, dann gab er den anderen ein Zeichen, auch Ambrosinus sein Tier zurückzugeben. »Wir haben eine lange und gefährliche Reise vor uns«, sagte er. »In zwei, drei Tagen erreichen wir die Poebene; sie ist ganz flach und bietet keinerlei Unterschlupfmöglichkeit; wir könnten leicht entdeckt werden.«

»Stimmt«, erwiderte Ambrosinus. »Aber wir werden einen mächtigen Verbündeten haben.«

»Nämlich?«

»Den Nebel«, erwiderte der Alte.

»Möglicherweise kann auch Stephanus noch etwas für uns tun«, sagte Livia. »Ich weiß, daß er mit einem Schiff gekommen ist, um uns zur Flucht zu verhelfen. Vielleicht kann er uns ja einen Teil des versprochenen Geldes auszahlen oder wenigstens mit Proviant versorgen. Die Poebene ist riesig, und die Tage sind kurz und nebelig – so leicht kommt man uns nicht auf die Spur.«

»Du hast recht«, nickte Aurelius. »Aber danach müssen wir die Alpen überqueren, und zwar mitten im Winter.«

XXII

Stephanus sah einen Teil von Wulfilas Schar aus dem Wald zurückkehren – knapp ein halbes Dutzend Männer. Während er ihnen entgegenging, bemüht er sich, so natürlich wie möglich zu wirken. »Wo sind die anderen?« fragte er ihren Anführer.

»Die habe ich in Gruppen aufgeteilt und weitersuchen lassen. Ich bin sicher, daß diese Leute noch irgendwo in der Nähe sind. Mit dem Alten und dem Jungen können sie noch nicht weit gekommen sein«, antwortete Wulfila.

»Ja, aber das Wetter verschlechtert sich zusehends und das macht die Sache nicht leichter«, entgegnete Stephanus. Tatsächlich zog vom Meer eine dicke Front aus schwarzen Wolken heran, und wenig später begann ein eisiger Schneeregen zu fallen.

Das Feuer, das inzwischen das ganze Stoppelfeld und sämtliche Strohhaufen verbrannt hatte, erlosch vollends und ließ nichts als eine rauchende, schwarze Fläche zurück.

Stephanus klapperte vor Kälte mit den Zähnen und zitterte am ganzen Leib. »Diese Geschichte wird Odoaker nicht gefallen«, stieß er hervor, »und den Gesandten Zenons schon gar nicht. Ich möchte nicht in deiner Haut stecken, wenn du sie ihnen erzählst. Und glaube nicht, ich riskiere meinen Kopf, um deinen zu retten. Sich mit einer siebzig Mann starken Truppe einen alten Tattergreis und einen Jungen durch die Lappen gehen zu lassen, ist schon ein starkes Stück. Das riecht fast nach Bestechung …«

»Still!« zischte Wulfila ihn an. »Wenn du mich rechtzeitig unterrichtet hättest, wären sie uns alle ins Netz gegangen.«

»Das war nicht möglich. Antemius' Mann in Neapel hatte ihre Flucht so gut vorbereitet, daß ich selbst ihre Spuren verloren habe – und sie haben sich ihrerseits nicht bei mir gemeldet. Was hätte ich dir also mitteilen können? Das einzig Sichere war unsere Verabredung hier, wo das Schiff anlegen sollte. Und davon wußtest du ja.«

Wulfila musterte ihn mißtrauisch. »Mir ist immer noch nicht ganz klar, auf wessen Seite du wirklich stehst«, knurrte er. »Aber sieh dich vor: Wenn ich rauskriege, daß du ein doppeltes Spiel treibst, wirst du den Tag deiner Geburt verfluchen.«

Stephanus fand nicht die Kraft, ihm eine entsprechende Antwort zu erteilen. »Gib mir was Warmes«, sagte er statt dessen. »Siehst du nicht, daß ich vor Kälte schlottere?«

Wulfila band eine Decke von seinem Sattel los und warf sie vor ihn auf den Boden. Stephanus hob sie auf, hängte sie sich um die Schultern und wickelte sich fest ein.

»Was hast du jetzt vor?« fragte er Wulfila, als ihm wieder etwas wärmer war.

»Was schon? Diese verdammten Römer aufstöbern. Um jeden Preis. Egal, wohin sie geflohen sind.«

»Das könnte aber lange dauern. Wenn du sie jetzt nicht erwischt hast, wo du sie vor der Nase hattest, kriegst du sie vielleicht nie. Die Zeit spielt zu ihren Gunsten, und von Capri aus könnten sich seltsame Gerüchte und Erwartungen verbreiten …«

Wulfila ließ sich endlich dazu herab, vom Pferd zu steigen, so daß Stephanus nicht länger den Hals verrenken mußte. »Was meinst du damit?«

»Ganz einfach: Wenn sich das Gerücht von der Flucht des Kaisers verbreitet, könnte es sich irgendwer zunutze machen – mit unabsehbaren Folgen.« Wulfila zuckte mit der

Schulter. »Außerdem war es Odoakers Wille, daß der Junge den Rest seiner Tage auf Capri verbringt«, fuhr Stephanus fort, »und so muß es sein. Keiner darf merken, daß er verschwunden ist.«

»Wie soll ich das anstellen?«

»Schick einen Vertrauensmann nach Capri und laß Romulus Augustus durch einen Doppelgänger ersetzen – irgendeinen Jungen seines Alters, der angezogen ist wie er und mindestens ein paar Monate lang von niemandem gesehen werden darf, bis du nach und nach das gesamte Personal, einschließlich der Wächter, ausgewechselt hast. Für die Inselbewohner – und nicht nur für sie – hat Romulus die Villa nie verlassen, geschweige denn die Insel, noch wird er sie je verlassen. Habe ich mich deutlich ausgedrückt?«

Wulfila nickte.

»Danach erstattest du Odoaker Bericht – und zwar höchstpersönlich.«

Wulfila nickte noch einmal mit kaum verhohlener Wut. Er haßte diesen intriganten Höfling, aber es war ihm klar, daß dieser im Moment zweifellos in der angenehmeren Lage war, wenn auch völlig durchnäßt und bis zum Hals in eine Pferdedecke gewickelt. Er bedeutete Stephanus, ihm in die alte *mansio* zu folgen, die aufgrund ihrer erhöhten Lage vom Feuer verschont geblieben war; dort warteten sie, bis die Suchtrupps zurückkehrten. In diesem Augenblick fiel Stephanus noch etwas ein, und er gab dem Barbarenanführer ein Zeichen näher zu kommen, um nicht allzu laut sprechen zu müssen. »Antemius hatte auch auf Capri seine Spitzel, ja sogar auf den Schiffen, mit denen du die Fliehenden verfolgt hast; einer von ihnen hat ihm eine seltsame Geschichte erzählt …«, begann er. Wulfila schielte ihn mißtrauisch an. »Demnach soll einer von diesen Männern ein wundersames Schwert besitzen, wie es kein zweites auf der Welt gibt. Sagt dir das etwas?«

Wulfila wich seinem Blick aus, trotzdem sah man ihm deutlich an, daß er log: »Nein, keine Ahnung, wovon du redest«, antwortete er.

»Seltsam. Dabei hast du doch sicher mit diesem kläglichen Haufen gekämpft, um zu verhindern, daß sie den Kaiser entführen …«

»Die Leute reden viel. Ich kenne dieses Schwert nicht, und wenn du kämpfst, schaust du deinen Gegner an, nicht seine Waffe. Abgesehen davon hatte auch ich dich um eine Information gebeten, die du mir bis heute nicht gegeben hast.«

»Hinsichtlich dieses Legionärs? Ich weiß nur, daß er zu der Truppe gehörte, die Mledo in Dertona ausgelöscht hat, und Aurelius heißt.«

»Aurelius? Hast du Aurelius gesagt?«

»Ja, warum?«

Wulfila dachte eine Weile schweigend nach, dann sagte er: »Ich bin sicher, daß ich ihn schon einmal gesehen habe – vor langer, langer Zeit. Ich vergesse Gesichter, die ich einmal gesehen habe, nie wieder. Aber, egal: Wer auch immer er war, der Mann ist in jener Nacht im Meer verschwunden und aller Wahrscheinlichkeit nach den Fischen zum Fraß geworden.«

»Da wäre ich mir nicht so sicher«, erwiderte Stephanus. »Meines Wissens lebt er noch und ist nach wie vor im Besitz dieses Schwertes.«

Wenig später kamen die ersten seiner Krieger zurück, todmüde und mit schweißdampfenden Pferden. Ihren niedergeschlagenen Mienen war sofort abzulesen, daß die Suche erfolglos geblieben war. Wulfila hieb vor Wut mit der Peitsche auf sie ein. »Was, ihr habt sie nicht gefunden? Das könnt ihr mir nicht erzählen!« fauchte er. »Sieben Personen zu Pferde lösen sich nicht einfach in Luft auf, verflucht noch mal!«

»Wir haben überall gesucht«, lautete die Antwort. »Vielleicht kannten sie ein Versteck. Sie haben immer hier gelebt und kennen die Gegend besser als wir. Vielleicht hat ihnen auch jemand Unterschlupf gewährt.«

»Warum habt ihr nicht die Häuser durchsucht und die Bauern zum Sprechen gebracht? Ihr wißt doch, wie man das macht …«

»Wir haben es ja versucht, aber viele von ihnen verstehen uns nicht.«

»Die tun bloß so!« brüllte Wulfila. Stephanus betrachtete ihn teilnahmslos, aber innerlich weidete er sich an der Panik des borstigen Ungetüms. Gegen Mittag trafen weitere Suchmannschaften ein.

»Vielleicht haben sie weiter nördlich Spuren gefunden«, sagte einer der Reiter. »Wir haben ausgemacht, daß wir uns in Pesaro treffen – wer zuerst da ist, wartet auf den Rest. Und was tun wir jetzt?«

»Weitersuchen«, schnaubte Wulfila. »Auf der Stelle!«

Stephanus für seinen Teil verabschiedete sich. »Wir sehen uns wahrscheinlich erst in Ravenna wieder. Ich bleibe hier und warte auf das Schiff, das mich abholen kommt«, sagte er und trat noch einmal ganz dicht an Wulfila heran. »Stimmt es, daß dieses Schwert einen goldenen Knauf in Form eines Adlerkopfs hat?« fragte er mit gesenkter Stimme.

»Keine Ahnung«, erwiderte Wulfila auch diesmal. »Ich weiß nicht, wovon du redest.«

»Egal. Aber wenn es trotzdem irgendwann in deine Hände fallen sollte, denk dran, daß es Leute gibt, die jeden Preis dafür bezahlen würden, Leute, die dich buchstäblich mit Gold überhäufen würden, klar? Also, mach keinen Unsinn. Wenn du an dieses Schwert kommst, sag es mir, und ich sorge dafür, daß du für den Rest deiner Tage im Luxus schwelgst.«

Wulfila gab keine Antwort, sondern sah ihn nur einen Moment lang mit rätselhaftem Blick an, dann trommelte er seine Männer zusammen, ordnete sie fächerförmig an und ließ sie in alle Richtungen ausschwärmen; er selbst führte die Gruppe an, die nach Norden ritt. Tagelang durchkämmten sie das Land, suchten alle Wege und Pfade nach Spuren ab, doch letzten Endes trafen sie in Pesaro ein, ohne irgendwelche Erfolge vermelden zu können. Das Wetter wurde immer schlechter, ein unaufhörlicher Nieselregen verwandelte die Straßen in Sümpfe und machte die Äcker fast unpassierbar, während sich die Berge bis weit herab mit Schnee bedeckten.

Die Vorhut, die Wulfila nach Pesaro vorausgeritten war, hatte die Suchmeldung nach einer Gruppe von fünf Männern und einer Frau mit einem Greis und einem Jungen bereits an sämtliche Garnisonen weitergegeben, auf die sie unterwegs gestoßen war. Im Grunde war alles nur noch eine Frage der Zeit.

Von Pesaro aus machte sich Wulfila in aller Eile nach Ravenna auf, wo ihn die schwierigste Prüfung erwartete, nämlich die, Odoaker gegenüberzutreten.

Der *magister militum* empfing ihn in einem der kaiserlichen Gemächer, in denen er sich breitgemacht hatte. Wulfila las an seinem Blick ab, daß er bereits unterrichtet war, und er ahnte, daß alles, was er vorbrächte, Odoakers Laune nur noch verschlechtern würde. Also sagte er erst einmal gar nichts. Das Gewitter ließ nicht lange auf sich warten.

»Meine besten Männer!« polterte Odoaker los. »Mein Statthalter höchstpersönlich, an der Nase herumgeführt von einer Handvoll elender römischer Schlappschwänze – wie ist das möglich?«

»Das waren keine Schlappschwänze!« erwiderte Wulfila gereizt.

»Offensichtlich! Dann seid ihr also die Schlappschwänze!«

»Hab acht, Odoaker, nicht einmal du kannst so mit mir reden.«

»Was, du wagst es, mir zu drohen? Nachdem du derart kläglich versagt hast?« Odoaker schnaubte wütend. »Jetzt erzählst du mir erst einmal den genauen Hergang der Dinge. Ich will wissen, mit was für Männern ich mich da umgeben habe – ob ihr inzwischen feiger und schwächlicher seid als die Römer, die wir bezwungen und unterjocht haben.«

Wulfila blickte grimmig drein. »Sie haben uns in einer Sturmnacht überrumpelt. Irgendwie haben sie es geschafft, die Steilwand im Norden der Insel zu bezwingen«, knurrte er. »Danach sind sie durch einen unterirdischen Geheimgang zum Meer geflohen und in ein wartendes Boot gestiegen. Ich hatte nur zwei Schiffe zur Verfügung, aber mit denen haben wir die umliegenden Gewässer durchkämmt, bis sich auch noch die Elemente gegen uns wandten: Der Sturm hat sich gelegt, dafür brach plötzlich der Vulkan aus! Es hat Glut und Asche geregnet, und in dem undurchdringlichen Dunst war ihr Boot binnen Kürze verschwunden. Ich konnte nur noch sehen, wie ihr Anführer ins Meer stürzte – übrigens derselbe, der schon in Ravenna versucht hat, den Jungen zu befreien. Trotzdem gab ich mich noch nicht geschlagen.«

»Bist du dir sicher?« fragte Odoaker. »Ich meine, daß das derselbe Mann war wie in Ravenna? Es war doch finster ...«

Wulfila nickte nachdrücklich mit dem Kopf. »Ich habe ihn gesehen, wie ich dich jetzt vor mir sehe. Im übrigen, wen wundert's? Wer einmal etwas versucht hat, versucht es auch ein zweites Mal – obwohl auch ich nicht damit gerechnet hatte, diesen Kerl noch einmal lebend wiederzusehen.«

»Sprich weiter«, sagte Odoaker, gespannt auf den Fortgang der seltsamen Geschichte.

»Jeder andere hätte an diesem Punkt aufgegeben. Auch ich war überzeugt, daß diese Leute Schiffbruch erlitten hatten, daß ihr Boot im Dunkeln an den Felsen zerschellt war«, sagte Wulfila. »Trotzdem habe ich die Suche nicht abgebrochen, sondern den Apennin überquert, und zwar in derselben Zeit wie sie, wie sich hinterher herausstellte, wobei sie dank ihrer Ortskenntnisse natürlich im Vorteil waren.« Wulfila seufzte. »Leider sind sie mir im letzten Moment doch noch durch die Lappen gegangen, und bei aller Suche sind wir ihnen bis heute nicht wieder auf die Spur gekommen.«

»Klar ist jedenfalls, daß sie wußten, wo sich die Gefangenen aufhalten und daß die Nordwand nicht bewacht war«, stellte Odoaker fest.

Wulfila nickte. »Ja, und außerdem kannten sie einen Geheimgang, von dessen Existenz nicht einmal wir etwas wußten. Irgendwer muß sie informiert haben ...«

»Wer?« schrie Odoaker.

»Da gibt es viele Möglichkeiten: ein Diener, ein Handwerker, ein Bäcker, ein Hufschmied, eine der Köchinnen oder

Marktfrauen, vielleicht sogar ... eine Prostituierte, warum nicht? Dahinter muß allerdings noch ein Drahtzieher gestanden haben. Ich habe die Kontakte zwischen der Villa und dem Rest der Insel immer auf ein Minimum beschränkt, aber ganz konnte ich sie nicht unterbinden.«

»Ein Drahtzieher? Wenn du einen konkreten Verdacht hast, dann sprich!«

»Antemius vielleicht – gut möglich, daß er die Villa auf Capri kannte, er hatte scheinbar viele Bekannte in Neapel. Auch Stephanus scheint mir ...«

»Stephanus ist ein intelligenter und fähiger Mann, und zudem ausgesprochen praktisch veranlagt. Ich brauche ihn für die Beziehungen zu Zenon«, erwiderte Odoaker trocken, aber Wulfilas Schilderung der Ereignisse hatte ihn doch sehr beeindruckt; sie zeugte vom Mut und der Klugheit unglaublich tüchtiger Männer, die Gewaltiges zu leisten imstande waren. Mit einemmal wurde ihm klar, wie schwierig es sein würde, dieses Land mit der alleinigen Gewalt eines Heeres zu regieren, das von der einheimischen Bevölkerung als fremd, grausam und gewalttätig, mithin barbarisch, empfunden wurde. Er begriff, daß hier nicht Gewalt, sondern Intelligenz vonnöten war, keine Schwerter, sondern Wissen, und daß er inmitten Hunderter von Krieger, die seinen Palast bewachten, anfälliger und verletzlicher war als auf einem Schlachtfeld. Und einen Moment lang fühlte Odoaker sich von einem kleinen, dreizehnjährigen Jungen bedroht, der jetzt frei, beschützt und unauffindbar war. Wider willen mußte er an Romulus' Racheschwur neben dem Leichnam seiner Mutter, unten, in der Krypta der Basilika, denken. »Und was sollen wir jetzt deiner Ansicht nach tun?« fragte er Wulfila ärgerlich.

»Ich habe bereits erste Maßnahmen ergriffen«, erwiderte Wulfila. »Unter anderem habe ich den Jungen auf Capri durch einen Doppelgänger ersetzen lassen – er ist genauso alt wie er, sieht ähnlich aus, trägt dieselben Kleider und wohnt am selben Ort, hat aber ausschließlich Umgang mit ein paar von meinen engsten Vertrauten. Alle anderen bekommen ihn nur aus der Ferne zu sehen. Innerhalb kurzer Zeit werde ich die ganze Dienerschaft und sämtliche Wächter ersetzen lassen, so daß die Neuen keine Vergleichsmöglichkeit haben und glauben, sie hätten es mit dem richtigen Romulus Augustus zu tun.«

»Ein scharfsinniger Plan, den ich dir schwerlich zugetraut hätte. Besser so. Aber jetzt möchte ich wissen, wie du den Jungen und seine Begleiter aufzugreifen gedenkst.«

»Stell' mir ein Dekret aus, das mir freie Verfügungsgewalt gibt und die Möglichkeit, ein Kopfgeld auf den Jungen auszusetzen«, erwiderte Wulfila. »Sie können uns nicht entkommen. Eine Karawane wie die ihre fällt früher oder später auf; sie können sich ja nicht ewig verstecken, irgendwann müssen sie sich neuen Proviant beschaffen, eine Unterkunft für die Nacht suchen – die Jahreszeit, in der man unter freiem Himmel schlafen kann, ist vorbei.«

»Aber du weißt ja nicht mal, in welche Richtung sie gezogen sind.«

»Ich vermute nach Norden – die Ostroute ist ihnen nun ja verwehrt, und wo könnten sie sonst hinwollen? Nein, sie werden mit allen Mitteln versuchen, Italien zu verlassen. Und Schiffe fahren jetzt, im Herbst, auch keine mehr.«

Odoaker dachte noch eine Weile schweigend nach, und Wulfila beobachtete ihn dabei, als sähe er ihn zum erstenmal: Was für eine Veränderung seit ihrer letzten Begegnung! Odoaker hatte jetzt kurzes, gepflegtes Haar, er war frisch rasiert und trug eine langärmelige Leinendalmatika, die auf dem Rücken mit gold- und silberdurchwirkten Streifen verziert war; seine Füße steckten in feinen Kalbslederstiefeln, die Stikkereien aus roter und gelber Wolle sowie Schnürsenkel aus rotem Leder schmückten. Vor seiner Brust baumelte ein Silbermedaillon mit einem goldenen Kreuz, und silbern war auch der Gürtel aus Tausenden von winzigen Kettengliedern. Am Ringfinger der linken Hand prangte ein Ring mit kostbarer Kamee, und wären nicht die rotblonde Körper- und Kopfbehaarung sowie die Sommersprossen auf Gesicht, Nase und Händen gewesen, so hätte er sich in nichts von einem großen römischen Würdenträger unterschieden.

Odoaker, der wohl merkte, wie Wulfila ihn anstarrte, beschloß, der peinlichen Musterung ein Ende zu setzen. »Kaiser Zenon hat mich zum römischen Patrizier ernannt«, stellte er fest, »und das gibt mir das Recht, den Namen Flavius vor meinen eigenen Namen zu setzen; außerdem hat er mich mit einer Generalvollmacht für die Verwaltung dieses Landes und der angrenzenden Regionen ausgestattet. Ich werde dir also die Dekrete geben, die du verlangst, und angesichts der Tatsache, daß dieser Junge nun keinerlei politische Bedeutung mehr für uns hat – zumindest was unsere Beziehungen zum Ostreich betrifft – ist es das Beste, du bringst ihn direkt um. Damit wäre auch die Gefahr von Unruhen im Volk ein für allemal gebannt. Ja, stöbere ihn auf, bring mir seinen Kopf, verbrenne den Rest und zerstreu seine Asche in alle vier Winde. Der einzige Romulus Augustus oder Augustulus, wie ihn seine falschen Höflinge spöttisch nennen, wird der auf Capri sein – immerdar und für alle. Was dich betrifft, so kehrst du erst nach Ausführung meines Befehls wieder zurück. Verfolge diesen Romulus, wenn nötig, bis ans Ende der Welt, und wage nicht, ohne seinen Kopf zurückzukommen, sonst nehme ich mir dafür deinen. Du weißt, daß ich dazu in der Lage bin.«

Wulfila ging mit keinem Wort auf seine Drohung ein. »Mach die Dekrete fertig, ich breche so bald wie möglich auf«, sagte er, wandte sich ab und ging zur Tür, aber auf der Schwelle drehte er sich noch einmal um. »Was ist eigentlich aus Antemius geworden?« sagte er.

»Warum fragst du?«

»Weil ich gerne begreifen würde, woran ich mit diesem Stephanus bin, der hier in Ravenna auf einmal ein so wichtiger Mann zu sein scheint.«

»Stephanus hat die guten Beziehungen zwischen Ost und West wiederhergestellt«, erwiderte Odoaker. »Außerdem hat er zur Festigung meiner Position in Ravenna beigetragen – eine komplizierte und äußerst heikle Aufgabe, die du noch nicht einmal in Gedanken nachvollziehen könntest. Was Antemius betrifft, so hat er sein verdientes Ende gefunden: Er hat Basiliskos dafür, daß er Romulus' beschützt, einen Stützpunkt in der Lagune versprochen, außerdem hat er mit ihm einen Mordplan gegen mich ausgeheckt. Ich habe ihn erdrosseln lassen.«

»Verstehe«, murmelte Wulfila und ging hinaus.

Stephanus traf erst am darauffolgenden Tag in Rimini ein; sein Schiff hatte bei widrigen und sehr gefährlichen Nordostwinden die Adria hinaufsegeln müssen. Ab diesem Augenblick ließ Wulfila ihn tagaus, tagein beschatten, denn er hatte inzwischen einiges erkannt: erstens, daß Stephanus mindestens so versessen auf dieses sagenhafte Schwert war wie er selbst – weshalb, wußte er nicht, es hatte aber sicher etwas mit Macht und Geld zu tun, sonst wäre er nicht bereit gewesen, so viel dafür zu bezahlen – zweitens war ihm klargeworden, daß Stephanus das Netz von Spitzeln geerbt haben mußte, das vorher Antemius unterstanden hatte; und drittens, daß er der fähigste und durchtriebenste Mann war, mit dem er es je zu tun gehabt hatte. Es hier, in Ravenna, mit ihm aufzunehmen, wäre zwecklos gewesen; dies hätte bedeutet, ihn auf eigenem Boden kämpfen zu lassen und aller Wahrscheinlichkeit nach zu verlieren. Da war es schon besser abzuwarten, ob er nicht irgendeinen gewagten Schritt unternahm, wie etwa den, Ravenna zu verlassen. Wenn Wulfila richtig lag, würde das schon sehr bald geschehen; dann aber wollte er sich ihm an die Fersen heften, sicher, irgendeine bedeutende Entdeckung zu machen. Unterdessen waren schon einmal Reiter in alle Richtungen ausgeschwärmt und fragten herum, ob irgendwer eine Karawane aus sechs, sieben Personen mit einem schwarzen Giganten, einem alten Mann und einem Jungen gesehen hätte.

Aurelius und seine kleine Karawane hatten, kaum daß Wulfilas Männer verschwunden waren, die eigenen Spuren verwischt und den Weg in eine verborgene, kleine Schlucht eingeschlagen. Seither hielten sie sich stets ziemlich hoch an den Berghängen, um die umliegende Gegend besser überblicken zu können. Außerdem hatten sie sich in drei Gruppen aufgeteilt, die stets mit zirka einer Meile Entfernung voneinander marschierten. Batiatius ging zu Fuß, zur Tarnung war er mit einem langen Kapuzenmantel angetan, der ihn fast vollständig bedeckte, außerdem war er allein unterwegs, denn inmitten der anderen Reisegefährten wäre er mit seiner imposante Statur noch mehr aufgefallen. Romulus wanderte zusammen mit Aurelius und Livia, so daß die drei wie eine kleine Familie wirkten, die mit ihrem bescheidenen Reisegepäck unterwegs war. Jeder von ihnen trug seine Waffe unter dem Mantel; nur die Schilde waren zu sperrig gewesen und deshalb auf Ambrosinus' Maulesel gepackt und unter einer Decke versteckt worden. Er, Ambrosinus, war derjenige, der sich alles ausgedacht hatte, während Livia die Marschroute festgelegt und dabei wieder einmal die Erfahrung eines alten Veteranen bewiesen hatte. Fast überall lag Schnee, allerdings noch nicht so hoch, daß man nicht mehr durchgekommen wäre. Auch die Temperaturen waren noch auszuhalten, und der Himmel war fast immer wolkenbedeckt.

In der ersten Nacht schlugen sie ein notdürftiges Lager auf, indem sie mit ihren Äxten Tannenzweige abhackten und im Schutze eines Felsen eine Art Hütte damit bauten. Feuer entfachten sie erst wieder, als sie ganz sicher waren, den Feind nicht mehr im Rücken zu haben, und auch dann nur tief im Wald, wo die dichte Vegetation sie schützte. Am darauffolgenden Tag war der Himmel klar und die Temperaturen strenger; die vom Meer her kommende, feuchtwarme Luft kondensierte an den ersten Anhöhen des Apennin und bildete einen dichten Nebelvorhang, der sie vollends allen Blicken von unten entzog. Als sie am Abend des zweiten Marschtages den Rand der Poebene erreichten, galt es zu entscheiden, ob man abstieg und die Ebene durchquerte oder aber weiter dem Bergkamm der Apenninen folgte, was nach Westen geführt hätte. Letzteres wäre bei weitem der leichtere und möglicherweise auch der bequemere Weg gewesen, doch er beinhaltete den Küstenabschnitt zwischen Ligurien und Gallien, wo sie womöglich auf Garnisonen Odoakers stießen, die nur auf sie warteten. Andererseits konnte nicht ausgeschlossen werden, daß Wulfila sämtliche Gebirgspässe von einem Krieger bewachen ließ, einem der Dutzenden von Männern, die Romulus und seinen Erzieher bestens kannten, weil sie die beiden während einiger Wochen Gefangenschaft auf Capri erlebt hatten. Die Landkarte, die Ambrosinus in der *mansio* in Fano in kluger Voraussicht abgezeichnet hatte, erwies sich nun als äußerst wertvoll. Mit Einbruch der Nacht versammelte sich die kleine Reisegesellschaft ums Lagerfeuer, um die Marschroute und alles Weitere zu besprechen.

»Ich würde davon abraten, schon jetzt in die Ebene hinabzusteigen und die Emilia-Romagna zu durchqueren«, sagte Ambrosinus. »Wir wären zu nahe an Ravenna und könnten einem von Odoakers Spitzeln in die Arme laufen. Mein Vorschlag wäre, vorerst in den Bergen zu bleiben und auf halber Höhe weiter in Richtung Westen zu ziehen. Auf der Höhe von Piacenza angekommen, müßten wir dann entscheiden, ob wir bis Postumia weiterwandern und von dort nach Gallien absteigen oder aber in nördlicher Richtung auf den Lago Verbano zusteuern und dort dann den Paß nehmen, der die Poebene mit dem westlichen, jetzt von Burgund kontrollierten Raetien verbindet.« Ambrosinus erinnerte sich auch, daß er seinerzeit, bei seiner Ankunft in Italien, nicht weit von dem Gebirgspaß entfernt auf einen einigermaßen gangbaren Weg gestoßen war, der in ein raetisches Dorf nahe der Wasserscheide führte.

»Wenn ihr mich fragt«, schloß er, »sollten wir die erste Möglichkeit ausschließen, denn auf dieser vielbenutzten Route wären wir ständig der Gefahr ausgesetzt, entdeckt zu werden. Der Nordweg ist zwar schwieriger und anstrengender, aber gerade deshalb auch sicherer für uns.«

Aurelius nickte eifrig und mit ihm Batiatus und Vatrenus, was dem alten Ambrosinus nicht entging: Die drei Gefährten wußten nur zu gut, daß der Westweg sie durch Dertona geführt hätte, wo die Felder noch heute mit den verblichenen Knochen ihrer gefallenen Kameraden übersät waren.

XXIII

»So eine lange Reise kostet viel Geld«, sagte Livia, das Schweigen unterbrechend, das sich plötzlich über die kleine Gesellschaft gesenkt hatte. »Und wir haben keines mehr.«

»Stimmt«, nickte Ambrosinus, »Geld für Proviant, für Brückenzölle und Fährleute; und wenn wir erst einmal im Hochgebirge sind, kommen noch andere Ausgaben dazu: Heu für die Pferde und die ein oder andere Unterkunft für uns, wenn es zu kalt ist, um draußen zu übernachten.«

»Es gibt nur eine Möglichkeit«, erwiderte Livia. »Stephanus müßte jetzt in Rimini, in seiner Villa am Meer sein. Er schuldet uns noch den Lohn, seinen Auftrag haben wir ja erfüllt, und selbst wenn er uns nicht die volle Summe bezahlt, eine kleine Unterstützung wird er uns wohl nicht verweigern. Ich kenne die Villa, ich habe dort einmal Antemius getroffen, es dürfte mir nicht schwerfallen, sie wiederzufinden.«

»Ja, aber dürfen wir Stephanus trauen?« fragte Aurelius.

»Ich denke schon«, erwiderte Livia. »Im Grunde ist er nach Fano gekommen, um uns zur Flucht zu verhelfen. Er kämpft ums Überleben wie wir alle und hängt sein Fähnchen nach dem Winde. Aber wenn Antemius ihm vertraut hat, so sicher nicht grundlos.«

»Das ist es ja, was mir Sorgen bereitet: Antemius hat uns verraten.«

»Das dachte ich im ersten Moment auch, aber bei längerem Nachdenken bin ich darauf gekommen, daß ihn der Thronwechsel in Konstantinopel in eine katastrophale Lage versetzt haben muß. Vielleicht ist er entdeckt und gefoltert worden ... schwer zu sagen, was wirklich passiert ist. Aber wie auch immer: Ihr riskiert gar nichts. Ich gehe allein zu Stephanus.«

»Kommt nicht in Frage«, erwiderte Aurelius. »Ich begleite dich.«

»Besser nicht«, meinte Livia. »Du wirst hier, bei Romulus, gebraucht. Ich breche vor Sonnenaufgang auf und bin, wenn alles glattgeht, übermorgen abend zurück. Wenn nicht, zieht ihr ohne mich weiter. Irgendwie kommt ihr schon durch – ihr habt schon Schlimmeres überstanden.«

»Bist du sicher, es in so kurzer Zeit zu schaffen?« fragte Ambrosinus.

»Ja. Wenn nichts Unvorhergesehenes passiert, bin ich vor Einbruch der Dunkelheit bei Stephanus. Am nächsten Tag breche ich sehr früh auf und verbringe die Nacht schon wieder mit euch.«

Die Gefährten sahen sich ratlos an.

»Wovor habt ihr Angst?« meinte Livia leichthin. »Bevor ich euch kannte, habe ich mich auch alleine durchgeschlagen – außerdem habt ihr mich doch schließlich kämpfen gesehen, oder?«

Ambrosinus hob den Blick von seiner Karte. »Hör zu, Livia«, sagte er, »jede Trennung schafft eine schwierige Situation. Der Wartende, der länger als abgemacht warten muß, stellt die absurdesten Vermutungen an, malt sich mit jeder Stunde, die vergeht, noch schlimmere Szenarien aus, zählt die Schritte des abwesenden Gefährten und berechnet immer wieder aufs neue die Zeit, die er zur Rückkehr benötigt. In den seltensten Fällen liegt er mit seinen Erklärungsversuchen richtig – meistens hat die Verspätung in Wirklichkeit einen ganz anderen Grund als den, den er sich vorstellt. Auf der anderen Seite quält sich aber auch der Abwesende, der aus irgendeinem Grund aufgehalten wird; er denkt: Hätten wir uns bloß ein paar Stunden mehr Zeit gegeben, dann wäre uns viel Sorge erspart geblieben. Machen wir also einen zweiten Treffpunkt aus. Wenn du übermorgen abend nicht zurück bist, bleiben wir trotzdem über Nacht hier und brechen erst im Morgengrauen auf. Wenn du auch bis dahin noch nicht erschienen bist, gehen wir davon aus, daß du auf irgendein unüberwindliches Hindernis gestoßen bist. Wisse aber, daß wir die Alpen beim Saltus Mesiatum überqueren; du siehst ihn hier eingezeichnet«, sagte er und deutete auf die Karte. »Das kannst du mitnehmen, ich habe den Weg bereits genau im Kopf. Mit Hilfe der Karte kannst du uns auf alle Fälle nachkommen, wenn es dir nicht gelingt, pünktlich zu sein.«

»Gute Idee«, erwiderte Livia. »Dann bereite ich jetzt alles für morgen vor.« Ihr Pferd graste ein paar Schritte entfernt. Livia griff nach seinem Zaumzeug und ging zu ihm.

Aurelius folgte ihr. »In Rimini bist du schon fast daheim«, sagte er. »Ein paar Stunden mit dem Schiff, und du wärst in deiner Lagunenstadt. Was wirst du tun?«

»Ich komme zurück«, erwiderte Livia. »Wie versprochen.«

»Unser Weg führt ins Ungewisse«, antwortete Aurelius. »Wir lassen uns von den Träumen eines greisen Erziehers leiten, folgen einem Kaiser, der fast noch ein Kind ist und zudem von schlimmen Feinden bedroht wird. Ich finde es nicht klug von dir, uns auf dieser Reise begleiten zu wollen. Deine Stadt am Wasser wartet bestimmt schon sehnsüchtig auf dich, und deine Mitbewohner werden sich Sorgen machen, weil du einfach untergetaucht bist. Du hast doch sicher Angehörige, oder?«

Livia starrte reglos auf das Tal hinunter, auf das weiße Nebelmeer, aus dem nur die höchsten Wipfel der Bäume herausragten und ein winziges Dorf, das sich an die Kuppe eines Hügels klammerte. Aus den Schornsteinen der Hütten stiegen, Abendgebeten gleich, dünne Rauchsäulen in den sternenklaren Nachthimmel hinauf; das Bellen der Hunde wurde von der dunstig kalten Luft über der Ebene gedämpft. Seit der Flucht aus der *mansio* in Fano waren sie und Aurelius keinen Augenblick lang allein gewesen, was im Grunde beide bedauerten, aber jeder dem anderen in die Schuhe schob. Irgendwie schienen beide zu fürchten, intime Momente wie der beim Abschied in Fano seien unwiederholbar, kein Gefühl könne je wieder so stark sein, sie einander in die Arme zu treiben. Es war, wie wenn man die Sonne an einem nebligen Horizont versinken sieht und sich nicht vorstellen kann, daß sie am nächsten Tag wieder aufgeht.

»Hättest du je gedacht, daß unsere Mission eines Tages diesen Verlauf nimmt?« fragte Aurelius, um Livia zum Sprechen zu bringen.

»Nein«, sagte sie. »Aber was ich denke, ist nicht wichtig.«

»Was ist überhaupt wichtig?«

»Das, was wir hier drinnen spüren«, sagte sie und klopfte sich auf die Brust. »Warum gehst du denn mit dem Kaiser und seinem Lehrer? Warum habt ihr, du und deine Männer, beschlossen, ihnen zu folgen?«

»Weil ich diesen Jungen ins Herz geschlossen habe. Er ist so schutzlos ... die halbe Welt will ihn umbringen und die andere Hälfte wäre zumindest froh, wenn er stirbt. Auf seine jungen Schultern drückt eine immense Last, eine Last, die er unmöglich allein tragen kann ... Vielleicht folge ich ihm auch bloß, weil ich sonst nicht wüßte, was ich anstellen soll.«

»Ach? Und da willst du es Herkules gleichtun, der Atlas die Last des Himmelsgewölbes abgenommen hat?«

»Sarkasmus scheint mir hier fehl am Platze«, erwiderte Aurelius und wandte sich ab.

»Du hast recht«, erwiderte Livia, »verzeih mir. In Wahrheit hadere ich mit mir selbst, weil ich so dumm reingefallen bin, weil ich euch in dieses verrückte Abenteuer hineingezogen habe, ohne euch dafür belohnen oder entschädigen zu können, weil ich uns alle in tödliche Gefahr gebracht habe.«

»Und weil du den Kommandostab aus der Hand geben mußtest. Jetzt stehst du nicht mehr über den anderen, sondern mußt ihnen folgen, ohne zu wissen, wohin sie gehen und was dich erwartet.«

»Vielleicht auch deswegen. Ich bin es gewohnt, nach Plan zu handeln; alles Unvorhergesehene ist mir zuwider.«

»Ist das auch der Grund, weshalb du mich meidest?«

»Du meidest mich!« entgegnete Livia.

»Vielleicht ... haben wir Angst vor unseren Gefühlen. Könnte das eine Erklärung sein?«

»Gefühle ... Du weißt nicht, wovon du redest, Soldat. Wie viele Kameraden hast du auf dem Schlachtfeld sterben sehen, wie viele Städte und Dörfer niedergebrannt und dem Erdboden gleichgemacht, wie viele Frauen vergewaltigt? Und du wagst immer noch zu glauben, in dieser Welt sei Platz für diese Art von Gefühlen?«

»Vor nicht allzu langer Zeit warst du da noch anderer Meinung. Wenn du von deiner Stadt erzählt hast, wenn du Romulus auf deinem Pferd an dich gedrückt und mit deinem Mantel gewärmt hast.«

»Das war eine völlig andere Situation – unsere Mission war so gut wie erfüllt; der Junge ging einem Ort entgegen, an dem er mit allem Respekt und Zuvorkommen behandelt worden wäre, ihr hättet euer Geld bekommen und ich auch. Einen Moment lang sah alles ganz rosig aus.«

»War das alles?«

»Nein, ich stand auch kurz davor, den Mann wiederzufinden, den ich seit Jahren suche.«

»Aber dieser Mann hat sich nicht finden lassen, stimmt's?«

»Stimmt – aus Angst, aus Feigheit ... keine Ahnung.«

»Denk, was du willst, Livia. Ich kann nicht in die Rolle eines anderen schlüpfen – ich bin nicht der Held, den du suchst, und auch nicht der Schauspieler, der in der Lage wäre, ihn zu mimen. Ich halte mich für einen einigermaßen tüchtigen Krieger, weiter nichts, und davon gibt es derzeit viele. Du suchst jemanden oder etwas, das du in der Nacht deiner Flucht aus Aquileia verloren hast. Der junge Soldat, der deiner Mutter auf dem Boot seinen Platz angeboten hat, stellt die Wurzel dar, die dir abgerissen wurde, als du noch ein Kind warst. In jener Nacht ist etwas in deinem Innern verwelkt, das bis heute nicht wieder aufblühen konnte. Als du mir begegnet bist, einem Unbekannten, einem verwundeten Legionär, der im Sumpf von Ravenna vor einer Horde Barbaren flüchtete, dachtest du plötzlich, ich sei dieser Soldat, ein Gespenst, aber dem ist nicht so. Es war lediglich die Wiederholung einer ähnlichen Situation, die eine Kette von Assoziationen bei dir ausgelöst hat: der Legionär, die Barbaren, das Boot, der Sumpf ... So etwas kommt vor, Livia, wie in unseren Träumen, verstehst du? Wie in unseren Träumen.«

Er sah ihr in die Augen, sie waren tränennaß, so sehr sie auch versuchte, sich zu beherrschen. »Was hast du erwartet?« fuhr Aurelius fort. »Daß ich dir in deine Lagunenstadt folgen würde? Daß ich dir helfen würde, das untergegangene Aquileia wiederauferstehen zu lassen? Ja, das wäre vielleicht eine Möglichkeit gewesen. Für einen Mann in meiner Lage, für einen, der alles verloren hat, selbst die Erinnerung, ist alles möglich und alles unmöglich. Mir ist nichts geblieben als mein Wort, mein römisches Ehrenwort – etwas total Veraltetes, ich weiß, etwas, das nur noch in den Geschichtsbüchern existiert, und doch ein Rettungsanker für jemanden wie mich, ein Bezugspunkt, wenn du so möchtest. Und dieses Ehrenwort habe ich einem Sterbenden gegeben. Ich habe ihm versprochen, seinen Sohn zu retten, mir eingeredet, daß ich dieses Versprechen bereits mit einem einzigen Versuch einlösen würde, auch wenn er fehlschlug – vergeblich. Meine Worte klingen mir heute noch im Ohr, ich kann mich nicht davon befreien. Deshalb bin ich dir nach Miseno gefolgt, deshalb werde ich nicht von Romulus' Seite weichen, bis er irgendwo in Sicherheit ist – in Britannien, am Ende der Welt, wo auch immer ...«

»Und ich?« fragte Livia. »Was stelle ich für dich dar? Gar nichts?«

»Oh, doch«, erwiderte Aurelius. »Du stellst all das dar, was ich nie werde erlangen können, das ewig Unerreichbare.«

Livia warf ihm einen zornigen Blick zu, aus dem enttäuschte und gekränkte Leidenschaft sprach, ohne jedoch etwas zu sagen. Dann ging sie, um ihren Aufbruch vorzubereiten.

Irgendwann kam Ambrosinus zu ihr, das kleine Pergament mit der Karte in Händen. »Hier«, sagte er und reichte es ihr. »Ich hoffe, du wirst keinen Gebrauch davon machen müssen, und wir sehen dich morgen abend wieder.«

»Das hoffe ich auch«, erwiderte Livia.

»Vielleicht wäre dieser Abstecher gar nicht nötig ...«

»Doch«, erwiderte die junge Frau, »er ist nötig. Stell dir bloß vor, ein Pferd würde lahmen oder einer von uns krank werden, oder wir müßten ein Schiff nehmen. Mit Geld kommen wir viel reibungsloser und schneller voran. Andere um Hilfe bitten zu müssen, würde bedeuten, öffentlich in Erscheinung zu treten und womöglich erkannt zu werden ... Nein, Ambrosinus, keine Angst, ich komme zurück.«

»Dessen bin ich mir sicher. Aber bis zu diesem Moment werden wir alle in Sorge sein. Besonders Aurelius ...«

Livia senkte den Kopf, ohne ihm eine Antwort zu geben.

»Versuch, ein wenig zu schlafen«, sagte Ambrosinus und ging.

Livia erwachte vor Sonnenaufgang, machte das Pferd fertig, nahm ihre Waffen und die Decke und schwang sich in den Sattel.

»Sei vorsichtig, bitte«, hörte sie Aurelius' Stimme hinter sich sagen.

»Ja, sicher, keine Sorge«, erwiderte sie.

Aurelius zog sie zu sich herunter und gab ihr einen Kuß. Livia umschlang ihn einen Moment lang innig, dann richtete sie sich wieder auf. »Paß du auch auf dich auf«, sagte sie, gab ihrem Pferd die Sporen und sprengte davon. Zunächst ritt sie quer durch den Wald, bis sie ins Flußtal des Ariminus kam, dort folgte sie mehrere Stunden dem Wasserlauf, gewiß, daß er sie früher oder später ans Ziel bringen würde. Am Himmel türmten sich neuerlich dicke, schwarze Wolken auf, die der Wind vom Meer herantrieb, und wenig später begann es zu regnen. Livia bedeckte sich, so gut es ging, und ritt einen einsamen Pfad entlang, auf dem ihr nur wenige, eilig vorüberhuschende Menschen begegneten, meist Bauern oder Knechte auf dem Weg zur Arbeit, die wie sie vom schlechten Wetter überrascht worden waren.

Als am späten Nachmittag in der Ferne Rimini vor ihr auftauchte, bog sie nach Süden ab und ließ die Stadt links von sich liegen. Sie konnte die Stadtmauer sehen und ganz weit hinten den oberen Teil des halbverfallenen Amphitheaters. Stephanus' Villa erblickte sie erst nach Überquerung der Via Flaminia, deren Basaltpflaster schwarz im Regen glänzte. Mit den beiden kleinen Türmen rechts und links vom Eingangstor und dem Wehrgang oben auf der Ringmauer, erinnerte sie an eine Festung. Bewaffnete Männer bewachten den Eingang und schritten die Mauer ab. Livia hatte Bedenken, sich am Haupttor zu präsentieren, sie wollte nicht auffallen. Also machte sie einen großen Bogen um das Gebäude und wartete, bis sie aus einem Dienstboteneingang bei den Stallungen einen Knecht heraustreten sah.

»Dein Herr, Stephanus, ist er zu Hause?« fragte sie den Mann, indem sie sich vor ihn stellte.

»Warum willst du das wissen?« fragte der Mann mürrisch. »Geh zum Eingangstor und laß dich anmelden.«

»Wenn er daheim ist, sag ihm, daß der Freund, den er vor zwei Tagen in Fano getroffen hat, hier draußen steht und ihn sprechen möchte.« Mit diesen Worten zog sie eine der letzten Münzen heraus, die ihr noch geblieben waren, und ließ sie dem Mann in die Hand gleiten.

Der Knecht betrachtete die Münze, dann Livia, die vor Regen troff. »Warte er«, meinte er und verschwand wieder im Inneren des Hauses. Wenig später erschien er in aller Eile und sagte nur: »Komm rein, schnell.« Darauf band er selbst ihr Pferd an einem Ring fest, der unter einem Vordach in die Wand eingelassen war, und ging ihr voraus. Ein langer Korridor führte sie tief in die Villa hinein, bis der Knecht sie irgendwann vor einer verschlossenen Tür stehen ließ. Livia klopfte behutsam an, und da wurde die Klinke auch schon heruntergedrückt, und vor ihr stand Stephanus. »Endlich!«

rief er aus. »Ich hatte die Hoffnung schon fast aufgegeben, dich noch einmal lebend wiederzusehen. Aber komm doch rein, trockne dich ab, du bist ja völlig durchnäßt.«

Livia betrat einen großen Raum, in dessen Mitte ein behagliches Feuer knisterte. Während sie sich davorstellte, um sich aufzuwärmen, rief Stephanus zwei Mägde herein. »Kümmert euch um meinen Gast«, befahl er ihnen. »Bereitet ihr ein Bad vor und gebt ihr frische Kleider, schnell.«

Livia versuchte, ihn zu bremsen. »Ich habe keine Zeit, ich dachte, es ist besser, wenn ich gleich wieder aufbreche, ich will nichts riskieren.«

»Kommt nicht in Frage. Du bist in einem erbärmlichen Zustand und brauchst dringend ein heißes Bad. Und danach strekken wir beide uns vor einer reichgedeckten Tafel aus. Es gibt viel zu bereden, aber erst mal erzählst du mir ausführlich, was in den letzten Tagen passiert ist und wie ich dir helfen kann.«

Livia fühlte die wohlige Wärme des Feuers im Gesicht und auf den Händen, und spürte auf einmal die ganze Anstrengung der vergangenen Tage auf sich lasten. Ein heißes Bad und ein warmes Plätzchen erschienen ihr in diesem Augenblick als das Paradies auf Erden, und so nickte sie und sagte: »Gut, ich nehme ein Bad und esse etwas, aber dann muß ich weiter.«

Stephanus lächelte. »So ist es recht. Folge den beiden Frauen, sie werden sich deiner annehmen.«

Livia wurde in einen offenen Saal geführt, der mit antiken Mosaiken geschmückt war und nach kostbaren Essenzen duftete. Aus einem großen Marmorbecken, das in den Fußboden eingelassen und randvoll mit heißem Wasser gefüllt war, stieg Dampf auf. Livia entkleidete sich und ließ sich ins Wasser gleiten, nachdem sie unter den erstaunten Blicken der beiden Mägde ihre Waffen – zwei messerscharfe Dolche – am Rand der Wanne abgelegt hatte. Sie reckte die vor Kälte und Müdigkeit steifen Glieder und sog begierig die duftgeschwängerte Luft ein. Diese Erfahrung war völlig neu für sie, noch nie im Leben hatte sie soviel Luxus genossen. Eine der Frauen massierte ihr mit einem Schwamm Schultern und Rücken, die andere wusch ihr sorgfältig das Haar mit parfümiertem Wasser. Irgendwann tauchte Livia ganz in die Wanne ein, schloß die Augen und hatte das Gefühl, sich in dem herrlich warmen Wasser förmlich aufzulösen. Nach dem Bad kleideten die beiden Mägde sie in eine elegante, kunstvoll bestickte phrygische Tunika und steckten ihr weiche Pantoffel an die Füße, während ihr Wams und die lehmverschmierte Lederhose an eine Waschfrau weitergereicht wurden.

Stephanus erwartete sie im Speisesaal und schritt ihr mit breitem Lächeln entgegen: »Unglaublich!« rief er aus. »Was für eine Verwandlung: Du bist die schönste Frau, die ich je gesehen habe! Wundervoll!«

Livia war diese ungewohnte Situation etwas peinlich. »Ich bin nicht gekommen, um Komplimente abzuholen«, erwiderte sie deshalb spröde, »sondern das, was wir abgemacht hatten. Es ist nicht meine Schuld, daß die Dinge anders gelaufen sind, als vorhergesehen – ich habe meinen Auftrag erfüllt und muß meine Männer bezahlen.«

»Völlig richtig«, erwiderte Stephanus in etwas distanzierterem Ton. »Leider hätte das Geld, das ich dir versprochen hatte, aus Konstantinopel kommen sollen und bei der augenblicklichen Lage, du verstehst ... Aber bitte, setz dich doch erst mal und iß etwas.« Auf einen Wink reichte ihr der Truchseß gerösteten Fisch und Wein.

»Ich brauche Geld«, hakte Livia nach. »Auch wenn es nicht die abgemachte Summe ist, gib mir, soviel du kannst. Diese Männer hatten mein Ehrenwort und haben ihr Leben riskiert. Ich kann sie nicht mit einem Händedruck abspeisen.«

»Das brauchst du auch gar nicht. Du kannst hierbleiben, solange du willst – mir würdest du eine große Freude damit machen und in Sicherheit wärst du auch, denn deine Genossen werden es nicht wagen, dich hier zu suchen ...«

Livia steckte sich ein großes Stück Fisch in den Mund und leerte einen ganzen Becher Wein. »Glaubst du das wirklich?« fragte sie dann. »Du vergißt, daß diese Männer die Steilwand von Capri bezwungen, rund fünfzehn Wächter umgebracht, den Kaiser befreit und halb Italien durchquert haben, obwohl Wulfila Hunderte von Verfolgern auf sie angesetzt hatte. Wenn sie wollten, könnten sie jederzeit hier auftauchen, mitten in diesem Raum.«

»So habe ich es nicht gemeint, nur daß … ich meine, niemand konnte doch den Lauf der Dinge vorhersehen«, erwiderte Stephanus kleinlaut. »Was habt ihr denn jetzt mit dem Jungen vor?« fragte er dann.

»Ihn in Sicherheit bringen.«

»Wo? In deiner Stadt?«

»Das kann ich dir nicht sagen, wer weiß, ob uns jemand zuhört.«

Stephanus überging ihren Mißtrauensbeweis und sagte: »Du hast recht, man kann nie vorsichtig genug sein. Die Wände haben Ohren hierzulande, besonders in diesen Zeiten.«

»Gut, dann gib mir jetzt eine Antwort. Ich muß spätestens morgen früh wieder aufbrechen.«

»Wieviel brauchst du?«

»Mit zweihundert Solidi wäre mir geholfen. Das ist ein Bruchteil dessen, was wir abgemacht hatten.«

»Und doch eine beträchtliche Summe. Soviel Geld habe ich im Moment nicht da. Aber ich kann es kommen lassen.« Er rief einen Diener zu sich und flüsterte ihm etwas ins Ohr, worauf dieser eilig verschwand. »Wenn alles gutgeht, ist das Geld morgen hier. So habe ich wenigstens das Vergnügen, dich heute nacht beherbergen zu dürfen. Bist du sicher, nicht länger bleiben zu wollen?«

»Nein, wie ich dir bereits sagte: Ich muß so schnell wie möglich weiter.«

Stephanus schien es aufzugeben, jedenfalls fuhr er fort zu essen, ohne noch etwas zu erwidern. Irgendwann aber schenkte er sich einen Becher Wein ein und setzte sich vertraulich neben sie. »Es gäbe noch eine Möglichkeit, wie ihr an die ganze Summe kommen könntet … ja an noch viel, viel mehr.«

»Wie?«

»Einer deiner Männer scheint ein Schwert zu besitzen … etwas ganz Besonderes … Der Griff soll die Form eines Adlerkopfs mit ausgebreiteten Schwingen haben. Du weißt, wovon ich spreche, nicht?«

Livia nickte – die Sache abzustreiten, hätte keinen Sinn gehabt, Stephanus schien bestens unterrichtet zu sein.

»Ich kenne jemanden, der eine Riesensumme dafür bezahlen würde. Das könntet ihr bestens gebrauchen, damit wäre alles viel leichter.«

»Ja, bloß ich fürchte, dieses Schwert ist während eines Kampfs verlorengegangen«, log Livia.

Stephanus senkte den Kopf, um seinen Ärger zu verbergen, und drang nicht weiter in sie.

»Was ist aus Antemius geworden?« fragte Livia, das Thema wechselnd.

»Er war es, der mich dringend zu sich rief, um mir zu sagen, daß ihr in Gefahr schwebt, weil sein Plan aufgedeckt worden ist. Er bat mich, euch zu retten; leider kam ich zu spät, aber wenigstens ist euch die Flucht gelungen … Antemius habe ich seither nicht wiedergesehen, und ich fürchte, auch wenig für ihn tun zu können – vorausgesetzt, er ist überhaupt noch am Leben.«

»Verstehe«, erwiderte Livia.

Stephanus richtete sich auf und legte ihr eine Hand auf die Schulter. »Willst du wirklich wieder in die Berge, in die Wälder zurück und leben wie ein gehetztes Tier? Hör doch auf mich, Livia, du hast bereits getan, was in deiner Macht steht, niemand kann verlangen, daß du noch länger dein Leben für diesen Jungen aufs Spiel setzt. Bleib bei mir, bitte: Ich habe dich immer bewundert, ich …«

Livia blickte ihn fest an. »Nein, Stephanus, das ist nicht möglich. Ich könnte niemals an einem Ort wie diesem leben, von soviel Luxus umgeben – dazu habe ich zuviel Leid und Elend gesehen.«

»Wo wollt ihr hin?« fragte er. »Vielleicht kann ich euch wenigstens helfen …«

»Wir haben uns noch nicht entschieden. Und jetzt würde ich mich gerne hinlegen, wenn du nichts dagegen hast. Ich habe schon viele Nächte nicht mehr richtig geschlafen.«

»Wie du möchtest«, erwiderte Stephanus und rief die Mägde, damit sie Livia in ihr Gemach begleiteten.

Livia zog sich aus, während die Frauen die Tonamphore mit Glut und Asche entfernten, die bis zu diesem Augenblick das Bett gewärmt hatte, dann schlüpfte sie unter die Decke. Es war herrlich warm im Bett und roch wundervoll nach Lavendel, aber Livia fand trotzdem keinen Schlaf. Das Unwetter draußen wurde immer heftiger; der Regen trommelte geräuschvoll auf Dach und Außenterrassen; bisweilen drang das grelle Licht eines Blitzes durch die Ritzen der Fensterläden und ließ die Wände violett aufleuchten, und immer wieder schreckte jähes Donnerkrachen sie auf. Sie dachte an ihre Gefährten, die wahrscheinlich irgendwo mitten im finsteren Wald zähneklappernd an einem qualmenden Lagerfeuer kauerten, und konnte kaum die Tränen zurückhalten. Nein, sie würde so früh wie möglich wieder aufbrechen, so bald sie das Geld in Händen hatte.

In dem Saal im Erdgeschoß saß Stephanus gedankenversunken am Feuer und streichelte hin und wieder einen Mastiff, der neben ihm auf einer Strohmatte lag. Livias Schönheit hatte ihn aufgewühlt; die Bewunderung und das Verlangen, die er empfand, seit sie sich an der Lagune zum erstenmal begegnet waren, verwandelten sich in Besessenheit bei dem Gedanken, daß sie nun in seinem Haus war, nur wenige Schritte von seinem eigenen Schlafzimmer entfernt, daß sie vermutlich mit nichts als einem dünnen Nachthemd bekleidet im Bett lag. Doch wie konnte er ein so wildes Geschöpf je zähmen? Der Luxus und die Annehmlichkeiten, mit denen er sie verwöhnt hatte, schienen nicht den geringsten Eindruck auf sie zu machen, ebensowenig die Verheißung einer großen Summe Geldes. Und er war sich sicher, daß sie ihn angelogen hatte, als sie ihm sagte, das Schwert sei verlorengegangen. Ach, dieses Schwert … er hätte alles darum gegeben, es sehen oder gar anfassen zu dürfen. Es war das Symbol der heißersehnten Macht und einer Art von Kraft, die er stets begehrt und nie besessen hatte.

Plötzlich kam eine der Mägde herein und reichte ihm etwas. »Hier, das habe ich in den Kleidern deines Gasts gefunden«, sagte sie. »Ich wollte nicht, daß es beim Waschen Schaden nimmt.«

Stephanus sah, daß es sich um einen kleinen, zusammengefalteten Zettel aus Pergament handelte. »Gut gemacht«, erwiderte er und faltete den Zettel im Schein der Öllampe, die neben ihm brannte, auseinander. Ein einziger Blick auf die Miniaturlandkarte, und ihm war klar, welchen Weg Livia und ihre Gefährten einschlagen würden. Dann konnte er also doch noch an das wundersame Schwert kommen, und wenn er das erst mal hatte, vielleicht sogar an Livia ... Er drehte sich nach der Magd um, die gerade hinausgehen wollte. »Warte«, sagte er und gab ihr das Pergament zurück. »Tu das wieder dorthin, wo du es gefunden hast.« Die Frau nickte und verschwand.

Stephanus lehnte sich in seinen Sessel zurück, um sich ein wenig Schlaf zu gönnen. In dem großen Saal war jetzt nur das Rauschen des Regens zu hören und das Pfeifen des Windes, der vom Meer kommend riesige Wellen auf den verlassenen Strand zutrieb, wo sie sich donnernd brachen.

XXIV

Livia erwachte im Morgengrauen und fand ihre Kleider, sauber und trocken, auf einem Teppich ausgebreitet vor. Sie mußten die ganze Nacht vor einem Feuer gehangen haben, denn sie fühlten sich beim Anziehen noch ganz warm an. Nachdem sie die beiden Dolche in den Gürtel unter ihrem Wams gesteckt hatte und in ihre Stiefel geschlüpft war, ging sie ins Erdgeschoß hinunter. Stephanus saß noch immer vor dem Feuer, oder besser: Er hing in seinem bequemen Armsessel, einem antiken Möbelstück aus der Antoninischen Kaiserzeit, das zur wertvollen Ausstattung der Villa gehörte. Livias leichter Schritt auf der Treppe weckte ihn, und er drehte sich um und blickte sie aus verquollenen Augen an.

»Du warst nicht im Bett, stimmt's?« sagte die junge Frau.

»Nein, ich habe nur ein bißchen vor dem Feuer gedöst. Bei dem Unwetter hätte ich sowieso nicht schlafen können. Hörst du? Es regnet noch immer in Strömen.«

»Leider«, erwiderte Livia besorgt. Eine Magd brachte ihr eine große Tasse heiße Milch mit Honig.

»Bei dem Regen kannst du unmöglich aufbrechen«, sagte Stephanus. »Sieh nur selbst. Es ist, als hätte der Himmel die Schleusen geöffnet. Wenn du meinen Rat befolgt und deine Gefährten mitgebracht hättest, wärt ihr jetzt alle im Trockenen – und in Sicherheit.«

»Du weißt, daß das nicht wahr ist«, entgegnete Livia. »In der Gruppe wären wir sofort aufgefallen. Außerdem ist dein Haus voller Spitzel, da bin ich mir sicher. In Kürze weiß Odoaker, daß ich hier war, und Wulfila wird es auch erfahren.«

»Ich glaube nicht, daß deine Leute hier mehr in Gefahr gewesen wären als dort, wo sie sich jetzt befinden. Und nicht einmal der eifrigste Spitzel wird bei diesem Sauwetter Lust haben, das Haus zu verlassen, um irgend jemandem zu berichten, wen ich hier empfange. Überleg es dir gut, Livia: Wenn du hierbleibst, könnte ich viel für dich tun. Beispielsweise könnte ich bewirken, daß die Unabhängigkeit deiner kleinen Lagunenstadt anerkannt wird – in Ost wie in West. War das nicht immer dein Traum?«

»Ein Traum, den wir mit Waffen verteidigt und mit dem Glauben an die Zukunft aufrechterhalten haben«, erwiderte Livia.

»Ich sehe schon«, seufzte Stephanus, »du bist nicht von diesem absurden Abenteuer abzubringen, und dafür kann es eigentlich nur eine Erklärung geben, so weh sie mir tut: Du hast dich in diesen Soldaten verliebt.«

»Ich würde lieber über das Geld sprechen, das du mir versprochen hast, Stephanus. Wann trifft es ein?«

»Das kannst du dir selbst ausrechnen. Bei dem Regen ist bestimmt der Fluß über die Ufer getreten und hat zwischen hier und Ravenna alles überschwemmt. Mein Mann dürfte nicht vor morgen früh, bestenfalls heute nacht zurück sein.«

»So lange kann ich nicht warten«, erwiderte Livia trocken.

»Sei doch vernünftig: Es hat keinen Sinn, daß du unter diesen Umständen aufbrichst. Deine Leute warten doch sicher auf dich, oder?«

Livia schüttelte den Kopf. »Nein, nicht länger als abgemacht. Sie können es sich nicht erlauben; du kannst dir denken, warum.«

Stephanus nickte. »Dann bleib hier, ich bitte dich, sie werden das schon verstehen. Du hast schon soviel für sie getan, du hast dein Leben aufs Spiel gesetzt, und dieser Soldat ... er kann dir nichts bieten, Livia. Ich dagegen wäre bereit, alles mit dir zu teilen: Träume, Macht, Reichtum. Überleg es dir, solange du noch Zeit dazu hast.«

»Ich habe es mir bereits überlegt«, antwortete Livia. »Heute nacht, als ich in diesem warmen, duftenden Bett lag, mußte ich an sie denken, wie sie irgendwo im Freien übernachten, in der Eiseskälte, bestenfalls von ein paar Zweigen geschützt, und da habe ich mich ganz elend gefühlt. Nein, mein Platz ist bei ihnen, Stephanus. Wenn das Geld nicht heute morgen eintrifft, breche ich ohne es auf. Und jetzt entschuldige mich bitte, ich muß mein Pferd fertigmachen.«

Sie verließ das Haus über den Korridor, durch den sie es am Vortag betreten hatte, und rannte im strömenden Regen zu den Stallungen hinüber. Ihr Pferd wartete ruhig und geduldig; es hatte reichlich Futter bekommen, war frisch gestriegelt und bestens auf einen anstrengenden Tag vorbereitet. Livia streifte ihm das Zaumzeug über, schob ihm die Kandare zwischen die Zähne und legte ihm den Sattel auf, an dem sie danach noch ihre Decke befestigte. Wenig später gesellte sich Stephanus in Begleitung zweier Diener zu ihr, die ein Wachstuch über ihn hielten, damit er nicht naß wurde.

»Was kann ich für dich tun, wenn ich dich schon nicht dazu bringe, hierzubleiben?« fragte er.

»Wenn du mir wenigstens etwas Geld geben könntest, soviel du eben entbehren kannst, wäre ich dir sehr dankbar«, erwiderte sie. »Du weißt, es ist nicht für mich ...«

Stephanus reichte ihr einen Beutel. »Das ist alles, was ich habe«, sagte er. »Zwanzig, dreißig Solidi, mehr nicht ...«

»Das muß genügen«, antwortete Livia. »Hab Dank. Aber gib es mir wenigstens in kleinen Silbermünzen – ich dürfte kaum Leute antreffen, die mir so große Münzen wechseln können.«

Stephanus ging kurz ins Haus zurück, wechselte das Geld und brachte es Livia wieder heraus, die sich nun zum Gehen anschickte.

»Willst du dich nicht wenigstens anständig von mir verabschieden?« fragte er und versuchte, sie zu küssen, aber Livia wich seinen Lippen aus und reichte ihm die Hand.

»Ein Handschlag scheint mir der passendere Gruß, wie zwischen zwei alten Waffenbrüdern.«

Stephanus versuchte noch, ihre Hand länger als nötig festzuhalten, aber Livia entzog sie ihm. »Ich muß gehen«, sagte sie. »Es ist spät.«

Da befahl Stephanus den beiden Dienern, ihr einen Wachstuchumhang und Quersäcke mit Proviant zu reichen. Livia dankte ihm noch einmal, dann kletterte sie auf ihr Pferd und verschwand hinter einer Wand aus Regen. Stephanus ging ins Haus zurück und ließ sich das Frühstück in die große Bibliothek seiner Villa bringen. Auf dem riesigen Eichentisch in der Saalmitte lag ausgebreitet eine Papyrusrolle – eine wertvolle, illustrierte Ausgabe von Strabons *Geografia*; Stephanus trat näher und betrachtete fasziniert eine herrliche Darstellung des Forum Romanum. Auf einer der Bildtafeln war der Tempel des Mars Ultor mit dem davorstehenden Altar zu sehen, auf einer anderen das Tempelinnere mit einer wundervollen, vielfarbigen Marmorstatue von Cäsar, angetan mit seiner Rüstung; zu seinen Füßen war ein Schwert abgebildet – nicht sehr groß, aber doch groß genug, um die feine Machart zu erkennen, den Griff in Form eines Adlerkopfs mit ausgebreiteten Schwingen. Stephanus starrte lange wie gebannt auf das Blatt, dann rollte er es wieder zusammen und verstaute es in einem Regal.

Livia trottete unterdessen im Schrittempo auf die Stadt zu; sie nahm an, die Brücke an der Via Emilia sei die einzige Möglichkeit, über den Ariminus zu kommen, doch die Straße endete bald in einer Riesenüberschwemmung. In der Ferne konnte man gerade noch die Brüstung der Brücke aus den schäumenden Wassermassen ragen sehen. Verzweiflung überkam sie: Wie konnte sie unter diesen Bedingungen rechtzeitig zu ihren Freunden zurückkehren? Ja, wer sagte ihr, daß diese überhaupt noch am abgemachten Ort auf sie warteten und nicht längst vor dem Wasser hatten fliehen und sich anderswo einen sicheren Unterschlupf suchen müssen? Wenn die sintflutartigen Regenfälle hier unten den Fluß über die Ufer treten und riesige Gebiete hatten überschwemmen lassen, wie mußte es dann erst in den Bergen zugehen, wo zusätzlich die Gefahr von Erdrutschen und Schlammlawinen bestand?

Livia nahm ihren ganzen Mut zusammen und begann, den Fluß hinaufzureiten, in der Hoffnung, weiter oben einen Übergang zu finden, aber ihr Ritt wurde bald zu einem Alptraum. Die Blitze blendeten ihr Pferd, das sich panisch wiehernd aufbäumte, auf dem schlammigen Boden immer wieder zurückrutschte und sich nur mühsam wieder aufrappeln konnte. Livia, die längst abgestiegen war, zerrte es am Zügel hinter sich her. So kämpften sie sich unter unsäglichen Mühen Schritt um Schritt bergauf. Der Weg, den sie am Vortag hinuntergeritten waren, hatte sich in einen reißenden Strom voll spitzer Steine verwandelt, und der Fluß, weiter unten, war nichts als eine Masse schäumenden Schlamms, die donnernd zu Tal stürzte. Gegen Mittag hatten sie gerade mal drei Meilen zurückgelegt, und Livia wurde klar, daß die Nacht sie auf halber Höhe, in völlig ungeschütztem Gebiet überraschen würde, wo es keinerlei Unterschlupfmöglichkeit gab. Nicht genug: Oben, auf den Wipfeln der Bäume, lag bereits Schnee! Nein, diesmal konnte es sie wirklich Kopf und Kragen kosten.

Zum erstenmal in ihrem Leben wurde sie von Panik gepackt, von der Angst, mutterseelenallein irgendwo zu sterben, elend im Schlamm zugrunde zu gehen; sie sah ihren leblosen Körper bereits von den Fluten ins Tal gerissen und dort, im Strudel trüber Wassermassen, gegen kantige Felsbrocken geschleudert. Nein, das durfte nicht geschehen, sie mußte sich zusammennehmen, ihre letzten Kraftreserven anzapfen, um wenigstens so nah wie möglich an das Dorf heranzukommen, das sie am Vortag aus dem Nebel hatte ragen sehen. Livia sichtete es bei Einbruch der Dämmerung, als sich der Regen endgültig in eisigen Schneeregen verwandelt hatte, der ihr messerscharf ins Gesicht schnitt. Sie ließ sich vom schwachen

Lichtschimmer der Hütten leiten, die zwischen Waldrand und Viehweiden zerstreut lagen, und kam irgendwann an eine Hängebrücke aus Baumstämmen und Ästen, die über die brodelnden Wassermassen des gelblich schäumenden Sturzbachs führte. Ihr Pferd scheute, und Livia mußte ihm die Augen verbinden, bevor sie es Schritt um Schritt über die entsetzlich schwankende Brücke zerren konnte. Als sie das Dorf endlich erreichte, war es bereits dunkel; mit letzter Kraft schleppte sie sich die holprige Dorfstraße entlang, bis sie vor Erschöpfung zusammenbrach und in den Schlamm sank. Sie hörte einen Hund bellen und irgendwelche Stimmen, spürte, wie sie aufgehoben und in einen Raum getragen wurde, fühlte die Wärme eines Kaminfeuers. Dann wurde es Nacht um sie.

Aurelius und die anderen Gefährten warteten lange, bevor sie sich entschlossen, das behelfsmäßige Wetterschutzdach, das sie errichtet hatten, zu verlassen. Sie warteten den ganzen Tag und die ganze darauffolgende Nacht, aber dann mußten sie eine Entscheidung treffen. Livia hatte auf ihrem Rückweg bestimmt Hindernisse aller Art angetroffen. »Wenn wir jetzt nicht aufbrechen, werden wir verhungern oder erfrieren«, sagte Ambrosinus mit einem Seitenblick auf Romulus, der in seine Decke gehüllt, blaß vor Müdigkeit und Hunger, auf der Erde hockte. »Wir haben keine andere Wahl.«

»Das denke ich auch«, erwiderte Vatrenus. »Wir müssen los, solange die Beine uns noch tragen. Wir können nicht warten, bis wir gezwungen sind, unsere Pferde zu schlachten, um etwas zu essen zu haben. Außerdem können wir nicht ausschließen, daß Livia in ihre Lagunenstadt zurückgekehrt ist, nachdem sie vergeblich versucht hat, zu uns zu gelangen.«

»Wer würde es ihr verübeln?«, meinte Ambrosinus nachdenklich. »Dies ist nicht mehr ihre Mission, ihre Reise. Sie hat eine Heimat, vielleicht sogar noch Angehörige.« Er sah Aurelius an, als lese er in seinen Gedanken. »Ich glaube, wir werden sie alle sehr vermissen. Sie ist eine großartige Frau, den berühmtesten Heldinnen der Vergangenheit ebenbürtig.«

»Kein Zweifel«, pflichtete Vatrenus ihm bei. »Und einer von uns wird sie noch mehr vermissen als die anderen. Warum gehst du nicht zu ihr, Aurelius? Warum suchst du sie nicht in ihrem Schlupfloch an der Lagune auf, solange noch Zeit dazu ist? Vielleicht wartet sie darauf, vielleicht möchte sie dich zu einer Entscheidung zwingen, die du andernfalls niemals fällen würdest. Den Jungen können wir auch ohne dich beschützen, und früher oder später treiben wir dich schon wieder auf – so viele Städte über dem Wasser wird es ja wohl nicht geben, mir scheint sogar, das ist die einzige. Wenn wir uns wiedertreffen, wird groß gefeiert, und sollten wir uns nicht wiedersehen, scheint mir dies der beste Abschied – ein Abschied unter echten Freunden, die nie vergessen, was sie gemeinsam erlebt haben.«

»Hör auf mit dem Unsinn«, erwiderte Aurelius schroff. »Ich habe euch in diese Sache hineingezogen und kenne meine Pflichten. Und jetzt los! Wir haben einen langen Marsch vor uns und müssen so schnell wie möglich vorwärtskommen – jeder verlorene Tag macht die Überquerung der Alpen nur noch schwerer und gefährlicher.« Mehr sagte er nicht, denn im Grunde war er todunglücklich und hätte alles darum gegeben, die Frau, die er liebte, auch nur einen Augenblick wiedersehen zu dürfen. Romulus wurde, in Decken gewickelt, auf eins der Pferde gesetzt, die anderen gingen zu Fuß. Auf holperigen Pfaden kämpften sie sich durch wilde, völlig einsame Gegenden, während vom Himmel dicke Flocken fielen.

Als Livia viele Stunden später die Augen aufschlug, fand sie sich in einer Hütte wieder, die nur schwach vom Schein einer Talgkerze und vom Feuer der Kochstelle erhellt wurde. Eine Frau und ein Mann undefinierbaren Alters beäugten sie neugierig; als sie sahen, daß sie erwacht war, schöpfte die Frau aus dem Kessel, der an einer Kette über dem Feuer hing, etwas Gemüsesuppe in eine Schale und reichte sie ihr zusammen mit einem Stück steinharten Brots. Es war nicht mehr als eine dünne Rübensuppe, aber Livia fühlte sich allein beim Anblick der dampfenden Schüssel gestärkt. Sie tauchte das Brot ein und begann gierig zu essen.

»Wer bist du?« fragte der Mann nach einer Weile. »Was treibt dich bei diesem Wetter hier herauf? In unser Dorf kommt sonst nie jemand.«

»Ich war mit meiner Familie unterwegs und habe im Unwetter den Anschluß verloren und mich verirrt. Sie warten auf der Lichtung vor dem Paß auf mich. Könnt ihr mich vielleicht dorthin begleiten, damit ich mich nicht noch einmal verlaufe?«

»Zum Paß?« sagte der Mann. »Den Weg gibt es nicht mehr – er ist verschüttet und vom Wasser mitgerissen worden. Außerdem schneit es jetzt, sieh nur raus.«

»Gibt es denn keine andere Möglichkeit, dort hinaufzukommen? Ich muß unbedingt zu meinen Angehörigen stoßen – sie machen sich bestimmt große Sorgen und denken womöglich, ich sei tot. Helft mir doch, ich flehe euch an.«

»Das würden wir gerne tun«, sagte die Frau. »Wir sind gottesfürchtige Christenleute, aber es ist wirklich nicht möglich. Unsere beiden Söhne, die gestern versuchen wollten, das Vieh vom Berg zu holen, sind bis jetzt nicht zurück – wahrscheinlich sitzen sie irgendwo fest. Auch wir sind in Sorge, aber wir können nur warten.«

»Dann steige ich ins Tal ab«, sagte Livia. »Irgendwo werde ich sie in den nächsten Tagen schon wieder treffen.«

»Warum wartest du nicht, bis es aufgehört hat zu schneien?« meinte der Mann. »Du kannst noch einen Tag bei uns bleiben, wenn du möchtest. Wir sind arme Leute, aber wir beherbergen dich gerne.«

»Ich danke euch«, erwiderte Livia, »aber es drängt mich wirklich, meine Lieben wiederzufinden. Möge Gott euch vergelten, was ihr für mich getan habt. Lebt wohl und betet für mich.« Mit diesen Worten warf sie sich den Mantel über die Schulter und ging hinaus.

Unter großer Mühe kletterte sie die steilen Berghänge ins Tal hinunter. Stellen, die ihr besonders gefährlich vorkamen, tastete sie zuerst selbst mit den Füßen ab, um Stürze und Ausrutscher ihres Pferdes zu vermeiden. Als sie endlich im Tal war, stieg sie auf und ritt einen Weg entlang, der parallel zur Via Emilia verlief, aber etwas höher lag und deshalb nicht überschwemmt war. Während das Pferd langsam vor sich hintrottete, malte sie sich aus, was ihre Gefährten gedacht haben mochten, als sie merkten, daß sie nicht zurückkam, was Aurelius wohl gedacht hatte. Ahnten sie, daß das Wetter sie an der Rückkehr gehindert hatte, oder fühlten sie sich von ihr im Stich gelassen? Und wie konnten sie ihren Weg fortsetzen, ganz ohne Geld und mit dem wenigen Proviant, der ihnen blieb?

Livia ritt drei Tage ohne Rast durch; nachts schlief sie in Heuschobern oder Hütten, die die Bauern in Sommernächten benützten, um ihre Ernte zu bewachen. Sie war zu der Einsicht gelangt, daß die einzige Möglichkeit, ihre Gefährten wiederzutreffen, darin bestand, daß sie ihnen zu irgendeinem Punkt vorauseilte, an dem sie ganz bestimmt vorüberkommen würden, und einen solchen Punkt glaubte sie, auf Ambrosinus' Karte ausgemacht zu haben; er war mit einem kleinen Kreuz gekennzeichnet und konnte eine Brücke oder eine Fähre über den Fluß Trebia bedeuten, jedenfalls irgendeine Art von obligatorischem Übergang, wie ihr schien. Während sie die Marschroute der anderen immer und immer wieder im Kopf überschlagen hatte, war sie schließlich zu der festen Überzeugung gekommen, daß sie Aurelius und die Seinen an dieser Stelle wiedertreffen *mußte*. Sie selbst würde sie, wenn alles gutging, noch an diesem Abend nach Einbruch der Dämmerung erreichen. Die Sehnsucht nach den Gefährten war so groß, daß sie ihr Pferd ungewollt in Galopp verfallen ließ, und erst als sie merkte, daß es aus dem Rhythmus geriet und immer kürzer und abgehackter atmete, zügelte sie es und setzte den Ritt im Schrittempo fort, um das Tier zu schonen. In die Dunkelheit der langen Winternacht gehüllt, ritten sie nun langsam durch die nebelige Landschaft mit ihren schwarzen Baumskeletten; hin und wieder zerriß das Heulen eines streunenden Hundes die Stille. Livia hielt erst inne, als sie vor Müdigkeit beinahe vom Pferd kippte: ein schwacher Lichtschimmer – der einzige weit und breit – zog sie an wie einen Nachtfalter. Als sie sich ihm näherte, schlug ein Hund an, aber Livia achtete nicht auf sein wütendes Gebell. Sie war hungrig und am Rande der Erschöpfung; die feuchte Kälte hatte ihre Glieder taub gemacht, jede Bewegung kostete sie Anstrengung und Schmerz. Der erspähte Lichtschimmer kam von einer Laterne, die an einem baufälligen Wirtshaus mit der Aufschrift Ad pontem Trebiae baumelte.

Den Angaben des rostigen Schilds entgegen gab es keine Brücke, bestenfalls eine Fähre, aber das Tosen des Flusses war auch hier laut genug, um zu begreifen, daß es weiter nördlich mit Sicherheit keine andere Möglichkeit gab überzusetzen. Die Luft, die ihr beim Eintreten entgegenschlug, war zum Schneiden. Ein Feuer aus feuchten Pappelzweigen in der Zimmermitte verbreitete mehr Rauch als Wärme. Um einen Tisch aus Schwemmholz saß eine kleine Gruppe Reisender; die Männer löffelten Hirsesuppe und angelten sich von einem Teller in der Tischmitte grüne Saubohnen und Rüben, die sie mit etwas Salz würzten. Der Wirt hockte auf der andern Seite des Raums neben dem Herd, enthäutete noch lebende Frösche und warf sie in einen Korb, wo sie sich unter Zuckungen wanden. Ein abgemagertes, in Lumpen gehülltes Mädchen holte sie einen nach dem anderen heraus, köpfte sie und nahm sie aus, um sie hernach in einem Topf mit siedendem Schweineschmalz zu braten. Livia ließ sich etwas abseits nieder, und als der Wirt zu ihr kam, fragte sie nur, ob er Brot da habe.

»Roggenbrot«, lautete die Antwort.

Livia nickte. »Gut, Roggenbrot für mich und einen Unterstand und etwas Heu für mein Pferd.«

»Wir haben nur Stroh. Und das Pferd kann mit dir im Stall übernachten.«

»In Ordnung. Werft ihm schon mal die Decke über, die an den Sattel gebunden ist.«

Der Wirt befahl dem Mädchen, Brot zu bringen, während er selbst brummend das Pferd versorgen ging. Na ja, immerhin mußte dieser junge Bursche Geld haben, sonst hätte er keine Lederstiefel und erst recht kein Pferd besessen. Kaum vor die Tür getreten, fiel er allerdings aus allen Wolken: Da legte doch tatsächlich eine Gruppe Reiter mit der Seilfähre am Ufer an! Unter wilden Flüchen gingen die Männer nacheinander an Land, in einer Hand die Zügel ihres Pferdes, in der anderen eine Laterne. Kurz darauf übergaben sie ihm die Tiere und verlangten barsch nach Essen. »Fleisch!« brüllten sie, noch bevor er den Mund aufmachen konnte, und flegelten sich an einen Tisch. Der Wirt rief nach seinem Knecht. »Schlachte den Hund«, befahl er ihm leise, »und koch ihnen den, etwas anderes haben wir nicht. Bestimmt merken sie es gar nicht, viehisch wie sie sind. Wenn wir denen nicht geben, was sie verlangen, schlagen sie uns alles kurz und klein.«

Livia beobachtete die Männer aus den Augenwinkeln: Es waren Barbaren, Söldner, die vermutlich im kaiserlichen Heer dienten. Livia fühlte sich sehr unwohl, am liebsten wäre sie sofort gegangen, und wenn sie es nicht tat, so nur, um keinen Verdacht zu erregen. Mühsam würgte sie ihr hartes Brot hinunter und trank ein paar Schluck Wein, der allerdings eher nach Essig schmeckte. Als sie sich schließlich erheben wollte, merkte sie, daß sich einer von den Barbaren vor ihrem Tisch aufgebaut hatte und sie eindringlich musterte. Ihre Hand wanderte instinktiv zu dem Dolch unter ihrem Wams, während sie sich mit der anderen noch etwas Wein einschenkte, um ihre Aufregung zu verbergen. Langsam leerte sie den Becher, dann holte sie tief Luft und stand auf. Glücklicherweise entfernte sich der Barbar ohne ein Wort und ging in die Küche, um noch mehr Wein zu verlangen. Livia bezahlte ihr Abendessen und verließ die Wirtsstube, um sich im Stall neben ihrem Pferd einen Schlafplatz zu suchen. Sie merkte nicht, wie sich der Barbar erneut nach ihr umdrehte und dann einen vielsagenden Blick mit seinem Anführer wechselte, wie um zu sagen: »Das ist sie, was?«, worauf dieser nickte und gleich darauf den Wirt anbrüllte: »He, bringst du uns jetzt endlich den Wein und das Fleisch, oder muß ich dich erst auspeitschen lassen?«

»Noch etwas Geduld, mein Herr«, entgegnete der Wirt untertänig. »Wir haben eigens für euch ein Zicklein geschlachtet, laß uns etwas Zeit, es zuzubereiten.«

Es dauerte noch eine ganze Stunde, bis der Hund gekocht war und, in kleine Stücke zerlegt, mit Marienblatt als Beilage auf den Tisch kam. Die Barbaren warfen die Kräuter weg und machten sich über das Fleisch her, das sie unter dem zufriedenen Blick des Wirts bis auf die Knochen abnagten. Es gab nur einen kritischen Moment, als nämlich der Anführer nach dem Kopf verlangte: »Die Augen sind das Beste. Also, her mit dem Kopf!« Der Wirt erschrak, fing sich aber sofort: »Der Kopf, mein Herr? Oh, wie mir das leid tut – den Kopf und die Innereien haben wir ... dem Hund gegeben.«

Livia, aufgewühlt vom seltsamen Verhalten des Barbaren, lag lange wach und lauschte auf den Lärm in der Wirtsstube, jeden Moment bereit, auf ihr Pferd zu springen und zu fliehen. Aber es geschah nichts, und irgendwann hörte sie, daß die Männer die Schenke verließen und in Richtung Süden weiterzogen. Sie atmete erleichtert auf und machte es sich zum Schlafen bequem, aber der Aufruhr in ihrem Inneren ließ sie nicht zur Ruhe kommen. Sie sehnte sich nach Aurelius, seiner Stimme, seiner Gegenwart, und machte sich große Sorgen um Romulus – wie ging es ihm, wo war er, was dachte er wohl in diesem Augenblick? Sie vermißte den alten Ambrosinus, der auf alles eine Antwort wußte, seine stoische Gelassenheit, seine eifersüchtige Liebe zu dem Jungen und seinen blinden Glauben an dessen Zukunft, allem zum Trotz. Und die anderen Gefährten fehlten ihr nicht minder: Vatrenus, Batiatus, Orosius und Demetrios, unzertrennlich wie die Dioskuren, ihr Mut, ihre Opferbereitschaft, ihre unglaubliche Seelenstärke. Wie hatte sie sie bloß verlassen können, bloß um ein bißchen Geld aufzutreiben?

Selbst die Erinnerung an ihre Stadt verblaßte in diesem Moment. Livia fühlte nur, daß ihr alles fehlte, was sie zum Leben brauchte, und sie konnte an nichts anderes denken als daran, wie sie die Gefährten wiederfand. Diese fürchterliche Welt, die elende Niedertracht, die sie allenthalben umgab, das quälende Gefühl der Einsamkeit, das sie plötzlich so heftig empfand, und die Gewißheit, daß es äußerst schwierig werden würde, die Freunde wiederzufinden, zwangen sie zu einer raschen Entscheidung. Sie hätte noch, ein, zwei Tage abwarten können, um zu sehen, ob sie nachkamen, wenn sie aber nicht kamen, würde der Abstand zu ihnen zu groß werden und Livia auf dem Weg zum Paß so weit zurückfallen, daß sie womöglich endgültig den Anschluß verlor. Das einzig Kluge war im Grunde das, was bereits Ambrosinus vorgeschlagen hatte: ihnen zum Gebirgspaß vorauszureiten und dort auf sie zu warten. Alles weitere lag in Gottes Hand.

Mit dem ersten Lichtschimmer des anbrechenden Tages stand sie auf, sattelte ihr Pferd und machte sich in aller Stille auf den Weg nach Norden, den auch die Gefährten nehmen mußten, egal, ob sie nun vor oder noch hinter ihr waren. Da sie allein ritt, kam sie rasch vorwärts, und wenn nichts Unvorhergesehenes passierte, würde sie den Alpenpaß bestimmt noch vor Aurelius und seinen Gefährten erreichen. Einen Moment lang kam ihr der Gedanke, die schlechten Bodenverhältnisse oder irgendein Zwischenfall könnte die anderen womöglich gezwungen haben, ihre Route zu ändern – ein Gedanke, bei dem sie ganz mutlos wurde –, aber sie verscheuchte ihn sofort wieder. Gewiß, die Möglichkeit, sich zu verpassen und niemals wiederzubegegnen, bestand, andererseits wußte Livia, daß Ambrosinus seine Entscheidungen nur nach reiflicher Überlegung traf und für gewöhnlich daran festhielt, koste es, was es wolle.

Stephanus war noch am selben Abend davon unterrichtet worden, daß eine Frau, auf welche die Beschreibung Livias zutraf, in der Schenke an der Fähre über die Trebia gesehen worden war. Er hatte sich daraufhin mit einer Eskorte aufgemacht, um ihr in einiger Entfernung unbemerkt zu folgen. Früher oder später würde er sie auf dem Weg nach Raetien einholen und dazu bringen, mit ihm zurückzukehren, dessen war er sich sicher, und auf demselben Wege würde er auch in den Besitz des Schwertes gelangen, das einer von ihren Gefährten bei sich haben mußte. Stephanus hatte den Gesandten Kaiser Zenons von der Wunderwaffe erzählt, und es stand außer Zweifel, daß der »Cäsar des Ostens« ihm jede Summe und jedes nur erdenkliche Privileg anbieten würde, um an das wertvolle Objekt zu kommen, das eine Art Symbol oder Reliquie der ursprünglichen Größe des Römischen Reiches darstellte.

Stephanus war aufgebrochen, sobald sich das Unwetter etwas beruhigt hatte und die überschüssigen Wassermassen der Flüsse ins Meer abgeflossen waren. Es war ihm sogar gelungen, Odoaker unter einem fadenscheinigen Vorwand einen kleinen Söldnertrupp abzuringen. Doch hinter ihm war auch Wulfila aufgebrochen, sicher, daß nur Stephanus ihn auf die Spur seiner Beute bringen konnte. Zwar hatte der Barbar bereits Späher in alle Richtungen ausgesandt, aber eine kleine Reisegesellschaft mit einem schwarzen Riesen, einem alten Mann und einem Jungen hatte niemand gesehen. Als Wulfila jedoch erfuhr, daß Stephanus Vorbereitungen für einen überstürzten Aufbruch traf und daß er sich unter dem Vorwand einer diplomatischen Mission in die Alpenregion von Odoaker einen bewaffneten Begleitschutz hatte geben lassen, ahnte er sofort den wahren Grund.

Er trommelte seine Männer zusammen, rund sechzig Krieger, die vor nichts zurückschreckten, und heftete sich an Stephanus' Fersen, fest davon überzeugt, daß sie beide dasselbe Ziel hatten. Sollte sich später herausstellen, daß dem doch nicht so war und er alles auf die falsche Karte gesetzt hatte, so gab es für ihn kein Zurück. Dann mußte er für immer untertauchen, sich in den endlosen Weiten des Kontinents verlieren, denn ein zweites Versagen innerhalb so kurzer Zeit würde Odoaker ihm niemals verzeihen. Aber Wulfila wußte, daß er sich nicht täuschte. Er würde die Fliehenden einholen und ihrer Flucht ein jähes Ende bereiten. Er würde mit dem berühmten Wunderschwert den Jungen köpfen und das Gesicht dieses Römers entstellen, wie dieser das seine entstellt hatte; und dann würde er endlich auch dessen wahre Identität herausfinden, bevor er ihn endgültig über die Klinge springen ließ.

Livia setzte unterdessen die Suche nach Aurelius und den anderen fort, und nichts lag ihr ferner als die Vorstellung, unfreiwillig Führerin jener grausamen Männer zu sein, die ihre Freunde neuerlich in tödliche Gefahr bringen und wie Jagdwild hetzen würden.

XXV

Livia hatte zunächst gehofft, die obligatorische Überquerung des Pos biete ihr eine zweite Gelegenheit, die Gefährten wiederzutreffen, gesetzt den Fall, daß diese die Überfahrt auf einer der wenigen noch funktionstüchtigen Seilfähren wie der an der Trebia geschafft hatten. Die antiken Schiffsbrücken – einst sichere Wege über den Fluß und Verbindungsglieder mit den wichtigsten Verkehrsadern wie der Via Postumia und der Via Emilia – waren im Lauf der letzten Jahrzehnte mit ihrer verheerenden Anarchie und den Unruhen nach der Ermordung Flavius Orestes' zerstört, die schwimmenden Kähne von den Uferbewohnern gestohlen und als Fracht- oder Fischerboote verwendet worden.

Auf ähnliche Weise nahm alles, was einst dazu beigetragen hatte, Städte und Völker, Berg- und Landbevölkerung, ja die entlegensten Provinzen des Reichs miteinander zu verbinden, nach und nach Schaden, wurde vernachlässigt, geplündert, aufgegeben. Öffentliche Einrichtungen wie die *mansiones* entlang der Hauptstraßen, Thermalanstalten, Foren und Basiliken, Aquädukte, ja sogar die Pflastersteine der Straßen wurden demoliert, zerlegt, verkauft oder anderweitig eingesetzt. Alles kam herunter, die Not zwang die Leute, das eigene Land zu plündern, um wenn schon nicht als Gemeinschaft, so wenigstens als Individuen überleben zu können; von gesellschaftlichem Fortschritt konnte man nur noch träumen. Die antiken Denkmäler, die Bronzestatuen, mit denen man den Ruhm der Ahnen und des gemeinsamen Vaterlandes gefeiert hatte, waren längst eingeschmolzen und in Münzen oder alltägliche Gebrauchsartikel verwandelt worden. Und so war das edle Metall, aus dem einst die Bildnisse eines Scipio und Trajanus, eines Augustus und Marcus Aurelius gegossen worden waren, heute Bestandteil des Kochgeschirrs der neuen Herrschaften oder der Münzen, mit denen man die Barbarensöldner bezahlte – wilde Kerle, die allenthalben den Ton angaben.

Armes Land! Selbst die gemeinsame Sprache, das Lateinische, das Dutzende von Völkern miteinander verbunden hatte, wurde – in seiner vornehmen Form – nur noch von Honoratioren, Rhetoren und Geistlichen gesprochen, während es auf Volksebene in Tausende von Dialekten und Untersprachen zerfiel, in denen einerseits wieder die Sprache der Urbevölkerung durchschlug – also jener Menschen, die Italien vor der römischen Eroberung bewohnt hatten –, in denen sich andererseits aber auch ganz neue, teils auf winzige Gegenden beschränkte Sprachgepflogenheiten durchsetzten, die andernorts niemand verstand; auch dies hatte zur Folge, daß die einzelnen Regionen sich immer mehr isolierten und voneinander abschotteten. Die Städte hatten ihre römische Verwaltung zum Teil beibehalten, viele besaßen immerhin noch ein eigenes Gerichtswesen, manche eine Stadtmauer, die ihnen zumindest erlaubte, sich gegen marodierende Rotten und bewaffnete Banden zur Wehr zu setzen, die landaus, landein ihr Unwesen trieben.

Nicht einmal die ausgedienten Tempel der alten Religion blieben verschont – als Behausungen antiker Dämonen verschrien, wurden sie schon seit langem einer nach dem anderen zerstört und abgerissen. Manchmal überlebten wenigstens ihre Säulen und ihr wertvoller Marmor, indem sie beim Bau christlicher Kirchen wiederverwendet und in neue, nicht weniger prachtvolle Bauwerke eingefügt wurden, wo sie immerhin damit fortfuhren, mit ihrer Schönheit die Gläubigen zu erheben.

Eins stand jedenfalls fest: Das Trennende wurde immer mehr und das Einende immer weniger. Eine Welt fiel zusammen, zerbrach in tausend Scherben, die ziellos auf dem Fluß der Geschichte dahintrieben. Nur die Religion, der christliche Glaube mit seiner Unsterblichkeitsverheißung und dem Versprechen grenzenlosen Glücks im Jenseits, schien noch in der Lage, die Menschen zusammenzuhalten, aber auch dies nur an der Oberfläche. Tatsächlich verbreiteten sich immer neue Irrlehren, die schlimme, oft blutige Auseinandersetzungen nach sich zogen und dafür sorgten, daß im Namen des alleinigen Gottes, der eigentlich Vater der gesamten Menschheit hätte sein sollen, mit Anathemata und Exkommunikationen nur so um sich geworfen wurde. Ein Großteil der Menschen lebte in bitterster Not, einer Not, die ohne den Glauben an ein besseres Leben nach dem – häufig verfrühten – Tode unerträglich gewesen wäre.

Derlei Dinge gingen durch Livias Kopf, während sie durch das große Tal des Nordens ritt, wohl wissend, daß sie einiges riskierte, ganz allein, wie sie war, und mit einem so schönen Pferd, das sowohl als Kampfroß als auch als Fleischreserve sehr viel wert war. Sie war deshalb darauf bedacht, alle Listen und Kniffe anzuwenden, die sie bei unzähligen Fluchten, Überfällen und Hinterhalten zu Lande und zu Wasser gelernt hatte. Nie wäre sie auf die Idee gekommen, daß sie beschützter war denn je, daß unsichtbare Augen sie Tag und Nacht bewachten und daß jeder Schritt von ihr, jede Richtungsänderung umgehend Stephanus gemeldet wurde, der in sicherer Entfernung hinter ihr herritt und jeden direkten Kontakt peinlich vermied. Wenigstens für den Moment.

Er hatte alles im Griff, so glaubte er. Wie hätte er auch ahnen können, daß er seinerseits verfolgt und ausspioniert wurde, und zwar von Männern, die noch viel gefährlicher waren als seine Söldner?

Livia ging irgendwann dazu über, auf der leicht erhöht verlaufenden Uferböschung des Pos entlangzureiten, denn von dieser konnte man über weite Strecken hinweg das umliegende Land überblicken und war damit viel sicherer als auf einer Straße. Während sie den Blick umherschweifen ließ, überlegte sie sich, daß es für ihre Gefährten eigentlich viel zu gefährlich gewesen wäre, mit der Fähre über den Fluß zu setzen, wie ihr eigenes Erlebnis mit den Barbaren im Wirtshaus Ad pontem Trebiae ja deutlich gezeigt hatte. Andererseits: Wie hätten sie mit Pferden ohne eine Fähre, also ohne Aufsehen zu erregen, über den Fluß kommen sollen? Ob sie die Tiere verkauft und am anderen Ufer neue erworben hatten? Dazu wäre es nötig gewesen, daß Aurelius sich von Juba trennte ...

Ach, es hatte keinen Sinn zu grübeln, im Moment dachte sie besser an sich selbst, und endlich bot sich ihr tatsächlich eine Möglichkeit, nahezu problemlos über den Fluß zu gelangen: Eine halbe Meile vor ihr lag im seichten Wasser ein großer Frachtkahn, mit dem Kies und Sand von einem Ufer ans andere transportiert wurde. Sie handelte einen günstigen Preis für die Überfahrt aus und schaffte ihr Pferd ohne größere Schwierigkeiten an Bord. Langsam begann sie wieder Hoffnung zu schöpfen; das Schlimmste schien überstanden; ab jetzt würde sie mit Sicherheit um einiges schneller reiten können und den Paß mindestens zwei Tage vor ihren Gefährten erreichen, sofern nichts dazwischenkam. Sie steuerte also zielstrebig auf Pavia zu, hielt sich aber in respektvoller Entfernung zu der Stadt selbst, da sie dort eine Garnison Odoakers vermutete. Danach ritt sie zum Lago Verbano weiter, wo sie sich einer Maultierkarawane anschließen konnte, die mit einer Ladung Getreide und drei Wagen Heu ebenfalls auf dem Weg zum Paß war. Das Futter war für die Bauernhöfe im Gebirge gedacht, wo Kühe und Schafe im Stall überwintern mußten. Wie ihr berichtet wurde, trauten sich die Bauern aus Angst vor Überfällen nicht mehr in die Ebene hinunter.

Die Leute sprachen hier einen ganz anderen Akzent, und auch die Landschaft änderte sich laufend, je höher sie kamen. Sie ließen den blaugrünen, in ein tiefes Tal eingebetteten und von bewaldeten Hängen, saftigen Weiden, Weinbergen, ja sogar Olivenbäumen gesäumten See unter sich und stiegen auf steilen Wegen immer höher hinauf. Zunächst kamen sie noch durch dichte Eichen- und Buchenwälder, später wurde die Vegetation spärlicher und bestand nur noch aus dürren Tannen und Lärchen.

Am vierten Tag trennte Livia sich wieder von der Gruppe und folgte gemäß den Angaben ihrer kleinen Landkarte allein der schneebedeckten Straße, die zum Paß hinaufführte. Die alte Poststation am *cursus publicus*, nördlich des Dorfes Tarussedum, war noch in Betrieb, aus ihrem Kamin stieg Rauch auf, und Livia war versucht, wenigstens kurz einzukehren, um sich ein wenig aufzuwärmen, doch dann sah sie, daß unter dem Vordach zahlreiche Kampfrösser angebunden waren, denen man dicke Filzdecken aufgelegt hatte, und beschloß, sich doch lieber eine abgelegenere Unterkunft irgendwo in der Höhe zu suchen, von wo aus sie die Straße überblicken konnte. Tatsächlich entdeckte sie auf dem Osthang des Gebirgspasses schon bald ein paar Holzhütten, von denen ebenfalls Rauch aufstieg. Livia nahm an, daß sie Holzfällern gehörten, denn ringsumher waren Holzstämme aufgestapelt, teils noch mit Rinde, teils bereits ohne und der Länge nach gespalten. Sie ging auf eine der Hütten zu und klopfte mehrmals an. Die alte Frau, die ihr schließlich öffnete, trug Filzpantoffeln und ein Kleid aus grober Wolle; ihr Haar war zu einem Zopf geflochten und mit Holznadeln im Nacken aufgesteckt.

»Wer bist du?« fragte die Alte mürrisch. »Was willst du?«

Livia streifte ihre Kapuze zurück und lächelte. »Ich heiße Irene und war mit meinen Brüdern nach Raetien unterwegs. Gestern haben wir uns in einem Schneesturm aus den Augen verloren, aber es war bereits abgemacht, daß wir in einem solchen Fall hier, auf dem Paß, aufeinander warten. Leider ist die Poststation voller Soldaten, ich bin ein Mädchen, ohne Begleitung, du verstehst schon …«

»Tut mir leid, bei mir kannst du nicht bleiben, und zu essen habe ich auch nichts da«, erwiderte die Frau bereits etwas freundlicher.

»Ich wäre schon mit einem Stück Brot und einem Platz im Stall zufrieden, ich könnte auch dafür bezahlen, und mein Vater und meine Brüder würden sich dir ebenfalls erkenntlich zeigen, sobald sie nachkommen.«

»Und wenn sie nicht nachkommen?«

Livia senkte traurig den Kopf. Ja, was, wenn ihre Gefährten nicht nachkamen, was, wenn sie einen anderen Weg eingeschlagen oder sich verirrt hatten? Die Möglichkeit, sie nie mehr wiederzusehen, bestand durchaus. Die alte Frau schien in ihren Gedanken zu lesen und wurde plötzlich ganz mitfühlend. »Ach, Unsinn«, sagte sie, »wenn du es bis hier rauf geschafft hast, schaffen sie es auch. Und du hast überhaupt recht: Ein Mädchen kann nicht alleine dort unten übernachten, inmitten von so vielen Barbaren. Bist du noch Jungfrau?«

Livia nickte mit einem schwachen Lächeln.

»Das solltest du in deinem Alter aber nicht mehr sein. Ich meine, da sollte man längst verheiratet sein und einen Stall voll Kinder haben, du siehst doch ganz nett aus ... Obwohl die Ehe natürlich auch kein Zuckerschlecken ist. Auf, steh nicht rum, bring deinen Gaul in den Stall und komm rein.«

Livia kam der Aufforderung der Frau dankbar nach. In der Hütte stellte sie sich vors Feuer und rieb sich die Hände, die steif vor Kälte waren.

»Vielleicht könnte ich meinen Mann zum Schlafen in den Stall schicken, und du schläfst bei mir im Bett«, sagte die Frau, die zusehends auftaute. »So wenig wie der ausrichtet ... im Bett, meine ich.«

»Ich danke dir«, erwiderte Livia, »aber ich will euch wirklich keine Unannehmlichkeiten bereiten. Laß mich ruhig im Stall übernachten, ich kann mich anpassen, und außerdem ist es ja nicht für lange.«

»Wie du möchtest ... Dann gebe ich dir einen Strohsack, den du auf der anderen Seite an die Wand der Feuerstelle legst, so hast du es die ganze Nacht über schön warm. Hier wird es nämlich eiskalt, wenn die Sonne erst mal weg ist.«

Ihr Mann, der Holzfäller, kam gegen Abend nach Hause zurück. Er trug seine Axt auf der Schulter, einen Sack Eisenhaken in der Hand und wurde von einem hübschen Hund mit schäfchenweichem, weißem Fell begleitet, der ihm aufs Wort gehorchte und nicht von seiner Seite wich. Der Mann zeigte sich hocherfreut, einen Gast zu haben, und stellte Livia während des Abendbrots einen Haufen Fragen. Er wollte haargenau wissen, was in Pavia, Mailand und am Hof von Ravenna vorging. Der Tatsache, daß er an einem so stark benützten Verkehrsweg wohnte, verdankte er es offensichtlich, bestens über die Ereignisse im Land oder zumindest in der Poebene Bescheid zu wissen. Die beiden Eheleute hießen Ursinus und Agata und hatten keine Kinder. Sie lebten allein in dieser Hütte, solange sie verheiratet waren, vermutlich also mindestens vierzig Jahre. Ursinus wollte unbedingt, daß Livia bei seiner Frau schlief, aber Livia lehnte dankend ab. »Mein Pferd ist unruhig, wenn es mich nicht sieht, und würde uns die ganze Nacht nicht schlafen lassen. Außerdem habe ich Angst, daß es mir gestohlen wird – ein so schönes Pferd, ich hänge sehr an ihm, ohne es wäre ich gestorben.«

Livia richtete es sich also bei den Tieren im Stall ein und schmiegte sich mit dem Rücken behaglich an die Wand, hinter der sich die Feuerstelle befand. Agata gab ihr noch ein paar Wolldecken und wünschte ihr eine gute Nacht. Es war eine herrliche, sternenklare Nacht, wie Livia sie noch nie erlebt hatte; die Milchstraße, die den Himmel überquerte, nahm sich aus wie ein silbernes Diadem auf der Stirn Gottes. Von Müdigkeit übermannt, fiel Livia schließlich in einen unruhigen Halbschlaf. Sie nahm das kleinste Geräusch wahr, das aus dem Tal heraufdrang und hin und wieder erwachte sie ganz und spähte hinunter. Was, wenn sie die Gefährten verpaßte, wenn sie vorüberzogen, solange sie schlief? Dann wäre alle Mühe umsonst gewesen. Nein, sie mußte unbedingt einen Weg finden, dies zu vermeiden.

Am nächsten Morgen sprach sie mit Ursinus, während sie an einem Becher heißer Milch nippte. »Ich habe Angst, meine

Brüder könnten vorüberziehen, ohne daß ich es merke. Aber wie soll ich es anstellen, die ganze Nacht wach zu bleiben?«

»Das ist nicht nötig«, erwiderte Ursinus. »Sie kommen bestimmt bei Tag über den Paß, bei Nacht wäre es viel zu gefährlich.«

»Ich fürchte leider, du irrst dich. Schau, unsere Familie hat Haus und Hof verloren, die Barbaren haben uns alles weggenommen; unsere einzige Hoffnung besteht jetzt darin, uns zu entfernten Verwandten in Raetien durchzuschlagen und diese um Hilfe zu bitten. Aber gerade deshalb könnten meine Brüder die Paßstraße vermeiden wollen, denn hier wimmelt es von Barbarensoldaten ...«

Ursinus betrachtete sie einen Moment lang schweigend, und Livia merkte, daß ihre seltsame Geschichte ihn alles andere als überzeugt hatte. Also unternahm sie einen weiteren Versuch: »Wir sind auf der Flucht«, sagte sie. »Odoaker will uns töten, seine Soldaten jagen uns gnadenlos. Dabei haben wir nichts Böses getan. Wir haben uns lediglich gegen seine Gewaltherrschaft gewehrt, wir wollen unseren alten Prinzipien treu bleiben, das ist alles.«

»Was sind das für Prinzipien?« fragte Ursinus mit einem seltsamen Gesichtsausdruck.

»Die Treue zur Tradition unserer Väter, der Glaube an die Zukunft Roms.«

Ursinus seufzte und sagte: »Ich weiß nicht, ob du mir mit deiner rührseligen Geschichte einen Bären aufbindest, aber mir ist inzwischen klar, daß du sehr auf der Hut sein mußt und deshalb selbst den Leuten mißtraust, die dich bei sich aufgenommen haben. Laß mich dir etwas zeigen, was dir vielleicht mehr Vertrauen in mich schenkt ...«

Livia wollte widersprechen, doch Ursinus brachte sie mit einer Geste zum Schweigen. Er stand auf, öffnete eine Schublade und zog ein kleines Bronzetäfelchen heraus, das er vor ihr auf den Tisch legte. Es handelte sich um eine *honesta missio*, eine ehrenvolle Entlassung aus dem Militärdienst, ausgestellt auf den Namen Ursinus, Sohn des Sergius, und unterzeichnet von Aëtius, dem obersten Befehlshaber des kaiserlichen Heers zu Zeiten Valentinianus III.

»Wie du siehst, liebes Mädchen, war ich früher Soldat«, sagte Ursinus. »Vor vielen Jahren habe ich unter Aëtius gegen die Barbaren gekämpft und ihnen auf den Katalaunischen Feldern eine ihrer schwersten Niederlagen beigebracht.« Er sah sie wehmütig an. »An diesem Tag hofften wir alle, unsere Zivilisation gerettet zu haben.«

»Tut mir leid«, entgegnete Livia. »Das konnte ich nicht wissen.«

»Und jetzt raus mit der Wahrheit. Sind es wirklich deine Brüder, auf die du wartest?«

»Nein ... Freunde und Waffenbrüder. Wir versuchen, dieses Land zu verlassen und einen unschuldigen Jungen vor dem sicheren Tod zu retten.«

»Wer ist dieser Junge, kannst du mir das sagen?«

Livia sah ihm in die Augen, und es waren die Augen eines ehrlichen Menschen. »Ich heiße in Wahrheit Livia Prisca«, gestand sie ihm. »Ich habe eine Gruppe römischer Soldaten bei dem Versuch angeführt, Kaiser Romulus Augustus aus der Gefangenschaft zu befreien, und wir haben es geschafft. Wir hätten den Jungen treuen Freunden übergeben sollen, aber wir wurden verraten und sind seither auf der Flucht. Odoakers Männer jagen uns im ganzen Reich. Unsere einzige Hoffnung besteht darin, über die Grenze nach Raetien zu kommen und von dort aus weiter nach Gallien, wo Odoaker keinen Einfluß mehr hat.«

»Allmächtiger Gott!« rief Ursinus aus. »Und warum bist du allein? Warum hast du deine Gefährten verlassen?«

»Wir sind durch eine Überschwemmung voneinander getrennt worden, danach habe ich es nicht geschafft, sie wiederzufinden.«

»Und woher weißt du, daß sie hier vorüberkommen?«

»So war es abgemacht.«

»Sonst noch etwas? Berichte mir genau, was sie zu dir gesagt haben, Wort für Wort, das ist sehr wichtig.«

»Zu unserer Gruppe gehört ein alter Mann, der Lehrer des jungen Cäsars, er ist vor vielen Jahren auf dem Weg von Britannien hier durchgekommen. Nach seinen Worten gibt es einen kleinen Pfad, auf dem man über den Berg kommt, ohne die Kontrollposten auf der Hauptstraße passieren zu müssen. Hier, schau«, sagte sie und zeigte ihm Ambrosinus' Landkarte.

»Ja, ich glaube, ich weiß, welchen Pfad du meinst«, erwiderte Ursinus. »Dann gilt es keinen Augenblick mehr zu verlieren. Was meinst du, wieviel Vorsprung du vor den anderen hast?«

»Ich weiß es nicht. Vermutlich einen Tag, vielleicht aber auch zwei oder drei, schwer zu sagen. Wer weiß, auf was für Schwierigkeiten sie unterwegs gestoßen sind. Vielleicht haben sie es sich auch anders überlegt ...«

»Unsinn«, erwiderte Ursinus. »Wenn ihr hier verabredet seid, dann kommen sie auch. Jetzt sag mir bitte, wie viele es sind und wie sie aussehen, damit ich sie erkenne.«

»Das ist nicht nötig. Ich gehe mit dir.«

»Du traust mir immer noch nicht, was? Aber du mußt hierbleiben für den Fall, daß sie doch über die Paßstraße kommen. Ganz ist das nicht auszuschließen – der Pfad, von dem du gesprochen hast, ist zugeschneit und schwer zu erkennen. Verstehst du jetzt?«

Livia nickte. »Es sind sechs Männer, einer von ihnen fällt durch seine Größe sofort auf und auch weil er dunkelhäutig ist. Der alte Mann, den ich vorher erwähnte, hat kaum noch Haare auf dem Kopf, aber einen Bart, er ist um die Sechzig, trägt eine Kutte und geht an einem langen Pilgerstab. Dann ist da noch ein dreizehnjähriger Junge. Er ist der Kaiser. Sie haben Pferde und sind bewaffnet.«

»Gut. Dann höre mir zu: Ich steige jetzt dort auf den Berg, und wenn ich sie sehe, schicke ich dir den Hund runter, verstanden? Wenn du ihn kommen und bellen siehst, folge ihm; er bringt dich zu mir. Wenn du sie dagegen siehst, versuche, sie vor dem Paß abzufangen, und verstecke sie im Wald. Ich bringe euch dann rüber, wenn es dunkel ist. Das Zeichen für mich ist weißer Rauch aus dem Kamin – du sagst Agata Bescheid, und die legt dann grüne Äste aufs Feuer.«

»Ja, aber wie hältst du es bei dieser Kälte dort oben aus?«

»Keine Sorge, ich bin an die Temperaturen gewöhnt; außerdem habe ich auf dem Berg einen kleinen Unterschlupf aus Baumstämmen, der mich vor dem Wind schützt. Ich komme schon durch.« Mit diesen Worten machte Ursinus sich auf den Weg, gefolgt von seinem Hund, der freudig mit dem Schwanz wedelte.

»Ursinus!« rief Livia ihm nach.

»Ja?«

»Danke für alles.«

Ursinus lächelte. »Ich tue das nicht nur für dich, sondern auch für mich, mein Kind. Das ist ein bißchen, als würde ich wieder in den Dienst treten und noch einmal jung werden, begreifst du?«

Wenig später sah Livia ihn den verschneiten Berghang auf der anderen Talseite emporsteigen. Es vergingen mehrere Stunden. Irgendwann schien es Livia, als tue sich unten, bei der Poststation etwas, bewaffnete Reiter kamen und gingen, und sie begann bereits, Verdacht zu schöpfen: Was konnte sich in einem Wirtshaus, das um diese Jahreszeit so wenig besucht war, groß ereignen? Doch dann kehrte wieder Ruhe ein. Zwei Wachsoldaten zu Pferde patrouillierten die Straße auf und ab, was nichts Außergewöhnliches war. Während des langen Wartens wurde Livia neuerlich von Zweifeln gepackt: Wie hatte sie sich bloß einbilden können, in einem so riesigen Gebiet, inmitten von Wäldern, Schluchten und labyrinthischen Paßstraßen, eine winzige Gruppe von Reisenden wiederzufinden? Aber während sie noch trüben Gedanken nachhing, schreckte sie plötzlich das Bellen des Hundes auf, den sie bis zu diesem Augenblick mit seinem weißen Fell im Schnee gar nicht gesehen hatte. Sie spähte zu Ursinus hinauf: Ja, er schien sie tatsächlich zu sich heraufzuwinken. Gütiger Himmel! Waren ihre Gebete tatsächlich erhört worden? War dieses Wunder tatsächlich möglich? Livia warf sich rasch den Mantel über die Schulter, verabschiedete sich von Agata und folgte dem Hund auf einem Weg, der sie den Blicken der Männer in der Poststation entzog, hinunter ins Tal und auf der anderen Seite wieder hinauf. Sie war entsetzlich aufgeregt und konnte es noch immer nicht glauben, wagte nicht zu hoffen, daß sie ihre Freunde tatsächlich wiedersehen würde. Was, wenn Ursinus sich getäuscht oder den Hund aus einem anderen Grund zu ihr geschickt hatte? Mit den widersprüchlichsten Gefühlen kämpfend erreichte sie schließlich den alten Holzfäller auf der Bergspitze. Er drehte sich bei ihrer Ankunft gar nicht nach ihr um, sondern hielt den Blick starr ins Tal gerichtet, wo sich in weiter Ferne, auf einem von der Hauptstraße abzweigenden Weg, der sich in Serpentinen emporwandt, etwas bewegte.

»Glaubst du, das könnten sie sein?« fragte er Livia. »Schau selbst, meine Augen sind nicht mehr das, was sie mal waren.«

Livia genügte ein Blick, und ihr Herz blieb fast stehen: Sie waren weit weg und ganz winzig, aber es waren sieben, mit sechs Pferden, einer von ihnen überragte alle anderen, und einer war deutlich kleiner, sie stapften langsam voran und führten ihre Pferde an den Zügeln mit sich. Livia hätte vor Freude schreien, weinen, lauthals nach ihnen rufen mögen, statt dessen mußte sie schweigen und die nahezu unerträgliche Spannung weiter aushalten, mußte weiter warten, leiden und unter Einsatz ihres Leben weiteren, tödlichen Gefahren begegnen. Aber dies alles war nichts gegen die grenzenlose Freude, die Gefährten wenigstens mit den Augen wiedergefunden zu haben.

Stürmisch schlang sie Ursinus die Arme um den Hals. »Mein guter Freund, das sind sie! Das sind wirklich sie!«

»Was habe ich dir gesagt? Siehst du jetzt, daß deine Bedenken umsonst waren?«

»Ich gehe, mein Pferd holen«, sagte Livia. »Warte hier auf mich, ich bin gleich zurück.«

»Es eilt nicht, mein Kind«, erwiderte der Alte. »Deine Gefährten haben noch einen weiten Weg vor sich, im Gebirge sind die Entfernungen viel größer, als man denkt, da täuscht man sich leicht. Außerdem ändert sich das Wetter«, meinte er mit einem Blick zum Himmel, der sich zusehends bewölkte, »und leider nicht gerade zum Besseren.«

Livia warf einen letzten Blick auf den kleinen Trupp, der sich mühsam den verschneiten Weg heraufkämpfte, dann rannte sie den Hang hinunter.

»Agata«, rief sie, während sie aufgeregt in die kleine Hütte stürzte, »Agata, meine Freunde sind da!« Aber Agata erwiderte nichts, starrte sie nur mit angsterfüllten Augen und aschfahlem Gesicht an.

»Na, das ist aber eine gute Nachricht!« rief hinter ihr eine Stimme – eine Stimme die Livia zusammenzucken ließ und die sie sehr gut kannte, sie gehörte … Stephanus!

»Die Ärmste ist etwas eingeschüchtert, weil ihr einer von meinen Männern die Spitze seines Schwerts in den Rücken bohrt«, erklärte er überflüssigerweise und trat auf sie zu. »Und jetzt laß dich ansehen, meine Liebe, wir haben uns lange nicht gesehen.«

»Verdammter Schweinehund!« fluchte Livia, indem sie zu ihm herumfuhr. »Das hätte ich mir denken sollen!«

»Fehler, die man bezahlt«, erwiderte Stephanus kalt. »Aber glücklicherweise gibt es für alles einen Ausweg. Man braucht sich nur darauf zu einigen.«

Livia umklammerte krampfhaft den Dolch unter ihrem Wams und hätte ihn am liebsten damit an die Wand genagelt, aber Stephanus schien in ihren Gedanken zu lesen. »Laß dich nicht von deinen Gefühlen hinreißen, Gefühle sind ein schlechter Ratgeber.«

»Wie hast du mich gefunden?« fragte Livia beinahe resigniert.

»Ach, wie naseweis die Frauen doch sind!« bemerkte Stephanus ironisch. »Aber ich will deine Neugier stillen – im Grunde kostet es mich ja nichts. Eine meiner Mägde hat in deinen Kleidern eine Landkarte gefunden, in der deine Marschroute exakt eingezeichnet war. Außerdem hat dich dieses Medaillon verraten, das du immer um den Hals trägst«, Livia umschloß das ihr so heilige Stück schützend mit der Hand, »ein völlig wertloses, aber äußerst seltenes Objekt. Es ist einem meiner Männer in der Schenke an der Fähre über die Trebia aufgefallen. Der gute Kerl hat nicht nur an deinen weichen Bewegungen und an deinen kleinen Mädchenfüßen gemerkt, daß du eine Frau bist, er ist auch auf den groben Klunker da aufmerksam geworden, den ich allen als dein persönliches Erkennungszeichen genannt hatte. Meine Leute hatten Befehl, nichts zu unternehmen, wenn sie einen von euch fanden; sie sollten mich lediglich benachrichtigen, und genau das haben sie getan.

»Was willst du noch?« fragte Livia, ohne ihn anzusehen. »Reicht dir noch nicht, was du uns angetan hast?«

»Das ganze umliegende Gebiet ist von meinen Männern umstellt, außerdem gibt es hier auf dem Paß eine Garnison von vierzig gotischen Söldnern, die meinem Befehl unterstehen und sich schon in Alarmbereitschaft befinden. Deine Männer haben also nicht die geringste Chance zu entkommen, egal, wo sie stecken. Doch ich bin ein ziviler Mensch und will kein Blutvergießen. Ich will etwas anderes, nämlich dich und dieses Schwert – es wird mir mehr Geld einbringen, als ich in einem Leben ausgeben kann, und du wirst diesen Reichtum mit mir teilen. Du wirst sehen, man gewöhnt sich schnell an Luxus und Wohlstand. Diesen ungehobelten Römer hast du bestimmt bald vergessen. Und wenn dir etwas an ihm liegt, solltest du sowieso tun, was ich dir sage.«

»Ich habe es dir schon gesagt: Das Schwert ist verlorengegangen.«

»Lüg nicht, oder ich lasse diese Frau sofort umbringen.« Er hob die Hand.

»Nein, halt«, sagte Livia. »Laß sie in Ruhe. Ich sage dir, was ich weiß. Es ist wahr, das Schwert existiert, aber ich habe meine Leute schon seit Tagen nicht mehr gesehen, und sie könnten es inzwischen wirklich verloren oder verkauft haben.«

»Das werden wir schnell erfahren, du brauchst sie nur danach zu fragen. Du bist meine Unterhändlerin. Ich will dieses Schwert, danach lasse ich alle gehen, auch den Jungen. Alle außer dir, versteht sich. Das ist ein sehr großzügiges Angebot – Odoaker hat angeordnet, euch umzubringen. Also, was antwortest du mir?«

Livia nickte. »In Ordnung. Aber wie kann ich sicher sein, daß du uns nicht trotzdem verrätst?«

»Das ersiehst du erstens daraus, daß ich Wulfila nicht unterrichtet habe. Er sucht ebenfalls nach euch, und wehe, wenn er vor mir hiergewesen wäre«, erwiderte Stephanus. »Dann hätte keiner von euch überlebt. Zweitens sehe ich nicht gern Blut und habe deshalb keinerlei Interesse daran, ein Gemetzel zu veranstalten. Und drittens: Du hast keine andere Wahl, liebe Livia.«

»Gut«, entgegnete die junge Frau zähneknirschend, »dann laß uns gehen. Aber merk dir eins: Wenn du mich belogen hast, bring ich dich um wie einen räudigen Hund. Und bevor du stirbst, wirst du genug Gelegenheit haben, den Tag deiner Geburt zu verfluchen.«

Stephanus verzog keine Miene, sondern sagte nur: »Dann los. Und ihr da kommt mit!« Bei diesen Worten traten rund zwanzig Bewaffnete aus dem Stall neben dem Haus und folgten ihm mit wenigen Schritten Abstand.

»Versuch nicht, mich reinzulegen«, sagte Stephanus zu Livia. »Für den Fall, daß mir etwas geschieht, haben meine Männer Befehl, dich augenblicklich umzubringen und Alarm zu schlagen – deine Leute wären in Kürze von allen Seiten umzingelt und niedergemäht.«

»Laß mich mein Pferd holen, und befiehl deinen Söldnern, sich in etwas Entfernung da drüben am Waldrand zu verstecken. Ich habe jemanden dort oben, den Mann dieser Frau, er könnte Verdacht schöpfen und die anderen alarmieren.«

Stephanus befahl seinen Soldaten, ihnen im Schutz des Waldes zu folgen, der sich bis zu den ersten, schneebedeckten Lichtungen hinaufzog. Livia nahm ihr Pferd am Zügel und stieg mit Stephanus zur Paßstraße hinunter und auf der anderen Seite langsam wieder den Berg hinauf.

»Jetzt bleib du auch ein Stück zurück«, sagte Livia irgendwann zu ihm. »Wir wissen nicht, wie sie reagieren, wenn sie dich neben mir sehen.«

Stephanus verlangsamte den Schritt, während Livia auf Ursinus zustapfte. In diesem Augenblick bogen Aurelius, Vatrenus und die anderen in etwa zwanzig Schritt Entfernung um einen Felsvorsprung.

»Livia!« schrie Romulus, kaum daß er sie sah.

»Romulus!« rief Livia aus, dann wandte sie sich sofort an Aurelius: »Aurelius, hör zu!«, aber sie brachte ihren Satz nicht zu Ende, sah nur, wie sich die freudig überraschten Gesichter ihrer Gefährten in Fratzen der Empörung verwandelten. Und sie sah, wie Aurelius das Schwert aus der Scheide zog und auf sie zustürzte. »Verfluchtes Weib, du hast uns verraten!«

DRITTER TEIL

XXVI

In diesem Augenblick tauchten hinter Livias Rücken Wulfila und seine Krieger auf. In weitem Halbkreis angeordnet, stürmten sie hangabwärts auf Aurelius und die Seinen zu.

Livia drehte sich um, erkannte sie und begriff. »Ich habe euch nicht verraten!« schrie sie. »Ihr müßt mir glauben! Schnell, kommt rauf und steigt auf die Pferde, schnell, schnell!«

»Es ist wahr!« schrie auch Ursinus. »Dieses Mädchen wollte euch helfen. Los, nichts wie zu uns herauf!«

Ohne noch recht zu begreifen, was da los war, und vor allem, was Livia hier oben zu suchen hatte, obendrein in Gesellschaft ihrer erbittertsten Feinde, kämpften Aurelius und die anderen sich das letzte Stück bis zu dem Felsabsatz unterhalb des Gipfels empor, von dem Wulfilas Söldner – gut fünfzig Männer – herabgestürmt kamen, wenn auch sicher nicht so schnell, wie sie gerne gewollt hätten, da ihre Pferde tief im Schnee versanken. »Unten im Tal sind noch mehr«, schrie Ursinus. »Ihr könnt nicht zur Straße runter!«

»Und dort sind auch Stephanus' Soldaten!« rief Livia. »Er hat mich verfolgen lassen, ohne daß ich es gemerkt habe.«

Stephanus war angesichts der Undurchführbarkeit seines Plans inzwischen umgekehrt und wollte zu seinen Söldnern zurück, doch das ließ Livia nicht zu. Sie zog ihren Bogen aus dem Sattelhalfter, spannte einen Pfeil ein, zielte und traf ihn auf hundert Schritt Entfernung mitten in den Rücken. Dann begann sie, auf seine vom Wald heraufkommenden Männer zu schießen, die nun, da ihr Anführer tot war, Hals über Kopf das Weite suchten.

Ursinus deutete auf den Westhang des Berges. »Der einzig mögliche Fluchtweg ist dort«, schrie er. »Vorsicht, er führt an einem Abgrund entlang und ist vielleicht vereist, ihr müßt höllisch aufpassen! Hier lang, schnell, schnell!«

Livia preschte als erste los und führte die kleine Kolonne an, aber Wulfila, der sie von oben beobachtete, ahnte, was sie vorhatte und schickte einen Teil seiner Männer in dieselbe Richtung. »Denkt dran!« brüllte er ihnen nach. »Ich will den Kopf des Jungen und das Schwert, um jeden Preis! Der Soldat dort unten hat es, der mit dem roten Gürtel!«

Vatrenus hatte sich unterdessen Livia angeschlossen, und hinter ihm folgten Aurelius, Batiatus und die anderen. Im Augenblick hatten sie freien Weg, und alle spornten ihre Pferde an, um den gefährlichen Hang, der im Westen mit einer Klippe über dem Abgrund endete, so schnell wie möglich hinter sich zu bringen; auch Ambrosinus, der als letzter kam, drückte seinem Maulesel immer wieder die Absätze in die Flanken. Alle waren bemüht, sich möglichst geradlinig auf halber Höhe zu halten, nur Aurelius trieb Juba noch ein Stück höher hinauf und ritt etwas oberhalb der anderen, um die Lage besser überblicken zu können. Voller Sorge sah er auf den schutzlosen, kleinen Trupp hinunter, als Wulfila und seine Männer nur wenige Schritte von ihm entfernt auch schon über die Bergkuppe gestürmt kamen. Mit gezogenen Schwertern, in eine Wolke aus Pulverschnee gehüllt, ritten sie heulend auf ihn zu.

Wulfila griff sofort an, indem er Aurelius so schwer mit seinem Roß rammte, daß dieser zu Boden stürzte, dann warf er sich auf ihn, worauf sie beide – ein unentwirrbares Knäuel aus Armen und Beinen, die Glieder steif vor Haß und Kälte – den Berg hinunterzupurzeln begannen; in dem Gemenge glitt Aurelius irgendwann das Schwert aus der Scheide und begann vor ihnen den Abhang hinunterzurutschen, während sie selbst durch einen großen, über die Schneedecke hinausragenden Felsbrocken aufgehalten wurden. Die beiden Krieger hielten gegenseitig ihre Handgelenke umklammert und starrten sich keuchend an, als Wulfila plötzlich den erhellenden Geistesblitz hatte, auf den er so lange gewartet hatte: »Endlich erkenne ich dich wieder, Römer!« stieß er hervor. »Lange ist's her, aber du hast dich kaum verändert. Du bist der, der uns die Tore von Aquileia geöffnet hat!«

Aurelius' Gesicht verzog sich zu einer entsetzten Grimasse. »Nein!« brüllte er. »Nein. Neiiiin!« Und sein Schrei hallte wohl ein dutzendmal von den eisigen Gebirgswänden zurück. Im gleichen Augenblick reagierte er, stemmte mit geradezu übermenschlicher Kraft die Knie gegen die Brust seines Gegners und katapultierte ihn in hohem Bogen nach hinten. Dann rollte er auf die Seite, rappelte sich auf und erblickte wenige Schritte von sich entfernt Ambrosinus, der abgestürzt war und mit allen Mitteln versuchte, nicht an den Rand des Abgrunds zu rutschen. Ihre Blicke kreuzten sich nur einen Moment, aber der genügte Aurelius, um sich darüber klarzuwerden, daß der Alte Wulfilas Worte gehört und richtig gedeutet hatte. Doch jetzt war keine Zeit für quälende Gedanken. Aurelius riß sich zusammen und begann den Berg wieder hinaufzurennen, um seinen weiter oben kämpfenden Freunden zu Hilfe zu eilen. Alle waren in wilde Gefechte verwickelt, er hörte Batiatus brüllen, wenn er einen von den Feinden hoch über den Kopf stemmte und dann den Abhang hinunterschleuderte, und er hörte Vatrenus fluchen, der es, in jeder Hand ein Schwert und bis zu den Knien im Schnee stehend, jeweils mit zwei Gegnern auf einmal aufnahm.

Bereit, sich ebenfalls in den Kampf zu stürzen und womöglich gar den Tod zu suchen, wollte Aurelius sein Schwert zücken, doch zu seinem großen Ärger fand er nur die leere Scheide. Oben, auf dem Berggipfel, tauchte in diesem Augenblick ein weiterer Trupp von Reitern auf – die Goten, die aus dem Tal nachgekommen waren. Um den steilen Abhang besser bewältigen zu können, ritten sie im Zickzack über die Lichtung, lösten damit jedoch eine Lawine aus, die immer größer und schneller werdend den Berg hinunterrutschte und nach und nach alle erfaßte und mitriß: zuerst Vatrenus und Batiatus, die weiter oben kämpften, dann den Rest einschließlich Romulus.

Demetrios und Orosius hatten bis zu diesem Augenblick versucht, ihn mit ihren Schilden vor den feindlichen Pfeilen und Speeren zu schützen, die zu Hunderten auf ihn niederregneten, aber die Lawine erfaßte auch sie und begrub sie unter sich. Selbst die Pferde, die mit ihrer Körpermasse einiges mehr an Widerstand boten, wurden überrollt und mitgerissen.

Wulfila rutschte unterdessen weiter den Hang hinunter. Lange Zeit versuchte er völlig vergeblich, sich dagegen zu wehren, sich mit den Fingern im Schnee festzukrallen, bis ihm die Haut in Fetzen von den Knochen hing, doch im allerletzten Moment – seine Beine baumelten bereits über dem Abgrund – bekam er doch noch eine Felszacke zu greifen. Der endgültige Absturz war freilich nur eine Frage der Zeit, seine Hände wurden in der Kälte immer steifer, bald würden sie seinem Willen, dem Tode zu entkommen und sich über den Rand des Abgrunds emporzuhieven, nicht mehr gehorchen. Er spürte den fatalen Augenblick, in dem er loslassen und ins Nichts fallen würde, bereits ganz nahe, als er, nur wenige Schritte entfernt, auch das sagenhafte Schwert auf den Abgrund zurutschen sah – viel langsamer als zu Beginn, aber doch unaufhörlich. Schon ragte es zu mehr als der Hälfte über die Felsklippe hinaus, drohte jeden Augenblick vornüber zu kippen und ... blieb dann, wie von einer unsichtbaren Hand gebremst, im Schnee liegen. Das Gegengewicht des massiv goldenen Griffs bewahrte es im letzten Moment vor dem Absturz.

Wulfila, der die Szene mit ungeheurer Spannung verfolgt hatte, fühlte schlagartig seine Lebensgeister wiederkehren. Er nahm seine ganze Kraft zusammen, bäumte sich mit einem tierischen Schrei auf und schaffte es tatsächlich, beide Ellbogen auf die vereiste Felsklippe zu ziehen, danach zuerst das rechte, dann das linke Knie. Jetzt stand er gar auf und ... war gerettet!

Schritt um Schritt näherte er sich behutsam dem Schwert, wohl wissend, daß die geringste Erschütterung, ja schon ein leichter Windstoß, es zum Kippen bringen konnte. Als er es fast erreicht hatte, legte er sich platt auf den Boden, spreizte die Beine, bohrte für einen besseren Halt die Stiefelspitzen in den Schnee und streckte die Hand aus, bis er den Griff der Waffe berühren und schließlich fest umklammern konnte. Dann richtete er sich auf und reckte das herrliche Schwert triumphierend in den grauen Himmel. Sein Siegesschrei durchdrang die Wolken, prallte gegen die eisverkrusteten Berggipfel und hallte noch lange in den waldigen Tälern nach. Wenig später war er den Hang bereits wieder hochgestapft und zu dem Soldatentrupp gestoßen, der die Lawine ausgelöst hatte; einer der Männer trat ihm sofort sein Pferd ab. Das Wetter verschlechterte sich zusehends, und das Tageslicht wurde immer schwächer.

»Es ist fast dunkel«, sagte Wulfila zu seinen Männern. »Wir kehren morgen zurück. Die Pferde haben sie auf alle Fälle verloren, und selbst wenn einer von ihnen überlebt haben sollte, kommt er nicht weit. Sicherheitshalber riegeln wir morgen früh trotzdem sämtliche talwärts führenden Wege nördlich und südlich der Paßstraße ab – es darf uns keiner entwischen. Bei Tageslicht suchen wir dann die Leichen. Ich will den Kopf des Jungen – wer ihn mir als erster bringt, soll reich belohnt werden. So, und jetzt mir nach«, sagte er, worauf der Trupp geschlossen zur Poststation an der Paßstraße abstieg.

Es begann zu schneien, zunächst nur schwach – kleine, eisige Flocken, die den Soldaten in Gesicht und Hände stachen –, später immer stärker. Bald waren die Krieger im dichten Schneegestöber nur noch schemenhaft zu erkennen, nahmen sich aus wie Gespenster, die über die blutbefleckte und mit

Leichen übersäte Schneedecke des Berghangs ritten. Wulfila erkannte unter den Toten Stephanus; offensichtlich hatte er noch versucht, den Pfeil, der ihm in den Rücken gedrungen war, wieder herauszuziehen – ohne Erfolg. Du hast dein verdientes Ende gefunden, dachte Wulfila und ritt mit gesenktem Kopf, fest in seinen Umhang gehüllt, weiter.

Wenig später betraten sie die *mansio*, in deren Kamin ein großes Feuer aus Tannenholz prasselte. Die Männer ließen sich auf Bänken nieder, während der Wirt einen Hammel am Spieß briet und Bierkrüge und Brotkörbe auf die Tische stellte. Wulfila war trotz seiner schmerzenden Wunden euphorisch. An seiner Seite baumelte die herrlichste Waffe, die man sich vorstellen konnte, und sein Opfer lag steif wie ein Stockfisch unter einer dicken Schicht Schnee. Morgen würde er ihm den Kopf wie einen Eiszapfen abbrechen.

»Ihr da«, sagte er zu den Soldaten, die ihm gegenübersaßen. »Ich will, daß ihr mit dem ersten Tageslicht ins Flußtal runterklettert und die Brücke absperrt – sie ist der einzige Weg nach Raetien. Und ihr«, er wandte sich an die Männer zu seiner Rechten, »ihr geht die Paßstraße zurück, bis ihr auf einen Weg stoßt, der ebenfalls zu der Brücke führt, aber von Westen kommend – ich gebe euch einen Führer mit, ihr könnt ihn nicht verfehlen. Jetzt zu euch«, sagte er schließlich zu den Männern links von ihm. »Ihr kommt mit mir wieder auf den Berg rauf, die Leichen suchen. Und denkt dran: Hier liegt ein Beutel Silber bereit für den ersten, der den Kadaver des Jungen findet und ihm den Kopf abhaut. So, und jetzt laßt uns fressen und saufen und lustig sein, Männer, denn das Schicksal war uns wohl gesonnen!« Mit diesen Worten hob er den randvollen Becher und genoß den dröhnenden Beifall seiner Soldaten, die im Siegesrausch wahre Unmengen von Bier hinunterstürzten und bald jeden Schluck mit einem lauten Rülpser begleiteten.

Unter großer Anstrengung gelang es Juba, wieder auf die Beine zu kommen; er schüttelte sich den Schnee ab, stieß eine

Dampfwolke aus den mit Reif belegten Nüstern, schnaubte und wieherte dann laut nach seinem Herrn, aber der Ort war völlig verlassen, Dunkelheit und Abendstille senkten sich über das weite, von der Lawine überrollte Feld. Juba machte sich daran, es langsam abzusuchen, wobei er immer wieder schnaubte und wieherte, bis er plötzlich stehenblieb und sacht mit den Hufen im Schnee zu scharren begann. Irgendwann kam tatsächlich Aurelius' Rücken zum Vorschein, dann auch sein Hals; Juba schlug aufgeregt mit dem Schweif und blies aus den Nüstern behutsam warme Luft auf den Nacken seines halb ohnmächtigen Herrn. Die angenehme Wärme flößte dem völlig unterkühlten Aurelius neue Lebenskraft ein. Irgendwie schaffte er es, Hände und Ellbogen aufzustützen, dann die Knie ranzuziehen und sich schließlich mühsam vor Juba aufzurichten, der seine Anstrengungen mit leisem, beifälligem Wiehern begleitete. Als er stand, schlang er die Arme um den Hals des Pferdes und sagte: »Brav, Juba, brav, du bist ein braver Kerl, ich weiß. Und jetzt müssen wir noch die anderen aus dem Schnee ziehen, los, hilf mir.« In diesem Moment tauchte, wenige Meter entfernt, Ambrosinus' Maulesel wie aus dem Nichts vor ihnen auf; er hatte sogar noch die Schilde an seinem Sattel befestigt. Aurelius band einen von ihnen los und begann damit im Schnee zu graben. Wenig später stieß er auf Vatrenus' Brust, wie ein schmerzlicher Aufschrei verriet.

»Bist du noch ganz?« fragte Aurelius.

»Ich glaube ja«, brummte Vatrenus, »aber hör' auf, mir mit diesem Ding auf dem Leib herumzuhacken.«

Auf der anderen, zur Straße hin gelegenen Hangseite ertönte plötzlich ein Winseln; kurz darauf kam Ursinus mit seinem Hund herangeschnauft. Er stellte sich den beiden Soldaten vor und sagte: »Livia hat mir von euch erzählt – ich bin der, der sie beherbergt hat. Wenn ihr wollt, kann ich euch helfen. Mein Hund ist darauf abgerichtet, Leute unter Lawinen aufzuspüren. Wir haben nicht viel Zeit, wenn die Nacht hereinbricht, ist es aus.«

»Ja, wir wären dir für deine Hilfe sehr dankbar«, erwiderte Aurelius.

Der Mann nickte und schickte seinen Hund los. »Auf, Argos, such«, sagte er, »such unsere Freunde, komm schon ... Er heißt Argos«, fügte er an Aurelius gewandt hinzu, der mit seinem Schild bereits weitergrub. »Argos – wie der Hund des Odysseus –, schöner Name, nicht?«

»Und ob«, erwiderte Vatrenus, »ein sehr schöner Name. Hoffen wir, daß er auch eine gute Nase hat.«

Aber der Hund hatte bereits etwas gewittert und scharrte mit den Pfoten aufgeregt im Schnee.

»Grabt dort, schnell!« befahl Ursinus. Aurelius und Vatrenus gehorchten und zogen wenig später Ambrosinus aus dem Schnee; er war ganz blau angelaufen und halb erfroren.

»Hilfe! Helft uns, schnell!« schrie es da plötzlich von rechts. Aurelius tastete sich vorsichtig, aber so schnell es ging, quer über den Hang. Beim Anblick der Felsklippe wenige Schritte entfernt, bot sich ihm ein Bild, bei dem sein Herz stockte: Orosius baumelte, verzweifelt an einen über die Klippe hinausragenden Fichtenstamm geklammert, über dem Abgrund; Demetrios umklammerte sein Messer, das im Eis steckte, und Livia rutschte auf seinem Rücken langsam nach unten, bis Orosius statt des Baumstamms ihre Beine packen und sich daran festhalten konnte. Nun begann Livia, sich wieder hochzuziehen, indem sie eine Art Klimmzug an Demetrios' Gürtel vollführte. Demetrios' Finger spannten sich unterdessen krampfhaft um den Griff des Messers, doch Aurelius begriff, daß die Klinge jeden Augenblick brechen konnte. Ohne lange zu zögern, stieß er auch sein Messer so tief es ging ins Eis, hielt sich mit einer Hand daran fest und streckte die andere nach Demetrios aus, der sein eigenes Messer auf diese Weise etwas entlasten, sich ein weiteres Stück hochziehen und das Messer dann neu verankern konnte, indem er es an einer anderen Stelle ins Eis bohrte. Mit vereinten Kräften schafften sie es schließlich, Livia und Orosius immer weiter von der Klippe wegzuziehen und sich in Sicherheit zu bringen.

»Was ist mit Batiatus?« fragte Aurelius, der noch immer vor Anstrengung keuchte.

»Als ich ihn das letzte Mal sah, rollte er mit zwei von Wulfilas Männern den Abhang runter, vielleicht waren es auch drei, so genau konnte ich das nicht unterscheiden«, erwiderte Demetrios. »Er kommt schon zurück, du wirst sehen.«

»Wenn sie ihn nicht umgebracht haben«, meinte Aurelius.

»Wenn sie ihn nicht umgebracht haben«, wiederholte Demetrios. »Aber ich bezweifle, daß sie das geschafft haben.«

In diesem Moment ertönte ganz in der Nähe eine Art Grunzen, und vor Livia baute sich plötzlich einer der feindlichen Barbaren auf, doch es kostete sie nicht viel, mit ihm fertigzuwerden: ein Tritt ins Gesicht, und schon rollte er den Abhang hinunter auf die Felsklippe zu.

»Wo ist Romulus?« fragte sie gleich darauf, da sie den Jungen nirgends sah, doch im selben Moment meldete Ambrosinus sich mit erschrockener Stimme. »Schnell, hierher!« schrie er. »Um Gottes willen, kommt, kommt schnell!« Er hatte noch nicht ausgesprochen, als auf dem Osthang plötzlich Batiatus erschien und herbeirannte, so schnell er konnte. »Was ist los?« fragte er noch völlig außer Atem.

»Ich glaube, sie haben den Jungen gefunden«, sagte Aurelius, doch seine Stimme klang alles andere als froh.

Sie rannten zu der Stelle, wo sie Ursinus' Hund winseln hörten, und sahen Vatrenus, der den leblosen Körper des Jungen vom Boden aufhob. Das vom eisigen Wind gepeitschte Gesicht des Veteranen war eine steinerne Maske. Livia berührte die blauen, eiskalten Arme des Jungen und brach in Tränen aus. »Oh, mein Gott, nein! Nein!«

Aurelius trat hinzu und sah Vatrenus mit fragenden Augen an.

»Er ist tot«, antwortete der Gefährte. »Seine Herzschläge sind nicht mehr zu fühlen, weder am Handgelenk, noch am Hals.« Alle sahen sich zutiefst betroffen an. Batiatus weinte und wischte sich die Tränen mit der Hand ab, die noch das Schwert hielt. Nur Ambrosinus schien inmitten der allgemeinen Verzweiflung die Fassung zu bewahren. »Wir müssen einen Unterstand finden, schnell«, sagte er, das Kommando des elenden, kleinen Häufchens übernehmend, und er mußte schreien, um das Pfeifen des Sturmes zu übertönen. »Wir dürfen keinen Augenblick länger auf diesem Hang bleiben. Wenn die Nacht uns hier überrascht, sind wir verloren.«

»Dann folgt mir«, sagte Ursinus. »Ich weiß einen Ort, nicht weit von hier. Aber ihr müßt dicht zusammenbleiben, im Schneesturm verliert man sich leicht.« Mit diesen Worten begann er den Berg auf halber Höhe zu umrunden, bis sie auf der Nordseite zu einer Felsplatte kamen, die aus der Bergwand herausragte und von einer Palisade aus Tannenstämmen gestützt wurde, so daß ein nach drei Seiten geschützter Unterschlupf entstand. Ursinus betrat ihn als erster, die anderen folgten ihm. Auf der Erde lag eine dicke Schicht trockener Blätter und Fichtenzweige, die Palisade war von innen mit gegerbten Ziegenfellen verkleidet. »Hier bringe ich meine Ziegen zum Gebären her«, erklärte Ursinus. »Mehr kann ich euch leider nicht bieten.«

Vatrenus legte den Körper des Jungen auf den Boden, und Livia kamen neuerlich die Tränen. Den Kopf an die Wand gelehnt, weinte sie still vor sich hin. Ambrosinus schien nichts um sich herum wahrzunehmen; unvergessene Bilder zogen an seinem inneren Auge vorüber: ein Wald im Apennin, ein Zelt, ein sterbendes Kind in seinem Bettchen, eine weinende Frau, vom Schmerz gebrochen und doch voll königlicher Würde ... Nein, er würde nicht aufgeben, niemals. Er streichelte den Jungen lange, dann begann er, ihn behutsam zu entkleiden.

»Was tust du da?« fragte Aurelius.

Ambrosinus legte eine Hand auf die nackte Brust des Jungen und schloß die Augen. »Ein schwacher Lebensfunke ist noch in ihm«, sagte er. »Wir müssen ihn nähren.«

Aurelius schüttelte ungläubig den Kopf. »Er ist tot, siehst du das nicht? Er ist tot.«

»Er kann nicht tot sein«, erwiderte Ambrosinus ruhig. »Prophezeiungen lügen nicht.«

Es war inzwischen völlig dunkel geworden, und die einzige Antwort auf seine Worte war das scharfe Pfeifen des Windes, der gegen den Berg anbrauste. Als der Junge bis zur Gürtellinie entkleidet war, bettete Ambrosinus ihn wieder auf die Blätter am Boden, von denen sein weißer Körper in der Finsternis abstach, als strahle ein geheimnisvolles Licht von ihm aus. Ambrosinus hob den Kopf und sah Batiatus an: »Du gibst am meisten Wärme ab«, sagte er, »in dir steckt die Glut Afrikas. Entblöße deinen Oberkörper und umarme den Jungen, drück ihn fest an dich und sorge dafür, daß dein Herz gegen seines schlägt. Ich versuche unterdessen, ein Feuer zu entfachen.«

Batiatus tat, wie ihm geheißen, legte sich neben den leblosen Jungen und preßte sich an ihn. Livia warf zusätzlich eine Decke über sie. Aurelius und Vatrenus standen dabei und schüttelten nur traurig die Köpfe.

Ambrosinus kratzte im Dunkeln trockene Flechten von den Wänden, bis er so viel beisammen hatte, daß er ein kleines Häufchen damit bilden konnte. Darüber streute er etwas trockenes Laub, dann kramte er die Feuersteine aus seinem Quersack und begann sie aneinanderzureiben. Jede einzelne seiner Bewegungen verriet langjährige Erfahrung. Große Funken sprühten auf den kleinen Scheiterhaufen, bis endlich ein winziger roter Punkt mehr zu erahnen als zu erkennen war. Ambrosinus kniete sich augenblicklich nieder und begann, sachte zu blasen. Die Umstehenden beobachteten ihn verblüfft, sie konnten sich sein seltsames Tun nicht erklären. Aber der winzige rote Punkt begann sich allmählich auszubreiten, und der Alte blies unentwegt weiter, als gelte es, das fast erloschene Leben des Jungen durch seinen Atem wieder anzufachen.

Und dann flackerte in der Finsternis plötzlich ein Flämmchen auf, es war zunächst kaum wahrzunehmen, wurde aber sehr rasch größer, genährt von den Flechten, die nach und nach Feuer fingen. Ambrosinus hörte auch jetzt nicht auf zu blasen, legte das ein oder andere Stück trockene Moos dazu, einzelne Blätter, ein dürres Ästchen, bis aus dem Flämmchen schließlich Feuer wurde und Licht, das Zoll um Zoll die Finsternis der elenden Unterkunft besiegte, Licht, das die dichtgedrängten Körper der Umstehenden beleuchtete, die ekstatisch geweitete Pupillen Ambrosinus' und das breite Gesicht des äthiopischen Riesen, dem dicke Tränen über die Wangen kullerten – es waren Freudentränen.

»Er atmet«, sagte er.

Ambrosinus sah sich mit den verstörten Augen eines Menschen um, der mitten in der Nacht aus einem entsetzlichen Alptraum erwacht ist.

Alle umringten Romulus, jeder wollte ihn zuerst umarmen, an sich drücken, aber Ambrosinus mahnte sie zur Vorsicht: »Gemach, gemach, ihr müßt behutsam mit dem Jungen umgehen, er ist noch sehr schwach und muß erst wieder zu Atmen kommen und Kräfte sammeln.« Ursinus ging hinaus, um noch mehr dürre Äste von den Bäumen abzureißen und auf das Feuer zu legen, dann verhängte er zum Schutz vor Wind und Kälte auch den Eingang mit Fellen. Tatsächlich begann sich in dem engen Unterstand nach und nach etwas Wärme auszubreiten; Romulus setzte sich auf und streckte die steifen Hände nach dem Feuer aus.

Ambrosinus deutete auf Batiatus und sagte: »Er hat dich ins Leben zurückgeholt.« Romulus erhob sich und umarmte den Äthiopier, und auch Batiatus umarmte ihn, wenngleich sehr behutsam, um ihn nicht zu erdrücken. »Ich gehe raus und lege Juba eine Decke auf«, sagte Aurelius. »Er ist das einzige Pferd, das uns geblieben ist – der Maulesel dürfte uns nicht viel nützen. Heute nacht wird es sehr kalt werden.«

Ambrosinus, der sehr wohl die Traurigkeit wahrnahm, die inmitten all der Freude aus Aurelius' Augen sprach, wartete eine Weile und warf sich dann ebenfalls den Mantel über die Schulter. »Ich gehe auch nach meinem Tier sehen«, sagte er und trat hinaus.

Aurelius stand neben seinem Pferd und schien ins Tal, zum Fluß hinunterzublicken. Ambrosinus' Stimme riß ihn aus den

Gedanken. »Zwei Wahrheiten, zwei unterschiedliche, komplett widersprüchliche Aussagen zu deiner Vergangenheit – die Livias und die Wulfilas ... welcher soll man glauben?«

Aurelius drehte sich nicht um, wickelte sich nur noch fester in seinen Mantel, als wäre die Kälte ihm bis tief in die Seele gedrungen. »Warum sagst du es mir nicht, wo du doch beide kennst?«

»Du verlangst zuviel von einem armen, alten Lehrer. Ich weiß, Aurelius, es ist nicht leicht, sich plötzlich mit Dingen auseinandersetzen zu müssen, die überraschend ans Licht gekommen sind, zumal wenn sie, wie in diesem Fall, das Gewissen schwer belasten ...«

Aurelius schwieg.

»Es ist nicht leicht«, fuhr Ambrosinus fort, »aber immer noch besser, als wenn sie ewig im verborgenen bleiben und uns langsam von innen auffressen, ohne daß wir das geringste dagegen tun können. Abgesehen davon besteht jederzeit die Gefahr, daß sie uns unerwartet überfallen. Du weißt jetzt wenigstens, woran du bist.«

»Ich weiß überhaupt nichts.«

»Das ist unmöglich. Du mußt dich an etwas erinnern.«

Aurelius seufzte. Er hatte ein großes Bedürfnis zu sprechen, sich jemandem anzuvertrauen, in der Hoffnung, endlich die schwere Last loszuwerden, die sein Herz bedrückte. »Nur einzelne Erinnerungsfetzen«, sagte er, »ein ständig wiederkehrender Alptraum ...«

»Was ist das für ein Alptraum?« hakte Ambrosinus nach.

Aurelius' Stimme begann zu zittern. »Es ist Nacht. Zwei alte Leute hängen mit gefesselten Händen an einem Balken. Ihre Körper sind mit schrecklichen Folterspuren übersät, dann ...«

»Sprich weiter. Bitte.«

»Dann kommt ein riesiger Barbar mit gezücktem Schwert und durchbohrt sie einen nach dem anderen.« Aurelius stieß einen langen Seufzer aus, als hätten diese Worte ihn unsägliche Mühe gekostet.

»Wer sind diese alten Leute?« fragte Ambrosinus. »Vielleicht liegt hier die Lösung zum Rätsel deiner Identität.«

»Ich weiß es nicht«, erwiderte Aurelius und vergrub das Gesicht in den Händen. »Ich weiß es nicht.«

Ambrosinus fühlte, wie elend ihm zumute war. »Hör auf, dich zu quälen«, sagte er und legte ihm die Hand auf die Schulter. »Wer auch immer du früher warst – das hat heute keine Bedeutung. Das einzige, was jetzt zählt, ist die Gegenwart, und die ehrt dich. Und Romulus kann dir vielleicht eine Zukunft geben. Du hast selbst gesehen, daß es nahezu unmöglich ist, seine Lebenskraft zum Erlöschen zu bringen.«

»Aber ich habe sein Schwert verloren«, sagte Aurelius.

»Mach dir nichts draus; wir werden es wiederfinden, da bin ich mir sicher. Und du wirst auch deine Vergangenheit wiederfinden, aber vorher mußt du die Hölle durchqueren, wie es selbst dieser unschuldige Junge tun mußte.«

XXVII

Eine Stunde vor Sonnenaufgang, noch in der Dunkelheit, beendete Demetrios die letzte Runde seiner Wache und weckte seine Kameraden. Sie waren steif vor Kälte, da nur ein kleines Feuer in ihrem Unterschlupf brannte. Auch die beiden Tiere, die die Nacht im Freien verbracht hatten, kamen herbeigelaufen, um der beißenden Kälte zu entkommen. Noch froh darüber, daß sie der Gefahr entronnen waren und auch Romulus gerettet war, standen die Gefährten einer Wirklichkeit gegenüber, die als hart, ja als verzweifelt bezeichnet werden mußte. Außer einem Pferd und einem Maulesel war ihnen nichts geblieben. Aurelius' Schwert befand sich in Wulfilas Händen, der gewiß darauf brannte, dessen verheerende Kraft auszuprobieren. Wie sollten sie nur ihre Flucht fortsetzen, wie vor allem Wulfila und seinen Männern entkommen? Es war klar, daß die Feinde über den Paß auf den Hügel zurückkehrten, um nach Leichen oder möglichen Fluchtspuren zu suchen, die der Schneefall dieser Nacht nicht vollständig ausgelöscht hatte.

Nach kurzer Unterredung waren sich alle darüber einig, daß sie den Ort so schnell wie möglich verlassen mußten, um das untere Tal zu erreichen und die Grenze zu passieren. Ursinus riet ihnen, schleunigst den Fluß zu überqueren, bevor der Feind ihre Anwesenheit bemerkte. Zutiefst ergriffen verabschiedete er sich von jedem von ihnen. »Der Fluß liegt genau vor euch, ebenso die Bootsbrücke. Ihr könnt sie nicht verfehlen. Wäre ich nicht so alt, würde ich mit euch kommen, denn für meinen Kaiser zu kämpfen, wäre die größte Ehre für mich. Aber wie die Dinge nun einmal liegen, bin ich für euch nur eine Last; außerdem muß ich zurück, um nach meinem Weib zu sehen, das gewiß vor Angst halb tot ist.« Er trat zu Romulus und küßte ihm ehrerbietig die Hand. »Möge Gott dich beschützen, Cäsar, wohin du auch gehst, und möge er durch dich den Namen Roms auch für die künftigen Jahrhunderte bewahren.« Dann machte er sich mit seinem Hund zurück auf Weg, um sein Haus noch vor Tagesanbruch zu erreichen. Bewegt und voller Sorge schauten sie ihm nach, denn sie wußten, daß seine Frau und er wegen der ihnen geleisteten Hilfe hart bestraft werden konnten.

»Nun aber los«, sagte Ambrosinus. »Wir haben nicht mehr viel Zeit.«

Langsam stiegen sie ins Tal hinab. Aurelius, der als letzter ging, führte Juba am Zügel, während Vatrenus die Kolonne anführte und darauf achtete, allzu steile und unwegsame Pfade zu umgehen. Plötzlich hob er den Arm. »Haltet ein!«

Aurelius eilte an seine Seite. »Was gibt es?«

»Sieh selbst«, antwortete Vatrenus.

Weiter unten am Hang erstreckte sich eine etwa zwei- bis dreihundert Fuß breite Ebene, die im nördlichen Teil ein Wildbach durchquerte, der die Dunkelheit des Tales mit seinem Glanz erfüllte. Seine Ufer wurden verbunden durch eine Bootsbrücke aus Kähnen, die von ein paar an den Ufern festgemachten Tauen zusammengehalten wurden. Jenseits des Flusses, in einer Entfernung von einigen Hundert Fuß, zeichnete sich im Kontrast zu der schneebedeckten weißen Fläche die dunkle Masse eines dichten Tannenwaldes ab.

»Ja, das ist die Brücke. Wenn es uns gelingt, sie zu überqueren, sind wir in Sicherheit. Dann suchen wir Zuflucht im Wald, dort lassen sich unsere Spuren am einfachsten verwischen. So hoffe ich zumindest.«

»Davon rede ich nicht«, erwiderte Vatrenus. »Schau, dort weiter hinten, zu deiner Linken. Siehst du?«

Aurelius fluchte: »Verdammte Hundesöhne! Was sollen wir bloß tun?« Im flirrenden Widerschein des Schnees bewegte sich an der Stelle, auf die Vatrenus hinwies, eine Kolonne bewaffneter Soldaten auf die Brücke zu.

»Von dort drüben kommen noch mehr«, sagte Demetrios und deutete auf eine andere Gruppe, die von rechts herannahte. »Wir sitzen in der Falle.«

»Nein, eine Hoffnung gibt es noch«, meldete sich Livia zu Wort. »Du, Aurelius, hast noch dein Pferd. Nimm Romulus mit dir, dann reite, sobald der Abhang nicht mehr so steil ist, so schnell wie du kannst, auf die Brücke zu. In dem hohen Schnee kommen die Barbaren nur langsam voran. Wir werden uns ein Versteck suchen und dann heute nacht zu Fuß zu euch stoßen.«

»Ich glaube nicht, daß das geht«, gab Ambrosinus zu bedenken. »Die haben bestimmt den Befehl, die Brücke zu bewachen, so daß wir nicht mehr zusammenkommen.« Doch dann warf er einen Blick auf seinen Maulesel und die am Packsattel festgebundenen Schilde, und sein Gesicht leuchtete auf. »Hört mich an, ich habe eine Idee. Vor sechs Jahrhunderten entkam eine Gruppe zimbrischer Krieger den sie einkreisenden Soldaten des Konsuls Lutatius Catull, indem sie auf ihren Schilden den Berg hinabrutschten.«

»Auf ihren Schilden?« fragte Vatrenus ungläubig.

»Ja, sie hielten sich an dem Haltegriff im Inneren des Schildes fest. So ist es auch in der Biographie des Plutarch nachzulesen. Doch müssen wir uns sofort auf den Weg machen.«

Dieser Vorschlag wirkte dermaßen absurd, daß sie sich einen Augenblick lang höchst unsicher fühlten. Dann aber band einer nach dem anderen seinen Schild los und ließ ihn zu Boden gleiten.

»Jetzt«, fuhr Ambrosinus fort, »müßt ihr euch nur noch hineinsetzen und euch am Haltegriff festhalten – so. Wenn ihr euer Körpergewicht nach rechts oder links verschiebt und mit den Haltegriffen entsprechend manövriert, könnt ihr euer Gefährt in jede gewünschte Richtung lenken. Verstanden?«

Alle nickten, auch der verblüffte Batiatus, der zu Tode erschrocken auf den steilen Abhang zwischen ihnen und der Brücke hinabblickte. Inzwischen hatte Aurelius Romulus vor sich auf dem Pferd aufsitzen lassen und lenkte das Tier behutsam im Zickzack den Abhang hinunter. An einer weniger steilen Stelle trieb er es mit dem Druck seiner Fersen an und ritt zunächst im schnellen Schritt, dann im Galopp über die schneebedeckte Ebene. Schon bald bemerkten die auf beiden Seiten versammelten Barbaren, was da vor sich ging. Sie gaben ihren Reittieren die Sporen, aber da der tiefe Schnee, der sich an beiden Seiten des Hügels auftürmte, ihr Tempo beeinträchtigte, konnte Aurelius seinen Vorsprung halten.

»Weiter, Juba!« rief er und trieb sein Roß an. Inzwischen hielt Romulus nach beiden Seiten Ausschau, um das Vorrükken der Feinde zu beobachten und gleichzeitig abzuschätzen, ob sich Ambrosinus' wahnwitziger Plan auch tatsächlich durchführen ließ. Was er zu sehen bekam, verblüffte ihn. »Sieh nur, Aurelius!« rief er aufgeregt. »Sie kommen!« Und unmittelbar darauf schossen rechts und links blitzartig die Schilde an ihnen vorbei, gesteuert von Demetrios und Vatrenus, Orosius, Livia und Ambrosinus, dessen lange weiße Haare im Wind flatterten. Als letzter sauste Batiatus herab, der kaum imstande war, das Gleichgewicht auf dem schwankenden Gefährt zu halten.

Aurelius setzte seinen Ritt fort. Er galoppierte über die Brücke, bevor er sich kurz vor dem Waldrand nach seinen Gefährten umdrehte, die gerade die ersten Unebenheiten in der Ebene erreichten und, ähnlich einer menschlichen Lawine, mit einem heftigen Sturz ihre Fahrt beendeten. Was danach geschah, war eine Frage rascher, gut aufeinander abgestimmter Aktionen. Als erster erhob sich Vatrenus. Als er die Barbaren erkannte, die sich ihnen von beiden Seiten her näherten, begriff er mit einem raschen Blick auf die Brücke, daß ihnen nur noch eine einzige Möglichkeit blieb, und so rief er aus Leibeskräften: »Alle auf die Brücke! Wir nehmen den Weg über den Fluß!« So schnell wie sie konnten, standen die

Freunde auf und rannten hinter ihm her auf die Brücke. »Batiatus«, befahl Vatrenus, »du und Demetrios kappt die Seile auf der gegenüberliegenden Seite, Orosius und ich nehmen uns diese hier vor! Auf mein Signal, jetzt!«

Gerade näherte sich Aurelius der Brücke, als ihre Streitäxte und Schwerter die Taue durchtrennten. In Windeseile stob die aus Kähnen zusammengefügte Brücke auseinander und trieb mit der Strömung fort, während die Barbaren, vor Wut schnaubend und mit Spott überschüttet, zurückblieben. Da erschien Wulfila, der wütend hinter Aurelius herschrie: »Ich werde dich finden, du Feigling. Ich werde dich finden, ganz gleichgültig, wo du dich versteckst. Und selbst, wenn ich dich bis ans Ende der Welt verfolgen müßte.«

Aurelius erbebte. Zum ersten Mal in seinem Leben mußte er eine derart arrogante Herausforderung unerwidert lassen. Er blieb die Antwort schuldig und gab seinem Pferd die Sporen, um so bald wie möglich außer Sichtweite zu gelangen.

Nach etwa einer Meile, in der er den Fluß nicht einen Augenblick lang aus den Augen verlor, entdeckte Romulus den Zug aus Kähnen, der rasch in der Strömung vorbeiglitt. Es schien ihm, daß niemand fehlte. Die Gefährten hielten sich an den Seilen fest, die einen Teil der Reling bildeten, und klammerten sich eng aneinander, um nicht in den Strudeln der reißenden Strömung zu versinken. Dann verschwand das sonderbare Gefährt hinter einigen Büschen, die ihm die Sicht versperrten. Gerade konnte er noch rufen: »Da sind sie ja!«, als sie auch schon wieder verschwunden waren.

Aurelius ließ sein Pferd in Trab fallen.

»So werden wir sie nie und nimmer einholen!« klagte der Junge.

»Kein Pferd kann es mit der Geschwindigkeit eines Gebirgsflusses aufnehmen. Das Gefälle ist stark, so daß das Wasser unglaublich schnell zu Tal fließt. Außerdem muß Juba uns beide tragen, das ermüdet ihn. Wir dürfen nicht mehr von ihm verlangen, als er geben kann. Aber mach dir keine Sorgen. Wir werden weiterhin der Strömung folgen, denn sicher stranden unsere Freunde entweder auf einer Sandbank, oder sie landen in einem Hafen, sobald der Fluß seinen Weg in die Ebene gefunden hat und langsamer wird. Dort werden sie auf uns warten, bis wir sie wieder eingeholt haben.«

»Warum haben sie das getan?« fragte Romulus. »Wäre es nicht besser gewesen, sie hätten erst die Brücke überquert und dann die Seile auf unserer Seite durchgeschnitten?«

»Das wäre sicher besser gewesen. Doch hat Vatrenus eine sehr weise Entscheidung getroffen und wie ein echter Stratege gehandelt. Ganz der große Soldat, der er nun einmal ist. Einfach fabelhaft. Denk doch nur einmal, wenn er es so gemacht hätte, wie du vorschlugst, wären wir zwar alle zusammengeblieben, hätten aber zu Fuß weiter gemußt und wären nur sehr langsam vorangekommen. Die Barbaren hätten in aller Eile einen provisorischen Steg zusammengezimmert oder wären vielleicht weiter oben am Berg durch den Fluß gewatet. Auf jeden Fall hätten sie uns leicht innerhalb eines Tagesmarsches eingeholt. So dagegen ist es unseren Kameraden gelungen – vorausgesetzt, daß sie sich retten können –, einen sicheren Abstand zwischen sich und ihre Verfolger zu legen, während wir nur zu zweit sind und daher viel schneller und wendiger sind. Wir können uns verstecken oder einen anderen Weg einschlagen, vielleicht sogar ein zweites Pferd finden und damit unsere Geschwindigkeit erheblich steigern.«

Romulus dachte ein paar Augenblicke nach, bevor er erwiderte: »Ich glaube tatsächlich, du hast recht, dennoch frage ich mich, was Ambrosinus gerade denkt und wie er sich fühlt – jetzt, da wir getrennt sind.«

»Ambrosinus kommt bestens allein zurecht, und seine Ratschläge werden für unsere Kameraden von allergrößtem Wert sein.«

»Das ist wahr. Aber kannst du dir vorstellen, daß wir beide, er und ich, das erste Mal voneinander getrennt sind, seitdem ich ihm damals im Alter von fünf Jahren begegnet bin?«

»Willst du damit sagen, daß du seitdem immer mit ihm zusammen warst?«

»So ist es. Länger als mit meinem Vater, selbst länger als mit meiner Mutter. Länger überhaupt als mit irgendeinem anderen Menschen. Er ist die weiseste und gescheiteste Person, die ich kenne. Und er schafft es immer wieder, mich zu überraschen. Als uns Odoaker gefangennahm, habe ich ihn Dinge tun sehen, die ich mir vorher noch nicht einmal vorstellen konnte. Ich würde mich nicht wundern, wenn er noch mehr Geheimnisse und Fähigkeiten auf Lager hätte.«

»Du mußt ihn sehr gerne haben«, sagte Aurelius.

Der Junge lächelte, denn er erinnerte sich an einige Geschehnisse, die er zusammen mit seinem Erzieher erlebt hatte. »Manchmal ist er ziemlich launisch«, sagte er, »aber trotzdem ist er mir von allen Menschen auf der Welt der liebste.«

Aurelius fügte dem nichts weiter hinzu. Wieder gab er seinem Pferd die Sporen, um es noch weiter anzutreiben. Einerseits durften sie sich nicht allzuweit von den flachen Booten ihrer Gefährten entfernen, die rasch auf den Fluten dahintrieben, andererseits mußte er alles tun, um seinen Verfolgern zu entkommen. Doch ihre Reise verlief ohne Hindernisse und führte sie durch eine bezaubernd schöne Landschaft: Felsgipfel, die im Licht der untergehenden Sonne purpurn erglühten, und unglaublich klare Seen, die gleich leuchtenden Spiegeln das dunkle Grün der Wälder, das gleißende Weiß der schneebedeckten Flächen und das intensive Blau des Himmels widerspiegelten. Romulus war von soviel Schönheit tief beeindruckt und fühlte sich durch den ständigen Wechsel der Schauplätze und des Lichts wie geblendet. Aurelius gewährte Juba noch ein wenig Ruhe, indem er ihn wieder im Schritt gehen ließ.

»So etwas habe ich noch nie zuvor gesehen«, sagte Romulus. »In welchem Land befinden wir uns?«

»In alter Zeit war dies das Land der Helvetier, ein Volk, das der Nation der Kelten angehörte und es wagte, den großen Cäsar herauszufordern.«

»Diese Episode kenne ich«, antwortete Romulus. »Ich habe *De Bello Gallico* mehrmals gelesen. Aber warum haben sie dieses bezaubernd schöne Land je verlassen?«

»Die Menschen sind nie mit dem zufrieden, was sie haben«, antwortete Aurelius. »Immer dazu verdammt, auf der Suche zu sein – nach neuen Ländern, neuen Horizonten und neuen Reichtümern. Wie jeder einzelne Mensch aus der Menge der anderen herausragen möchte und sich durch Reichtum, Tüchtigkeit oder Schlauheit auszeichnen will, so verhält es sich auch mit den Völkern und Nationen. Einerseits führt das zum ständigen Fortschritt in Wissenschaft und Forschung, da die menschlichen Talente und Aktivitäten in ihrer Entwicklung andauernd weitergetrieben werden, andererseits aber auch zu Konflikten und Zusammenstößen, die oft blutig enden. Ein Kraftakt, der ungeheuer ist und nicht selten auch ziemlich unsinnig. Für alles, was wir unter unglaublichen Mühen erreichen, müssen wir einen sehr hohen Preis bezahlen. Und oft liegen am Ende die Verluste höher als die errungenen Vorteile. Die Helvetier hatten die Berge, aber vielleicht sehnten sie sich nach der Ebene und den weiten fruchtbaren Feldern. Vielleicht aber war die Bevölkerung auch zu stark angewachsen, so daß ihnen die Täler zu eng wurden. Oder sie hofften, ihre Nation würde stärker, größer und mächtiger werden, wenn sie sich im Flachland ausdehnte. Statt dessen wurden sie vernichtet.«

»Und du, Aurelius«, fragte Romulus, »was wünschst du dir? Wonach steht dir das Herz?«

»Ich wünsche mir … Frieden.«

»Frieden? Das nehme ich dir niemals ab, denn du bist ein Krieger. Der stärkste und mutigste, den ich je sah.«

»Ich bin kein Krieger, ich bin ein Soldat. Das ist etwas völlig anderes. Ich kämpfe nur aus Notwendigkeit, um das zu verteidigen, woran ich glaube. Aber keiner weiß besser als ein Kämpfer und *miles*, wie schrecklich der Krieg ist. Ich wünsche mir nichts mehr, als eines Tages an einem ruhigen verborgenen Ort zu leben, dort meine Felder zu bestellen und

Vieh zu züchten. Dann könnte ich nachts endlich schlafen, ohne beim kleinsten Geräusch mit gezücktem Schwert in der Faust gleich aufspringen zu müssen. Und des Morgens weckte mich Hahnengeschrei und keine Trompetenstöße, die mich in die Schlacht rufen. Vor allem aber wünsche ich mir den Frieden der Seele, den ich noch niemals verspürt habe. Das mögen im Grunde bescheidene Wünsche sein, doch die zu verwirklichen war mir niemals vergönnt. Wir leben in einer verrückten Welt, in der nichts mehr sicher scheint. Für niemanden.«

Die Sonne versank hinter dem Horizont und warf noch einen letzten rosigen Schein auf die majestätischen Zinnen, die die riesige Gebirgskette krönten. Aurelius tat alles, um so nah wie möglich am Ufer des Flusses zu bleiben, der die einzige Möglichkeit bot, sie wieder mit den Gefährten zusammenzuführen. Doch war er sich gleichzeitig der Gefahr bewußt, von Wulfilas Männern entdeckt zu werden, die gewiß niemals aufhörten, ihn zu verfolgen.

»Wir werden uns nur so viel Zeit der Ruhe nehmen, wie wir unbedingt brauchen«, sagte er, »dann machen wir uns wieder auf den Weg.«

»Ich möchte wissen, wo sie in diesem Augenblick sind«, meinte Romulus.

»Sicherlich vor uns, mindestens eine ganze Tagesreise. Der Fluß ruht niemals, er fließt den ganzen Tag und die ganze Nacht. Sie fahren auf den Fluten dahin, während wir uns über schmale, unwegsame und steile Pfade quälen und Wälder und Wildbäche durchqueren müssen.«

Romulus nahm die Decken vom Sattel und richtete in einer Felsnische an einem hochgelegenen Platz das Nachtlager her, während Aurelius dem Pferd die Kandare abnahm und ihm das Halfter anlegte.

»Aurelius ...«

»Ja, Cäsar?«

Romulus schwieg einen Augenblick lang, da ihn der wiederholte Gebrauch dieses Titels durch Aurelius unangenehm berührte. Dann fragte er: »Könnte es sein, daß wir sie überhaupt nicht mehr wiederfinden?«

»Das ist eine Frage, auf die du die Antwort bereits weißt. Natürlich. Vielleicht gibt es in diesem Fluß einige Stromschnellen, Wasserfälle oder verborgene Felsen, an denen ihre Kähne zerschellen. Und wenn sie dann in das eiskalte Flußwasser fallen, können sie nur eine sehr kurze Weile durchhalten. Rings um sie gibt es nichts als Schnee und Eis. Im Winter sind die Berge das feindseligste Gebiet, das man sich vorstellen kann. Es mag hier auch Räuberbanden und versprengte Soldaten auf der Suche nach Beute geben. Tatsächlich gibt es in dieser Welt unzählige Gefahren.«

Still legte sich Romulus nieder und zog sich die Decke über die Schultern.

»Schlaf«, sagte Aurelius zu ihm. »Juba wird über uns wachen. Sollte sich uns jemand nähern, wird er uns rechtzeitig warnen, so daß wir uns davonstehlen können. Und ich schlafe sowieso immer nur mit einem geschlossenen Auge.«

»Und sie? Wie weit sind wohl sie von uns entfernt?«

»Unsere Verfolger? Das weiß ich nicht. Vielleicht ein paar Stunden, vielleicht aber auch einen halben Tag oder mehr. Doch glaube ich nicht, daß sie sich allzuweit von uns entfernt aufhalten. Außerdem haben wir so deutliche Spuren im Schnee hinterlassen, daß uns jedes Kind folgen könnte.«

Romulus schwieg eine Weile, dann fragte er noch einmal: »Was würde passieren, wenn sie uns einholten?«

Aurelius zögerte ein paar Augenblicke, bevor er antwortete. »Den Gefahren sieht man erst dann ins Auge, wenn sie da sind. Sie vorwegzunehmen, macht die Situation nur noch schlimmer, da die Angst steigt und die Bedrohung in unserer Vorstellungskraft ins Riesenhafte aufbläht. Stehen wir dagegen einer tatsächlichen Gefahr gegenüber, tut unser Verstand alles, um innerhalb kürzester Zeit seine sämtlichen Fähigkeiten zu mobilisieren. Dann wird unser Körper von einem mächtigen Energiestrom erfaßt, der den Herzschlag beschleunigt und die Muskeln sich ausdehnen und erhärten läßt – alles mit dem Ziel, den Feind niederzukämpfen, zu vernichten und zu töten ...«

Romulus sah ihn bewundernd an. »Du bist nicht nur ein Soldat, Aurelius. Du bist auch ein Krieger ...«

»Das kommt nur davon, daß ich jahrelang in ständiger Angst vor allen nur denkbaren Schrecken und Verheerungen lebte, vor Metzeleien und Unheil, Mißhandlungen und sonstigen Quälereien. In jedem von uns schlummert ein Tier, und der Krieg weckt es auf.«

»Darf ich dich noch ein letztes fragen?«

»Gewiß.«

»Woran denkst du, wenn du stundenlang schweigst und noch nicht einmal die Worte hörst, die ich zu dir sage?«

»Tue ich das wirklich?«

»Ja. Vielleicht langweile ich dich ja mit meinem Gerede oder störe dich gar.«

»Nein, Cäsar, durchaus nicht ... Ich versuche nur ... ich versuche ...«

»Was denn?«

»Mich zu erinnern.«

Nachdem die Bootsbrücke aus ihrer Verankerung gerissen worden war, trug sie die Strömung in rasender Geschwindigkeit davon. Zunächst behielt sie noch ihre Querausrichtung bei, so daß eine Katastrophe vorauszusehen war. In der Entfernung von ungefähr einer halben Meile tauchte mitten im Fluß ein Felsen auf, der die zerbrechliche Kette der flachen Boote mit Sicherheit auseinanderreißen würde. Als Ambrosinus die Gefahr erkannte, rief er mit lauter Stimme: »Los, alle auf den äußeren Kahn, und zwar sofort!« Und schon kroch er auf allen vieren auf das Boot und klammerte sich, um nicht ins Wasser zu fallen, so gut an ihm fest, wie er nur konnte. Seine Kameraden folgten ihm rasch. Doch je mehr sie das Gewicht auf den äußeren Kahn verlagerten, desto schneller wurde er, dabei schob er sich ständig weiter nach vorn und zog die übrigen Boote nach sich. Auf diese Weise stabilisiert, schoß der Konvoi an dem Felsen vorbei, ohne ihn zu berühren, und alle atmeten erleichtert auf.

»Wir brauchen Latten, damit wir rudern können«, sagte Ambrosinus. »Versucht ein paar Zweige aus der Strömung zu fischen.«

»Vielleicht sollten wir einen Teil der Kähne abkoppeln!« schlug Vatrenus vor.

»Nein, das würde die Geschwindigkeit nur noch weiter erhöhen und die Stabilität stark erschüttern. Der lange Schwanz der Boote hilft uns, den Kurs zu halten. Alles, was wir benötigen, sind ein paar Latten oder Stecken, die wir als Ruder benützen können.«

Aber es schwammen keine Latten oder Stecken in der Strömung umher, sondern nur ein paar Zweige, die nicht stabil genug waren, um sie als Ruder nutzen zu können. Da beugte sich Batiatus über die Reling. »Könnte das vielleicht helfen?« brüllte er gegen den lärmenden Strom. Ambrosinus nickte. Mühelos riß der Äthiopier die linke Seite der Reling ab, die aus einem langen, grobbehauenen Brett bestand, und setzte sich damit neben Ambrosinus, der als Steuermann dieses seltsamen Gefährts fungierte. Noch immer war die Geschwindigkeit sehr hoch, während nicht allzuweit entfernt bereits einige Stromschnellen sichtbar wurden. Das Wasser spritzte und schäumte nach rechts fast bis ans Ufer, und Ambrosinus schrie Batiatus zu, das Brett mit aller Kraft, die er aufbringen konnte, auf der gegenüberliegenden linken Seite anzusetzen. Unerwartet geschickt befolgte Batiatus diese Anweisung, der Kahn drehte nach links ab und glitt haarscharf an den Stromschnellen vorbei. Das Heck dieser Richtungsänderung anzupassen schaffte er allerdings nicht mehr, so daß das letzte Boot heftig gegen die Steine stieß, die aus dem Wasser auftauchten, und zerschellte.

Die Männer drehten sich um und schauten zu, wie die einzelnen Teile, in die es zersprungen war, in der Gischt zwischen den Strudeln und Stromschnellen verschwanden, konzentrierten sich aber sogleich wieder darauf, das Gleichgewicht zu halten. Ständig drohten die Kähne unter den starken Stößen und heftigen Schwankungen zu kentern, so daß sie das Gefühl hatten, auf dem Rücken eines Wildpferdes zu sitzen und gegen die heftig rollenden Wellenbewegungen ankämpfen zu müssen, die der rauhe Untergrund und die unebenen Ufer des Flusses verursachten. Felsspitzen, die sich aus der Mitte des Stroms emporreckten, ließen plötzliche Strudel und Wirbel entstehen, während breitere Stellen im Flußbett die Strömung ebenso plötzlich verlangsamten, um sie aber bei dem nächsten Gefälle schon wieder zu beschleunigen. Kurz, den Insassen dieses sonderbaren Gefährts wurde permanent eine enorme Kraftanstrengung abverlangt, um wenigstens einigermaßen das Gleichgewicht zu halten. Auf einmal wurde die Strömung des reißenden Flusses zusehends langsamer, und auch die Unebenheiten im Boden erschienen weniger gefährlich. Dafür tauchten nun aus dem Wasser immer größere Kiesbänke auf, in denen man sich ebenso leicht und mit denselben verheerenden Auswirkungen hätte verfangen können. Da verlor plötzlich Orosius bei einer der vielen abrupten Kursänderungen das Gleichgewicht, rollte über die Bohlen und versank in den Fluten.

»Orosius ist ins Wasser gefallen!« schrie Demetrios voller Angst. »Schnell, wir müssen ihm helfen, sonst zieht ihn die Strömung in die Tiefe!« Mit einem Schwerthieb durchtrennte Vatrenus eines der Taue, das als Zugseil gedient hatte, und warf es dem Schiffbrüchigen zu. Immer wieder versuchte er es, aber Orosius schaffte es nicht, es zu ergreifen.

»Wenn wir ihn nicht bald erwischen, wird ihn die Kälte umbringen«, rief Ambrosinus. Da band sich Livia wortlos das Tau um die Taille und gab Vatrenus das andere Ende in die Hand. »Halt es gut fest«, sagte sie, dann sprang sie ins Wasser und schwamm kraftvoll auf den mit der Strömung kämpfenden Orosius zu, der bereits zu schwach war, um auf ihren Rettungsversuch zu reagieren. Rasch holte sie ihn ein und packte ihn an seinem Gürtel. Dann rief sie: »Ich habe ihn! Zieht schon! Schnell!« Gemeinsam zogen Vatrenus und seine

Kameraden an dem Tau, während Batiatus versuchte, den Bug so gerade auszurichten, daß zuerst Livia und dann auch der halb ohnmächtige Orosius an Bord gehievt werden konnten. Völlig durchnäßt von dem eiskalten Wasser, wickelten sie die Gefährten in ihre Umhänge, so daß sie die nassen Kleider ausziehen und sich, so gut es ging, abtrocknen konnten. Beide klapperten mit den Zähnen und waren vor Kälte und übergroßer Anstrengung leichenblaß. Orosius konnte kaum noch ein »Danke« murmeln, dann verlor er das Bewußtsein. Vatrenus trat auf Livia zu und legte ihr seine Hand auf die Schulter. »Und dich wollte ich nicht bei uns haben. Dabei bist du stark und großmütig, Mädchen. Glücklich der Mann, mit dem du eines Tages dein Leben vereinigen wirst.« Livia antwortete mit einem erschöpften Lächeln und kauerte sich dann neben Ambrosinus auf den Boden nieder.

Gegen Abend wurde die Strömung langsamer, da der Fluß immer breiter wurde, je weiter er durch die hügelige Landschaft der Hochebene floß. Doch fanden sie keinen passenden Platz, um ihren Anker auswerfen zu können und auf Aurelius zu warten, der ihnen, wie sie vermuteten, in aller Eile folgte. Am nächsten Morgen fanden sie sich am Zusammenfluß mit einem anderen Wasserlauf wieder, der von der linken Seite her nahte, und tags darauf, gegen Abend, strömte der Fluß über mittlerweile ebenes Gebiet, so daß sie ihr Gefährt zum Ufer lenken und es dort mit Seilen an einem Pflock festbinden konnten. Das große Flußabenteuer hatte für einen Moment seinen Abschluß gefunden. Nun mußten sie nur noch geduldig warten, bis die Gruppe wieder vereint werden konnte und die kleine Armee ihren Heerführer und Kaiser wiederfand. Obwohl Ambrosinus in Sorge war, tat er doch alles, um seinen Gefährten ein Gefühl von Ruhe und Sicherheit zu vermitteln. Auch der Frieden, der an ihrem Zufluchtsort herrschte, ließ den Gedanken an zunehmend mehr Sicherheit aufkommen – so der Anblick der Hirten, die am Abend mit ihren Herden in die Ställe zurückkehrten, oder des Purpurstreifens, den die Sonne auf den Wolken hinterließ, wenn sie fern am Horizont in der Ebene verschwand, ebenso der in harmonischen Biegungen verlaufende Fluß oder die langsam heimrudernden Schiffer und Fährleute, die in der Abendsonne an Land gingen, um sich einen Schlafplatz für die Nacht zu suchen.

»Gott kam uns zu Hilfe«, sagte Ambrosinus. »Und er wird es immer wieder tun, da wir zu Unrecht verfolgt werden. Ich bin fest davon überzeugt, daß wir schon bald wieder mit unseren Kameraden vereint sein werden.«

»Das verdanken wir vor allem dir«, erwiderte Vatrenus. »Ich weiß nicht, wie du es fertiggebracht hast, dieses Wrack durch die Stromschnellen, Sandbänke und Strudel zu manövrieren. Ich glaube, du bist ein wirklicher Magier, Meister.«

»Wir haben es hier nur mit dem Archimedischen Prinzip zu tun, mein guter Freund«, antwortete Ambrosinus. »Je tiefer ein Boot ins Wasser eintaucht, desto schneller wird es, so daß es bei starker Strömung die leichteren Boote mit sich zieht. Bei langsamerer Strömung setzt dasselbe Fahrzeug dem Wasser mehr Widerstand entgegen und wird dadurch immer langsamer. Deshalb habe ich, kaum daß wir ruhigeres Wasser erreichten, die Gewichte in eine neue Balance gebracht, wofür es genügte, Batiatus auf den hintersten Kahn zu setzen. Jetzt aber möchte ich mit Livia, die, wenn ich nicht irre, noch etwas Geld hat, an Land gehen, um dort ein paar Lebensmittel zu kaufen. In dieser Gegend gibt es sicher reichlich Milch und Käse, vielleicht sogar Brot.«

Bald fand er heraus, daß es unweit vom Fluß ein Dorf namens Magia gab, in dem die Leute noch einen keltischen Dialekt sprachen, der sich nicht allzusehr von seiner Muttersprache unterschied. Doch sprachen die Ältesten der Stadt ebenso wie der Priester, der in der kleinen Kirche des Ortes die christlichen Riten zelebrierte, überraschend gut Latein. Von ihnen erfuhr er, daß der Fluß, auf dem sie sich befanden, der Rhein war. Schon bald aber träfen sie auf einen großen See und später hätten sie es mit Stromschnellen zu tun, die unüberwindbar seien. Lediglich auf dem Landweg erreichten sie wieder den Fluß, der als der größte Strom Europas und einer der größten der Welt bekannt war und sogar Euphrat und Tigris in nichts nachstand, die doch das irdische Paradies durchflossen. Ambrosinus pflichtete ihnen bei. »Damit ist uns der Weg vorgegeben. Wir werden also weiter flußabwärts fahren und einer Vielzahl von Gefahren aus dem Weg gehen. Vielleicht erreichen wir sogar das Meer. Doch zuerst müssen wir ein Schiff finden, das diesen Namen auch verdient. Es ist ein Wunder, daß wir überhaupt wohlbehalten bis hierher gekommen sind, auf dieser ehemaligen Bootsbrücke den Gewalten der Strömung ausgeliefert.«

Er machte sich auch Gedanken über die Situation weiter oben im Norden, in jenen Gebieten des einstigen Gallien, die einst die reichste und treueste Provinz des Kaiserreichs ausmachten und nun von den Franken besetzt waren. Ihr Zentrum bildete allerdings noch immer eine Art Insel der römischen Welt und wurde von einem General namens Syagrius regiert, der sich zum König der Römer ausgerufen hatte.

»Ich denke, wir sollten an einer Stelle am Westufer an Land gehen, die recht günstig gelegen ist«, bemerkte er. »Dann auf dem Landweg weiter bis ans Ufer des britannischen Kanals. Dort sind wir mit dem Schiff nur noch eine Tagesreise von meinem Land entfernt. Grundgütiger Gott! Wieviel Zeit ist inzwischen vergangen, was wird sich wohl alles verändert haben! Wie viele Menschen sind gestorben, die ich einst kannte, und wie viele Freunde haben mich wohl in der Zwischenzeit vergessen!«

»Du redest, als wären wir schon in Sichtweite der Küste«, erwiderte Livia. »Dabei liegt noch ein weiter Weg vor uns, und der ist mit nicht weniger Schwierigkeiten gespickt als der, der gerade hinter uns liegt.«

»Du hast recht«, antwortete Ambrosinus, »doch das Herz ist um so vieles schneller als unsere Füße, ja selbst als das schnellste Schlachtroß. Und es fürchtet sich vor rein gar nichts. Ist es nicht so?«

»Doch, so ist es«, gab Livia zu.

»Und du, denkst du vielleicht nicht an deine Stadt am Meer? Fehlt sie dir etwa nicht?«

»Sehr. Und dennoch hätte ich mich niemals von Romulus getrennt …«

»Und von Aurelius … wenn ich recht verstanden habe.«

»Ja, auch nicht von Aurelius. Aber in der ganzen Zeit, die wir miteinander verbracht haben, ließ er mich nur ein einziges Mal erkennen, daß er auch für mich mehr empfindet. Das war in der Nacht in Fano. Vielleicht weil er als sicher annehmen mußte, daß sich unsere Wege am nächsten Tag trennten und wir uns niemals mehr wiedersähen. Doch ich hatte nicht den Mut, ihm in dieser Nacht die Worte zu sagen, die er von mir erwartet hat.«

Ambrosinus betrachtete sie mit ernstem Gesicht. »Aurelius wird von beklemmenden Zweifeln gequält, die ihn fast zerreißen. Solange er das Rätsel, das ihn peinigt, nicht gelöst hat, werden andere Empfindungen kaum einen Platz in seinem Herzen finden. Dessen kannst du dir gewiß sein.«

Inzwischen kamen sie in Sichtweite des Flusses, und Ambrosinus wechselte plötzlich das Thema. »Wir müssen ein Schiff finden«, sagte er. »Das ist unvermeidlich. Wenn Aurelius es schafft, Wulfila zu entkommen, wird er in ein paar Tagen hier eintreffen, und wir sollten dann fertig zum Auslaufen sein. Bereite du nun das Abendessen zu. Ich hoffe, bald mit guten Nachrichten zurück zu sein.«

Er wandte sich ab und ging auf den Ankerplatz zu, an dem inzwischen eine Anzahl von Kähnen für die Nacht vertäut worden waren. Einige Fischer hatten auf hölzernen Tischen ihre gefangenen Fische ausgelegt, während die Kunden mit ihnen über den Kauf verhandelten. Auf den Booten wurden die Öllampen entzündet, und ihr zitterndes Licht spiegelte sich auf der Oberfläche des großen Flusses wider.

XXVIII

Nach Einbruch der Dunkelheit kehrte Ambrosinus mit einigen Trägern zurück, die mit Schaffellen, Decken und Umhängen für die Nacht bepackt waren. Er berichtete, daß er sich mit einem Schiffer abgesprochen habe, der auf dem Rhein eine Ladung Steinsalz nach Norden transportierte. Für einen geringen Aufpreis sei dieser Mann bereit, sie an ihr Ziel in der Nähe von Argentoratum zu bringen, was sie, falls alles gut ginge, in etwa einer einwöchigen Schiffsreise erreichen könnten. Darüber hinaus hatte er ihm zu einem ebenfalls sehr günstigen Preis all diese großartigen Dinge verkauft, mit denen sie unter dem kalten Himmel und in der feuchten Umgebung die Nacht auf passable Weise verbringen könnten. Sein Optimismus stand jedoch im krassen Gegensatz zu der Unruhe, von der alle wegen des unsicheren Schicksals von Aurelius und Romulus ergriffen waren. Natürlich waren sie sich darüber bewußt, daß sämtliche Mühen und Gefahren, denen sie bis zu diesem Moment die Stirn geboten hatten, ohne den Knaben von keinerlei Wert waren. Sie hatten ihr Schicksal voll und ganz mit seinem Geschick verbunden, und sein Schicksal war wiederum ganz und gar von ihrer Unterstützung und Hilfe abhängig. Und nun, da ihnen ihr Bezugspunkt fehlte, schien auch ihre eigene Existenz jede Bedeutung verloren zu haben.

Ambrosinus ließ sich mit überkreuzten Beinen auf dem Kahn nieder, bevor er sich ein wenig Brot und Käse von dem

Tisch nahm, zu dem einer der Schilde umgestaltet worden war. Er begann mit nur wenig Appetit zu essen.

»Ich habe wieder und wieder alles durchkalkuliert«, meinte Vatrenus. »Unter Berücksichtigung, wie das Gelände beschaffen ist, durch das der Rhein fließt, komme ich zu dem Schluß, daß wir ihnen gegenüber etwa einen Vorsprung von zwei Tagesmärschen haben.«

»Bedeutet das, daß wir die ganze Nacht, den morgigen Tag und vielleicht auch noch übermorgen auf sie warten müssen?« fragte Orosius.

»Kann sein, auch wenn das nicht so leicht zu sagen ist. Nach meiner Überzeugung wird Aurelius alles versuchen, um eine möglichst große Distanz zwischen sich und seine Verfolger zu legen. Und Juba ist ein sehr schnelles, ausdauerndes Pferd. Außerdem werden sie sicher die Ruhezeit auf ein Minimum reduzieren und alles daran setzen, so schnell wie möglich voranzukommen«, bemerkte Demetrios.

»Ja«, wandte Batiatus ein, »doch sind die Tage bereits sehr kurz, und es ist mehr als gefährlich, bei Dunkelheit durch das Gebirge zu wandern. Ich bezweifle, daß Aurelius das Risiko eingehen wird, in den Abgrund zu stürzen oder sein Pferd lahm zu reiten. Ich schätze vielmehr, er wird nur begrenzte Wegstrecken zurücklegen.«

Jeder gab seine Meinung zum besten, und bald war es offenkundig, daß niemand in seinen Überlegungen mit denen der übrigen Gefährten übereinstimmte.

»Sie könnten doch auch dort auf den Anhöhen sein«, sagte Livia und warf einen Blick in Richtung der Berge. »Sicher frieren sie, sind hungrig und vor lauter Anstrengung völlig erschöpft. Im Grunde war uns das Glück mehr als gewogen, auch wenn wir auf unserer Reise so viel Aufregendes erlebten.«

Vatrenus versuchte, dem Ganzen eine optimistische Note zu geben. »Vielleicht machen wir uns ganz unnötig Sorgen. Möglicherweise hat es Wulfila nicht geschafft, den Gebirgsfluß zu durchqueren, vielleicht hat er auch bei der Suche nach einer Furt flußauf und flußab zuviel Zeit verloren. Aurelius soll sich ruhig gedulden und kommen, wann es ihm möglich ist. Er weiß, daß wir an einem Ort auf ihn warten, der leicht zu finden ist, und uns von diesem schwimmenden Konvoi nicht fortbewegen, bevor er zu uns gestoßen ist.«

»Können wir nicht ein Leuchtsignal setzen?« schlug Demetrios vor. »Dann sähen sie uns von dort oben und schöpften neuen Mut. Sie wüßten dann auch, daß wir auf sie warten. Mein Schild ist aus Metall, wir könnten ihn polieren und dann …«

»Besser nicht«, antwortete Ambrosinus. »Sie wissen ohnehin Bescheid und werden uns finden, da sie doch immer in der Nähe des Flusses bleiben. Ein Leuchtsignal würde nur Wulfila anlocken, der die Jagd nach ihnen niemals aufgeben wird. Er wird nicht ruhen, bis er uns alle vernichtet hat, das könnt ihr mir glauben. Versucht jetzt zu schlafen. Wir haben einen anstrengenden Tag hinter uns, und was uns morgen erwartet, wissen wir nicht.«

»Ich übernehme die erste Wache«, sagte Livia. »Ich bin nicht müde.« Und sie ging vor zum Bug, ließ sich am Rand des Kahns nieder und baumelte mit den Beinen im Wasser. Die anderen breiteten auf der Brücke die Schaffelle aus, die Ambrosinus besorgt hatte, rückten eng aneinander, um sich gegenseitig zu wärmen, und deckten sich mit ihren Umhängen zu. Ambrosinus setzte sich ein Stück weiter weg und schaute lange und forschend in die Dunkelheit hinaus. Dann erhob er sich und ging zu Livia.

»Du solltest auch schlafen gehen. Alles ist ziemlich ruhig. Vielleicht genügt es ja, wenn ein alter Gelehrter die Wache hält.«

»Ich habe schon gesagt, ich bin nicht müde.«

»Ich auch nicht. Dann könnte ich dir ein wenig Gesellschaft leisten … wenn es dir recht ist.«

»Gern. Auch weil wir unser Gespräch noch nicht beendet haben. Weißt du noch?«

»Ja, sicher.«

»Du sprachst von einem Rätsel, das es in Aurelius' Leben gibt.«

»Ja, so ist es. Worte, die ich, ohne es zu wollen, mit angehört habe. Einmal in jener Nacht in Fano und zum anderen in der Nacht auf der Paßhöhe, als ich den Abgrund hinabglitt.«

»Und worum ging es da?« fragte Livia beunruhigt.

»Vielleicht solltest du mir zuerst sagen, was du über ihn weißt.«

»Recht wenig.«

»Oder was du zu wissen glaubst.«

»Ich ... ich glaube, daß er der junge Held ist, der damals neun Monate lang Aquileia gegen Attila und seine Hunnen verteidigte und sich in der Nacht, als die Stadt durch das Werk eines Verräters fiel, aufopferte – für mich und meine Mutter. Uns zuliebe ließ er die letzte Möglichkeit zu seiner Flucht verstreichen.«

»Wie kannst du dir dessen so sicher sein?«

»Das spüre ich. Und ich weiß, daß ich mich nicht irre.«

Ambrosinus suchte in der Dunkelheit Livias Augen. »Tatsächlich war es doch so, daß du ihn belogen hast ... Nicht wahr? Du brauchtest einen Mann, der bereit war, etwas Unmögliches zu wagen, damit du auf ihn das Andenken an einen Helden übertragen konntest, der bereits seit vielen Jahren tot ist.«

»Nein ...«, antwortete Livia. »Vielleicht am Anfang. Aber dann, als ich sah, wie er kämpfte, sich voll und ganz einsetzte und ständig sein Leben riskierte, um das der anderen zu retten, da hatte ich keine Zweifel mehr: Er ist der Held von Aquileia. Und selbst wenn dem nicht so wäre, ist es die Wahrheit für mich.«

»Eine Wahrheit, die er ableugnet. Das ist auch der Grund eures Zwistes, das Gespenst, das sich ständig zwischen euch stellt und euch einander entfremdet. Hör mir zu, kein Andenken und keine Erinnerung vermag es, in einem leeren Gedächtnis Wurzeln zu schlagen. Auch auf Wasser kann man nicht bauen.«

»Meinst du? Ich habe so etwas schon gesehen.«

»Richtig, deine Stadt in der Lagune. Aber das hier ist etwas anderes. Hier haben wir es mit der Seele eines Mannes zu tun, seinem verwundeten Geist und seinen Gefühlen. Und als ob das noch nicht reicht, ist noch eine andere Wahrheit aus seiner Vergangenheit aufgetaucht, die ihn zu zermalmen droht.«

»Von welcher Wahrheit sprichst du? Sag es, ich bitte dich.«

»Ich kann nicht. Ich habe kein Recht dazu.«

»Ich verstehe«, antwortete Livia resigniert. »Gibt es denn nichts, was wir für ihn tun könnten?«

Ambrosinus seufzte. »Es sollte möglich sein, die Wahrheit, die einzige Wahrheit, endlich aus den Tiefen seines Geistes emporsteigen zu lassen, in denen sie schon so viele Jahre begraben liegt. Vielleicht ist mir sogar bekannt, worum es dabei geht, aber es ist furchtbar, ganz furchtbar ... Und es ist durchaus möglich, daß er es nicht überlebt.«

»Und wo wird er jetzt sein, Ambrosinus?«

Sie sah, wie er bei dieser Frage erstarrte und sein Blick sich in Abwesenheit verlor; die ganze Person schien sich in einer ungeheuren Anstrengung zu konzentrieren.

»Vielleicht ... in Gefahr«, sagte er mit einer seltsam metallischen Stimme.

Livia trat mit einem verwunderten Blick näher an ihn heran. Ihr wurde plötzlich bewußt, daß er gar nicht mehr bei ihr war, sondern seine Gedanken und vielleicht auch seine Seele an einem ihr unbekannten Ort umherstreiften. Dort wanderte er auf geheimnisvollen Pfaden dahin und erforschte ferne Gegenden und eisige Schneeflächen. Getragen vom Wind, schweifte er über die Berge, durch Tannenwälder und zwischen schroffen Bergspitzen umher und flog, leise und unsichtbar wie ein nächtlicher Greifvogel, über die Oberflächen zu Eis erstarrter Seen hinweg.

Livia sagte nichts, sondern blieb lange in ihren Gedanken versunken, wobei sie auf das schwache Geräusch der Wellen lauschte, die gegen die Außenseite des Lastkahns klatschten. Ein kalter Nordwind zerriß die Wolken und enthüllte für wenige Augenblicke die Scheibe des Mondes. Beleuchtet von diesem durchscheinenden Licht, wirkte Ambrosinus' Gesicht wie eine wächserne Maske – mit reglosen Wimpern, die Augen so weiß und leer wie bei einer Statue. Nur sein Mund stand offen, als ob er schrie, doch drang weder der geringste Laut daraus hervor noch der zu weißem Dampf kondensierte Atem. Er schien überhaupt nicht zu atmen.

Der durchdringende Schrei eines Raubvogels hallte durch die tiefe Stille des Waldes, so daß Aurelius wie aus einem Dämmerschlaf hochschreckte. Aufmerksam blickte er um sich und spitzte die Ohren, um noch kleinste Erschütterungen in der Luft wahrzunehmen. Dann stieß er Romulus an, der zusammengekauert neben ihm schlief. »Schnell«, sagte er zu ihm, »wir müssen fort. Wulfila ist da.«

Zu Tode erschrocken schaute Romulus sich um, doch alles schien ganz still und ruhig, zwischen den Wolken und Tannenwipfeln blitzte an einigen Stellen der Mond hindurch.

»Rasch!« drängte Aurelius. »Wir haben keinen Augenblick zu verlieren.« Er legte dem Pferd die Kandare an und nahm es bei den Zügeln. Dann machte er sich, so schnell wie nur möglich, zu Fuß an den Abstieg, wobei er den Pfad nutzte, der durch den Wald führte. Romulus lief neben ihm her.

»Was hast du denn gesehen?« fragte der Knabe atemlos.

»Nichts. Doch hat mich ein Ruf geweckt, ein Alarmruf. Und mein Instinkt, der es gewohnt ist, nach so vielen Jahren Krieg jede Bedrohung zu spüren. Lauf, wir müssen schneller gehen. Schneller.«

Sie ließen den Wald hinter sich und befanden sich nun auf einer weiten Schneefläche im offenen Gelände. Der Mond verströmte sein diffuses Licht, das von dem Schnee strahlend reflektiert wurde, so daß Aurelius mühelos in geringer Entfernung die Spuren zweier Räder entdeckte, die aus dem Wald kamen und hinab ins Tal führten.

»Dort hinüber«, sagte er. »Wo ein Wagen fahren kann, ist das Gelände in Ordnung. Jetzt können wir endlich wieder auf dem Pferd reiten. Los, steig auf, beeil dich.«

»Aber ich verstehe nicht ... da ist niemand, der ...«

Ohne ihm Antwort zu geben, packte Aurelius den Knaben am Arm und zog ihn zu sich auf den Rücken des Pferdes. Dann stieß er seine Sporen in Jubas Flanken, der im Galopp den Abhang hinabstürmte, immer den Wagenspuren über das weite, schneebedeckte Grasland folgend. In der Ferne war die dunkle Silhouette eines Dorfes zu erkennen, und Aurelius trieb das Pferd zu noch größerer Eile an. Kurz vor den ersten Häusern wurden sie von einem mehrstimmigen Gekläffe empfangen, was ihn dazu veranlaßte, in Richtung Talsohle abzubiegen, bis er ein leicht erhöhtes Plateau erreichte, von dem aus er weit über das Flußbett blicken konnte. Mit einem Seufzer der Erleichterung ließ er Juba eine kurze Strecke in Schrittempo gehen, damit dieser wieder zu Atem kam. Das prächtige Tier, das vor Schweiß dampfte, stieß riesige Dampfwolken aus seinen Nüstern, schnaubte und biß auf die Kandare, als wartete es ungeduldig darauf, erneut wieder loszustürmen. Vielleicht spürte auch das Pferd die drohende Gefahr.

Wulfila und seine Männer traten am Rande des Tannenwaldes ins freie Gelände und bemerkten sofort die Spuren, die sich auf der Schneedecke abzeichneten – zunächst die eines Pferdes, die sich wenig später mit den Abdrücken eines Wagens vermischten, der den Abhang hinabgefahren war.

Einer seiner Männer ließ sich auf den Boden fallen und untersuchte die Spuren mit seinen Fingerspitzen. »Das linke hintere Eisen hat nur drei Nägel, außerdem sind die vorderen Spuren tiefer als die hinteren, was auf ein Gewicht zwischen dem Sattel und dem Hals des Pferdes schließen läßt. Sie sind es.«

»Endlich!« rief Wulfila aus. »Jetzt werden wir sie uns holen, sie entkommen uns nicht mehr.« Mit der Hand gab er seinen Männern das Zeichen, ihm im Galopp den Berg hinunterzufolgen. Sie waren ungefähr siebzig und wirbelten mit ihren Pferden weiße Wolken auf, einen Hauch silbrigen Pulverschnees, der im Mond wie ein zauberischer nächtlicher Regenbogen glitzerte. Vom immer lauteren Bellen der Hunde geweckt, erhoben sich einige Männer aus dem Dorf von ihrem Lager und beobachteten, wie der bizarre Reiterzug die große Lichtung oberhalb ihrer Häuser überquerte. Sie bekreuzigten sich und dachten dabei an die verfluchten Seelen, von denen man sagt, sie verließen des Nachts die Hölle, um nach Opfern zu suchen, die sie in die Qualen des Jenseits mitnähmen. Dann schlossen die Männer wieder die Fenster und horchten, zitternd vor Angst, mit dem Ohr an den Läden, bis der Lärm des Galopps sich in der Ferne verlor und das letzte Gekläffe der Wachhunde in einem gedämpften Winseln verklang.

Das kalte Morgenlicht drang langsam durch die dünne Wolkenschicht, die den Himmel bedeckte. Nach und nach erwachten die Männer, die unter ihren Umhängen eingeschlummert waren. Auch Livia stand auf und strich sich mit der Hand über Stirn und Wangen. Es kam ihr so vor, als hätte Ambrosinus niemals mit ihr gesprochen und alles sei nur ein Traum gewesen. Und richtig, auch er hatte sich, zusammen mit den anderen, auf den Schaffellen ausgestreckt. Demetrios hielt Wache und musterte prüfend die schneebedeckten Hügel. Nun machte Ambrosinus den Vorschlag, daß sie sich bereits auf das Schiff begeben sollten, das sie nach Norden brächte, um möglichst bald abreisen zu können. Er hatte dem Bootsführer die Kähne zum Tausch überlassen, der sie für seine Transporte auf dem Fluß als Frachtkähne nutzen wollte.

Er war ein Mann um die Fünfzig, von untersetzter, kräftiger Statur und schroffer, entschiedener Art. Er hatte einen dichten grauen Haarschopf und war mit einer Jacke aus Filz und einem Lederschurz bekleidet.

»Ich kann nicht mehr lange warten«, sagte er, kaum daß er sie sah. »Die Leute fangen mit dem Schweineschlachten an und brauchen das Salz, um ihre Würste zu konservieren. Aber es gibt noch einen anderen, viel wichtigeren Grund. Der Winter kommt ins Land, und je weiter wir in den Norden vordringen, desto mehr laufen wir Gefahr steckenzubleiben. Ich meine, der Fluß wird sicher zufrieren, und dann wird mein Schiff vom Eis umschlossen und zermalmt.«

»Aber wir haben doch abgemacht, bis heute abend zu warten. Diese paar Stunden werden die Lage kaum groß verändern«, wand Ambrosinus ein, dessen Stimme, wie Livia bemerkte, sehr schwach war und von Heiserkeit verschleiert klang. Seine Hautfarbe wirkte erdig, und sein Gesicht war von tiefen Falten gezeichnet, als hätte er in die ganze Nacht kein Auge zugetan.

»Es tut mir leid«, erwiderte der Bootsführer, »aber wie ihr seht, wird das Wetter umschlagen. Schon steigt Nebel auf, und damit wird das Navigieren sehr riskant. Ich kann nichts dafür, wenn das Wetter umschlägt.«

Ambrosinus ließ nicht locker. »Wir haben dir die Kähne überlassen, die unser Eigentum waren. Damit hast du bereits deinen Gewinn gemacht und wirst auch noch mehr Geld für die Überfahrt erhalten. Bitte, geh auf unser Anliegen ein. Wir warten noch auf ein paar Freunde, die bald eintreffen werden. Das versichere ich dir.«

Aber der Bootsführer ließ sich nicht überzeugen. »Ich muß ablegen«, antwortete er. »Anders geht es nicht.«

Vatrenus trat hinzu. »Ich weiß, wie es anders ginge. Höre gut zu: Entweder du tust im guten, was wir dir sagen, oder im bösen. Wir sind alle bewaffnet, deshalb wirst du erst auslaufen, wenn wir es dir sagen.«

Wütend zog sich der Bootsführer ins Hinterschiff zurück und begann mit seiner Mannschaft zu tuscheln.

»Das hättest du nicht tun sollen«, sagte Ambrosinus. »Es ist immer besser zu verhandeln und zu überzeugen, als Druck auszuüben.«

»Da magst du recht haben«, antwortete Vatrenus, »aber fürs erste liegen wir ja deshalb noch vor Anker, weil meine Argumente überzeugender waren als deine.«

Er hatte den Satz noch nicht beendet, da rief Livia: »Da sind sie!«

Und tatsächlich: In vollem Tempo stoben Aurelius und Romulus den Abhang herab, dicht gefolgt von Wulfilas Schwadron, die sie unter gellendem Geschrei mit gezückten Schwertern angriff. Entsetzt verfolgte der Bootsführer die Szene, da er sein kostbares Gefährt bereits in ein Schlachtfeld verwandelt oder, noch schlimmer, von diesen brüllenden Dämonen in Brand gesteckt sah, aus Rache, weil er diesen Verfolgten Unterschlupf gewährt hatte, die vielleicht wegen irgendwelcher Verbrechen gesucht wurden. Und so schrie er aus vollem Halse: »Legt ab, sofort!« Blitzartig lösten zwei Männer seiner Besatzung die Haltetaue, während ein anderer mit dem Ruder gegen die Kaimauer stieß, um den Bug auf die Strömung auszurichten.

Vatrenus schrie: »Nein! Ihr verdammten Hurensöhne!«

Doch es war zu spät. Das Boot hatte sich bereits gelöst und entfernte sich langsam von dem hölzernen Landungssteg, an dem es vertäut gewesen war. Livia sah, wie Aurelius einen Augenblick unsicher wurde, dann lenkte er seinen Blick auf die Kähne, mußte jedoch erkennen, daß sie leer waren. So laut sie konnte rief sie: »Hier sind wir! Hier! Lauf, Aurelius, lauf schnell!« Dabei schwenkte sie ihren Umhang. Und auch die anderen begannen auf jede erdenkliche Art zu gestikulieren und dabei zu rufen: »Hierher! Wir sind hier! Lauft schnell!«

Nun endlich hatte Aurelius sie entdeckt. Mit seinen Knien preßte er Jubas Flanken zusammen und riß dabei heftig an der Kandare, um das Pferd in eine andere Richtung zu lenken. Er gab ihm die Sporen, so daß es wieder nach vorne schnellte. Während er die Zügel auf die Kandare niederschlug, rief er laut: »Los, Juba, los, spring!« Das Schiff, das sich in Parallellinie zum Ufer befand, fuhr gerade an der äußersten Spitze des Landungsstegs vorbei. In vollem Tempo bog Aurelius auf den Steg ein und raste bis ganz nach vorne. Dann setzte er zu einem halsbrecherischen Sprung an, der das Pferd auf dem Haufen Steinsalz landen ließ, in dem es fast bis zu den Knien versank und dadurch gestoppt wurde. Rasch ließen sich Aurelius und Romulus zur Seite fallen, so daß sie ebenfalls auf der weißen Salzschicht landeten, die ihren Fall abfederte. Angesichts dieser völlig veränderten Situation löste Batiatus die beiden Steuerruder am Heck und befestigte sie an den Auslegern, so konnte er sie als Ruder verwenden, was dem Schiff noch mehr Schnelligkeit verlieh. Nun preschte auch Wulfila in vollem Galopp und von der heißen Verfolgungsjagd mitgerissen, über den Landungssteg. Doch im letzten Moment mußte er seinen Hengst abbremsen, um nicht kopfüber ins Wasser zu stürzen. Als ihn seine Männer einholten, blieb ihm wieder einmal nichts anderes übrig, als wutschäumend und ohnmächtig mit anzusehen, wie ihm seine Beute entkam.

Vatrenus machte eine unflätige Geste und rief ihm dabei ein Wort aus der Soldatensprache zu, das Romulus nicht kannte. Er trat auf ihn zu, während er sich das Salz abschüttelte, mit dem er über und über bedeckt war. »Was bedeutet das Wort *temetfutue*?« fragte er naiv.

»Cäsar!« wies ihn Ambrosinus zurecht. »Solche Dinge wiederholt man nicht.«

»Das bedeutet ›Leck mich!‹« antwortete Vatrenus ruhig. Und dann hob er den Knaben in seinen Armen hoch über die Köpfe aller und rief: »Willkommen, Cäsar!« Sie brachen in ein unbändiges Freudengeschrei aus, das noch wenige Augenblicke zuvor von der Anspannung unterdrückt worden war. Alle umarmten sich, und auch Juba wurde die herzlichste Zuwendung zuteil, wie es für ein so heldenhaftes Roß nur recht und billig war, dessen unerschütterliche Tapferkeit Romulus und Aurelius gerettet hatte. Batiatus gab das Ruder wieder an die Besatzung zurück und stimmte in den Jubel seiner Gefährten mit ein.

Unterdessen dachte Wulfila gar nicht daran, die Verfolgung aufzugeben. Wie besessen ritt er am Ufer entlang und schwang wie eine ewige, rachsüchtige Bedrohung Cäsars Schwert in seiner Faust. Aurelius stand auf der Steuerbordseite an die Reling gepreßt, Aug in Aug mit seinem Widersacher, dessen Haß ihm wie ein eiskalter Wind auf der Haut brannte. Und dennoch konnte er nicht aufhören, auf das glänzende Schwert in der Hand des Barbaren zu starren. Derweil schossen die Reiter Schwärme von Pfeilen zu ihnen herüber, die mit leisen, dumpfen Schlägen ins Wasser fielen. Einer der Pfeile, der in einem weiten Bogen abgeschossen worden war, fiel auf das Deck, aber Demetrios riß seinen Schild noch rechtzeitig in die Höhe, so daß er ihn sicher abfangen konnte, ehe er Livia getroffen hätte. Unterdessen vergrößerte sich die Entfernung zum Festland immer mehr, bis sie bald darauf unüberwindlich wurde.

Da trat Romulus zu Aurelius und berührte seinen Arm. »Denk nicht mehr an dieses Schwert«, sagte er. »Es macht nichts, daß du es verloren hast. Es gibt Wichtigeres.«

»Was denn?« fragte Aurelius in bitterem Ton.

»Daß wir wieder alle vereint und beisammen sind. Und mir kommt es nur darauf an, daß mich alle gern haben. Ich hoffe, auch du.«

»Ich habe dich sehr gern, Cäsar«, antwortete Aurelius, ohne sich umzudrehen.

»Nenn mich nicht Cäsar.«

»Ich habe dich sehr gern, mein Junge«, antwortete Aurelius. Dann endlich drehte er sich zu ihm um und umarmte ihn, während sich seine Augen mit heißen Tränen füllten.

In diesem Moment öffneten sich die Wolken, und der Nebel, der über dem Wasser lag, lichtete sich. Die Sonne entflammte die Oberfläche des großen Flusses und ließ die Schneeflächen an beiden Ufern im Licht erstrahlen, die nun wie ein silberner Umhang glänzten. Alle waren von diesem Anblick bezaubert, den sie wie eine Vision der Hoffnung empfanden. Aus der kleinen Gruppe der Veteranen vorne am Bug ertönte die heisere Stimme von Elius Vatrenus, der langsam und feierlich die Hymne an die Sonne rezitierte, das alte *carmen saeculare* des Horaz:

Alme Sol curru nitido diem qui
Promis et celas …

Bald gesellte sich seiner Stimme eine zweite zu, dann eine dritte und vierte, bis schließlich auch die von Livia und Aurelius einfielen:

Aliusque et idem
Nasceris, possis nihil Roma
Visere maius ...

Romulus zögerte und sah Ambrosinus an. »Das ist doch ein heidnisches Lied ...«, sagte er.

»Das ist der Gesang von der Größe Roms, mein Sohn, das niemals soviel Glanz erlangt hätte, wäre es nicht nach Gottes Willen erfolgt. Und jetzt, da Rom seinem Untergang zugeht, ist es nur richtig, noch einmal seinen Lobgesang ertönen zu lassen.« Und dann fiel er selbst in den Chor ein.

Nun sang auch Romulus. Seine klare Knabenstimme erhob sich wie noch nie zuvor, übertönte die kraftvollen, tiefen Stimmen seiner Gefährten und vereinte sie mit Livias aufgewühltem, bebendem Timbre. Selbst der Bootsführer, den die anfeuernde Stimmung stark berührte, sang nun mit ihnen und folgte der Melodie, obwohl er die Worte nicht kannte.

Schließlich verklang der Gesang, während die Sonne, die nun die Wolken besiegt und den Nebel endgültig aufgelöst hatte, strahlend am Winterhimmel triumphierte.

Romulus trat zum Bootsführer, der jetzt still war und ein seltsames Licht der Rührung in seinen Augen hatte. »Bist du auch ein Römer?« fragte er ihn.

»Nein«, antwortete dieser. »Aber ich wäre es gern.«

XXIX

Der See von Brigantium tat sich wie ein glänzender riesiger Spiegel vor ihren Augen auf, dessen Ufer Wälder und Weiden säumten, in denen Dörfer und hie und da ein verstreutes Bauernhaus angesiedelt waren. Eine ganze Tagesreise per Schiff war nötig, um von einem Ende des Sees bis zum anderen zu gelangen, dann erreichte man das Kap, das zwei lange schmale Buchten gabelförmig voneinander trennte. Das Schiff steuerte die linke an, und sie gingen für die Nacht nahe einer kleinen Stadt namens Tasgaetium vor Anker. Tags darauf setzten sie ihre Reise von der Stelle aus fort, an welcher der Fluß seinen Lauf nach Norden weiterführte.

»Nun befinden wir uns wieder auf dem Rhein«, verkündete der Bootsführer, als das Schiff in den Nebenarm einbog. »Wir werden ihn ungefähr eine Woche lang flußabwärts befahren, bis wir Argentoratum erreichen. Doch zunächst erwartet uns ein Schauspiel, wie ihr es vorher noch niemals saht und auch für den Rest eures Lebens nie wiedersehen werdet: die großen Stromschnellen.«

»Stromschnellen?« fragte Orosius, von seinem letzten Abenteuer auf dem Fluß noch immer zu Tode erschrocken. »Dann besteht ja allergrößte Gefahr.«

»Und ob«, antwortete der Bootsführer, »die Stromschnellen sind auf einer Breite von fünfhundert Fuß mehr als fünfzig Fuß hoch, bevor sie sich unter Donnergrollen wild schäumend in die Tiefe stürzen. Wenn ihr ganz still seid und die Ohren spitzt, könnt ihr sie, da wir günstigen Wind haben, schon von hier aus hören.«

Alle schwiegen und blickten einander voll Sorge an, da sie nicht begriffen, wohin diese Vorankündigung führte. Tatsächlich war in der Ferne, so schien es ihnen zumindest, ein gedämpftes Grollen zu vernehmen, das sich mit anderen Geräuschen mischte, die vielleicht ebenfalls von den Stromschnellen herrührten.

Ambrosinus trat zum Bootsführer: »Ich nehme an, du kennst noch einen anderen Reiseweg. Ein Fall über fünfzig Fuß erscheint mir doch selbst bei einem soliden Schiff wie dem deinen ziemlich gewagt.«

»Deine Annahme ist richtig«, antwortete der Bootsführer, während er das Steuer herumriß. »Wir legen an und führen das Schiff auf dem Landweg weiter. Dafür gibt es einen besonderen Dienst auf Schlitten, die von Ochsen gezogen werden. Sie bringen uns auf dem Landweg bis hinunter ins Tal, in dem die Wasserfälle auftreffen.«

»Bei allen Göttern!« rief Ambrosinus aus. »Ein *diolkos*! Wer hätte geglaubt, daß sogar diese Barbarenländer über so etwas verfügen?«

»Was hast du gesagt?« fragte Vatrenus.

»Ein *diolkos* oder eine Schiffspassage über Land, mit der ein natürliches Hindernis überwunden werden kann. So etwas gab es in der Antike am Isthmus von Korinth. Das war nun wirklich sehr spektakulär.«

Unterdessen hatte das Schiff festgemacht. Einige Männer zogen es heran und vertäuten es auf einem Schlitten mit Rollen, während der Bootsführer den Preis für die Überfahrt absprach. Dann riefen die Treiber den Ochsen einen Befehl zu, und der stattliche Zug setzte sich in Bewegung. Juba hieß man, vom Schiff herunterzusteigen, so daß er sich auf einem langen, ruhigen Spaziergang die Beine vertreten konnte. Es dauerte fast zwei Tagesmärsche, wobei die Zugtiere häufiger ausgewechselt wurden, dann hatte das Boot wieder flaches

Gelände erreicht. Als es unter den Stromschnellen vorbeigezogen wurde, blieben alle stehen und betrachteten staunend die riesige Mauer aus schäumendem Wasser und den Regenbogen, der sich gleich einer Brücke von einem Ufer zum anderen spannte, die Strudel, die Wirbel und die aufwallende Gischt, die das Wasser an der Stelle bildete, an welcher der Fluß wieder nach Westen strömte.

»Wie herrlich!« rief Romulus aus. »Das erinnert mich an den Wasserfall der Nera in Umbrien, nur ist der hier tausendmal größer!«

»Bedank dich bei Wulfila!« lachte Demetrios. »Wäre er nicht gewesen, hättest du diese Pracht niemals zu Gesicht bekommen.«

Auch die anderen fingen an zu lachen, während das Boot wieder ins Flußwasser gelassen wurde. Ihr Gelächter ließ sie gleichsam als Teilnehmer in einem Spiel erscheinen, in dem alle mitspielten, mit Ausnahme von Ambrosinus.

»Was ist denn, Ambrosinus?« fragte Livia.

Der alte Mann runzelte die Stirn: »Wulfila. Diese Reise über Land kostete uns fast den gesamten Vorsprung. Er könnte sich jetzt dort überall auf den Hügeln verbergen.« Da verklang das Gelächter und verwandelte sich in ein gedämpftes Stimmengewirr. Die einen ließen ihren Blick über die Anhöhen schweifen, während die anderen an der Reling lehnten und das friedliche Strömen des Wassers betrachteten.

»Der Fluß ist langsamer geworden«, fuhr Ambrosinus fort, »und sobald wir nach Norden abbiegen, haben wir es mit Gegenwind zu tun. Außerdem ist dieses Schiff mit all dem Salz und dem Pferd an Bord sehr leicht wiederzuerkennen.« Nun verging auch dem letzten die Lust zu lachen, selbst plaudern wollte keiner mehr.

»Was werden wir tun, wenn wir in Argentoratum sind?« fragte Livia, um das Gespräch von Wulfila abzulenken.

»Ich denke, wir sollten auf jeden Fall sofort weiter nach Gallien reisen, dort fallen wir weniger auf«, antwortete Ambrosinus. Er nahm die Karte zur Hand, die er in der *mansio* von Fano gezeichnet hatte und die ihm Livia nach ihrem Treffen auf dem Paß wiedergegeben hatte. Er breitete sie auf einer Bank aus und bat seine Gefährten mit einem Zeichen, zu ihm herüberzukommen. »Schaut«, sagte er. »Das ist in etwa die Lage. Hier, im mittleren Süden des Landes, sind die Westgoten ansässig, die seit vielen Jahren Freunde und Verbündete des römischen Volkes sind. Sie kämpften auf den Katalaunischen Feldern unter Aëtius, mit dem der westgotische König befreundet war, gegen den Hunnenkönig Attila. Für diese treue Freundschaft bezahlte Aëtius sogar mit seinem Leben. Er fiel auf dem Schlachtfeld, während er tapfer versuchte, den rechten Flügel, in dem die Verbündeten Aufstellung genommen hatten, zu halten.«

»Also sind nicht alle Barbaren grausam und wild«, kommentierte Romulus.

»Das habe ich niemals behauptet«, antwortete Ambrosinus. »Ganz im Gegenteil. Viele von ihnen verfügen über so außerordentliche Gaben wie Tapferkeit, Loyalität und Aufrichtigkeit – Gaben, die wir für unsere Sitten und Gebräuche, die wir stets als zivilisiert betrachteten, leider nicht mehr in Anspruch nehmen können.«

»Nichtsdestotrotz haben sie unser Reich und unsere Welt zerstört.«

»Was wirklich nicht wir verschuldet haben«, meinte Batiatus. »Ich habe so viele von ihnen umgebracht, daß ich sie kaum mehr zählen kann.«

Ambrosinus kehrte zum Kern des Problems zurück. »Mein Sohn, hier geht es nicht um die Unterscheidung, wer gut ist oder schlecht. Die Völker, die wir ›Barbaren‹ nennen, lebten seit undenklichen Zeiten als Nomaden in den Weiten der sarmatischen Steppen. Sie lebten ihr Leben nach ihren überlieferten Sitten und Gebräuchen auf eine ihnen genehme Weise. Dann, eines Tages, fingen sie an, gegen unsere Grenzen anzurennen, vielleicht weil ihre Gebiete von Hungersnöten oder Epidemien heimgesucht wurden, die ihr Vieh dezimierten. Oder andere Völker, die ihre Herkunftsländer verlassen mußten, haben sie zu diesem Schritt veranlaßt. Schwer zu sagen. Vielleicht wurden ihnen auch plötzlich bewußt, wie erbärmlich sie im Gegensatz zu unserem Reichtum lebten, wie armselig ihre Zelte aus Leder im Vergleich zu unseren Villen und Palästen aus Ziegel und Marmor waren. Den Leuten, die in den Grenzgebieten lebten und mit uns Handel trieben, stach der enorme Unterschied zwischen ihrem Leben in kärglicher Armut und unserer Verschwendung sicher ins Auge. Dieser unglaubliche Reichtum an Silber, Gold und Bronze und die Pracht unserer Denkmäler, der Überfluß und die Erlesenheit unserer Speisen und Weine, der Prunk unserer Kleider und unseres Schmuckes, vor allem die unglaubliche Fruchtbarkeit unserer Felder. Natürlich waren sie davon geblendet und fasziniert. Sie wollten ebenso leben wie wir. Also begannen sie, uns anzugreifen, und versuchten, unsere Verteidigungslinien zu durchbrechen. Oder sie übten in anderen Fällen ständigen Druck auf uns aus und unterwanderten uns damit immer mehr. Diese Auseinandersetzungen dauern nunmehr seit dreihundert Jahren an und nehmen noch immer kein Ende.«

»Was redest du da? Es ist alles aus. Unsere Welt gibt es nicht mehr.«

»Du irrst. Rom ist nicht gleichzusetzen mit einer Rasse, einem Volk oder einer ethnischen Gruppe. Rom ist ein Ideal, und Ideale lassen sich nicht zerstören …« Ungläubig schüttelte Romulus den Kopf. Wie brachte es dieser Mann nur fertig, in dieser desolaten Lage und dem Zerfall noch soviel Zuversicht aufzubringen? Doch da deutete Ambrosinus bereits wieder mit dem Finger auf die Karte. »Hier, zwischen Rhein und Belgica, sind die Franken angesiedelt, von denen ich dir einiges erzählt habe. Einst lebten sie in den germanischen Wäldern, nun bewohnen sie westlich des Rheins die besten Landstriche Galliens. Und weißt du, wie es ihnen gelang, ans andere Flußufer zu kommen? Durch die Kälte. Eines Nachts sanken die Temperaturen so stark ab, daß der Rhein zufror, und als die Morgendämmerung anbrach, bot sich unseren Soldaten ein gespenstischer Anblick. Plötzlich tauchte aus dem Nebel eine riesige Armee zu Pferde auf und rückte über den Fluß vor, der sich in eine Eisplatte verwandelt hatte. Und obwohl die Unsrigen sehr wacker kämpften, wurden sie doch überrannt.«

»Das stimmt«, bestätigte Orosius. »Ich hörte einmal im Donaugebiet, wie ein Veteran diese Geschichte erzählte. Er hatte fast keine Zähne mehr und überall am Körper Narben, aber ein gutes Gedächtnis. Der Anblick der Krieger, die den Fluß zu Pferd überquerten, war ein wiederkehrender Alptraum, der ihn ständig aus dem Schlaf aufschrecken und schreien ließ: ›Alarm, Alarm! Sie kommen!‹ Manche meinten, er wäre verrückt. Ich aber versichere euch, niemand wagte es, deshalb über ihn zu lachen.«

»Im Nordosten«, fuhr Ambrosinus fort, »liegt das, was von der römischen Provinz Gallien nach seiner Unabhängigkeit noch übrig ist. Syagrius, der römische General, herrscht über dieses Gebiet, und ihm ist der Titel *rex Romanorum* – König der Römer – zuerkannt worden. Nur ein ungehobelter Soldat kann einen so alten und gleichzeitig so hochtrabenden Titel annehmen ...«

»He, Meister«, scherzte Batiatus, »auch wir sind ungehobelte Soldaten, aber wir haben unsere Qualitäten. Ich finde diesen Syagrius gar nicht so übel.«

»Ja, vielleicht hast du nicht unrecht. Wir sollten sein Reich durchqueren, das wohlorganisiert ist und das Gebiet ziemlich weitreichend kontrolliert. Wir könnten auf der Seine flußabwärts bis Parisii und dann in Richtung britannischen Kanal fahren. Es ist eine lange, schwierige Reise, aber wir könnten es schaffen. Wenn wir einmal den Kanal erreicht haben, besteht sicher die Hoffnung, daß sich unsere Spuren verlieren, und mit größter Wahrscheinlichkeit werden wir auch ein Schiff für die Überfahrt finden. Es gibt viele Kaufleute, die unsere Schafwolle nach Gallien verkaufen, wo sie gesponnen wird, und im Gegenzug kaufen sie dort handgefertigte Artikel ein, an denen es uns mangelt.«

»Und dann? Was geschieht, wenn wir endlich dein Britannien erreicht haben? Wird dann alles besser, so daß wir endlich ein leichteres Leben führen können?« fragte Vatrenus, fest davon überzeugt, das Interesse aller damit zur Sprache zu bringen.

»Ich fürchte nein«, antwortete Ambrosinus. »Zwar war ich seit vielen Jahren nicht mehr in meinem Land und weiß nichts Genaues, doch mache ich mir keine Illusionen. Wie ihr wißt, wurde die Insel seit einem halben Jahrhundert sich selbst überlassen, so daß sich die dort ansässigen Stammesführer untereinander bekriegen. Doch hoffe ich darauf, daß die bürgerlichen Institutionen in den wichtigsten Städten des Landes überlebt haben, ganz besonders der Stadt, die an der Spitze des Widerstands gegen die Invasoren aus dem Norden stand: Carvetia. Dorthin werden wir uns aufmachen. Dafür müssen wir fast die gesamte Insel von Süden nach Norden durchqueren.«

Niemand fragte weiter. Die Männer, die aus dem Mittelmeerraum stammten, warfen einen Blick um sich und sahen einen Kontinent, in dem alles der eisigen Kälte ausgeliefert war. Die Landschaft war unter einem gleichförmigen Mantel aus Schnee versunken, der alle Trennlinien und Abgrenzungen verwischt hatte. Es war die Natur, die den Flüssen, den Bergen und endlosen Wäldern ihre Regeln und ihre Beschränkungen aufzwang.

So reisten sie tagsüber, aber auch des Nachts, sofern es der Mond mit seinem Schein erlaubte. Sie folgten der Strömung des großen Flusses, und je weiter sie nach Norden vorstießen, desto klarer und frischer wurde der Himmel und desto schneidender der Wind. Aurelius und seine Kameraden hatten sich grobe Jacken aus Schaffellen angefertigt, trugen lange und ungepflegte Haare und Bärte, so daß sie jeden Tag ein wenig mehr den Barbaren ähnelten, die diese Gebiete bewohnten. Romulus betrachtete die Landschaft mit einer Mischung aus Verwunderung und Furcht, ihre öde Weite erfüllte sein Herz mit Schrecken. Manches Mal trauerte er Capris Farben und Meer nach, dem Duft seiner Pinien und des Ginsters, seinem Herbst, der so mild war, daß er an einen Frühling erinnerte. Doch hörte er nicht auf, sich selbst zu ermutigen und niemals niedergeschlagen zu sein, denn er wußte, daß auch seine Freunde viele Opfer brachten und große Gefahren auf sich nahmen. Aber diese Opfer belasteten ihn immer mehr. Jeden Tag, der verging, empfand er, daß der Tribut, der zu entrichten war, in keinem Verhältnis zu seinem Ziel stand. Dieses Ziel war in seinen Augen nicht mehr als ein Plan, der für alle außer Ambrosinus ein Rätsel war. Doch hörten gerade die Weisheit des Druiden und sein ungeheures Wissen über Welt und Natur nicht auf, ihn ständig neu zu erstaunen, auch wenn der geheimnisvolle Aspekt seiner Persönlichkeit ihn andererseits sehr beunruhigte. Nachdem die Begeisterung über seine Befreiung und die Wiedervereinigung mit seinen Kameraden abgeklungen waren, wuchs in ihm die Sorge um die Männer, ja, er empfand ihnen gegenüber beinahe ein Gefühl der Schuld. Sie hatten ihr Geschick voll und ganz an das eines Herrschers ohne Land und Volk gebunden, an ihn, einen armen Jungen, der ihnen diese Dankesschuld niemals vergelten könnte.

Doch fühlten sich Vatrenus, Batiatus und die anderen in Wirklichkeit immer stärker miteinander verbunden, nicht so sehr eines bestimmten Ziels oder eines Vorhabens wegen, das es zu realisieren galt, sondern allein aus dem Grund, daß sie zusammen unter Waffen standen und sich auf einem Marsch befanden. Sie beunruhigte lediglich die nervöse Spannung und der oft abwesende, nachdenkliche Gesichtsausdruck ihres Anführers Aurelius, den sie nicht verstanden und dessen Ursprung sie sich nicht erklären konnten. Auch Livia war sich dessen bewußt, wobei ihr Gefühl der Beunruhigung sehr viel tieferen, persönlichen Gründen entsprang.

Eines Abends ging sie zu Aurelius, während er auf Wache an der Bootsreling stand und dabei zusah, wie das Schiff das graue Wasser des Rheins durchpflügte.

»Machst du dir Sorgen?« fragte sie.

»Ständig. Wir befinden uns auf dem Weg in ein völlig unbekanntes Land.«

»Laß doch diese Gedanken. Wir sind alle beisammen und stellen uns gemeinsam dem, was uns erwartet. Ist das etwa kein Trost für dich? Als du damals mit Romulus in den Bergen warst, da war ich beunruhigt und versuchte im Geist, jeden eurer Schritte nachzuvollziehen. Ich stellte mir vor, wie ihr in den Wäldern unterwegs wart, von euren Feinden gehetzt und den Unbilden des Wetters ausgesetzt.«

»Auch ich dachte viel an euch ... vor allem an dich.«

»An mich?« fragte Livia und suchte seinen Blick.

»Wie ich immer an dich gedacht habe und wie ich dich immer begehrte, seit damals, als ich dich zum ersten Mal sah. Wie eine Waldgöttin hast du in dieser Quelle auf dem Apennin gebadet, und jeden Augenblick litt ich, den ich von dir getrennt war.«

Livia spürte, wie ihr ein Schauer über die Haut lief, der nicht vom Nordwind hervorgerufen wurde. Plötzlich und unerwartet hatte Aurelius sein Herz einen Spaltbreit aufgetan und offenbarte ihr seine Gefühle.

»Warum hast du dich nie vorher geöffnet?« fragte sie ihn. »Warum mir nicht erlaubt, deine Empfindungen zu erkennen? Immer, wenn ich es versuchte, hast du mich abgewiesen und mir damit jeden Zugang zu deinem Herzen verwehrt. Mein Leben hat keinen Sinn, wenn ich fern von dir bin. Ich weiß, auch ich habe einen Fehler begangen, als ich mir nicht eingestand, wie sehr ich dich schon vom ersten Augenblick an geliebt habe. Ich habe mich auch gegen dieses Gefühl gewehrt, es sogar vor mir selbst geheimgehalten. Ich befürchtete, es könnte mich schwach und verletzlich machen, während ich doch in meinem Leben lernen mußte, niemals irgendwelche Schwächen zu zeigen.«

»Ich wollte dich nicht zurückweisen«, antwortete Aurelius. »Ich hatte auch keine Angst, dir mein Herz zu öffnen. Ich fürchtete lediglich das, was du darin siehst. Du weißt nicht, was sich alles in meinem Inneren abspielt, wieviel Leid ich empfinde und wie sehr ich gegen meine eigenen Gespenster ankämpfen muß. Wie kann ich mich an einen anderen Menschen binden, da doch mein Inneres so gespalten ist? Ich lebe ständig in der Furcht, daß mich die Erinnerungen überfallen und mein Wesen verändern, mich zu einem Fremden werden lassen, vielleicht einem verabscheuenswerten, nichtswürdigen Subjekt. Verstehst du, was ich sage?«

Livia lehnte den Kopf an seine Schulter, während sie nach seiner Hand suchte. »Ganz so ist es nicht. Du wirst für mich immer so sein, wie ich dich sehe und kenne. Wenn ich in deine Augen sehe, so sehe ich einen guten, großmütigen Menschen. Dann brauche ich keinen Beweis mehr dafür, daß du tatsächlich der bist, für den ich dich halte. Oder ob es dein Antlitz war, das sich in mein Gedächtnis eingeprägt hat, als ich ein kleines Mädchen war. Was deine Vergangenheit auch immer verbirgt, es interessiert mich nicht, gleichgültig, was immer es auch sei.«

Aurelius erhob sich und schaute ihr in die Augen, sein Blick war gramerfüllt. »Was immer es auch sei? Weißt du überhaupt, was du da redest?«

»Es bedeutet, daß ich dich liebe, Soldat, und dich immer lieben werde, ganz gleich, welches Los uns das Schicksal auferlegt. Liebe ist furchtlos und gibt uns die Kraft, den Widrigkeiten des Lebens die Stirn zu bieten, jeden Schmerz und jede Enttäuschung zu überwinden. Hör auf, dich zu quälen! Alles, was ich von dir wissen will, ist, ob du für mich auch so empfindest wie ich für dich.«

Aurelius schloß sie in seine Arme und küßte sie. Mit verdurstenden Lippen suchte sein Mund den ihren, und er preßte sie an sich, als wollte er mit seinem Körper zum Ausdruck bringen, was er mit Worten nicht zu sagen vermochte. »Ich liebe dich, Livia«, sagte er, »mehr als du dir vorstellen kannst. Und die Leidenschaft, die ich in diesem Moment in meinem Herzen verspüre, ist so groß, daß sie allen Schnee und alles Eis, das uns umgibt, zum Schmelzen bringt. Selbst wenn sich alles gegen uns richten sollte, selbst wenn die Zukunft ein ebenso beängstigendes Geheimnis birgt wie meine Vergangenheit, so liebe ich dich. Ich liebe dich mehr, als je einer dich auf Erden oder im Reich der Unterwelt lieben wird.«

»Warum jetzt?« fragte ihn Livia. »Warum hast du diesen Moment gewählt?«

»Weil du bei mir bist und weil meine Einsamkeit auf diesem eiskalten Wasser und in diesem gestaltlosen Nebel unerträglich ist. Halt mich fest, Livia, gib mir die Kraft zu glauben, daß uns nie mehr etwas trennen kann.« Livia fiel ihm um den Hals, und lange hielten sie sich in dem schwachen, winterlichen Licht eng umschlungen, während ihnen der Wind die Haare verwehte und zu einer einzigen braunen Wolke verschmolz.

Nun war der vorletzte Tag ihrer Schiffsreise angebrochen, und besorgt blickte der Bootsführer auf die im Fluß schwimmenden Eisklumpen.

»Deine Bedenken waren nicht unbegründet«, sagte Ambrosinus, als er zu ihm trat. »Der Fluß friert tatsächlich zu.«

»Leider«, antwortete der Bootsführer. »Aber zum Glück haben wir unser Ziel fast erreicht. Morgen werden wir gegen Abend vor Anker gehen. Ich kenne einen Bootsverleiher in dem germanischen Hafen, der am Ostufer gelegen ist, der kann euch bis zur Mündung mitnehmen. Doch wenn die Dinge so liegen, wie es scheint, wird die Schiffahrt bestimmt zum Erliegen kommen, bis das Eis wieder geschmolzen ist.«

»Wann wird das sein? Im Frühling?«

»Nicht unbedingt. Auch im Winter schwanken gelegentlich die Temperaturen. Am besten, ihr sucht euch eine Bleibe und wartet ab. Die Kälte könnte vorübergehend sein, dann habt ihr die Möglichkeit, die Fahrt bis zum Ozean auf einem anderen Schiff fortzusetzen. Von dem Hafen dort jedenfalls könnt ihr leicht und ohne Schwierigkeiten an einem Tag, an dem die See ruhig ist, nach Britannien übersetzen.«

Am Abend gingen sie am rechten Ufer gegenüber der Stadt Argentoratum vor Anker. Gerade noch rechtzeitig, da der Wind aus Nordwesten wieder aufzufrischen begann und stetig stärker und kälter blies. Es bildeten sich immer mehr und kompaktere Eisklumpen, die mit dumpfem Geräusch gegen die Seitenwände des Bootes stießen. Mitleidig blickte der Bootsführer auf die versprengte Schar der Flüchtlinge. Welche Möglichkeiten blieben ihnen in einem Land, dessen Straßen und sichere Wege sie nicht kannten, mitten im Winter, der immer weiter voranschritt und Schnee und Eis, Stürme und Hunger mit sich brachte? Er trat zu Ambrosinus, der zu seiner Geldbörse griff, um ihn zu bezahlen, und sagte: »Laß nur. Ich hatte das Glück, meinen Transport gut zu Ende zu bringen. Der Nordwind brachte mich schneller wieder nach Hause, als ich mir erhofft habe. Behalte dein Geld, das euch nützlich sein kann. Diese Nacht könnt ihr noch auf meinem Boot verbringen, das wahrscheinlich sicherer und bequemer ist als jede Taverne in der Stadt. Außerdem fallt ihr so nicht weiter auf. Eure Feinde könnten bereits hier in der Gegend sein.«

»Ich danke dir«, antwortete Ambrosinus, »auch im Namen meiner Kameraden. In unserer Lage ist ein Freund das Kostbarste, was man sich wünschen kann.«

»Aber was werdet ihr morgen tun?«

»Meine Absicht war es, zum anderen Ufer überzusetzen, wo unsere Feinde keine Unterstützung erwarten können. Dort finden wir sicher die eine oder andere hilfreiche Hand. Wir machen uns also auf den Weg zur Seine, um dann auf ihr flußabwärts mit einem Schiff bis zum britannischen Kanal zu fahren.«

»Das scheint mir eine gute Lösung zu sein.«

»Könntest du uns vielleicht noch nach Argentoratum auf der anderen Flußseite übersetzen?«

»Das kann ich nicht, aus mehreren guten Gründen. Einerseits erwarte ich eine Fuhre Tierhäute aus dem Landesinneren, zum anderen haben wir Gegenwind. Und das Eis, das auf dem Strom schwimmt, bringt uns in Gefahr zu kentern. Besser ist, ihr geht am Ufer entlang und überquert den Fluß weiter vorn, sofern ihr eine Furt findet. Oder wenn morgen die

Temperaturen steigen, gibt es sicher ein Fährboot, das euch auf die andere Seite bringt.«

Ambrosinus nickte, dann scharte er seine Gefährten um sich und erklärte ihnen die Vorhaben für den nächsten Tag. Sie beschlossen, daß auf jeden Fall einer von ihnen Wache halten sollte. Vatrenus stellte sich für die erste Runde zur Verfügung und Demetrios für die zweite. »Ich habe so oft bei Schnee und Eis auf der Donau Wache geschoben«, sagte Demetrios. »Daran bin ich gewöhnt.«

Als sich die Dunkelheit herabsenkte, ging der Bootsführer von Bord, kehrte erst spät in der Nacht wieder zurück und meldete sich mit einem Rufzeichen bei Vatrenus, der sehr auf der Hut war. Juba, der auf dem Vorschiff an die Reling gebunden war und zudem Fußfesseln trug, schnaubte leise. In diesem Augenblick erschien Livia mit einer Schüssel dampfender Suppe für Vatrenus und fütterte auch das Pferd mit ein paar Handvoll Gerste aus einem Sack.

»Wo sind die anderen?« fragte der Bootsführer.

»Unter Deck. Gibt es etwas Neues?«

»Leider ja«, sagte er. »Komm rasch nach.« Dann stieg er mit der Laterne in der Hand in das Schiffsinnere.

Livia folgt ihm kurz darauf, und der Bootsführer begann: »Ich bringe keine erfreulichen Nachrichten. Es sind Fremde im Ort eingetroffen, die nach der Beschreibung und ihrem Verhalten eure Verfolger sein könnten. Sie fragen nach einer Gruppe von Fremdlingen, die sich angeblich heute abend ausgeschifft haben. Es besteht also kein Zweifel, daß nach euch gesucht wird. Wenn ihr an Land geht, wird man euch sicher bald ausmachen. Sie versprechen jedem Geld, der ihnen Informationen liefert, und an diesem Ort gibt es eine Menge Leute, die für eine Handvoll Münzen ihre eigene Mutter verkaufen würden, das könnt ihr mir glauben. Außerdem hörte ich, daß zwanzig Meilen weiter nach Norden der Fluß zugefroren ist. Selbst wenn ich wollte, könnte ich euch nicht dorthin bringen.«

»Ist das alles?« fragte Ambrosinus.

»Mir scheint, das reicht«, bemerkte Batiatus.

»Ja, das ist alles«, bestätigte der Bootsführer. »Dabei muß auch berücksichtigt werden, daß dieses Schiff leicht wiederzuerkennen ist, da sie es direkt aus der Nähe gesehen haben. Mit dieser Salzladung mitten auf Deck ist es unverwechselbar. Jetzt herrscht dunkle Nacht und keiner sieht etwas, aber morgen, wenn es hell ist, werden sie nicht lange brauchen, um uns zu finden. Deshalb werde ich noch vor Sonnenaufgang die Fracht löschen und neue aufnehmen. Gleich anschließend lege ich wieder ab, da ich nicht möchte, daß sie mein Schiff anzünden. Nie hätte ich gedacht, daß sie zur gleichen Zeit einträfen wie wir. Sie müssen fast ständig im Sattel gesessen haben, ganz ohne Schlaf. Vielleicht aber haben sie auch ein schnelleres Schiff als diesen Lastkahn hier, zu Hilfe genommen. Falls wir uns eines Tages in irgendeinem Teil der Welt wiedersehen sollten, würde ich mir gern von euch erklären lassen, wozu eure zähe Hartnäckigkeit diente, doch jetzt gibt es Wichtigeres zu entscheiden. Und zwar, wie ihr eure Haut retten könnt.«

»Kannst du uns ein paar Ratschläge geben?« fragte Aurelius. »Du kennst die Orte und Leute hier besser als wir.«

Der Bootsführer breitete die Arme aus.

»Vielleicht habe ich eine Idee«, sagte Ambrosinus. »Aber wir brauchen einen Karren. Sofort.«

»Einen Karren? Zu dieser nächtlichen Stunde ist das gar nicht so einfach, aber ich weiß, wo sie welche vermieten. Eigentlich müßtet ihr ihn zwanzig Meilen von hier wieder abgeben, aber das sind Verluste, die sie mit einbeziehen. Ihr Verdienst reicht hin, daß sie nach zwei oder drei Fahrten wieder auf ihre Kosten kommen, also macht euch darum keine allzu großen Sorgen. Ich werde nachsehen, und ihr haltet euch bereit … Darf ich fragen, was ihr mit dem Karren vorhabt?«

Verlegen senkte Ambrosinus den Kopf. »Es ist besser, wenn du es nicht weißt. Du verstehst doch hoffentlich, wie ich das meine, nicht wahr?« Der Bootsführer nickte, dann ging er wieder hinauf auf das Deck. Kurz darauf war er schon im Labyrinth der Gassen verschwunden, die um den Hafen verliefen.

»Was hast du vor?« fragte Aurelius.

»Wir machen das, was die Franken vor dreißig Jahren taten. Wir fahren über das Eis auf die andere Seite.«

»In der Nacht und ohne zu wissen, ob uns das Eis auch trägt?« fragte Batiatus mit weit aufgerissenen Augen.

»Wenn einer eine bessere Idee hat, so gebe er sie kund«, antwortete Ambrosinus.

Alle schwiegen still.

»Dann ist es also abgemacht«, schloß Ambrosinus. »Bereitet eure Sachen vor, und dann muß einer nach oben gehen und Vatrenus benachrichtigen.« Demetrios meldete sich, um die Botschaft zu überbringen, doch plötzlich sprang Romulus auf und kam ihm zuvor. »Laßt mich gehen. Ich werde ihm noch etwas Suppe bringen.«

Romulus war erst kurze Zeit oben auf Deck verschwunden, als plötzlich wilder Tumult zu hören war und Vatrenus mit lauter Stimme rief: »Bleib stehen, bleib doch stehen! Wo willst du denn hin!«

Als Ambrosinus klar war, was da oben vor sich ging, rief er so laut er nur konnte: »Lauft, um Gottes willen, lauft alle!« Mit riesigen Schritten hastete Aurelius nach oben auf Deck, gefolgt von Livia und Demetrios. Inzwischen war Vatrenus bereits auf die Mole gesprungen und rief, während er eilends weiterrannte: »Bleib stehen! Bleib stehen, habe ich gesagt!«

Die anderen liefen hinter ihm her, bis sie schließlich an drei Straßen gelangten, die in drei verschiedene Richtungen führten.

»Vatrenus folgte der mittleren Straße«, sagte Demetrios. »Derweil gehe ich nach rechts, während du und Livia die linke Straße einschlagt. Und dann werden wir uns, so bald wie möglich, hier wieder treffen«. In einiger Entfernung war das Geräusch aufgeregter Schritte zu hören, dazu Vatrenus' Stimme, der immer wieder nach Romulus rief. Alle nahmen an der Verfolgung teil. Schon bald fand sich Aurelius an einer Weggabelung wieder. »Dorthin«, sagte er zu Livia. »Ich gehe in diese Richtung.« Demetrios lief indessen eine leicht ansteigende Straße entlang, von der er annahm, daß sie parallel zu der Straße verlief, die Vatrenus entlanggerannt war. Er suchte überall, blickte in jeden Winkel, doch in den nachtdunklen Gefilden kam es ihm vor, als suche er nach einer Nadel im Heuhaufen. Livia und Aurelius hatten auch nicht mehr Glück. Keuchend blieben sie schließlich an einer Kreuzung stehen.

»Warum hat er das bloß getan?« fragte Livia.

»Verstehst du denn nicht? Er will nicht, daß wir für ihn noch weitere Mühen und Gefahren auf uns nehmen. Er glaubt, er sei für uns eine gefährliche Last, und will sich deswegen selbst aus dem Weg räumen.«

»Mein Gott, nein!« rief Livia, während sie nur mit Mühe die Tränen zurückhalten konnte.

»Wir suchen weiter«, sagte Aurelius. »Weit kann er nicht gekommen sein.«

Romulus hatte unterdessen einen kleinen Platz erreicht, an dem sich eine Taverne befand, und blieb stehen. Für einen Augenblick überlegte er, ob er dort eintreten und sich gegen Kost und Logis als Bursche zum Saubermachen und als Tellerwäscher verdingen sollte. Er fühlte sich sehr allein, und die Entscheidung, die er über seine Zukunft getroffen hatte, machte ihn verzweifelt und ängstlich. Dennoch war er sicher, das Beste getan zu haben. Er stieß einen tiefen Seufzer aus und schickte sich an, durch die Tür zur Taverne zu treten, als diese sich weit öffnete und im Licht der Laterne den Blick auf einen von Wulfilas Barbaren freigab. Ihm folgten noch drei weitere, und es sah ganz so aus, als wollten sie auf seine Seite herüberkommen. Zu Tode erschrocken, machte Romulus kehrt, um davonzulaufen, stieß aber gegen jemanden, der ihm in den Weg getreten war. Er fühlte nur noch, wie ihn eine Hand an der Schulter packte und eine andere ihm den Mund verschloß. Noch verängstigter tat er alles, um sich diesem

Griff zu entwinden, als eine vertraute Stimme zu ihm sagte: »Pscht! Ich bin's, Demetrios. Halt doch still. Wenn die uns sehen, ist alles aus.«

Und so wichen sie, ohne das kleinste Geräusch zu machen, langsam zurück, dann zog ihn Demetrios im Laufschritt hinter sich her in Richtung Hafen. Ambrosinus wartete bereits dort auf sie und hielt sich, das Gesicht vor Angst ganz verzerrt, an der Reling fest, während die Gefährten hilflos um ihn herumstanden.

»Was hast du nur angestellt!« rief er aus, sobald er ihn sah, und hob die Hand, um ihm eine Ohrfeige zu geben. Doch Romulus blickt ihm fest und ohne mit der Wimper zu zucken in die Augen. Als Ambrosinus den würdevollen Blick und die Erhabenheit seines Herrschers wahrnahm, hielt er sogleich inne und beugte sein Haupt. »Du hast unser aller Leben in Gefahr gebracht. Livia, Vatrenus und Aurelius suchen noch immer nach dir, und jeder Augenblick erhöht die Gefahr, in der sie sich befinden.«

»Das ist wahr«, bestätigte Demetrios. »Es hätte nicht viel gefehlt, und ich wäre mit Wulfilas Männern zusammengestoßen. Sie sind in der Stadt unterwegs, offensichtlich suchen sie uns.«

Romulus brach in Tränen aus und rannte unter Deck, um sich irgendwo zu verstecken.

»Sei nicht zu streng mit ihm«, sagte Demetrios. »Er ist doch noch ein Junge und fühlt sich sicher ganz schrecklich. Dabei muß er sich mit Entscheidungen herumschlagen, die weit größer sind als er.«

Ambrosinus seufzte und ging wieder zur Reling, um nach den anderen zu schauen, als die Stimme des Bootsführers an sein Ohr drang. »Ich habe einen Wagen gefunden«, sagte er, während er über den Steg auf das Schiff stieg. »Ihr habt Glück. Aber ihr solltet euch beeilen, der Verleiher will seinen Laden schließen und zu Bett gehen.«

»Es gab leider einige Schwierigkeiten«, antwortete Demetrios. »Ein paar von uns sind unterwegs in der Stadt.«

»Schwierigkeiten? Was denn für Schwierigkeiten?«

»Ich werde mit dir gehen«, sagte Ambrosinus. »Ihr anderen wartet hier, aber daß sich um Himmels willen niemand wegrührt, bis ich wieder da bin.«

Demetrios nickte und blieb als Wachtposten zurück, um zusammen mit Orosius und Batiatus auf die Freunde zu warten. Als erster traf Vatrenus ein und dann, einige Zeit später, Livia, gefolgt von Aurelius. Sie fühlten sich erschöpft und niedergeschlagen.

»Beruhigt euch«, sagte Demetrios. »Ich habe ihn wie durch ein Wunder gefunden. Er wollte in eine Taverne hineingehen, glaube ich. Es hätte nicht viel gefehlt, und wir wären Wulfilas Halsabschneidern in die Hände gefallen.«

»In eine Taverne?« fragte Aurelius. »Und wo ist er jetzt?«

»Unter Deck. Ambrosinus hat ihn gescholten.«

»Ich gehe zu ihm«, meinte Livia und verschwand unter Deck.

Romulus saß zusammengekauert in einer Ecke und hatte den Kopf auf die Knie gestützt; er weinte leise vor sich hin. Livia trat zu ihm und berührte ihn leicht. »Vor lauter Angst um dich sind wir fast gestorben«, sagte sie. »Tu das nie wieder, ich bitte dich. Nicht du brauchst uns. Wir brauchen dich, verstehst du denn nicht?«

Romulus hob das Gesicht und trocknete sich mit dem Saum seiner Tunika die Tränen ab. Dann stand er auf, und ohne ein Wort zu sagen umarmte er sie, während von draußen der Klang von Wagenrädern hereindrang, die über das Kopfsteinpflaster ratterten.

»Komm jetzt«, sagte Livia, »und nimm deine Sachen. Es ist Zeit, das Weite zu suchen.«

XXX

Der Karren stand bereits auf der Hafenmole, als Ambrosinus dem Fuhrmann den Mietpreis abzüglich der Kosten für das Zugtier bezahlte. »Wie du siehst«, sagte er, »besitzen wir selber ein Pferd.« Und tatsächlich führte in diesem Augenblick Aurelius Juba am Halfter vorsichtig den Steg herab, um ihn gegen den mageren Klepper zwischen der Deichsel auszutauschen.

»Bei allen Heiligen«, sagte der Fuhrmann, »dieses Tier ist als Zugpferd die reinste Verschwendung. Wenn du es mir überläßt, gebe ich dir zwei meiner eigenen Gäule dafür. Was hältst du davon?«

Ohne ihn eines Blickes zu würdigen, begann Aurelius, das Zaumzeug am Hals seines Pferdes zu befestigen.

»Das Tier ist wie ein Bruder für ihn«, sagte Demetrios zum Fuhrmann. »Würdest du etwa deinen Bruder gegen zwei Klepper tauschen?«

Der Fuhrmann kratzte sich am Kopf. »Da müßtest du einmal meinen Bruder sehen, den könntest du höchstens gegen einen Esel eintauschen.«

»Beeilen wir uns«, mahnte Ambrosinus. »Je früher wir losfahren, desto besser.« Nachdem sich die anderen vom Bootsführer verabschiedet und bei ihm bedankt hatten, bestiegen sie den Karren, ließen sich auf den Bodenbrettern nieder und lehnten sich gegen die Seitenwände. Ein Wachstuch, das über das Gestänge aus Weidenholz gespannt war, verbarg nicht nur die Insassen, sondern bot ihnen auch ein wenig Schutz. Livia kauerte sich neben Romulus unter der Decke zusammen. Aurelius schaute von hinten herein. »Ich gehe zu Fuß«, sagte er. »Da Juba es nicht gewohnt ist, einen Wagen zu ziehen, fürchte ich, er könnte scheuen. Versucht ihr inzwischen, euch ein wenig auszuruhen.«

Ambrosinus gab dem Bootsführer die Hand. »Wir sind dir sehr dankbar«, sagte er zu ihm. »Wir verdanken dir unser Leben und das, obwohl wir nicht einmal deinen Namen kennen.«

»Um so besser, dann braucht ihr euch eine Sache weniger zu merken. Es war eine schöne Überfahrt, und es gefiel mir, Gesellschaft zu haben. Normalerweise mache ich diese Reise immer mutterseelenallein. Wenn ich recht hörte, willst du über das Eis gehen.«

»Ich glaube, wir haben keine andere Wahl«, gab Ambrosinus zu.

»Das meine ich auch. Aber seid vorsichtig. Am dicksten ist das Eis immer an der Stelle, wo der Fluß am langsamsten fließt. Also liegt auf den geraden Abschnitten die größte Gefahr in der Mitte, in den Biegungen dagegen an den Außenseiten. Geht einer nach dem anderen hinüber und laßt als letztes das Pferd mit dem leeren Karren gehen. Wenn ihr erst auf der anderen Seite seid, schlagt den Weg nach Nordwesten ein. Innerhalb einer Woche könnt ihr die Seine erreichen, wenn das Wetter nicht gar zu schlecht ist. Danach wird alles leichter werden, so hoffe ich zumindest. Gott stehe euch bei.«

»Dir auch, mein Freund. Eines Tages wirst du vielleicht von diesem Knaben hören, den du erlebtest, als er umherirrte und verfolgt wurde, und dann wirst du stolz sein, ihn kennengelernt und ihm geholfen zu haben. Gute Reise.«

Sie verabschiedeten sich mit einem letzten Händedruck, dann bestieg Ambrosinus mit Hilfe von Orosius den Wagen, der dessen hintere Wand hochklappte und an beiden Seiten befestigte. Dann sagte Demetrios zu Aurelius: »Nun sind wir alle bereit.« Quietschend und ratternd setzte sich das Gefährt auf dem Kopfsteinpflaster der Mole in Bewegung und verschwand in der Dunkelheit.

Sie fuhren die ganze Nacht hindurch und legten etwa fünfzehn Meilen zurück, während sie sich dabei abwechselten, Juba am Zügel zu führen. Doch später, als sich das Pferd an den Wagen gewöhnt hatte, setzte sich Aurelius auf den Kutschbock, von wo aus er es nur noch mit seiner Stimme und dem Zaumzeug lenkte. Zu ihrer Linken formte sich der Fluß immer mehr zu einer weißen Kruste, die schließlich zu einer gleichmäßig dicken Eisplatte wurde und von einem Ufer zum anderen reichte. Die Kälte war schneidend. Während der Nacht hatte sich der Nebel in Rauhreif verwandelt, der über Sträucher und Schilf, Ufergras und Büsche ein Netz aus bizarrer Spitze warf. Der Himmel hatte einen Schleier aus hohen, spärlichen Wolken um sich gelegt, durch die von Zeit zu Zeit die ersten Strahlen der Sonne blitzten und nicht weit über dem Horizont eine verschwommene, weißliche Aureole bildeten.

Alle fühlten sich unbehaglich. Das Fahrzeug, das ihnen zur Verfügung stand, verbarg sie zwar vor den Blicken der Menschen, war aber sehr langsam und nicht besonders stabil. Außerdem wartete noch immer das größte Risiko auf sie: die Überquerung des Flusses. Der vermeintliche Vorteil, daß ihnen das Morgenlicht eine bessere Sicht gewährte, erwies sich in Wirklichkeit als hinfällig, denn das vom Himmel ausgesandte Licht wurde von dem Schnee und dem Eis so diffus widergespiegelt, daß die Umrisse aller Gegenstände ineinander verschwammen und die gesamte Landschaft in milchig helles Weiß getaucht war. Nur Menschen und Tiere traten deutlich erkennbar daraus hervor. Doch nur selten begegneten sie einigen Bauern und ihren Lasttieren, die mit Reisig und Brennholz beladen waren, oder ein paar einsamen Wanderern, die sich zumeist als zerlumpte Bettler herausstellten. Das Krähen der Hähne aus den in der Landschaft verstreuten Bauernhöfen kündigte den neuen Tag an, und ab und zu hörte man Hundegebell, das in dem unendlich leeren, kalten Raum wie ein unheimliches Klagelied widerhallte.

Ein paar Meilen fuhren sie noch weiter, dann hielten sie an einer Stelle an, an der sich der Fluß stark verengte und der Damm nicht allzu hoch über das Flußbett emporragte. Hier bot sich ihnen ein leichterer Zugang. Also faßten sie den Entschluß, daß zwei Männer, geschützt durch ein Sicherungsseil, zu Fuß die Festigkeit des Eises prüfen sollten, damit der eine der beiden, falls er im Wasser versank, von dem anderen wieder herausgezogen werden konnte. Aurelius und Batiatus, die mit ihrer kräftigen, hochgewachsenen Statur einander sicheren Halt bieten konnten, erklärten sich zu dem Unterfangen bereit. Unter dem besorgten Blick ihrer Kameraden wagten sich beide auf die Eisfläche vor und klopften mit ihren Speerstangen die Oberfläche ab, um vom Klang her die Dicke des Eises festzustellen. Innerhalb kurzer Zeit waren sie fast bis zur Mitte des Flusses vorgedrungen und schienen aus dem Blickwinkel ihrer Kameraden immer kleiner zu werden. Dort war der kritische Punkt, der Teil, an dem sich das Eis zuletzt verfestigt hatte, und so beschloß Aurelius, zur besseren Prüfung sein Schwert dort hineinzustoßen. Fest hielt er es mit beiden Händen umfaßt, bevor er es mit aller Gewalt ins Eis hineinbohrte, so daß die wie Kristall glitzernden Stücke nach allen Seiten davonstoben.

Er kam etwa bis auf einen Fuß hinab in die Tiefe, und mit einem letzten Stoß versenkte er die Klinge im Wasser.

»Einen Fuß tief!« rief er zu dem hinter ihm stehenden Batiatus.

»Wird das reichen?« erwiderte der Äthiopier.

»Es muß reichen, da wir hier nicht allzu lange ohne Dekkung verweilen sollten. Dort drüben hat man uns schon bemerkt, sieh nur!« Und er deutete auf ein paar Menschen, die am Ufer stehengeblieben waren, um sich das seltsame Gebaren der Fremdlinge anzusehen. Rasch kehrte er zurück, um sich mit seinen Kameraden zu beratschlagen, dann machten sich alle im Abstand von wenigen Schritten auf den Weg.

»Beeilen wir uns«, sagte Ambrosinus. »Wir stehen hier allzusehr in der Schußlinie, und ein jeder, der über uns Bescheid weiß, kann uns hier sehen.«

Der Bootsführer, der gehofft hatte, zu diesem Zeitpunkt bereits in Richtung Süden unterwegs zu sein, befand sich in einer völlig anderen Lage. Das Salz zu löschen, hatte sehr viel mehr Zeit in Anspruch genommen als vorgesehen, da die Kristalle lange der Feuchtigkeit ausgesetzt und nun zusammengeklumpt waren. So hatte er seine Arbeit noch nicht beendet, als Wulfilas Männer auf die Mole stürmten und die vor Anker liegenden Schiffe zu kontrollieren begannen. Sie brauchten nicht lange, um das mit der Salzladung auszumachen, obwohl nur noch wenig davon auf der Brücke lag. Mit gezogenen Schwertern stürzten sie an Bord.

»Halt, stehenbleiben! Wer seid ihr?« rief der Bootsführer. »Ihr habt nicht das Recht, auf mein Schiff einzufallen.«

In diesem Augenblick trat Wulfila auf den Plan und befahl seinen Männern, ihm das Maul zu stopfen und ihn unter Deck zu bringen.

»Tu nicht so, als ob du uns nicht wiedererkennst!« fing er an. »Wir haben uns vor etwa zehn Tagen das letzte Mal gesehen, und ich bin sicher, du hast mein Gesicht nicht vergessen, oder doch?« Er näherte sich ihm und verzog dabei sein maskenhaftes Narbengesicht zu einem Grinsen. »Wir haben damals einen Abtrünnigen und Mörder verfolgt, der mit seinem Pferd auf dein Schiff gesprungen ist. Er hatte einen Jungen dabei, nicht wahr?«

Der Bootsführer sah sich bereits verloren, da er keine dieser Behauptungen abstreiten konnte. »Seine Freunde hatten ihn hier erwartet«, antwortete er. »Sie haben mich für die Fahrt bezahlt und sich immer gut benommen. Ich konnte nicht ...«

»Schweig! Diese Männer werden wegen übelster Delikte gesucht, die sie im Staatsgebiet des Imperiums begangen haben. Sie haben den Jungen geraubt, den wir jetzt zu befreien suchen, um ihn seinen Eltern zurückzubringen. Hast du verstanden?«

Einen Augenblick lang war sich der Bootsführer im Zweifel, ob dieser Narbengesichtige die Wahrheit sagte, vor allem, wenn er an Romulus' plötzliche Flucht und die hektische Suche nach ihm in der vorangegangenen Nacht dachte. Doch dann erinnerte er sich, wie freundlich und liebevoll sich seine Reisegefährten ihm gegenüber verhalten hatten und der Knabe diese Zuneigung auch erwiderte. Also quetschte er nur zwischen den Zähnen hervor: »Warum sollte ich mich um den Lebenslauf all der Leute kümmern, die mein Schiff betreten? Mir reicht es, wenn sie mich bezahlen und mir keinen Ärger machen. Und genau das haben die getan. Alles andere geht mich nichts an, und ich will es auch nicht wissen. Ich muß jetzt heimfahren, und darum ...«

»Du gehst erst, wenn ich es dir erlaube!« schrie Wulfila und versetzte ihm mit dem Handrücken einen Schlag. »Erst wirst du mir sagen, wohin sie gegangen sind, oder du wirst es bereuen, daß du je geboren wurdest!«

Zu Tode erschrocken und mit schmerzverzerrtem Gesicht versuchte der Mann, seine Schinder davon zu überzeugen, nichts zu wissen, aber er war auch nicht bereit, sich ihrer Folter auszusetzen. Zunächst tat er alles, um den Faustschlägen und Fußtritten zu widerstehen, und er biß, als sie ihm die Arme auf den Rücken drehten, bis sie beinahe brachen, fest die Zähne aufeinander, um jeden Schmerzensschrei zu ersticken. Das tat er auch noch, als ihm das Blut aus seinen geplatzten Lippen strömte und von der gequetschten Nase herunterrann, doch als er erkannte, daß Wulfila nach seinem Dolch griff, gab er in panischer Angst schlagartig jeden Widerstand auf. Er sagte: »Heute nacht sind sie mit einem Karren nach Norden gefahren ...«

Mit einem Fußtritt streckte ihn Wulfila zu Boden, dann steckte er seinen Dolch wieder weg. »Bitte deinen Gott, daß wir sie finden, andernfalls werde ich wiederkommen und dich bei lebendigem Leib mitsamt deinem Kahn verbrennen.«

Er beauftragte zwei Männer, ihn zu bewachen, dann sprang er auf die Mole hinab, bestieg sein Pferd und galoppierte nach Norden. Seine Männer folgten ihm.

»Da sind Spuren von Wagen und Pferd zu erkennen«, rief einer der Krieger, nachdem sie die Stadt verlassen hatten. »Gleich wird sich herausstellen, ob es ihre sind.« Er ließ sich zu Boden gleiten und untersuchte, wie tief sich die Spuren von Jubas Hufen im Schnee abgedrückt hatten. Sofort erkannte er sie wieder. Mit einem zufriedenen Grinsen drehte er sich zu seinem Anführer um. »Sie sind es, das Schwein hat die Wahrheit gesagt.«

»Endlich!« rief Wulfila aus. Er zog sein Schwert aus der Scheide und ließ es, die Faust hoch emporgereckt, unter den Jubelrufen seiner Männer in der Luft erglänzen. Dann gab er seinem Pferd die Sporen und sprengte im Galopp auf der verschneiten Straße davon.

Unterdessen war es Aurelius gelungen, seine Kameraden sicher ans andere Ufer zu bringen, nur er blieb zurück, um Juba mitsamt dem Wagen hinüberzugeleiten. Zu Fuß ging er vor Juba her, wobei er ihn am Zügel hielt und ständig beruhigend auf ihn einredete, um ihm bei dem sonderbaren Marsch über diesen gläsernen Boden, der seinen Hufen keinen Halt bot, Mut zuzusprechen. »Langsam, Juba, langsam, siehst du? Alles in Ordnung, jetzt gehen wir zu Romulus, der wartet da drüben schon auf uns, da, siehst du ihn? Siehst du, wie er uns Zeichen gibt?«

Sie befanden sich in der Mitte des Flusses. Aurelius war wegen Jubas kräftiger Statur und dem Gewicht des Wagens, das hauptsächlich auf den schmalen Eisenbändern um die Räder lastete, stark beunruhigt. Mit gespitzten Ohren versuchte er noch das leiseste Knirschen im Eis wahrzunehmen, das ihm ankündigte, wann sich ein Spalt auftat, der ihn und sein Pferd verschlingen und sie dem eiskalten Wasser überantworten würde. Ein Tod, der ihm panischen Schrecken einjagte. Ab und zu warf er einen Blick auf seine Kameraden auf der anderen Flußseite. Er konnte die Anspannung spüren, die sie peinigte, während sie auf ihn warteten.

»Jetzt, komm!« rief plötzlich Batiatus. »Du bist über den schwächsten Punkt hinweg. Nun mach schon, beeil dich!«

Aurelius beschleunigte seinen Schritt, doch wunderte es ihn, daß seine Kameraden nicht aufhörten, ihm mit immer schrillerer Stimme aufgeregt zuzurufen. Da erfaßte ihn ein furchtbarer Gedanke, also drehte er sich um und entdeckte in einer Entfernung von kaum einer Meile eine geschlossene Gruppe von Reitern, die den Flußdamm entlanggaloppierten. Wulfila! Schon wieder er! Wie konnte das sein? Wie nur gelang es diesen Bestien, wie die Gespenster der Hölle ständig aus dem Nichts wieder aufzutauchen? Im Laufschritt zerrte er sein Pferd dem gegenüberliegenden Ufer entgegen, das bereits ganz nahe vor ihnen lag, dann zog er das Schwert und bereitete sich auf den tödlichen Zusammenstoß vor.

Auch die Gefährten stellten sich mit ihren Waffen in der Faust darauf ein, Romulus' Flucht zu beschützen.

»Aurelius«, schrie Vatrenus, »mach das Pferd los und flieh mit dem Jungen. Wir werden versuchen, so lange wie möglich Widerstand zu leisten. Geh, geh, bei allen Teufeln!«

Doch Romulus hielt sich an den Speichen der Wagenräder fest und rief: »Nein, ich gehe nicht. Ich will nicht ohne euch gehen! Ich will nicht mehr fliehen!«

»Nimm ihn und geh! Weg! Weg!« rief Vatrenus unaufhörlich und fluchte auf alle Dämonen und Götter, die er nur kannte. Mittlerweile hatten die feindlichen Reiter das gegenüberliegende Ufer erreicht und machten sich bereit, den vereisten Fluß zu überqueren. Wulfila versuchte, sie zurückzuhalten, da er die drohende Gefahr vorhersah, doch drängte der brennende Wunsch, der aufreibenden Verfolgungsjagd ein für allemal ein Ende zu setzen, die Männer dazu, sich wie besessen auf die Eisfläche des Flusses zu stürzen. In diesem Augenblick wandte sich Demetrios an seine Gefährten: »Seht nur, wie sie in geschlossener Gruppe vorrücken. Das Eis wird niemals halten. Wenn wir sofort losmarschieren, sind wir gerettet. Also, hinauf auf den Karren!« Er hatte noch nicht zu Ende gesprochen, als sich auch schon unter dem Gewicht der Reiter ein Spalt auftat, der sich durch die hämmernden Hufe der heranpreschenden zweiten Welle von Angreifern in schlängelnden Linien verbreiterte, bis das Eis brach und das Wasser daraus hervorquoll. Immer mehr Reiter rutschten auf dem brüchigen Eis aus und stürzten schwer hernieder, wodurch eine große Platte abplatzte. Wulfila schrie: »Halt! Zurück! Das Eis trägt nicht, zurück!«

»Gehen wir!« rief Aurelius bei diesem Anblick. »Weg! Vielleicht schaffen wir es noch!« In höchster Eile sprangen alle auf den Wagen, während Ambrosinus mit den Zügeln auf Jubas Rücken eindrosch. Wie von Furien gehetzt, fuhren sie davon, doch war ihnen nur ein sehr kurzes Aufatmen vergönnt. Nachdem er seine Männer wieder zurückgetrommelt hatte, ließ Wulfila sie ein Stück weit entfernt nacheinander das Eis überqueren, so daß er die Verfolgung erneut aufnehmen konnte. Gegenüber dem vollbeladenen Karren gewann er schnell an Boden. Rasch verteilte Aurelius beim Erscheinen der Männer die Waffen an seine Kameraden, während Livia sofort einen Pfeil an ihrem Bogen ansetzte und zielte. Gerade, als die Barbaren in Schußweite waren, bemerkte sie, wie diese zusehends langsamer wurden und schließlich ganz stehenblieben.

»Was ist denn da los?« sagte Vatrenus.

»Ich weiß es nicht«, antwortete Aurelius, der erkannte, daß auch der Wagen an Geschwindigkeit verlor, »aber bleibt nicht stehen. Bleibt bloß nicht stehen!«

»Ganz einfach ausgedrückt, wir sind gerettet!« rief Ambrosinus. »Seht nur!«

Vor ihnen erhob sich eine Gruppe von Bewaffneten zu Pferde und eine Vielzahl von Infanteristen, die urplötzlich aus dem Nebel aufgetaucht waren. Sie rückten, auf breiter Front verteilt, im Schrittempo vor und hielten die Waffen in der Faust. Wie vom Donner gerührt, befahl Wulfila seinen Männern anzuhalten und blieb dann in respektvoller Entfernung stehen.

Auch die Truppen, die aus dem Nebel erschienen waren, blieben nun stehen. Ihre Ausrüstung und Feldzeichen ließen keine Zweifel – es waren römische Truppen!

Ein Offizier trat vor. »Wer seid ihr?« fragte er. »Und wer sind die, die euch verfolgt haben?«

»Gott segne euch!« rief Ambrosinus aus. »Wir verdanken euch unser Leben.«

Aurelius salutierte mit militärischem Gruß. »Aurelianus Ambrosius Ventidius«, stellte er sich vor. »Erste Kohorte, Legio Nova Invicta.«

»Rufius Elius Vatrenus«, vermeldete wie ein Echo der nächste. »Legio Nova Invicta.«

»Cornelius Batiatus ...«, setzte der äthiopische Riese an.

»Legion?« fragte der Offizier entgeistert. »Legionen gibt es seit einem halben Jahrhundert nicht mehr. Woher kommst du, Soldat?«

»Du kannst ihm glauben, Kommandant«, sagte Demetrios. »Und wenn du uns etwas warme Suppe und einen Becher Wein anbietest, werden wir dir ein paar Geschichten erzählen.«

»In Ordnung«, antwortete der Offizier. »Kommt mit uns.«

Nach ungefähr einer Meile rund um den Hügel standen sie vor einem Lager, das etwa tausend Männer beherbergte. Der Kommandant hieß sie vom Wagen absteigen und brachte sie in sein Zelt. Rasch eilten seine Diener herbei, um ihm das Koppel mit dem Schwert zu öffnen, seinen Helm abzunehmen und einen Feldstuhl hinzustellen. Ein weiterer Untergebener brachte ihnen die gleiche Ration, die auch an die Truppe verteilt wurde, und alle begannen zu essen. Romulus, der sich langsam von der Angst und der Kälte erholte, die seine Glieder hatten erstarren lassen, wollte sich zunächst voller Freude auf das Essen stürzen, paßte sich dann aber dem Verhalten seines Lehrers an und löffelte gleich ihm mit durchgedrücktem Rücken würdevoll seine Suppe.

»Eine buntgemischte Gesellschaft seid ihr da«, hub der Offizier an. »Drei Legionäre, wenn ich euren Worten Glauben schenken darf und, nach dem Barte zu schließen, ein Philosoph. Dazu ein paar Deserteure, so mich meine Ohren nicht trügen, und eine junge Frau mit allzu hochmütigem Benehmen und zu dünnen Beinen, als daß sie zur Bettgefährtin taugte. Zu guter Letzt noch ein Jüngelchen, das kaum einen Hauch von Haarwuchs unter der Nase hat, sich aber so dünkelhaft aufführt wie ein Staatsmann der alten Republik. Ganz zu schweigen von der Schar Halsabschneider, die sich euch an die Fersen hefteten. Was soll ich nur von euch halten?«

Ambrosinus, der diese Fragen bereits vorausgesehen hatte, hatte sofort eine Antwort parat. »Du hast eine scharfe Beobachtungsgabe, Kommandant. Es ist mir klar, daß unser Äußeres Argwohn in dir erweckt, doch wir haben nichts zu verbergen und können alles erklären. Dieser Junge ist das Opfer einer schrecklichen Verfolgung. Als letzter Erbe einer hohen Adelsfamilie wurde er durch die Unverschämtheit eines Barbaren in Diensten der kaiserlichen Armee der Güter seiner Ahnen beraubt. Nicht genug damit, daß dieser Unmensch ihm alles genommen hat – er hat auch auf jede erdenkliche Weise versucht, den Knaben zu töten, damit dieser auch in Zukunft niemals sein Recht auf das väterliche Erbe geltend machen kann. Und so schickte er uns eine Schar gedungener Mörder auf den Hals, die uns seit Wochen nicht in Ruhe lassen und heute sicher ihr Ziel erreicht hätten, wenn du nicht aufgetaucht wärest. Die junge Frau ist die ältere Schwester des Knaben, sie wuchs auf wie eine Amazone, die Camilla und Penthesilea nacheifert. Sie hat es im Umgang mit Bogen und Speer zu unvergleichlicher Meisterschaft gebracht und sich als wackere Verteidigerin ihres jüngeren Bruders erwiesen. Was mich betrifft, so bin ich sein Erzieher. Mit dem Geld, das ich versteckt hatte, habe ich diese tapferen Kämpfer rekrutiert, die ein Gemetzel der Barbaren überlebten, und unser aller Geschick miteinander vereint. Euch im Glanz eurer Waffen, dazu die römischen Feldzeichen im Wind flattern zu sehen und eure Lippen die lateinische Sprache sprechen zu hören, ist ein unsagbarer Trost für uns alle. Wir danken dir aus tiefstem Herzen für unsere Errettung.«

Unter dem Eindruck dieser hervorragend vorgetragenen Rede verstummten sie alle, doch erschien der Kommandant, ein Veteran so zäh wie Leder, dadurch nicht sonderlich berührt zu sein.

So antwortete er bloß: »Mein Name ist Sergius Volusianus, *comes regis et magister militum*. Wir kommen von einer Mission, die der Unterstützung unserer Verbündeten in Zentralgallien diente, und sind auf dem Rückweg nach Parisii, wo ich unserem Herrn, Syagrius, dem König der Römer, Bericht erstatten werde. Und im Zuge dessen werde ich auch von der Begegnung mit euch berichten. Von jetzt an steht ihr unter meinem Kommando, und schon zu eurer eigenen Sicherheit erlaube ich euch unter keinen Umständen, diese Abteilung zu verlassen. Das Gebiet, das wir als nächstes durchqueren, ist äußerst gefährlich und häufig plötzlichen Überfällen durch die Franken ausgesetzt. Ich werde euch alle wie Römer behandeln. Und jetzt erlaubt mir, daß ich mich empfehle, unser Abmarsch steht unmittelbar bevor.« Rasch schüttete er noch einen Becher Wein hinunter, dann griff er nach Schwert und Helm und eilte hinaus. Sein Adjutant und seine Diener folgten ihm.

»Was haltet ihr davon?« fragte Ambrosinus.

»Ich weiß es nicht«, antwortete Aurelius. »Mir scheint, er glaubt die Geschichte, die du ihm erzählt hast, nicht ganz.«

»Die allerdings beinahe der Wahrheit entspricht.«

»Dieses ›beinahe‹ ist auch ein Problem. Hoffen wir das Beste. Doch wie immer dem auch sei, wir sind jetzt in einer weit besseren Lage und können uns, zumindest vorläufig, in Sicherheit wiegen. Dieser Kommandant ist bestimmt ein hervorragender Soldat und wahrscheinlich auch ein Ehrenmann.«

»Und Wulfila?« fragte Orosius. »Glaubt ihr, daß er jemals aufgeben wird? Zwar stehen seine Aussichten zum jetzigen Zeitpunkt recht schlecht, da uns eine kampferprobte und zahlenmäßig überlegene Truppe schützt. Und auf dieser Seite des Rheins ist er es, der sich in Gefahr befindet.«

»Ich würde mir darüber keine allzu großen Illusionen machen«, antwortete Aurelius. »Vielleicht bekommt er die Franken dazu, ihm zu helfen. Seine Entschlossenheit kennt keine Grenzen, das haben wir ja schon gesehen, als er uns zwang, bis an die äußersten Grenzen des Reiches zu fliehen. Jeder andere an seiner Stelle hätte längst aufgegeben, aber nicht er. Und jedesmal, wenn wir ihm wieder begegneten, gebärdete er sich noch wilder und aggressiver als zuvor – ganz so, als sei er direkt der Unterwelt entstiegen. Außerdem hat er Cäsars Schwert in seiner Gewalt.«

»Manchmal denke ich wirklich, daß er ein Dämon ist«, sagte Orosius, wobei der Ausdruck seiner Augen mehr als seine Worte sagte.

»Es war Aurelius, der ihm das Gesicht zerfetzte, du kannst also sicher sein, daß er, wie wir alle, aus Fleisch und Blut besteht«, erwiderte Demetrios. »Doch wie dem auch sei, ich kann es mir einfach nicht erklären, warum er sich gar so unversöhnlich zeigt und uns mit dieser besessenen Unerbittlichkeit verfolgt.«

»Ich schon«, wand Ambrosinus ein. »Aurelius hat ihn mit dieser Wunde verunstaltet, kaum einer hat ihn anschließend mehr wiedererkannt. Mit dieser Entstellung bleibt ihm für immer die Hoffnung auf das Paradies eines Kriegers versagt, was eine unerträgliche Strafe für einen Mann seines Geschlechts bedeutet. Wulfila entstammt einem ostgotischen Volk, das fanatisch an militärische Tapferkeit und das Schicksal eines Kämpfers im Jenseits glaubt. Um sich zu rehabilitieren, Aurelius, muß Wulfila dir genau das antun, was du ihm angetan hast. Er muß auch dir das Gesicht bis auf die Knochen zerschneiden und dann seinem Kriegsgott in deinem zum Becher umgewandelten Schädel ein Trankopfer darbieten. Wir müssen damit rechnen, daß wir ihn erst nach dem Tag seines Todes nicht mehr wiedersehen werden.«

»Eine Aussicht, um die ich dich nicht beneide«, kommentierte Vatrenus. Doch Aurelius schien diese Worte nicht sonderlich ernst zu nehmen. »Dann ist er also hinter mir her. Warum hast du mir das nicht gleich gesagt?«

»Weil du wahrscheinlich irgendeine Dummheit begangen hättest, wie etwa, ihn zum Zweikampf herauszufordern.«

»Ja, das wäre eine Möglichkeit«, entgegnete Aurelius.

»Keineswegs. Mit Cäsars Schwert in seinen Händen besteht nicht die geringste Hoffnung für dich. Im übrigen will er ohne Zweifel auch Romulus haben, sonst hätten wir ihn nicht in der *mansio* in Fano am Hals gehabt. Wir müssen auf jeden Fall zusammenbleiben, das ist unsere einzige Möglichkeit zu überleben. Vor allem dürfen wir eines nicht aus den Augen verlieren: Romulus muß unbedingt Britannien erreichen. Um jeden Preis. Dort wird sich alles erfüllen, wofür wir gekämpft haben, dann brauchen wir nichts mehr zu befürchten. Gar nichts mehr, versteht ihr das?«

Alle blickten einander an, denn eigentlich verstanden sie gar nichts. Noch nicht. Doch spürten sie auf irgendeine Weise, daß dieser Mann recht hatte und der beseelte Ausdruck in seinen Augen nicht trog. Jedesmal, wenn er ihr zukünftiges Schicksal andeutete, das ihm so klar schien, während es für sie nur schemenhaft blieb, sprach er wie ein Mann, der bei Tagesanbruch auf einem Turm Wache hält und als erster die Sonne aufgehen sieht.

XXXI

Später am Tag setzte sich die Kolonne von Sergius Volusianus in Richtung Nordwesten in Bewegung und marschierte sechs volle Tage, bis sie im Reich des Syagrius eintraf, wobei sie pro Tag fast zwanzig Meilen zurücklegte. Markiert wurde das Staatsgebiet des *rex Romanorum* von einer Verteidigungslinie, die aus einem Wall mit Gräben und Palisaden bestand, aus dem sich im Abstand von etwa einer Meile Wachtürme erhoben. Die Garnisonssoldaten trugen schwere Kettenhemden und konisch zulaufende Helme aus Eisen mit Schutzvorrichtungen an Wangen und Nasen wie sie auch die Franken verwendeten, und an ihrer Seite hingen lange Schwerter mit doppelter Klinge.

Sie betraten die Garnison durch ein befestigtes Tor, begrüßt von den langgezogenen Tönen einiger Trompeten, und zogen von dort aus weiter bis zum nächsten Flußhafen an der Seine. Dort schifften sie sich ein und fuhren den Fluß hinab bis zur Hauptstadt, der alten Kolonie Lutetia Parisiorum, die inzwischen fast alle nach ihren Einwohnern nur noch »Parisii« nannten. Sie legten die weite Strecke völlig unbehelligt zurück, wodurch sich allen der Eindruck vermittelte, die sie so lange Zeit belastende Bedrohung sei nun vorbei oder liege zumindest so weit hinter ihnen, daß sie sich darüber keine Sorgen mehr zu machen brauchten. Jede Tagesreise brachte sie näher an ihr Ziel heran, und mehr und mehr wurde Ambrosinus von einer sonderbaren Aufregung erfaßt, deren tatsächliche Ursache er sich nicht erklären konnte. Das einzige, was ihn beunruhigte, war die höchst mangelhafte Beziehung zu Kommandant Volusianus, mit dem sie nur selten und kurz in Berührung kamen. Er hielt sich gewöhnlich in seiner Unterkunft am Heck auf. Wenn er einmal heraustrat, war er immer von seinem Stab umringt, so daß sich niemand an ihn wenden konnte. Nur Aurelius hatte eines Abends die Gelegenheit, mit ihm zu sprechen. Als er ihn aufrecht am Bug stehen und in die über der Flußebene untergehende Sonne blicken sah, trat er auf ihn zu.

»*Salve*, Kommandant«, sagte er zu ihm.

»*Salve*, Soldat«, antwortete Volusianus.

»Unsere Reise verläuft ruhig.«

»Scheint so.«

»Darf ich dir eine Frage stellen?«

»Das kannst du sicher, aber du wirst nicht zwangsläufig eine Antwort erhalten.«

»Jahrelang habe ich unter dem Befehl von Manilius Claudianus gekämpft und seine persönliche Garde befehligt. Vielleicht sagt dir sein Name etwas und bewirkt, daß ich deiner Achtung würdig bin?«

»Claudianus war ein großer Soldat und ein sehr integrer Mann. Ein Römer, wie es sie heute nicht mehr gibt. Wenn er dir sein Vertrauen schenkte, bedeutet das, daß du seine Achtung verdient hast.«

»Du hast ihn also gekannt.«

»Persönlich, was mir zur Ehre gereicht. Die Mauerkrone, die du auf meiner Standarte siehst, verdiente ich mir unter seinem Befehl. Er selbst hat sie mir vor den Mauern von Augusta Raurica verliehen.«

»Der dortige Kommandant Claudianus ist gefallen, hinterrücks angegriffen von Odoakers Truppen. Meine Kameraden und ich sind einige wenige, die das Massaker überlebt haben. Doch nicht aus Feigheit oder weil wir desertiert sind.«

Volusianus bedachte ihn mit einem durchdringenden Blick. Er hatte die grauen Augen eines Raubvogels, und seine Gesichtshaut war von tiefen Falten durchfurcht und wirkte sehr trocken. Sein Haar war kurz geschnitten, und er trug einen mehrere Tage alten Bart. Die Mühen und Anstrengungen seines Lebens waren in jedem Zug seiner Persönlichkeit abzulesen, ebenso seine Fähigkeit, Menschen zu beurteilen.

»Ich glaube dir«, sagte er nach ein paar Augenblicken des Schweigens. »Was möchtest du wissen?«

»Ob wir unter deinem Schutz stehen oder in deinem Gewahrsam sind.«

»Sowohl als auch.«

»Warum?«

»Nachrichten über große Veränderungen im Bereich der Macht verbreiten sich schneller, als du denkst.«

»Das ist mir klar. Es wundert mich nicht, daß dein König über Odoaker und die Ermordung des Flavius Orestes informiert ist und auch du auf dem laufenden bist. Was weißt du noch, wenn ich fragen darf?«

»Daß Odoaker zu Wasser und zu Lande nach einem Jungen von dreizehn Jahren sucht, der unter dem Schutz einer Handvoll Deserteure steht und sich in Begleitung von sehr ... pittoresken Gestalten befindet.«

Aurelius blickte zu Boden.

»Und jeder, der mit der Regierungsverantwortung betraut ist«, fuhr Volusianus fort, »ist sich darüber im klaren, daß dies genau das Alter des letzten Kaisers im Westreich ist, Romulus Augustus, von vielen auch Augustulus genannt. Du wirst zugeben, daß die Übereinstimmung dieser Fakten allzu eindeutig ist, als daß man sie unberücksichtigt lassen könnte.«

»Das muß ich zugeben«, antwortete Aurelius.

»Ist er es?«

Aurelius zögerte, dann nickte er. Und während er seinem Gesprächspartner direkt in die Augen blickte, fügte er noch hinzu: »Von einem römischen Soldaten zum anderen gesagt.«

Volusianus nickte mit ernster Miene.

»Wir wollen keinerlei Einmischung, aber auch kein Chaos herbeiführen«, fügte Aurelius in gramerfülltem Ton hinzu. »Wir suchen nur einen ruhigen, entlegenen Ort, um diesen unglücklichen jungen Menschen in Zukunft vor der grausamen Verfolgung zu bewahren, deren Opfer er bis zum jetzigen Augenblick war. Er strebt weder nach Macht noch nach Auftrag und hat auch kein Interesse an einem öffentlichen Amt. Er sucht lediglich Ruhe und Vergessen, um endlich das Leben eines gewöhnlichen Menschen zu führen. Und wir mit ihm. Wir haben alles gegeben, was wir konnten. Wir haben für Rom unseren Schweiß und unser Blut vergossen. Und jedesmal, wenn es nötig war, unser Leben riskiert und uns niemals geschont. Wir haben Rom verlassen, weil wir uns weigern, den Barbaren Gehorsam zu leisten. Das hat nichts mit Desertion, sondern mit Würde zu tun. Außerdem sind wir erschöpft, ermattet und entmutigt. Laß uns gehen, General.«

Volusianus wandte sich wieder dem Horizont zu und betrachtete den langen, blutroten Streifen, der im Westen die Schneewüste einsäumte. Nur mühsam kamen die Worte aus ihm heraus, als sei ihm die Kälte, die ihm die Glieder gefror, bis ins Herz gedrungen: »Ich kann nicht«, antwortete er. »Syagrius hat mir Offiziere zur Seite gestellt, die nur danach streben, meine Nachfolge anzutreten und mich zu ersetzen. Sie meinen, mein Einfluß auf die Truppen sollte gemindert werden. Durch sie wird er ohnehin über eure Anwesenheit unterrichtet sein. Falls ich diesen Punkt also nicht selbst zur Sprache bringe, mache ich mich in seinen Augen so verdächtig, daß ich in Zukunft von ihm kein Verständnis mehr erwarten kann. Daher ist es besser, wenn ich ihn persönlich in Kenntnis setze.«

»Was geschieht dann mit uns?«

Volusianus sah ihm in die Augen. »Ich verspreche, die Identität dieses Jungen nicht preiszugeben, denn es ist nicht gesagt, daß die anderen sie auch nur erahnen. Im besten Falle könnte er sie selbst vergessen und nicht mehr beachten, so daß er die volle Verantwortung mir überließe. Ich kann dann die Maßnahmen treffen, die mir als die angenehmsten erscheinen. In diesem Falle ...«

»Und falls er die Wahrheit ahnt?«

»Nun, dann wäre es besser, euch keine Illusionen darüber zu machen. Der Junge ist sehr viel wert, allzu viel, wenn man es in Geld oder politischen Beziehungen ausdrücken will. Syagrius kann nicht unbeachtet lassen, daß Odoaker jetzt in Italien das Sagen hat. Er ist der wahre *rex Romanorum*. Was euch betrifft, ist die Sache einfach. Ich könnte für euch einen Anwerbungsvertrag für mein Heer erwirken, da wir immer gute Soldaten brauchen. Und da nimmt man es nicht so genau.«

»Ich verstehe«, antwortete Aurelius, der fühlte, wie ihm die Eiseskälte in sein Herz kroch. Dann machte er Anstalten, sich zu entfernen.

»Soldat!«

Aurelius blieb stehen.

»Warum liegt dir so viel an diesem Jungen?«

»Weil ich ihn gern habe«, antwortete er, »und weil er der Kaiser ist.«

Aurelius hatte nicht den Mut, Ambrosinus, aber noch weniger Livia den Ausgang dieses Gesprächs zu offenbaren, und hoffte im Vertrauen auf Volusianus' Wort, daß Romulus' Identität geheim bleiben könnte. Durch und durch ein Ehrenmann, behielt er die Sorgen, die an ihm nagten, für sich und strengte sich an, möglichst ruhig zu wirken und sogar mit Romulus und den anderen Gefährten zu scherzen.

Am fünften Tag ihrer Schiffsreise erreichten sie kurz vor Sonnenuntergang die Stadt. Alle drängten sich an der Reling auf dem Vorschiff zusammen, um den sich ihnen bietenden Anblick zu bewundern. Auf einer Insel mitten in der Seine, umgeben von einer Festungsanlage, die aus Mauerwerk in *opus cementicium* und einer Holzpalisade bestand, erhob sich Parisii. In ihrem Inneren ragten die Dächer der höchsten Gebäude empor, die teils nach römischer Art mit gebrannten

Dachziegeln, teils nach alter keltischer Art mit Holzschindeln und Stroh gedeckt waren.

Ambrosinus trat zu Romulus. »Auf der anderen Seite des Flusses, gegenüber dem Westufer dieser Insel, liegt der heilige Germanus begraben. Unter dem Namen Germain ist er noch heute all denen bekannt, die sein Andenken ehren.«

»Ist das der Held, der die Römer von Britannien im Kampf gegen die Barbaren im Norden anführte? Der, von dem du in deinem Tagebuch erzählst?«

»Ganz genau. Doch verfügte er über kein eigenes Heer, sondern bildete unsere Leute aus und teilte sie nach dem Vorbild alter römischer Legionen in militärische Strukturen ein, bis er an den Wunden verstarb, die er in der Schlacht davongetragen hatte.

Ich allein kenne noch seine letzten Worte und seine Prophezeiung. Also werde ich, sobald wir an Land sind, versuchen, die Stelle herauszufinden, an der er begraben liegt, um von ihm Schutz und Segen für deine Zukunft zu erbitten, Cäsar.«

Unterdessen waren die Rufe der Matrosen zu hören, die sich zum Anlegemanöver bereitmachten. Der Hafen von Parisii war bereits in der Zeit der ersten römischen Ansiedlung nach Cäsars Besetzung ausgebaut worden, und seither hatte sich kaum etwas verändert. Das Schiff mit Volusianus und den Gefährten legte am ersten der drei Anlegepiers an. Von dort wurden zwei Taue herübergeworfen, das eine am Bug und das andere am Heck, die die Ruderer nach den Befehlen des Bootsmanns ins Schiffsinnere zogen. Volusianus ging mit seinen Dienern von Bord und befahl den Fremden, ihm nachzufolgen. Daraufhin wurden die Pferde entladen, darunter auch Juba, der wild um sich schlug und sich auf jede erdenkliche Art dagegen wehrte, den Stallknechten zu folgen. Verwirrt näherte sich Ambrosinus dem Kommandanten. »General«, sagte er, »bevor wir uns verabschieden, möchten wir uns noch einmal bei dir bedanken mit der Bitte, unser Pferd wiederhaben zu dürfen. Schon morgen müssen wir weiterreisen und ...«

Volusianus drehte sich um. »Ihr könnt nicht weiterreisen. Ihr werdet so lange hierbleiben, wie es nötig ist.«

»General ...«, versuchte es Ambrosinus noch einmal, doch Volusianus hatte ihm bereits den Rücken zugewandt und eilte auf das Forum zu. Plötzlich wurden Ambrosinus und seine Gefährten von einer großen Zahl Wachsoldaten umringt, und ein Offizier befahl ihnen: »Folgt uns.« Aurelius bedeutete ihnen, keinen Widerstand zu leisten, während Ambrosinus verzweifelt rief: »Was bedeutet das alles? Wieso haltet ihr uns fest? Wir haben nichts getan und sind nur Wanderer, die ...« Doch als er erkannte, daß ihm niemand zuhörte, ging er bedrückt hinter den Soldaten her.

Romulus trat zu Aurelius. »Warum tun sie das?« fragte er. »Sind sie denn nicht ebenso Römer wie wir?«

»Vielleicht verwechseln sie uns mit jemandem«, versuchte Aurelius ihn zu beruhigen. »Das kommt manchmal vor. Du wirst sehen, es wird sich alles aufklären. Mach dir also keine Sorgen.«

Vor einem Gebäude aus behauenem Stein, das sehr karg wirkte, blieben die Soldaten stehen. Der Offizier befahl, die Tür zu öffnen, und ließ sie in einen großen, kahlen Raum eintreten. Zu beiden Seiten befanden sich schmale eisenbeschlagene Türen. Ein Gefängnis.

»Eure Waffen«, ordnete der Offizier an. Es folgte ein Moment höchster Anspannung, in dem Aurelius die Anzahl der sie umringenden Soldaten kurz abschätzte und die möglichen Folgen sämtlicher Handlungen erwog, die er in dieser Situation unternehmen könnte. Dann zog er das Schwert aus der Scheide und überreichte es einem der Kerkermeister. Resigniert und verwundert über den unerwarteten Ausgang ihrer Reise, taten es seine Gefährten ihm nach. Die Waffen wurden in einem eisenbeschlagenen Schrank an der hinteren Wand verstaut. Der Offizier wechselte einige leise Worte mit dem Kerkermeister, dann ließ er seine Soldaten mit gezogenen Waffen Aufstellung nehmen, bis jeder Gefangene eingesperrt war. Romulus warf Aurelius einen Blick stummer Verzweiflung zu, dann folgte er Ambrosinus in die für sie beide vorgesehene Zelle.

Der dumpfe Hall, mit dem die schwere Außentür geschlossen wurde, dröhnte donnernd in dem weitläufigen leeren Innenraum wider, während sich das Geräusch der im Gleichschritt marschierenden Soldaten kurz darauf draußen auf der Straße verlor. Übrig blieb allein die Stille.

Livia saß auf der dreckigen Pritsche. Da sie nicht schlafen konnte, ging sie in Gedanken noch einmal die letzten Ereignisse durch. Trotz der beklemmenden Situation der Gefangenschaft konnte sie nicht umhin, Aurelius' Entscheidung gutzuheißen, der sämtliche verzweifelte Befreiungsversuche ohne Aussicht auf Erfolg vermieden hatte. Es hofft der Mensch, solang er lebt ..., dachte sie. Doch sie war in Sorge um Romulus, vor allem, wenn sie sich an seinen Gesichtsausdruck im Augenblick des neuerlichen Eingesperrtwerdens erinnerte, der sie äußerst betroffen gemacht hatte. Ihr war klargeworden, daß der Junge die Grenze seiner Leidensfähigkeit erreicht hatte. Dieser ständige Wechsel zwischen Hoffnung und Schrecken, Illusion und Verzweiflung drohte ihn zu zerstören. Schon die unüberlegte, gefährliche Flucht aus Argentoratum hatte ihr damals offenbart, in welchem Gemütszustand er sich befand. In der gegenwärtigen Lage aber schienen die Dinge weit schlimmer. Ihr einziger Trost war, daß Ambrosinus mit Romulus zusammen war. Die Anwesenheit seines Erziehers trug sicher zu seiner Beruhigung bei und gab ihm ein Minimum an Vertrauen zurück.

Tief in diese Gedanken versunken, hörte sie plötzlich seltsame Geräusche an ihrer Zellentür, und mit gespitzten Ohren und angehaltenem Atem preßte sie sich an die Mauer. Ihr Kampfinstinkt, der in jahrelangen Angriffen, Fluchten und Hinterhalten geschult worden war, erwachte sofort und rief sämtliche Reserven in ihrem Körper und ihrem Geist hervor. In aller Eile bereitete sie sich darauf vor, im nächsten Augenblick loszuschlagen.

Dann vernahm sie das Schnappen des Türriegels, dem ein leises Getuschel und ein gedämpftes Kichern folgten. Nun begriff sie. Obwohl ihr Volusianus versprochen hatte, man werde sie gut behandeln, kam es doch sicher nicht allzuoft vor, daß sich eine junge, attraktive Frau in diesem stinkenden Gefängnis aufhielt. Und so hatte eine Zecherei ausgereicht, um die Wärter so weit in Versuchung zu bringen, daß sie sämtliche Risiken einer Bestrafung vergaßen.

Und tatsächlich öffnete sich nun die Tür. Zwei Gefangenenwärter betraten den Raum und beleuchteten ihn mit einer Öllampe. »Wo bist du, mein Täubchen?« fragte der eine. »Komm doch heraus und hab keine Angst. Wir wollen dir nur ein wenig Gesellschaft leisten.«

Livia gebärdete sich, als sei sie zu Tode erschrocken, dann ließ sie die linke Hand eilig an ihrem Bein hinabgleiten, bis sie die Schnürbänder ihres Stiefels erreichte, unter denen sie ein scharfes Stilett herauszog. Es hatte die Form eines Stachels und steckte in einem kugelförmigen Griff, so daß sie es leicht in der Faust verstecken konnte und nur noch die Spitze zwischen Zeige- und Mittelfinger herausragte. »Ich bitte euch, tut mir nichts!« flehte sie, doch diese Bitte erregte die beiden Wärter nur noch mehr.

»Sei ganz ruhig, wir werden dir nichts tun. Höchstens etwas Gutes. Danach wirst du dem guten alten Priapos ein Trankopfer bringen, denn er hat uns mit einem so schönen, großen Ding ausgestattet, genau dazu gemacht, so einen Bettschatz wie dich glücklich zu machen.« Er machte sich daran, seine Hose zu öffnen, während sein Kamerad Livia mit einem großen Messer bedrohte. Livia zeigte sich noch verängstigter, legte sich auf das Feldbett und rutschte mit den Schultern soweit wie nur möglich an die hintere Wand.

»Also«, sagte der erste der beiden, »jeder kommt zum Schuß. Erst ich und dann auch mein Freund. Und anschließend erzählst du uns, wer besser war und den Größeren hatte. Ist das nicht lustig?«

Er hatte inzwischen seinen Unterkörper entblößt und stützte sich mit den Knien am Rand des Feldbettes ab. Derweil machte sich Livia mit ihrem speziellen Stachel bereit, den sie fest in der Faust hielt. Und während der eine Wächter sich vornüberbeugte, um sie zu packen, schoß sie mit einer raschen Beckenbewegung von der Seite zu dem anderen vor und bohrte ihm das Stilett in die Brust. Genau in diesem Augenblick verlor der andere Wärter die Balance und fiel flach auf die Pritsche. Mit einer blitzartigen Bewegung ließ Livia ihr Instrument von der linken in die rechte Hand gleiten und stieß es ihm mit einem so harten Ruck in den Nacken, daß ihm die Wirbelsäule durchtrennt wurde. Und während er schlaff auf dem Bett zusammenbrach, sank der andere zu Boden, beinahe gleichzeitig und ohne den geringsten Laut.

Nun blieb ihr keine Wahl mehr, also nahm Livia die Schlüssel an sich und eilte zu den Zellen ihrer Gefährten, die sie plötzlich ruhig lächelnd vor sich stehen sahen. »Aufstehen, Leute, es wird Zeit, setzt euch in Bewegung!«

»Aber, wie ...«, begann Aurelius verwundert, als sie die Tür aufsperrte und ihn umarmte.

Sie zeigte ihm das Stilett. »*In calceo venenum* oder Die Tücke liegt im Schuh!« lachte sie in Abwandlung des alten Sprichworts. »Sie haben vergessen, in meinen Schuhen nachzusehen.« Und dann lief ihr Romulus entgegen, fiel ihr um den Hals und drückte sie so fest an sich, daß er sie beinahe erstickte. Livia öffnete den Schrank, der ihre Waffen enthielt, und sie schlichen eiligst zum Ausgang. Doch plötzlich war draußen ein Geräusch von Schritten zu hören und dann ein Riegel, der zurückgeschoben wurde. Volusianus stand in der Türöffnung, umringt von seiner Leibgarde in Kampfausrüstung.

Rasch wechselte Livia einen Blick mit Aurelius. »Ich laß mich nicht noch einmal gefangennehmen«, sagte er schlicht, und die Art, wie sie alle nach ihren Waffen griffen, ließ sofort erkennen, daß die anderen der gleichen Meinung waren. Da hob Volusianus seine Hand. »Halt«, rief er. »Hört mich an, es bleibt nicht viel Zeit. Odoakers Barbaren sind bei Syagrius vorstellig geworden und wollen sicher über eure Auslieferung verhandeln. Ich habe keine Zeit, um lange Erklärungen abzugeben, kommt einfach mit mir. Draußen steht euer Pferd und noch ein paar weitere, die ich habe bereitstellen lassen. Flieht zum westlichen Stadttor, wo eine Bootsbrücke über den Fluß führt, welche die Insel mit dem Festland verbindet. Die Wachen sind mir treu ergeben und werden euch durchlassen. Folgt dem Fluß bis zur Küste, dort gibt es ein Fischerdorf namens Brixate. Fragt nach einem gewissen Teutasius und sagt ihm, daß ich euch geschickt habe. Er kann euch nach Frisia oder Armorica übersetzen, wo euch niemand mehr belästigen dürfte. Meidet Britannien. Die Insel ist von den inneren Kämpfen der Stammesführer zerrissen, und überall treiben Räuber und marodierendes Volk ihr Unwesen. Doch nun rasch, ich muß jetzt Alarm schlagen. Um keinen Verdacht auf mich zu lenken, muß ich meine eigenen Truppen zu eurer Verfolgung ausschicken, falls es mir befohlen wird. Sollten sie euch gefangennehmen, kann ich nichts mehr für euch tun. Also geht jetzt, lauft!«

Aurelius trat zu ihm. »Ich wußte, daß du uns niemals den Barbaren ausliefern würdest. Danke, General, mögen die Götter dich beschützen.«

»Möge Gott *dich* beschützen, Soldat, und diesen Jungen hier.«

Nun trat auch Romulus auf ihn zu, der in würdevollem Ton sagte: »Danke für alles, was du für uns tust. Nie werde ich dir das vergessen.«

»Ich habe nur meine Pflicht getan … Cäsar«, antwortete Volusianus und grüßte ihn mit militärischem Gruß. Dann senkte er respektvoll das Haupt und sprach: »Geh nun, bring dich in Sicherheit.«

Sie stiegen auf die Pferde und machten sich auf den Weg, der ihnen gewiesen worden war und der sie durch die dunklen, menschenleeren Gassen der Stadt führte, bis sie die dort einmündende Brücke erreicht hatten. Die Wachen gaben ihnen Zeichen, rasch weiterzureiten, und Aurelius führte sie sicher zum anderen Ufer. Dort wandten sie sich nach Norden und folgten dem Weg am Fluß entlang. Sie gaben ihren Reittieren die Sporen, und bald waren sie in der Dunkelheit verschwunden.

Volusianus bestieg sein Pferd und kehrte in sein Winterquartier nicht weit vom Hafen zurück, gefolgt von seinem Adjutanten und einem halben Dutzend Männer seiner Garde. Einer der Diener lief herbei, um ihm die Zügel seines Pferdes abzunehmen, ein anderer eilte mit einer Laterne herbei, um ihm den Weg zu leuchten. Volusianus wandte sich an seinen Adjutanten. »Laß noch etwas Zeit vergehen«, befahl er ihm, »dann lauf zum Palast und schlage Alarm. Sag, daß sie die Wachen ermordet haben und dann geflohen sind, was die reine Wahrheit ist. Und natürlich gibst du zu verstehen, daß du keine Ahnung hast, welche Richtung sie eingeschlagen haben.«

»Natürlich, General«, antwortete der Adjutant.

»Wenn deine Generäle sie nicht beschützt hätten«, schrie Wulfila außer sich vor Wut, »hätten wir sie schon längst wieder gefangen und zurückgebracht!«

Syagrius saß auf seinem Thron, einem Sessel, der entfernt an die *sella curulis*, den Amtsstuhl eines Statthalters aus alter Zeit, erinnerte. Eingehüllt in einen Umhang aus Fuchspelz, der ihn vor der beißenden Kälte schützen sollte, war er sichtlich gereizt – einerseits, weil sich die Unterredung bis mitten in die Nacht hinzog, zum anderen wegen der schlechten Manieren, die dieser Wilde mit dem entstellten Gesicht zur Schau trug.

»Mein *magister militum* hat getan, was seine Pflicht war«, entgegnete er verstimmt. »Dies hier ist Staatsgebiet der Römer, und die Gerichtsbarkeit gebührt mir, meinen Offizieren und Richtern. Niemand anderem! Doch jetzt, da sich diese Verbrecher mit Mord befleckt haben und aus meinem Gefängnis ausgebrochen sind, haben sie sich als Gesetzesbrecher entlarvt, die einzufangen nicht schwer sein dürfte. Auch ihnen ist bekannt, daß sie sich, so lange sie sich in meinem Gebiet befinden, der Verfolgung nicht entziehen können. Also werden sie alles versuchen, um von dem nächstgelegenen Hafen übers Meer zu fliehen. Dort werden wir sie fassen.«

»Aber wenn es ihnen gelingt, sich noch rechtzeitig einzuschiffen?« schrie der Barbar.

Der *rex Romanorum* zuckte die Achseln. »Sie kämen nicht weit«, sagte er. »Kein Schiff kann es mit meinen Galeeren aufnehmen, und wir wissen, daß sie den Weg nach Frisia oder Armorica einschlagen werden. Niemand wäre so verrückt, sich in diesen Zeiten für Britannien zu entscheiden. Doch sind es meine Männer, die sie abfangen werden, nicht du.«

»Hör mich an«, sagte Wulfila und trat dabei auf den Stuhl des Syagrius zu, »du kennst diese Leute nicht. Das sind außergewöhnlich gute Kämpfer. Beweis dafür ist die Art, wie sie aus deinem Gefängnis entflohen sind, und das nur wenige Stunden, nachdem sie dort eingesperrt worden sind. Ich jage sie seit Monaten und kenne die Art ihres Vorgehens und all ihre Finten. Laß mich dich mit meinen Männern begleiten. Ich schwöre dir, daß es nicht zu deinem Nachteil sein wird, denn ich habe den Befehl, dir eine satte Belohnung im Austausch für das Ergreifen des Jungen anzubieten. Vor allem aber ist Odoaker bereit, dir seine ganze Dankbarkeit auch durch ein Bündnis zu beweisen. Er ist jetzt der Wächter und Beschützer Italiens und der natürliche Mittelsmann in der Beziehung zum Ostreich.«

»Also, so geht ebenfalls mit«, antwortete Syagrius, »aber ergreift keinerlei Initiative ohne die Billigung meines Statthalters.« Darauf gab er dem, der ein romanisierter Westgote namens Gennadius war, ein Zeichen. »Mache dich auf den Weg«, befahl er ihm. »Und nimm so viele Männer mit, wie du brauchst. Ihr reitet bei Tagesanbruch.«

»Nein!« wand Wulfila ein. »Wenn wir erst bei Tagesanbruch losreiten, werden sie uns entkommen. Sie haben schon jetzt einen riesigen Vorsprung. Wir müssen sofort los.«

Syagrius dachte ein paar Augenblicke nach, dann nickte er. »Einverstanden«, sagte er. »Aber wenn ihr sie gefangengenommen habt, bringt ihr sie zu mir. Mir obliegt die Gerichtsbarkeit; wer auch immer sie bricht, ist mein Feind. Nun geh!«

Gennadius grüßte und ging davon, Wulfila und seine Männer folgten ihm. Kurze Zeit später war das Schiff zum Ablegen bereit, eine große Galeere, nach keltischer Tradition aus Eichenholz gebaut, auf der Männer und Pferde selbst übers offene Meer transportiert werden konnten.

»Welches ist der nächstgelegene Hafen?« fragte Wulfila, kaum daß er an Bord war.

»Brixate«, antwortete Gennadius, »direkt an der Seinemündung. Er wird sich leicht herausfinden lassen, ob ein Schiff in See gestochen ist. Zu dieser Jahreszeit fährt fast niemand hinaus.«

Sie kamen rasch voran, da sie von der Strömung des Flusses getragen wurden, und als der Wind von Nordost nach Ost drehte, hißten sie das Segel, so daß sie das Tempo noch steigerten. Wenige Stunden vor dem Morgengrauen klarte der Himmel auf, und die Temperatur sank noch weiter ab, doch da lag ihr Ziel bereits so nah, daß sie die Hafenlichter erkannten.

Plötzlich richtete der Steuermann einen besorgten Blick nach vorn. »Seht nur«, sagte er, »dort kommt Nebel auf.«

Wulfila hörte ihm nicht einmal zu. Er suchte die große Trichtermündung der Seine ab und darüber hinaus das offene Meer, um seine Beute nicht noch einmal zu verlieren, die er schon in greifbarer Nähe wähnte.

»Schiff von Bugseite!« ertönte in diesem Augenblick die Stimme des Matrosen aus dem Mastkorb.

»Das sind sie!« rief Wulfila aus. »Da bin ich mir sicher. Es gibt keine weiteren Fahrzeuge auf dem Meer.«

Auch der Steuermann hatte das Schiff gesehen. »Seltsam«, sagte er. »Sie fahren auf den Nebel zu, als wollten sie den Kanal überqueren und in Britannien landen.«

»Erhöht die Geschwindigkeit, macht schon!« befahl der Barbar. »Noch können wir sie einholen.«

»Der Nebel wird immer dichter«, antwortete der Steuermann. »Es ist besser, wir warten, bis die Sonne höher steht und er sich lichtet.«

»Nein!« brüllte Wulfila, außer sich vor Zorn. »Jetzt. Wir müssen sie jetzt fassen!«

»Die Befehle erteile ich«, antwortete Gennadius. »Ich will mein Schiff nicht verlieren. Wenn sie die Absicht haben, sich umzubringen, ist das ihre Sache, aber ich werde nicht in diese Nebelbank hineinfahren. Ich denke noch nicht einmal daran. Und ich glaube auch nicht, daß sie das tun.«

Da zog Wulfila mit einer blitzartigen Bewegung sein Schwert aus der Scheide und setzte es an die Kehle des Kommandanten. »Befiehl deinen Männern, daß sie ihre Waffen niederlegen«, sagte er, »oder ich schneide dir den Hals durch. Jetzt übernehme ich das Kommando über das Schiff.«

Gennadius blieb keine Wahl, und schweren Herzens gehorchten seine Soldaten, die vom Anblick der phantastischen Waffe in der Faust des Barbaren wie geblendet waren.

»Werft alle ins Meer!« befahl Wulfila seinen Männern. »Ihr könnt dem Schicksal danken, daß ich euch nicht töte!« Dann, zu Gennadius gewandt, sagte er: »Dieser Befehl gilt auch für dich.« Er schob ihn bis an die Reling und zwang ihn, ins Wasser des Nordmeers zu springen, in dem bereits seine Männer mit den gewaltigen Wogen kämpften. Fast alle wurden von dem Gewicht ihrer Rüstungen in die Tiefe gezogen, wohl auch, weil das eiskalte Wasser ihnen die Glieder lähmte. Nun hatte Wulfila das Kommando über das Schiff übernommen. Er gebot dem zu Tode erschrockenen Steuermann, den Bug in Richtung Norden auszurichten, genau auf das Schiff zu, das jetzt in der Entfernung von einer Meile zu erkennen war und sich deutlich gegen die Nebelbank abhob, die, kompakt wie eine Mauer, immer näher kam.

An Bord des Fluchtschiffs herrschte angesichts des Nebels, der sich wie dichter Rauch spiralförmig auf dem Meer ausbreitete, höchste Bestürzung. Kein Wind wehte mehr, und Teutasius, der Steuermann, holte das Segel ein. Das Boot stand fast still.

»Unter diesen Bedingungen weiterzufahren ist Wahnsinn«,

sagte er, »um so mehr, als keiner es wagen wird, eure Verfolgung aufzunehmen.«

»Das sagst du«, erwiderte Vatrenus. »Doch sieh dir einmal dieses Schiff dort hinten an. Die Ruderer treiben es direkt hinter uns her, ich fürchte wirklich, sie haben es auf uns abgesehen.«

»Um sicher zu sein, daß sie es sind, müßten wir ihnen entgegentreten«, bemerkte Orosius.

»Mir wäre lieber«, sagte Batiatus, »wir würden uns diesen sommersprossigen Bastarden stellen, als in diesem ... diesem schrecklichen Ding zu versinken. Es kommt mir vor, als stiegen wir direkt in die Unterwelt hinab.«

»Im Grunde haben wir das in Miseno schon einmal getan«, gab Vatrenus zu bedenken.

»Ja, aber damals wußten wir, daß es nur eine sehr kurze Zeit andauerte«, entgegnete Aurelius. »Hier dagegen haben wir es mit einer Fahrt von etlichen Stunden zu tun.«

»Sie sind es!« schrie Demetrios, der den Mast bis zur Spitze emporgeklettert war.

»Bist du dir sicher?« fragte Aurelius.

»Natürlich! Und in etwa einer halben Stunde werden sie uns eingeholt haben.«

Ambrosinus, der in seine Gedanken versunken schien, raffte sich plötzlich auf. »Haben wir Öl an Bord?«

»Öl?« fragte der Steuermann verblüfft. »Ich glaube ... ich glaube, ja, aber nur wenig. Die Männer nehmen es für ihre Laternen her.«

»Bring sofort die größte Schale, die du hast, und dann mach dich zur Weiterfahrt bereit. Wir werden jetzt rudern.«

»Gib ihm, was er von dir verlangt«, sagte Aurelius. »Er weiß, was er tut.«

Der Mann ging unter Deck und kam wenig später mit einer irdenen Schüssel zurück, die halb mit Öl gefüllt war. »Das ist alles, was ich gefunden habe«, sagte er.

»Sie kommen näher!« rief Demetrios erneut vom Mast herunter.

»Ist gut«, sagte Ambrosinus zustimmend, »das reicht. Stell die Schale aufs Deck, und dann geh ans Steuer zurück. Auf mein Zeichen setzen sich alle kräftigen Männer an die Riemen.« Nach diesen Worten entnahm er seinem Quersack ein Wachstäfelchen, das er sonst für seine Notizen benutzte, riß die äußere Pergamenthülle ab und zog unter den erstaunten Augen der Umstehenden ein pfeilförmiges Plättchen aus Metall hervor, so leicht, daß der Wind es hätte davontragen können. Dieses Plättchen legte er auf die Oberfläche des Öls.

»Schon einmal von Aristeas von Prokonnesos gehört?« fragte er. »Nein, natürlich nicht. Nun gut, die Alten sagten, er habe einen Pfeil gehabt, der ihn über viele Jahre ins Land der Hyperboreer dort im fernen Norden brachte. Das hier ist dieser Pfeil. Er wird uns den Weg nach Britannien zeigen. Wir brauchen ihm nur zu folgen.«

Unter den immer erstaunteren Augen seiner Gefährten begann sich der Pfeil zu bewegen und drehte sich so lange auf der Öloberfläche, bis er stehenblieb und beständig in eine Richtung zeigte.

»Da ist Norden«, erklärte Ambrosinus feierlich. »Männer, an die Riemen!«

Alle gehorchten, das Schiff setzte sich in Bewegung und tauchte langsam in die milchige Wolke ein.

Romulus kauerte derweil neben seinem Meister, der inzwischen am Schalenrand eine Kerbe einschnitt, genau an der Stelle, die mit der vom Pfeil bezeigten Richtung übereinstimmte.

»Wie ist das möglich?« fragte Romulus. »Besitzt dieser Pfeil vielleicht Zauberkräfte?.«

»Das glaube ich sicher«, antwortete Ambrosinus. »Eine andere Erklärung wüßte ich jedenfalls nicht.«

»Und wo hast du ihn her?«

»Ich habe ihn vor ein paar Jahren in den unterirdischen Gewölben des Portunustempels in Rom gefunden. In einer Tuffsteinurne. Eine griechische Inschrift besagte, daß dies der Pfeil des Aristeas von Prokonnesos sei, den auch Pytheas von

Massilia benutzt habe, um Thule zu finden. Ist das nicht unglaublich?

»Das ist es«, antwortete Romulus. Und dann fügte er noch hinzu: »Meinst du, daß sie uns verfolgen?«

»Das glaube ich nicht, da sie keine Möglichkeit haben, den Kurs zu halten. Und außerdem ...«

»Außerdem?« unterbrach ihn Romulus.

»Die Mannschaft besteht aus Leuten dieser Gegend. Und hier macht eine Geschichte die Runde, die ihnen große Angst einjagt.«

»Welche Geschichte?«

»Daß hier der Nebel nur deshalb so dicht ist, damit er das Schiff verbirgt, das von der Toteninsel zurückkehrt, wo es die Seelen der Verstorbenen hingebracht hat.«

Während Romulus sich umsah und dabei versuchte, die dicke Nebelwand zu durchdringen, lief ihm ein Schauer über den Rücken.

XXXII

Romulus zog den Umhang noch fester um die Schultern, während er seine Augen wie gebannt auf die winzigen Bewegungen des hin- und herschwingenden Pfeils richtete, der auf dem Öl schwamm und auf geheimnisvolle Weise den Pol des Großen Bären anzeigte.

»Hast du gesagt, die Insel der Toten?« fragte er unvermittelt.

Ambrosinus lächelte. »Das habe ich gesagt. Die Leute hier haben große Angst davor.«

»Ich verstehe das nicht, ich dachte, die Toten gingen ins Jenseits.«

»Das ist es, was wir alle glauben. Aber weißt du, da nie jemand aus dem Totenreich zurückkehrte und erzählte, was er dort beobachtet hat, macht sich jedes Volk seine eigenen Vorstellungen von dieser geheimnisvollen Welt. Und in dieser Gegend hier heißt es, daß es an der Küste von Armorica ein Fischerdorf gäbe, dessen Einwohner weder Steuern zahlen noch Tribut leisten müssen, da sie eine sehr wichtige Aufgabe zu erfüllen haben. Sie setzen die Seelen der Verstorbenen auf eine geheimnisvolle Insel über, die von ewigen Nebeln bedeckt ist. Der Name dieser Insel ist angeblich Avalon. Jede Nacht hört man, wie an die Tür eines der Häuser in diesem Ort geklopft wird und eine leise Stimme sagt: ›Wir sind bereit.‹ Dann steht der Fischer auf und geht zum Strand, wo er sein scheinbar leeres Boot so tief im Wasser liegen sieht, als werde es von einer schweren Last niedergedrückt. Und dieselbe Stimme, die er zuvor hörte, ruft nun jeden einzelnen Verstorbenen bei seinem Namen. Bei den Frauen wird übrigens auch der Name des Vaters oder Ehemanns genannt. Dann setzt sich der Fischer ans Steuer und setzt das Segel. In der nebeligen Dunkelheit legt er im Lauf einer Nacht eine Strecke zurück, für die jeder andere allein für den Hinweg eine volle Woche benötigte. In der folgenden Nacht klopft es dann an eine andere Tür, und dieselbe Stimme sagt: ›Wir sind bereit.‹«

»Mein Gott«, seufzte Romulus. »Diese Geschichte macht einem wirklich angst. Aber ist sie auch wahr?«

»Wer weiß das schon? In gewissem Sinne ist alles wahr, woran wir glauben. Etwas Wahres ist sicher daran. Vielleicht ist die Bevölkerung dieses Dorfes den alten Praktiken der Totenbeschwörung verfallen, wodurch ihnen Erfahrungen von so großer Intensität zuteil werden, daß sie ihnen völlig echt erscheinen ...« Er brach ab, um dem Steuermann einige Anweisungen zu erteilen: »Mehr nach Steuerbord, langsam, ja, so ist es gut.«

»Wo liegt diese Insel Avalon?«

»Das weiß niemand. Irgendwo an der Westküste Britanniens vielleicht. So jedenfalls hörte ich einen alten Druiden sagen, der von der Insel Mona stammte. Andere sagen, sie läge weiter im Norden und sei der Ort, an dem sich die Helden nach ihrem Tod versammeln. Wie die Insel der Seligen, von der Hesiod spricht, weißt du noch? Vielleicht sollten wir in diesem Dorf in Armorica an Bord des Totenschiffs gehen, um ihr Geheimnis zu lüften ... Doch sind das alles nur Vermutungen und Spekulationen. Tatsache ist, mein Sohn, wir sind von vielen Geheimnissen umgeben.«

Romulus nickte langsam, als wolle er einer schwerwiegenden Behauptung zustimmen, dann zog er sich den Umhang über den Kopf und suchte Schutz unter Deck. Ambrosinus blieb allein zurück mit seinem Pfeil, um damit das Schiff durch das verschwommene Dunkel zu lenken, während seine Gefährten unaufhörlich weiterruderten, stumm vor Verwunderung in dieser schwebenden Atmosphäre ohne Zeit oder Raum, in der das Klatschen der Wellen gegen den Kiel die einzige Wirklichkeit darzustellen schien. Irgendwann fragte Aurelius: »Meinst du, daß wir ihn noch einmal sehen werden?«

Ambrosinus setzte sich neben ihn auf die Ruderbank: »Wulfila?« antwortete er. »Ja, natürlich. Bis ihn endlich einer zur Strecke bringt.«

»Volusianus hat uns geraten, überall sonsthin zu fahren, nur nicht nach Britannien. Es scheint ganz, als sei dieses Land ein wirkliches Schlangennest.«

»Ich glaube nicht, daß es in unserer Welt irgendwelche Orte gibt, die besser sind als andere. Wir gehen nach Britannien, weil dort etwas auf uns wartet.«

»Deine Prophezeiung. Oder etwa nicht?«

»Überrascht dich das?«

»Ich weiß es nicht. Du kennst sowohl Plinius als auch Varro, Archimedes und Eratosthenes. Selbst Strabo und Tacitus hast du gelesen ...«

»Du auch, soweit ich sehe«, bemerkte Ambrosinus nicht ohne Überraschung.

»Du bist also ein Mann der Wissenschaft«, schloß Aurelius, als habe er ihm gar nicht zugehört.

»Ein Mann der Wissenschaft sollte aber nicht an Prophezeiungen glauben, die derart irrational sind. Richtig?«

»Nein, das ist es nicht.«

»War es vielleicht rational, was du getan hast? Und was ist an den vielen Dingen noch logisch, die du in den letzten Monaten erlebt hast?«

»In der Tat recht wenig.«

»Und weißt du, warum? Weil es noch eine andere Welt gibt, die über die, die wir kennen, weit hinausgeht. Die Welt der Träume, der Ungeheuer und der Chimären, die Welt der Phantasie und der Leidenschaften mit all ihren Geheimnissen. Das ist die Welt, von der wir in einigen Augenblicken unseres Lebens berührt werden, die uns zu sinnlosen Handlungen verleitet oder uns unter einem eiskalten Hauch erschauern läßt, der uns in der Nacht wie der Gesang einer im Schatten verborgenen Nachtigall erfaßt. Wir wissen auch nicht, wie weit diese Welt sich erstreckt, ob sie Grenzen hat oder unendlich ist. Befindet sie sich in oder außerhalb von uns, nimmt sie, um sich zu offenbaren, den Anschein des Realen an, oder verbirgt sie sich gänzlich dahinter. Prophezeiungen ähneln den Worten, die ein schlafender Mann im Traum spricht. Scheinbar haben sie keinen Sinn, doch kommen sie tatsächlich aus den verborgensten Abgründen der universellen Seele.«

»Ich dachte, du seiest ein Christ.«

»Macht das einen Unterschied? Auch du könntest das sein, was dein Herz manifestiert. Statt dessen bist du ein Heide.«

»Wenn das bedeutet, in Treue zu den Traditionen der Ahnen und dem Glauben der Väter zu stehen oder Gott in allen Dingen und alle Dinge in Gott zu sehen, wenn es bedeutet, bitter die einstige Größe zu beweinen, die nie mehr zurückkehren wird, nun gut, dann bin ich ein Heide.«

»Und gleiches gilt auch für mich. Siehst du diesen Mistelzweig hier um meinen Hals? Er kennzeichnet die Verbindung zu jener Welt, in die ich hineingeboren wurde – mit all ihrer uralten Weisheit. Ziehen wir vielleicht nicht andere Gewänder an, wenn wir von einem warmen in ein kaltes Land kommen? So steht es auch mit unserer Sicht der Welt. Religion ist die Farbe, die unsere Seele entsprechend dem Licht annimmt, dem sie ausgesetzt ist. Du hast mich im Licht der mediterranen Welt erlebt, aber vergiß nicht, im Dunkel der Wälder Britanniens werde ich ein anderer sein und dennoch derselbe. Es ist unvermeidlich, und so muß es sein. Weißt du noch, als wir über den Rhein fuhren und die Hymne an die Sonne angestimmt haben? Alle haben wir gesungen, sowohl Christen als auch Heiden, denn der Glanz der Sonne, die nach jeder Nacht wieder neu aufgeht, steht auch für das Antlitz Gottes und die

Glorie Jesu Christi, der das Licht immer wieder in diese Welt trägt.«

Und so verbrachten sie die Nacht, indem sie von Zeit zu Zeit redeten und sich gegenseitig Mut zusprachen, dann wieder schweigend ruderten, bis plötzlich der Nebel sich lichtete und Wind aufkam. Demetrios setzte das Segel, während seine Gefährten, die von der nächtlichen Anstrengung völlig erschöpft waren, sich endlich ein wenig Ruhe gönnten. Kaum jedoch, daß die Morgenröte ihren Glanz ausbreitete, ertönte die Stimme von Ambrosinus: »Seht nur! Seht alle hin!«

Aurelius hob sein Haupt. Romulus und Livia eilten auf das Vorschiff, während Batiatus, Orosius und Demetrios die Taue losließen, mit denen das Segel gehalten wurde. Sie alle bewunderten den Anblick, der sich langsam vor ihren Augen enthüllte. In den ersten Strahlen der Morgensonne stieg aus dem Nebel ein Land der grünen Wiesen und weißen Klippen empor, umsäumt von dem blauem Himmel, dem Meer und der gurgelnden Gischt. Der Wind liebkoste das Land, und Millionen von Vögeln begrüßten es mit ihrem Ruf.

»Britannien!« rief Ambrosinus. »Mein Vaterland!« Er öffnete weit die Arme, als wolle er einen lieben Menschen an sich ziehen, nach dem er sich lange gesehnt hatte. Er weinte. Über sein Asketengesicht rannen ihm die Tränen, die seine Augen mit neuem Licht und Glanz erfüllten. Dann fiel er nieder auf die Knie. Er bedeckte sein Gesicht mit den Händen und versenkte sich in ein Gebet, das ihn mit dem Geist seiner Heimat verschmolz, den ihm der Wind mit seinen verlorenen und nie vergessenen Gerüchen zutrug.

Schweigend, doch voller Anteilnahme, betrachteten ihn die anderen. Sie schreckten erst wieder auf, als der Bootskiel über den sauberen Kies des Strandes knirschte.

Nur Juba war über den britannischen Kanal transportiert worden, die anderen Pferde hatten sie Teutasius als Entgelt für die Überfahrt in Zahlung gegeben. Nun führte Aurelius ihn die schmale Planke hinab und streichelte ihn dabei beruhigend. Er betrachtete ihn, wie er an diesem herrlichen Tag, der wie ein vorgezogener Frühlingstag wirkte, wie die Flügel eines Raben im Licht der Sonne strahlend erglänzte. Dann stiegen auch die anderen aus dem Boot, als letzter Batiatus, der Romulus im Triumph auf seinen Schultern trug.

Sie schlugen den Weg nach Norden ein und stapften durch grüne Felder, die immer wieder von flächigen Schneeverwehungen unterbrochen waren, aus denen hier und da purpurfarbene Krokusse hervorlugten. Auf den Hecken, die rot von Beeren waren, hüpften die Rotkehlchen umher, schienen aber einzuhalten, um einen neugierigen Blick auf die kleine Schar zu werfen, die an ihnen vorüberging. Gelegentlich standen riesige Eichen inmitten großer Weideflächen, in deren kahlen Ästen goldfarbige Mistelbeeren leuchteten.

»Siehst du?« sagte Ambrosinus zu seinem Schüler. »Das ist die Mistel, die heilige Pflanze unserer uralten Religion, von der angenommen wurde, daß sie vom Himmel herabgeregnet ist. Ebenso heilig ist uns die Eiche, von welcher der Name für die weisen Männer der keltischen Religion herrührt: die Druiden.«

»Ich weiß«, antwortete Romulus. »Der Name kommt von dem griechischen Wort *drys*, das ›Eiche‹ bedeutet.«

Aurelius rief sie in die Wirklichkeit zurück. »Wir sollten uns rasch einige Pferde besorgen, zu Fuß sind wir viel zu leicht anzugreifen.«

»Sobald es möglich ist«, antwortete Ambrosinus. »Sobald es möglich ist.« Und wieder gingen sie weiter. Sie marschierten den ganzen Tag und kamen über Felder, an denen einige verstreute Bauernhöfe und mit riesigen Heustapeln bedeckte Holzhütten lagen. Die Dörfer bestanden aus kleinen Ansammlungen winziger Häuser, die sich alle dicht aneinander drängten. Je näher der Abend des kurzen Wintertages rückte, desto mehr Rauchwolken stiegen von den Dächern auf, und Romulus stellte sich vor, wie die Familien sich rings um die kärglich gedeckten Tische versammelten und im schwachen Licht einer Öllampe das Brot verzehrten, das sie sich gemeinsam erarbeitet hatten. Er beneidete sie um ihr einfaches und bescheidenes Leben, das vor der Gier machtausübender Männer geschützt war. Ja, er träumte sogar, dereinst selbst ein solches Leben zu führen.

Bevor die Nacht hereinbrach, nahm Ambrosinus Romulus an die Hand und ging nur mit ihm zu der Tür eines abgelegenen Hauses, das etwas größer und reicher schien als die anderen, die sie gesehen hatten. Neben dem Gebäude lag ein weitläufiges Gehege mit einer Herde Schafe darin, die gut in der Wolle standen, daneben ein weiteres Gatter, das ein paar Pferde umschloß. Ein kräftiger Mann, eingehüllt in einen Umhang aus grober Wolle, das Gesicht eingerahmt von einem schwarzen, mit silbergrauen Fäden durchzogenen Bart, kam an die Tür.

»Wir sind Wanderer«, sagte Ambrosinus. »Die übrigen warten hinter der Hecke dort. Wir kommen aus einem Land jenseits des Meeres und sind auf dem Weg in die Länder des Nordens, die ich vor vielen Jahren verlassen habe. Ich heiße Myrdin Emreis.«

»Wie viele seid ihr?« fragte der Mann.

»Insgesamt acht. Wir brauchen Pferde, wenn du uns welche verkaufen kannst.«

»Ich heiße Wilneyr«, sagte der Mann, »ich habe fünf Söhne, die alle sehr stark sind und mit Waffen gut umgehen können. Wenn ihr in Frieden kommt, werde ich euch wie Gäste aufnehmen, kommt ihr aber als Räuber, dann wisset, daß wir uns nicht wie die Fische ausnehmen lassen.«

»Wir kommen in Frieden, mein Freund, und im Namen Gottes, vor dessen Richterstuhl wir dereinst alle stehen werden. Der Not halber sind wir bewaffnet, aber wir stellen die Waffen vor der Tür ab, bevor wir uns unter dein Dach begeben.«

»Dann kommt herein. Wenn ihr über Nacht bleiben wollt, könnt ihr im Stall schlafen.«

»Ich danke dir«, antwortete Ambrosinus. »Du wirst es nicht bereuen.« Und er schickte Romulus los, ihre Gefährten zu holen.

Als Batiatus erschien, riß der Mann vor lauter Verwunderung die Augen auf und wich, von plötzlichem Schrecken ergriffen, einige Schritte zurück. Seine Söhne drängten sich dicht an seine Seite.

»Habt keine Angst«, sagte Ambrosinus. »Er ist nur ein schwarzer Mann. In seinem Land sind alle so schwarz wie er. Wenn dort ein Weißer hinkommt, ruft er das gleiche verblüffte Erstaunen hervor, wie ihr es jetzt verspürt. Doch ist er gutmütig und friedfertig, auch wenn er über unglaubliche Kräfte verfügt. Für sein Abendessen müssen wir das Doppelte zahlen, da er den Appetit von zwei Männern besitzt.«

Wilneyr bot ihnen einen Platz am Feuer an und gab ihnen Brot, Käse und Bier zum Mahl, was allen das Herz erwärmte.

»Für wen züchtest du deine Pferde?« fragte Ambrosinus. »Soweit ich gesehen habe, sind es Tiere, die kriegstauglich sind.«

»Das stimmt. Und es kommen auch immer mehr Nachfragen nach ihnen. In diesem Land gibt es keinen Frieden, nirgendwo, wohin ich auch gekommen bin. Deshalb fehlt niemals Brot auf meinem Tisch, ebensowenig wie Schaffleisch und Bier. Aber erzähl mir lieber von dir, du hast mir gesagt, du kämest in Frieden. Warum willst du dann aber Pferde kaufen und bist mit bewaffneten Männern unterwegs?«

»Das ist eine lange, vor allem sehr traurige Geschichte«, antwortete der Alte. »Eine ganze Nacht würde nicht ausreichen, um sie zu erzählen. Wenn du sie jedoch hören willst, werde ich dir soviel sagen, wie ich kann. Ich habe vor niemandem etwas zu verbergen: außer vor meinen Feinden, die uns verfolgen. Wie ich schon sagte, bin ich kein Fremdling. Ich stamme aus diesem Land, und zwar aus der Stadt Carvetia, und wurde von den Weisen des heiligen Hains von Gleva erzogen.«

»Das sah ich an deinem Schmuck um den Hals«, sagte Wilneyr, »und das war auch der Grund, warum ich dich eingelassen habe.«

»Ich könnte ihn gestohlen haben«, erwiderte Ambrosinus mit einem ironischen Lächeln.

»Das glaube ich nicht. Deine Person ebenso wie deine Worte und dein Blick geben mir klar zu verstehen, daß du dieses Symbol dir nicht widerrechtlich angeeignet hast. Erzähle also, wenn du nicht zu müde bist. Die Nacht ist lang, und wir haben nicht oft Gäste, die von so weit herkommen.« Während er sprach, blickte er noch einmal auf Batiatus, dessen viel zu dunkle Augen und zu dicken Lippen, die eingedrückte Nase, der Stiernacken und die zwischen den mächtigen Oberschenkeln verschränkten riesigen Hände ihn in höchstes Erstaunen versetzten.

Dann begann Ambrosinus zu erzählen: wie er vor vielen Jahren aus seiner Stadt und dem Hain aufgebrochen war, um den römischen Kaiser um Hilfe zu bitten, der ihm den Helden Germanus und General Paullinus zur Seite gestellt hatte, den letzten Verteidiger des Großen Walls. Er erzählte von den Irrfahrten und Beschwernissen, von glücklichen Tagen, aber auch endlosem Leid. Wilneyr und seine Söhne hörten ihm wie gebannt zu, es war spannender als jede Geschichte, die sie je von einem der Barden gehört hatten, die von Stadt zu Stadt und von Gehöft zu Gehöft zogen, um von den Abenteuern der britannischen Helden zu erzählen.

Doch schwieg Ambrosinus über Romulus' Identität und sein Schicksal, da die Zeit dafür noch nicht gekommen war. Als er geendet hatte, war es spät in der Nacht, und die Flammen des Herdfeuers verloschen langsam.

»Nun sag mir«, fragte nun Ambrosinus seinerseits, »wer teilt sich die Macht auf der Insel? Und wer von den Kriegsherren ist der stärkste und wird am meisten gefürchtet? Was gibt es Neues über die Städte, die einst so blühend und lebenskräftig waren, als ich dieses Land verließ?«

»Wir leben in einer Zeit wüster Tyrannei«, antwortete Wilneyr ernst. »Niemandem liegt das Wohl des Volkes am Herzen. Es herrscht das Gesetz des Stärkeren, und für den, der dabei unterliegt, gibt es kein Mitleid. Der berühmteste, aber auch schrecklichste der Tyrannen ist gewiß Wortigern. Einst hatten ihn die Städte darum gebeten, sie vor den Angriffen der nordischen Krieger zu beschützen. Er dagegen unterwarf sie sich und belegte sie mit schweren Tributzahlungen, die sie kaum aufbringen konnten. Und obwohl es in manchen dieser Städte noch den einstigen Ältestenrat gibt, hat ihnen Wortigern doch jede Macht aus den Händen genommen. *De facto* haben die Städte also ihre Freiheit gegen die Sicherheit eingetauscht, da sie heute hauptsächlich von Kaufleuten bewohnt werden, die den Frieden wollen: um Gewinne zu machen und sich am Warenaustausch und Handel zu bereichern. Doch je mehr Wortigern die Kraft seiner Jugend verlor, desto weniger konnte er noch die Aufgaben erfüllen, auf die seine Macht einst gegründet war. Deshalb hat er die Sachsenstämme um Hilfe gebeten, die auf dem Kontinent die Halbinsel Kymre bewohnen. Doch wie so oft war das Heilmittel schlimmer als die Krankheit, und die Unterdrückung verdoppelte sich, anstatt weniger zu werden. Nun haben die Sachsen nur noch eins im Sinn: so viele Reichtümer wie möglich anzuhäufen, die sie den heimischen Bürgern stehlen. Die Überfälle der Skoten und Pikten aus dem Norden haben damit aber längst nicht aufgehört. Und so kämpfen die Barbaren wie Hunde, die sich um einen Knochen streiten, um die spärlichen Reste all dessen, was einst ein wohlhabendes, lebenskräftiges Land war und jetzt nur noch ein Schatten seiner selbst ist. Nur draußen auf dem Land kann man noch überleben, wie du siehst, aber vielleicht nicht mehr lange.«

Niedergeschlagen suchte Aurelius die Augen von Ambrosinus. War dies das so lang ersehnte Land? Worin war es besser als das blutige Chaos, dem sie eben erst entflohen waren? Doch weilte der Blick des Weisen anderswo, als sei er auf der Suche nach Bildern einer Zeit, die weit hinter ihm lag und in der er sein Land einst verlassen hatte. Es schien, als bereite er sich darauf vor, den Riß in der Zeit wieder zu flicken, der eine offene Wunde in seiner persönlichen Geschichte und der seines Volkes darstellte.

Einer von Wilneyrs Söhnen zeigte ihnen den Weg in den Stall, wo sie sich erschöpft neben den ruhig wiederkäuenden

Ochsen auf ein Bett aus Heu niederlegten und sich dem Schlaf überließen. Die Hunde, die der Hausherr aus ihrem Zwinger gelassen hatte, bewachten sie: riesige Mastiffs, die mit eisernen Spitzen besetzte Halsbänder trugen und es gewohnt waren, sich mit Wölfen und vielleicht noch schlimmeren Raubtieren herumzuschlagen.

Sie erwachten im Morgengrauen. Nachdem sie die warme Milch, welche die Frau von Wilneyr gemolken hatte, getrunken hatten, machten sie sich zur Weiterreise bereit. Sie kauften einen Maulesel für Ambrosinus und sieben Pferde. Eines davon war etwas kleiner als die anderen, das andere ein riesiger Hengst, der aus Armorica stammte und die britannischen Stuten decken sollte. Als ihn Batiatus bestieg, wirkte er wie eines dieser kolossalen Reiterstandbilder aus Bronze, die einst die Foren und Triumphbögen der Hauptstadt der Welt zierten.

Wilneyr zählte das Geld: Es war alles, was Livia noch hatte. Das gute Geschäft, mit dem er den Tag begonnen hatte, ließ ihn äußerst zufrieden auf der Türschwelle seines Hauses zurück, von wo aus er ihrer Weiterreise zusah. Sie wirkten im ersten Licht dieses Morgens wie die Krieger aus alten Legenden, wobei der blasse Knabe, der ihnen auf seinem Fohlen vorausritt, wie ein junger Feldherr aussah und das Mädchen wie eine Nymphe des Waldes. Welchen Abenteuern ging diese kleine Schar wohl entgegen? Er kannte nicht einmal ihre Namen, und dennoch schien es ihm, als seien sie ihm schon lang vertraut. Er hob einen Arm zum Gruß, wofür sie sich vom Gipfel des Hügels aus bedankten, über den sie jetzt in langsamem Schritt wie dunkle Umrisse im perlfarbenen Licht des Morgens zogen.

Dieses an Gefahren so reiche Land barg für Ambrosinus keine Geheimnisse, als hätte er sich erst vor wenigen Tagen und nicht vor vielen langen Jahren daraus entfernt. Er war mit der Sprache, der Landschaft und dem Charakter seiner Bewohner vertraut, er wußte, wie man die Wälder durchstreifte, ohne sich in ihnen zu verlaufen oder gar in Bedrängnisse wie einen Hinterhalt zu geraten. Er kannte die Tiefe der Flüsse und die Länge von Tagen, Nächten und sogar Stunden. Aus den Farben des Himmels entnahm er, wann sich ein Sturm zusammenbraute oder das schöne Wetter wiederkam, aus den Stimmen der Vögel präzise Botschaften von Alarm oder Frieden, und auch die knotigen Stämme der Bäume sprachen zu ihm. Sie erzählten von schneereichen Wintern und fruchtbaren Frühlingszeiten, von ausgiebigen Regengüssen und Blitzen, die vom Himmel herabschossen. Nur ein einziges Mal mußten sie sich einer Bedrohung stellen und den Kampf mit einer Räuberbande auf sich nehmen, die einen Überfall plante. Doch die überwältigende Wirkung von Batiatus auf dem riesigen Hengst aus Armorica sowie die tödliche Kraft von Aurelius und Vatrenus ließ sie bald mit den Angreifern fertig werden. Livias Pfeile, Demetrios' blitzartige Schnelligkeit und Orosius' ruhige Kraft taten das übrige, um die Räuber in die Flucht zu schlagen, die sich seit langem nur aufs Plündern verstanden und nicht mehr wie Soldaten zu kämpfen vermochten.

So durchritt die kleine Karawane fast ein Drittel des Landes in wenig mehr als zwei Wochen, bis sie ihr Lager unweit einer Stadt namens Caerleon aufschlug.

»Ein seltsamer Name«, sagte Romulus, der sie aus der Ferne betrachtete und über die merkwürdige Mischung aus beeindruckenden antiken Bauten und ärmlichen Hütten verblüfft war.

»Das ist nur die örtliche Verballhornung von *Castra Legionum*«, erklärte Ambrosinus. »Hier hatten einst die Legionen des Südens ihr Lager aufgeschlagen. Das Gebäude, das du dort unten siehst, ist der Rest, der vom Amphitheater noch übrig ist.«

Auch Aurelius und die anderen betrachteten die Stadt. Es berührte sie seltsam, daß die Spuren Roms trotz ihres Verfalls und der beginnenden Auflösung noch so beeindruckend waren.

Ihr Ritt dauerte noch weitere zwei Wochen an, bis sie die ersten Anhöhen am Rande weitläufiger Wälder erreichten. Eines Abends, als sie im Lager am Feuer saßen, befand Aurelius, es sei nun die Zeit gekommen, um das Ziel ihres langen Marsches zu erfahren, die Zukunft, die sie in diesem von aller Welt so weit entfernten Gebiet erwartete.

»Wohin gehen wir, Meister?« fragte er unvermittelt. »Meinst du nicht, daß du es uns endlich sagen solltest?«

»Ja, Aurelius, du hast recht. Wir gehen nach Carvetia, von wo ich vor vielen Jahren mit dem Versprechen aufbrach, mit einem kaiserlichen Heer wieder zurückzukehren, um dieses Land von den nordischen Barbaren und von Wortigern zu befreien, dem Tyrannen, der es damals unterdrückte und es noch heute tut, wie wir erfahren haben. Auch wenn er jetzt alt und schwach ist. Machtgier ist eine sehr kraftvolle Medizin: Sie hält auch einen Sterbenden weiter am Leben.«

Sie sahen einander in größter Verwunderung an.

»Mit einer Armee wiederzukommen, hast du versprochen. Und wir sind alles, was du zurückbringst?« meinte Vatrenus und deutete dabei auf sich und seine Gefährten. »Fürchtest du nicht, daß sie uns mit einem unbändigen Lachen empfangen werden? Ich dachte, du führtest uns an einen ruhigen Ort, an dem wir in Frieden leben könnten. Das haben wir uns doch verdient, oder etwa nicht?«

»Wenn ich ehrlich bin«, fügte Demetrios hinzu, »habe auch ich etwas ähnliches erwartet, einen Ort außerhalb der geschäftigen Welt, vielleicht auf dem Lande, an dem man eine Familie gründen kann und das Schwert nur noch dazu benutzt, um Brot oder Käse zu schneiden.«

»Ja, solch ein Ort würde auch mir gefallen«, sagte Orosius. »Wir könnten ein kleines Dorf bauen und uns gelegentlich treffen, um bei einem gemeinsamen Mahl über die Mühen und Gefahren zu sprechen, die wir durchgestanden haben. Wäre das nicht schön?«

Auch Batiatus schien mit dieser Vorstellung einverstanden. »Mir ist aufgefallen, daß sie in dieser Gegend noch nie einen

Schwarzen gesehen haben. Dennoch glaube ich, sie könnten sich an mich gewöhnen. Und vielleicht finde ich ein Mädchen, das mit mir leben möchte, was meint ihr?«

Ambrosinus hob die Hand, um die Gespräche abzuschneiden. »Im Norden steht noch eine Legion unter Waffen, die den Kaiser erwartet. Man nennt sie die Legion des Drachen. Ihr Banner zeigt einen silbernen Drachen mit purpurnem Schweif, der, wenn er vom Wind bewegt wird und sich aufbläht, ganz so wirkt, als sei er lebendig.«

»Du phantasierst«, antwortete Aurelius. »Die letzte Legion war die unsrige, und wir sind, wie du genau weißt, ihre einzigen Überlebenden.«

»Das stimmt nicht«, entgegnete Ambrosinus, »es gibt sie tatsächlich, und gegründet wurde sie von Germanus. Als er starb, nahm er meinem Volk das Versprechen ab, diese Legion stets unter Waffen zu halten, um die Freiheit des Landes bis zu meiner Rückkehr zu schützen. Ich bin sicher, daß sie dieses Versprechen, das sie einem Helden und Heiligen gaben, niemals gebrochen haben. Vielleicht mögen euch meine Worte unsinnig erscheinen, doch habe ich euch je hintergangen oder getäuscht, seitdem ihr mich kennt?«

Vatrenus schüttelte noch verwirrter den Kopf. »Bist du dir klar darüber, was du da sagst? Selbst wenn das wahr wäre, sind die Soldaten mittlerweile doch uralt, haben weiße Bärte und längst keine Zähne mehr.«

»Meinst du?« antwortete Ambrosinus ironisch. »Sie sind ebenso alt wie du, Vatrenus, und du, Aurelius. Sie haben das Alter abgehärteter, ungebeugter Veteranen. Ich weiß, daß euch das alles absurd vorkommen mag, doch hört auf mich, um Gottes willen! Ihr werdet erhalten, was ihr begehrt. Sicher könnt ihr euer Leben an einem friedlichen Ort verbringen, ich werde euch selbst dorthin führen. Ein fruchtbares, verstecktes Tal, ein richtiges kleines Paradies, durch das ein kristallklarer Bach fließt. Kurz, ein Ort, an dem ihr von der Jagd und vom Fischfang leben könnt und auch die Frauen bekommt, die ihr begehrt. Ihr müßt nur mit den Nomaden verhandeln, die jedes Jahr dort mit ihren Herden vorüberziehen. Doch müßt ihr erst euer Werk zu Ende bringen, wie ihr es mir und dem Knaben versprochen habt. Weiter verlange ich nichts von euch. Begleitet uns bis zu dem befestigten Lager, das unser endgültiges Ziel sein wird, anschließend könnt ihr ganz nach Belieben eure eigenen Entscheidungen treffen. Und ich verspreche euch, alles zu tun, was in meiner Macht steht, um euch dabei zu unterstützen.«

Aurelius wandte sich an seine Kameraden: »Ihr habt es vernommen. Unsere Aufgabe ist es, den Kaiser zu seiner Legion zu führen, sofern es diese noch gibt. Danach sind wir von unserer Verpflichtung entbunden. Vielleicht können wir unter seinem Befehl weiterdienen, oder wir nehmen unseren verdienten Abschied.«

»Und wenn es sie nicht mehr gibt?« fragte Livia, die bis zu diesem Moment geschwiegen hatte. »Was tun wir dann? Sollen wir ihn seinem Schicksal überlassen? Vielleicht auseinanderlaufen, der eine hierhin, der andere dorthin, oder bleiben wir alle gemeinsam an diesem herrlichen Ort, den uns Ambrosinus beschrieben hat?«

»Wenn es diese Legion nicht mehr gibt, steht es euch frei zu tun und zu lassen, was ihr wollt. Auch du, mein Sohn«, sagte Ambrosinus zu Romulus gewandt. »Du kannst mit ihnen zusammen leben, falls sie sich zum Verweilen entscheiden, was ich mir sehnlichst erhoffe. Dann kannst du in Frieden zu einem Mann heranwachsen, vielleicht ein Hirte, ein Jäger oder Bauer werden, das eben, was dir am meisten zusagt. Doch bin ich sicher, daß Gott dir ein anderes Schicksal zuerkannt hat, der diese Männer und auch diese Frau zum Instrument deines Schicksals erwählte, ganz so, wie auch mir es vergönnt ist. Was wir erlebten, entsprang nicht dem Zufall. Daß es uns gelang, so viele Herausforderungen zu bestehen, auch wenn es kaum möglich schien, geht weit über das menschliche Maß hinaus. Hier offenbart sich die Hand Gottes, gleich an welchen Gott ihr auch immer glauben mögt. Sie hat uns gelenkt und wird uns auch weiterhin lenken, bis sich seine Pläne erfüllt haben.«

Aurelius betrachtete seine Gefährten einen nach dem anderen, dann richtete er voll tiefen Gefühls seinen Blick auf Livia, damit sie die Leidenschaft in seinem Inneren erkannte, die so oft von der Angst und Zerrissenheit seines Herzens erstickt worden war. Und alle gaben ihm eine unmißverständliche Antwort, auch wenn sie nicht laut ausgesprochen wurde.

»Wir werden euch nicht allein lassen«, sagte er. »Weder vor noch nach diesem wahnsinnigen Unternehmen. Auch finden wir sicher eine Möglichkeit, um unser Leben gemeinsam zu verbringen. Der Tod hat uns so viele Male verschont, also ist es nur recht und billig, eines Tages das zu genießen, was uns vom Leben noch übrigbleibt, sei es nun kurz oder lang.«

Er erhob sich und ging davon, da er, wie er deutlich fühlte, dem leidenschaftlichen Aufruhr in seinem Inneren nicht mehr Herr wurde. Dazu waren seit einiger Zeit die Alpträume und Bilder zurückgekehrt, die ihn seit Jahren quälten, auch die schmerzhaften Stiche in seinem Kopf traten wieder häufiger auf und verdunkelten manches Mal seine Fähigkeit, sich und seine Gefühle zum Ausdruck zu bringen. Vor allem gegenüber Livia. Ihm war, als sei der Kreis seines Lebens dabei, sich zu schließen, als müßte er hier, an den äußersten Grenzen der Welt, Rechenschaft ablegen gegenüber dem Schicksal und auch sich selbst.

Ambrosinus wartete, bis das Feuer verlöschte und alle sich niedergelegt hatten, dann ging er zu ihm. »Laß den Mut nicht sinken, ich bitte dich«, sagte er zu ihm. »Hab Vertrauen. Und vergiß nicht, die größten Unternehmungen wurden immer nur von einer Handvoll von Helden vollbracht.«

»Ich bin kein Held«, antwortete er, ohne sich auch nur umzudrehen. »Und das weißt du.«

In dieser Nacht schneite es, und das war der letzte Schnee in diesem Winter. Von da an marschierten sie im Schein der Sonne, unter einem Himmel, dessen Wolken so rein und weiß waren wie das Fell der Lämmer, die zum erstenmal mit den Herden auf die Weide gingen. Und mit jedem Tag, der verstrich, erblühten an den Südhängen noch mehr Veilchen und Margeriten als zuvor. Dann endlich hielt Ambrosinus eines Tages am Fuß eines Hügels an und stieg von seinem Maulesel. Er ergriff seinen Wanderstab, der aussah wie der eines Pilgers, und stieg unter aller Augen hinauf bis zur Spitze. Oben wandte er sich um und rief: »Kommt! Worauf wartet ihr? Los, nun macht schon!«

Verschwitzt und keuchend erreichte Romulus ihn als erster, ihm folgten Livia, Aurelius und Vatrenus und all die anderen. Vor ihnen, in ein paar Meilen Entfernung, erstreckte sich der Große Wall wie ein mächtiger steinerner Gürtel von einer Seite des Horizonts bis zur anderen, lediglich von wenigen Türmen und Kastellen unterbrochen. Unten, zu ihrer Rechten, glänzte nicht weit von ihnen das Wasser eines kleinen Sees klar und durchsichtig wie die Luft, in dessen Mitte man einen mit Moos begrünten Felsen erkennen konnte. Weiter hinten im Osten leuchtete der Gipfel eines Berges, der noch eine Schneehaube trug, und dahinter war auf einem Felsen ein verschanztes Lager zu sehen. Hingerissen betrachtete Ambrosinus diesen großartigen Anblick. Sein Blick schweifte über die riesige, in gewundenen Linien verlaufende Befestigungsanlage, die ein Meer mit dem anderen verband, schweifte dann von dem See zu dem Gipfel des Berges, bis er zuletzt auf das Lager fiel, das ebenso grau wie der Felsen war. Er sagte: »Wir sind angekommen, mein Sohn und meine Freunde, unsere Reise ist zu Ende. Das hier ist der Große Wall, der sich über das ganze Land erstreckt. Dort seht ihr den Mons Badonicus und hier, zu unseren Füßen, den Lacus Virginis, den Jungfrauensee, von dem es heißt, daß ihn eine Wassernymphe bewohnt. Und dort oben, fast völlig in den Felskörper eingegraben, verbirgt sich das Feldlager der letzten Legion Britanniens. Die Drachenfestung!«

XXXIII

Sie ritten hinab in das menschenleere Tal und dann den Weg auf die Festung zu, die jetzt weiter entfernt zu sein schien, als es vom Gipfel des Hügels ausgesehen hatte. Dabei kamen sie an dem kleinen See von bezaubernder Schönheit vorbei, dessen felsiges Becken von schwarzen, weißen und braunen Kieselsteinen umsäumt war, die im Schleier des transparenten Wassers funkelten und in Richtung des Hügels, auf dem sich die Festung erhob, zunehmend mehr wurden. Es war kein besonders hoher Hügel, der in einer Felsplattform endete.

»Der innere Bereich des Lagers«, erklärte Ambrosinus, »wurde aus dem Felsen herausgegraben, so daß eine ebene Fläche entstand, auf der die Unterkünfte für Truppen, Pferde und Ausrüstungen errichtet werden konnten. Und rings um den Felsen wurde eine Trockenmauer erbaut und darauf die Palisade mit den Wachtürmen.«

»Du scheinst dies alles sehr gut zu kennen«, sagte Aurelius.

»Gewiß«, antwortete Ambrosinus. »Ich habe hier lange Zeit als Arzt und Berater des Kommandanten Paullinus gelebt.«

»Und das, was ist das?« fragte Romulus. Er deutete mit seinem Finger auf eine Art Monument, das aus Megalithen bestand und jetzt hinter dem Hügel auf einer anderen Erhebung, die sich vorher den Blicken entzogen hatte, zu sehen war. Es wirkte wie eine riesige runde Steinplatte, die von vier gigantischen Felspfeilern, die sich nach den vier Himmelsrichtungen ausrichteten, umgeben war.

Ambrosinus blieb stehen. »Hier«, sagte er, »liegt einer der großen Krieger unseres Landes begraben, ein keltischer Fürst namens Kalgak, den die lateinischen Autoren Calgacus nannten. Er war der letzte Held des hiesigen Widerstands, als die Römer vor dreihundert Jahren Britannien überfielen.«

»Ich kenne die Geschichte«, sagte Romulus, »und habe sie bei Tacitus nachgelesen, der Kalgaks Ansprache vor der letzten Schlacht niedergeschrieben hat. Ebenso die schrecklichen Worte, mit denen er die *pax romana* beschreibt.«

»›In hinterhältiger Falschheit bezeichnen sie die Unterjochung der Welt mit dem Wort Imperium und nennen es Frieden, wenn sie eine Wüste geschaffen haben‹«, zitierte Aurelius. »Aber denke daran«, fuhr er stolz fort, »in Wirklichkeit sind das nicht Calgacus' Worte, sondern Tacitus hat sie geschrieben, ein Römer, der den römischen Imperialismus kritisierte. Das beweist auch die Größe unserer Kultur.«

»Es heißt, daß Kalgak einst an diesem Stein seine Ratsversammlungen abgehalten hat«, sagte Ambrosinus. »Seither wird er von allen Bewohnern des Landes, gleichgültig welchen Geschlechts, als ein Symbol der Freiheit betrachtet.«

Er stieg weiter hinauf zu dem äußeren Befestigungsgürtel des Lagers, doch war schon aus dieser Entfernung zu erkennen, daß der Ort menschenleer war. Verfallen lag die Palisade, die Türen waren aus den Angeln gehoben und die kleinen Türme längst baufällig geworden. Aurelius betrat als erster das Gelände, doch wo immer er auch seine Blicke hinschweifen ließ, stellte er nichts als die Zeichen von Vernachlässigung und Verwahrlosung fest.

»Eine Legion von Gespenstern ...«, murmelte er.

»Dieser Ort liegt seit Jahren verlassen, alles fällt hier in Stücke«, fügte Vatrenus hinzu, während Batiatus prüfte, wie stabil die Treppe war, die zum Wehrgang führte, als plötzlich die gesamte Konstruktion krachend zu Boden stürzte.

Verloren blickte Ambrosinus auf dieses trostlose Bild, das ihn beinahe überwältigte.

»Hast du denn wirklich erwartet, hier noch jemanden anzutreffen?« bedrängte ihn Aurelius. »Ich kann das nicht glauben. Schau doch hinab auf den Großen Wall: Seit mehr als siebzig Jahren gibt es kein römisches Banner mehr auf diesen Mauern. Wie konntest du hoffen, daß ausgerechnet dieses winzige Bollwerk überlebt? Sieh doch selbst: Es gibt keine Zeichen der Zerstörung oder des bewaffneten Widerstands. Sie haben sich einfach davongemacht, und das vor wer weiß wie langer Zeit.«

Ambrosinus ging auf die Mitte des Lagers zu. »Ich weiß, daß das alles so aussieht, als hätte es jede Bedeutung verloren, aber glaubt mir: Das Feuer ist nicht erloschen. Wir müssen es bloß anfachen, und die Flamme der Freiheit wird wieder auflodern.« Doch niemand hörte ihm zu. Alle schüttelten nur erschüttert ihr Haupt in dieser unwirklichen Stille, die nur von dem leisen Pfeifen des Windes und den quietschenden Fensterläden in den von der Zeit und den Unbilden des Wetters verwitterten Baracken unterbrochen wurde. Ohne die trübsinnige Atmosphäre weiter zu beachten, schritt Ambrosinus auf das Prätorium zu, die frühere Behausung des Kommandanten, und verschwand in ihrem Inneren.

»Wo geht er hin?« fragte Livia.

Aurelius zuckte mit den Schultern.

»Und was sollen wir jetzt tun?« fragte Batiatus. »Wenn ich das richtig verstehe, haben wir zweitausend Meilen völlig umsonst zurückgelegt.«

Romulus, der abseits in einer Ecke stand, schien in Gedanken versunken, selbst Livia wagte es nicht, zu ihm zu gehen. Sie verstand seine Gemütsverfassung und litt mit ihm.

»Wie die Dinge nun einmal liegen, sollten wir die Situation ganz realistisch betrachten«, begann Vatrenus.

»Realistisch? Das hier ist alles andere als realistisch. Sieh dich doch um, bei allen Göttern!« platzte Demetrios heraus. Doch kaum hatte er diese Worte gesprochen, als sich die Tür des Prätoriums öffnete und Ambrosinus wieder erschien. Das Stimmengewirr erstarb, und alle starrten verblüfft auf ihn, als er feierlich aus der Dunkelheit trat und einen wunderlichen Gegenstand in seinen Händen hielt – einen silberköpfigen Drachen mit weit aufgerissenem Maul und purpurnem Schweif, der an einer Stange befestigt war, von der ein Stoffstreifen mit einer Inschrift herabhing:

LEGIO XII DRACO.

»Mein Gott«, murmelte Livia. Romulus blickte starr auf das Banner und den mit goldfarbenen Schuppen bestickten Drachenschweif, der sich plötzlich in einem Windhauch so lebhaft bewegte, als sei er lebendig. Ambrosinus trat auf Aurelius zu und betrachtete ihn mit feurigen Augen. Sein Antlitz wirkte wie verklärt, auch wenn die Linien darin so angespannt waren, als hätte sie jemand in Stein gemeißelt. Er hielt Aurelius das Drachenbanner hin und sagte: »Es gehört nun dir, Kommandant. Hiermit ist die Legion neu gegründet worden.«

Aurelius zögerte. Reglos stand er der schmächtigen, fast ausgezehrten Gestalt gegenüber und nahm den gebieterischen Blick in sich auf, in dem ein geheimnisvolles, ungezähmtes Feuer loderte. Während der Wind auffrischte und eine Staubwolke emporwirbelte, die alles verhüllte, streckte er seine Hand aus und ergriff die Standarte.

»Jetzt geh«, befahl Ambrosinus. »Und pflanze sie auf dem höchsten Turm auf.«

Aurelius sah seine in Schweigen erstarrten Gefährten an, dann setzte er sich langsam in Bewegung, kletterte die Galerie empor und befestigte das Banner auf dem Westturm, dem höchsten des gesamten Lagers. Unter dem Peitschen des Windes rollte sich der Schweif des Drachen auf, und seinem metallenen Maul entrang sich ein schriller Ton, jenes Pfeifen, das so oft in der Schlacht die Feinde in Schrecken versetzt hatte. Er blickte nach unten. Die Gefährten standen nebeneinander aufgereiht und entboten in strammer Haltung den militärischen Gruß. Da füllten sich seine Augen mit Tränen.

Erneut begann Ambrosinus zu sprechen: »Wir werden uns hier niederlassen und den Ort wieder bewohnbar machen, der für die nächste Zeit unser Zuhause sein wird. Inzwischen werde ich versuchen, den Kontakt zu den mir bekannten Menschen, die vielleicht noch hier in der Gegend leben, wiederherzustellen. Und wenn der richtige Augenblick gekommen ist, werde ich bei dem Senat von Carvetia vorstellig werden, sofern er noch existiert. Sobald die Zeit reif ist, werde ich die Leute im Forum zusammenrufen und dann mit Romulus vor sie treten, um ihn dem Volk und dem Senat vorzustellen …«

»Du hattest eine Armee versprochen, als du dieses Land vor vielen Jahren verließest«, sagte Vatrenus, »und kehrst mit einem Kind zurück. Was versprichst du dir davon?«

»Hört mich an. Da wir die Legion neu gegründet haben, werden versprengte Soldaten aus allen Richtungen herbeieilen und sich um ihren Kaiser und das Drachenbanner scharen. Vielleicht muß ich ihnen die Prophezeiung ins Gedächtnis zurückrufen: ›Ein junger Mann wird vom südlichen Meer kommen und das Schwert tragen. Und wieder werden über dem weiten Land Britannien Adler und Drache ihre Flügel ausbreiten!‹«

»Das Schwert …«, murmelte Aurelius und neigte den Kopf. »Ich habe es verloren.«

»Nicht für immer«, antwortete Ambrosinus. »Du wirst es wiedergewinnen, das schwöre ich dir.«

Am folgenden Tag verließ Ambrosinus das Lager, um mit dem Land wieder in Verbindung zu treten, das er vor so langer Zeit verlassen hatte. Mit seinem Pilgerstab marschierte er allein los und durchquerte das Tal in Richtung Carvetia. Bei jedem Schritt spürte er, wie sein Innerstes von tiefen Gefühlen erschüttert wurde. Der Duft des Grases, den der Wind herantrug, der Gesang der Vögel, mit dem sie die aufgehende Sonne begrüßten, und die liebliche Landschaft der Wiesen, die immer mehr gelbe und weiße Blumen bedeckten: All das brachte ihm die fernen Tage seiner Jugend zurück und erschien ihm wieder so nah und vertraut, als hätte er diese Gefilde niemals verlassen. Je weiter er vorankam, desto höher stieg die Sonne strahlend am Himmel empor, erwärmte die Luft und ließ das Wasser der Bäche funkeln, die gleich silbernen Bändern die Felder durchzogen. Er beobachtete, wie die Hirten ihre Herden zur Weide führten und die Bauern auf den Feldern die Apfelbäume beschnitten. Es hatte den Anschein, als siege tatsächlich die Schönheit der Natur über das Unheil, das über den menschlichen Schicksalen lag. Welch ein glückbringendes Vorzeichen für sein Unterfangen.

Am späten Nachmittag gelangte er in Sichtweite der Stadt und erkannte auf einem Hügel den vertrauten Umriß eines großen alten Landhauses wieder. In Aufbau und stattlichem Ausmaß glich die Außenmauer einer Festungsanlage, auch wenn sich ringsum die Weiden und Felder erstreckten, auf denen die Bauern und Arbeiter betriebsam ihren Verrichtungen nachgingen. Die einen bereiteten den Boden für die Saat vor, während andere die trockenen Äste aus den Bäumen schnitten und wieder andere am Waldrand große Stämme auf die von Ochsen gezogenen Wagen hoben. In einer Koppel lief eine Herde von Pferden umher, angeführt von einem weißen Hengst mit langer Mähne, der in wildem Galopp dahinflog und mit seinem Schweif die Luft peitschte.

Ambrosinus schritt durch das Haupttor in den weiten Innenhof, in dem sich die Werkstätten der Schlosser, Hufschmiede und Tischler befanden. Als er das Haus betrat, wurde er von dem Freudengebell der Hunde und dem herrlichen Duft ofenfrischen Brotes empfangen. Niemand fragte ihn, wer er sei oder was er wolle. Doch bot ihm eine Frau als Gastgeschenk ein Stück duftendes, knuspriges Brot an, und deutlich erkannte er, daß sich in dem noblen Hause nichts verändert hatte, seit er dort damals zum erstenmal Aufnahme gefunden hatte. Er fragte: »Ist Herr Kustennin noch immer der Herr dieses Besitzes?«

»Das ist er, Gott sei Dank«, antwortete die Frau.

»Dann melde ihm bitte, daß ein alter Freund aus langem Exil endlich nach Hause zurückgekehrt ist und es kaum erwarten kann, ihn wieder in die Arme zu schließen.«

»Folge mir«, sagte die Frau zu ihm. »Ich werde dich zu ihm führen.«

»Nein, mir ist lieber, ich bleibe hier und warte auf ihn, wie es sich für einen Wanderer gebührt, der an die Tür klopft und um Zuflucht und Aufnahme bittet.«

Die Frau verschwand in einem Torbogen und stieg rasch die Treppe empor, die ins Obergeschoß der Villa führte. Wenig später hob sich im roten Licht des Sonnenuntergangs eine mächtige Gestalt ab. Ein Mann um die Fünfzig mit blauen Augen und graumelierten Schläfen, die breiten Schultern von einem schwarzen Umhang bedeckt, betrachtete ihn mit einem etwas unsicheren Gesichtsausdruck, als versuche er, den Pilger vor sich wiederzuerkennen. Ambrosinus ging ihm entgegen. »Kustennin, ich bin's, Myrdin Emreis, dein alter Freund. Ich bin zurückgekehrt.«

Die Augen des Mannes füllten sich mit Tränen der Freude. Er lief ihm entgegen und rief: »Myrdin!«, dann umfaßte er ihn mit den Armen und hielt ihn lange an sich gepreßt. »Wie lange ist das her«, sagte er mit zitternder Stimme. »Mein alter Freund, wieviel Zeit ist vergangen. Oh, guter Gott, wie konnte ich dich bloß nicht auf den ersten Blick erkennen!«

Ambrosinus löste sich aus der Umarmung, um ihm ins Antlitz zu blicken, fast ungläubig, ihn nach so vielen Jahren wiedergefunden zu haben. »Ich habe viele Arten von Widrigkeiten erlebt, mußte Hunger und Kälte erleiden und schreckliche Prüfungen bestehen, mein Freund. Das hat mein Äußeres völlig verändert, meine Haare wurden weiß, und sogar meine Stimme hat ihre Kraft verloren. Doch bin ich glücklich, dich wiederzusehen, so glücklich ... Du dagegen hast dich überhaupt nicht verändert, bis auf ein klein wenig Rauhreif an deinen Schläfen. Und deine Familie?«

»Komm«, sagte Kustennin, »und sieh sie dir an. Egeria und ich haben eine Tochter, Ygraine, die unser Augenstern ist.«

Und er schritt ihm voran die Treppe empor, bis sie durch einen Korridor in der Wohnung der Frauen ankamen.

»Egeria«, sagte Ambrosinus, »ich bin Myrdin, erinnerst du dich noch an mich?«

Egeria saß neben einem Fenster und war mit einer Stickarbeit beschäftigt; sie legte sie nieder und kam ihm entgegen. »Myrdin? Ich kann es nicht fassen. Wir dachten, du seiest schon lange tot. Doch die Gnade des Herrn hat dich uns zurückgebracht, das müssen wir feiern. Du wirst nun für immer bei uns bleiben und nie mehr fortgehen!« Sie wendete sich ihrem Gatten zu: »Hab ich recht, Kustennin? Nicht wahr, ich hab doch recht?«

»So ist es«, antwortete ihr Mann. »Das würde uns sehr glücklich machen.«

Als Ambrosinus zu einer Antwort ansetzen wollte, wurde er von einem hübschen Mädchen unterbrochen, das ins Zimmer eintrat. Sie hatte die blauen Augen vom Vater und die flammend roten Haare ihrer Mutter und sah zauberhaft aus in ihrem Kleid aus hellblauer Wolle, das ihr bis zu den Füßen reichte. Es war Ygraine, die ihn anmutig begrüßte.

Egeria gab ihren Dienern den Befehl, das Abendessen und auch ein Zimmer für den Gast zu richten. »Nur vorläufig«, sagte sie. »Morgen werden wir dich in einem besseren Teil des Hauses unterbringen, in dem du mehr Sonne hast ...«

Ambrosinus unterbrach sie: »Wie gern würde ich eure Gastfreundschaft annehmen, doch ich kann nicht bei euch verweilen, selbst wenn ich es mir von ganzem Herzen wünsche. Ich bin nicht allein, eine Gruppe von Freunden aus Italien ist mit mir unterwegs. Wir haben es gerade noch geschafft, einer erbarmungslosen, unablässigen Jagd zu entkommen.«

»Wer auch immer dich verfolgt«, antwortete Kustennin, »hier bist du in Sicherheit. Niemand wird es wagen, die Hand gegen dich oder deine Freunde zu erheben. Meine Diener sind alle bewaffnet und verwandeln sich, falls es nötig ist, innerhalb kürzester Zeit in eine disziplinierte und kampfbereite Truppe.«

»Ich danke dir«, antwortete Ambrosinus. »Ich habe eine lange Geschichte zu erzählen, und falls du die Geduld aufbringst, mir zuzuhören, werde ich sie noch heute abend zum besten geben. Doch warum tragen deine Diener Waffen, und was ist aus der Drachenlegion geworden? Meine Gefährten und ich haben in der alten Festung unser Lager aufgeschlagen und natürlich sofort erkannt, daß sie schon vor langem aufgegeben wurde. Wurden die Quartiere vielleicht woandershin verlegt?«

»Mein Gott, Myrdin«, antwortete Kustennin. »Die Legion gibt es seit vielen Jahren nicht mehr, sie hat sich aufgelöst ...«

Ambrosinus' Gesicht lief rot an. »Aufgelöst? Ich kann das nicht glauben. Sie hatten beim verblutenden Körper des heiligen Germanus geschworen, bis zum letzten Atemzug die Freiheit unseres Vaterlandes zu verteidigen. Diesen Schwur habe ich nie vergessen, Kustennin, und jetzt bin ich zurückgekehrt, um mein Versprechen einzulösen. Soll das denn heißen, daß nicht einmal du mehr die Macht hast, dieses Land vor seinen Unterdrückern zu beschützen?«

Kustennin seufzte. »Ich habe jahrelang versucht, die Konsulatswürde aufrechtzuerhalten. Solange die Legion existierte, war das auch irgendwie möglich, selbst wenn es schon damals genügend Leute gab, die mich mit dem ehrenrührigen Titel eines Usurpators brandmarkten und mit jenen Verbrechern in einen Topf warfen, die dieses unglückliche Land tyrannisierten. Doch dann löste sich die Legion auf, und Wortigern gelang es, einen Gutteil des Senats durch Korruption an sich zu binden. Und heute beherrscht er mit seinen grausamen Söldnern das ganze Land. Carvetia ist als Stadt noch vom Glück begünstigt, da Wortigern unsere Pferdezuchten und den Hafen braucht. Allein aus dem Grunde schnürt er uns nicht völlig die Luft ab. Auch tritt noch immer der Senat zusammen, und die Richter üben, zumindest zum Teil, noch ihre Autorität aus. Doch ist das alles, was von der Freiheit übrigblieb, die Germanus uns einst mit dem Stolz und der Würde, Herr über das eigene Schicksal zu sein, zurückgegeben hatte.«

»Ich verstehe«, murmelte Ambrosinus und senkte dabei den Blick, um nicht zu zeigen, wie niedergeschlagen und verzagt ihn diese Worte machten.

»Aber erzähl mir von dir«, drängte ihn Kustennin. »Was hast du in all den Jahren erlebt, die du weg warst, und wer sind diese Freunde, von denen du gerade eben sprachst? Und warum hast du sie in das alte befestigte Lager geführt?«

Da unterbrach Egeria ihr Gespräch mit der Mitteilung, daß das Abendessen angerichtet sei, und die Männer setzten sich zu Tisch. Ein prachtvolles Feuer aus Eichenscheiten brannte im großen Kamin, die Diener schenkten schäumendes Bier in die Becher und legten Scheiben gebratenen Fleisches auf die Teller. Sie aßen mit großem Appetit und sprachen über die alten Zeiten. Als dann die Tafel aufgehoben wurde, legte Kustennin noch ein paar Holzscheite nach, bevor er süßen gallischen Wein in die Becher goß und den Freund dazu aufforderte, sich mit ihm ans Feuer zu setzen.

Die Woge der Erinnerungen ebenso wie der freundliche Empfang und der köstliche Wein brachten Ambrosinus dazu, sein Herz zu öffnen und seine Geschichte zu erzählen. Er begann an dem Punkt, als er Britannien verlassen hatte, um den Kaiser um Hilfe zu ersuchen. Es war spät in der Nacht, als er seine Erzählung beendete. In höchster Verwunderung blickte Kustennin ihn an und murmelte: »Allmächtiger Gott … Du hast den Kaiser hierhergebracht, in eigener Person …«

»So ist es«, antwortete Ambrosinus. »Und in diesem Augenblick schläft er an diesem einsamen Ort, in seine Felddecke gehüllt, die das einzige ist, was er besitzt, und er wird von den edelsten und mutigsten Männern bewacht, die je auf dieser Erde wandelten.«

XXXIV

Wulfila und seine Männer landeten am Tag nach der Ankunft Aurelius' und seiner Gefährten in Britannien, als gerade der Abend hereinbrach. In ihrem Gefolge befanden sich ihre Pferde und Waffen, und sie verloren keinerlei Zeit bei der Ausschiffung. Der Steuermann war zwar ein Untertan des Syagrius, hatte sich aber davon überzeugen lassen, ihnen zu folgen, da er in Britannien geboren war und ihnen dabei helfen konnte, sich in diesem unbekannten Land zu bewegen. Wulfila hatte ihm Geld gegeben, um ihn zur Desertion zu verleiten, und noch weiteres versprochen, falls er sich als nützlich erwiese.

»Was willst du wissen?« fragte ihn der Steuermann.

»Wie ich diese Männer einholen kann.«

»Das ist nicht leicht. Ich habe gesehen, daß sie von einem Druiden geführt wurden, oder zumindest von einem Mann, der von Druiden erzogen wurde. Das bedeutet, daß ihm dieses Land so vertraut ist wie einem Fisch das Wasser. Er kennt alle Geheimnisse und jedes Versteck. Wenn du noch dazurechnest, daß sie mehr als einen Tagesmarsch Vorsprung haben, wird es doppelt schwierig, ihre Spur zu verfolgen. Wenn wir wenigstens wüßten, was ihr Ziel ist. Das wäre etwas anderes, aber so ... Britannien ist groß, die größte Insel der Welt.«

»Aber es kann doch nicht so viele Straßen geben. Die Hauptrouten sind doch sicher bekannt.«

»Gewiß, aber wer sagt uns, daß sie sich an diese halten? Sie können auch durch die Wälder streifen, den Pfaden der Hirten oder denen der Wildtiere folgen.«

»Aber sie können sich nicht ewig vor mir verstecken. Bisher sind sie mir noch niemals entkommen, und das wird ihnen auch auf dieser Insel nicht gelingen.«

Er marschierte über den Strand, um die Bewegung der Brandung zu beobachten und sich seinem Zorn hinzugeben. Mit einem Wink bedeutete er plötzlich dem Steuermann, zu ihm zukommen: »Wer hat in Britannien das Kommando?«

»Wie meinst du das?«

»Gibt es einen König? Jemanden, der die höchste Macht innehat?«

»Nein, es streiten sich viele lokale Anführer, die grausam und rauflustig sind, um dieses Land. Einen Mann allerdings gibt es, den alle fürchten und der, unterstützt von brutalen Söldnern, einen großen Teil des Gebiets vom Großen Wall bis nach Caerleon beherrscht. Er heißt Wortigern.«

»Und wo befindet sich seine Residenz?«

»Im Norden. Er lebt auf einer unzugänglichen Festung, die auf dem ehemaligen römischen Feldlager Castra Vetera errichtet wurde. Einst war er ein mutiger Krieger, der bei dem Ansturm auf den Großen Wall gegen die Eindringlinge aus dem Hochland gekämpft hatte. Er beschützte die Städte und ihre Institutionen, doch dann ließ er sich von der Macht korrumpieren und wurde zu einem blutigen Tyrannen. Seine Herrschaft rechtfertigt er damit, daß er die Nordgrenzen verteidigen muß, aber das ist nur ein Vorwand. Tatsächlich bezahlt er Tribute an deren Anführer, die er sich dadurch erwirbt, daß er das Land wie ein Gauner und Dieb in ständigen Überfällen ausnimmt oder den sächsischen Söldnern, die er vom Kontinent herkommen ließ, einen Freibrief zum Plündern gibt.«

»Du weißt viel.«

»Weil ich lange Zeit in diesem Land gelebt habe. Dann habe ich mich vor lauter Verzweiflung nach Gallien abgesetzt und mich dort von Syagrius' Armee anwerben lassen.«

»Wenn du mich zu Wortigern führst, wirst du es nicht bereuen. Ich werde dir Vieh, Ländereien und Knechte geben, von allem soviel, wie du es dir nur wünschst.«

»Ich werde dich nach Castra Vetera bringen. Dort allerdings mußt du dann selbst eine Möglichkeit finden, von Wortigern empfangen zu werden. Es heißt, seine hervorstechendsten Eigenschaften seien Mißtrauen und Argwohn: zum einen, weil er viel Haß gesät hat und daher weiß, daß ihm viele aus Rache für erlittenes Unrecht den Tod wünschen. Zum anderen ist er mittlerweile alt und schwach und fühlt sich daher nur allzuleicht angreifbar.«

»Dann laß uns gehen, verlieren wir keine Zeit.«

Sie überließen das Schiff den rollenden Wogen der Brandung und marschierten den Weg an der Küste entlang, bis sie auf die alte römische Reichsstraße trafen, die sie am schnellsten an ihr Ziel brächte.

»Wie sieht er denn aus?« fragte Wulfila seinen Führer.

»Das weiß man nicht. Seit Jahren hat ihn niemand mehr zu Gesicht bekommen. Die einen sagen, er sei von einer abstoßenden Krankheit entstellt und sähe aus wie eine einzige eitrige Wunde. Andere meinen, daß er seinen Untertanen die Zeichen des Verfalls verheimliche, so seine glasigen, fast blinden Augen, den zahnlosen, sabbernden Mund und die Hängebacken. Sie sollen ihn weiterhin fürchten, also versteckt er sein Gesicht hinter einer goldenen Maske, die ihn für immer im Glanz seiner Jugend zeigt. Sie ist das Werk eines großen Künstlers, der dafür das Gold eines Meßkelchs einschmolz. Durch diese Gotteslästerung, so heißt es, bleibt Wortigern auf immer an seinen Pakt mit dem Satan gebunden, der ihm dafür bis zum Ende aller Jahrhunderte seine teuflischen Kräfte garantiert.« Verstohlen warf er einen Blick auf seinen Gesprächspartner, da er befürchtete, ihn an seine eigene Mißbildung erinnert zu haben. Doch seltsamerweise zeigte Wulfila keinerlei Groll.

»Du drückst dich zu gut aus, um ein Seemann zu sein«, sagte er. »Wer bist du wirklich?«

»Du wirst es nicht glauben, aber ich war selbst ein Künstler und kannte den Mann, der die Maske gefertigt hat. Man sagt, daß ihn Wortigern nach ihrer Vollendung töten ließ, da er der einzige war, der sein verunstaltetes Gesicht aus der Nähe gesehen hatte. Die Zeiten sind vorbei, in denen man einem Künstler Respekt entgegenbrachte, als sei er ein von Gott besonders bevorzugtes Geschöpf. Ist denn in dieser Welt überhaupt noch Platz für die Kunst? Als ich selbst in Not geriet, forderte ich das Schicksal heraus. Ich begab mich an Bord eines Fischerbootes und lernte dort, wie man Steuerruder und Segel bedient. Ich weiß nicht, ob ich je wieder in meinem Leben die Gelegenheit habe, Gold und Silber zu schmieden, wie ich es einst tat, vielleicht auch ein Heiligenbild für eine Kirche zu malen oder Mosaiksteine nach einem bestimmten Muster zu legen. Dennoch werde ich trotz meiner äußeren Erscheinung und meiner derzeitigen Lage für immer ein Künstler bleiben.«

»Ein Künstler?« fragte Wulfila und blickte ihm dabei mit einem sonderbaren Ausdruck in die Augen, als sei ihm plötzlich eine Idee in den Sinn gekommen. »Kannst du vielleicht auch Inschriften lesen?«

»Ich kenne die alten keltischen Inschriften, die Runen der Schonen, ja selbst die lateinischen Epigraphe«, antwortete der Mann stolz.

Wulfila zog das Schwert aus der Scheide und legte es vor ihn hin. »Dann erkläre mir, was die Buchstaben bedeuten, die in die Schwertklinge eingraviert sind. Und wenn wir am Ende unserer Reise angekommen sind, werde ich dich für deine Dienste bezahlen und deiner Wege ziehen lassen.«

Verblüfft betrachtete der Mann zuerst die Klinge und dann den Barbaren.

»Was ist denn?« fragte Wulfila unruhig. »Ist es vielleicht ein Zauber? Sprich!«

»Sehr viel mehr«, antwortete der Mann, »sehr viel mehr. Die Inschrift sagt, daß dieses Schwert Julius Cäsar gehörte, dem ersten Eroberer Britanniens. Es wurde von den Chalybern geschmiedet, einem Volk an der Südostküste des Schwarzen

Meeres, das sein Geheimnis, den unüberwindbaren Stahl herzustellen, niemals gelüftet hat.«

Wulfila nickte mit einem Grinsen. »In meinem Volk sagt man, wer die Waffe eines Eroberers ergreift, wird selbst zum Eroberer, darum ist das, was du mir eben gesagt hast, das beste Vorzeichen für mich. Führe mich nun nach Castra Vetera. Wenn wir erst angekommen sind, werde ich dir weiteres Geld geben, und dann bist du frei, überall hinzugehen, wohin du nur willst.«

Fast zwei Wochen lang waren sie unterwegs. Sie marschierten durch die Gebiete vieler kleiner Despoten, doch hielt die beträchtliche Anzahl der Krieger zu Pferde in Wulfilas Gefolge und der erschreckende Anblick ihres Heerführers selbst jeden davon ab, sich in übermäßige Schwierigkeiten zu stürzen. Nur einmal wagte es ein mächtiger Potentat namens Gwynwird, der mit einer ansehnlichen Schar Bewaffneter unterwegs war, sie in der Nähe von Eburacum aufzuhalten und sie daran zu hindern, die Brücke zu überqueren, die in seinem Gebiet lag. Verärgert über das geringschätzige Benehmen des Fremden mit dem Narbengesicht, forderte er von Wulfila Wegegeld und die Abgabe seiner Waffen, die er erst zurückbekäme, wenn er sein Gebiet wieder verließe. Wulfila brach in Gelächter aus und gab ihm zur Antwort, daß er seine Waffen nur bekomme, wenn er sie sich im Kampf erobere. Dann forderte er Gwynwird zum Duell. Eifrig auf seinen Ruf und sein Ansehen bedacht, nahm dieser die Herausforderung an, doch als er Wulfila das Schwert ziehen sah, dieses Schwert von so exquisiter Machart und todbringender Schönheit, wußte er sich bereits verloren. Beim ersten Hieb wurde sein Schild zerschlagen, beim zweiten zersprang ihm das Schwert, und kurz darauf rollte sein Kopf, die Augen noch immer weit aufgerissen von dem Ausdruck entsetzter Ungläubigkeit, zwischen die Beine seines Pferdes.

Nach altem keltischem Brauch ergaben sich die Krieger des besiegten Anführers von nun an dem Befehl des Siegers, so daß Wulfilas Schar zu einer kleinen Armee anschwoll. Und während sie weiterzogen, eilten ihnen die schauerlichsten Gerüchte über die Grausamkeit ihres Anführers und sein unbesiegbares Schwert voraus, bis sie eines Tages in der Mitte des Winters vor Castra Vetera standen.

Der bedrohlich düstere Festungsbau erhob sich auf einem Hügel, der von einem dichten Tannenwald bestanden war, und wurde von einem Doppelgraben und einer Mauer geschützt, die Hunderte von Bewaffneten bewachten. Aus seinem Inneren war das ständige Gekläff der Wachhunde zu hören, und als sich Wulfila mit seiner Schar näherte, flog ein Schwarm Krähen zum Himmel empor und erfüllte die Luft mit ihrem durchdringenden Krächzen. Tiefe Wolken bedeckten den Himmel, der die Festung in ein bleiernes Licht tauchte und sie dadurch, wenn überhaupt möglich, noch düsterer wirken ließ. Wulfila schickte seinen Dolmetscher voraus, der zu Fuß ging und unbewaffnet war.

»Mein Herr«, verkündete dieser, »wurde vom kaiserlichen Hof im italienischen Ravenna ausgesandt, um Wortigern seinen Respekt zu erweisen und ihm ein Bündnis anzutragen. Er führt Geschenke und das kaiserliche Siegel mit sich, das seine Person und Mission bestätigt.«

»Warte hier und rühr dich nicht von der Stelle«, antwortete die Wache. Gleich darauf tuschelte er mit einem seiner Vorgesetzten, der im Inneren der Festung verschwand. Lange Zeit verging, in der Wulfila ungeduldig im Sattel saß und nicht wußte, was er von alldem halten sollte. Endlich kehrte der Mann zurück und überbrachte die Antwort seines Herrn. Der Gesandte sollte zunächst die Geschenke und das Beglaubigungsschreiben vorlegen, erst dann werde man ihn empfangen. Unbewaffnet und ohne Gefolgschaft.

Schon war Wulfila drauf und dran, sein Pferd zu wenden und wieder davonzureiten, als ihm ein Gefühl sagte, daß er, falls er diese Festung beträte, seinem Ziel einen entscheidenden Schritt näher gekommen sei. Und die Vorstellung, es mit einem kranken, schwachen Herrscher zu tun zu haben, tat das übrige, sich im Vertrauen auf seine eigenen ungebrochenen Energien auf ein so riskantes Unternehmen einzulassen. Durch lange Erfahrung geprägt und vor dem Hintergrund einer von ständigen Unruhen beherrschten Welt, die sich nur der Kühnheit des Stärkeren unterwarf, wußte er, daß es nur wenigen Männern gelang, sich aus dem Nichts zu den höchsten Gipfeln der Macht zu erheben, wenn sie es verstanden, günstige Gelegenheiten beim Schopfe zu packen. Und so war er einverstanden.

Unter den strengen Augen bewaffneter Wachtposten überquerte er den Innenhof, dem noch die ursprüngliche Anlage des römischen Feldlagers anzusehen war, das ringsum von Pferdeställen und Kasernen gesäumt war. Dann gelangte er zum Hauptgebäude: einem Wachturm aus quadratisch behauenen Felsblöcken mit Fenstern so klein wie Schießscharten; darüber lag ein Wehrgang, den ein hölzernes Dach bedeckte. Er stieg zwei Treppen empor und stand vor einer schmalen, eisenbeschlagenen Tür, die sich wenig später öffnete, ohne daß einer der Männer aus seiner Eskorte angeklopft hätte. Mit einem Zeichen forderten sie ihn auf einzutreten, dann schloß sich die Tür hinter ihm wieder.

Wortigern stand allein vor ihm. Wulfila war sehr verwundert, daß sich niemand sonst in dem großen kahlen Raum befand. Der Tyrann saß auf einem Thron und sah sehr erschöpft und mitgenommen aus. Seine langen weißen Haare reichten ihm an beiden Seiten des Halses bis zur Brust hinab, während sein Gesicht von der Maske bedeckt war. Wenn die goldenen Züge der Wahrheit entsprachen, mußte er früher ein ungewöhnlich ansehnlicher Mann gewesen sein.

Bis zur Unkenntlichkeit verzerrt, hallte seine Stimme aus dem Innern ihres metallischen Gehäuses hervor. »Wer bist du? Warum hast du verlangt, mich zu sprechen?«

Er sprach das allgemein verständliche Latein, das auch für seinen Gesprächspartner leicht zu verstehen war.

»Mein Name ist Wulfila«, antwortete er, »gesandt vom kaiserlichen Hof zu Ravenna, den nun ein neuer Herrscher befehligt. Er ist ein tapferer Krieger namens Odoaker, der dir die Ehre erweist und mit dir einen Freundschaftsbund schließen möchte. Der eigentliche Kaiser ist ein unerfahrenes Kind, das nichts von der Kriegskunst versteht, ein Spielball in den Händen intriganter Höflinge. Er ist abgesetzt worden.«

»Und warum will dieser Odoaker mein Freund werden?«

»Weil er um deine Macht als Beherrscher Britanniens und deine Tapferkeit im Kampf weiß. Dazu gibt es noch einen anderen, sehr wichtigen Grund, der mit dem abgesetzten Kaiser zu tun hat.«

»Sprich«, sagte Wortigern, den jedes Wort anscheinend unsägliche Mühe kostete.

»Einige Deserteure haben sich mit seinem Erzieher, einem irrsinnigen alten Kelten, zusammengetan und den Knaben entführt. Da sie sich nun hierher auf deine Insel geflüchtet haben, wollte ich dich darüber in Kenntnis setzen, wie ungemein gefährlich sie sind.«

»Ich soll also einen alten Mann und einen Knaben fürchten, die von einer Handvoll Räuber begleitet werden?«

»Vielleicht jetzt noch nicht, aber bald könnten sie eine Bedrohung darstellen. Erinnere dich, Herr, an den alten Spruch: ›Wehret den Anfängen.‹«

»*Principiis obsta...*«, wiederholte die Metallmaske mechanisch. Dieser Mann mußte in seiner Jugend die Erziehung eines Römers genossen haben.

»In jedem Fall wird es dir nützen, einen mächtigen Verbündeten wie Odoaker zu haben, der über Tausende von Kriegern und ungeheure Reichtümer verfügt. Wenn du ihm hilfst, die Verbrecher einzufangen, kannst du für immer auf seine Unterstützung zählen. Ich weiß, daß die nordischen Stämme noch immer dein Reich angreifen und du damit zu einem schwierigen, kostspieligen Krieg gezwungen bist.«

»Du bist gut informiert«, antwortete Wortigern.

»Um dir zu dienen und auch meinem Herrn Odoaker.«

Wortigern stützte sich auf die Armlehnen seines Throns, um Kopf und Rücken gerade aufzurichten, und durch die Löcher dieser gleichmütigen Maske spürte Wulfila die Kraft seines Blicks. Er fühlte, daß er seine Verunstaltung betrachtete, und erglühte vor blindem Haß.

»Du hast von Gastgeschenken gesprochen …«, hub Wortigern von neuem an.

»So ist es«, antwortete Wulfila.

»Ich will sie sehen.«

»Das erste siehst du, wenn du zum Fenster hinausschaust. Es sind die zweihundert Krieger, die ich mit mir führe und die ich bereit bin, in deine Dienste zu stellen. Sie sind hervorragende Kämpfer und durchaus imstande, für ihren Unterhalt zu sorgen. Das heißt, sie werden dich überhaupt nichts kosten. Ich selbst biete mich an, sie bei allen Unternehmungen zu führen, die du uns anvertraust. Doch das ist nur der Anfang. Wenn du später weitere Truppen brauchst, wird sie dir mein Herr Odoaker jederzeit schicken.«

»Er muß große Angst vor diesem Kind haben«, meinte Wortigern. Wulfila sagte nichts darauf, sondern blieb gegenüber dem Thron stehen, da er annahm, der alte Tyrann ginge zum Fenster, um einen Blick auf die Männer zu werfen. Doch Wortigern machte keinerlei Anstalten dazu.

»Und die anderen Geschenke?«

»Die anderen?« Einen Augenblick lang wußte Wulfila nicht, was er darauf antworten sollte, dann erhellte sich sein Blick: »Ich habe nur noch eines«, fuhr er fort, »doch handelt es sich dabei um ein so ungewöhnliches Objekt, das du es dir kaum vorstellen kannst, ein Objekt, für das die mächtigsten Männer der Erde all ihre Reichtümer hergäben, um es zu besitzen. Es ist ein überaus kostbarer Talisman, der einst Julius Cäsar gehörte, dem ersten Eroberer Britanniens. Wer ihn sein eigen nennt, ist dazu bestimmt, für immer über dieses Land zu herrschen, und sein Stern wird niemals sinken.«

Mit gespannter Aufmerksamkeit saß Wortigern so kerzengerade auf seinem Thron, daß man ihn für eine Statue hätte halten können, wäre da nicht dieses kaum wahrnehmbare Zucken in seinen verkrümmten Händen gewesen. Wulfila fühlte förmlich die grenzenlose Gier, die er mit seinen Worten entfacht hatte.

»Laß es mich sehen«, sagte der Alte, und seine Stimme klang zugleich ungeduldig und gebieterisch.

»Das Geschenk wird dir gehören, wenn du mir hilfst, unsere Feinde zu fangen. Gib mir die Erlaubnis, sie so zu bestrafen, wie sie es verdienen, und überlaß mir den Kopf des Jungen. Das ist der Preis für das Schwert.«

Es folgte ein langes Schweigen, dann nickte Wortigern langsam mit dem Kopf. »Ich bin einverstanden«, sagte er. »Und für dich hoffe ich, daß mich dein Geschenk nicht enttäuschen wird. Der Mann, der dich vor meinen Thron geführt hat, ist der Kommandant meiner sächsischen Truppen. Du wirst ihm das Aussehen der Gesuchten genau beschreiben, so daß er unsere Informanten, die ihre Augen und Ohren überall haben, benachrichtigen kann.«

Nach diesen Worten erschlaffte sein Körper, als sei alles Leben aus ihm gewichen, und der Kopf sank ihm auf die Schulter. Durch die goldenen Lippen der Maske war nur noch ein schwaches Röcheln zu hören. Wulfila nahm an, daß damit die Unterredung beendet sei. Er verabschiedete sich mit einer angedeuteten Verbeugung und ging zur Tür.

»Warte!« rief ihn die Stimme plötzlich zurück.

Er drehte sich zum Thron um.

»Rom … hast du es jemals gesehen?«

»Ja«, antwortete Wulfila. »Und seine Schönheit ist unbeschreiblich. Dennoch werde ich dir sagen, was ich gesehen habe – Triumphbögen aus Marmor, so hoch wie Paläste, darauf bronzene Wagen, die von Rössern, gegossen aus dem gleichen Metall, gezogen werden. Und gelenkt werden sie von geflügelten Göttergestalten, die wie Wagen und Pferde mit Gold überzogen sind. Riesige Plätze mit Arkaden umstellt, die von Hunderten von Säulen getragen werden und aus einem einzigen Steinblock gehauen sind, eine jede so hoch wie dein Turm hier. Und alle leuchten in den herrlichsten Farben. Die zahllosen Tempel und Basiliken sind über und über mit Malereien und Mosaiken verziert. In den Brunnen gießen Fabelwesen aus Marmor oder Bronze endlos Wasser in so riesige Steinbecken, daß mühelos hundert Männer darin Platz finden könnten. Und außerdem steht dort ein Bauwerk aus

Hunderten von aufeinandergestellten Bögen, in dem früher die Römer die Christen den Raubtieren zum Fraß vorwarfen. Sie bezeichnen es als Kolosseum, und es ist so groß, daß deine ganze Festung darin Platz findet.«

Er hielt inne, da aus der Maske ein klagendes Pfeifen und leidendes Röcheln klang, das er nicht einzuordnen vermochte: vielleicht der nie verwirklichte Traum ferner Jugendtage oder die unbändige Gier, die von der Vorstellung solch immenser Reichtümer angeregt wurde, vielleicht aber auch die quälende Gewißheit, daß jede Vision wahrer Größe in diesem grauenhaft verunstalteten Körper, zerfressen von Alter und Krankheit, auf immer gefangen war.

Wulfila eilte hinaus, schloß die Tür hinter sich und kehrte zu seinen Männern zurück. Er warf dem Dolmetscher eine Börse mit Geld zu und sagte: »Hier dein Lohn, wie ich es dir versprochen habe. Jetzt bist du frei zu gehen, wohin du willst, denn ich weiß alles, was ich wissen mußte.« Der Mann nahm das Geld, beugte hastig den Kopf, um seinen Dank zu bezeigen, dann spornte er sein Pferd und galoppierte davon, um so weit wie möglich von dieser trübsinnigen Stätte fortzukommen.

Von diesem Tag an wandelte sich Wulfila in den treuesten und grausamsten Schergen Wortigerns. Wo immer ein Aufruhr vermeldet wurde, erschien er an der Spitze seiner Krieger und säte blitzschnell und mit verheerender Macht Tod, Schrecken und Zerstörung. Niemand wagte überhaupt noch von Freiheit zu sprechen oder sich seinen Freunden anzuvertrauen, er schwieg selbst innerhalb der vier Wände seines Hauses bei seinen Familienangehörigen. Die Gunst, die der Barbar bei dem Tyrannen genoß, stieg ins Unermeßliche, je mehr Früchte aus seinen Beutezügen und Plünderungen er ihm zu Füßen legte.

Wulfila verkörperte alles, was Wortigern längst verloren hatte: unerschöpfliche Energie, kraftvolle Arme und ein blitzschneller Geist. Er schien die direkte Verlängerung seines Herrscherwillens zu sein, so daß er ihm nicht einmal mehr einen Befehl zu erteilen brauchte. Der Barbar sah die

Wünsche des Tyrannen bereits voraus und führte sie aus, noch bevor ihr Echo in dem großen kahlen Saal wiederhallte. Und dennoch fürchtete Wortigern ihn – gerade wegen all dieser Fähigkeiten und der bösartigen Intelligenz, die aus Wulfilas eiskalten Augen funkelte. Er mißtraute der scheinbaren Unterwerfung dieses geheimnisvollen Kriegers, der übers Meer gekommen war, auch wenn er vorgab, sein hauptsächliches Bestreben liege allein darin, das Kind zu finden und dessen Kopf nach Ravenna zu bringen.

Um zu veranschaulichen, wie er Verrat oder auch nur den Gedanken an Verrat zu ahnden in der Lage war, ließ ihn Wortigern eines Tages bei der Hinrichtung eines Vasallen zusehen, der nichts weiter verbrochen hatte, als einen Teil der auf einem Raubzug zusammengerafften Beute für sich zu behalten.

Es gab einen Hof, der an den Turm angrenzte und von einer hohen Steinmauer umgeben war. Hier waren die Mastiffs eingesperrt, jene furchteinflößenden Tiere, die häufig in der Schlacht gegen die Feinde eingesetzt wurden. Wortigerns liebster und einziger Zeitvertreib war es, sie zweimal täglich zu füttern, indem er ihnen Fleischstücke aus dem Fenster zuwarf, das sich hinter seinem Thron befand. Die Hinrichtung begann, als man dem Verurteilten die Kleider vom Leibe riß. Dann wurde er an ein Seil gehängt und langsam in den Zwinger hinuntergelassen. Die Hunde, die zwei Tage gehungert hatten, stürzten sich auf ihn und fraßen ihn von den Füßen her bei lebendigem Leib auf, wobei er von den Folterknechten immer tiefer herabgelassen wurde. Die Schmerzensschreie dieses Unglücklichen sowie das ohrenbetäubende Gekläffe der Mastiffs, die vom Blutgeruch und von dem erbitterten Streit um ihr Mahl außer Rand und Band gerieten, hallten im Inneren des Turmes so markerschütternd und durchdringend wider, daß keiner, der auch nur ein wenig Menschlichkeit besaß, es aushalten konnte. Doch Wulfila zuckte nicht einmal mit der Wimper, vielmehr kostete er dieses brutale Schauspiel bis zum letzten aus, und hatte, als er seinen Blick auf Wortigern richtete, nur den Ausdruck beunruhigender Grausamkeit und höchster Erregung in seinen Augen.

XXXV

Inzwischen hatte der Frühling begonnen, so daß nur noch der höchste Gipfel des Mons Badonicus, im örtlichen Dialekt Badon genannt, von Schnee bedeckt war. Während die Bauern wieder ihrer Feldarbeit nachgingen und die Hirten die Herden auf die Weide führten, sahen sie in der Ferne den im Wind flatternden purpurnen Drachen, dessen silbernes Haupt inzwischen gereinigt war und der auf dem höchsten Turm der Festung erglänzte: wie ein Signal, das ferne Erinnerungen an Tapferkeit und Ruhm in ihnen wachrief.

Während sich Ambrosinus auf den Dorfmärkten unter die Leute mischte und die Bauern auf dem Land in ihren Höfen aufsuchte, erkannte er die Erregung, die der Anblick des Drachen auslöste. Viele Männer erbebten bei diesen Erinnerungen an eine vergessene, unterdrückte Vergangenheit, auch wenn sie es kaum wagten, ihre Gedanken offen zum Ausdruck zu bringen. Einmal, als ein Hirte stehenblieb und das Banner der Legion betrachtete, gab Ambrosinus sich für einen Fremden aus und fragte: »Was ist das für ein Banner? Warum weht es denn dort auf der verlassenen Festungsanlage?«

Der Mann sah ihn mit einem sonderbaren Ausdruck an. »Du mußt von sehr weit her kommen«, sagte er, »wenn du dieses Banner nicht kennst. Jahrelang stand es als Zeichen für die Ehre und Freiheit dieses Landes und führte eine legendäre Armee in die Schlacht: die zwölfte Legion, die Legion des Drachen.«

»Ich habe davon gehört«, antwortete Ambrosinus. »Aber ich glaubte immer, daß es sich dabei nur um törichtes Gerede handelte, das man absichtlich ausstreute, um die Barbaren des Nordens von ihren Raubzügen abzuhalten.«

»Da irrst du«, antwortete der Hirte. »Diese Abteilung hat es wirklich gegeben, und auch dein Gegenüber gehörte ihr in seinen jungen Jahren an.«

»Was ist aus der Legion geworden? Wurde sie vernichtet oder zur Aufgabe gezwungen?«

»Nichts von beidem«, entgegnete der Hirte. »Sie wurde verraten, gerade als wir über den Wall hinaus einer Bande Skoten nachjagten, die Frauen aus einem unserer Dörfer geraubt hatten. Wir ließen einen mit uns verbündeten Stammesführer zurück, damit er den Durchgang am Großen Wall bewachte, durch den wir bei unserer Rückkehr wieder hereinkommen wollten. Doch als wir ihn erreicht hatten, von einer Horde wütender Feinde verfolgt, war der Durchgang versperrt, und unsere Verbündeten richteten ihre Waffen gegen uns. Wir waren eingekesselt! Viele von uns fielen im Kampf, doch manch einer konnte sich retten, weil plötzlich dichter Nebel aufstieg, der uns verbarg und uns half, durch ein verborgenes Tal in Sicherheit zu gelangen, das zwischen hohen Felswänden eingebettet lag. Wir beschlossen, uns einzeln durchzuschlagen und getrennt in unsere Häuser zurückzukehren. Der Verräter hieß übrigens Wortigern, der uns noch heute unterdrückt, uns mit Steuern und Raubzügen ausblutet und uns mit seiner Schreckensherrschaft knechtet. Seit damals leben wir in Schande und Dunkelheit. Wir gehen unserer Arbeit nach und versuchen zu vergessen, was wir einst waren. Doch jetzt tauchte wie durch ein Wunder dieses Banner aus dem Nichts wieder auf und erinnert uns daran, daß niemand, der je für die Freiheit kämpfte, als Sklave sterben darf.«

»Sag mir doch noch«, fuhr Ambrosinus fort, »wer es war, der die Legion aufgelöst hat? Wer hat euch geraten, zu euren Familien heimzukehren?«

»Nachdem unser Kommandant im Kampf gefallen war, schlug uns sein Stellvertreter Kustennin diese Möglichkeit vor, ein weiser, tapferer Mann, der für uns das Beste wollte. Seine Frau hatte ihm kurz zuvor ein Kind geboren, ein Mädchen so schön wie eine Rosenknospe, vielleicht erkannte er deshalb in diesem Augenblick, daß das Leben das kostbarste Gut auf Erden ist. Auch wir dachten an unsere Frauen, unsere Häuser und unsere Kinder. Doch war uns nicht klar, daß wir sie nur dann verteidigen konnten, wenn wir unter dem Banner vereint blieben ...«

Ambrosinus wollte die Unterredung gern noch weiterführen, doch der Mann, dem die Kehle wie zugeschnürt war, verstummte. Er warf einen langen Blick auf das Banner, das im Wind flatterte, dann entfernte er sich still.

Betroffen von diesen Enthüllungen, sprach Ambrosinus noch mehrere Male bei Kustennin vor und versuchte, ihn für seine Sache zu gewinnen. Doch vergebens. Unter diesen Voraussetzungen Wortigerns Macht herauszufordern, kam nach Kustennins Ansicht einem Selbstmord gleich. Der Anschein von Freiheit, über die sein Volk jetzt noch verfügte, schien im Vergleich zu den Risiken eines Aufstands sehr viel mehr Vorteile zu bieten. In diesen Zeiten mußte ein solcher Schritt unweigerlich ins Verhängnis führen, also weigerte sich Kustennin, die Neuankömmlinge seinerseits zu besuchen.

Carvetia war mittlerweile die einzige Stadt in Wortigerns Herrschaftsgebiet, in der noch ein Trugbild der Freiheit herrschte, und das nur, weil dem Tyrannen ihre Märkte am Herzen lagen, vor allem aber der Hafen, in dem seltene Güter umgeschlagen wurden. Besonders schätzte er diesen Ort wegen des Austauschs von Nachrichten, die er für den Erhalt und die Ausdehnung seiner Macht ebenso benötigte wie die Schwerter seiner Söldner.

Die Männer waren inzwischen dabei, die Verteidigungsanlagen im Inneren der Festung wieder instand zu setzen. Sie bauten die Galerien und Türme auf und errichteten zur Abwehr auf Wällen und Gräben spitze Pfähle, die im Feuer gehärtet worden waren. Batiatus nahm die Schmiede in Betrieb, und sein Hammer dröhnte unaufhörlich auf dem Amboß. Vatrenus, Demetrios und Orosius brachten die Soldatenunterkünfte und Ställe in Schuß und reparierten den Ofen und die Mühle, so daß Livia sie mit dem Duft und Geschmack von ofenfrischem Brot und frisch gemolkener Milch überraschen konnte. Nur Aurelius' Stimmung schien sich nach der ersten Begeisterung jeden Tag mehr zu verdüstern. Bis an die Zähne bewaffnet, verbrachte er lange Stunden der Nacht auf dem Wall und spähte in Erwartung eines Feindes in die Dunkelheit hinaus. Eines Feindes, der nie kam, vor dem er sich allerdings schon jetzt verloren und ohnmächtig fühlte, wie ein Gespenst, das oftmals sogar seine eigenen Gesichtszüge annahm, die Züge eines Feiglings, oder, noch schlimmer, die eines Verräters. Wieder befand er sich auf den Bollwerken einer kleinen Zitadelle, deren Verteidigung er aufbaute. Wann würde sich dieser Belagerungsring zuziehen und wann die Horden zu Pferde am Horizont erscheinen? Wann würde am blauen Himmel die Stunde der Wahrheit ertönen und wer dieses Mal dem Feind die Tore öffnen? Wer war es, der dieses Mal den Wolf in den Schafstall führte?

Ambrosinus, der diese Gedanken erahnte, spürte Aurelius' Schmerz, der so mächtig war, daß nicht einmal Livias Liebe ihn lindern konnte. Doch war er nicht länger gewillt, dabei zuzusehen, sondern machte sich bereit einzuschreiten, um dem Schicksal, das sich bisher als so höhnisch und flüchtig erwiesen hatte, eine neue Richtung aufzuzwingen. Während er überlegte, wie er das am besten anstellen sollte, erschien Kustennin auf dem Rücken seines Schimmels. Er brachte schlechte Neuigkeiten. Wortigern hatte befohlen, daß der Senat bis zum Ende des Monats aufgelöst werden und der Magistrat zurücktreten müsse, da eine Garnison Söldner vom Kontinent, die als sehr grausam bezeichnet wurden, sich innerhalb der Stadtmauern aufhielte.

»Vielleicht hast du recht, Myrdin«, sagte Kustennin. »Die wahre Freiheit muß mit Schweiß und Blut erobert werden, doch leider ist es dafür zu spät.«

»Das stimmt nicht«, erwiderte Ambrosinus. »Morgen, falls du der Sitzung des Senats beiwohnst, wirst du mehr darüber erfahren.«

Kustennin schüttelte nur das Haupt, als ergäben diese Worte für ihn keinen Sinn, dann bestieg er sein Pferd und galoppierte durch das verlassene Tal davon.

Tags darauf, als es noch dunkel war, bat Ambrosinus Romulus, ihn zu begleiten und machte sich auf den Weg zur Stadt.

»Wohin gehst du?« fragte Aurelius.

»Nach Carvetia«, bekam er zur Antwort, »in den Senat, vielleicht aber auch auf den Marktplatz. Ich will das Volk zur Versammlung aufrufen, wenn es notwendig sein sollte.«

»Ich komme mit dir.«

»Nein, dein Platz ist hier, an der Spitze deiner Männer. Hab Vertrauen«, sagte er und machte sich mit seinem Pilgerstab auf den Weg, der ihn durch Wiesen führte und am Ufer des Lago della Virgo entlang in Richtung Stadt.

Carvetia wirkte mit seiner Sprache, seinen Sitten und Gebräuchen, aber auch seinen Straßen und Gebäuden noch immer wie eine römische Stadt. Auf den Stadtmauern, die aus behauenen Steinquadern gefertigt waren, patrouillierten die Posten und wachten über die Einwohner. Kurz darauf traf Ambrosinus vor dem Senatsgebäude ein und beobachtete, wie die Volksvertreter nahten, um an der Ratssitzung teilzunehmen. Andere Bürger folgten und drängten sich ins Atrium, bevor die Türen geschlossen wurden.

Einer der Redner erhob sich, um eine Ansprache zu halten, ein würdevoller Mann, der durch schlichte Kleidung und ehrliche Gesichtszüge auffiel. Er mußte Respekt und Anerkennung genießen, denn als er mit seiner Rede begann, herrschte sofort Stille.

»Senat und Volk von Carvetia!« begann er. »Unsere Lage ist unerträglich geworden. Der Tyrann hat ausländische Söldner angeheuert, die unerhört grausam sind. Und er tat dies zum Schutz der Bevölkerung in unserer Stadt, die sich doch immer selbständig verwalten konnte. Zur gleichen Zeit schickt er sich an, auch den letzten Anschein der Versammlungsfreiheit von uns Bürgern Britanniens zu vernichten: unseren Senat!« In den Sitzreihen und zwischen den Menschen, die sich im Atrium drängten, wurde bestürztes Stimmengewirr laut.

»Was bleibt uns zu tun übrig?« fuhr der Redner fort. »Unser Haupt beugen, wie wir es bisher getan haben? Noch mehr Mißbrauch und Schmach erdulden und zulassen, daß unsere Würde und Rechte noch weiter mit Füßen getreten werden? Unsere Häuser entehrt und unsere Frauen und Töchter unseren Armen entrissen werden?«

»Leider haben wir keine andere Wahl«, sagte ein anderer. »Sich Wortigern zu widersetzen, käme einem Selbstmord gleich.«

»Das stimmt«, sagte ein dritter. »Wir müssen alles tun, um seinen Zorn nicht heraufzubeschwören. Er würde uns einfach hinwegfegen. Wenn wir uns ihm weiterhin unterwerfen, können wir zumindest darauf hoffen, einige unserer Vergünstigungen zu behalten.«

Da trat Ambrosinus vor, der Romulus an der Hand hielt, und rief: »Ich bitte ums Wort, edle Senatoren!«

»Wer bist du?« fragte der Präsident der Versammlung. »Warum störst du diese Ratssitzung?«

Ambrosinus enthüllte sein Haupt und schritt in die Mitte der Aula vor. Noch immer hielt er Romulus an der Hand, obwohl er die Scheu des Jungen bei dieser Zurschaustellung durchaus bemerkte.

»Mein Name ist Myrdin Emreis«, begann er, »Druide des heiligen Hains von Gleva und römischer Bürger mit dem Namen Meridius Ambrosinus, solange in diesem Lande römisches Gesetz herrschte. Vor vielen Jahren habt ihr mich nach Rom mit einem Auftrag entsandt. Ich sollte den Kaiser um Hilfe anflehen und mit einem Heer zurückkehren, um Ordnung und Wohlstand in diesem gepeinigten Land wiederherzustellen, wie sie einst herrschten in den ruhmreichen Zeiten des Helden und heiligen Germanus, der von Aëtius, dem letzten und tapfersten Soldaten Roms, hierher entsandt worden war.«

Dieser unerwartete Auftritt löste großes Erstaunen aus und hüllte den Saal in Schweigen, doch sogleich fuhr Ambrosinus fort: »Diese Aufgabe zu erfüllen, war unmöglich. Auf der Reise verlor ich meine Gefährten, die ein Opfer von Kälte und Hunger, von Krankheiten und Übergriffen wurden. Wie durch ein Wunder konnte ich mich retten. Ich erreichte den Hof des kaiserlichen Palastes von Ravenna und verbrachte dort endlose Tage als Bittsteller: vergebens. Ich wurde nicht einmal zum Kaiser vorgelassen, der, unfähig und schwach, vollständig unter dem Joch seiner barbarischen Milizen stand. Jetzt bin ich zurückgekehrt. Spät, das ist wahr, aber nicht allein, vor allem nicht mit leeren Händen! Ihr alle kennt, wie ich glaube, das Orakel, das die Ankunft eines jungen Mannes von reinem Herzen verkündet. Er wird das Schwert der Gerechtigkeit mit sich führen und diesem Land die verlorene Freiheit zurückbringen. Nun gut«, rief er, »edle Senatoren, diesen jungen Mann habe ich euch gebracht!« Und er ließ den Knaben vortreten und bot ihn – allein – ihren Blicken dar.

»Dies ist Romulus Augustus Cäsar, der letzte Kaiser der Römer!«

Seine Worte lösten ein tiefes, verwundertes Schweigen aus, doch nur kurz, dann folgte aufgeregtes Stimmengewirr, das laut und lauter anschwoll, bis es zu einem diffusen Grollen wurde. Manche schienen betroffen von diesen Behauptungen, andere dagegen lachten oder machten sich über den unerwarteten Redner lustig.

»Wo ist dieses Wunderschwert?« fragte ein Senator, der mit seiner Stimme den Lärm übertönte.

»Und wo sind die Legionen des neuen Cäsaren?« fragte ein anderer. »Weißt du, wie viele Krieger Wortigern hat? Hast du überhaupt eine Ahnung?«

Betroffen von diesen Worten zögerte Ambrosinus einen Moment, dann antwortete er: »Wir sind dabei, die zwölfte

Legion, die Legion des Drachen, wieder neu zu bilden. Und wenn sich der Kaiser seinen Soldaten präsentiert, werden sie, dessen bin ich sicher, die Kraft und den Willen zum Kampf wiedergewinnen und sich der Tyrannei widersetzen.«

Ein tosendes Lachen hallte durch die Aula, dann erhob sich ein weiterer Senator. »Du bist wirklich eine ganze Weile weggewesen, Myrdin«, herrschte er ihn an, wobei er ihn bei seinem keltischen Namen nannte. »Diese Legion hat sich vor vielen Jahren aufgelöst, und niemand käme auch nur im Traum auf die Idee, je wieder eine Waffe in die Hand zu nehmen.«

Die anderen Senatoren fielen gleichfalls in das Gelächter ein. Romulus fühlte, wie ihn diese Woge aus Spott und Hohn überschwemmte, ein weiteres Mal, doch er bewegte sich nicht. Er schlug seine Hände vors Gesicht und stand reglos und still in der Mitte der Aula. Bei diesem Anblick wurde der Lärm langsam schwächer und verwandelte sich in ein Stimmengewirr aus Verlegenheit und plötzlicher Scham. Ambrosinus trat vor zu Romulus, legte ihm die Hand auf die Schulter und begann, flammend vor Empörung, erneut zu sprechen: »Lacht nur, edle Senatoren, nun macht schon, macht euch lustig über dieses Kind. Ihm fehlt jede Möglichkeit, sich zu verteidigen, und er kann eure törichten Beleidigungen auch nicht erwidern. Mit eigenen Augen mußte er mit ansehen, wie seine Eltern niedergemetzelt wurden. Wie ein Tier ist er von allen Herrschern dieser Erde ohne Unterlaß und ohne Erbarmen gehetzt worden. Seit Kindesbeinen an den kaiserlichen Prunk gewohnt, mußte er wie ein echter, kleiner Held die härtesten Entbehrungen auf sich nehmen. Und immer verschloß er den Schmerz und die angstvolle Verzweiflung, die bei einem Jungen seines Alters durchaus verständlich sind, mit der Kraft und dem Mut eines republikanischen Helden aus alter Zeit in seinem Herzen.

Wo bleibt eure Ehre, ihr Senatoren von Carvetia? Und wo eure Würde? Ihr verdient Wortigerns Tyrannei, es geschieht euch recht, diese Schmach zu erleiden, da in eurer Brust das Herz eines Sklaven schlägt! Dieser Junge hat alles verloren, außer seiner Ehre und seinem Leben. Doch besitzt er die fühlbare Majestät eines wahren Herrschers. Ich habe ihn zu euch gebracht als den letzten Samen eines sterbenden Baumes, damit aus ihm eine neue Welt entstehe, doch finde ich nichts vor als fauligen, unfruchtbaren Boden. Ihr tut gut daran, ihn zurückzuweisen, denn ihr verdient ihn nicht. Nein! Ihr verdient nur Verachtung von jedermann, der Ehre und Glauben in sich trägt!«

Ambrosinus beendete sein von Gram erfülltes Plädoyer unter entgeistertem Schweigen. Auf der bestürzten und verwirrten Versammlung schien das Gewicht von Blei zu lasten. Und dann spuckte Ambrosinus zum Zeichen seiner höchsten Verachtung auf den Boden, faßte Romulus am Arm und verließ empört die Aula, während sich ein paar schwache Stimmen erhoben, um ihn zurückzurufen. Kaum hatten sich die beiden einen Weg durch die Menge gebahnt und waren hinausgegangen, flammte die Diskussion erneut auf und wurde zusehends hitziger. Einer der Anwesenden jedoch eilte durch eine Nebentür, sprang auf einen Wagen und befahl dem Fahrer, sofort loszufahren. »Nach Castra Vetera«, sagte er. »Zu Wortigerns Burg, rasch!«

Aufgebracht über die erlittene Schmach, trat Ambrosinus auf den Platz hinaus und sprach Romulus Mut zu, sich den Beleidigungen des Schicksals ein weiteres Mal zu stellen, als ihn plötzlich jemand am Arm packte. »Myrdin!«

»Kustennin!« rief seinerseits Ambrosinus aus. »Mein Gott, hast du das gesehen? Was für eine Schande? Warst du auch im Senat?«

Der Mann beugte das Haupt. »Ja, ich sah es. Verstehst du jetzt, warum ich dir sagte, es sei zu spät? Wortigern ist es gelungen, die meisten Senatoren zu korrumpieren. Und heute kann er sich sogar erlauben, den ganzen Senat aufzulösen, ohne auf Widerstand zu treffen.«

Ambrosinus nickte ernst mit dem Kopf. »Ich muß unbedingt mit dir sprechen«, sagte er, »länger, wenn es möglich ist.

Aber jetzt muß ich gehen. Ich kann hier nicht bleiben, sondern muß den mir anvertrauten Jungen wegbringen ... Romulus, komm, gehen wir.« Er suchte ihn mit seinen Blicken, doch Romulus war nicht mehr da.

»O Gott, wo bist du? Wo ist der Junge hin?« rief er angstvoll.

Da trat Egeria zu ihm. »Mach dir keine Sorgen«, sagte die Frau mit einem Lächeln. »Schau, dort unten ist er, auf dem Weg zum Strand. Meine Tochter Ygraine ist ihm nachgegangen.«

Ambrosinus atmete erleichtert auf.

»Laß sie miteinander reden. Kinder müssen manchmal unter sich sein«, sagte Egeria wieder. »Aber sag mir, ist es wahr, was ich gerade von diesen Leuten aus dem Senat gehört habe? Ich konnte meinen Ohren nicht trauen. Es gibt nicht mehr genügend Anstand und Würde, um die eigene Niedertracht zu verbergen.«

Zustimmend nickte Ambrosinus mit dem Kopf, ohne auch nur für einen Augenblick den Jungen aus den Augen zu lassen, der dort unten an der Küste des Meeres saß.

Schweigend beobachtete Romulus, wie sich die Wellen zwischen den Steinen am Strand brachen, ohne das leidvolle Schluchzen, das ihm aus der Brust drang, unterdrücken zu können.

»Wie heißt du? Und warum weinst du?« fragte eine Mädchenstimme hinter ihm. Eine unbeschwerte, wohlklingende Stimme, doch sie störte ihn in diesem Augenblick. Gleich darauf verspürte er die Berührung einer Hand, die, zart wie ein Schmetterlingsflügel, auf seiner Wange eine angenehme Wärme hinterließ.

Ohne sich umzudrehen, antwortete er, denn für einen Augenblick befürchtete er, die Stimme und die Liebkosung stünden vielleicht im Widerspruch zu dem Gesicht, das er sich erträumt hatte. »Ich weine, weil ich alles verloren habe: meine Eltern, mein Haus und mein Land. Vielleicht werde ich bald auch noch die letzten Freunde verlieren, die mir geblieben sind, und auch meinen Namen und meine Freiheit. Und ich weine, weil es auf dieser Erde keinen Platz für mich gibt, an dem ich Frieden finde.«

Weise beantwortete das Mädchen diese gewichtigen Worte mit Schweigen, doch sie hörte nicht auf, ihm weiter mit der Hand über Haare und Wangen zu streichen, bis sie bemerkte, daß er sich beruhigt hatte. Da sagte sie: »Ich heiße Ygraine und bin zwölf Jahre alt. Kann ich ein wenig bei dir bleiben?«

Romulus deutete mit einem Nicken seine Zustimmung an, dann trocknete er seine Tränen mit dem Saum seines Ärmels, während sie sich ihm gegenüber auf ihren Fersen im Sand niederließ. Langsam hob er seinen Blick, um zu prüfen, ob ihr Gesicht ebenso sanft war wie ihre Stimme und ihre Liebkosung. Er sah zwei blaue, glänzende Augen und ein Gesicht von anmutiger Schönheit vor sich, das von einem Wasserfall roter Haare eingerahmt wurde, die der Meereswind zerzauste und dadurch von Zeit zu Zeit ihre Stirn und Augen verbarg. Er spürte, wie sein Herz vor Freude erbebte und seine Brust eine Woge des Glücks durchflutete, wie er es noch nie erlebt hatte. Innerhalb eines einzigen Augenblicks wurde er gewahr, wieviel Schönheit, Wärme und Annehmlichkeit ihm das Leben zu bieten vermochte. Gern hätte er ihr all das gesagt, was ihm sein Herz flüsterte, doch vernahm er genau in diesem Moment, wie Ambrosinus und seine Begleiter sich näherten.

»Wo werdet ihr diese Nacht schlafen?« fragte Kustennin.

»In der Festung«, antwortete Ambrosinus.

Besorgt erwiderte Kustennin: »Paß auf! Deine Rede ist nicht unbemerkt geblieben.«

»Genau das wollte ich erreichen«, entgegnete Ambrosinus trocken. Doch begriff er in seinem Herzen die Bedeutung dieser Worte und fürchtete sich.

»Komm, Ygraine«, sagte Egeria. »Es gibt vor dem Abend noch viel zu erledigen.« Schweren Herzens erhob sich das Mädchen und folgte ihrer Mutter, drehte sich aber immer wieder um und warf ihren Blick auf den jungen Fremden, der so anders war als alle Jungen, die sie kannte: Nie zuvor war ihr jemand begegnet, der ein so erschöpftes, blasses Gesicht, solche Vornehmheit in Aussehen und Stimme, soviel Intensität in seinen Worten und schmelzende Melancholie in den Augen besaß. Kustennin verabschiedete sich ebenfalls und brach zusammen mit seiner Familie auf.

Egeria ließ Ygraine vorausgehen und wartete auf ihren Mann, um mit ihm zu sprechen. »Sie sind es, die das Emblem des Drachen auf der alten Festung gehißt haben, nicht wahr?«

»Ja«, antwortete Kustennin. »Wirklich ein Wahnsinn. Und heute hat Myrdin im Senat verkündet, daß die Legion neu gebildet wird, obwohl sie in Wirklichkeit nur aus sechs oder sieben Personen besteht. Und schließlich offenbarte er den Senatoren die Identität dieses Jungen. Ist dir klar, was das heißt?«

»Ich kann mir die Reaktionen auf diese Enthüllung nicht vorstellen«, erwiderte Egeria, »doch weiß ich, daß dieses Banner große Aufregung und Erwartung schürt. Es heißt, einige seien schon dabei, ihre Waffen wieder auszugraben, die sie vor Jahren versteckten, und nicht wenige junge Männer wollen sich diesen Fremden anschließen. Auch geht das Gerücht von seltsamen Lichtern, die nachts über den Wällen aufblitzen, und von Donnergrollen, das an dem Berg widerhallt. Ich mache mir wirklich Sorgen, da ich befürchte, dieses Trugbild des Friedens und unser beschwerliches Überleben wird erneut von Zusammenstößen, Turbulenzen und Blutvergießen erschüttert werden.«

»Es sind nur ein paar Flüchtlinge, Egeria, ein alter Träumer und Visionär und ein Junge«, antwortete Kustennin. Und er warf noch einen letzten Blick auf seinen Freund, der nach so vielen Jahren wie durch ein Wunder wiederaufgetaucht war.

Der alte Mann und der Junge standen nebeneinander und betrachteten schweigend die Wellen, die sich unter einer Krone weißen Schaums an der Klippe brachen.

Tags darauf hielt gegen Abend der Wagen des Senators vor den Toren von Castra Vetera. Er wurde in Wortigerns Residenz geführt, zunächst aber Wulfila vorgestellt, der mittlerweile das vollständige Vertrauen seines Herrn genoß. Die beiden tuschelten eine Weile miteinander, und ein befriedigtes Grinsen verzog die Gesichtszüge des Barbaren.

»Folge mir«, sagte er. »Du mußt unserem Herrscher persönlich Bericht erstatten, er wird dir dafür mehr als dankbar sein.« Dann führte er ihn in die weiter innen gelegenen Bereiche der Burg. Der alte Mann empfing sie, auf seinem Thron mehr liegend als sitzend; die goldene Maske war das einzige, das in dieser düsteren Atmosphäre ein wenig leuchtete.

»Sprich«, befahl Wulfila, und der Senator hob an:

»Edler Wortigern«, sagte er, »gestern hat sich im Senat von Carvetia ein Mann erdreistet, öffentlich seine Stimme gegen dich zu erheben. Er nannte dich einen Tyrannen und rief zum Aufstand auf. Dann sagte er, daß die alte aufgelöste Legion dabei sei, sich wieder neu zu formieren, und stellte schließlich ein Kind vor, von dem er behauptete, es sei der Kaiser ...«

»Das sind sie«, unterbrach ihn Wulfila. »Es besteht kein Zweifel. Immer wieder faselt der Alte von dieser Prophezeiung, nach der ein junger Regent übers Meer kommen soll. Aber glaube mir, das bedeutet Gefahr. Er ist bei weitem nicht so verrückt wie er aussieht, sondern ein Schlaukopf, der seine Hebel sehr genau anzusetzen weiß – bei ihrem Aberglauben und den uralten Sehnsüchten nach der keltisch-römischen Aristokratie. Auch ist sein Ziel sonnenklar: Er will diesen kleinen Schwindler zum Symbol erheben, um es gegen dich zu verwenden.«

Wortigern hob seine hagere Hand zum Zeichen des Abschieds, der Senator zog sich zurück und krümmte dabei seinen Rücken in einer nicht enden wollenden Verbeugung, bis er die Tür erreichte und hastig verschwand.

»Was schlägst du vor?« fragte der Tyrann an Wulfila gewandt.

»Laß mir freie Hand! Gewähre mir, daß ich mich mit meinen Männern, den einzigen, denen ich traue, auf die Suche mache. Ich kenne diese Leute und werde sie aufstöbern, wo auch immer sie sich versteckt halten. Und dann bringe ich dir die Haut des Alten, die du ausstopfen kannst, den Kopf des Jungen aber behalte ich.«

Wortigern schüttelte langsam den Kopf. »Die Haut des Alten interessiert mich nicht, unsere Abmachung war eine andere.«

Wulfila zuckte zusammen. Das genau war der Augenblick, in dem ihm das Schicksal eine unbezahlbare Gelegenheit bot und sich alles erfüllte in einem seit langem erdachten Plan. Er mußte ihm nur den letzten Schliff geben, dann würde sich vor seinen Augen eine Zukunft der grenzenlosen Macht eröffnen. Nur mit Mühe gelang es ihm, seiner Erregung Herr zu werden, als er antwortete: »Du hast recht, Wortigern. Vor lauter Begeisterung, daß die lange Jagd endlich ein Ende nimmt, vergaß ich einen Augenblick lang mein Versprechen. Es stimmt, du gewährtest mir den Kopf des Jungen und die Möglichkeit, endlich die Deserteure und Mörder, die ihn beschützen, zu vernichten. Genauso, wie sie es verdienen. Und dafür wirst du das versprochene Geschenk erhalten.«

»Ich sehe, daß du noch immer meine Gedanken zu deuten verstehst, Wulfila. Also laß dieses Geschenk kommen, auf das du mich so lange hast warten lassen. Doch zuerst sag mir eins.«

»Sprich.«

»Unter den Männern, die du zu vernichten beabsichtigst, ist da auch derjenige, der dir das Gesicht zerschnitten hat?«

Wulfila senkte die Augen, um den Blitz zu verbergen, der ihn in diesem Augenblick durchzuckte, und antwortete äußerst widerwillig: »So ist es, es ist wie du sagst.«

Ein weiteres Mal hatte der Tyrann seine Genugtuung gehabt und die Überlegenheit der vollkommenen goldenen Maske gegenüber dem mißgestalteten Fleisch seines Untertanen und möglichen Widersachers demonstriert. Diese häßliche Narbe war das Werk eines Menschen, während der Brand, der sein Gesicht entstellte, nichts anderes sein konnte als das Werk des einzigen Gottes.

»Ich warte«, sagte Wortigern, und seine Wort klangen dumpf wie ein Urteilsspruch aus der Maske.

Wulfila eilte hinaus, ließ einen seiner Krieger rufen und befahl ihm, ihm sofort das zu bringen, was er verlangte. Kurz darauf tauchte der Mann wieder auf und trug eine lange schmale Kiste aus Eichenholz, die mit Nieten aus gebräuntem Eisen verziert war. Er legte sie Wortigern zu Füßen.

Wulfila gab ihm Zeichen, sich wieder zu entfernen, dann trat er zum Thron und kniete sich nieder, um das kostbare Behältnis des versprochenen Geschenks zu öffnen. Er hob seinen Blick auf zu der undurchdringlichen Maske, die drohend über ihm verharrte. In diesem Augenblick hätte er alles dafür gegeben, den Ausdruck zügelloser Gier in Wortigerns darunter verborgenem Gesicht zu sehen.

»Hier ist mein Geschenk, Herr«, sagte er und öffnete mit einer raschen Handbewegung den Deckel. »Hier ist das von den Chalybern geschmiedete Schwert Julius Cäsars, des ersten Herrn der Welt und des Eroberers von Britannien. Es ist dein!«

Wortigern konnte der Faszination dieser herrlichen Waffe nicht widerstehen und streckte stöhnend die Hand danach aus. »Gib es mir, gib es mir!«

»Sofort, mein Herr«, antwortete Wulfila, und in seinem Blick erkannte der Tyrann – zu spät! – das tödliche Schicksal, das darin eingeprägt war. Er versuchte zu schreien, doch schon stieß das Schwert in seine Brust, durchbohrte sein Herz und preßte sich in die Rückenlehne des Throns. Ohne einen Laut sank Wortigern in sich zusammen, und aus der Maske troff ein Rinnsal aus Blut, das einzige Zeichen des Lebens, das auf diesem unwandelbaren Antlitz durch die letzte Ironie des Schicksals im Augenblick des Todes in Erscheinung trat.

Wulfila zog das Schwert aus dem leblosen Körper, packte Wortigerns goldene Maske, und ein kaum noch erkennbares Gesicht kam zum Vorschein. Er kerbte die Haut des Schädels rings um das Haupt ein und riß mit einem einzigen Ruck die weiße Mähne herab. Den leblosen Körper, der nur noch ein Schatten seiner selbst war, schleifte er bis zum Fenster, das sich hinter dem Thron in der Turmmauer befand, und warf ihn hinab in den Hof. Das Gekläffe der in ihrem Zwinger eingesperrten, hungrigen Mastiffs erfüllte den Saal wie Höllengetöse, doch dann hallte plötzlich ihr dumpfes Knurren wider, während sie sich um die klägliche Fleischration ihres ehemaligen Herrn stritten.

Nun legte Wulfila die goldene Maske an. Er preßte Wortigerns weiße Mähne auf sein Haupt, griff nach dem leuchtenden Schwert und erschien, einem Dämon gleich, mit blutüberströmten Schläfen vor seinen Kriegern, die im großen Hof bereits auf ihren Pferden saßen. Verblüfft sahen sie ihn mit großen Augen an, als er auf seinen Hengst sprang, ihm die Sporen gab und schrie: »Auf nach Carvetia!«

XXXVI

Zwei Tage später erschien mit schleifenden Zügeln ein Mann zu Pferde auf Kustennins Hof und brachte eine schier unglaubliche Nachricht. Er war einer der Informanten, die Kustennin sich innerhalb Wortigerns Festung Castra Vetera hielt, die einzige Möglichkeit, die ihm blieb, um den verhängnisvollen Übergriffen der Söldner des Tyrannen zuvorzukommen.

»Es hat immer geheißen, daß Wortigern einen Pakt mit dem Teufel geschlossen hat«, keuchte der Mann mit vor Schreck weit aufgerissenen Augen, »und das ist wahr! Satan persönlich gab ihm die Kraft und die Stärke von einst zurück, und nun hat er seine Grausamkeit ins Unermeßliche gesteigert!«

»Was redest du da! Bist du verrückt geworden?« rief Kustennin, packte ihn bei den Schultern und schüttelte ihn, als wolle er ihn wieder zur Vernunft bringen.

»Nein, Herr, leider ist das die Wahrheit. Wenn du die Hoffnung hegtest, er sei schon am Ende, begrabe sie. Er ist wie ... wie ... wiederauferstanden. Und vom Satan besessen, das sage ich dir! Ich habe mit diesen Augen gesehen, wie er gleich einer Vision einem Alptraum entstieg, die goldene Maske auf dem Gesicht, doch tropfte ihm statt Schweiß das Blut von den Schläfen. Seine Stimme dröhnte wie Donner, noch nie zuvor habe ich sie so gehört. Vor allem aber hielt er ein so glänzendes Schwert in der Hand, wie ich mein Lebtag noch keines sah. In seiner Klinge, scharf wie ein Rasiermesser, spiegelte sich das Licht der Fackeln wider, als sei sie aus durchsichtigem Glas, während sein Griff einen Adlerkopf aus massivem Gold darstellt. Nur der Erzengel Michael könnte ein solches Wunderwerk geschmiedet haben. Oder der Teufel persönlich.«

»Versuche doch, dich zu beruhigen«, sagte Kustennin zu ihm. »Du phantasierst.«

»Nein, glaube mir, es ist genau so, wie ich es dir sage. Nun reitet er an der Spitze von zweihundert Panzerreitern, die ständig weiter vorrücken und auf ihrem Weg Tod und Verderben säen, da sie mit einer nie dagewesenen Raserei plündern, brennen und zerstören. Ich habe nirgendwo angehalten, sondern nahm die Abkürzung durch den Gowanforst und ritt Tag und Nacht durch. Erst auf unseren Besitztümern ließ ich die Pferde wechseln. Auch habe ich ihn deutlich brüllen hören: ›Auf nach Carvetia!‹ In höchstens zwei Tagen werden sie hiersein.«

»Carvetia … ist das denn die Möglichkeit! Warum nach Carvetia? Er hat diese Stadt niemals angetastet, da sie ihm von Nutzen ist, außerdem haben sich ihm fast alle einflußreicheren Männer unterworfen. Das ergibt keinen Sinn, überhaupt keinen Sinn …« Schweigend überlegte er ein paar Augenblicke, dann redete er weiter: »Hör zu, natürlich weiß ich, daß du sehr müde bist, aber ich bitte dich noch um einen letzten Gefallen. Geh hinunter zur alten römischen Mole und sprich mit Oribasius, dem Fischer. Er ist einer meiner Männer. Sag ihm, er soll sich bereithalten, morgen bei Sonnenaufgang auszulaufen, mit Vorräten an Bord und Wasser in Hülle und Fülle. Soviel er nur laden kann. Und nun geh!«

Wieder stieg der Mann in den Sattel und ritt im Galopp davon, während Kustennin nach oben ging, um seine Frau zu benachrichtigen: »Leider gibt es schlechte Nachrichten. Wortigerns Männer sind hierher unterwegs, und ich fürchte, daß Ambrosinus in großer Gefahr ist. Vielleicht war es seine Ansprache, die dieses aberwitzige Unternehmen herbeigeführt hat. Ich muß gehen und ihn warnen, denn ich werde nicht zulassen, daß dieser alte Verrückte sich selbst und den armen Jungen ins Verderben stürzt, ganz zu schweigen von seinen übrigen Gefährten. Die müssen ebenfalls alle verrückt sein, wenn sie ihm von Italien bis hierher Gefolgschaft leisteten.«

»Es wird doch schon bald dunkel«, klagte Egeria. »Ist das nicht gefährlich?«

»Ich muß zu ihnen, sonst könnte ich diese Nacht nicht ruhig schlafen.«

»Vater, kann ich auch mitkommen? Ich bitte dich«, flehte ihn Ygraine an.

»Das kommt überhaupt nicht in Frage«, sagte Egeria. »Du wirst noch andere Gelegenheiten haben, deinen jungen römischen Freund zu sehen.« Ygraine errötete und verließ verärgert den Raum.

Seufzend begleitete Egeria ihren Mann zur Tür, dann blieb sie gedankenverloren stehen und lauschte dem Geräusch seiner Schritte die Treppe hinunter und durch den Innenhof.

Kustennin suchte sich aus seinen Stallungen den schnellsten Schimmel aus. Er sprang in den Sattel, während die Knechte das Tor öffneten, und gab ihm die Sporen, so daß er hinaus in die Landschaft schoß, die von den letzten feurigen Strahlen des Sonnenuntergangs rot erglänzte.

Vor ihm tauchte die Festung auf der Spitze des Hügels auf, der hoch über das Tal und den See ragte. Blitzschnell wanderte sein Blick zu der Standarte, die auf dem höchsten Turm flatterte. Sie zeigte den Drachen der alten sarmatischen Hilfskohorte, die einst über den Großen Wall wachte und dann die Standarte seiner Legion geworden war. Von innen drang eine dünne Rauchsäule empor, die von Leben in diesen alten Mauern zeugte. Plötzlich öffnete sich das Tor. Im Schritt ritt er in den Hof, wo ihn Ambrosinus gerührt umarmte und seinen Gefährten vorstellte: »Schon einmal habt ihr meinen alten Freund Kustennin gesehen, einst der *dux bellorum et magister militum* Konstantinus, wie ihn die Römer bezeichneten, der liebste und tapferste meiner britannischen Freunde, der jetzt, wie ich hoffe, gekommen ist, um ein wenig bei uns zu verweilen.«

Über einem großen Holzfeuer röstete ein Reh, von dem sich die Männer mit der Spitze ihrer Schwerter die schon durchgebratenen äußeren Stücke abschnitten. Livia hatte noch Bogen und Köcher neben sich liegen, mit denen sie das Wild erlegt hatte. Alle waren sie fröhlich, und Kustennin krampfte es das Herz zusammen bei dem Gedanken, was er ihnen in Kürze mitzuteilen hätte.

»Nimm Platz«, sagte Ambrosinus zu ihm. »Iß, es ist genug da.«

»Es bleibt keine Zeit«, antwortete Kustennin, »ihr müßt hier weg. Ich habe sichere Informationen, daß Wortigern an der Spitze von zweihundert Panzerreitern nach Carvetia unterwegs ist. Schon morgen abend könnte er hiersein.«

»Wortigern?« fragte Ambrosinus erstaunt. »Der ist doch viel zu alt. Der kann sich ja nicht einmal mehr im Sattel halten, selbst wenn man ihn festbände.«

»Du hast recht. Auch ich kann die Geschichte kaum glauben, die mir einer meiner Informanten erzählt hat. Er phantasierte, der Tyrann habe einen Pakt mit dem Teufel geschlossen. Er sei vom Satan besessen, der ihm seine Jugend und auch seine jugendliche Kraft wiedergegeben habe. Darüber hinaus hätte er für ihn ein so phantastisches Schwert geschmiedet, wie man noch keines sah.«

Aurelius trat zu ihm. »Woher weiß der Mann so genau, daß es sich um Wortigern handelt?«

»Wegen der goldenen Maske, die seit mehr als zehn Jahren sein Gesicht bedeckt, wegen seiner langen schlohweißen Haare und der kraftvollen, jugendlichen Stimme.«

»Du hast von einem Schwert gesprochen …«, hakte Aurelius nach.

»Ja. Er hat es genau gesehen, aus der Nähe. Eine Klinge so blank wie Kristall und der Griff in der Form eines Adlerkopfes aus purem Gold …«

Aurelius erbleichte. »Bei den mächtigen Göttern!« rief er aus. »Das ist nicht Wortigern, das ist Wulfila! Und er will uns.«

Sie sahen ihn völlig entgeistert an.

»Um wen auch immer es sich handelt«, erwiderte Kustennin, »ihr müßt gehen. Selbst im besten Falle werden sie in den nächsten beiden Tagen hiersein. Hört mich an, morgen bei Sonnenaufgang bringe ich meine Familie auf einem Schiff, das nach Irland fährt, in Sicherheit. Es ist noch Platz für zwei oder vielleicht drei Personen vorhanden. Myrdin, der Junge und das Mädchen. Ich weiß nicht ... aber das ist alles, was ich für euch tun kann.«

Aurelius seufzte tief auf und richtete seine glänzenden Augen auf Ambrosinus. »Vielleicht hat dein Freund recht«, sagte er. »Das ist das einzig Richtige, was uns zu tun bleibt. Wir können nicht bis in alle Ewigkeit davonlaufen, da wir bereits an die äußersten Grenzen der Welt gekommen sind. Schluß damit, wir müssen uns trennen. Alle zusammen ziehen wir nur unsere Feinde und Gegner an. Wir können nirgendwo mehr hingehen. Fahrt ihr, du, der Junge und Livia, ich beschwöre dich. Bringt euch in Sicherheit. Kein Schwert ist jetzt noch imstande, den Cäsar zu schützen.«

Mit tränenerfüllten Augen blickte ihn Romulus an, als könne er nicht glauben, was er da gehört hatte. Doch Ambrosinus protestierte: »Nein!« rief er aus. »So darf das nicht enden. Die Prophezeiung lügt nicht, dessen bin ich mir sicher. Also müssen wir bleiben, um jeden Preis!«

Livia wechselte einen langen Blick mit Aurelius, dann wandte sie sich an Ambrosinus. »Du mußt dich den Tatsachen fügen«, sagte sie zu ihm, »und der traurigen Realität. Wenn wir hierbleiben, werden wir alle sterben. Auch er wird sterben.«

Dann sprach sie zu den anderen: »Du, Vatrenus, was meinst du dazu?«

»Ich finde, es stimmt, was ihr gesagt habt. Sich zu verbeißen, ist nicht sinnvoll. Bringen wir den Jungen mit seinem

Meister in Sicherheit. Wir anderen werden irgendwie einen Weg finden ...«

»Orosius? Demetrios?«

Die beiden nickten.

»Batiatus?«

Verstört blickte der Riese um sich, als könne er einfach nicht glauben, daß dieses schreckliche, aber so wunderbare Abenteuer nun beendet sein sollte und seine große Familie – die einzige, die er je kennengelernt hatte – dabei war, sich aufzulösen. Er senkte den Kopf, um seine Tränen zu verbergen, und die anderen hielten diese Geste für ein zustimmendes Nicken.

»Nun ... ich glaube, dann ist es beschlossene Sache«, schloß Livia. »Jetzt müssen wir versuchen, noch ein wenig Ruhe zu finden. Morgen steht uns allen ein mühevoller Weg bevor, ganz gleich, welche Richtung ein jeder von uns auch einschlagen mag.«

Auch Kustennin erhob sich. »Denkt daran«, sagte er. »An der alten römischen Mole, bei Sonnenaufgang. Schlagt meinen Rat nicht aus.« Und er ergriff sein Pferd bei den Zügeln.

»Warte«, sagte Aurelius. Eilig stieg er auf den Turm hinauf, um die Standarte einzuholen, faltete sie sorgfältig zusammen und überreichte sie Kustennin. »Behalte sie, so wird sie nicht zerstört werden.«

Kustennin ergriff sie, sprang in den Sattel und galoppierte davon. Wie versteinert von diesem traurigen Zeremoniell, legte Ambrosinus seine Hand auf Romulus' Schulter und drückte ihn fest an sich, als wolle er ihn vor der inneren Kälte beschützen, die an seinem Herzen nagte.

Überwältigt von seinen Gefühlen, entfernte sich Aurelius von den anderen; Livia folgte ihm. Sie fand ihn im Dunkeln unter der Treppe zum Wehrgang und legte ihre Lippen auf seinen Mund. »Es ist sinnlos, gegen das Unmögliche anzukämpfen. Das Schicksal hat eine Entscheidung für uns getroffen, es erlaubt nicht, daß wir seine Grenzen überschreiten. Laß uns daher nach Italien zurückgehen. Laß uns ein Schiff suchen, das ins Mittelmeer segelt. Fahren wir heim nach Venetia ...« Doch Aurelius blickte auf Romulus und biß sich auf die Lippen. Er saß neben Ambrosinus, der ihn fest an sich drückte und mit seinem Umhang bedeckte.

»Vielleicht werden wir sie später wiedersehen ... Wer weiß?« sagte Livia und gab damit auch seinen Überlegungen Ausdruck. »*Sed primum vivere* – das Wichtigste ist, am Leben zu bleiben. Oder meinst du nicht?« Und sie schloß ihn in die Arme. Doch Aurelius löste sich von ihr. »Du hast deinen Plan niemals aufgegeben, nicht wahr? Ist dir denn nicht klar, daß ich diesen Jungen so liebe wie meinen eigenen Sohn, den ich nie hatte? Verstehst du nicht, daß in dem Augenblick, da ich in deine Lagune zurückkehrte, ich mich gleichsam in ein flammendes Meer stürzte? Laß mich allein, ich bitte dich ... laß mich bitte allein.« Weinend verließ ihn Livia und suchte in einem der Gebäude Zuflucht.

Aurelius stieg wieder zum Wehrgang hinauf und postierte sich auf einem der Wachtürme. Die Nacht war ruhig und klar, eine laue Frühlingsnacht, doch tobten in seinem Herzen Verzweiflung und eisige Kälte. Er hegte nur einen Wunsch: daß er aufhörte zu existieren und nie geboren worden wäre. Lange Zeit verharrte er, wie abwesend, in diesen Gedanken, während der Mond über dem Mons Badonicus emporstieg und mit seinem silbernen Schein das Tal erleuchtete. Plötzlich rüttelte ihn eine Hand an der Schulter, Ambrosinus stand vor ihm. Die quietschende Holztreppe hatte keinen Laut von sich gegeben, ebensowenig wie der Wehrgang aus locker gefügten Brettern. Mit einem Ruck drehte sich Aurelius um, als sei ihm ein Gespenst erschienen. »Ambrosinus ... was willst du?«

»Komm, wir gehen.«

»Wohin?«

»Die Wahrheit suchen.«

Aurelius schüttelte den Kopf. »Nein, laß mich in Ruhe. Morgen haben wir eine lange Reise vor uns.«

Ambrosinus packte ihn an seinem Umhang. »Du wirst jetzt mit mir kommen, sofort!«

Resigniert erhob sich Aurelius. »Wie du willst, vielleicht läßt du mich dann in Ruhe.«

Langsam stieg Ambrosinus die Treppe hinab, ging hinaus ins Freie und steuerte eiligen Schrittes auf den großen, kreisförmigen Stein zu, den die vier Monolithen umstanden, die im Licht des Mondes wie schweigende Riesen aussahen. Als sie den Stein erreicht hatten, bedeutete er Aurelius, sich zu setzen, und dieser gehorchte, als fühle er sich einem unerschütterlichen Willen unterworfen. Ambrosinus goß eine Flüssigkeit in eine Schale und hielt sie ihm hin. »Trink.«

»Was ist das?« fragte Aurelius verblüfft.

»Eine Fahrt in die Hölle ... wenn du dich traust.«

Aurelius blickte ihm in die Augen, deren Pupillen geweitet waren, und fühlte, wie ihn der Strudel der Finsternis einsog. Mechanisch streckte er seine Hand nach der Schale aus und leerte sie in einem einzigen Zug.

Dann legte Ambrosinus ihm die Hände auf das Haupt, die Aurelius wie scharfe Krallen empfand. Sie drangen ihm tief erst in die Haut und dann in den Schädel ein, bis er vor Schmerz zu schreien begann, einem unerträglichen, stechenden Schmerz. Doch war es genauso, als schreie er im Traum – obwohl er weit seinen Mund öffnete, entlockte er ihm keinen Klang, der Schmerz steckte in ihm wie ein Löwe im Käfig, der sich blindwütig und qualvoll gegen das Gestänge wirft. Dann bohrten sich die Finger in sein Gehirn, während die Stimme des Druiden durchdringend und schneidend in seinen Ohren widerhallte. »Laß mich ein«, schrie er donnernd und zischend. »Laß mich ein!«

Und der Schrei fand seinen Weg, wie ein Todesschrei explodierte er urplötzlich in Aurelius' Innerem, dann sank der Legionär stöhnend auf den Stein nieder und blieb reglos darauf liegen.

Er erwachte an einem ihm unbekannten Ort, von dichtester Finsternis umhüllt. Erstaunt blickte er um sich, als suche er etwas, das ihn in die Wirklichkeit zurückriefe. Vor sich erkannte er die dunklen Umrisse einer belagerten Stadt ... rings um die Stadtmauer brannten die Feuer in den Soldatenlagern. Über ihm durchpflügten flammende Meteore mit einem grellen Zischen den Himmel. Doch klangen alle Töne wie auch die fernen, gedämpften Stimmen so schwankend und verzerrt wie in einem Alptraum.

»Wo bin ich?« sagte er.

Die Stimme des Druiden ertönte hinter ihm: »In deiner Vergangenheit ... in Aquileia!«

»Das ist unmöglich ...«, antwortete er. »Ganz und gar unmöglich.«

Vor ihm in der Ferne taten sich die dunklen Umrisse eines baufälligen Aquädukts auf, zwischen dessen Pfeilern und Bögen zuweilen ein Licht auftauchte und wieder verschwand. Wieder erklang hinter ihm die Stimme von Myrdin Emreis: »Sieh, dort droben ist jemand.« Bei diesen Worten veränderte sich seine Sicht und wurde so scharf wie die eines Nachtvogels. Tatsächlich, dort oben stand eine Gestalt, die sich über das Aquädukt bewegte. Ein Mann stapfte mit einer Laterne auf der zweiten Bogenreihe entlang. Plötzlich drehte er sich um, so daß die Laterne sein Gesicht beleuchtete.

»Das bist du!« sagte die Stimme hinter ihm.

Und plötzlich erschien es Aurelius, als packe ihn ein mächtiger Windstoß und wirbele ihn wie ein Blatt umher. Jetzt war er es, der auf diesem baufälligen Aquädukt stand, und er hielt die Laterne in seiner Hand, während eine Stimme aus der Finsternis sprach, die ihm mehr als vertraut war und ihn zusammenzucken ließ. »Hast du das Gold mitgebracht?« Gleich darauf tauchte ein Gesicht aus dem Dunklen auf: Wulfila!

»Alles, was ich besitze«, antwortete er und übergab ihm die Börse.

Wulfila wog sie in der Hand. »Das ist nicht das, was wir ausgemacht hatten, aber ... ich werde es trotzdem nehmen.«

»Meine Eltern! Wo sind sie? Die Abmachung war, daß ...«

Unverwandt starrte ihn Wulfila an, sein versteinertes Gesicht verriet keinerlei Gemütsregung. »Du findest sie am Eingang der westlichen Nekropole. Sie sind sehr schwach und nicht imstande, hier heraufzusteigen.« Dann drehte er ihm den Rücken zu und verschwand in der Dunkelheit.

»Warte!« schrie er. Doch erhielt er keine Antwort. Er war allein und von Zweifeln gequält. Das Licht der Laterne erzitterte. Und wieder erklang die Stimme seines Führers in der Dunkelheit. »Du hattest keine andere Wahl ...«

Jetzt fand er sich unvermittelt am Fuß der Stadtmauer wieder, direkt vor einem Durchlaß, der hinaus auf die Felder führte. Das Tor zu öffnen, bereitete ihm große Mühe, doch schließlich trug er den Sieg über den Rost und das Gewirr aus Pflanzen und Rankengewächsen davon, die es seit endlos langer Zeit versteckt und geheimhielten. Endlich stand er draußen, die Laterne in der Hand. Vor ihm lagen die uralten Grabstätten der Totenstadt, die von der Zeit verwittert und mit Brombeerranken und Unkraut überwuchert waren. Vorsichtig blickte er sich um. Das Gelände lag kahl und offen vor ihm, es schien völlig menschenleer. Mit leiser Stimme rief er: »Vater ... Mutter!«

Gleich einem Echo drang aus der Dunkelheit schmerzvolles Stöhnen zu ihm zurück, die Stimmen seiner Eltern! Er rannte vorwärts, während ihm das Herz bis zum Hals schlug. Im Licht der Laterne, die er in der Hand hielt, bot sich ihm mit einemmal ein grauenhafter Anblick. Seine Eltern hingen sterbend an einem Pfahl, ihre Körper waren übersät von den Spuren brutalster Folterung. Mit letzter Kraft hob sein Vater den Kopf und offenbarte ihm sein von Blut triefendes Antlitz. »Kehre um, mein Sohn!« rief er mit verlöschender Stimme. Doch konnte er seinen Satz nicht mehr beenden, da Wulfila hinter einem Grabmal hervortrat und ihn durchbohrte. Wie aus dem Nichts stürzten auch die anderen Barbaren hervor und bauten sich um Aurelius auf. Ein Messer zerfetzte ihm das Fleisch an seinem Halsansatz, und ein Schlag in den Nacken ließ ihn in sich zusammensinken. Das letzte, was er noch sah, war Wulfilas Schwert, das sich in den Leib seiner Mutter senkte. Wie von weither vernahm er die Stimme des Barbaren, der seine Männer anfeuerte: »Das Tor ist offen, laufT, die Stadt gehört uns!« Dann trampelten seine Krieger los und quetschten sich durch die schmale Öffnung, bis nur noch durchdringende Schreie aus der Stadt heraufgellten. Und in all den Klagen des Todes, dem Waffengeklirr und den heulenden Flammen versank Aquileia!

Er brüllte mit aller Kraft, die noch in ihm war, er schrie vor Entsetzen und haßerfüllter Verzweiflung. Dann vernahm er wieder die Stimme, die ihn durch diese Hölle geleitet hatte, und fand sich mit dröhnendem Kopf und schweißnaß wieder, wie er auf dem großen Rundstein lag. Vor ihm stand Ambrosinus, der auf ihn einredete: »Mach weiter ... du mußt weitermachen, bevor sich die Schneise deiner Vergangenheit wieder schließt. Erinnere dich, Aurelianus Ambrosius Ventidius, erinnere dich!«

Aurelius tat einen tiefen Atemzug und setzte sich auf, während er die Hände an seine hämmernden Schläfen hielt. Jedes einzelne Wort kostete ihn schreckliche Anstrengung. »Ich weiß nicht, wieviel Zeit vergangen war, als ich wieder zu mir kam. Sie müssen mich für tot gehalten haben ...«

Sein Atem wurde ruhiger. Mit der Linken berührte er die Narbe zwischen Brust und Hals. »Die Klinge, die mir die Halsschlagader durchtrennen sollte, hatte mir nur die Haut unterhalb des Schlüsselbeins zerschnitten ... doch ich bekam unerträglichen Kopfschmerz davon. Durchdringende, stechende Schmerzen, so daß ich mich an nichts mehr erinnern konnte ... Ziellos irrte ich umher, bis ich auf eine Kolonne Flüchtlinge stieß. Sie versuchten, einige Boote aufzutreiben, um in die Lagune zu entkommen. Mein Instinkt befahl mir, ihnen bei ihrem Unternehmen zu helfen. Doch dann strömten auch andere von überall her, die ebenfalls einsteigen wollten, so daß sie die Boote beinahe zum Kentern brachten. So gut es ging, eilte ich ihnen zu Hilfe. Alte, Frauen und Kinder, alle versanken im Schlamm, in einem wüsten Durcheinander aus Weinen und Hilfegeschrei. Und dazwischen die Klagen all derer, die ihre Kinder, Geschwister oder Eltern verloren hatten ...

Noch nicht gesättigt von dem Blutbad in Aquileia, ritten die Barbaren in gestrecktem Galopp aus den Stadttoren hinaus, direkt zum Strand, wo sie mit brennenden Fackeln nach den Überlebenden ihres Massakers suchten, um sie ebenfalls niederzumetzeln. Auf dem letzten Schiff, das völlig überladen war, hatte mir der Bootsführer noch den letzten Platz aufgehoben. Es hatte bereits vom Ufer abgelegt, so daß er mir seine Hand hinstreckte und rief: ›Los, beeil dich, steig ein!‹ Ich wollte schon springen, als ich den Hilferuf einer Frau vernahm. ›Wartet!‹ rief sie. ›Wartet, um Gottes willen!‹ Sie lief auf uns zu, wobei sie fast bis zum Gürtel im Wasser versank, und zog ein kleines Mädchen hinter sich her, das bitterlich weinte. Um ihr beim Einsteigen zu helfen, nahm ich das Kind auf den Arm, damit die Mutter die Hand des Bootsführers ergreifen konnte. Kaum hatte sie Platz genommen, reichte ich ihr die Kleine hinein. Vom Anblick des dunklen Wassers zu Tode erschrocken, wollte sie mich nicht loslassen, obwohl sie die andere Hand nach ihrer Mutter ausstreckte. Und so ... so riß sie mir die Medaille ab, die ich trug ... die Medaille mit dem Adler ... das Ehrenzeichen meiner Abteilung und meiner zerstörten Stadt. Dieses Kind war Livia!«

Ambrosinus half ihm, sich wieder aufzurichten und stützte ihn wie einen Kranken bei den ersten Schritten nach der Genesung. Langsam gingen die beiden Männer wieder zum Lager zurück.

»Ich wurde gefangen«, fuhr Aurelius fort, »und mußte als Sklave dienen, bis mich eines Tages der Angriff der Legio Nova Invicta befreite. Von da an war die Legion mein Zuhause, meine Familie und mein Leben.«

Ambrosinus faßte ihn fest um die Schulter, als versuche er, ihm ein wenig Wärme zu geben. »Du hast das Tor nur aus dem Grund geöffnet, um deine Eltern vor einem entsetzlichen Tod zu bewahren«, sagte er. »Du warst der Held von Aquileia, der die Stadt viele Monate lang verteidigt hat, niemand sonst. Und Wulfila war es, der deine Stadt und deine Eltern getötet hat.«

»Dafür wird er bezahlen«, sagte Aurelius, »bis zum letzten Blutstropfen.« Und während er diese Worte sprach, erstarrten seine Augen zu blankem Eis.

Als sie vor dem Tor des Lagers angekommen waren, klopfte Ambrosinus mit seinem Stab dagegen. Ihnen gegenüber standen Livia und Romulus, der mit ihr zusammen Wache gehalten hatte.

»Hast du gefunden, was du suchtest?« fragte die junge Frau Aurelius.

»Ja«, antwortete er ihr. »Du hast mir die Wahrheit gesagt.«

»Die Liebe lügt niemals. Wußtest du das denn nicht?« Sie schloß ihn in die Arme und küßte ihn auf seinen Mund, die Stirn und auch die Augen, in denen noch immer das blanke Entsetzen stand.

Ambrosinus wandte sich an Romulus. »Komm, mein Junge«, sagte er zu ihm. »Komm mit mir. Du mußt dich noch ein wenig ausruhen.«

Stille senkte sich über das Lager. Jeder blieb für sich allein in dieser ruhigen Frühlingsnacht und wartete darauf, daß die Sonne ihnen ein neues Schicksal enthüllte. Oder vielleicht auch zum letzten Mal auf sie herabschien.

»Laß mich diese Nacht nicht allein«, sagte Livia. »Bitte.«

Aurelius drückte sie an sich und führte sie zu seinem Zufluchtsort in der Kaserne.

Sie standen einander gegenüber, und das Mondlicht, das durch das baufällige Dach drang, beleuchtete Livias ebenmäßiges Gesicht, sein blasser Schein liebkoste ihr Haupt und tauchte es in eine magische Aura aus flüssigem Silber. Vorsichtig löste Aurelius die Bänder an ihrem Gewand und ließ seine Augen über ihre Nacktheit gleiten. Bezaubert von der Schönheit ihres Körpers, betrachtete er sie lange Zeit, bevor er es wagte, sie mit den Händen zu berühren. Langsam und hingebungsvoll begann nun auch sie, ihn in der bebenden Erwartung einer Braut zu entkleiden. Mit leichten Fingern streichelte sie seinen Körper, der im Mondlicht wie Bronze wirkte, glitt über die vielfach versehrte Landschaft seines Fleisches, auf dem so viele Narben zu sehen waren, und seiner Muskeln, die sich von den vielen blutigen Kämpfen in ständiger Anspannung befanden. Dann ließ sie sich auf sein armseliges Strohlager nieder, auf dem seine rauhe Soldatendecke lag, und nahm ihn in sich auf. Wie ein wildes Füllen wölbte sie ihm ihre Lenden entgegen, vergrub ihre Nägel in seinen Schultern und suchte immer wieder nach seinem Mund. Bebend vor unerschöpflichem Verlangen, liebten sie sich und versenkten den brennenden Fluß ihres Atems und die heiße Verzückung ihres Fleisches ständig neu ineinander. Schließlich ließen sie erschöpft voneinander ab, und Aurelius legte sich neben sie. Der Duft ihres Haares umhüllte ihn.

»Ich verliebte mich in jener Nacht in dich«, murmelte Livia, »als ich dich zum erstenmal sah. Allein und wehrlos standest du am Ufer der Lagune, wie reglos hast du dein Schicksal erwartet. Damals war ich erst neun Jahre alt …«

XXXVII

Als sich Aurelius von seinem Lager erhob, war es noch dunkel. Er legte seine Kleider an und ging in den weiten, leeren Hof hinaus. Wie durch ein Wunder tauchten bei seinem Erscheinen auch seine Gefährten aus dem Dunkel auf und gingen auf ihn zu, als hofften sie auf eine Entscheidung von ihm. Auch Ambrosinus trat zu ihnen. Keiner hatte ein Auge zugetan.

Aurelius sprach als erster. »Ich habe lange nachgedacht«, sagte er. »Ich bleibe.«

»Was?« erwiderte Vatrenus. »Bist du verrückt geworden?«

»Wenn er bleibt, bleibe ich auch«, antwortete Batiatus und befestigte Schwert und Doppelaxt an seinem Gürtel.

»Verstehe«, stimmte Demetrios zu. »Wir bleiben also und decken die Flucht von Romulus und Ambrosinus. Das ist gut so.«

»Das ist gut so«, wiederholte Orosius. »Wenigstens kann sich Livia retten.«

In diesem Augenblick erschien die junge Frau, angetan mit ihrer engen Amazonenkleidung; sie hatte den Bogen umgehängt und hielt Pfeile und Köcher in der Hand: »Aurelius ist der Mann, den ich liebe. So Gott will, werde ich mit ihm leben. Doch habe ich nicht die Absicht, ihn zu überleben. Das ist mein letztes Wort.«

Nun trat auch Romulus in den Kreis der Gefährten. »Ihr glaubt doch nicht, daß ich mich rette, wenn ihr alle bleibt«, sagte er mit einer Stimme, die fest und entschlossen klang wie die eines Mannes. Sie war sogar ebenso tief geworden. »Bis jetzt haben wir alle Gefahren gemeinsam durchgestanden, ohne euch hat mein Leben keinen Sinn. Ihr seid die einzigen Menschen, die mir geblieben sind, und meine liebsten Freunde. Um nichts auf der Welt würde ich mich von euch trennen. Selbst wenn ihr mich mit Gewalt verjagen würdet, käme ich doch immer wieder zu euch zurück. Ihr müßt mich schon anbinden, sonst stürze ich mich von dem Schiff ins Meer und schwimme hierher zurück, ich ...«

Nun hob Ambrosinus die Hand, um die Aufmerksamkeit auf sich zu lenken. »Ich liebe diesen Jungen wie meinen eigenen Sohn und gäbe jederzeit mein Blut für ihn hin. Doch ist er nun zum Mann geworden. Schmerz und Angst ließen ihn wie Leid und Entbehrungen erwachsen werden. Damit gebührt ihm das Privileg, auch seine eigenen Entscheidungen zu treffen, die wir respektieren müssen. Ich zuallererst. Unser Schicksal wird sich auf die eine oder andere Weise erfüllen, und zwar schon sehr bald. Und ich habe mir vorgenommen, es mit euch zu teilen. Uns hält etwas so außerordentlich Starkes zusammen, das uns nie mehr abhanden kommen kann, nicht einmal in Zeiten der höchsten Gefahr. Selbst die Todesangst kann es nicht besiegen. Es wird uns immer vereint halten, bis zum letzten Augenblick, und ich kann noch nicht einmal meine Empfindungen zum Ausdruck bringen, die mich bei euren Worten überkommen haben. Ich vermag euch nichts anderes zu geben als meine tiefste Zuneigung und die Ratschläge, die mir der allmächtige Gott von Zeit zu Zeit eingibt. Es tut mir leid für unseren Freund Kustennin, der an der alten Mole vergeblich auf uns warten wird, doch gibt es Verabredungen, die man nicht verpassen darf – eben die, der wir nun entgegengehen.«

Alle schwiegen tief betroffen, doch fühlten sie in ihrem Inneren zugleich eine große Gelassenheit, die bereit war, das äußerste Opfer zu bringen – ein Opfer der Liebe und Freundschaft, entstanden aus Hingabe und Überzeugung.

Als erster antwortete Vatrenus in seiner üblichen schroffen Art: »Also, dann los«, sagte er. »Wie ein Schaf abschlachten lasse ich mich noch lange nicht. Ich habe die Absicht, eine ganze Menge von diesen Hundesöhnen mit in die Unterwelt zu nehmen.«

»Genau!« rief Batiatus aus. »Ich habe diese sommersprossigen Bastarde immer gehaßt.«

Ambrosinus konnte ein Lächeln nicht verbergen. »Das ist allgemein bekannt, Batiatus«, sagte er. »Vielleicht habe ich da etwas für euch, etwas, das ich heute nacht zufällig entdeckt habe, als ich nicht einschlafen konnte. Kommt mit.« Und er ging eilig auf das Prätorium zu. Seine Gefährten folgten ihm und betraten mit ihm den alten Standort des Kommandanten. Noch immer standen dort sein Tisch und sein zusammenklappbarer Feldsessel, auch waren noch einige Pergamentrollen mit Dokumenten aus der Schreibstube vorhanden, und an der Wand hing, auf eine Holztafel gemalt, das verblichene Porträt einer schönen Frau. An einer bestimmten Stelle auf dem Fußboden hielt Ambrosinus inne und hob die geflochtene Strohmatte auf. Darunter kam eine Falltür zum Vorschein, die er öffnete, bevor er seinen Gefährten bedeutete, dort hinunterzusteigen.

Als erster stieg Aurelius hinab und konnte kaum fassen, welcher Anblick sich seinen Augen bot: Vor ihm lag das gesamte Waffenarsenal der Legion! Ordentlich aufgereiht und noch immer glänzend von Fett, standen da etwa zwanzig komplette Rüstungen, die nach alter Manier angefertigt waren – mit Brustpanzern, aus Metallbändern zusammengefügt, Helmen, Schilden und ganzen Bündeln von wuchtigen Speeren mit dreieckiger Spitze, genau in der Art, wie sie einst Trajans und Hadrians Heere verwendeten. Außerdem zerlegte, aber noch voll einsatzfähige Wurfmaschinen und Katapulte mit Wurfspießen aus massivem Eisen, ebenso eine große Anzahl von *lilia*, jene tödlichen eisernen Apparaturen mit drei Spitzen, die, im Erdreich versteckt, als Absperrung gegen die feindliche Kavallerie und Infanterie dienten.

»Mir scheint, das ist der beste Beitrag, den du bisher für unsere Sache geleistet hast«, rief Vatrenus aus und schlug dabei Ambrosinus kräftig auf die Schulter. »Bei allem Respekt gegenüber deinen philosophischen Ausführungen. Nur Mut, Leute, machen wir uns an die Arbeit. Demetrios, du hilfst mir, die Katapulte und Wurfmaschinen zusammenzubauen.«

»Die bringt ihr hauptsächlich auf der Ostseite in Stellung«, befahl Aurelius, »von dort könnten wir leicht angegriffen werden, dort sind wir am verwundbarsten.«

»Orosius und Batiatus«, fuhr Vatrenus fort, »holt euch Spitzhacken und Schaufeln und grabt die *lilia* an den Stellen ein, die Aurelius euch zeigt. Er ist der leitende Stratege. Livia, du bringst die Geschützpfeile auf die Galerie, außerdem die Pfeile für die Handbogen, dazu die Wurfspieße ... und Steine, so viele Steine, wie du nur finden kannst. Und jeder versorgt sich mit einer kompletten Rüstung, das heißt Helm, Brustpanzer und so weiter. Eben alles. Sie sind in allen Größen vorhanden. Außer natürlich für Batiatus.«

Batiatus sah sich verblüfft um. »He, schaut mal, da ist ein Brustpanzer, wie man ihn für die Pferde benützt. Mit ein paar Hammerschlägen kann ich ihn für mich zurechtklopfen. Der paßt mir sicher prima.«

Alle lachten, als sie mit ansahen, wie dieser Riese den schweren Harnisch eines Schlachtrosses mit einer einzigen Hand aufhob und die Treppe im Laufschritt nach oben stürmte.

»Und ich?« fragte Romulus. »Was soll ich machen?«

»Nichts«, antwortete Vatrenus. »Du bist der Kaiser.«

»Dann helfe ich Livia«, sagte er und ging ihr dabei zur Hand, die Speere zu bündeln, wobei er sehr genau beobachtete, was sie tat.

Aurelius stieg als letzter die Treppen hinauf. Vor dem Tisch blieb er stehen und begann, in den Schriftstücken herumzustöbern, die dort lagen und von einer dicken Staubschicht bedeckt waren. Eines dieser Dokumente, in schönster Schrift aufgesetzt, zog seine besondere Aufmerksamkeit auf sich. Da standen die Verse: *Exaudi me regina mundi, inter sidereos Roma recepta polos ...* – Hör mich an, herrlichste Königin der Welt, die dein eigen ist, in den gestirnten Himmel aufgenommene Roma. Das war der Anfang des *De reditu suo* von Rutilius Namatianus, die letzte wehmütige Hymne auf die einstige Größe Roms, die siebzig Jahre zuvor am Vorabend der Eroberung durch Alarich, den König der Westgoten, geschrieben worden war. Seufzend steckte er die kleine Pergamentrolle als Glücksbringer unter das Unterkleid, direkt über seinem Herzen. Währenddessen erschien auch Ambrosinus wieder aus dem Untergeschoß, und Aurelius sagte zu ihm: »Sobald du siehst, daß alles verloren ist, versteck dich mit dem Jungen in dem unterirdischen Raum. Dort wartest du, bis alles vorbei ist. Dann begib dich nach Einbruch der Dunkelheit zu Kustennin und bitte ihn, dir weiterzuhelfen. Du schaffst es sicher, auch Romulus von diesem Schritt zu überzeugen. Vielleicht findet ihr einen versteckten Ort in Irland und könnt dort ein neues Leben beginnen.«

»Das wird nicht nötig sein«, antwortete Ambrosinus ruhig. Aurelius schüttelte den Kopf und ging hinaus in den Hof, um seinen Kameraden zu helfen.

Unermüdlich und mit kaum faßbarer Begeisterung arbeiteten sie den ganzen Tag, als sei ihnen endlich eine unerträgliche Last vom Herzen genommen. Bei Sonnenuntergang betrachteten Aurelius und die Seinen ihr Werk, von der Anstrengung völlig erschöpft, schweißgebadet und mit Erde und Staub bedeckt: In ordentlichen Reihen waren Katapulte und Wurfmaschinen auf den Wällen aufgebaut, und neben jeder Maschine stand ein Bündel von Wurfspießen und Speeren bereit. Außerdem hatten sie die Brustwehr verstärkt und vor jeder Schießscharte Bögen in großer Anzahl mit einer Fülle gebrauchsfertiger Pfeile aufgeschichtet. Und schließlich befanden sich vor der Palisade die im neuen Glanz erstrahlenden Rüstungen, die nur darauf warteten, von ihnen angelegt zu werden. Darunter auch die von Batiatus, die er mit einem Hammer auf dem Amboß zuerst abgeändert, dann brüniert und glänzend poliert hatte. Ursprünglich gefertigt, um die Brust eines Pferdes zu bedecken, schützte sie nun den Oberkörper dieses schwarzen Herkules in der Schlacht.

Sie setzten sich rings um das Feuer zu einem gemeinsamen Mahl, dann bereiteten sie sich für die Nacht vor.

»Schlaft diesmal alle, um morgen zum Kampf bereit zu sein«, sagte Ambrosinus. »Ich werde wachen. Ich sehe sehr gut und höre noch besser.«

Alle schliefen. Batiatus hatte neben der noch warmen Schmiede den Kopf auf seine Rüstung gebettet, während Livia in Aurelius' Armen in der ehemaligen Kaserne lag. Demetrios und Orosius lagen bei den Pferden im Stall, Romulus schlief, eingewickelt in seine Reisedecke, unter dem Vordach und Vatrenus im Wachturm auf den Wällen.

Ambrosinus hielt Wache neben dem Tor und war tief in Gedanken versunken. Als all seine Gefährten fest schliefen, erhob er sich plötzlich, öffnete leise das Tor und ging auf den Kreis der Megalithen zu. Dort angekommen, häufte er eine große Menge an Holz, Zweigen und Resten von trockenen Baumstümpfen auf, die er zu Füßen der jahrhundertealten Eichen fand. Dann eilte er auf die mächtigste Eiche zu, schlüpfte in einen Spalt in dem Stamm und holte einen großen, runden Gegenstand und einen Holzknüppel hervor. Eine Trommel. Rasch hängte er sie an einen Ast der Eiche und schlug kräftig mit dem Knüppel darauf. Ein tiefes Dröhnen ertönte, das wie der Klang eines Sturms von den Bergen zurückgeworfen wurde. Dann schlug er die Trommel ein zweites, ein drittes und noch ein viertes Mal.

Aurelius erhob sich in der Kaserne von seinem Lager. »Was war das?« fragte er. Livia ergriff seine Hand und zog ihn an sich. »Das ist nur der Donner, schlaf weiter.«

Doch wurde der Ton zunehmend lauter, bis er, dunkel metallisch und durch das Echo vervielfacht, von den Talhängen und Weiden und sogar von den Gipfeln der Berge widerhallte. Nun hörte Aurelius genauer hin. »Nein«, sagte er. »Das ist nicht der Donner, das klingt eher wie ein Warnsignal ... doch für wen?«

Vom Turm erklang die Stimme von Vatrenus. »Kommt und seht, aber schnell!« Sie ergriffen ihre Waffen und stiegen zu den Wällen empor. In der Ferne stand der Steinkreis in Flammen. Ein riesiges Feuer war zwischen den großen Steinsäulen im Inneren entfacht und schoß seine wirbelnden Funken in den schwarzen Nachthimmel empor. Und wie ein Gespenst bewegte sich im Schein der Flammen ein Schatten, der deutlich zu erkennen war.

»Das ist Ambrosinus, der seinen Zaubereien nachgeht«, sagte Aurelius. »Und wir dachten, er hielte Wache. Ich geh wieder schlafen. Bleib du hier, Vatrenus, bis er zurückkommt.«

Doch die Hirten und Bauern in ihren Gehöften, die über die Landschaft verstreut lagen, die Schmiede und Handwerker erblickten das Feuer. Ja, sie zündeten sogar noch weitere an, verwundert beäugt von ihren Frauen und Kindern, bis die Flammen überall hell aufloderten: auf den Hügeln und Bergen von der Ozeanküste bis zu dem Großen Wall.

Schließlich erreichte das Dröhnen der Trommel auch Kustennins Ohr, der aus dem Bett sprang und lauschte. Als er ans Fenster trat und die Feuer erblickte, verstand er, warum an diesem Morgen niemand zum Hafen gekommen war. Zufrieden schaute er auf die leeren Betten von Egeria und Ygraine und dachte an das Schiff, das zu dieser Stunde über das ruhige Wasser fuhr und sie an einen sicheren Ort brachte. Dann öffnete er eine Truhe und holte daraus den Drachen aus Silber und Purpur hervor, weckte seinen Diener und befahl ihm, seine Rüstung und das Pferd vorzubereiten.

»Wohin reitest du, mein Herr, zu dieser frühen Stunde?« fragte dieser ihn verwundert.

»Freunde treffen.«

»Und warum nimmst du dein Schwert mit?«

In diesem Moment trug der Wind wieder das ferne Dröhnen herbei, das laut durch die Nacht drang.

Kustennin seufzte. »Es gibt Augenblicke«, sagte er, »da muß man sich zwischen dem Schwert und der Pflugschar entscheiden.« Dann hängte er das Schwert an seinen Gürtel und ging die Treppe zum Pferdestall hinab.

Bei Tagesanbruch standen Aurelius, Vatrenus und ihre Gefährten bis an die Zähne bewaffnet auf den Wällen und starrten schweigend auf den Horizont. Mit einem Topf dampfender Suppe eilte Romulus von einem zum anderen, bis er zuletzt Aurelius einen Napf voll gab.

»Wie schmeckt sie?« fragte er.

Aurelius nahm einen Löffel. »Gut. Die beste, die mir je in einem Heerlager serviert wurde.«

Romulus lächelte. »Vielleicht haben wir uns die ganze Mühe umsonst gemacht. Vielleicht kommen sie nicht.«

»Vielleicht ...«

»Weißt du, was ich denke? Daß es schön wäre, hier unsere kleine Gemeinschaft zu gründen. Vielleicht entsteht ja aus diesem Lager einmal ein Dorf, und ich könnte mir ein Mädchen suchen. Eins habe ich schon unten in der Stadt getroffen. Sie hat rote Haare, weißt du?«

Aurelius lächelte. »Das ist schön. Ich meine, daß du anfängst, an Mädchen zu denken. Das bedeutet, daß du erwachsen wirst. Es bedeutet aber auch, daß deine Verletzungen langsam heilen und die Erinnerung an deine Eltern nicht mehr ausschließlich vom Schmerz geprägt wird, sondern daß das Angenehme überwiegt. Der Gedanke an ihre Liebe wird dich dein ganzes Leben begleiten.«

Romulus seufzte. »Ja, vielleicht hast du recht, doch bin ich noch nicht einmal vierzehn Jahre alt. Und ein Junge in meinem Alter braucht einen Vater.« Er schöpfte ein wenig Suppe in seinen Napf und begann zu essen, als gelänge es ihm damit leichter, die Haltung wiederzugewinnen. Von Zeit zu Zeit sah er verstohlen zu Aurelius herüber, um festzustellen, ob auch er zu ihm herüberschaute. »Du hast recht«, sagte er. »Die Suppe ist nicht schlecht. Livia hat sie gekocht.«

»Das dachte ich mir schon«, antwortete Aurelius. »Aber sag, wenn dein Vater da wäre, was würdest du gern von ihm wissen?«

»Nichts Besonderes. Ich möchte nur mit ihm zusammen sein und etwas mit ihm zusammen machen. Ebenso wie wir beide jetzt miteinander essen. Ganz einfache, unbedeutende Dinge, einfach beisammen sein und wissen, daß man nicht allein ist. Verstehst du?«

»Gewiß«, antwortete Aurelius. »Auch mir fehlen meine Eltern sehr, obwohl ich viel älter bin als du.«

Eine Weile blickten sie nur auf den Horizont, ohne ein Wort zu sagen. Dann brach Aurelius das Schweigen. »Weißt du was? Ich habe noch keine Kinder und weiß auch nicht, ob ich je welche haben werde. Ich meine ... ich weiß nicht, was uns erwartet, und ...«

»Ich verstehe«, antwortete Romulus.

»Ich habe mich gefragt, ob ...«

»Was?«

Aurelius zog seinen bronzenen Ring mit der kleinen Kamee vom Finger, in die ein Monogramm eingraviert war. »Jetzt weiß ich, daß dieser Ring mir wirklich gehört. Er ist mein Familienring, und ich frage mich ... ich frage mich, ob du ihn wohl annehmen würdest.«

Romulus sah ihn mit leuchtenden Augen an. »Willst du damit sagen, daß ...«

»Ja. Wenn du einverstanden bist, wäre ich glücklich, dich als meinen Sohn anzunehmen.«

»Hier? Jetzt?«

»*Hic et nunc*«, antwortete Aurelius. »Wenn es dir recht ist.«

Romulus warf ihm die Arme um den Hals. »Von ganzem Herzen«, sagte er. »Auch wenn ... ich kaum glaube, daß es mir jemals gelingt, dich Vater zu nennen. Ich habe immer Aurelius zu dir gesagt.«

»Das geht in Ordnung, wie du willst.«

Nun streckte Romulus die rechte Hand aus, und Aurelius steckte ihm den Ring auf den Daumen, nachdem er alle anderen Finger ausprobiert hatte und sie alle zu dünn waren. »Also nehme ich dich, Romulus Augustus Cäsar Aurelianus Ambrosius Ventidius ... Britannicus, als meinen Sohn an! Und so sei es, solange du lebst.«

Und wieder umarmte ihn Romulus. »Danke«, sagte er. »Ich werde dich immer ehren, so wie du es verdienst.«

»Aber ich warne dich«, erwiderte Aurelius. »Ab jetzt mußt du meine Ratschläge befolgen, auch wenn das noch nicht bedeutet, daß du meinen Befehlen gehorchen mußt.«

Romulus wollte gerade antworten, als Demetrios' Stimme vom höchsten Turm erklang. »Sie kommen!«

Aurelius rief: »Alle auf ihre Posten! Romulus, du gehst mit Ambrosinus. Er weiß, was zu tun ist. Nun mach schon, schnell!«

Da erklangen die langgezogenen Töne der Hörner, die gleichen, die er in Dertona am Tag von Mledos Angriff gehört hatte, und auf der Hügellinie im Osten erschien eine lange Reihe gepanzerter Reiter, die im Schrittempo vorrückten. An einem bestimmten Punkt teilten sie sich, um einen hünenhaften Krieger vorreiten zu lassen, dessen Gesicht von einer goldenen Maske bedeckt war. In seinen Händen hielt er ein glänzendes Schwert.

Aurelius gab ein Zeichen. Vatrenus und Demetrios luden die Katapulte und Wurfmaschinen.

»Seht!« schrie Demetrios. »Da kommt jemand.«

»Vielleicht wollen sie verhandeln!« sagte Vatrenus und ging zum Geländer.

Ein Mann zu Pferde, flankiert von zwei bewaffneten Kriegern, ritt näher und hielt als Zeichen des Waffenstillstands ein weißes Tuch in die Höhe, das an einer Querstange befestigt war. Sie verharrten direkt unter der Palisade.

»Was willst du?« fragte Vatrenus.

»Mein Herr Wortigern macht euch folgendes Angebot. Ihr kommt mit dem Leben davon, wenn ihr ihm den jungen Usurpator ausliefert, der von sich behauptet, Romulus Augustus zu sein. Außerdem will er den Deserteur, der ihn beschützt und unter dem Namen Aurelius bekannt ist.«

»Warte einen Moment«, antwortete Vatrenus, »wir müssen uns beraten.« Dann trat er zu Batiatus und flüsterte ihm leise etwas zu.

»Also?« fragte der Bote. »Was soll ich ausrichten?«

»Daß wir einverstanden sind!« antwortete Vatrenus.

»Da habt ihr erst einmal den Jungen!« rief Batiatus. Mit einem großen Bündel im Arm, trat er an die Brustwehr heran, und noch bevor der Barbar die Gelegenheit hatte, etwas zu bemerken, ließ er es auf ihn herabfallen. Es war ein in eine Decke gewickelter Felsbrocken, der ihn genau erwischte und zu Boden schmetterte. Während die beiden anderen flugs ihre Pferde herumrissen und die Flucht ergriffen, brüllte ihnen Batiatus hinterher: »Wartet, der andere kommt auch noch!«

»Das wird sie ganz schön wütend machen«, sagte Aurelius.

»Und macht das etwas aus?« erwiderte Vatrenus.

»Nein, natürlich nicht. Haltet euch bereit, da kommen sie.«

Und wieder erklangen die Hörner, die breite Front der Reiter rückte stetig vor. Als sie etwa eine Viertelmeile vor dem Lager waren, öffnete sich die Front, und acht Männer zu Pferde stürmten den Abhang hinunter und zogen auf Rollen einen Stoßbalken mit eiserner Spitze hinter sich her.

»Er will den Handstreich von Dertona wiederholen!« rief Aurelius. »Macht die Katapulte bereit!«

In rasendem Tempo galoppierten die feindlichen Reiter voran, bis sie das Gelände erreichten, in dem die *lilia* vergraben lagen. Schon stürzten die beiden vorderen Pferde zu Boden und warfen ihre Reiter ab, die von den im Gras versteckten Eisenspitzen aufgespießt wurden. Der Stoßbalken geriet aus dem Gleichgewicht und drehte nach links ab, doch nahm er dabei immer mehr an Geschwindigkeit zu. Die Räder, die der Last nicht länger standhielten, zersprangen in Stücke, der Balken überschlug sich und rollte den Abhang hinunter, wo er von den Felsen abprallte und schließlich in den See stürzte.

Nun schossen die Katapulte los, und als die Reiter versuchten umzudrehen, wurden vier weitere von ihnen durchbohrt. Auf den Wällen der Festung schrien alle vor Begeisterung, doch erschallten schon wieder die Hörner. Die Reiter waren stehengeblieben, und jetzt rückte eine Welle leichter Infanterie vor.

»Achtung!« schrie Demetrios. »Sie haben Brandpfeile.«

»Bögen!« befahl Aurelius. »Haltet so viele auf, wie ihr könnt!«

Die Infanterie rückte im Laufschritt auf das Lager vor. Bald war jedoch klar, daß es sich dabei um behelfsmäßig bewaffnete Knechte handelte, deren einzige Bestimmung es war, sich niedermetzeln zu lassen, um der schweren Kavallerie den Weg freizumachen. Hinter ihnen hielten die anderen Krieger die Bögen bereit, um jeden zu durchbohren, der zu fliehen versuchte. Als die ersten Soldaten in die *lilia* hineintraten und schreiend vor Schmerz mit durchbohrten Füßen hinschlugen, teilte sich die Infanterie in zwei Gruppen. Von rechts und von links marschierten sie um das nicht begehbare Gelände herum und schossen dabei in hohem Bogen ihre Brandpfeile ab. Viele von ihnen wurden von den Wurfspießen Livias und ihrer Gefährten durchbohrt, doch konnten sich die anderen hinter die Bäume und Felsen flüchten, von wo aus sie weitere Brandpfeile abschossen, die ihr Ziel auch an verschiedenen Stellen trafen. Das Holz der Palisade, das bereits sehr alt und vollständig ausgetrocknet war, fing sofort Feuer. Nun lief ein neuer Trupp Infanteristen mit Leitern nach vorn, wurde aber von den Bewachern des Wehrgangs mit Pfeilen der Wurfmaschinen und wahren Salven von Wurfspießen zu Boden gezwungen.

Jetzt rückten die Reiter auf ihren Rössern im Schritt vor.

Offenbar warteten sie darauf, daß der brennende Abschnitt der Palisade zusammenbräche, so daß sie in das Innere der Festung einfallen konnten.

Aurelius versammelte seine Soldaten. »Wir haben kein Wasser und auch keine Männer, die den Brand löschen könnten, und in Kürze wird Wulfila seine Männer in die Bresche da vorn hineinjagen. Vatrenus, du und Demetrios, ihr bringt alle zur Strecke, die ihr mit den Wurfmaschinen nur erreichen könnt. Anschließend bleibt uns nichts anderes übrig, als nach draußen durchzubrechen; dort, wo die kleine Esche steht, ist der einzige Durchgang, der frei von den *lilia* ist. Batiatus, du bist unser Sturmbock. Du brichst in der Mitte durch, und wir anderen folgen dir. Wir werden sie auf das unebene Gelände locken, wo ihnen nichts anderes übrigbleibt, als sich zu zerstreuen und zu Fuß weiterzugehen. Also besteht noch Hoffnung.«

In diesem Augenblick stürzte der brennende Abschnitt der Palisade in einem Wirbel aus Feuer und Rauch zusammen, und die feindliche Kavallerie sprengte im Galopp auf die Bresche zu. Vatrenus und Demetrios rissen die Katapulte und Wurfmaschinen auf ihren Plattformen herum und schossen eine Salve Wurfspieße ab, die ein halbes Dutzend Reiter niedermähten, wodurch wieder andere zu Fall gebracht wurden. Noch eine zweite Salve traf in die Menge und richtete ein Blutbad an, ihnen folgten die Bogenpfeile und schließlich die Speere: zuerst die leichten mit der längeren Reichweite, dann die schweren für kurze Entfernungen. Das gesamte Gelände war mit toten Soldaten übersät, doch rückten die Feinde immer weiter vor, davon überzeugt, bald den entscheidenden Schlag ausführen zu können.

»Alle hinaus«, rief da Aurelius, »durch das Südtor hinaus. Wir gehen seitlich an ihnen vorbei! Ambrosinus, bring den Jungen in Sicherheit.«

Kopf und Gesicht von einem Helm mit Visier geschützt, saß unten Batiatus bereits in seiner Rüstung im Sattel des riesigen Armorica-Hengstes, den ebenfalls Metallplatten schützten, und schwang seine Streitaxt; er war nicht bloß ein Mann auf seinem Pferd, er war eine Kriegsmaschine. Wenig später hatten sich hinter ihm auch die übrigen Gefährten auf ihren Reittieren pfeilförmig gruppiert. »Jetzt!« schrie Aurelius. »Alle hinaus!« Und das Tor öffnete sich weit, während die ersten feindlichen Reiter bereits fast die Bresche erreicht hatten. Batiatus gab seinem Pferd die Sporen, stürzte im Galopp auf das offene Gelände hinaus und steuerte auf den freien Durchgang zu. Seine Freunde ritten hinter ihm her.

Romulus, der seinem Erzieher entkommen war, sprang in den Sattel des Fohlens und gab ihm die Sporen. Er konnte nicht anders, als hinter seinen Kameraden herzureiten und an ihrer Seite zu kämpfen, selbst wenn er nur ein Messer anstelle eines Schwertes schwang.

Laut rufend lief Ambrosinus hinter ihm her: »Bleib stehen! Komm zurück!«, doch stand er schon bald allein auf ungeschütztem Gelände. Unterdessen attackierte Batiatus die Linien der feindlichen Reiter und focht heftig mit jedem, der es wagte, sich ihm entgegenzuwerfen, um ihn aufzuhalten. Die Kameraden stürzten sich gleichfalls hinter ihm in die wilde Rauferei und schlugen mit ihren Schwertern und Schilden auf alles ein, was ihnen in die Quere kam. Als Wulfila, der sich noch weit oben am Abhang befand, Aurelius ausfindig machte, stürzte er mit gezogenem Schwert auf ihn zu. Da entdeckte Vatrenus aus dem Augenwinkel heraus Romulus, der rechts von ihm auf seinem Fohlen ritt, und rief ihm zu: »Reite zum Hügel, Romulus, schnell, schnell, weg von hier!«

Zu Tode erschrocken und von feindlichen Reitern umringt, die aus allen Richtungen auf ihn zugaloppierten, schleppte sich Ambrosinus auf einen Felsvorsprung, der rechts von ihm aus dem Boden ragte. Von da hoffte er herauszufinden, wo der Junge war. Und er sah ihn, wie er, von seinem bockenden Fohlen mitgezerrt, auf den Megalithenkreis zusteuerte.

Mittlerweile hatte Wulfila Aurelius fast erreicht und schrie außer sich vor Wut: »Kämpfe, du Feigling! Du kannst mir nicht mehr entkommen!« Und dann holte er zum ersten tödlichen Schlag aus. Batiatus hob seinen Schild, eine Platte aus massivem Metall, um Aurelius vor dem Hieb zu bewahren. Das Schwert traf den Schild mit lautem Getöse, so daß sich eine funkelnde Fontäne ergoß. Unterdessen donnerten die ersten Reiter durch die Bresche, flogen über die Flammen des

Scheiterhaufens hinweg und drangen ins Lager ein. In ihrem Zorn machten sie alles nieder, was sich ihnen darbot, setzten die Gebäude und Wachtürme in Brand, die sogleich wie riesige Fackeln in den Flammen aufgingen.

»Es ist niemand mehr da!« rief plötzlich einer. »Sie sind alle abgehauen. Schnell, hinter ihnen her!«

Von der Felsspitze aus, die er endlich erklommen hatte, beobachtete Ambrosinus, wie Aurelius sich verzweifelt gegen Wulfila wehrte, als plötzlich sein Schild in tausend Teile zerbrach und sein Schwert sich unter den Hieben der unbesiegbaren gegnerischen Klinge verbog. Und plötzlich wurde das Chaos aus wildem Geschrei und das Getöse der heftig aufeinanderprallenden Waffen von dem schrillen, durchdringenden Ton einer Bucina übertönt, jenem Signalhorn, das zum Angriff blies. Im selben Augenblick erschienen am östlichen Saum des Hügels das funkelnde Haupt und der purpurne Schweif des Drachen, hinter dem eine massive Linie von Kriegern einhermarschierte. Mit tiefgezogenen Lanzen rückten sie hinter einer Mauer aus Schilden vor und stießen bei jedem Schritt den alten Schlachtruf der römischen Infanterie aus. Wie aus dem Nichts war die Legion des Drachen aufgetaucht und stürmte im Laufschritt den Hügel hinab, gefolgt von zwei Reihen Berittener, die Kustennin anführte.

Wulfila zögert für einen Augenblick, derweil ihn Batiatus mit seinem ganzen Gewicht attackierte und ihn aus dem Gleichgewicht brachte. Bevor Wulfila zum tödlichen Schlag gegen Aurelius ausholen konnte, der jetzt keine Waffe mehr hatte, schubste der Riese ihn rasch zur Seite, so daß der Barbar zu Boden fiel. Doch als Wulfila wieder aufstand, sah er Romulus vom Pferd fallen und zu Fuß auf den Steinkreis zulaufen, in der Hoffnung, dort Zuflucht zu finden. Sofort sprang er auf die Füße und stürmte los, doch Vatrenus, der seine Absicht erahnt hatte, schnitt ihm den Weg ab. Mit erschreckender Gewalt hieb Wulfilas Schwert auf ihn ein, zerteilte ihm Schild und Rüstung und riß ihm die Brust auf, aus der ein dicker Strahl Blut hervorspritzte. Und wieder rannte Wulfila los und schrie seinen Männern zu: »Gebt mir Deckung!« Vier seiner Krieger warfen sich auf Vatrenus, der sich, am ganzen Körper blutüberströmt, weiter wie ein Löwe schlug, bis er zurückwich, um sich an einen Baum zu lehnen. Da durchbohrten sie ihn, einmal, zweimal, dreimal, viermal, so daß die Spitzen ihrer Lanzen im Baumstamm steckenblieben. Mit letzter Kraft fauchte Vatrenus: »Zur Hölle mit euch, ihr Bastarde!« Dann ließ er leblos den Kopf sinken.

Die anderen formten eine Mauer um die kleine Schar der Kämpfenden, die noch immer mit wilder Energie zuschlugen. Auch Aurelius, der das Schwert eines Gefallenen aufgenommen hatte, focht weiter und tat alles, um sich den Weg zu Wulfila freizukämpfen, der hinter Romulus auf den Steinkreis zulief, in dem der Knabe Schutz suchen wollte. Demetrios und Orosius versuchten, an seine Seite zu eilen, um ihm Dekkung zu geben, doch sie wurden überwältigt und fielen. Batiatus allein gelang es nicht, sie zu retten, aber er konnte die Mauer der Feinde durchbrechen, so daß Aurelius das offene Gelände erreichte und auf den Steinkreis zulief. Nun von allen Seiten umringt, ließ Batiatus, der Riese, seine Streitaxt kreisen, trennte Köpfe und Arme ab, zerschlug Schilde und Harnische und tränkte den Boden mit Blut. Da bohrte sich eine Lanze in seine Schulter, und er wich an einen Felsen zurück. Wie ein Bär, der von einer Meute Hunde belagert wird, schlug Batiatus mit furchterregender Gewalt um sich, obwohl das Blut ihm in Strömen von seiner linken Seite rann. Als Livia das sah, warf sie sich blitzschnell aufs Pferd und beschoß die Angreifer, die sich um den verwundeten Riesen scharten, mit ihren Pfeilen, wobei sie nicht wenige in den Rücken traf.

Das Kampfgeschehen tobte inzwischen überall. Doch mit dem hocherhobenen Banner des Drachen rückten die frisch eingetroffenen Krieger unablässig weiter vor und drängten die Feinde, die durch ihr unerwartetes Erscheinen völlig verwirrt waren, ins Tal zurück.

Inzwischen hatte auch Ambrosinus erkannt, welchen Schachzug Wulfila vorhatte, und lief mit keuchendem Atem so schnell er konnte am Rand des Schlachtfelds entlang auf den Megalithenkreis zu und rief mit aller Kraft: »Flieh, Romulus, flieh! Lauf, was du kannst!«

Als Romulus oben auf dem Hügel angekommen war, drehte er sich um, um seine Freunde in dem tobenden Gewühl zu erspähen.

Plötzlich stand er einem hünenhaften Krieger mit langen schneeweißen Haaren und einer goldenen Maske auf dem Gesicht gegenüber. Furchterregend anzuschauen, war er von Kopf bis Fuß mit Blut und Schweiß bedeckt. Er kam auf ihn zu und schwang sein Schwert, das rot von Blut war. Dann riß er sich plötzlich die Maske vom Gesicht und zeigte ihm grinsend seine zerschnittene Fratze: Wulfila! Entsetzt wich Romulus an einen der großen Pfeiler zurück und streckte in einem schwachen Verteidigungsversuch sein Messer aus. Aus der Ferne drangen die angstvollen Rufe seines Meisters und das wirre Getöse der Schlacht an sein Ohr, doch folgte sein Blick, wie von einem Magneten angezogen, unablässig der Spitze des Schwertes, die sich nun zu dem todbringenden Hieb nach oben richtete. Ein Stoß dieses Schwertes genügte, und sein Messer würde dem Feind zu Füßen fallen. Romulus wich noch ein wenig weiter zurück, bis er mit dem Rücken an den Pfeiler stieß. Die lange Flucht war zu Ende und mit ihr alle Sorgen und angstvollen Hoffnungen. In einem kurzen Moment würde diese Klinge ihn ausgelöscht haben. Plötzlich wichen die Hektik und der panische Schrecken, die ihn beim Anblick seines Widersachers ergriffen hatten, und ihn überkam das Gefühl einer rätselhaften Gelassenheit, während er sich darauf vorbereitete, wie ein echter Soldat zu sterben. Dann schoß das Schwert vor, um ihm das Herz zu durchbohren. In diesem Moment hörte er hinter sich ganz deutlich Ambrosinus' Stimme, die sagte: »Verteidige dich!« Und wie durch ein Wunder wich er mit einer blitzartigen Bewegung dem Stoß aus. Das Schwert bohrte sich statt dessen in einen Riß im Stein und blieb darin stecken, während Romulus, ohne sich auch nur umzudrehen, nach der brennenden Glut auf dem großen Stein griff und sie Wulfila in die Augen schleuderte. Der schrie auf vor Schmerz und wich zurück. Dann gab ihm Ambrosinus mit klarer, fester Stimme einen neuen Befehl: »Nimm das Schwert.«

Romulus gehorchte. Er packte den herrlichen goldenen Griff und zog ruhig und kraftvoll daran. Fügsam folgte die Klinge der Bewegung des Knaben, und als Wulfila die Augen wieder öffnete, sah er, wie Romulus ihm das Schwert mit beiden Händen gegen den Leib drückte, den Mund weit aufgerissen in einem Schrei, der schrecklicher war als der Schlachtenlärm. Verblüfft und ungläubig sah der Barbar mit an, wie sich das Schwert Julius Cäsars langsam in sein Fleisch bohrte und unter dem Gurgeln der durchtrennten Eingeweide in seinem Körper versank. Dann spürte er, wie die Klinge, so schneidend wie der wilde Schrei dieses Knaben, aus seinem Rücken wieder heraustrat.

Er sackte in die Knie, und keuchend beobachtete Romulus, wie das Ende nahte. Aber noch immer brannte der Haß in Wulfila, nährte seine schwindende Lebenskraft und entzündete die wildesten Energien in ihm, doch noch den Sieg zu erlangen. Er packte das Schwert am Griff, zog es langsam aus der schrecklichen Wunde und schwang es in seiner rechten Faust, während die linke seinen Bauch zusammenpreßte. So wankte er auf sein Opfer zu und fixierte es mit solch starrem Blick, als wolle er es mit der furchterregenden Kraft seiner Augen bewegungslos machen. Doch als er gerade dabei war, den Stoß anzusetzen, bohrte sich ihm eine andere Klinge in den Rücken, die auf der Vorderseite wieder zum Vorschein kam. Dicht hinter ihm stand Aurelius, der die Klinge führte, und seine harte, kalte Stimme klang wie ein Todesurteil an Wulfilas Ohr.

»Das ist für meinen Vater, Cornelius Aurelianus Ventidius, den du in Aquileia grausam ermordet hast.«

Das Blut rann ihm aus dem Mund, doch noch immer stand Wulfila fest auf den Beinen, noch immer versuchte er, das Schwert zu heben, obwohl es so schwer wie Blei geworden war. Da stieß Aurelius noch einmal zu und zog die Klinge von einer Seite zur anderen, und wieder trat sie am Brustbein aus.

»Und das ist für meine Mutter, Cecilia Aurelia Silvia.«

Röchelnd brach Wulfila auf dem Boden zusammen. Unter dem verwunderten Blick von Aurelius beugte sich Romulus zu ihm hinab, tauchte die Finger in das Blut seines Feindes und zog sich über der Stirn einen hochroten Strich. Dann reckte er das Schwert zum Himmel empor und stieß einen Triumphschrei aus, der kraftvoll und durchdringend wie ein Signalhorn auf dem Blutfeld widerhallte, das sich unter ihm erstreckte.

Inzwischen hatte die Legion auf der ganzen Linie gesiegt und rückte, nach den einzelnen militärischen Rängen unterschieden, auf den Kreis der Megalithen vor – allen voran das glorreiche Banner, das sie aus dem Dunkel zurückgerufen und zum Sieg geführt hatte. Kustennin hielt es in der Faust, und die Sonne, die inzwischen hoch am Himmel stand, umgab es mit ihren Strahlen. Oben auf dem Hügel angekommen, stieg Kustennin vom Pferd und pflanzte das siegreiche Banner neben Romulus in die Erde. Und er rief: »*Ave*, Cäsar! *Ave*, Sohn des Drachen! *Ave*, Pendragon!«

Auf einen Wink von ihm eilten vier Krieger herbei, die auf dem Boden vier Stangen zu einem Kreuz zusammenfügten und darauf einen großen runden Schild legten. Sie baten Romulus, seine Füße darauf zu setzen, und hoben ihn dann nach keltischer Art auf die Schultern, damit ihn alle sehen konnten. Nun begann Kustennin, sein Schwert gegen den Schild zu schlagen, und die gesamte Legion tat es ihm gleich, so daß tausend Schwerter machtvoll und laut auf die Schilde krachten und tausend Stimmen dröhnender als das ohrenbetäubende Waffengeklirr unablässig den Ruf skandierten: »*Ave*, Cäsar! *Ave*, Pendragon!«

Mit Wulfilas Blut auf der Stirn und dem funkelnden Schwert in der Hand erschien Romulus den siegreichen Soldaten wie ein überirdisches Wesen: der junge Krieger aus der

Prophezeiung. Und während sich der nicht endende Ruf auf den Bergen in unzähligen Echos brach, wurden seine Augen von einer brennenden Leidenschaft entzündet. Doch als er von dort oben seine Gefährten erblickte, verflüchtigte sich der Triumph, und das ekstatische Glücksgefühl wich einer tiefen Ergriffenheit. Rasch sprang er zu Boden und ging durch die Reihen der Krieger hindurch, die sich respektvoll vor ihm öffneten. Schweigen fiel über das Tal, während er fassungslos und stumm über das Schlachtfeld schritt, das von zahllosen Toten bedeckt war. Seine Augen glitten über das schreckliche Bild, er sah die in letzter Todesqual einander noch umschlingenden Leiber, sah die Verwundeten und Sterbenden. Da lehnte an einem Felsen der Riese Batiatus, die Schulter von einer Lanze durchbohrt, blutüberströmt und inmitten einer großen Menge getöteter Feinde. Ein wenig von ihm entfernt lagen die Leichname seiner Kameraden, die im ungleichen Kampf gefallen waren. Als erster Vatrenus, den vier feindliche Lanzen an einen Baumstamm genagelt hatten; seine Augen standen noch offen, als verfolgten sie einen unmöglichen Traum. Dann Demetrios und Orosius, die beiden Unzertrennlichen, Seite an Seite, noch im Tod vereint. Auch sie waren von zahlreichen Feinden umgeben, die das Ende der beiden mit dem Tod bezahlt hatten.

Livia lehnte an einem Felsen, sie lebte, auch wenn ein Pfeil in ihrer Seite steckte und ihre Gesichtszüge vor Schmerz verzerrt waren.

Romulus brach in Tränen aus. Beim Anblick seiner verwundeten oder gefallenen Gefährten, den Freunden, die er nie mehr wiedersehen würde, weinte er herzzerreißend. Mechanisch wie eine Maschine, doch mit verwundetem Blick, marschierte er immer weiter, bis er am Ufer des Sees stand. Kleine, vom Wind kaum gekräuselte Wellen benetzten seine von Wunden bedeckten Füße und leckten an der Spitze seines Schwerts, von dem noch immer das Blut tropfte. Und plötzlich legte sich wie ein lauer Frühlingswind das unendliche Verlangen nach Frieden über ihn und er rief: »Nie wieder

Krieg! Kein Blutvergießen mehr!« Dann wusch er das Schwert im Wasser, bis es wie ein Kristall erstrahlte. Er erhob sich und ließ es um sich rotieren, in Kreisen, die immer weiter wurden, bis er es schließlich mit all seiner Kraft in den See schleuderte. Die Klinge flog hoch in die Luft und glänzte hell im Licht der Sonne, um dann wie ein Meteorit herabzustürzen und sich in den Felsen zu bohren, der, von Moos grün überwachsen, in der Mitte des Sees aus dem Wasser tauchte.

In diesem Augenblick versiegte der letzte Windhauch, und auf der glatten Oberfläche des Wassers spiegelte sich wie eine magische Vision die würdevolle Gestalt seines Meisters Ambrosinus, der zurückgekommen war und auf dessen Brust ein kleiner silberner Mistelzweig glänzte. Romulus erkannte kaum seine Stimme, als er sagte: »Es ist zu Ende, mein Sohn, mein Herr, mein König. Niemand wird je mehr wagen, dich anzutasten, denn du wandertest durch Eis und Feuer und Blut, genau wie dieses Schwert, das den Felsen durchdrungen hat, du Sohn des Drachen, Pendragon.«

Epilog

So wurde die Schlacht am Mons Badonicus, den wir in unserer Sprache Badon nennen, dank der Verdienste des Aurelianus Ambrosius, jenes bescheidenen Mannes und letzten Römers, geschlagen und gewonnen. Und so erfüllte sich die Prophezeiung, die mir einst den Anlaß gegeben hatte, eine Reise zu unternehmen, die niemand für möglich hielt. Sie führte mich aus meinem Heimatland nach Italien und dann, viele Jahre später, aus Italien wieder nach Britannien zurück. Mein Schüler, für wenige Tage zum Kaiser der Römer ausgerufen und dann zu endloser Gefangenschaft bestimmt, wurde unter dem Namen Pendragon, »der Sohn des Drachen«, König von Britannien – so jedenfalls sahen und bejubelten ihn die Soldaten der letzten Legion am Tage ihres Sieges. Aurelianus blieb als sein Vater immer an seiner Seite, bis er erkannte, daß der Name Pendragon den ursprünglichen Namen Romulus für immer ausgelöscht und die Liebe zu Ygraine das Herz seines Adoptivsohns vollständig eingenommen hatte. Da begab er sich mit Livia, der einzigen Frau, die er je geliebt hatte, auf Reisen, und seit damals hörte niemand mehr etwas von ihm. Gern stelle ich mir allerdings vor, daß sie in ihre Heimatstadt, das auf dem Wasser erbaute Venetia, zurückgekehrt sind, um auch weiter wie Römer und nicht wie Barbaren zu leben und wo sie sich eine Zukunft in Frieden und Freiheit aufbauten.

Cornelius Batiatus begleitete sie auf demselben Schiff, doch folgte er ihnen vielleicht nicht bis an das Ziel, das sie für sich erwählt hatten, sondern segelte bis zu den Säulen des Herkules, an denen Afrika, seine eigene Heimat, begann. Nie werde ich vergessen, daß es die Wärme seines Herzens war, die dem fast leblosen Knaben auf den vereisten Gipfeln der Alpen das Leben zurückgegeben hatte. Gebe Gott der Herr, daß ihm auf seinem Weg ebenso edle und großherzige Menschen begegneten wie er es war.

Der einer sterbenden Welt entsprossene Keim hat in dem fernen Land an den Grenzen der Welt Wurzeln geschlagen und Früchte getragen. Pendragons und Ygraines Sohn steht heute in seinem fünften Jahr, während ich mich dazu anschikke, mein Werk zu vollenden. Ihm wurde bei seiner Geburt der Namen Artus gegeben, nach Arcturius, was soviel bedeutet wie »der unter den Sternen des Bären Geborene«. Nur wer von den warmen Meeren stammt, vermag seinem Sohn solch einen Namen zu geben, zum Beweis dafür, daß ein Mann die verborgensten Erinnerungen in sich selbst bis zum Tag seines Todes niemals vergißt, ganz gleich, welches Schicksal ihm auch sonst beschieden sein mag.

Unsere Feinde wurden zurückgeschlagen, so daß sich unser Reich bis zu der Stadt Caerleon im Süden erstreckte, die wir als eine der ersten Städte bei unserer Rückkehr nach Britannien aufgesucht hatten. Ich aber zog es vor, hier im Norden zu bleiben, um in diesem Turm nahe des Großen Walls zu wachen und nachzusinnen, dabei auch den Stimmen zu lauschen, die im Laufe der Zeit immer mehr verstummten. Das Wunderschwert übrigens steckt seit jenem Tag des Blutes und der Ehre noch immer in dem Felsblock, und ich allein kenne die ganze Inschrift darauf, weil ich sie las, als ich sie zum ersten Mal sah: Cai.Iul.Caes.Ensis Caliburnus *– das chalybische Schwert des Julius Cäsar.*

Ein Teil der Inschrift ist in den Stein geprägt, doch sind einige Buchstaben in den langen Jahren, in denen die Unbilden des Wetters an dem Stein genagt haben, von Ablagerungen und Flechten zugedeckt worden. Die einzigen Buchstaben, die man noch lesen kann, sind:

E S CALIBUR

Mit diesem Namen bezeichnen die Menschen dieses Landes das Schwert, wenn sie an eiskalten Wintermorgen über das feste Eis bis zu dem Felsen mitten im See wandern, um dieses außerordentliche Objekt zu bewundern. Ein Gerücht besagt, daß nur die Hand eines Königs das Schwert aus dem Felsen zu ziehen vermag, und zwar zu dem Zeitpunkt, an dem es erneut vonnöten ist, gegen das Böse zu kämpfen. Doch ist seit den fernen Tagen meiner Jugend so viel Zeit vergangen, daß sogar mein Vorname Myrdin im Mund der Menschen mit der Zeit zu Merlin verbogen wurde. Meine Seele allerdings ist unwandelbar und – wie die eines jeden nach dem Bild Gottes erschaffenen Menschen – für das unsterbliche Licht bestimmt.

Schon schmilzt die Sonne erneut den Schnee auf den Abhängen der Hügel, und die ersten Frühlingsblumen öffnen ihre Blüten unter dem lauen Wind, der aus dem Süden weht. Gott hat mir erlaubt, meine Arbeit zu beenden, und ich danke ihm dafür. Hier endet meine Geschichte. Vielleicht wird damit eine Legende geboren …

Nachwort des Verfassers

Der Zusammenbruch des römischen Imperiums ist eines der großen historischen Themen der westlichen Welt und zugleich eines ihrer mysteriösesten: zum einen wegen seiner außerordentlichen Komplexität, zum anderen, weil uns nur sehr wenige Quellen und Zeugnisse aus dieser Epoche zur Verfügung stehen, die sich auf den endgültigen Niedergang Roms beziehen. Es ist üblich, dieses Ereignis als Katastrophe darzustellen, während es aus historischer Sicht ohne jede Bedeutung war. Niemand bemerkte in diesem Jahr 476 nach Christus, daß die römische Welt unterging. Es hatte sich damals nichts besonders Traumatisches, sondern nur das Übliche abgespielt, das sich seit vielen Jahren Tag für Tag ereignete. Odoaker, der Führer des Herulerstammes, hatte Romulus Augustulus abgesetzt und die kaiserlichen Insignien mit der Bemerkung nach Konstantinopel geschickt, daß wohl ein Kaiser für das gesamte Kaiserreich ausreiche.

In der vorliegenden Geschichte, die zum großen Teil erfunden ist, habe ich versucht, den epochalen Wert dieser Ereignisse wiederzugeben, aber gleichzeitig auch herauszuarbeiten, wie aus den noch lebenskräftigen Wurzeln der römischen Welt neue Welten, Kulturen und Zivilisationen entstanden sind. Der Übergang der Geschichte in die geheimnisvolle Welt König Artus' ist in ihrem Symbolgehalt als Parabel im eigentlichen Sinne zu verstehen. Doch nicht nur das. Inzwischen erkannten Wissenschaftler aus der ganzen Welt die Tatsache an, daß die Artuslegende, die Geoffrey von Monmouth im Mittelalter begründet hatte, sich Ende des fünften Jahrhunderts in Britannien zugetragen hat. Und tatsächlich finden wir unter den Protagonisten auch den geheimnisvollen, heldenhaften Aurelius Ambrosius, *solus Romanae gentis* – der letzte des römischen Geschlechts –, Sieger in der Schlacht am Mount Badon gegen die Sachsen und Vorgänger von Pendragon und Artus. In der volkstümlichen Literatur wurden diese geschichtsträchtigen Personen als mittelalterliche Ritter bezeichnet, tatsächlich aber standen sie der römischen Welt sehr viel näher. Auch entspricht die Tradition, nach der die Bewohner der römisch-britannischen Provinzen sich im fünften Jahrhundert mehrfach die Hilfe des Kaisers gegen die Invasoren des Nordens und Südens erbaten, durchaus der Wahrheit – so setzten sie bei General Aëtius zweimal die Entsendung des Germanus durch, jener geheimnisvollen Gestalt, die halb Heiliger und halb Krieger war. Andere Personen wie der Kelte Myrdin, der aus der Legende als Merlin bekannt ist, wurden dem epischen Gerüst der Artussage entnommen, die um das mythische Schwert Excalibur kreist. Prominente Keltenforscher haben diesen Namen in jüngster Zeit als eine Art Krasis der lateinischen Worte *ensis caliburnus* – das chalybische Schwert – interpretiert, einen Ausdruck, der gleichfalls in den Mittelmeerraum zurückführt. Vielleicht läßt sich diese Geschichte am besten als symbolisch-mythischer Lehrsatz bezeichnen, der sich an historisch erkennbaren Ereignissen orientiert, aber sich vielleicht in jener Zeit, als die antike Welt ihrem Untergang entgegenging, tatsächlich in jener Grauzone abspielte, die den Mythos von König Artus hervorgebracht hat.

Erzählt wird die Geschichte aus dem Blickwinkel einer Gruppe loyaler, traditionsbewußter römischer Soldaten, die in den Barbaren nichts als wilde, zerstörerische Eindringlinge sahen: eine Haltung, die in der damaligen Zeit tatsächlich weit verbreitet war. Durch den unüberbrückbaren Gegensatz zwischen der romanisierten Bevölkerung und den Invasoren war dem barbarisch-Römischen Reich nur eine kurze Lebensdauer beschert. Heute allerdings sprechen wir nicht länger von »Invasionen«, sondern von der »Völkerwanderung«, auch wenn das Resultat im Endeffekt das gleiche bleibt. Doch sollte sich in unserer turbulenten Zeit die westliche Welt, die sich (wie einst das Römische Reich in seinen besten Zeiten) für unsterblich und unzerstörbar hält, darüber Gedanken machen, daß jedes Imperium früher oder später zugrunde geht und der Reichtum eines Teils dieser Welt nicht überdauert, wenn andere Völker im Elend leben. Die sogenannten Barbaren hatten niemals die Absicht, das Kaiserreich zu zerstören. Sie wollten ein Teil dieses Reiches sein, und viele von ihnen verteidigten es gar um den Preis ihres eigenen Blutes. Aber es ist auch eine Tatsache, daß die Barbaren dieses Reich zerstörten und damit die Welt lange Zeit in Niedergang und Chaos stürzten.

Bei einigen der Romanfiguren lassen sich in ihren Äußerungen Reste heidnischer Gefühle entdecken, auch wenn das gegen Ende des fünften Jahrhunderts historisch kaum vertretbar ist. Doch einige richtungsweisende Erkenntnisse aus späteren Quellen lassen diesen Aspekt mehr als wahrscheinlich erscheinen. Diese Gefühle sind in ihrer Bedeutung als ein Beharren auf den alten Traditionen des *mos maiorum* – der Sitte der Vorväter – zu verstehen, die zu der damaligen Zeit durchaus noch Gültigkeit besaßen.

Was die Figur des Romulus und sein in den Quellen umstrittenes Alter zur Zeit seiner Absetzung betrifft, habe ich mich für die Version aus den *Excerpta Valesiana, 38* entschieden, in denen er eindeutig als Knabe beschrieben wird: *Odoacar [...] deposuit Augustulum de regno, cuius infantiam misertus concessit ei sanguinem* ... – Odoaker setzte Augustulus von der Herrschaft ab, doch hatte er Mitleid mit seinem zarten Alter und verschonte sein Leben ...

Der fachkundige Leser wird im Gefüge des Romans eine Vielzahl von Quellen wiedererkennen, die größtenteils aus der spätrömischen Klassik stammen, so die *Historien* des Ammianus Marcellinus, *De reditu suo* von Rutilius Namatianus, *De gubernatione Dei* von Salvianus, die *Geschichte des gotischen Kriegs* des Procopius von Caesarea, die *Historia Lausiaca* des Palladius, *In Rufinum* von Claudianus, der *Anonymus Valesianus*, die *Chronik* des *Cassiodorus* sowie die *Vita Epiphanii*, darüber hinaus gelegentliche Bezüge auf Plutarch, Orosius, den heiligen Ambrosius, den heiligen Augustinus und den heiligen Hieronymus; ferner eine Reihe frühmittelalterlicher Quellen, die die Grundlage des »britannischen« Epilogs unserer Geschichte bilden: die *Historia ecclesiastica gentis Anglorum* – die Angelsächsische Kirchengeschichte – des Beda Venerabilis; das *Chronicon* und *De excidio et conquestu Britanniae* von Gildas, dem Weisen.

Bedanken möchte ich mich bei allen meinen lieben Freunden, die mich mit Ratschlägen und Wissen unterstützt und ermutigt haben: Lorenzo Braccesi und Giovanni Gorini von der Universität Padua, Gianni Brizzi und Ivano Dionigi von der Universität Bologna, Venceslas Kruta von der Sorbonne, Robin Lane Fox vom New College, der sich die ganze Geschichte auf einer langen Autofahrt von Luton nach Oxford erzählen ließ. Ferner danke ich Giorgio Bonamente und Frau Dr. Angela Amici von der Universität Perugia sowie meiner Exkollegin und Mitarbeiterin Gabriella Amiotti von der Katholischen Universität Mailand. Selbstverständlich gehen Fehler oder die unglückliche Auswahl von Fakten allein zu meinen Lasten.

Erinnern möchte ich auch an Franco Mimmi, der mich von seinem Wohnsitz in Madrid aus unterstützte, Marco Guidi, mit dem mich eine alte und unverwüstliche Freundschaft verbindet und den ich oft wegen einiger Passagen, die das späte Römertum in Britannien betrafen, konsultiert habe, sowie Giorgio Fornoni, der, einer nunmehr zehnjährigen Tradition folgend, mich in seinem herrlichen Haus in den Alpen gastlich aufgenommen hat, damit ich die Endfassung dieses Romans in völliger Abgeschiedenheit niederschreiben konnte. Und selbstverständlich muß ich meine Frau Christine erwähnen, der ich die ständige Überprüfung meines Textes verdanke und die meine kritischste, aufmerksamste und natürlich auch liebevollste Leserin ist, sowie meine Literaturagenten Laura Grandi und Stefano Tettamanti, die mir immer wieder treu zur Seite standen und mir auch in weniger leichten Augenblicken Mut zusprachen. Mein besonderes Gedenken gilt noch Paolo Buonvino, dessen Musik mich bei der Niederschrift des Romans ständig begleitete und mich zu den intensivsten und dramatischsten Passagen inspiriert hat.

Schließlich, *last but not least*, ein Dank an Damiano vom Albergo Ardesio, der mich mit seiner hervorragenden Küche während meines gesamten Aufenthalts in den Alpen verwöhnt hat, sowie an Giancarla von der Bar Freccia, die mir jeden Morgen mit ihrem unvergleichlichen Espresso dazu verhilft, den Tag gut zu beginnen.

Dank

Jetzt, da *Die letzte Legion* zu Papier gebracht ist, möchte ich mich ganz herzlich bei Carlo Carlei und Peter Rader bedanken, mit deren Unterstützung ich die Idee, diese Geschichte in einer filmischen Perspektive zu erzählen, entwickelt habe. Mit ihren wertvollen Anregungen haben sie das vorliegende Buch wesentlich bereichert.

V.M.M.

Valerio M. Manfredi

Alexander – Der makedonische Prinz

Roman. Aus dem Italienischen von Claudia Schmitt. 448 Seiten.
Serie Piper 3360

Im ersten, in sich abgeschlossenen Band seiner dreiteiligen Romanbiographie schildert der Archäologe und Erfolgsautor Manfredi Kindheit und Jugend eines der faszinierendsten Herrscher der Weltgeschichte.

Alexander – König von Asien

Roman. Aus dem Italienischen von Claudia Schmitt. 457 Seiten.
Serie Piper 3361

Von unbändigem Eroberungswillen getrieben, zieht der strahlende junge Makedonenkönig Alexander nach Persien. Dort bezwingt er den persischen Feldherrn Memnon und erobert auch das Herz von Memnons Frau, der wunderschönen Barsine. In Gordion löst Alexander den berühmten Gordischen Knoten mit einem einzigen Schwerthieb. In der legendären Schlacht bei Issos besiegt er sogar den persischen Großkönig und erreicht schließlich als glorreicher Held Ägypten.

Alexander – Der Herrscher der Welt

Roman. Aus dem Italienischen von Claudia Schmitt. 479 Seiten.
Serie Piper 3362

Alexander bezwingt den Perserkönig Dareios und erobert eine persische Stadt nach der anderen – Babylon, Susa und schließlich das wohlhabende Persepolis. Er vermählt sich mit der märchenhaft anmutigen Prinzessin Roxane und dringt bis nach Indien vor. Doch auf dem Höhepunkt seiner Macht, als sein Reich am gewaltigsten ist, befällt ihn plötzlich eine rätselhafte und heimtückische Krankheit.

Valerio M. Manfredi

Die Jagd nach dem Wüstengrab

Roman. Aus dem Italienischen von Claudia Schmitt.
415 Seiten. Gebunden

Nie hätte der bekannte Ägyptologe und Mumienforscher William Blake geglaubt, daß das Schicksal ihn über Nacht in einen Indiana Jones verwandeln würde: Eben noch hadert er mit dem Schicksal, weil ihm sein Lehrauftrag entzogen wurde und seine Frau ihm den Laufpaß gegeben hat; wenig später sitzt er schon im Flugzeug nach Israel, soll mitten in der Wüste ein mysteriöses Pharaonengrab erforschen und verliebt sich kopfüber in die charmante und pfiffige Sarah. Als er jedoch dem Rätsel auf die Spur kommt, das sich seit Jahrtausenden um das prunkvolle Wüstengrab rankt, stürzt er mitten in eine internationale Intrige. Mit knapper Not entkommt er einem Mordversuch, gerät auf der Flucht in einen heftigen Sandsturm und muß es auch noch mit arabischen Extremisten aufnehmen. Für Blake und Sarah beginnt ein Wettrennen gegen die Zeit ...

03/1019/01/L

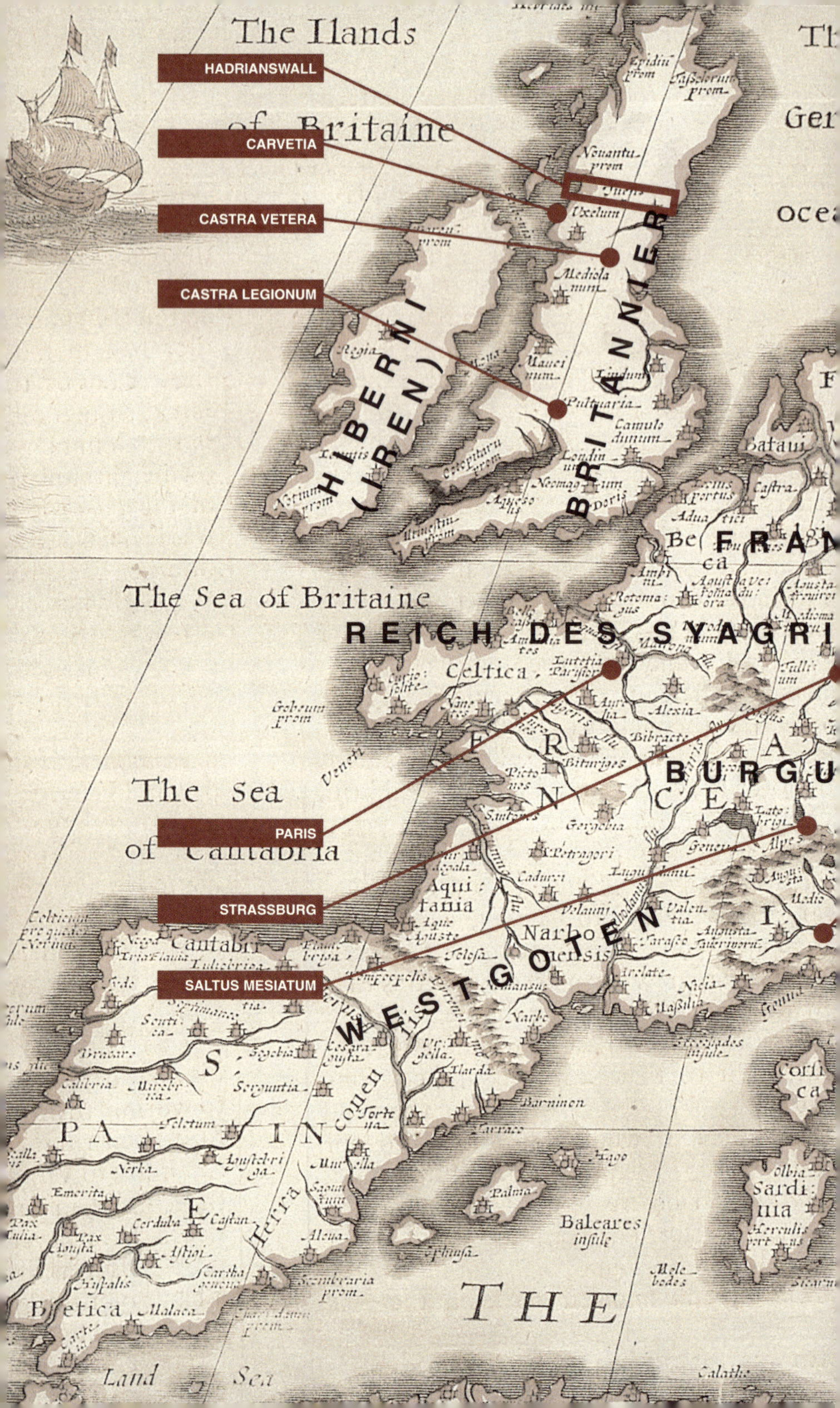
HADRIANSWALL
CARVETIA
CASTRA VETERA
CASTRA LEGIONUM
PARIS
STRASSBURG
SALTUS MESIATUM
HIBERNI (IREN)
BRITANNIER
FRAN
REICH DES SYAGRI
BURGU
WESTGOTEN
The Ilands of Britaine
The Sea of Britaine
The Sea of Cantabria
THE
Baleares insule
Sardi nia
Celtica
Aqui tania
Narbo nensis
Cantabri
Bœtica
Malaca
Londin
Lutetia Parisior
Alesia
Bibracte
Gergobia
Massilia
Arelate
Nicia
Tarraco
Barninon
Palma
Ebusus
Corsi ca